ПОЛИНА ДАШКОВА

ПОЛИНА ДАШКОВА

НЕБО НАД БЕЗДНОЙ

ИСТОЧНИК СЧАСТЬЯ

КНИГА ТРЕТЬЯ

Роман

АСТ • Астрель
Москва
2010

УДК 821.161.1-31
ББК 84(2Рос=Рус)6-44
Д21

Оформление обложки: *дизайн-студия «Графит»*
Художник: *Андрей Ферез*

Дашкова, П.В.

Д21 Небо над бездной. Источник счастья : Книга третья : роман / Полина Дашкова. – М.: Астрель: АСТ, 2010. – 574, [2] с.

ISBN 978-5-17-062133-0 (АСТ)
ISBN 978-5-271-25301-0 (Астрель)

Открытие, случайно сделанное профессором Михаилом Владимировичем Свешниковым в 1916 году, влияет на судьбу каждого, кто с ним соприкоснулся, затягивает в омут политических интриг и древних мифов, дает шанс изменить ход истории, ставит перед невозможным выбором.

В третьей книге романа «Источник счастья» Михаил Владимирович Свешников и Федор Агапкин – придворные врачи красных вождей. Перед ними разворачивается тайная механика событий 1921–1924 гг. Их пациенты – Ленин и Сталин. Вожди тешат себя надеждой получить лекарство от старости и смерти.

Прошлое переплетается с настоящим, реальность оказывается химерой, древние мифы – реальностью. Миллиардер Петр Борисович Кольт готов на все, лишь бы добыть заветный препарат. Биолог Соня Лукьянова должна разгадать тайну открытия своего прапрадеда. Цель близка, разгадка почти найдена. Остается лишь заглянуть в глаза бездне.

УДК 821.161.1-31
ББК 84(2Рос=Рус)6-44

Подписано в печать 17.08.2009. Формат 84х108/32.
Усл. печ. л. 30,24. Тираж 120 000 экз. (1-й завод 1 – 100 000 экз.) . Заказ № 4924326

Общероссийский классификатор продукции ОК-005-93, том 2;
953000 – книги, брошюры

Санитарно-эпидемиологическое заключение
№ 77.99.60.953.Д.009937.09.08 от 15.09.2008 г.

Все темней, темнее над землею –
Улетел последний отблеск дня...
Вот тот мир, где жили мы с тобою,
Ангел мой, ты видишь ли меня?

Ф. И. Тютчев

ГЛАВА ПЕРВАЯ

Москва, 1921

На рассвете зазвонил телефон. Аппарат стоял на этажерке у кровати. Профессор Свешников, не открывая глаз, сел и поднял трубку.

– Михаил Владимирович, простите, что беспокою, ради бога, приезжайте срочно. Я знаю, вы шофера отпустили. Машину за вами уже отправили. Больной самый что ни есть оттуда. Острый живот, температура тридцать восемь.

Звонил заведующий хирургическим отделением доктор Тюльпанов. Шепот его был страшен. Михаил Владимирович ясно представил, как Тюльпанов застыл у стола в своем кабинете с телефонной трубкой в руке. Стоит навытяжку. Бегают, сверкают маленькие близорукие глаза, дрожат седые усы. При слове «оттуда» указательный палец взметнулся вверх, к потолку.

Доктор Тюльпанов избегал называть вслух, особенно по телефону, имена и должности своих державных пациентов. Он был неплохим хирургом, но в последнее время все реже решался оперировать. При осмотрах больных, на консилиумах, он никогда не высказывал определенного мнения, вместо «я считаю» или «я думаю» предпочитал говорить: «у меня такое впечатление, такое чувство».

С Михаилом Владимировичем он держался подчеркнуто вежливо. Иногда определенно хотел сказать гадость, но вместо этого льстил, заискивал. Случалось, что сложные удачные операции, проведенные Свешниковым, как-то сами собой оказывались победами товарища Тюльпанова. И никто ничего не имел против. Сестры, фельдшеры молчали. Тюльпанов присутствовал в операционной, наблюдал, сопереживал. Михаил Владимирович оперировал. Сначала Тюльпанов говорил «мы», имея в виду себя и Свешникова. Потом стал говорить «я». «Я прооперировал товарища такого-то».

Михаил Владимирович не возражал, не спорил. Тем более что чувствовал: так всем удобней, не только Тюльпанову, но и державным пациентам. Настоящий кремлевский хирург должен оставаться в тени. Пусть выступает на трибунах и дает интервью сладкоголосый, идеологически безупречный чиновник от медицины.

Нестерпимо хотелось спать. Всего лишь пару часов назад профессор вернулся домой из Солдатенковской больницы, и вот теперь надо опять туда мчаться. За окном послышался рев мотора. Автомобиль подъехал к подъезду.

— Миша, погоди, чаю согрею, — няня Авдотья Борисовна приковыляла из кухни, маленькая, высохшая, она двигалась с трудом, но по-прежнему вставала раньше всех и хлопотала по дому.

— Некогда, няня, прости.

— Шарф надень, холодно. Небритый, исхудал. Стар уж ты, Миша, ночами работать.

— Не ворчи. Где мои ботинки? — Михаил Владимирович присел на корточки, заглянул вглубь обувной полки.

— Так ведь ты разрешил Андрюше надеть, чего же искать? Вон, сапоги твои, я намедни от сапожника принесла. Набойки поставил резиновые, сказал, век сносу не будет, взял дорого, аспид.

Михаил Владимирович, прыгая на одной ноге, стал надевать старый залатанный сапог.

— Няня, а что, Андрюша разве не вернулся еще?

— Сядь, не спеши. Распрыгался. Упадешь, чего доброго, я ж не подниму тебя. Андрюша дома. Вернулся час назад, заснул, не раздевшись, не разувшись, в твоих ботинках. Ты к нему не ходи. Пусть уж проспится.

Михаил Владимирович натянул оба сапога, так и не присев на табуретку, топнул, взглянул на няню.

— Что значит — проспится?

— А то и значит, Мишенька. Пьяный он пришел, пьяный и злой. Лучше б я не дожила до такого срама. Ложечки серебряные от обысков, от товарищей сберегла, целую дюжину, бабушки твоей ложечки, с вензелями, а теперь вот всего три штуки осталось. Об одном молюсь, чтоб только не он это, не Андрюша. Пусть кто чужой, ладно. Только бы не он.

Профессор быстро прошел в комнату сына. Семнадцатилетний Андрюша лежал поверх одеяла, свернувшись калачиком, действительно одетый, в брюках, в джемпере, в отцовских ботинках. Михаил Владимирович перевернул его на спину, почувствовал слабый запах перегара изо рта. Будить, бранить, воспитывать сейчас не имело смысла. Пяти минут на это не хватит, да и что толку? Слова уже не помогут, все переговорено.

— Ступай, Миша, его теперь пушкой не разбудишь. Танечка проснется, поговорит. Она, чай, построже тебя будет.

Вместе с няней профессор вышел из комнаты, закрыл дверь.

В машине ждал незнакомый хмурый шофер. Усевшись на заднее сиденье, Михаил Владимирович достал из кармана катушку шелковых ниток, принялся завязывать и развязывать разные хирургические узлы. Обычный, двойной, опять обычный. Сначала пальцы плохо слушались, потом ожили, задвигались ловко и быстро, вслепую. Глаза он закрыл и заставил себя не думать о пьяном сыне.

Тюльпанов встретил его в коридоре, у смотровой.

— Поверьте, я не стал бы вас беспокоить из-за пустяка, но тут особенный случай. Лично Владимир Ильич волнуется, просил информировать его каждый час. Пациент, между нами говоря, человек непростого характера. Умоляю, когда будете с ним беседовать, аккуратней, мягче. Очень уж обидчив. Кавказский темперамент.

Все это Тюльпанов быстро, на одном дыхании, прошептал Михаилу Владимировичу на ухо и повлек его под руку в смотровую.

Больной был накрыт простыней до подбородка. На лицо падала густая тень ширмы. Слышалось хриплое тяжелое дыхание, иногда прорывался глухой стон сквозь стиснутые зубы. В углу сестра Лена Седых кипятила шприцы на спиртовке.

— Боль в эпигастральной и в правой подвздошной области, температура тридцать восемь и два, язык сухой, — доложила она механическим громким голосом и добавила чуть тише, живее: — Здравствуйте, Михаил Владимирович.

Профессор присел на край кушетки, откинул простыню, принялся прощупывать волосатый напряженный живот.

— Так больно? А так?

В ответ больной тихо матерился.

«Богатое уголовное прошлое, — подумал профессор, — кавказский темперамент».

— На левый бок повернитесь, пожалуйста.

— Зачем?

— Будьте любезны, повернитесь. Благодарю вас. Так больно? Где именно?

— Резать меня хотите? — мрачно поинтересовался больной.

От боли и волнения кавказский акцент усилился. Тень уже не прятала лицо, большое, землистое, побитое оспой. Впрочем, Михаил Владимирович узнал его в первую же минуту. «Азиатище, чудесный грузин».

– Пока хочу только послушать. Задержите дыхание. Теперь дышите глубоко. Курите много. Мало двигаетесь. Спокойней, спокойней, Иосиф Виссарионович, не надо так нервничать.

– С чего вы взяли, что я нервничаю?

– Сердце, оно, знаете ли, притворяться не умеет, у него свои ритмы. Кстати, оно увеличено у вас. Берегите его.

– А живот? Что с животом? Почему температура?

– Острый аппендицит. Придется удалить ваш червеобразный отросток, иначе перитонит, – профессор поднялся, – не волнуйтесь, это быстро и вовсе не опасно. Лена, готовьте больного.

Вместе с Тюльпановым они вышли в коридор.

– Я с самого начала подозревал именно аппендицит, – сказал Тюльпанов, – но мало ли, вдруг почечная колика? Острый панкреатит, холецистит.

Михаил Владимирович остановился, грустно посмотрел на Тюльпанова.

– При остром холецистите боль отдается в правое плечо, в лопатку, френикус-симптом. При панкреатите... – он махнул рукой. – Вы сами все знаете. Что с вами, Николай Петрович? Это азбука.

Глаза Тюльпанова заметались, он вдруг схватил Михаила Владимировича за плечо и прошептал:

– Не могу объяснить. Робею перед ним.

– Полно вам. Вы две войны прошли, японскую, мировую. Робеете! Да кто он? Один из секретарей ЦК, не более. Просто больной, которому нужно вырезать аппендикс.

– Вы правы, тысячу раз правы. Гнусное чувство, стыдное, я так устал. После Кронштадтского бунта Ильич всех подозревает, даже своих. Представляете, что он сказал мне? «За товарища Сталина отвечаете головой». А головы летят, летят, попробуйте тут сохранить спокойствие и силу духа!

– Он знает, что вы меня вызвали оперировать Сталина?

Тюльпанов покраснел, отвел глаза, достал из кармана халата пачку папирос.

— Да... Нет, собственно, Ильич сам высказал эту идею. То есть он просил, чтобы вы товарища Сталина осмотрели. Угощайтесь.

— Спасибо, я натощак не курю.

— Ах, да, я вас вытащил из постели. Понимаю. Слушайте, давайте позавтракаем, а? Его будут готовить минут тридцать. Милости прошу ко мне, выпьем кофе. У меня настоящий, бразильский.

Небольшой уютный кабинет Тюльпанова был обставлен по-домашнему, старинной мебелью темного дерева, вдоль стен, от пола до потолка, книжные полки. Пол застлан мягким узорчатым ковром. Удобные кресла в полосатых чехлах. На кушетку небрежно брошен вязаный плед, подушка. Единственное, что нарушало старорежимную гармонию — огромные портреты Ленина и Троцкого, изнутри, вдоль рам, украшенные причудливым цветочным орнаментом.

— Кофе люблю варить сам, на спиртовке. Кофейник, видите, настоящий, турецкий.

Тюльпанов поставил на стол серебряную вазочку с печеньем, из ящика извлек плитку шоколада. Михаил Владимирович подошел к телефонному аппарату.

— Я, с вашего позволения, позвоню домой?

— Да, конечно.

Трубку взяла Таня.

— Он проснулся, — сообщила она мрачно, — тихий, виноватый. Уверяет, что это в последний раз. Няня решилась спросить его про ложки, он искренне оскорбился. Клянется, что не прикасался к ним. Знаешь, я ему верю. Ну, а у тебя что происходит, папа? Ты совсем не успел поспать.

— Вернусь, высплюсь. Операция небольшая. Аппендицит.

— Хорошо. Я убегаю в университет. У Миши кашель прошел. Андрюша обещал погулять с ним сегодня, у няни голова кружится, Миша бегает, как угорелый, она за ним угнаться не может. Да, твоя морская свинка вроде бы раздумала подыхать, поела даже.

У Михаила Владимировича пересохло во рту, сердце забилось быстрее.

– Поела? Ты сама это видела?

– Я видела пустой лоток. Воду она тоже выпила.

– Уф-ф, слава богу. Что она теперь делает?

– Веселится, пляшет и поет.

Пока Михаил Владимирович говорил, Тюльпанов внимательно следил, как поднимается пена в медном кофейнике, но все-таки упустил момент. Пена с шипением залила огонек спиртовки. Тюльпанов тихо выругался и проворчал:

– Плохая примета. Плохое начало дня. Ужасно, перед такой ответственной операцией. Теперь вот руки дрожат.

Руки у него правда тряслись. Он едва сумел разлить кофе по чашкам, половину расплескал на блюдечки и на стол. Принялся искать салфетку, не нашел, достал большой носовой платок и стал неловко вытирать кофейные лужицы.

– Николай Петрович, полно вам, – сказал Свешников. – Операция несложная, к тому же резать буду я, а не вы. Зачем так нервничать?

Тюльпанов аккуратно сложил платок, убрал в карман, однако тут же вытащил, встряхнул, скомкал в кулаке и швырнул в мусорную корзину.

– Не знаю. Не понимаю. Впрочем, это пустое, не обращайте внимания, пройдет. Я давно уж хочу спросить вас, как продвигаются опыты?

– О чем вы, Николай Петрович? Какие опыты?

– Простите великодушно, я невольно слышал, как вы говорили с дочерью, мне показалось, речь шла о каком-то подопытном зверьке.

– О морской свинке.

– Вы испробовали на ней препарат?

— Я пересадил ей вилочковую железу, — быстро соврал профессор.

— Любопытно. Этот опыт тоже связан с омоложением?

— Омоложение ни при чем. В данный момент меня интересуют вопросы иммунитета. А препарата у меня не осталось, добыть его пока невозможно.

— Я знаю, — Тюльпанов нахмурился, выразительно вздохнул и принялся расхаживать по кабинету. — Чудовищная история. К вам в восемнадцатом подселили какого-то мерзавца, он расстрелял вашу уникальную лабораторию, убил всех подопытных животных. Варварство, слов нет. Могу представить, что вы тогда пережили. Позвольте еще вопрос, может, нескромный, однако чисто теоретический. Если бы, допустим, опыты продвинулись, появился бы более или менее очевидный результат, вы бы сами решились?

Он остановился, уставился куда-то вбок, мимо профессора, тревожными красноватыми глазами.

— Нет, — Михаил Владимирович улыбнулся и взял печенье, — нет, Николай Петрович. Я бы не решился. Скажите, где вы раздобыли это кондитерское чудо? Изумительно вкусно. Помнится, у Филиппова продавались такие маленькие крендельки с корицей, вот, очень похоже.

Тюльпанов уселся наконец в кресло, отхлебнул кофе.

— Жена испекла. А вы лукавый человек, Михаил Владимирович. Я был с вами откровенен, может, напрасно? Все никак не могу вас раскусить.

— Зачем раскусывать меня? Не надо. Я не орех, не куриная косточка.

— Остроумно. Опять уходите от прямых ответов. Знаете, многие говорят, вы человек холодный, надменный, чрезвычайно скрытный. Не любят вас, Михаил Владимирович. Коллеги, собратья не любят. Я даже слышал, что вы владеете приемами древней жреческой магии, потому вас так ценит Ильич, вы будто бы приворожили его.

Тюльпанов замолчал, впервые взглянул прямо в глаза Михаилу Владимировичу, но мгновенно отвел взгляд.

– Повезло мне вовремя родиться, – пробормотал профессор, – лет триста назад где-нибудь в Испании, во Франции не избежать бы мне костра Святой инквизиции.

– Не думаю. Инквизиторы тоже болели и нуждались в надежных докторах. Вас бы вряд ли тронули. Жгли мошенников, самозванцев, еретиков. Людей лояльных и полезных не трогали.

– А я разве не еретик? Самый что ни на есть. Впрочем, ладно. Дурацкий какой-то разговор, – профессор зевнул, потянулся, хрустнув суставами. – Няня права, стар я для бессонных трудовых ночей. Будьте любезны, Николай Петрович, налейте еще вашего чудесного кофе.

Тюльпанов вылил ему в чашку все, что осталось в кофейнике, закурил и улыбнулся удивительно сладко.

– Да, вы правы, разговор дурацкий. А все-таки магический элемент в вашем мастерстве присутствует. С точки зрения диалектического материализма чушь полнейшая, мракобесие. Однако я много раз видел своими глазами, как вы оперируете, это, знаете ли, впечатляет. Поневоле уверуешь в колдовскую силу.

– Не надо, Николай Петрович, не верьте в колдовскую силу. Здоровее будете, – профессор опять зевнул и взглянул на часы, – минут через пять пора идти. Сколько лет нашему больному?

– Он семьдесят восьмого года.

– Значит, чуть за сорок. Выглядит старше. Почему вы его так боитесь?

– Я? Боюсь? – Тюльпанов опять сладко улыбнулся и даже подхихикнул. – Нет, дорогой мой профессор, вы совершенно превратно поняли меня. Я чувствую огромную ответственность за здоровье товарища Сталина, я горд великой честью, миссией, возложенной на меня волей народных масс.

Он медленно встал, распрямился, вытянулся, застыл, молитвенно сложив ладони у солнечного сплетения. Улыбка все еще не сползла, но лицо странно преобразилось, порозовело, стало радостной нежно-персиковой маской, как будто даже структура кожи поменялась, уплотнилась, глянцевито заблестела.

Пожилой неглупый человек, опытный врач, любитель домашней выпечки и турецкого кофе, в одно мгновение превратился в куклу из папье-маше.

— Товарищ Сталин — верный друг, ученик и соратник Владимира Ильича. Он прошел подполье, тюрьмы, ссылки, огонь Гражданской войны, не щадя себя, боролся за светлое будущее, готов был пролить кровь за идеалы коммунизма, за наше счастье. Кровь борцов... священная кровь... символ единства... храм всемирного благоденствия...

Если бы он запел петухом или прошелся на руках по кабинету, это показалось бы менее странным.

«Вот действительно магия, — изумленно подумал Михаил Владимирович. — Товарищ Сталин практически никто. Психопатический приступ? Бедняга помешался?»

Тюльпанов между тем замолчал, сник, рухнул в кресло, стал вяло жевать печенье.

— Да, в таком состоянии определенно нельзя оперировать, — сказал Свешников, — что с вами происходит?

— А что происходит? — Тюльпанов густо покраснел. — Что вы имеете в виду?

Михаил Владимирович не стал объяснять, допил кофе, закурил, избегая смотреть в глаза Тюльпанову, и облегченно вздохнул, когда в дверь постучали.

В операционной все было готово. Больной сидел на столе, свесив ноги. Профессор увидел сросшиеся второй и третий пальцы на левой ноге. Особая примета. Вообще весь он, Коба-Сталин, состоял из «особых примет». Левая рука сантиметра на четыре короче правой. Ограниченная подвижность в области плеча. Черты простецкие, грубые. Оспины и пигментные пятна. Низкий лоб. Толстая короткая шея. Топорная работа. Но почему-то лицо притягивало взгляд, врезалось в память.

«Ни с кем его не перепутаешь, — заметил про себя Михаил Владимирович, — интересно... до переворота он был вне закона, много раз бежал из ссылки, пользовался чужими паспортами. Как ему удавалось бежать и скрываться с такой внешностью? Кажется, он даже умудрялся свободно ездить за границу, на партийные съезды».

Анестезиолог подошел к Михаилу Владимировичу и шепнул:

— Отказывается от общего наркоза.

— Невозможно. Под местным я резать не буду, — громко сказал Свешников.

— Будете, — Коба уставился на профессора.

Верхние и нижние веки были мясистыми, тяжелыми. Радужка красно-коричневая, с огненным отливом по краю. Зрачки вдруг показались Михаилу Владимировичу не круглыми, а прямоугольными, как у козла. Этот эффект завораживал, впрочем, длился всего мгновение. Игра тени и света.

— Я вижу, вам лучше, боль утихла. Так бывает иногда, от страха перед операцией. Хочется убежать, верно?

— Не верно. Режьте, но спать не буду под вашим ножом, — он оскалился, из-под усов показались редкие прокуренные зубы. — Вы будете резать, я терпеть. Поглядим, кто кого, господин Свешников.

Михаил Владимирович затылком почувствовал, как напрягся позади него Тюльпанов, когда прозвучало плохое слово «господин».

«Азиатище шутить изволит, — печально вздохнул про себя Михаил Владимирович, — за куражом прячется страх. Он не хочет, чтобы кто-то видел, как ему страшно. Даже здесь, на операционном столе, желает оставаться непроницаемым».

— Мне кажется, Иосиф Виссарионович прав, — кашлянув, вмешался Тюльпанов, — нам следует обойтись без общего наркоза, в данный момент организм Иосифа Виссарионовича ослаблен, и вполне разумно ограничиться местной анестезией.

— Спинальную, по Биру? — робко уточнил анестезиолог.

— Ну что ж, ладно, хотя это глупо, — сказал профессор и отправился мыться.

«Хам, тяжелый неврастеник, — раздраженно думал Михаил Владимирович, пока тер намыленной щеткой руки, от кистей до локтя, — вырежу отросток и больше уж ни за что, никогда лечить этого Кобу не стану».

Явился Тюльпанов и тревожно сообщил:

— Владимир Ильич телефонировал только что. Просил, чтобы сразу после операции вы немедленно ему доложили самым подробнейшим образом.

Михаил Владимирович не счел нужным ответить, растопырил вымытые, рыжие от йода руки, сестра натянула на них стерильные перчатки, встав за спиной, принялась завязывать на профессоре многочисленные тесемки шапочки, маски, халата.

Скальпель едва коснулся обритой кожи живота, а больной уже кричал. То есть это был не крик, а рык, глухой и жуткий. Три пары испуганных глаз над белыми марлевыми масками уставились на профессора. Анестезиолог Иван, доктор Тюльпанов, сестра Лена застыли в нерешительности.

— Я еще ничего не делаю, — сказал Михаил Владимирович, подошел к голове больного и произнес очень тихо, по-немецки: — Первая в жизни полостная операция — это всегда страшно. У вас пустяк, не надо так бояться.

Профессор удивился, почему вдруг он заговорил по-немецки. Как-то само вырвалось и прозвучало странно, неуместно. Вряд ли кавказский пролетарий с уголовным прошлым знает европейские языки.

Коба смотрел снизу вверх, и опять на мгновение возник странный эффект прямоугольных козлиных зрачков.

— Ты врешь, мать твою, врешь, сука, я ни хрена не боюсь. Режь! Что смотришь? Режь, я сказал.

Монолог прозвучал тихо, невнятно, и больше походил на скрип ржавых дверных петель, чем на человеческий шепот. Затем повисла траурная тишина.

«А ведь он, кажется, понял. Неужели понял? Знает немецкий? Впрочем, какая разница? Нельзя позволять так с собой разговаривать, — подумал профессор, — всему есть предел. С меня довольно».

Михаил Владимирович стянул перчатки, маску, шапочку, покинул операционную, прыгая через две ступеньки, сбежал вниз, по дороге избавился от халата, разодрав тесемки. Пролетел мимо охраны, помчался за трамваем, легко, словно мальчик, впрыгнул на ступеньку, вцепился в поручень.

Михаил Владимирович ничего этого не сделал, остался у стола, в полном обмундировании, стерильный, сосредоточенный, и мягко произнес, глядя в прямоугольные зрачки:

— Давайте-ка мы лучше поспим, товарищ Коба. Так оно спокойнее, и вам, и нам.

Умница анестезиолог догадался на всякий случай все заранее приготовить для общего наркоза. Рябое лицо было накрыто маской. Глаза темно сверкнули и скрылись под толстыми веками.

Операция заняла пятнадцать минут и прошла вполне благополучно.

* * *

Москва, 2007

Квартира была идеально чистой и чужой, как гостиничный номер. Соня лежала на диване, глядя в потолок, и внушала себе, что она дома, все хорошо, жизнь продолжается.

Она прилетела из Германии позавчера. Чемодан до сих пор стоял в прихожей. Переступив порог, она позвонила дедушке в Зюльт-Ост, сообщила, что долетела нормально, пообещала вернуться не позже чем через месяц и сразу отключила оба телефона, задернула шторы, заперла дверь на задвижку.

Она никого не хотела видеть, в том числе саму себя, и всерьез думала, не завесить ли зеркала в ванной, в прихожей, как это делается, когда в доме покойник.

Она смертельно устала. Она чувствовала себя слишком ничтожной и слабой, чтобы решать неразрешимые вопросы. Почти век назад ее прапрадед, профессор медицины Михаил Владимирович Свешников, случайно обнаружил, что у некоторых живых существ есть шанс не стареть и жить значительно дольше себе подобных. Почему-то теперь именно она, Соня, должна продолжить его исследования, которые сам он, кажется, продолжать вовсе не желал.

Соня тоже не желала. Лично ее вполне устраивал существующий порядок вещей.

Прощаясь в гамбургском аэропорту со своим дедом, в последний раз обернувшись у будки пограничного контроля, Соня испытала жуткую боль. Сжалось сердце. Дед был похож на ребенка. Красный пуховик, тонкие детские ноги в джинсах, разноцветная шапка с кисточками, растерянные, яркие от слез глаза на маленьком бледном лице и уши как локаторы. Словно ему не девяносто, а всего лишь девять, и он не дедушка ее, а сын, которого она бросает. Зачем, ради чего?

«Предательница, предательница», — повторяла про себя Соня, пока летела в самолете.

— Вы не можете оставаться на острове. Единственный шанс для вас и для нас — степь, развалины, — сказал ей Петр Борисович Кольт несколько дней назад, когда они сидели в ресторане на набережной Зюльт-Оста.

За стеклянной стеной гудело ледяное Северное море. Штормовой ветер бился в стекло. Из-за бури выключилось электричество. Погасли фонари, снаружи опустился мрак, внутри зажгли керосиновые лампы и свечи. Соня смотрела, как дрожат отражения огоньков, маленькими глотками пила зеленый чай. В полумраке ресторанного зала лица ее собеседников, подсвеченные снизу, казались безглазыми.

– Но следствие еще не закончено, я потерпевшая и главный свидетель, полиция требует, чтобы я осталась, – сказала Соня.

– До пятнадцатого. А сегодня уже двадцатое, – мягко напомнил Иван Анатольевич Зубов. – Все, что вы могли им рассказать, вы рассказали.

– Это следствие никогда не закончится. Никого из ваших похитителей не нашли и вряд ли найдут, – добавил Кольт.

Свет вспыхнул, заработал аварийный генератор. Посетители ресторана оживились, заговорили громче, дружно похлопали в ладоши. Только трое за столиком у стеклянной стены, Соня, Кольт и Зубов, не выказали никакой радости, как будто даже не заметили, что стало светло.

– Соня, проснитесь, все плохое кончилось, – сказал Зубов и накрыл ее руку широкой сухой ладонью, – съешьте наконец что-нибудь, на вас смотреть больно.

Добрый, умный Зубов все время повторял: я на вашей стороне, я вас отлично понимаю. У нее не было оснований сомневаться в его искренности, хотя, разумеется, он, прежде всего, был на стороне своего хозяина, скромного миллиардера Петра Борисовича Кольта.

Кольт хотел, чтобы Соня продолжала исследования. Он потратил на это много денег и сил, он слепо верил, что препарат профессора Свешникова вернет ему молодость и здоровье. То, что произошло с Соней, лишь разожгло его аппетит. Соню похитили охотники за бессмертием, стало быть, именно она, только она способна повторить чудеса, которые творил при помощи препарата ее прапрадед.

— Соня, вы лучше меня знаете, они вас не оставят в покое, — сказал Кольт, — вам нужна охрана, иначе рано или поздно вы опять окажетесь у них. Надеюсь, с этим доводом вы согласны?

— Согласна.

— Отлично. Поехали дальше. Довод второй, наверное, главный. Вы сами не успокоитесь. Будете думать, мучиться, искать. Вам нужны нормальные условия для работы. Я вполне допускаю, что вы потратите на поиски не один год, более того, я так же, как и вы, отнюдь не уверен в успехе и не исключаю вариант полного фиаско. Я не требую от вас никаких гарантий. Я просто прошу вас продолжить исследования.

Она согласно кивнула. Ей нечего было возразить.

— Вам грустно расставаться с дедушкой, — сказал Зубов, — вы можете навещать его как угодно часто. Но жить здесь, с ним, постоянно вы не можете, верно?

Она опять кивнула.

— Чем вы станете тут заниматься? — продолжил Кольт. — Вы умрете со скуки. Выстроить здесь для вас новую лабораторию я уже не сумею. Да и что толку? Препарата нет. Единственный шанс — степь, развалины.

Разговор пошел по второму, по третьему кругу. Несколько раз выходили курить на открытую веранду. Ветер бил в лицо, гасил зажигалки. Кольт удалился в туалет.

— Зачем тратить столько слов? Я же не сказала нет, — тихо заметила Соня, оставшись наедине с Зубовым.

— Но и согласия своего вы никак не выразили.

— Разве? Я же все время кивала.

— Сонечка, вы только не обижайтесь, может, вам нужна помощь психолога?

— Ага. Психиатра. Я, разумеется, свихнулась после всех приключений.

— Так и знал, что обидитесь. Ну, ладно, простите. А как насчет отдыха на теплом море? Канарские острова, Тенерифе. Вы же нигде не бывали.

— Отличная идея. Петр Борисович оплатит. Это будет очередной аванс, в счет будущих побед.

— Перестаньте, очнитесь, вы как будто под гипнозом, вы похожи на унылую сомнамбулу. Ну, что они с вами сделали, Соня, что?

— Интересно, а бывают веселые сомнамбулы? — спросила Соня и подумала: «Хотела бы я сама понять, что они со мной сделали. Да, конечно, вначале они меня усыпили, вкололи какую-то дрянь, но с тех пор прошло много времени, и потом уж никто пальцем не тронул. Разве что доктор Макс считал пульс и стукал по коленкам».

— Соня, у вас депрессия. Вам нужно как-то встряхнуться, начать жить и работать, — сказал Зубов, тревожно глядя ей в глаза.

— Иван Анатольевич, не волнуйтесь, я справлюсь, — она заставила себя улыбнуться. — Просто мне действительно тяжело расставаться с дедом. Все-таки ему девяносто.

— А вот у нас и третий замечательный довод, — послышался позади бодрый голос Кольта.

«Те, кто похитил меня, тоже приводили этот довод», — хотела сказать Соня, но промолчала.

В Москву из Гамбурга летели втроем. Кольт спал. Зубов сидел рядом с Соней, пытался разговорить ее, но не сумел и хмуро уткнулся в газету.

«Бедняга, он устал от меня. А как я от себя самой устала, словами не выразить», — подумала Соня, глядя в темный иллюминатор.

— Сколько дней вам нужно, чтобы прийти в себя? — спросил Зубов на прощанье возле двери ее московской квартиры.

— Не знаю.

— А кто знает?

– Никто.

– Ладно. Сегодня пятница. Я позвоню вам в понедельник.

Больше всего на свете ей хотелось, чтобы ее оставили в покое. И вот он, долгожданный покой. Пустая тихая квартира. На кухонном столе записка.

«Ура! Утвердили на роль вертухая (со словами!!!) в ист. сериале про репрессии. Лечу на Соловки. Авось прославлюсь (если не сопьюсь). Целую тебя нежно, люблю очень. Твой Нолик».

Школьный дружок, верный Арнольд, часто приходил сюда, возможно даже ночевал, и тщательно вылизал квартиру, что было совсем на него не похоже. Большего неряхи и разгильдяя Соня в жизни не встречала.

«Может, выйти за него замуж? – подумала Соня. – Он будет любить меня очень, целовать нежно. Чистота и порядок говорят сами за себя. Они просто кричат о глубоких и серьезных чувствах Нолика. Он ради меня готов жертвовать собой. Что же мне еще нужно? В тридцать лет пора уж иметь семью, родить ребенка. Я вполне могу вернуться в свой НИИ, работать над докторской. Все материалы готовы, остается только сесть и писать. Мы с Ноликом хорошая пара. Он актер, я ученая дама, биолог. У нас должен получиться удивительный ребенок, если, конечно, Нолик пить не будет».

Перед глазами замелькал ряд идиллических картинок. Круглая добродушная физиономия Нолика в тот волшебный миг, когда она скажет ему: все, Арнольд, я решилась, мы женимся. Сама эта женитьба, застолье в каком-нибудь дешевом ресторане на окраине. Крики «горько», салат оливье и заветренная буженина. Пунцовые щеки и поджатые губы Раисы Андреевны, мамы Нолика. Вот уж кто Соню никогда не полюбит. Впрочем, это пустяки. Главное – сам Нолик. Разве плохо будет жить с ним под одной крышей, спать в одной постели? А потом придет счастье, Арнольдович или Арнольдовна, гениальный обожаемый младенец, не важно, какого пола.

Соня довольно ясно представила себе все, кроме самого главного — ребенка. Вместо трогательного детского плача она услышала крики чаек, плеск волн и мгновенно почувствовала такой холод, что пришлось достать из шкафа второе одеяло.

«Вы не сумеете вернуться в мир профанов. Вы слишком много знаете о жизни, чтобы просто жить. Хотите вы или нет, но вы уже с нами. Вы одна из нас. Все это замечательно изобразил господин Гете в «Фаусте», перечитайте на досуге».

Соня повернулась к стене, уткнулась в подушку, но в полной темноте, сквозь сжатые веки, все равно видела лицо Эммануила Хота, узкое, темное, изрытое оспинами. Древний магический прием — вырезание следа из земли. Овальный кусок глинозема — вот что такое лицо Хота.

Они именуют себя имхотепами. Они действительно знают о жизни слишком много, чтобы просто жить. Но может, совсем наоборот: они ничего не знают? Их мир иллюзорен, холоден и мертв. Они верят, что сохранить вечную молодость может лишь тот, кто никого не любит. А это есть смерть.

За окном взвыла сирена, звук нарастал, приближался. Соня встала, отдернула штору. Замелькали синие отблески мигалки. По переулку промчалась «скорая». Когда вой затих, Соня услышала, что звонят в дверь.

Было воскресенье, десять часов утра. Взглянув в глазок, она увидела доктора Макса.

— Соня, откройте, умоляю, — сквозь дверь голос его звучал вполне отчетливо, — нам нужно поговорить.

Когда люди Зубова забирали Соню с борта яхты Эммануила Хота, доктор Макс преградил путь, у него в руке был пистолет, и прощание получилось нехорошим.

«Ты не уйдешь, Софи. Ты должна найти ответ, это твой долг, твой крест. Ты не можешь все бросить и забыть. Цисты у нас. У тебя ничего не осталось», — так, кажется, он сказал.

Из всех обитателей проклятой яхты он единственный говорил по-русски и был похож на живого человека. Соне даже стало жалко доктора Макса, когда кто-то из людей Зубова схватил его сзади за ноги и повалил.

И вот теперь он стоял за дверью ее московской квартиры, умолял впустить. Свет снаружи, на лестничной площадке, был достаточно ярким, чтобы даже сквозь глазок заметить, как доктор Макс похудел, осунулся, какой он бледный и несчастный.

Соня тронула задвижку и заметила, что она едва держится на двух разболтанных винтах.

— Я один, я ничего плохого вам не сделаю. Вы можете вызвать милицию, можете позвонить Зубову, но будет лучше, если вы просто впустите меня.

— Хорошо, — сказала Соня и открыла дверь.

Доктор Макс не вошел, а просочился в узкую щель, захлопнул дверь, оглядел замок и быстро прошептал:

— У вас есть отвертка?

— Кажется, была. Зачем вам?

Макс показал глазами на задвижку, скинул куртку. Руки у него тряслись.

— Соня, слушайте меня внимательно, у нас очень мало времени. Пока вы будете одеваться, я попробую починить замок. Потом мы пойдем куда-нибудь позавтракаем, — он справился наконец со шнурками, разулся.

— Макс, что происходит?

— Потом объясню. Где инструменты?

— Идемте, покажу, — она открыла тяжелый нижний ящик кухонного шкафа. — Берите все, что вам нужно, а я, с вашего позволения, приму душ. Я только что проснулась.

— Хорошо. Но, пожалуйста, быстрее.

«Он выманит меня из дома, и в каком-нибудь тихом переулке они затащат меня в машину, — думала Соня, стоя под горячим душем, — надо было включить телефон и позвонить Зубову. Зачем я вообще впустила доктора Макса? Почему так спокойно оставила его одного распоряжаться в моем доме? С какой стати он вдруг взялся чинить задвижку? На самом деле она уже лет десять держится на одном винте, просто раньше никто этого не замечал. Может, он блефует? Устроил хитрую инсценировку перед похищением?»

Нет, пожалуй, доктор Макс не блефовал. Она поняла это, как только увидела его изможденное, бледное до синевы лицо, красные воспаленные глаза, трясущиеся руки. Но дело даже не в том, как он выглядел, как вел себя и что говорил. Соня прекрасно понимала, что второго похищения не будет. После такого позорного провала они должны изменить тактику. Они станут действовать спокойней, тоньше. Они будут рядом и продолжат обрабатывать ее, им ведь нужно ее добровольное согласие.

ГЛАВА ВТОРАЯ

Москва, 1921

«Весна, чудесное раннее утро. Грациозные облака похожи на призраки маленьких танцовщиц в газовых пачках, с белыми развевающимися волосами. Воздух удивительный, пьяный, счастливый. Ну и что? Она меня совсем не любит, и, стало быть, все напрасно».

Федя Агапкин шел по Тверской-Ямской улице. Ему было жарко в кожанке, он прятал печальные глаза под козырьком фуражки. Трамвай прозвенел, в грязных стеклах тускло вспыхнуло солнце. Прошел дворник с метлой, мелко, вразвалочку, просеменила баба с ведром, накрытым тряпицей.

— Пирожки горячие, пирожки с горохом, с ливером, с пылу, с жару, — пропела она басом, поравнявшись с Федором, — гражданин чекист, купи пирожок!

«Не любит, — думал Федор, — и эта ласковая утренняя дымка, нежный оттенок неба, какой бывает только в апреле, эти отблески солнечного света, этот я, здоровый, сытый, сильный, — ничего не нужно. Таня, Танечка, сколько еще ты будешь меня мучить? Сколько еще мне страдать? Не любишь, так отпусти, я бы нашел себе другую, простую веселую девушку, жил бы с ней, спал бы с ней. Нет. Я уже пробовал. Нет. Не могу с другой. Танечка, не могу, отпусти!»

Из подворотни вылетела стая беспризорников, бросилась врассыпную, кто-то помчался наперерез трамваю, кто-то успел вскочить на подножку. Трель милицейского свистка, крики «Атас!», «Держи!», вой и брань бабы наполнили улицу.

— Ограбили! Убили! Убили, ироды!

Двое проворных оборвышей успели на бегу сдернуть с ведра тряпицу, утащить несколько пирожков.

«Что же я все твержу: отпусти! Разве она держит меня?» — горько спросил себя Федор, но не сумел самому себе ответить. Не было ответа на этот вопрос и никогда не будет.

Федор вздрогнул, огляделся, словно проснулся, вынырнул из какой-то своей внутренней реальности, в которую погружался всякий раз, когда думал о Тане. Солнце ударило в глаза, тяжесть внешнего мира обрушилась, накрыла с головой, как штормовая волна.

Ни одного беспризорника уж не осталось. Их будто смыло. Трамвай уехал. Вдали растаяла трель милицейского свистка. Мимо шли утренние люди, одетые вполне прилично по нынешним временам, хотя, конечно, весьма странно. Женщины в плюшевых юбках, сшитых из штор и скатертей, в мужских ботинках, в солдатских сапогах. У большинства волосы острижены коротко, из-за вшей. Мужчины плохо выбриты, лезвий не достать. Если, допустим, человек в пиджаке, то на локтях заплаты, сукно истерто и лоснится, как тонкая лайка. Иногда вместо пиджака фрак, а под ним ветхий лыжный джемпер, старушечья вязаная кофта или вообще ничего, кроме грязной манишки. Солдатские галифе, матросские клеши, наконец, просто подштанники вместо брюк, но при этом лаковые бальные ботинки.

Сам Федор одет был по-настоящему хорошо. Куртка и фуражка из мягкой черной кожи, добротные диагоналевые брюки, удобные крепкие сапоги. Белье носил всегда чистое, выглаженное и брился ежедневно, отличными английскими лезвиями. Он забыл, что такое голодные спазмы в животе, как омерзительно быть грязным, вшивым, как холодно в изношенном тряпье, без нижнего белья, зимой, как крепко прилипают портянки к истертой в кровь коже, когда на ногах разбитая затвердевшая обувь.

Он шел быстро, смотрел прямо перед собой и чуть не упал, споткнувшись о какое-то препятствие.

Крепкая вонь ударила снизу в лицо. Словно из-под земли вырос безногий старик. Культи были примотаны к четырехколесной, ладно сбитой тележке. В длинющих, сильных руках инвалид держал детские лыжные палки.

— Позвольте обратиться, многоуважаемый товарищ, — тихо произнес инвалид, — униженно прошу внимания и снисхождения.

— Что вам нужно? — спросил Федор, морщась и аккуратно обходя инвалида.

— Только вы один можете помочь, многоуважаемый товарищ, на ваше благородство израненной душой уповаю.

Федор достал из кармана мелочь, протянул старику.

— Премного благодарен, рад, что не ошибся в вашем милосердии.

Федор ускорил шаг и опять погрузился в свои мысли, стал подробно вспоминать последний разговор с Таней. О чем они говорили, не важно, о пустяках, как всегда, но в глазах ее появилось теплое влажное сияние, которого раньше не было, и когда она поцеловала его на прощанье, губы ее скользнули по щеке, быстро коснулись краешка его губ. Может, она оттаивала? Или все дело в тифе? Зимой Таня тяжело, страшно болела, чуть не погибла и теперь как будто родилась заново. Остриженные волосы отросли немного, и с такой прической она выглядела значительно младше. Слабенькая, прозрачная, она чаще смеялась и плакала, реже упоминала имя своего мужа полковника Данилова, лицо ее разгладилось, смягчилось, и совсем исчезла ледяная отрешенность, так пугавшая Федора.

— Чистый, сытый, дикалоном несет, — бормотал инвалид и все катился следом, квартал за кварталом, не отставая ни на шаг.

Колеса тележки резво постукивали, концы лыжных палок дробно цокали по разбитому тротуару. Федор уже дал ему целковый, отсыпал папирос из портсигара, но старик продолжал его преследовать.

— А в глазах-то у тебя тоска смертная. Тошно тебе, товарищ многоуважаемый. Вот сделаешь доброе дело, и сразу полегчает, отпустит тоска, дышать станешь полной грудью и радостными глазами глянешь в светлое коммунистическое будущее.

Федор в очередной раз остановился и взглянул на старика.

— Катился бы ты, дед, своей дорогой. Смотри, сейчас площадь перейдем, и дальше тебе все равно ходу нет.

— Да уж, понятно, в Кремль меня, красного бойца, нынче не пустят. Что я ноги делу революции отдал, это пустяк, это тьфу! Что всю мою фамилию, от мала до велика, свалили голод и тиф, это тоже тьфу! Многоуважаемый товарищ, прояви чистосердечное милосердие, верни ты мне ноги, а?

Инвалид сдернул рваный картуз. Вскинутое вверх бородатое испитое лицо растянулось в жуткой беззубой улыбке. На Федора смотрела темная древняя маска сатира. Пегие волосы так причудливо свалялись, что получились настоящие маленькие рожки по обе стороны лба.

— Как же я тебе верну ноги, красный боец? Свои, что ли, отдам?

— Свои точно не отдашь. Да и не нужно мне твоих. Ты мне мои вырасти, собственные, новые.

— Дед, что ты бредишь? Ступай домой, проспись.

— Ступай! — Старик звучно захохотал, вскинул палку, чуть не задев лицо Федора. — Мог бы я ступить хоть шажок, я бы самый был рассчастливый человек на свете. Да и дома у меня нет, при госпитале обитаю, при бывшем Святого Пантелеймона, что на Пречистенке, а ныне имени товарища Троцкого Льва Давидовича. Ну, смекаешь, куда клоню? А, по глазам вижу, смекаешь.

— Ничего я не смекаю, все, дед, мне пора на службу, — Агапкин решительно пошел вперед, почти побежал, но старик на своей тележке ринулся следом.

— Погоди, минутку, погоди, не гони! Пожалей ты меня, тварь несчастную, обрубок человеческий! Сведи меня с профессором, словечко одно замолви, скажи, пусть даст мне свое магическое зелье, без ног мне очень худо живется!

— Какой профессор? Какое зелье? — спросил Федор, не останавливаясь, продолжая быстро шагать через Манежную площадь.

— Свешников профессор, Михал Владимирыч. Я уж пытался к нему подобраться, и так, и сяк, да его, сам знаешь, ныне в автомобилях возят, охраняют. Вот мне сторож и присоветовал, найди, мол, помощника его, Федю Агапкина. Он, мол, вроде один, без охраны ходит, по Тверской к Кремлю, и не злой, вполне отзывчивый товарищ.

— С чего ты взял, что я Федя Агапкин?

— Так я ж тебя видел, давно еще, в госпитале, да только все никак не мог поймать одного, которое уж утро дежурю, тебя поджидаю, вот повезло, наконец встретились. Ты, многоуважаемый товарищ Агапкин, зришь перед собой не человека, нет, а один только ужас отчаяния, ты помоги мне, Федя.

Старик еще что-то говорил, кричал, но Федор не слушал, он побежал через площадь, к Спасским воротам, не оглядываясь, придерживая фуражку, чтобы не сдуло ветром.

— Товарищ Агапкин, вы чего так запыхались? — спросил красноармеец у моста.

— Бежал. Опаздываю, — коротко ответил Федор.

* * *

Москва, 2007

Соня вылезла из душа, быстро оделась. Макс возился с дверной задвижкой.

— Позавтракать нужно обязательно, и вам, и мне, я заглянул в ваш холодильник, там пусто, — произнес он громким беззаботным голосом, выразительно взглянул на Соню и приложил палец к губам.

— Тут есть неплохое кафе поблизости, — Соня надула щеки и покрутила пальцем у виска, — я готова.

Макс молчал, пока они не вышли из подъезда. Было холодно, влажный ледяной ветер бил в лицо, Соня замотала голову шарфом, спрятала руки в карманы. Макс шел в распахнутой куртке, с голой шеей, но, казалось, вовсе не чувствовал ветра и стужи.

— У вас жучки в квартире. Я нашел один, снимать не стал. Их наверняка много. Их поставили не для вас. Для меня. Они уверены, что вы все равно никуда не денетесь, а вот мне доверять перестали. Соня, мне надо исчезнуть, я больше не могу быть одним из них. Я должен рассказать вам, — Макс болезненно сморщился, Соня заметила, что глаза его наполнились слезами. Впрочем, это могло быть из-за ветра.

Они зашли в пустое кафе, выбрали столик в углу. Соня заказала себе сок, кофе, омлет с сыром, фруктовый салат. Макс заявил, что есть совсем не может, попросил принести воды.

— Ну, я слушаю вас. Здесь ведь нет жучков.

— Нет. Здесь чисто. Но мне очень трудно начать, найти нужные слова, чтобы вы поняли меня и не сочли сумасшедшим. Соня, они опять затевают нечто чудовищное, вы должны остановить их. Вы обязаны, кроме вас никто этого сделать не сумеет.

— Простите, Макс, мне кажется, вы правда немного не в себе.

— Подождите. Не перебивайте меня. Я знаю, это звучит дико и похоже на бред. Вы должны будете ввести препарат Хоту. Это обезглавит орден, внесет смятение в их ряды.

Соня тихо присвистнула и покачала головой.

— Макс, а не проще ли обратиться к профессионалам?

— Вы имеете в виду наемных убийц? — он нервно рассмеялся. — Нет, Соня, это плохой вариант. У таких, как Хот, феноменальное чутье на опасность. Ну, скажите, почему никто не грохнул Сталина и Гитлера? Ведь были шансы, и реальные покушения были. Что помешало?

— Насчет Сталина — не знаю, вроде бы никто и не пытался. А Гитлера каждый раз спасала случайность.

— Случайность. А почему она не спасла, допустим, Кеннеди или Индиру Ганди? Соня, у меня нет времени и сил доказывать очевидное. Вам придется поверить мне на слово. Уничтожить главу ордена обычными средствами невозможно. Он неуязвим до тех пор, пока не выполнит свою миссию.

— Что за миссия?

— Все та же. Раздор, хаос. Разделить людей по какому-нибудь простому принципу и натравить друг на друга, чтобы люди, поколение за поколением, глохли, слепли от ужаса и не успевали осознать себя людьми. В двадцатом веке им удалось расколоть мир крестообразно, стравить людей по двум линиям разлома. Раса, национальность, как в случае с германским фашизмом. Социальный класс. Богатые и бедные, как в России в период коммунистического бреда.

— Погодите, Макс! — Соня едва сдержала нервный смешок. — Вы хотите сказать, Гитлер и Сталин были главами ордена?

– Разумеется, нет, – он махнул рукой, – не надо понимать все так буквально. Эти двое главами ордена не были и быть не могли. Но они оставались под защитой ордена, каждый до своего срока.

– Под магической защитой? – осторожно уточнила Соня.

– Если начну объяснять, мы проговорим до завтрашнего вечера. Магия слишком общее, размытое понятие. Имхотепы используют приемы разных психотехник, манипулируют не только сознанием, но и подсознанием. Гипноз, наркотики, биоэнергетическое оружие. Это особая наука, или искусство. Искусство создавать события. Новейшая их разработка – разделение людей по половому признаку. Сейчас они потихоньку раздувают в массовом подсознании древнейший, вечно тлеющий огонек вражды между полами. На разных уровнях, в разной стилистике внедряется идея о подготовке глобального мирового переворота во имя наступления эпохи матриархата. Женщины станут править миром, первым делом начнут мстить за многовековое угнетение, унижение. Мужчин уничтожат или обратят в рабство.

Принесли еду, и Соня поняла, как сильно проголодалась. В последний раз она ела в самолете. Дома только выпила чаю и сгрызла пакет орешков.

– Демоническая женственность. Тысячелетнее царство кровожадных жриц, – быстро, нервно шептал Макс, перегнувшись через стол. – Подобно самкам богомола, они станут убивать самцов сразу после совокупления. Древнеегипетский миф о богине Исиде, родившей сына Гора от мертвого Осириса. Апокалипсическая жена верхом на звере багряном.

– Тихо, тихо, Макс, успокойтесь, – перебила Соня и поднесла к его губам стакан с водой.

Он послушно глотнул, облизнул губы и покосился вправо. Там, через два столика, сидела приятная молодая пара. Они только что вошли и спокойно читали меню.

— Уходим отсюда, быстро, — сказал Макс.

— Погодите, я еще не выпила кофе. И надо расплатиться.

Макс вытащил бумажник, шлепнул на стол купюру, пятьдесят долларов.

— Вот. Этого достаточно?

— У нас принимают только рубли. Нужен счет. Макс, невозможно так уйти.

— У меня нет рублей. Я поменял семьсот долларов и все потратил. Осталась только мелочь. Я не могу пользоваться кредиткой.

— Ну и ладно. Что вы нервничаете? Сейчас позовем официанта. У меня есть деньги.

Когда они выходили из кафе, Соня взглянула на приятную пару. Мужчина делал заказ, женщина разговаривала по телефону.

— Это их вы испугались? — спросила Соня на улице.

— Не важно, — он рванул вперед, бегом.

Соня отстала немного и заметила, что у него из-за ворота куртки торчит что-то.

— Макс, подождите, стойте, у вас ярлык болтается, надо оторвать.

— А, да, я забыл, — он притормозил на минуту.

Соня дернула капроновую леску, чуть не порезала палец. В руках у нее остался бумажный ярлык и приколотый к нему пластиковый пакетик с лоскутом ткани, кнопкой и белым клочком пуха.

— Давно вы так ходите? — спросила она.

— Куртку я купил только что, тут неподалеку, в торговом центре, как и всю прочую одежду, от ботинок до нижнего белья.

— Куда же вы дели то, что было на вас надето?

— Выбросил.

— Зачем?

— Потом объясню. Сейчас некогда. Соня, слушайте очень внимательно, — он взял ее под руку, она почувствовала, как сильно он дрожит.

— У вас нет температуры? Мне кажется, вас знобит. Хотя бы застегните куртку.

— Умоляю, молчите и слушайте! Вы продолжаете опыты под крышей Кольта. Они будут рядом, держать вас под контролем, психологически обрабатывать.

— Макс, куда мы идем?

Они не шли, а бежали, причем Макс то и дело оглядывался, чуть не вывихивая шею. Было скользко и слякотно, с неба посыпалась какая-то липкая гадость, снег с дождем.

— Вы должны поддаться на их уговоры, притвориться, будто ничего не имеете против.

— Погодите, Макс, я так не могу. Вот еще кафе, давайте зайдем, мне холодно, мокро, я хочу выпить кофе и выкурить сигарету.

— Нет. Нельзя, — он резко остановился, огляделся.

— Макс, никто за нами не идет, расслабьтесь вы хоть немного. Что бы вы сейчас ни говорили, я все равно не слышу, не понимаю.

— Ладно. Вы правы. Так разговаривать невозможно.

В маленькой кофейне играла музыка. Компания подростков громко болтала и смеялась, сгрудившись перед раскрытым ноутбуком. Две аккуратные старушки чинно пили кофе. Больше никого не было. Соня подошла к стойке, заказала себе двойной эспрессо, Максу ромашковый чай.

— Стало быть, вы думаете, что имхотепы хотят натравить друг на друга мужчин и женщин? — спросила она, вернувшись за столик.

— Я не думаю. Я знаю. Они уже это делают.

— Зачем?

Внезапно Макс засмеялся. Смех был тихий, на дребезжащей высокой ноте. Соня решила подождать, пока он придет в себя, спокойно выпила свой кофе, закурила. Музыка кончилась, и странный смех стал слышен на всю кофейню. Подростки не обратили внимания, а старушки тревожно уставились на Макса.

— Ну, все, все, тихо, — не выдержала Соня, — глотните чаю или лучше съешьте что-нибудь.

Макс уже не смеялся, а плакал, горько, по-детски шмыгал носом.

— Вечный вопрос. Вопрос-ловушка, — пробормотал он и высморкался в салфетку. — Соня, зачем был большевизм в России? Нацизм в Германии? Зачем на один маленький двадцатый век пришлось две гигантские мировые войны? Первая вырастила и вскормила две химеры, большевизм и нацизм. Вторая явилась битвой химер, с миллионами убитых и замученных. Зачем? Чему научилось несчастное человечество? Что оно приобрело такой страшной ценой? Ничего! Если вы не понимаете, примите на веру и запомните, как аксиому. Зло иррационально, бессмысленно, противно логике. Внутри нашей системы ценностей мы никогда не найдем честного разумного объяснения ни одному из исторических злодеяний. А наши мозги так устроены, что мы склонны считать необъяснимое несуществующим. Между прочим, одна из гениальных уловок дьявола — притвориться, будто его нет.

— Да, я, пожалуй, начинаю понимать вас, но все это слишком отвлеченно. Я не могу себе представить то, о чем вы говорите. Невозможно развязать войну между мужчинами и женщинами.

— Вы просто не хотите это представить. Слишком ужасно и безнадежно. Разумеется, до войны еще очень далеко, и не обязательно, что она охватит весь мир. Но зерна подозрительности, вражды, ненависти уже посеяны.

«Он правда свихнулся, — спокойно подумала Соня, — он ведет себя как сумасшедший. Полностью, до белья, переоделся в новую одежду, а старую выкинул. Потратил на это все наличные рубли. Поступок психа».

— Хорошо. Допустим. И вы считаете, что предотвратить катастрофу возможно, если Хот погибнет от вливания препарата? — спросила она с той ласково-снисходительной интонацией, с какой обращаются к малым детям и психически больным.

— Отсрочить, притормозить — да. А это уже немало. Вероятно, вам даже придется пройти инициацию.

— Мг-м. И потом у меня будет так же вонять изо рта, как у Хота и остальных?

— Существует тринадцать ступеней посвящения. На последних пяти ритуальности не придается никакого значения. Балахоны, гробы, петли на шее, черное причастие нужны лишь для новичков.

— Черное причастие?

— Ну да. Сложная смесь животных и растительных препаратов. Состав меняется по мере продвижения адепта. На первых ступенях — высокий процент галлюциногенов. На последних — только биостимуляторы. Вы можете отказаться. Я уверен, вы будете проходить сразу девятую или десятую.

— А если, допустим, пятую или шестую?

— Нет. Они не станут тратить время на эти формальности. Они и так слишком долго ждали. Слушайте главное. Примерно через год вы сумеете создать схему строго научного объяснения действия препарата, вы дадите им гарантию.

— Стоп. Хоту сколько лет?

— Никто не знает.

— Как? Но ведь у него должны быть какие-то документы, официальная дата рождения.

— Последняя официальная дата — тысяча девятьсот тридцать пятый. Но документы врут. Он мог родиться сто, двести, триста лет назад и проживет еще столько же.

— Макс, вы же врач, разумный человек. Неужели вы верите тому, что говорите?

— Достаточно взять у него анализ крови.

— И обнаружить, что в жилах его течет клюквенный сок? — Соня едва сдерживала нервный смех.

— У меня нет времени и сил объяснять вам то, что вы все равно очень скоро узнаете сами. Хот другой.

Не совсем человек. Я хотя бы предупредил вас, меня не предупреждал никто, мне пришлось пережить шок. Потом я, конечно, привык, нашел для себя какие-то приблизительные объяснения, ну, просто, чтобы не свихнуться. Семь лет я был его придворным врачом.

Соня впервые взглянула прямо в глаза Максу и удивилась. Не было в них ни тени безумия. Только тоска и усталость.

— Хорошо, Макс, я готова принять вашу логику. Но вы забыли одну деталь. Когда Хот излагал мне свои планы, речь шла о том, что сначала я должна ввести препарат себе, а потом ему.

— Именно так вы и сделаете.

— Я могу умереть, вам это не приходило в голову?

— Нет, Соня, вы от вливания не умрете.

— Интересно. Стало быть, вы поняли принцип действия?

— Невозможно понять, это не для разума, это скорее из области чувств. Меня бы вливание убило. И Хота убьет. Кстати, Кольта тоже убьет, учтите это, на всякий случай. А вы, Соня, будете жить, очень долго, невероятно долго.

— Спасибо, — Соня усмехнулась, — не уверена, хочу ли я этого. Но все-таки какое-то объяснение должно быть. Приблизительное. Чтобы не свихнуться.

— Оно есть. Перечитайте записи профессора Свешникова. Займитесь нейропептидами.

Они вышли из кофейни. Небо расчистилось, выглянуло солнце.

— Макс, нейропептиды были открыты в конце шестидесятых двадцатого века. Свешников не мог знать о них.

— Не важно. Он выявил биохимический эквивалент эмоций, он назвал это ДДФН. Доказательство для Фомы неверующего. Материальное, биологическое подтверждение первичности Духа.

— Макс, я не помню этого. Я почти наизусть знаю записи Михаила Владимировича, но этого не помню, — тихо заметила Соня.

— Отправляйтесь домой, — сказал Макс, — включите телефоны, позвоните Зубову, скажите, что готовы лететь в Вуду-Шамбальск, готовы работать. Там, в степи, ничего не бойтесь, но будьте внимательны и осторожны. Запомните имя. Дассам. Никогда не произносите его вслух, не пытайтесь искать этого человека. Он сам вас найдет и поможет. Каким бы странным он вам ни показался, знайте: ему можно доверять, он на вашей стороне. Все, Соня, я свяжусь с вами, мы поговорим подробней.

— Макс, где вы остановились? Я провожу вас до метро или лучше давайте поймаю для вас машину.

— Соня, идите домой. Скажите Зубову о жучках, пусть его люди снимут.

Макс обнял ее, сухо поцеловал в щеку, отпрянул, побежал через перекресток.

Это был оживленный и опасный перекресток, без светофора. Машины ехали с трех сторон. Но в воскресенье утром движение было не особенно активным. Макс добежал до середины, встал, чтобы пропустить поток, оглянулся на Соню, помахал рукой. Краем глаза она заметила, как тронулся с места бежевый «Форд-Фокус», припаркованный на противоположной стороне, у ограды торгового центра. Он поехал слишком быстро и не прямо, а как-то наискосок, крутым зигзагом.

Взвизгнули тормоза, несколько других машин отчаянно загудели. Макс метнулся в сторону и вдруг полетел. Мгновение он парил в воздухе, в метре от земли, и упал с глухим тяжелым стуком. «Форд» умчался на невозможной скорости. Соня успела увидеть, что номера его густо замазаны грязью.

ГЛАВА ТРЕТЬЯ

Москва, 1921

Когда Михаил Владимирович вошел в палату, больной сел, спустил босые ноги на пол, приветливо заулыбался ему, крепко пожал руку, подмигнул.

— Что-то вы давно не навещали меня, дорогой профессор. Я уж соскучился. Только от одного вашего присутствия боль стихает. Вот что значит настоящий доктор, целитель.

— Вам больно? Где именно?

— Ну, нет, это я, конечно, преувеличил. Уже не больно, только щекотно, будто какие-то насекомые там ползают, — он пошевелил рукой, и толстые его пальцы на мгновение стали похожи на извивающихся червей.

«Каков актер, — восхищенно подумал профессор, — сколько разных личин у него в запасе».

— Щекотно, это хорошо. Стало быть, идет заживление, ткани восстанавливаются. Вы лягте, расслабьтесь. Ну, что ж, все замечательно. Сегодня можно снимать швы, и завтра, пожалуй, я вас выпишу.

— Да уж, пора. Почти неделю тут у вас валяюсь. Непозволительная роскошь.

— Разве роскошь? Необходимость. Ну-ка, язык покажите. Шире рот откройте и повернитесь к свету. А-а!

— А-а!

Звук получился глубокий, на басовой ноте. Язык вывалился до подбородка.

— Вот молодец. Хотя, конечно, никакой вы не молодец. Горло у вас нехорошее, гланды воспаленные. А язык — извольте сами посмотреть, — профессор протянул ему зеркало, — видите, серо-желтый, будто мхом зарос. Теперь представьте, такая же дрянь у вас вдоль пищевода, по всей слизистой.

Коба рассматривал себя довольно долго, прятал и опять высовывал язык, щурился, двигал бровями, наконец отложил зеркало.

— Стало быть, по языку можно судить о внутренностях? Любопытно, а у вас там что, доктор? Разрешите взглянуть?

— Извольте, — Михаил Владимирович усмехнулся и показал Сталину язык.

— Чистый, розовый, — констатировал он с некоторой завистью, — ну и как вам это удается?

— Умеренность во всем, еще древние знали.

— Хотите сказать, я неумерен? Жру, пью, курю много?

— М-м. К тому же сквернословите совершенно свински.

— Это что, тоже влияет?

— А вы думаете, нет?

Коба расхохотался, хлопнул Михаила Владимировича по коленке.

— Не по-нашему, не по-марксистски рассуждаете, профессор.

— Разве у Маркса написано, что сквернословить полезно для здоровья?

Новый взрыв хохота, добродушное покачивание головой, мигание глазом, совсем дружеское, свойское. Поманив профессора пальцем, Сталин горячо дохнул ему в ухо и прошептал:

— А х... его знает, чего там у него написано. Вы лучше с Ильичем об этом поговорите, он «Капитал» наизусть шпарит.

Дыхание показалось огненным. Михаил Владимирович слегка отстранился, тронул кончиками пальцев лоб Кобы.

— У вас жара нет?

— Нет, нет, не беспокойтесь, я уже здоров и готов к дальнейшей борьбе за великое дело освобождения трудящихся.

— Освобождения от чего, простите?

— Ну, профессор, это уж совсем нехорошо, не знать азбучных истин. Разве вам неизвестно, что мы освободили людей от неравенства, от эксплуатации и власти денег?

— Возможно, вы мечтали освободить человека, но освободили зверя в человеке.

— А если я скажу вам, что именно зверя мы мечтали освободить? Неужели вы не понимаете, что он, зверь, единственная реальность, единственная нелицемерная правда о человеке?

— О каждом человеке? И о вас тоже?

— Обо мне? — Усы слегка задрожали, губы растянулись, но затем лицо застыло, отяжелело, отекло, даже нос стал толще, и никакого следа улыбки не осталось.

Повисла неприятная пауза, и чтобы чем-то занять себя, Михаил Владимирович принялся рассматривать книги на тумбочке у кровати.

В. Стомак. «Заболевания желудочно-кишечного тракта»; К. Салье. «Острые отравления, классификация ядов»; «Неврология» Штрюмпеля; тонкая брошюра Осипова «Сифилис и мозг».

Сталин держал паузу. Как всякий талантливый актер, он знал толк в паузах, умел молчать весьма выразительно.

— Увлекаетесь медициной? — спросил профессор и поднял закладку, выпавшую из «Острых отравлений».

Это была четвертушка канцелярского бланка, энергично изрисованная, сплошь покрытая причудливым орнаментом. Спирали, окружности, какие-то штучки вроде лепестков или капель, в них неразборчиво вписаны слова. Михаил Владимирович успел заметить несколько раз повторенное слово «Учитель» с заглавной буквы, рядом «ТФ» и еще странный знак, похожий на перевернутый скрипичный ключ.

— Кто предупрежден, тот вооружен, — сказал Сталин.

— Вооружен против кого?

— Да хотя бы против вас, врачей.

— Зачем?

— На всякий случай. Ну вот, скажите, доктор, неужели ни разу не заползало к вам в душу искушение? Допустим, больной вам совсем не симпатичен. Плохой человек, глупый, подлый. Лежит он перед вами на столе, голый, спит крепким сном. Все его потроха наружу, и ножичек острый у вас в руке. Дрогнет рука чуть-чуть, и никто ничего не заподозрит. А, доктор? Ведь бывало?

— Интересный вопрос, — Михаил Владимирович опустился на стул возле койки. — Мне приходилось лечить и оперировать разных людей. Далеко не каждый был мне лично симпатичен. Глупость я особенным пороком не считаю. Подлость? Да, пожалуй. Но даже самый отъявленный злодей мне куда симпатичней смерти. Я хорошо знаком с этой дамой и никогда на ее стороне играть не стану.

— Ха-ха, — сказал Сталин и погрозил толстым пальцем, — у вас двое детей, а было трое. Старший сын умер. Владимир его звали, да?

— Вы так подробно знакомы с моими семейными обстоятельствами. Я польщен.

— Польщены? А что ж нахмурились? Слушайте, вот если бы, допустим, убийца вашего Володи лег к вам на стол, тогда как?

— Убийца моего Володи — пневмония.

— Пневмония — болезнь тяжелая. Но не обязательно смертельная, верно?

— У Володи двухсторонняя пневмония случилась на фоне давнего туберкулезного процесса.

— Туберкулез? У кого его нет? Я вон тоже болел и ничего, жив, как видите. И воспалением легких болел в ссылке, при сибирских морозах, на тощих арестантских харчах. А ваш сынок жил комфортно, питался хорошо. Мог бы и поправиться. Кто с ним был рядом в последние минуты? Кто видел, как он умер? Случайно не ваш ассистент, не товарищ ли Агапкин?

— Какое это имеет значение? — сухо спросил профессор.

— Да, в общем, никакого, — Сталин пожал узкими покатыми плечами. — Агапкин — товарищ надежный, настолько надежный, что партия доверила ему самое драгоценное здоровье в мире, здоровье Ильича. Партия ведь не могла ошибиться. Отдельный человек слаб, ошибается легко, может принять лютого врага за верного друга, пригреть змею на груди. А вот партия совсем другое дело, партия не ошибается никогда. Верно?

На Михаила Владимировича смотрели, не мигая, карие глаза с огненным отливом. Черные точки зрачков медленно расширялись. Форма их из округлой сделалась сначала овальной, а потом возникли два отчетливых горизонтальных четырехугольника, аккуратных и холодных, как могильные ямы.

Профессор выдержал этот взгляд. Он не пытался объяснить странный эффект, он уже понял, что это не игра тени и света, не оптический обман, и читал про себя любимую нянину молитву «Да воскреснет Бог...».

— ...во ад сошедшего, и поправшего силу... и даровавшего нам Крест Свой Честный на прогнание всякого супостата, — вдруг донесся до него низкий, глубокий голос.

Сталин произносил те же слова, но только вслух, нараспев, как настоящий священник. Грузинский акцент почти пропал. Рука поднялась, толстые пальцы сложились щепотью. Он перекрестился, но как-то странно, снизу вверх и слева направо.

— Да, я слышал, вы окончили Духовную семинарию в Тифлисе, — спокойно заметил профессор, все еще не отводя глаз и наблюдая, как зрачки возвращаются к своей нормальной округлой форме.

— Не окончил. Меня выгнали с последнего курса за революционную деятельность. Моя мама до сих пор сильно переживает. А вы забавный человек, забавный. Теперь я понимаю, почему Ильич вам так доверяет.

— Ну, и почему же?

— Вы нас совсем не боитесь. А потому не врете. Хотя, конечно, врать умеете. И молчать умеете. Это ценное свойство, это дар Божий, молчание, — он опять расхохотался, весело, заразительно, и скорчил удивительно смешную рожу.

* * *

Москва, 2007

— Пожалуйста, вызовите «скорую», у меня нет с собой телефона, — обратилась Соня к первому попавшемуся прохожему, пожилому мужчине в наушниках, с черной таксой на поводке.

— Я это уже делаю, не видите? — ответил мужчина.

— Когда они приедут?

— Девушка, не мешайте, и так ничего не слышно!

— Простите. Спасибо, — пробормотала Соня и медленно, на негнущихся ногах, пошла по проезжей части, к Максу.

— Куда, дура! Жить надоело? Хочешь, как он, мать твою! — завопил из окна грязной «Газели» кудрявый молодой блондин и показал кулак.

Движение продолжалось, более того, многие ехали быстрее, знали, что через пару минут нагрянет милиция, «скорая», перекресток перекроют.

Макс еще дышал, дрожали веки, из носа, изо рта текла кровь. Соня опустилась на асфальт с ним рядом, посреди мостовой, взяла его руку, нащупала слабый нечеткий пульс. Губы его шевельнулись, Соне показалось, он что-то сказал, она склонилась ниже и услышала:

— Нейропептиды... каннибализм у примитивных народов... самка богомола... черное причастие... запомни, Соня... you must do your best, Соня, don't forget, Дассам... ты должна... — английские слова мешались с русскими, кровь потекла сильнее. — I am sorry no more time to explain... Accident... несчастный случай.

— Макс, я видела, я знаю, это они, машина мчалась прямо на тебя, нарочно!

— Нет, only accident... пусть змей убьет Хота, цепь оборвется... Соня, ты должна, ты справишься. Будь внимательна с его кровью. Незрелые эритроциты, с ядрами. Анализ ДНК. Теламераза, ген пи аш 53. Все зафиксируй и надежно сохрани.

Хотелось приподнять ему голову, но она знала, что делать этого не следует до приезда «скорой». Если сломан позвоночник, можно навредить.

Несколько человек уже топтались рядом, но никто не решался подойти ближе, тихо переговаривались, охали, какая-то спортивная старуха в розовом лыжном костюме громко выкрикивала проклятья всем проезжающим машинам.

— Скажи, что не знаешь меня, ничего не говори им, — бормотал Макс уже только по-русски, совсем без акцента. — Где ты, Соня? Не вижу тебя, где ты?

— Макс, я здесь, — повторяла Соня по-русски и по-английски. — Держись, не уходи, пожалуйста, ты выбрался, ты теперь свободен, именно сейчас ты начнешь жить своей собственной, отдельной жизнью. Ты женишься, у тебя будут дети. Я даже знаю кто. Две девочки, Ксю и Ли.

Визжали тормоза, от сигнальных гудков лопались барабанные перепонки. Небо почернело, опять сплошной пеленой повалил мокрый снег. Соня чувствовала, как пробегает по телу Макса быстрая мелкая дрожь, словно слабые разряды электричества.

— Ты замечательный врач, умный, чуткий, талантливый. Пожалуйста, немножко потерпи, вот, слышишь, сирена. «Скорая» едет, тебя спасут, — она бормотала, сама не ведая что, не замечая слез и мокрого снега.

«Скорая» действительно подъехала, следом сразу две милицейские машины. Бригада бросилась к Максу, Соня видела, как двое в зеленых халатах присели возле него на корточки, потом ее отвлек толстый милицейский капитан. Она сразу стала рассказывать ему о бежевом «Форде-Фокусе», хотела подвести к тому месту у ограды торгового центра, где он стоял, показать, как он сорвался, помчался на Макса.

— Так уж и помчался? Специально, чтобы сбить?

— Специально! Я видела! — прозвучал рядом пронзительный голос спортивной старухи. — Убийцы, наркоманы проклятые! Всех их за сто первый километр, у кого иномарки, сразу за сто первый! А то разъездились, простому человеку уж и ходить негде!

Старухой занялся другой милицейский чин, отвел ее в сторонку, а Соне продолжал задавать вопросы толстый капитан. Соня механически отвечала и вдруг увидела, что «скорая» уезжает, а Макс так и остался лежать.

— Почему? — спросила она капитана.

— Мертвый он. Его труповозка заберет. Давайте-ка проедем в отделение, тут недалеко, надо протокол оформить.

— Как мертвый? У него пульс, он дышит.

— Врачи сказали — мертвый. Идемте в машину. Нужен ваш паспорт.

— Он у меня дома, я живу совсем рядом. Погодите! Они даже не пытались его спасти!

— Девушка, ну врачам-то видней. Значит, как вы сказали его зовут?

— Макс Олдридж. Год рождения точно не помню, между шестьдесят четвертым и шестьдесят седьмым. Профессия — врач, онколог. Кажется, он не женат, детей нет. Из родственников вроде бы жива мама.

— Мама, говорите? Слушайте, вы уверены, что он гражданин США?

— Мы встречались несколько раз в Германии, он говорил, что живет в Америке. Посмотрите, у него должен быть с собой паспорт.

— Паспорт? — капитан вытер мокрое от снега лицо и странно взглянул на Соню. — Ладно, давайте-ка пройдем к машине.

— Я никуда не пойду, пока он лежит. Тут что-то не так, — упрямо повторила Соня. — Почему они сразу уехали, почему не забрали его? Он жив, у него пульс, он разговаривал со мной!

— Может, вам послышалось? Что именно он сказал?

— Accident.

— Вот видите, потерпевший сам назвал это несчастным случаем. Ну, а еще?

— Нейропептиды.

— Чего? — капитан сморщился. — Объясните, не понял.

— Вообще пептид — любое органическое вещество, у которого молекулы по структуре как белковые, но меньше размером, — механически стала объяснять Соня, — приставка «нейро» обозначает все, что связано с нервной системой.

— Нейропептиды, — пробормотал капитан и покачал головой. — Вот надо же, помирает человек, а в голове что? Нейропептиды.

Из-за поворота с воем вылетел реанимобиль, остановился рядом.

— Что за черт, почему вторая «скорая»? — удивился капитан и пошел вразвалку к бригаде.

Соня пошла с ним, но ее остановил старший лейтенант.

— Сядьте, пожалуйста, в машину.

Не глядя на него, Соня бросилась к Максу.

— Стойте, куда? — крикнул лейтенант.

Макса перекладывали на носилки. Эта бригада в отличие от первой обращалась с ним бережно, как с живым.

— Он жив? Вы спасете его? — спросила Соня.

— Шансов мало, но попробуем, — пожилой врач влез в фургон следом за носилками, дверцы захлопнулись, реанимобиль сорвался с места, взвыла сирена.

Несколько зевак все не расходились, в их ряды вернулась спортивная старуха.

— Ну, правильно, сейчас как раз на органы и заберут, чего ж добру пропадать, — сказал маленький тощий мужчина с длинными, крашенными в жгучий черный цвет волосами.

— Ага, точно! Это мафия медицинская работает, у них все налажено, — подхватила старуха.

— Милиция тоже в доле, само собой, в доле, — возбужденно продолжал крашеный, — все шито-крыто, документиков при нем нетути, согласия родственников не требуется, все его потроха, печенка, селезенка, почки, аккуратно вытащат, по холодильникам разложат и продадут богатеньким, которые свое здоровье всякими излишествами загубили. Деньжищи, подумать страшно, миллионы в свободной валюте!

— Как нет документов? Откуда вы знаете? — спросила Соня.

Крашеный повернулся всем корпусом, уставился на Соню, дернул головой и громко произнес:

— Она стояла с ним, она его толкнула под колеса! Я видел!

— Так, минуточку, — вмешался лейтенант, — что вы видели, гражданин? Документы ваши будьте любезны.

Крашеный мгновенно достал паспорт из-за пазухи, протянул лейтенанту.

— Пожалуйста, готов выступить свидетелем, вот эта девушка стояла рядом с убитым мужчиной, они говорили о чем-то, потом она сильно толкнула его на проезжую часть, как раз под колеса.

— Где именно они стояли? Можете показать? — спросил лейтенант, брезгливо морщась, и вернул паспорт.

Крашеная голова опять дернулась, глаза быстро, тревожно забегали.

— Вот, прямо тут и стояли, где все произошло.

— Тут? На проезжей части?

— Ой, ладно врать-то, — подала голос спортивная старуха, — стояли они на тротуаре, а сбили его вон аж где, посередине мостовой, и никто никого не толкал. Он пошел через дорогу, она осталась и к нему потом побежала, когда уж он упал.

Соня не могла произнести ни слова, она, не отрываясь, глядела на крашеного. Даже сквозь пелену мокрого снега было видно, какая странная у него мимика, как быстро и без всякого соответствия с произносимым текстом меняется выражение маленького сморщенного лица. Ходуном ходят кустистые седые брови, губы пучатся трубочкой, чмокают, растягиваются в лягушачьей сжатой улыбке, и весь он непрерывно движется, подергивается, словно на шарнирах.

— Да что вы бабу слушаете, товарищ милиционер? У них все заранее сговорено! Они ж нас ненавидят, суки хитрые, что молодые, что старые! Они нас истребляют, сначала по одному, потом скопом, вон, в Европе сплошное бабье в политике, мужиков совсем не осталось, всех извели феминистки проклятые! — монотонно, на одной высокой тоскливой ноте, кричал крашеный.

— Ты что несешь, слабоумный? Товарищ милиционер, что он несет? Да по нему психушка плачет! — мощным басом перекрикивала его спортивная старуха.

— Вот-вот, и по психушкам нас распихают, сколько уж людей споили, истребили, до белой горячки, до петли довели бабы!

— Это кто ж вас, гаденышей, спаивает, кто вас истребляет? Сами вы, сволочи, себя губите, пьете, в игральные автоматы играете! — старуха схватила крашеного за шиворот, тряхнула.

Если бы не лейтенант, они бы подрались, и ясно, что победила бы старуха. Соня так и не узнала, чем закончилась дискуссия, ее увел толстый капитан, усадил в машину.

— Ну, психов развелось, — он достал из бардачка пачку сигарет, протянул Соне, — хотите?

— Спасибо, у меня есть.

Минуту молча курили. Соня назвала свой адрес, потом спросила:

– Вы записали номер той первой «скорой»? Откуда вообще она взялась? Разве могут врачи бросить живого человека посреди улицы?

– Перестаньте, – поморщился капитан, – вы прямо как тот недоумок, честное слово. И так голова идет кругом. Слушайте, а может, вы все-таки ошиблись? Может, этот ваш Макс Олдридж никакой не американец?

– Вы же видели его документы.

– Ничего при нем нет. Ни паспорта, ни прав водительских, ни карточек кредитных. Пусто, глухо.

«Бумажник, – вспомнила Соня, – в кафе при мне он доставал бумажник из внутреннего кармана куртки».

Она открыла рот, чтобы сообщить об этом капитану, но заметила, что водитель сейчас пропустит поворот в ее двор, и сказала:

– Вот тут налево. Мы уже приехали.

ГЛАВА ЧЕТВЕРТАЯ

Москва, 1921

– А, Федя, доброе утро. Ну, как там наш Коба? – спросил вождь, едва Агапкин переступил порог.

В маленькой столовой стол был накрыт к завтраку. Надежда Константиновна намазывала масло на белую горбушку, не для себя, для Ленина. Он механически жевал, прихлебывал кофе из щербатой фаянсовой чашки, сопел, хмыкал, проглядывая свежий номер «Известий».

– Володя, твоего обожаемого Сталина оперировал Михаил Владимирович Свешников, операция прошла успешно, тебе об этом по десять раз в день докладывают, – заметила Мария Ильинична с той особенной, нервно-иронической интонацией, которая появлялась у нее всякий раз, когда речь заходила о наркоме по делам национальностей.

— Маша, тебе не стыдно? Обожаемому, драгоценному аппендикс вырезали, — подхватила Надежда Константиновна. — Событие государственной важности, а ты проявляешь нечуткость.

— Наоборот, я глубоко и серьезно переживаю за товарища Сталина, — Мария Ильинична бросила в рот крошечный кусок колотого сахару. — Роскошный мужчина, горячий, темпераментный и почти жених мой.

— Маняша, перестань, — Ленин виновато покосился на сестру. — Ну, сколько можно язвить? Я уже признал свою ошибку, извинился перед тобой сто раз.

— О чем это вы? — удивленно спросила Крупская.

— А, Надя, ты не знаешь? Володя сватал меня ему, так и сказал: почему бы вам, Иосиф, не жениться на моей сестре Марии Ильиничне?

— Володя, это правда? — Крупская охнула и покачала головой. — Ты с ума сошел? Сталин женат, у него недавно сын родился!

— Ну, все, все, хватит, — проворчал Ленин и нарочно громко зашуршал газетой, — я знаю, что он женат, знаю!

— Разумеется, знаешь, — вздохнула Мария Ильинична, — ты хлопотал, чтобы ему в связи с прибавлением семейства дали квартиру поудобней. Предлагал даже поселить его в парадных комнатах Большого Кремлевского дворца. С его супругой ты отлично знаком. Надя Аллилуева, служит у тебя в секретариате.

— Володя, ты стал очень рассеян, — строго заметила Крупская.

— Неправда. У меня с головой все в порядке, — Ленин раздраженно отложил газету. — И нечего делать из меня маразматика. Просто Аллилуева совсем девочка, я думал, она дочь Кобы. К тому же я знаю, что он вдовец, жена померла давно еще, лет пятнадцать назад.

— Девочка, — морщась, вскрикнула Мария Ильинична, — вот именно, девочка, в дочери ему годится, двадцать три года разница в возрасте. А ты ему меня, старую грымзу, предлагал. Знаешь, как он называет таких, как я? Идейная селедка! Володя, ты понимаешь, до чего это гадко, унизительно? Я хоть и большевичка, и твоя сестра, а все-таки немного женщина, как ни прискорбно тебе это слышать!

Она громко двинула стулом, встала и вышла из столовой.

— Маня, подожди, кофе допей, — Крупская взяла ее чашку и отправилась следом.

Вождь поднял глаза на Агапкина, поморгал и печально произнес:

— Ох, какие мы стали нервные.

Ему было досадно, что тихий семейный завтрак скомкан, испорчен, сестра обижена, жена с ней заодно, а сам он, очевидно, неправ.

Федор мимоходом отметил про себя, что почему-то всякий раз, как возникает в обычном мирном разговоре имя Кобы-Сталина, происходит маленькая гадкая склока, словно вместе со звуком имени пробегает по комнате ледяной зловонный ветерок, совсем легкий, неуловимый.

«Все это мои фантазии, — подумал Федор, — просто мне кавказец неприятен. Сочетание простецкого казарменного хамства с утонченным иезуитским ханжеством. Вроде солонины с патокой, гадость».

Впрочем, Федор мгновенно отбросил от себя мысли о наркоме по делам национальностей, человек этот совершенно ничего не значил в его жизни.

— Желудок пятые сутки не работает, — тихо пожаловался вождь, — я расклеиваюсь, Федя. Зрение портится, а от очков переносица болит.

Федору хватило одного взгляда, чтобы понять — ночь опять была бессонная, голова раскалывается, все раздражает. Вождь нуждался в двойной порции специального утреннего массажа, и, пожалуй, следовало дать ему вечером касторки. А от сумнацетина и веронала пора отказаться. Эти успокоительные уже не успокаивают, только вредят.

«Сразу отменять нельзя, — думал Федор, привычными движениями растирая виски и ушные раковины Ленина, — нужно потихоньку уменьшать дозы, подменять чем-то безобидным. Аскорбинкой, содой. Он ведь упрямый, просто так с привычными порошками не расстанется. В нем в последнее время появилось мелочное, тупое упрямство. Нехороший признак. Вообще с каждым днем ему хуже. Организм его приходит в негодность, разрушается, точно так же, как разрушается сейчас Россия. Но ему до России дела нет. Он страдает не из-за того, что провалился его грандиозный утопический проект».

Федор был уверен, что резкое ухудшение здоровья вождя связано вовсе не с умственным переутомлением и даже не с крахом коммунистических мечтаний, а совсем с иным событием: со смертью Инессы Арманд.

Она умерла в сентябре 1920 года на Кавказе от холеры. Ее привезли в Москву в свинцовом гробу. Ночью, под дождем, вождь пешком провожал этот гроб от вокзала к Красной площади, слезы текли по щекам, несколько раз он терял сознание, а во время гражданской панихиды упал на гроб, обхватил его руками, рыдал, задыхался, бился лбом о свинцовую крышку. Вот тогда и начался следующий этап болезни, вероятно, финальный этап.

Михаил Владимирович осматривал вождя не реже раза в неделю и давно уж говорил, что дело плохо. Болезнь прогрессирует, мозг все хуже снабжается кровью. Изнуряющие головные боли, провалы в памяти, судорожные припадки. В скором будущем — паралич и слабоумие. Можно облегчить страдания, но вылечить нельзя.

Впрочем, все это профессор Свешников говорил только Федору, наедине. Больному и его близким Михаил Владимирович старался внушить надежду. Требовал, чтобы больной вел себя разумно, жил за городом, в покое, на свежем воздухе, ложился спать не позднее полуночи, меньше работал, больше отдыхал. Профессор считал, что, соблюдая эти элементарные правила, вождь протянет еще года три.

– Ну, как, по-твоему, Федя, сколько мне осталось?

На этот вопрос Агапкину приходилось отвечать ежедневно и врать во благо, из лучших побуждений.

– Все зависит от вас, Владимир Ильич, – говорил Федор и повторял слова Свешникова о щадящем режиме.

– Ничего уж от меня не зависит, совершенно ничего! – жалобно вскрикивал вождь. – Вырывается машина из рук!

Он твердил эту странную фразу как заклинание. Непонятно, свой ли несчастный организм он сравнивал с машиной или разваливающуюся, бунтующую против новой власти Россию.

Пока шла Гражданская война, все беды легко было валить на белых и Антанту. Война кончилась, начался чудовищный голод, поднялись стихийные народные бунты. Тамбовское восстание под руководством бывшего эсера Александра Антонова к началу 1921 года охватило Воронежскую, Саратовскую, Пензенскую губернии. Настоящая дисциплинированная армия, около пятидесяти тысяч вооруженных повстанцев, готовилась идти на Москву.

В феврале восстала Западная Сибирь, забастовали московские рабочие, мятеж подняли моряки Кронштадта, те, кого называли оплотом революции.

Все это подавлялось с бешеной жестокостью и объяснялось происками недобитых белогвардейцев. Больной Ленин оставался сильным и хитрым диктатором, он ловко использовал древний метод кнута и пряника.

– Чем он безумней, тем разумней ведет себя как государственный муж, – заметил Михаил Владимирович после того, как в марте на десятом партийном съезде вождь объявил о переходе к новой экономической политике.

— Думаете, он больше не одержим идеей мировой революции и построения коммунистического общества? — спросил Федор.

— Он не настолько глуп, чтобы искренне верить, будто люди станут совершенно счастливы, если отнять у них имущество и деньги. Идея! Звук пустой, химера. Одержим он был самим собой, собственным «я», раздутым и воспаленным, как нарыв. Я великий, могучий, я создам другой мир, совершенней того, что есть, переделаю людей, исправлю ошибки Господа Бога. Я знаю как, я могу лучше, чем Бог. Я, я, я! Теперь он смертельно устал. Он ведь, по сути, не злой человек, а такое натворил. Не он один, конечно, однако, кажется, из всех из них только он трезвеет понемногу. Ему тошно и страшно. Он страдает, мечется, ищет оправдания.

— Что же будет дальше?

— Не знаю. Поживем — увидим.

По глазам Михаила Владимировича было ясно, что он не надеется на лучшее. А Федор надеялся. Вот, уже ходят трамваи, появилась частная торговля, власть перестала грабить крестьян, голод скоро закончится, и так, потихоньку, шаг за шагом, жизнь вернется в обычную колею. Пусть останутся прежние лозунги, возвеличивание революции, партии, пролетариата и его вождей. Пусть как угодно называется строй — социализм, коммунизм, главное, чтобы люди отмылись, отъелись, оделись. Тогда меньше будет недовольных. Соответственно отпадет и нужда в репрессиях.

И еще, совсем уж вопреки здравому смыслу, потихоньку от самого себя, Федор верил, что Ленина может спасти от болезни и смерти чудесный препарат. Древний паразит излечит его мозг, сосуды станут эластичными, на месте отмерших клеток возникнут новые, здоровые. Обновленный, окрыленный, глубоко раскаявшийся, Ильич сумеет управлять Россией разумно и милосердно.

«Ты понимаешь, что все это детский, наивный бред, — говорил себе Федор. — Да, понимаю, но мне нужны силы, а их дает только надежда, пусть наивная и бредовая. Когда она уходит, мне очень худо, физически худо, я слабею, я могу погибнуть».

Он с особенной тщательностью разминал правые конечности вождя, руку и ногу, которые все чаще теряли подвижность и чувствительность, что было недобрым признаком. Федор, как заведенный, разогревал холодную кожу, разгонял кровь и услышал слабый, на выдохе, шепот:

— Вырывается машина из рук.

Можно было закончить массаж. Правые конечности ожили, ногти порозовели. Федор в изнеможении опустился на стул, вытер пот со лба и решился спросить:

— Владимир Ильич, о чем вы? Какая машина?

Вождь широко, со стоном зевнул, по-стариковски пожевал губами.

— Как тебе объяснить? Ну, представь, будто бы сидит человек, который ею правит, а машина едет не туда, куда ее направляют, а туда, куда направляет что-то, не то нелегальное, не то беззаконное, не то Бог знает, откуда взятое.

* * *

Москва, 2007

Как только вошли в квартиру, Соня включила городской телефон. Капитан звонил по нескольким номерам, разговаривал довольно долго. Наконец положил трубку, вздохнул и сообщил, что Макс Олдридж умер. У него были множественные травмы, несовместимые с жизнью. Личность его установили. Пластиковая карточка, удостоверение доктора медицины, лежала в нагрудном кармане рубашки.

— Почему вы так плохо думаете о людях? — спросил капитан. — Почему вы считаете, что бумажник украли врачи той первой «скорой»?

— Ну, а куда же он подевался? Я видела, как Макс вытаскивал его в кафе, — сказала Соня.

— Откуда вытаскивал?

— Из внутреннего кармана куртки.

— И потом туда же положил?

— Да.

— Куртку застегнул?

— Нет.

— Ну, вот, бумажник мог запросто вылететь при ударе, кто-то из прохожих быстренько подобрал.

— Я бы заметила. Я все время была рядом.

— Да бог с вами, Софья Дмитриевна. Вы были в шоке, когда я к вам подошел, вы, извините, рыдали. К тому же такой снегопад. А бумажник мог отлететь далеко, на тротуар.

— Ладно. Допустим. Но почему вы все-таки не хотите выяснить, что за «скорая» явилась через пять минут и куда она так поспешно исчезла, оставив еще живого человека на мостовой?

— Та «скорая» ехала по другому вызову, они очень спешили. Им показалось, что вашему американцу уже ничем помочь нельзя, им некогда было размышлять. Собственно, они даже не обязаны были останавливаться.

— Бежевый «Форд-Фокус» с заляпанными номерами тоже очень спешил, — устало пробормотала Соня, — и его искать вы не будете.

— Его как раз будем. Шансов, правда, мало, но постараемся. Софья Дмитриевна, прочитайте, пожалуйста, протокол и распишитесь.

Соня пробежала глазами ровные строчки. Почерк у капитана был крупный, детский. Он записал все подробно и точно, даже слово «accident» вывел латинскими буквами, правда, с одним «с». Соня машинально исправила ошибку, расписалась и больше никаких вопросов задавать не стала.

— Вам, Софья Дмитриевна, надо сейчас отдохнуть, отвлечься. Не морочьте вы себе голову всякими кошмарными подозрениями. Каждый день под колесами, в авариях, десятки людей гибнут. Что делать? Это Москва, — сказал капитан на прощанье.

Дверь захлопнулась, Соня тронула задвижку. Макс починил ее. На коридорной тумбе валялась отвертка. Соня опустилась на пол посреди прихожей, обняла колени, сжалась в комок, пытаясь унять дрожь. Ей хотелось забыть навсегда лицо Макса, струйку крови изо рта и бормотание: ты должна сделать это, должна, должна...

Она оказалась последним человеком, с которым говорил Макс. Он не успел рассказать все, что собирался. Слишком много осталось вопросов. Чем господин Хот отличается от всех прочих людей и сколько на самом деле ему лет? Зачем господину Хоту паразит, если он и так не помирает? Об этом пока Соня старалась не думать.

Имя Дассам, в связи с Вуду-Шамбальской степью, встречалось в записях Михаила Владимировича. Тут хотя бы можно разобраться, есть ниточка. А что делать с нейропептидами? ДДФН. Возможно, среди множества загадочных аббревиатур в записях Михаила Владимировича была и такая. Но откуда Макс узнал расшифровку?

Конечно, определенная логика тут есть. Попадая в организм, паразит оценивает его гормональный баланс и на этом основании делает свой выбор. Что такое гормональный баланс? Сегодня науке уже точно известно, что работа желез напрямую связана с нервной системой. За каждой эмоцией мгновенно следует выброс соответствующих пептидных гормонов. Иными словами, сначала чувство, движение души, затем физиология, а вовсе не наоборот.

«Боже мой, но это так просто, — подумала Соня, — любая деревенская бабуля знает, что все болезни от нервов, древнейшее из всех известных направлений медицины, индийская аюрведа, «наука жизни», основана именно на этом».

Ей стало стыдно за свою снисходительность, за скептическую усмешку, с которой она слушала Макса, когда они сидели в кафе.

Если бы он не погиб, она бы ему не поверила. Но от просьбы умирающего не так легко отмахнуться.

Она все не могла успокоиться, согреться и соображала плохо. В голове сам собой повторялся бессмысленный набор букв и цифр. Это тупое настойчивое повторение ее напугало, вспомнились какие-то смутные истории про зомбирование с помощью словесных и цифровых кодов. Она поднялась с пола, прошла в кабинет, записала буквы и цифры на бумаге и тут же поняла, что это всего лишь автомобильный номер. Номер «скорой», которая уехала, бросила умирающего Макса.

«Что касается бумажника, он действительно мог вылететь из кармана при ударе. Тут капитан прав, — спокойно подумала Соня, — люди из «скорой» не воры. Зачем им бумажник? Нельзя так плохо думать о людях. Просто они должны были удостовериться, что дело сделано».

— Ну, что, господин Хот, вы довольны? — произнесла Соня, обращаясь к невидимым жучкам. — Ваши ребята молодцы. Безупречно разыграли несчастный случай. Типично московский accident. Ничего, что я говорю по-русски? Вам ведь переведут?

Одинокий сиплый голос прозвучал жалко и неубедительно. Соня замолчала, прислушалась к тишине. Внезапная мысль о том, что говорит она с пустотой, нет никаких жучков, заставила ее улыбнуться. И тут же в зеркале она увидела себя, с этой жалкой вымученной улыбкой, всклокоченными волосами, опухшими заплаканными глазами, красными пятнами на скулах.

«Если какая-нибудь живая душа и слышит меня сейчас, то это может быть только душа Макса, — подумала Соня, — тело его коченеет в больничном морге, а душа, прежде чем пересечь небо над Атлантикой, обязательно должна навестить меня, удостовериться, что я все поняла правильно и не подведу».

— Господин Хот, — продолжила она вслух по-немецки, — боюсь вас огорчить, но ваши люди поторопились. Вы позволили Максу добраться до Москвы и явиться ко мне исключительно для того, чтобы я получила от него информацию. Он узнал нечто важное и вам открыть не пожелал. Возможно, он открыл бы это мне, но не сразу. Он слишком волновался. Он не успел. Ему нужно было дать время.

Соня замолчала. Ее трясло от холода. Стало тихо, даже шума улицы не было слышно, как будто остановились сразу все машины. Исчезла комната, уплыл пол из-под ног. Время замерло, образовалась ледяная неподвижная пустота, в которую Соня была впаяна, как древняя муха в кусок янтаря. И вдруг зазвонил телефон. Соня подпрыгнула от неожиданности. Прежде чем взять трубку, глубоко вдохнула и выдохнула.

В трубке что-то трещало, посвистывало. Несколько раз Соня повторила: «Алло, слушаю вас», хотела уже нажать отбой, но тут глухой голос произнес:

— Вы опять лукавите, Софи.

Он говорил по-русски, с сильным акцентом. Она, конечно, узнала его, но не могла поверить. Нет, то, что позвонил именно он, именно сейчас, было вполне нормально. Она ожидала чего-то в этом роде. Но он не знал русского. Не мог знать, не имел права знать.

— Я плохо владею вашим языком, я не люблю его, он слишком сентиментален и расплывчат со своими уменьшительно-ласкательными суффиксами, бесконечными синонимическими рядами и качественными прилагательными, — спокойно продолжал голос в трубке, — однако не будем отвлекаться. Мы еще сможем поговорить на эту интересную тему. Итак, Софи, вы опять лукавите. Макс, конечно, сказал вам не все, но достаточно много.

— Нет, господин Хот. Он ничего не успел сказать, — ответила Соня и с трубкой в руке отправилась на кухню, за сигаретами.

— В таком случае о чем же вы беседовали так долго?

— О вас, господин Хот.

Сигарет на кухне не оказалось. Соня вышла в прихожую, перетряхнула сумку.

— Будьте любезны, подробней.

— С удовольствием. Мы говорили, что вы, господин Хот, мерзавец, самозванец, мошенник, что вы постоянно врете и у вас завышенная самооценка. — Соня бросила сумку, стала шарить по карманам куртки.

— Какая прелесть! — Хот весело рассмеялся. — Жаль, я этого не слышал.

— Все вы слышали, — устало вздохнула Соня, — вы прицепили Максу маленький микрофончик. Он не знал этого.

— Софи, вы меня радуете. Как вы догадались?

— С вашей помощью, господин Хот.

— Потому что я сказал, что не слышал? Думаете, я всегда говорю неправду?

— Уверена. Трюк со «скорой» был весьма красноречив. Фургон стоял наготове. Ваши люди хотели убедиться, что Макс не выживет, и еще — снять подслушивающее устройство.

Сигареты Соня нашла в кармане куртки. Там же лежал картонный ярлык с приколотым пакетиком.

Стало быть, господину Хоту все же не удастся получить запись разговора. Возможно, пока он об этом не знает. Его ждет сюрприз. Обнаружить и снять подслушивающее устройство, спрятанное в одежде, довольно сложно. Макс придумал отличный способ. Зашел в торговый центр и полностью переоделся во все новое.

Кроме сигарет и ярлыка Соня обнаружила в своем кармане еще кое-что. Маленькую темную склянку.

В трубке продолжал звучать спокойный голос Хота:

— Поздравляю и аплодирую. Стало быть, подозрения относительно бумажника были — как это? Лапшой на уши милому милиционеру? Кстати, он действительно оказался милым, отлично воспитанным, интеллигентным душкой. Я правильно подбираю слова?

Склянка была размером с перепелиное яйцо, темно-синего стекла. Металлическая крышка запаяна. Никаких наклеек, только на крышке выдавлена едва заметная латинская буква «V».

— Софи, вы слышите меня?

— Да, господин Хот.

— Я задал вопрос.

— Да.

«V» означало «Вакуум». Соня вернулась в комнату, зажгла торшер, поднесла склянку к лампе. Внутри был тонкий светлый порошок.

— Софи, в чем дело? Что происходит?

— Ничего, господин Хот. Я хочу закурить и не могу найти зажигалку.

ГЛАВА ПЯТАЯ

Подмосковное имение Горки, 1921

Ленину стало лучше, осмотр закончился быстро, но вождь все не отпускал профессора.

— Федора теперь часто забирает к себе Бокия, — шепотом объяснила Мария Ильинична, — Володе скучно с нами, а от товарищей он устает, так мало осталось людей, которые его не раздражают.

Сыграли партию в шахматы. Михаил Владимирович нечаянно выиграл и еще имел глупость извиниться за это. Ленина он рассмешил, зато разозлил Крупскую.

— Вы так извиняетесь, будто хотите показать, что все нарочно проигрывают Володе, потому что он вождь и потому что он болен.

— Не обращайте на нее внимания, она сегодня сердитая, — сказал Ленин, — впрочем, извиняться правда не стоило. Это получилось как-то двусмысленно и обидно.

Потом пили чай за овальным столом в овальной гостиной. Ленин вдруг заговорил о литературе, стал рассказывать о своем недавнем визите к студентам Вхутемаса.

— Я их спрашиваю, что читает молодежь, любят ли они Пушкина. Отвечают дружным хором: Пушкин устарел! Буржуй он. Представитель паразитического феодализма. Вот Маяковский наш, революционер, как поэт гораздо выше Пушкина, — Ильич захихикал, позвенел ложечкой в пустом стакане и произнес, длинно растягивая свое картавое «р»: — Дурр-рачье! Совершенно не понимаю увлечения Маяковским. Все его писания штукарство, тарабарщина, на которую наклеено слово «революция».

— Маяковский — новатор, он искренне, глубоко революционен, — вяло возразила Мария Ильинична.

— Брось, Маняша, он шут гороховый, — Ленин сморщился и махнул рукой. — Нет, я не спорю, возможно, революции нужно и штукарство. Но только пусть люди меру знают, не охальничают, не ставят шутов, даже революционных, выше буржуя Пушкина.

— Володя, но у Пушкина далеко не все идеологически безупречно, — строго заметила Крупская, — много нездоровой фантастики, мистики, вроде «Вещего Олега». Это совершенно недопустимо. А «Сказка о рыбаке и рыбке»? Что ты усмехаешься? Там внутри простенького сюжетца спрятана очень вредная мораль, она имеет мало общего с моралью коммунистической.

Ленин вздохнул, посмотрел на жену, потом на Михаила Владимировича.

— Изволите ли слышать? А ведь вроде не глупая женщина.

— Надя, что ты несешь? — встряла Мария Ильинична. — Пожалуйста, будь так добра, оставь Пушкина в покое.

— Нет, вот уж дуру из меня делать не нужно, — щеки Крупской стали медленно багроветь, — я отлично понимаю, что ребята больше интересуются рыбкой, чем моралью, но сказка запоминается на всю жизнь и позднее входит в ряд факторов, влияющих на поведение человека. Мы обязаны перевоспитывать массы. Литература должна стать молотом в великой коммунистической кузнице, в которой куется новый человек. Вы, Михаил Владимирович, не согласны со мной?

— Не согласен.

— Почему же?

— Да хотя бы потому, что куют железо, а человек живой. Если по нему бить молотом, он не перевоспитается, он просто погибнет сразу.

— Не надо передергивать, вы прекрасно понимаете, что молот — это только метафора, я говорю о педагогике.

— Пе-да-го-ог, — басом пропела Мария Ильинична и покачала головой.

— Да, представь, Маша, я педагог! Я беру на себя труд заботиться о будущем, о подрастающем поколении, о тех, кто придет нам на смену. Я считаю, что наши лучшие писатели должны создать современную сказку, до конца коммунистическую по содержанию.

— Кто ж ее читать станет, эту твою сказку-молот? — хохотнув, спросила Мария Ильинична.

— Если принять нужные меры, читать станут все, как миленькие. Ты, Маша, вместо того, чтобы язвить, принесла бы варенья. Оно уж остыло, наверное, — Крупская обиженно засопела и посмотрела на Михаила Владимировича, — у нас варенье, крыжовенное, свежее, только сегодня сварили. Я бы сама сходила, но у меня рука неверная.

— Да, Надя, к варенью тебя лучше не подпускать. В прошлый раз ты взялась разложить по банкам и весь тазик перевалила на пол, — сказала Мария Ильинична и быстро ушла в кухню.

— Маша! Ты злая! Я не виновата, что у меня тремор, — крикнула ей вслед Крупская.

Выпуклые, водянисто-серые, в розовых прожилках глаза набухли слезами. Она сидела, тяжелая, отечная, красная, то и дело оттягивала трясущимися пальцами ворот темного джемпера, он казался слишком тугим для шеи, раздутой зобом. Базедова болезнь перешла в безнадежную хроническую форму, неопасную для жизни, но мучительную для больной и для ее близких. Товарищ Крупская была обидчива, истерична, плаксива. Впрочем, только дома. При посторонних она держалась молодцом.

Вернулась Мария Ильинична с вазочкой варенья. Вождь заговорил о Тургеневе, признался, что его любимый роман — «Дворянское гнездо», и ударился в воспоминания.

— В некотором роде я тоже помещичье дитя. Живал в дедовской усадьбе. Именье Кокушкино, сорок верст от Казани. Красиво там было. У крутой дорожки, сбегавшей к пруду, росли старые липы, так, знаете, ровным кружком, и получалась беседка. Любил я эту беседку. Любил поваляться в копнах скошенного сена, однако не я его косил. Ел с грядок землянику и малину, которую не я сажал.

— Володя, малина — куст, на грядке не растет, — ехидно заметила Мария Ильинична.

Но вождь ее не услышал, продолжал вдохновенно говорить.

— Утречком парное молоко в глиняной кринке, оченно приятная и полезная штука. Молоко я пил, а корову, между прочим, не доил никогда, — он глухо захихикал, подмигнул и почему-то погрозил пальцем профессору, — так-то, Михаил Владимирович. Пролетариев среди нас мало. Разве что Коба, сын сапожника, но и с ним все не так просто.

Михаилу Владимировичу неловко было сидеть в этой нарядной чистенькой гостиной и слушать откровения вождя. Усадьба Горки принадлежала Зинаиде Григорьевне Морозовой, из старинного купеческого рода, на который, казалось, легло проклятье.

Савва Морозов щедро спонсировал большевиков и застрелился, завещав им солидную сумму. Скоро случилась еще трагедия. Племянник Саввы, совсем молодой человек по фамилии Шмидт, увлекся революционными идеями, в 1905 году агитировал рабочих собственной фабрики бастовать, попал в тюрьму и тоже покончил с собой, перерезал вены осколком стекла. Михаил Владимирович смутно помнил какие-то газетные публикации о малолетних сестрах — наследницах Шмидта, будто бы выданных замуж за большевиков и тоже передавших в партийную кассу почти все свое огромное наследство.

Зинаиде Григорьевне Морозовой посчастливилось вовремя уехать. На окнах остались ее цветастые занавески с оборками, на столе ее посуда. Мария Ильинична перенесла к себе из ванной комнаты фаянсовый туалетный столик, белый, в синих васильках. На столике — серебряная пудреница, щетка для волос, граненые флаконы духов. Профессор не спрашивал, чье это, он знал, что даже постельное белье тут морозовское. Из собственного ульяновского имущества только подборка марксистской литературы, узкие раскладные койки, которые эта троица таскала с собой по всей Европе в годы эмиграции, да клетчатый плед, подарок мамы, Марии Александровны, любимому сыну Володе.

Федор рассказывал, что, когда осенью 1918-го семейство впервые приехало в Горки, Ильич попросил растопить камин в гостиной. Трубы забыли прочистить, едва не спалили дом. Треснуло большое зеркало над каминной полкой. Но в семье Ульяновых не было суеверных. Так и висело зеркало, перечеркнутое черным косым крестом трещины.

— А что же теперь в имении вашего деда? Кто там живет? — решился спросить Михаил Владимирович.

— Никто, — ответил вождь и развел руками, — нет больше имения. Продали его, а потом, я слышал, разгромили мужички в порыве праведного гнева, да сгоряча прихлопнули нового хозяина, эксплуататора. Вот была бы потеха, если бы я оказался на его месте. А ведь мог, запросто мог! Мама так хотела, чтобы я зажил помещиком.

Мария Ильинична, накинув шаль, отправилась провожать профессора. На крыльце остановилась.

— Смотрите-ка, дождь. Автомобиль ваш у ворот, надо бы послать кого-нибудь за шофером, пусть подъедет прямо к дому.

— Спасибо. Я лучше пешком, хочется подышать.

— Да, тут хорошо дышится. Я тоже люблю гулять по парку, чем-то эта чужая усадьба напоминает наше Кокушкино. А то бы остались еще на пару часиков. Вот-вот Сталин явится.

— Ну, тогда мне тем более пора.

Она промолчала, но понимающе улыбнулась, пожала руку Михаилу Владимировичу и ушла в дом. Профессор медленно побрел по аллее, подставив лицо мелкому холодному дождю. Листья только начали желтеть и падать. Незаметно опускался вечер.

Михаил Владимирович особенно любил это время суток, сумерки, когда все затихает, природа молчит, словно задумалась глубоко или беззвучно молится перед сном. Казалось, солнце уже не выглянет, не пробьется сквозь густую хмарь. Свернув с аллеи на тропинку, ведущую к реке, Михаил Владимирович задел плечом юную мокрую елку, и вспыхнули на лету капли, туман засветился, пронизанный пологими лучами, такими плотными, словно свет может быть плотью, теплой и гладкой на ощупь.

В глубокой голубой прогалине посреди сизого облака показалось солнце целиком, тяжелое, густо оранжевое, с вишневым пьяным отливом. Оно стояло совсем низко над горизонтом, тонкий березовый ствол, угольно-черный на фоне света, косо рассекал диск. Михаил Владимирович знал, как легко и радостно, одним прикосновением, исцеляют душу небо, облака, солнце, деревья, роса на стриженой траве, крупные капли в ложбинках палых листьев, тонкая изморось на сером габардине пальто. Знал давно, сколько помнил себя, а все удивлялся, каждый раз это было словно впервые.

Пока он спускался к реке, солнце исчезло, студеная мгла залила парк. Впереди, на черной траве, смутно белел овальный блик, лодка, втянутая на берег. Михаил Владимирович иногда после визита к вождю позволял себе короткую прогулку до маленького скрипучего пирса. Залезал в лодку, выкуривал папиросу, слушал лягушек, плеск воды, тишину.

До лодки осталось несколько шагов, и вдруг вспыхнул огонек. Кто-то стоял и курил у пирса. Михаил Владимирович хотел тихо удалиться, но огонек папиросы двинулся прямо к нему.

– Стойте, куда вы, господин Свешников?

Разумеется, нельзя было не узнать этот голос, кавказский акцент, коренастую узкоплечую фигуру в коротком темном пальто. Он двигался по траве совершенно беззвучно в своих мягких сапогах.

– Добрый вечер, Иосиф Виссарионович, – профессор остановился, достал папиросы.

Чиркнула спичка. Подсветилось снизу усатое лицо, блеснули глаза. Спичка тихо затрещала и погасла. Профессор достал еще одну. Пока прикуривал, успел заметить черный поднятый воротник, красный вязаный шарф.

– Не самое подходящее время для прогулок, – тихо заметил Сталин, – темно, сыро. Простыть не боитесь?

– А вы?

– Мне терять нечего. Горло и так уж болит.

– Чем лечитесь?

– Шарфом заматываюсь, мама моя для меня его связала, давно, лет двадцать назад. Помогает лучше любых лекарств.

— Шарф — это, конечно, хорошо, но все равно идите скорее в дом, выпейте чаю горячего. Вы сипите, догуляетесь до ангины.

— Сейчас пойду. Только скажите, как он?

— Ему значительно лучше.

— Он поправляется?

— При его болезни поправиться трудно.

— Он безнадежен?

— Он очень сильный человек, у него огромная воля к жизни, и одно это дает надежду.

— Да, он сильный. Горный орел, вождь новых масс, простых обыкновенных масс, самых глубочайших низов человечества.

Сталин произнес это с пародийным пафосом, усмехнулся, затоптал папиросу, тут же стал закуривать новую. Третья вспышка, на этот раз совсем близкая, осветила усы, черный воротник, красный шарф.

Михаил Владимирович вздрогнул, легкий электрический заряд пробежал по телу. Только сейчас, в сумерках, вдруг прояснилось тревожное, тягостное чувство, которое до этого мгновения даже нельзя было назвать воспоминанием. Просто смутный образ, размытая картинка. Хотелось поймать ее, рассмотреть хорошенько, но всякий раз она таяла, словно дразнила.

Еще при первом знакомстве, два года назад, Михаилу Владимировичу показалось, что когда-то где-то он уже встречал этого коренастого кавказца в красном шарфе домашней вязки и прозвучала фраза: «Вождь новых масс, простых обыкновенных масс, самых глубочайших низов человечества». Но только сказано было немного иначе, «вожди», речь шла о двух людях, и это не имело никакого отношения к Ленину.

— Что? — спросил Сталин, и вместе с огоньком папиросы вспыхнули его глаза.

— А? Нет, ничего. Мне пора, всего доброго, — Михаил Владимирович развернулся и быстро пошел вверх по тропинке.

* * *

Москва, 2007

Метель давно кончилась, клочья облаков неслись по небу, ледяной ветер бил в лицо. Соня нашла сухую скамейку в маленьком сквере неподалеку от дома, села, вытащила мобильный.

После разговора с Хотом она не могла оставаться в квартире. Ей хотелось на воздух. К тому же звонить кому-либо при незримых внимательных слушателях она не собиралась.

Вдали, в прогалине между домами, возникло золотистое облако, по форме отчетливо напоминающее силуэт небольшой обезьяны с длинным пушистым хвостом. Прочие облака убегали, а это стояло, подсвеченное холодным солнцем, и не меняло формы. Соня смотрела на него, бесцельно сжимая в руке мобильный. Облако тоже смотрело на Соню, улыбалось всем своим невесомым существом. Опять образовался провал во времени. Исчез уличный шум, остановился ветер, но не темная ледяная пустыня была сейчас вокруг, а совсем наоборот. Теплый, одушевленный свет, в котором ничего не страшно. Окажись в эту минуту рядом какой-нибудь злодей, вроде Хота, он выглядел бы маленьким смешным уродцем, а скорее всего, просто сразу растаял бы, как ком грязного снега в луже.

Порыв ветра сдернул с головы капюшон. Соня вспомнила, что собиралась звонить Зубову, и удивилась, почему так долго неподвижно сидит, уставившись в проем между домами.

Ничего не произошло, но все изменилось. Она сидела минуты две, не больше, смотрела на золотое облако, ни о чем не думала. После этой короткой передышки отпустила нудная боль, которая успела стать привычным состоянием души. Теперь Соня ясно поняла, как далеко зашла в своей депрессии. Еще немного, и могла бы заболеть всерьез.

В голове у нее сложился четкий план дальнейших действий.

Итак, надо позвонить Зубову. Все ему рассказать. Надо лететь в Вуду-Шамбальскую степь и работать. Хотя бы ради того, чтобы больше никто не погиб из-за препарата. В руках Михаила Владимировича препарат спасал, возвращал к жизни. Сейчас он только убивает — одним лишь фактом своего существования. Так не должно быть.

Зубов мгновенно взял трубку. Голос у него был глухой и тревожный.

— Иван Анатольевич, можете приехать?

— Соня, что случилось?

— Приезжайте, пожалуйста. Или нет, лучше я приеду куда-нибудь.

— Соня, понимаете, я... Секунду... нет у него родственников. Ну, значит, я напишу расписку, сейчас... — он заговорил с кем-то, прикрыв трубку ладонью.

Соня ждала, наконец услышала:

— Простите, я перезвоню вам.

— Когда?

— Честно говоря, не знаю. Вот что, я пришлю моего человека, вы с ним знакомы. Дима Савельев.

— Иван Анатольевич, где вы?

— На Брестской. Все, Соня, не могу говорить. Простите.

Раздались частые гудки. Соня вскочила, бросилась к проспекту, подняла руку, чтобы поймать машину. Тут же остановилась новенькая черная «Мицубиси». Соня только заглянула в стекло и помчалась прочь, к метро.

«Боже, что со мной? Ничего страшного, просто физиономия водителя не понравилась. Слишком быстро остановился, будто ждал заранее. Привет. Меня можно поздравить. Начинается мания преследования».

Пока она стояла в очереди за карточкой в метро, позвонил мобильный.

– Софья Дмитриевна, здравствуйте. Это Савельев. Я могу быть у вас через тридцать минут.

– Спасибо, не нужно. Я еду на Брестскую. Вы знаете, что там происходит?

– Нет. Мне только что позвонил Иван Анатольевич, сказал, у вас что-то случилось, нужно срочно приехать.

– Да, вообще-то случилось, но сейчас я должна быть на Брестской.

– Хорошо. Встретимся там.

У «Белорусской» в ближайшей аптеке она купила упаковку шприцев и пару флаконов физраствора.

«Я вряд ли решусь. Я никогда не делала внутривенных инъекций человеку, я колола только крыс, кроликов, морских свинок. Это так, на всякий случай, если совсем уж безнадежно».

На повороте рядом с ней притормозил серый «Опель». Вышел водитель. Соня сразу узнала его. Тот самый Дима Савельев. Он вытащил ее с яхты Хота.

С тех пор прошло больше месяца. Соня забыла, как назывался маленький портовый городок, только помнила, что это было побережье Нормандии. Четыре часа, пока ехали до Парижа, Савельев сидел рядом с Соней на заднем сиденье джипа и терпеливо слушал ее бред. Она бормотала, что больше не хочет жить, что теперь никогда не станет нормальным человеком, не сможет смеяться, радоваться, любить. Это невозможно, если миром правят такие злобные хитрые ублюдки.

Савельев утирал ей слезы, убеждал, что все пройдет, забудется. Миром правят вовсе не они, то есть им хочется так думать, будто они реальная мировая закулиса, но на самом деле они всего лишь злобные хитрые ублюдки.

В Париже он сдал Соню с рук на руки Зубову и дедушке, который специально прилетел из Германии.

С тех пор они с Савельевым ни разу не виделись. Сейчас ей было неловко смотреть ему в глаза. Никогда в жизни она не позволяла себе рыдать у кого-либо на плече, тем более у совершенно чужого человека.

– Садитесь, Софья Дмитриевна, тут всего два шага, но лучше доехать, – сказал он и раскрыл перед ней дверцу.

– Вы говорили с Зубовым? – спросила Соня, когда машина тронулась.

– Конечно. Он просил предупредить вас, там все очень серьезно. Вы должны быть готовы. Понимаете, три дня назад умер Адам. Старик был сильно привязан к псу, и вот, сердце не выдержало.

– Зубов решил не отдавать его в больницу?

– Как вы догадались?

– Слышала обрывок разговора.

– На самом деле это было тяжелое решение для Ивана Анатольевича. Старик пришел в себя, заявил, что помереть хочет дома. Звал вас, но Иван Анатольевич не хотел вас травмировать, он сказал, вы до сих пор не пришли в себя.

– Ерунда. Я в порядке.

Когда въехали во двор на Брестской, навстречу, от подъезда, отчалила «скорая». Дверь в квартиру была открыта, Зубов курил на лестничной площадке.

– Они сделали, что было в их силах, даже больше. Он сейчас в коме, так что можете не спешить, Сонечка, на самом деле шансов никаких, он вряд ли очнется. Они сказали...

Соня махнула рукой и, не раздеваясь, помчалась вглубь квартиры.

ГЛАВА ШЕСТАЯ

Москва, 1922

Просторная клетка занимала треть лаборатории. В углу стоял толстый обрубок дубового ствола с большим дуплом. С сетчатого потолка свешивались веревки разной длины, с кольцами, узлами, жердочками. Вдоль решеток тянулись перекладины. На одной из них сидела маленькая лохматая обезьянка. Рыжая длинная шерсть отливала золотом. Обрамленное пышной гривкой продолговатое нежно-бежевое лицо с огромными карими глазами, аккуратным плоским носом приникло к решетке. Мармозетка смотрела на профессора, вытягивала мягкие губы трубочкой, словно хотела поцеловаться, издавала тонкие выразительные звуки.

— Папа, она узнает тебя, — сказала Таня, — у нее меняется выражение лица, когда ты входишь в лабораторию. Думаю, пора дать ей имя. Лева, Левушка. Как, подходит?

— Нет. Ей нужно дать женское имя.

— Но у нее грива, как у льва.

— Львом она никак не может быть. В крайнем случае, львицей. Но у львиц нет гривы.

— Прежние хозяева как-нибудь ее называли?

— Розалия, — произнес профессор протяжно, басом, — впрочем, это название всего подвида. В энциклопедии она обозначена как золотистая игрунка мармозетка розалия. Обитает на востоке Южной Америки. Предпочитает спать в дупле.

— Это я уже поняла, — хмыкнула Таня, — ты заставил Федора не только клетку для нее найти, но еще и особенное полено, с дуплом. Скажи, ты знал заранее, что она выживет?

— Разумеется, не знал. Но надеялся.

Обезьянка принялась энергично чесать лапой голову. Шелковая ярко-рыжая гривка была выбрита на макушке наподобие монашеской тонзуры.

— Не трогай, — сказал Михаил Владимирович, — расцарапаешь свои раны.

— Пап, перестань. Можно подумать, она понимает.

Обезьянка застыла, взглянула на Таню, скорчила обиженную гримасу, издала тихий, но пронзительный звук, вцепилась в решетку и слегка потрясла ее.

— Ты, мармозетка, со мной споришь? Желаешь выяснить отношения? Изволь, я готова. Давай поговорим, – Таня засмеялась. – Мармозетка Марго. Маргоша. Вот, имечко для тебя.

Последовал изящный прыжок, от перекладин к кольцу на веревке. Длинный пышный хвост взметнулся. Покачавшись на кольце, обезьянка вернулась на перекладину, уселась поудобней и принялась жестикулировать передними лапами. Прижала тонкие кисти к щекам, похлопала в ладоши и наконец изобразила открытые объятья, сопроводив их счастливой детской улыбкой.

– Да, папа, это тебе не крыса, – тихо сказала Таня, – она действительно все понимает. Во-первых, ей понравилось имя. Во-вторых, она просится на ручки. Сам виноват. Избаловал ее. Возишься с ней, как с младенцем.

– Может, поэтому она и выжила, – Михаил Владимирович открыл дверцу клетки. – Иди сюда, Маргоша. Только, пожалуйста, не хулигань.

Обезьянка прыгнула к нему на грудь, вскарабкалась на плечо и прижалась к щеке. Она была размером с белку, весила не больше фунта. С плеча она попыталась перебраться на голову, но профессор взял ее в руки и поднес к лампе.

– Ну, смотри, как все хорошо заживает, – сказал он, разглядывая аккуратный крестообразный шрам на выбритой макушке, – и шерсть отрастает, можно больше не подбривать. Скоро ты опять будешь красавицей.

Далеко в прихожей послышался звонок.

– Двенадцатый час. Кого это нелегкая принесла? – проворчала Таня и вышла из лаборатории.

Оставшись один, Михаил Владимирович вытащил фонендоскоп, стал слушать сердце обезьянки. Оно билось часто, тревожно. Он погладил шелковистую шерсть на спинке.

– Марго, бедная малышка, не я с тобой это сделал, не я, но все равно чувствую себя виноватым.

Обезьянка опять перебралась к нему на плечо и что-то быстро забормотала. За дверью послышались шаги. Профессор хотел посадить Марго назад, в клетку, но острые коготки крепко вцепились в джемпер.

— Добрый вечер, Михаил Владимирович. Простите за вторжение. А, старая знакомая, мармозетка. Смотрите-ка, жива и отлично выглядит.

На пороге стоял высокий худой человек. Большелобое лицо с правильными тонкими чертами, с жесткой линией рта было страшно бледным. Щеки ввалились, темно-карие глаза казались огромными. Черная, стянутая в талии ремнем косоворотка, брюки, заправленные в сапоги, выглядели на нем театральным костюмом, будто постаревший, иссушенный долгим туберкулезом мальчик из дворянской семьи нарядился пролетарием для любительского спектакля.

— Здравствуйте, Глеб Иванович. Что-нибудь случилось?

— Нет-нет, не волнуйтесь. Просто хочу вас кое с кем познакомить.

— Глеб Иванович, опять? Зачем? — профессор жалобно улыбнулся. — Я страшно занят, устаю, мне совершенно некогда вести эти странные разговоры о магической подземной энергии, чтении мыслей на расстоянии, таинственной Шамбале, стране вечного коммунизма. Да и сил нет. Я старый, мне надо высыпаться, чтобы полноценно работать.

— А, вас замучил товарищ Дельфийский?

— Замучил. Является без приглашения, каждую неделю, со своими пифиями. Знаете, я все время путаюсь в них. Старшую, кажется, зовут Стефания. А молоденькие обе Клавдии.

— Наоборот, — рассмеялся гость. — Две Стефании, Клавдия одна. Но вы можете к каждой обращаться пифия. Они отзываются. Скажите, неужели все, что говорит Дельфийский, — бред?

— Все, что этот господин говорит, все, что он делает, не стоит вашего внимания, Глеб Иванович. Мне кажется, ему нужна помощь хорошего психиатра. И его пифиям тоже.

– Да, грустно, однако вам придется сегодня немного потерпеть общество товарища Дельфийского и его пифий. Все четверо уже сидят у вас в гостиной, а с ними еще один человек. Психиатр. Надеюсь, что хороший.

Пока они беседовали, Марго мирно заснула на плече профессора. Гость подошел, ласково погладил рыжую гривку. Именно он, Глеб Иванович Бокий, начальник спецотдела ВЧК, несколько месяцев назад принес Михаилу Владимировичу умирающую обезьянку. У нее была страшная, кровоточащая рана на голове. Бокий рассказал, что некто, возомнивший себя хирургом, решил пересадить бедной зверушке человеческий гипофиз. Обезьянке удивительно повезло. Сотрудники ВЧК явились с обыском именно в тот момент, когда некто собирался вскрыть зверьку череп. Делалось это без наркоза. Никто не знал, сколько давать обезьянке хлороформа. Во время допроса он заявил, что его вдохновили опыты профессора Свешникова.

– Иногда наша организация арестовывает и настоящих злодеев, не только безобидных обывателей, – гордо заметил Бокий.

– Ну, вряд ли вы этого некто арестовали за издевательство над обезьянкой.

– Разумеется, мы пришли к нему по иной причине. Гипофиз он вытащил у живого человека, у своего бывшего любовника, скромного молодого телеграфиста. Беднягу спасти уже никак не удастся, так пусть хотя бы обезьянка выживет. Конечно, следовало бы отнести зверушку к ветеринару. Но квартира, в которой все это произошло, прямо над вами, и я решил, что не стоит терять время.

Не так страшна была рана, как шок, который пришлось пережить мармозетке. Некто, возомнивший себя хирургом, был спиритом по фамилии Бубликов. Михаил Владимирович иногда встречался с верхним соседом, но не мог представить, что творится в его квартире.

— Да, мармозетка, безусловно, выздоровела, — сказал Бокий, — как вам удалось ее спасти?

— Исключительно лаской и заботой. Кстати, ее зовут Марго.

— Подходящее имя. Как думаете, сколько ей лет?

— Понятия не имею. Я привык общаться с крысами, кроликами, морскими свинками. Про обезьян ничего не знаю.

— Арестованный злодей сообщил, что мармозетка очень старая, ей одиннадцать лет, а средняя продолжительность жизни у этого подвида не более десяти, — задумчиво произнес Бокий, — помнится, у нее была тусклая, сваленная шерсть. А теперь шелковая, блестит. Что вы так тяжело вздохнули, Михаил Владимирович?

— Ничего, Глеб Иванович. Пойдемте к гостям.

* * *

Москва, 2007

Вечером в своем просторном кабинете на верхнем этаже стеклянной офисной башни Петр Борисович Кольт остывал после тяжелых переговоров. Давний приятель, губернатор Вуду-Шамбальского автономного округа Герман Ефремович Тамерланов, только что выкатился, оставив Петра Борисовича раздраженным, растерянным и таким усталым, словно это была не дружеская беседа, а разгрузка товарных вагонов.

Тамерланов уговаривал Кольта вложить солидную сумму в некое новорожденное общественно-политическое движение, имеющее пока условное название ПОЧЦ (Партия общечеловеческих ценностей).

— Петр, ты разве не видишь, что творится? Идет целенаправленное совращение, растление нации. Наркотики, СПИД, крушение семьи, падение рождаемости. Интернет забит порнографией. Утюг включаешь, оттуда лезет какой-нибудь пидор, песни поет, пропагандирует свое утонченное мировоззрение.

Петр, с этим надо что-то делать, иначе будущего не будет! Мы, элита бизнеса и политики, обязаны объединиться для борьбы со всякой нечистью, потому что если не мы их, то они — нас.

Первые двадцать минут Петр Борисович терпеливо слушал пылкий монолог Тамерланова, только один раз не выдержал, перебил, задал вопрос, как часто Герман включает утюг.

В ответ губернатор весело расхохотался.

— Отличный вопрос, Петр. В последний раз это было в детстве. Я хотел погладить пионерский галстук и чуть не спалил квартиру.

В том, что Тамерланов решил заняться борьбой за нравственность, ничего удивительного не было. Бессменный хозяин вуду-шамбальских степей обладал феноменальным чутьем. Его ноздри улавливали легчайший ветерок, запах пыли прежних декораций, которые вроде бы еще никто не собирался менять на политической сцене. Если Тамерланов говорил, что нужно именно сегодня выращивать и кормить новое парламентское лобби, значит, завтра будет уже поздно. Финансирование партии, которая не выдвигает никакой политической программы, а печется о главном и вечном — отличный вариант, особенно в свете грядущего мирового экономического кризиса, о котором уже шепчутся в деловых кругах.

— Это можно повернуть как угодно. Вправо, влево, вниз, к массам, вверх, к элите. Это никого ни к чему не обязывает, и охотно пойдут все. Актеры, музыканты, писатели, ученые. Борьба за нравственное здоровье будущих поколений — что может быть выше и чище? Кто посмеет возразить?

«Посмеют, еще как посмеют», — хотел сказать Петр Борисович, но вместо этого машинально кивнул.

— Кстати, ПОЧЦ поможет заткнуть всю эту сволочь, которая травит тебя в Интернете, — бодро продолжал Тамерланов.

Кольт вздрогнул. Чуть не спросил: «Откуда ты знаешь?» — но сдержался, шевельнул бровями и равнодушно уточнил:

— Прости, кого заткнуть?

— Ой, ладно, не прикидывайся, — Герман подмигнул, подхихикнул, махнул рукой, — это ты своей пресс-службе можешь рассказывать, что тебе по фигу, а меня стесняться не надо. Представляю, как они тебя достали. Хочется взять пулемет и ды-ды-ды!

Вот с этим «ды-ды-ды» Петр Борисович был вполне согласен. Пулеметная очередь действительно грезилась ему, звучала в голове, как музыка. В последнее время имя его постоянно мелькало в желтой прессе, в Интернете, как будто плотину прорвало. Появлялось множество его фотографий в самых безобразных ракурсах. Где столько нащелкали? И комментарии к ним отвратительные. На глазах рождалась и расцветала причудливая мифология о его жестокости, подлости, лживости, вероломстве, содомском разврате. Незаконнорожденные дети. Брошенные жены. Соблазненные им в извращенной форме несовершеннолетние девственницы. Коварно обманутые партнеры по бизнесу. Хор самозванцев звучал в виртуальном пространстве, голоса множились. Нашелся даже сумасшедший аноним, уверявший, будто совершил по заказу Петра Борисовича дюжину зверских убийств.

Глава пресс-службы, умная, хладнокровная Ольга Евгеньевна пожимала плечами:

— Слишком абсурдно для целенаправленной кампании. Мы же не станем отлавливать каждого виртуального идиота и подавать на него в суд за клевету. Просто не читайте, и все. Оно само утихнет. Найдут следующую жертву. Это, знаете ли, такая нездоровая публика. Они получают сладострастное удовольствие, поливая грязью богатых, знаменитых и успешных людей.

Петру Борисовичу давно уж хотелось в ответ полить их, сладострастных анонимов, пулеметным огнем. Самое скверное, что он не мог удержаться и почитывал эту мерзость. Знал, как это унизительно и вредно для здоровья, однако продолжал украдкой, втайне от самого себя, бродить по блогам, влезать в чаты. Ему казалось, что тысячи людей ненавидят его. Даже проблемы грядущего мирового финансового кризиса и мрачные прогнозы падения цен на нефть волновали его меньше, чем эта пристальная, бескорыстная и безвозмездная ненависть.

— Я тебя отлично понимаю, Петр, — произнес Тамерланов с мягкой дружеской улыбкой. — Сам проходил. Они мне, можно сказать, жизнь сломали.

Внезапно он перестал улыбаться, губы задрожали, в раскосых глазах блеснули слезы. Переход от улыбки к слезам показался слишком быстрым, чуть-чуть неестественным.

— Ты чего? — удивился Кольт.

— Ничего, извини, — Тамерланов всхлипнул и высморкался, — помнишь Машу?

Петр Борисович, безусловно, помнил.

Степь. Темная точка на горизонте, которая стремительно приближалась, стала всадником в облаке пыли, а потом оказалась всадницей, изящной тридцатилетней женщиной, русоволосой, с темным от пыли лицом. Только глаза и зубы блестели.

Да, Петр Борисович помнил Машу. Пару лет назад ради нее Тамерланов разогнал свой многонациональный гарем. Сиял от счастья, уверял, что кроме нее никто ему не нужен. Но она исчезла куда-то, ее место рядом с губернатором заняли безликие модели, и Кольт все не решался спросить, что случилось.

— Ей стали приходить письма и картинки по электронной почте. Каждый день она включала компьютер и узнавала обо мне что-то новое. Нет, вначале она не верила, смеялась. Потом перестала смеяться. Хмурилась, задавала вопросы. Знаешь, есть такая древняя китайская казнь. Капает вода на макушку. Кап, кап. Всего лишь водичка. Не кислота, не раскаленный свинец, совсем не больно, однако человек сходит с ума и мучительно умирает. Вот так умерла наша любовь. Маша от меня уехала, и пришлось опять завести гарем.

Петр Борисович сочувственно взглянул на Тамерланова, сказал:

— Надо же, Герман, я не знал этого. Как жаль, она такая милая. А ты не пытался ее вернуть?

Губернатор ничего не ответил, как будто оглох. Слезы высохли, глаза расширились. Секунду он сидел неподвижно, и вдруг лицевые мышцы зашевелились, словно под толщей кожи что-то ползало и перекатывалось. Произошел сбой механизма, переводящего эмоции в мимику. Лицо губернатора ходило ходуном. Только глаза оставались неподвижными, смотрели в одну точку, в переносицу Петра Борисовича. Это продолжалось всего несколько мгновений и закончилось так же внезапно, как началось. Герман Ефремович энергично покрутил головой. Лицо его вернулось на место, приобрело нормальную форму и человеческое выражение.

— Герман, у тебя нервный тик? — спросил Петр Борисович.

— Тик? У меня? С чего ты взял?

— А что у тебя сейчас было с лицом?

— С лицом? — Тамерланов быстро ощупал щеки, подбородок, встал, подошел к зеркалу, посмотрел внимательно. Со спокойным, довольным выражением вернулся в кресло.

— По-моему, я отлично выгляжу. Не понимаю, о чем ты? Что тебе не понравилось?

Изумление казалось столь искренним, что Кольт почувствовал колючий холодок в солнечном сплетении. Губернатор не заметил, не понял, что с ним случилось минуту назад.

«Теперь это мне приснится в самых жутких кошмарах», — отстраненно подумал Кольт и сказал, хрипло кашлянув:

— Понравилось, не понравилось. Не в этом дело. Просто я давно не видел тебя таким грустным. Ты стал говорить о Маше, и у тебя были слезы.

— Я поделился с тобой своей личной драмой потому, что ты мой друг, Петр, — спокойно произнес Тамерланов, — и, как друга, призываю тебя подумать о ПОЧЦ. Партия может стать нашим оружием, в том числе и против личных врагов. У нас с тобой, как у кровных братьев, общие враги.

Бессменный губернатор Вуду-Шамбальского округа считался там живым воплощением древнего божества Йоруба. Жители молились его бюстам. Давно, в начале девяностых, губернатор пожаловал Петра Борисовича титулом воплощенного Пфа, брата Йорубы. Так что, в определенном смысле, они действительно были кровными братьями.

Их связывала нефть, которую степные жители величали кровью земли. Их связывали конезаводы. Торговля элитными степными жеребцами приносила значительную прибыль и позволяла завязывать полезные деловые контакты на мировом уровне.

Их разделяла трава кхведо, степная конопля, которой Тамерланов, вопреки разумным предостережениям Кольта, тихо приторговывал, не для денег, а из куража.

С Тамерлановым можно и нужно было дружить. Качать нефть. Торговать жеребцами. Но делить с ним парламентское лобби — близость слишком интимная.

Во время переговоров Петр Борисович вел себя сдержанно, не давал прямых ответов и обещал подумать. Теперь он сидел и думал в одиночестве, прослушивал диктофонную запись, пил ромашковый чай, мял сигарету, не разрешая себе закурить, потому что в таком состоянии, если начать, выкуришь пачку за пару часов и не заметишь.

Высокий возбужденный голос Тамерланова в записи звучал еще убедительней, чем живьем. Под каждым его доводом Петр Борисович мог бы подписаться. Однако был какой-то подвох, не могло не быть подвоха. Два момента особенно смущали Кольта. Во-первых, откуда знает Герман о виртуальных атаках? Или даже так: откуда он знает, что Петра Борисовича эти атаки серьезно беспокоят? Во-вторых, что случилось с лицом губернатора?

Тамерланов был значительно моложе Кольта, отличался завидным здоровьем. При внешней возбудимости он прекрасно владел собой, его эмоциональные всплески, громкий смех, вспыльчивость, дурашливость составляли часть продуманного образа.

«Неужели Герман все-таки подсел на травку кхведо?» — осторожно спросил себя Петр Борисович и побоялся самому себе ответить.

Стоило задержать взгляд на любом предмете, будь то настольная лампа, чашка с недопитым чаем, пресс для бумаг в виде серебряной летучей мыши, лиловый лотос в узоре ковра, огни за окнами, блики на стекле, смутное отражение самого Петра Борисовича, и тут же возникала подвижная мягкая рожа. Словно невидимые насмешливые пальцы быстро мяли сырую глину, лепили складки разных гримас, разглаживали, опять лепили.

«Травка кхведо — это было бы хорошо, понятно, просто. Если бы травка, если бы!» — думал Петр Борисович, пытаясь отогнать видение.

Не получалось. Оно проникало даже сквозь сжатые веки. Колючий холодок в солнечном сплетении никак не уходил, простреливал тело короткими ледяными иголками. Одна иголка пронзила мозг, стало больно и совершенно ясно, что несколько мгновений здесь, в кабинете, вместе с губернатором Тамерлановым, или вместо губернатора, был кто-то другой.

Петр Борисович все-таки закурил, хотел вызвать секретаршу, просто так, чтобы больше не оставаться в одиночестве, но тут позвонил Зубов.

Голос его звучал необычно, слишком тихо. И тон был странный, отчужденный, прохладный. Сначала Иван Анатольевич поинтересовался, как прошли переговоры, выслушал пространный раздраженный ответ и только потом, между прочим, сказал, что у старика случился сердечный приступ. Состояние тяжелое, но в больницу вредный старик ехать отказался.

Видение наконец улетучилось. Кольт очнулся, распорядился, чтобы рядом с Агапкиным постоянно находились врач-кардиолог и профессиональная сиделка, и помчался на Брестскую.

Пока он ехал, окончательно пришел в себя. Реальный, полновесный страх за старика навалился могучей глыбой на все прочие чувства и оставил от них мокрое место. Петр Борисович забыл не только о физиономических метаморфозах вуду-шамбальского губернатора, но и о самих переговорах. Теперь в нем дрожал и вибрировал отчаянный внутренний монолог, обращенный к Агапкину: «Что это ты надумал? Что такое в голову твою плешивую пришло? Предатель, вредный старикашка! Из-за чего, собственно? Из-за собаки? Да, согласен, Адам был отличным псом, умницей, жалко его, даже мне будет его не хватать. Я найду тебе щенка пуделя, точно такого, черного кобелька. Я все для тебя сделаю, только не уходи! Не смей помирать! Не бросай меня!»

* * *

Москва, 1922

На самом деле товарища Дельфийского звали Аполлон Васильевич Гречко. Он был родом из Орловской губернии, из мелкопоместных дворян. Учился немного. После гимназии прослушал лекции на медицинских факультетах Киевского, Казанского и Московского университетов, везде не более семестра. Его влекла иная, тайная наука. Он именовал ее «Дюнхор», и слово это всегда произносил, не разжимая губ, глухо и медленно.

«Дюнхор» охватывала абсолютно все области знания, от астрономии до антропологии, от физики до философии. Овладев ею, можно было читать чужие мысли, мгновенно перемещаться в пространстве и во времени на любые расстояния, излечивать все болезни потоками различных энергий, овладевать иностранными языками, в том числе и самыми древними, мертвыми, за несколько дней.

Бокий привел Гречко и трех его барышень в дом к Михаилу Владимировичу пару месяцев назад, заявил, что Дельфийский с группой учеников (имелись в виду барышни-пифии) планирует экспедицию в дикие степи Ву-ду-Шамбальской губернии. Именно там, по его мнению, прячется в пещере один из древних сакральных центров «Дюнхор» и было бы разумно объединить усилия.

— Там степь, нет никаких пещер, — осторожно напомнил Михаил Владимирович.

В ответ пришлось выслушать пространную лекцию Гречко о том, что пещера в данном случае иносказание, символ, означающий вечно спящее и вечно бодрствующее подземное сердце мироздания. Для непосвященного пещера может стать опасной, поскольку подавляет витальную энергию, что, в свою очередь, является знаком для посвященного. Посвященный это подавление чувствует, умеет энергию свою надежно спрятать, вовремя закрыв все чакры, и без вреда для здоровья определить, где именно следует копать яму, чтобы проникнуть к тайнику древних знаний.

— Если я правильно понял, вы намерены искать в степи какой-то клад? — осторожно уточнил профессор.

— Да, именно клад. Кладезь бесценных знаний, который составляет абсолютную, бесконечную, неограниченную и в то же время все наполняющую первосущность. Наподобие математической точки, она не имеет измерений. У нее нет протяженности, длины, толщины, ширины, высоты. Она не занимает пространства. Но именно в ней, в точке, не имеющей измерений, скрыты в потенциальности все измерения.

Михаил Владимирович решил впредь ничего не уточнять, попытался объяснить, что вряд ли стоит затевать совместную экспедицию, поскольку задачи слишком разные.

– О, нет, задачи наши сходны, вы ищите философский камень, он также является сердцем мироздания, одновременно представляя собой глаз Великой богини, в котором, когда открывается, возникают миллиарды новых миров, а когда закрывается, эти миры исчезают, – принялся объяснять Аполлон Васильевич.

– Что вы, – возразил профессор, – мне нужно раздобыть там всего лишь несколько дюжин крыс, и вряд ли я отправлюсь скоро. Из-за голода всех крыс в Вуду-Шамбальской степи съели. Честное слово, вам не стоит со мной связываться, слишком долго придется ждать.

Но Гречко заверил профессора, что у него было видение: явился посланник от Высших посвященных и приказал ему отправиться в степь непременно вместе с профессором.

С тех пор оракул стал регулярно навещать профессора. Каждый раз Михаил Владимирович думал, что надо бы выставить его вместе с пифиями за дверь или хотя бы сказаться больным, но не хватало решимости, к тому же Бокий настаивал, чтобы профессор не спешил с выводами, внимательней присмотрелся к оракулу. Вдруг за его занудством и странностями кроется нечто уникальное, неразгаданное, и это нечто поможет профессору в его работе над препаратом.

Дельфийский был высок, жилист. Длинное помятое лицо венчали жесткие, прямые, дыбом поднятые волосы цвета чернобурки, с красивыми серебряными прядями. Пенсне плотно сидело на широкой переносице, скрывало припухлые сонные глаза. Когда он молчал, нижняя губа отвисала, мокро блестела, что делало его похожим на пожилого терьера, задремавшего с высунутым языком. Это милое сходство вначале кое-как мирило Михаила Владимировича с новым знакомцем. Но беда была в том, что товарищ Гречко молчал редко. Голос его, громкий, тонкий, почти женский, от возбуждения взлетающий до визга, имел свойство долго звенеть в ушах, и даже когда дверь закрывалась за гостями, чудилось, что оракул продолжает вещать из всех углов квартиры.

Две пифии были юные, кукольно хорошенькие, похожие, как сестры, но одна блондинка, другая брюнетка. Третья, пожилая, изможденная, с лицом без бровей и ресниц, словно застиранным до мертвенной белизны, была, как выяснилось позже, законной женой товарища Гречко. В отличие от юных, смиренно молчавших, она иногда вступала в разговор. Аполлон Васильевич предоставлял ей право голоса, поскольку она умела вдыхать так называемую «пневму», незримую духовную субстанцию, выделяемую оракулом, и перерабатывать ее в речевые потоки. Юные пифии этим искусством еще не овладели, только учились.

Вся компания живописно расположилась в гостиной. Оракул в кресле, пифии на полу, у его ног. Поодаль, у окна, стоял незнакомый человек, маленький, как подросток. Голова казалась огромным огненным шаром из-за рыжей, буйно курчавой шевелюры и както не очень надежно держалась на длинной тонкой шее. Звали его Валентин Борисович Редькин. Знакомясь, он крепко пожал руку профессору и со смущенной улыбкой объяснил, что на самом деле фамилия его звучит иначе. Реденький. Но поскольку в гимназии из-за такой фамилии над ним смеялись, он решился сменить ее.

— Реденький, маленький, бедненький, у-тю-тю! Так меня дразнили. Я, знаете ли, горд и обидчив, как все лилипуты.

— Ну, вы вовсе не лилипут, Валентин Борисович, у вас нормальный мужской рост, просто не очень большой, — мягко заметил профессор.

— Михаил Владимирович, называйте меня, пожалуйста, просто Валя. Вы, конечно, не помните, но я слушал у вас курс лекций по мозговой хирургии. Экзамен, правда, сдавать пришлось не вам, вы укатили на фронт.

— Позвольте, когда ж это было?

— В русско-японскую.

Вначале профессор подумал, что Бокий ошибся, представив рыжего крошку опытным психиатром, ибо на вид этому хрупкому головастику нельзя было дать больше двадцати лет. Но, вглядевшись в скуластое конопатое лицо, понял, что Реденький давно не мальчик, ему около сорока. Огонь шевелюры приглушен сединой. Большие зеленые глаза только кажутся наивно-детскими, на самом деле это глаза усталого умного старика.

Марго спала на плече у Михаила Владимировича, крепко вцепившись коготками в джемпер.

— Мармозетка, золотистый игрун, — мгновенно определил Валя, — удивительно разумные и ласковые зверьки. Кто же так исполосовал беднягу?

— Да нашелся один сумасшедший злодей, — ответил за профессора Бокий, — но он свое уж получил сполна.

— Странный, крестообразный шрам, — продолжал Валя, разглядывая обритую макушку спящей обезьянки, — так, кажется, делали древние жрецы-сонорхи, только не с обезьянами, а с людьми, для каких-то таинственных ритуальных целей.

Из кухни пришли Таня и Федор. Няня давно спала, и стол к чаю накрывали они. Михаил Владимирович заметил, как Федор блаженно замер, ненароком прикоснувшись к Таниной руке, и как Таня убрала руку из-под его ладони. Федор болезненно сморщился, повернулся слишком резко, попал локтем в чашку с чаем. Рукав рубашки задымился.

— Растяпа, там кипяток, — сказала Таня и быстро увела его.

— Неограниченная форма — химизм заключается в растительной протоплазме, — вещал между тем товарищ Гречко. — Клетка-протоплазма заключается в животной форме. Таким образом, химизм проницает и растительную, и животную формы.

Марго уютно посапывала возле уха профессора. Пушистый хвост обвил шею, как шарф. Было тепло и щекотно. Таня и Федор все не возвращались. Рыжий малыш Валя уселся в кресло напротив Дельфийского, Бокий встал у окна и закурил.

— Из совокупности всеобъемлющей, всесодержащей потенциальной субстанции и всеобъемлющей общей формы, первого потенциального начала, в ней содержащегося, из нее восставшего, оформляется впервые универсальный механизм мироздания с его бесконечно разнообразными применениями.

Валентин молчал и смотрел на оракула. Тот продолжал говорить и снял пенсне, он сделал это как будто машинально, хотя прежде никогда без пенсне Михаил Владимирович его не видел.

В руке малыша между тем появились часы-луковица. Он держал короткую цепочку двумя пальцами. Золотой кружок медленно покачивался. С каждой минутой высокий голос Гречко звучал все медленней, глуше. Если бы профессор не был так занят мыслями о дочери и о Федоре, он бы заметил, что две юные пифии мирно спят, припав головами к бокам кресла, а третья, пожилая, уставилась в одну точку немигающим взглядом и тихо, жалобно мычит.

— Пол, я буду говорить с вами, — произнес головастик по-английски.

— Да, сэр. Я готов, сэр, — ответил Гречко, тоже по-английски.

— Встаньте, Пол, — приказал Валя.

Оракул подчинился.

— Освободите ваши карманы, Пол.

Глядя на луковицу часов, которая уже не качалась, а неподвижно застыла в руке Вали, оракул извлек из карманов галифе несвежий носовой платок, три сушки, костяную женскую гребенку с отломанными зубьями. Затем последовало содержимое пиджачных карманов. Кусок колотого сахару. Резиновая женская подвязка.

Круглое зеркальце в золоченой оправе. Две серебряные чайные ложки.

— Пол, вы можете сесть, — продолжал Валя, — вы больше никогда не возьмете чужого. Никогда. Как только вы прикоснетесь к чужому, ваши руки покроются экземой, пальцы распухнут, слезут ногти. Вам будет очень больно, Пол. Брать чужое больно, опасно. Пол, вы слышите меня?

— Да, сэр.

— Покажите руки.

Оракул вытянул кисти перед собой. Под ярким светом лампы стало видно, что кожа покраснела, покрылась беловатой сыпью. Несколько мгновений было тихо. И вдруг Валя трижды хлопнул в ладоши. Луковицы уже не было в его руке. Михаил Владимирович вздрогнул, проснулись все, даже обезьянка. Оракул растерянно моргал и озирался. Пожилая пифия вскочила, взглянула на предметы, выложенные на столе, взяла гребенку и тихо произнесла:

— Вот она где, а я уж обыскалась!

— Ой, моя подвязка, — тонко вскрикнула юная белокурая пифия.

— Зеркальце, вот радость, это мне тетушка подарила, как я седьмой класс гимназии окончила, — прощебетала пифия черноволосая.

Оракул, морщась, разглядывал свои руки. Бокий успел бесшумно подойти к профессору и стоял совсем близко.

— Впечатляет? — спросил он шепотом, на ухо.

— Еще бы, — ответил Михаил Владимирович, — но почему Пол? И почему по-английски?

— Отец его был англоман, звал сына не Аполлошей, а Полом, на английский манер. Позже именно так называли его другие люди. Между прочим, это как раз самое главное в эксперименте. О клептомании нам было давно известно. Мы хотели проверить кое-что другое. Проверили. В итоге я проиграл Вале бутылку французского коньяку.

— Глеб, это нечестно, — подал голос головастик, — вы же знаете, я не употребляю спиртного.

Он сидел далеко, не мог слышать, о чем шептались Бокий и профессор, однако услышал либо прочитал по губам и вступил в диалог.

— Ничего, Валя, — улыбнулся в ответ Бокий, — хороший коньяк никогда не помешает. Пригодится в качестве взятки какому-нибудь комбюрократу.

— Да, а потом ваши орлы выклюют мне печень за пособничество буржуазной коррупции.

Профессор рассеянно слушал, гладил Марго, которая перебралась с плеча на руки, и волновался все больше оттого, что Тани и Федора до сих пор не было.

— Михаил Владимирович, они сами разберутся, — обратился к нему Валя.

Профессор вспыхнул, хотел сказать: Таня замужем, она потом себе не простит, и вообще откуда вы знаете, о чем я сейчас думаю?

Но ничего этого он не сказал, отвел взгляд от зеленых глаз головастика, достал папиросу. Валя встал, подошел к нему, чиркнул спичкой и дал прикурить.

— Вы напрасно так сильно переживаете, — он взглянул снизу вверх и улыбнулся широкой открытой улыбкой. — Они взрослые люди, это их дело. Лучше посмотрите, ложки, кажется, из вашего буфета.

Да, это были те самые, о которых так пеклась няня, с бабушкиной монограммой на черенке.

* * *

Москва, 2007

Соня села на край кровати, приложила ладонь ко лбу старика, увидела, как задрожали веки, скривились мягкие, запавшие без зубных протезов губы.

— Федор Федорович, пожалуйста, очнитесь.

— Танечка, — произнес он чуть слышно, — ты пришла, ты здесь.

— Это я, Соня. Послушайте, у меня есть препарат. Но я не могу решить за вас. Это только ваш выбор.

— Танечка, поцелуй меня, как тогда, помнишь? Нет, не возражай, не лги, тогда ты меня любила, пусть лишь один вечер, несколько минут, мгновение, но любила, меня, а не его. Я знаю.

— Федор Федорович, пожалуйста, прошу вас, откройте глаза, вы должны прийти в себя. Мне нужно поговорить с вами. Пожалуйста!

— Я обварил руку, и ты испугалась. В гостиной было много народу. Бокий, оракул с пифиями. Рыжий Валька показывал свои фокусы, но мы не видели. Мы ушли. Ты стала снимать с меня рубашку, просто чтобы не было ожога, чтобы я переоделся в сухое. Я обнял тебя, очень сильно, может быть, даже грубо. Я не мог больше терпеть.

В дверном проеме возник Зубов, встал, прислонившись плечом к косяку, чуть слышно спросил:

— Неужели очнулся?

— Боюсь, нет. Он бредит.

Без вставных челюстей речь старика звучала совсем невнятно, но Соня понимала каждое слово. Она больше не перебивала, затаив дыхание, слушала почти беззвучный, шуршащий, как сухие листья, голос.

— Никто не вошел, никто ничего не узнал. Павла ты любила всю жизнь. Меня только мгновение. Оно длится до сих пор. Оно бесконечно, и оно принадлежит мне. Танечка, поцелуй меня.

Соня прикоснулась губами к его сухой щеке.

— Скажи, если бы не ранение Павла там, в Галлиполи, если бы не случилось того странного страшного совпадения, ты бы осталась со мной? Не молчи, скажи, Танечка.

— Да, — нерешительно произнесла Соня.

— Не слышу. Скажи еще раз.

— Да, я бы осталась.

— Но это невозможно, ты не могла остаться в России. Я не мог бежать с тобой. Нас бы убили. Всех. Теперь ответь. Ты наконец пришла за мной? Я свободен? Ты заберешь меня отсюда, прямо сейчас?

— Нет.

Зубов вздохнул и покачал головой. Рядом с ним появился Дима Савельев. Он хотел сказать что-то, но Соня хмуро взглянула на него и приложила палец к губам. Старик продолжал бормотать.

— Таня, я очень устал, я хочу к тебе. Все равно куда, лишь бы с тобой. Я так соскучился.

— Нет, — упрямо повторила Соня.

— Почему?

— У меня есть препарат. Прямо сейчас я могу сделать вливание.

— Ты думаешь, это нужно?

— Это необходимо, я уверена.

— Паразит меня не отпустит, если будет вливание, мне придется остаться здесь, с ними, с чужими. Адама нет. Я никому тут не нужен. Зачем?

— Вы нужны, вы очень нужны мне. Я не справлюсь без вас, Федор Федорович, я слишком мало знаю и пока ничего не могу.

— Ты права. Как всегда, права. Мои долги никто за меня не заплатит. Они слишком велики, они огромны, поэтому приходится жить, жить. Я не жалуюсь, ты и так знаешь, как это тяжко. Ты всегда рядом со мной, я чувствую тебя, не только во сне, но и наяву ты рядом. Иначе жизнь была бы мраком и пыткой. Но видишь, все повторяется. Ты уходишь. Я остаюсь. Ты свободна, я еще нет. Я люблю тебя. Обещай, когда наступит мой срок, когда отпустят меня на свободу, ты придешь за мной. Ты, Танечка, заберешь меня. Обещаешь?

Соне стало холодно, руки и ноги заледенели, все внутри дрожало, во рту пересохло, язык прилип к небу. Зубов подошел на цыпочках и прошептал:

— Ответьте ему, не молчите.

— Обещаю, — сказала Соня.

Вены у старика были крупные, выпуклые, кожа совсем тонкая. Соня удивительно легко, как профессиональная медсестра, ввела иглу. Ей вовсе не показалось странным, что в голове ее в этот момент звучала молитва «Отче наш», от начала до конца, хотя никогда прежде она не могла вспомнить ее всю и произнести наизусть.

ГЛАВА СЕДЬМАЯ

Москва, 1922

Таня шла так быстро, что пятилетний Миша едва поспевал за ней и жалобно повторял:

— Мама, я не могу, я сейчас упаду.

— Прости, Мишенька, — она сбавляла темп, но забывалась и опять бежала.

— Ты обещала, мы просто погуляем, а сама спешишь. Почему ты всегда спешишь? — хныкал Миша.

Таня взяла его на руки. В шубейке, в валенках он был тяжелый, она скоро стала задыхаться. В голове у нее звучал незнакомый женский голос с сильным акцентом: «Пожалуйста, не опаздывайте. У меня очень мало времени».

Таня хотела выйти пораньше, но няня скверно себя чувствовала. Пришлось взять ребенка с собой.

Она рассчитывала доехать на трамвае. Была бы одна, обязательно попыталась бы влезть в переполненный вагон. При неудаче решилась бы даже вскочить на подножку. Но с Мишей рисковать не могла, поэтому мчалась пешком.

Подошвы скользили, ледяной ветер бил в лицо.

— Мама, ты плачешь? — испуганно спросил Миша.

— Нет. Это из-за ветра слезы. Потерпи немного. Мы почти пришли.

В начале Гоголевского бульвара она опустила Мишу на землю, крепко взяла его за руку и пошла медленней. Встречу ей назначили в центре бульвара, на скамейке.

Она опоздала всего на пять минут и только сейчас заметила, что скамеек нет. Ни одной не осталось.

— Мама, мы уже пришли? Куда мы пришли? Тут ничего нет, — сказал Миша.

Какой-то пухлый совслужащий в ушанке, в новеньком дубленом тулупе, с портфелем под мышкой, остановился, пристально посмотрел на Таню.

— Гражданочка, мы с вами где-то встречались.

«Что, если звонившая дама прислала вместо себя этого типа?» — подумала Таня.

— Мне ваше лицо очень знакомо, — продолжал толстяк, — не хотите ли пройти в кондитерскую, погреться? Угощу вас какао и пирожными.

Вглядевшись в щекастое курносое лицо, в маленькие заплывшие глазки, она поняла, что перед ней никакой не посланник, а самый обыкновенный приставала.

— Мальчик, ты любишь какао? — обратился приставала к Мише и присел перед ним на корточки.

— Дядька, ступай прочь! — спокойно ответил Миша и показал язык.

Так научила его говорить няня, если кто-то незнакомый подходит на улице.

— Какой грубый мальчик, — строго заметил толстяк, — вы, гражданочка, плохо воспитываете своего ребенка.

— Пожалуйста, оставьте нас в покое, — сказала Таня.

— Напрасно брезгуете, мадам, — толстяк фыркнул и пожал плечами, — при вашей болезненной худобе, да еще с довеском в виде ребенка, вы, как говорится, дамочка на любителя. Вам, прошу пардону, кочевряжиться не надо.

— Уйди, дурак! Как дам в морду! — крикнул во все горло Миша, затопал и замахал кулачками.

Вот этому никто его не учил. На детский крик стали оглядываться прохожие, и приставала поспешил исчезнуть.

— Мама, я правильно его прогнал? — спросил Миша, гордо вскинув голову.

— Да. Ты молодец, — Таня взглянула на маленькие наручные часы, подарок Федора.

— Мама, что такое довесок? Это плохое слово?

— Само по себе не плохое, но о человеке так говорить нельзя.

— А кочеряжить это от кочерыжки?

— Нет, это значит капризничать.

Миша вдруг засмеялся, очень громко, неестественно, и принялся дергать Таню за руку. Это была его обычная манера. Он требовал, чтобы мама смеялась вместе с ним.

— Ой, не могу! Ну и дурак! Капризничают люди, когда спать не идут или рыбий жир не пьют! Совершенно глупый дурак! Ничего не понимает в жизни!

Ждать уж больше не стоило, но Таня как будто приросла к земле, не могла сдвинуться с места и почти не слышала Мишу. Он перестал смеяться, обиженно выпятил губу, помолчал пару минут, совсем уж собрался заплакать, но раздумал и важно спросил:

— Ты видела, как дядька струсил? Это я его напугал!

— Конечно, Мишенька.

— Ты расскажешь Федору, как я прогнал плохого глупого дядьку?

— Обязательно расскажу.

— И няне? И деду, и Андрюше? Всем расскажешь, какой я грозный? Дядька большой, толстый и меня испугался. Раз-два, и убежал. Мама, почему мы стоим? Пойдем к Арбату.

— Да, Мишенька, сейчас пойдем, — рассеянно ответила Таня и в последний раз огляделась.

— Мама, ты что? — Миша дернул ее за руку. — Ты разве не слышишь, я сказал: пойдем к Арбату! Почему ты совсем не радуешься, что я запомнил улицу?

— Я радуюсь, ты молодец, — пробормотала Таня, шагнула вперед, но вдруг остановилась.

К ним навстречу шла высокая молодая дама. Она шагала широким мужским шагом, но при этом выглядела удивительно женственно. Белая шубка, сапожки на высоких каблуках, вздернутый подбородок, гордая осанка, независимый надменный вид — все в ней выдавало человека, не изведавшего ужасов военного коммунизма.

— Добрый день, мадам Данилофф, — сказала она по-французски.

Повеяло забытым, головокружительным ароматом дорогих духов. У дамы было крепкое сухое рукопожатие, из-под шляпки на Таню смотрели серые, очень красивые и холодные глаза.

— Мама, кто это? — испуганно прошептал Миша.

— Вы не предупредили, что явитесь с ребенком, — строго заметила дама, — и почему я видела возле вас какого-то мужчину? Кто это?

— Никто. Посторонний человек, он подошел случайно, — виновато пробормотала Таня, — а сына я никак не могла оставить дома. Простите.

— Ну, ладно, не будем стоять на месте, мы привлекаем внимание, идемте куда-нибудь.

Они двинулись вперед, к Арбату. Миша молчал, изумленно и обиженно. Дама ему не понравилась, к тому же шли опять слишком быстро. Он вырвал руку, забежал вперед, встал, вскинув голову, уперев кулачки в бока, и громко спросил:

— Мамочка, эта белая дама кто?

— По телефону я не рискнула представиться, — сказала дама, сдержанно улыбнувшись, — меня зовут Элизабет. Я работаю в Нансеновском фонде помощи голодающим. Честно говоря, я едва узнала вас, вы выглядите значительно старше, чем на фото, которое передал ваш муж.

— Вы видели моего мужа?

— Нет. Мой муж общался с вашим мужем в Галлиполи. Могу вас поздравить, месье Данилофф присвоено звание генерала. Он передал для вас письмо, однако мы с мужем решили, что это может быть опасно. Ваш отец служит у Ленина.

— Мой отец врач, он вовсе им не служит.

— Ну, не знаю, как это называется. Он часто бывает в Кремле. По нашим сведениям, туда пускают только проверенных людей, членов большевистской партии.

— Нет, он не состоит в партии, он просто консультирует, лечит их. Где же письмо?

У Тани сел голос, она могла говорить только шепотом.

— Я уже объяснила, письма у меня нет. Когда мы отправлялись в эту страну, нас предупредили, что при всем кажущемся хаосе тайная полиция, ВЧК, здесь работает великолепно, особенно это касается Москвы и Петрограда. Я и так сильно рискую, встречаясь с вами. Но поскольку месье Данилофф ранен, я не сочла возможным пренебречь обещанием, пусть даже данным не мной, а моим мужем.

— Ранен?

Таня остановилась, сильно сжала Мишину руку. Ей было известно, что в ноябре двадцатого Павла, тяжело раненного, полумертвого вывезли из Ялты, когда эвакуировалась армия Врангеля. Она знала, что он выжил, служит в штабе генерала Кутепова в Галлиполи.

— Не надо так пугаться, теперь опасность для жизни миновала, — смягчилась дама, заметив, как побледнела Таня.

— Это уже третье ранение.

— Третье? Да, неприятно. Что делать, он военный. — Элизабет грациозно повела плечами. — Ну, успокойтесь, уже все хорошо. Он поправляется.

— Благодарю вас, Элизабет. Скажите, как это могло произойти? Там ведь нет боевых действий.

— О, там есть нечто другое, едва ли не худшее. Разочарование. Деградация. Кое-кто не выдерживает, сходит с ума. Одному молодому капитану померещилось, будто генерал Данилофф — красный шпион, на том основании, что его тесть в Москве лечит Ленина, ну и еще, при генерале живет еврейский юноша, Джозеф

Кац. А для некоторых деятелей белого движения все евреи красные.

— Джозеф Кац? Ося! Боже мой, о нем так давно не было вестей. Скажите, как он? Я не видела его сто лет.

— Джозеф — прелестный мальчик, талантливый журналист, своего рода феномен. В столь юном возрасте уже приобрел популярность, пишет забавные очерки для французских газет. Именно он привел моего мужа к месье Данилофф в госпиталь.

— Ося пишет по-французски? Его печатают? Простите, у меня голова идет кругом. Вы сказали, какой-то сумасшедший капитан стрелял в Павла из-за папы, из-за Оси?

— Перестаньте. Джозеф и ваш отец тут абсолютно ни при чем. Что за странная манера у вас, русских, все усложнять и добавлять себе страданий, которых у вас и так сверх всякой меры? Стрелял сумасшедший. Хотел убить, но только прострелил плечо. Сама по себе рана пустяковая, однако помощь подоспела не сразу, месье Данилофф потерял много крови.

— Когда это случилось?

— Полтора месяца назад, в начале октября. Кажется, в ночь с седьмого на восьмое. Об этом случае даже писали французские газеты.

— С седьмого на восьмое, — чуть слышно, по-русски, повторила Таня, — именно в ту ночь. Господи, что я наделала.

— Теперь самое главное, — Элизабет огляделась, заговорила быстро и тихо. — Французские власти не заинтересованы, чтобы в Галлиполи образовалась боеспособная русская армия. Они делают все возможное, чтобы солдаты и офицеры разъехались в разные стороны, подальше. Америка, Бразилия, Аргентина. Кое-кто даже возвращается в Россию. Ваш муж, как только поправится окончательно, намерен перебраться в Эстонию, Польшу или Финляндию. Зависит от политической ситуации. Словом, поближе к вам. Известно, что некоторым людям удается нелегально покинуть Россию из Петрограда, через Финский залив.

– Павел будет ждать нас?

– Что, простите? – не поняла Элизабет.

Таня не заметила, что последнюю фразу произнесла по-русски. Миша встрепенулся и спросил:

– Кто нас будет ждать?

– Папа. Твой родной папа, – объяснила Таня и посмотрела на Элизабет. – Но каким образом мы с ним сумеем связаться? Нет, я не понимаю. А скажите, как он сейчас выглядит?

– Я не видела его, – терпеливо повторила Элизабет, – но я уже объяснила, что опасности для жизни нет. Он поправляется. Извините, мне уже пора. Да, и еще, печальная весть. Скончалась ваша тетушка. Джозеф просил сказать... Пардон, я забыла, что именно. Знаете, он говорил так много, так возбужденно, все вылетело из головы. Впрочем, кажется, ничего важного. Только эмоции.

– Где похоронена моя тетя, не знаете?

– Где-то на окраине Стамбула. А, вот, вспомнила. Джозеф просил сказать, что очень любит вас всех и будет с месье Данилофф, пока не передаст его вам, с рук на руки. Он уверен, что найдет возможность информировать вас и месье Данилофф таким образом, чтобы вы не потерялись. О, пардон, у меня больше нет ни минуты.

* * *

Москва, 2007

На Брестской в квартире старика Агапкина вместо привычной сиделки-капитана Кольта встретил сотрудник службы безопасности по фамилии Савельев. Сонный, мятый, Савельев вышел из кабинета, шаркая тапками, потягиваясь. Он был в джинсах и черной футболке. Зевнул во весь рот, улыбнулся и прошептал:

— А, Петр Борисович, здравствуйте.

Эти тапки, зевок, улыбка взбесили Петра Борисовича. Но он сдержался, спросил спокойно и сурово:

— Что здесь происходит?

— Ничего особенного. Все спят, — ответил Савельев и опять зевнул. — Чаю хотите?

— Какого чаю? Где старик? Кто с ним?

— Федор Федорович у себя в спальне. С ним Софья Дмитриевна. Все нормально, не волнуйтесь.

Надо было просто войти в спальню, хотя бы взглянуть на старика, но Кольт малодушно медлил, боялся, что не выдержит, сорвется, расплачется, и от этого злился все больше.

— Что значит — нормально? — прошипел он, исподлобья глядя на Савельева. — Где врач? Где сиделка?

— Нет никого, кроме меня и Софьи Дмитриевны.

— Почему?!

Савельев прищурил близорукие глаза, посмотрел на Кольта без всякого почтения и сказал:

— Петр Борисович, будьте добры, пожалуйста, не кричите. Софья Дмитриевна только что заснула, а спит она очень чутко. Давайте мы побережем ее силы.

— Почему нет врача? — повторил свой вопрос Кольт с ядовитым вкрадчивым спокойствием.

— Видите ли, ситуация достаточно сложная. Кажется, Иван Анатольевич не все сказал вам.

— Что ты мелешь, служивый? — тихо взревел Кольт. — Иван Анатольевич мне всегда говорит все! Это его обязанность! Или ты намекаешь, что Зубов от меня что-то скрывает? Кто ты вообще такой? Что ты себе позволяешь? У старика приступ, ты тут дрыхнешь, а он может умереть в любую минуту.

— Да, стало быть, не знаете, — пробормотал Савельев и после паузы добавил чуть громче: — Софья Дмитриевна сделала Федору Федоровичу инъекцию.

— Какую инъекцию?

— Ту самую, Петр Борисович.

Кольт медленно опустился на диван, посидел мгновение, тряхнул головой, вскочил и принялся шарить в карманах пиджака, искать сигареты. Нашел пустую пачку, скомкал, швырнул в угол.

– У нее не было препарата! Не было, ты понял? Все осталось там, на яхте! Как она могла вколоть ему? Что вколоть? Ну! Отвечай!

Савельев молча вышел из комнаты. Через минуту вернулся с сигаретами, протянул Кольту пачку.

– Иван Анатольевич, вероятно, не хотел вас заранее тревожить, – произнес он сонным мирным голосом и щелкнул зажигалкой, – у вас было важное совещание, а в двух словах все равно ничего не объяснишь.

– Ну, так объясняй в десяти, в ста словах. Слушаю тебя.

– Петр Борисович, вы не волнуйтесь. Я могу, конечно, объяснить вам в ста словах, но будет лучше, если Софья Дмитриевна сама расскажет. Там очень уж все сложно, запутанно. У вас наверняка появятся вопросы, а я вряд ли сумею ответить.

Кольт честно пытался сдержаться, но его колотила дрожь, и голос сам собой взлетал до невозможной громкости. Савельев смотрел на него сочувственно, и это было странно. Петр Борисович привык, что ребята из службы безопасности, отставные капитаны и майоры, вытягиваются перед ним в струнку, трепещут, говорят «есть!» и «так точно!», мгновенно выполняют любое приказание. Он хорошо им платил и считал, что каждый из них готов на все, лишь бы не потерять такую престижную и выгодную работу.

Савельев вел себя вовсе не по-хамски, нет, он всего лишь не трепетал и не заискивал. Он говорил с Кольтом как с ребенком или как с больным. Никто никогда не позволял себе таких интонаций. Наверное, ничего страшного в этом не было, просто Петр Борисович не привык, к тому же слишком устал и нервничал.

— Так, подожди, — Кольт зажмурился и помотал головой. — Соня вколола старику препарат. И теперь остается только ждать. Сам старик знает об этом? Он согласился?

— Почти.

Это произнесла Соня. Она возникла неожиданно в дверном проеме, на ней был красный шелковый халат, который Петр Борисович подарил старику на День Победы. Очень дорогой халат, от «Дримоли». Агапкин тогда еще заявил, что эта роскошь напоминает ему сумасшедшего чекиста Кудиярова, и ни разу халат не надевал.

— Что значит — почти? Он был в сознании?

— Не совсем. Он говорил, но не со мной, а с Таней, — она зевнула и пригладила взлохмаченные светлые волосы, — я должна была решить за него. То есть он просил, чтобы решила Таня. Зайдите к нему, только тихо. Он спит.

В спальне горела тусклая лампа. Агапкин дышал тяжело, хрипло. Лоб его был влажным и горячим.

— Тридцать восемь и два, — прошептала Соня.

«Неделю держится высокая температура, потом выпадают волосы, шелушится кожа, слезают ногти», — вспомнил Петр Борисович и спросил тоже шепотом:

— Все-таки как у вас оказался препарат?

— Пойдемте, выпьем чаю, я расскажу.

Савельев курил на кухне. Чайник закипал. Соня села и заговорила бесстрастным, ровным голосом. Выложила почти все, только не коснулась проблемы реального возраста Хота и не упомянула имени Дассам. Когда стала рассказывать, как умирал Макс, заплакала, извинилась и вышла. Вернулась через пять минут, умытая, спокойная.

Пока она говорила, Петр Борисович то и дело открывал рот, чтобы задать вопрос, но сдерживался. Соня просила не перебивать. Когда она замолчала, он опять открыл рот, но почему-то все вопросы испарились, остались лишь эмоции, которые невозможно выразить словами.

Паузу заполнил Савельев. Его низкий, сиплый голос звучал так буднично, словно во всем происходящем не было ничего особенного.

— Жучки в квартире Софьи Дмитриевны уже нашли, там сейчас работают наши специалисты, — сообщил он, — ни на одной подстанции «скорая» с таким номером не числится. Эммануил Зигфрид фон Хот родился в тысяча девятьсот тридцать пятом году в немецком городе Марбурге. Ныне гражданин Швейцарии, профессор, египтолог, специалист по семиотике, прилетел в Москву позавчера из Берна, по туристической визе. Живет на частной квартире, адрес установить не удалось.

— Стоп! — Кольт поднял палец. — Если он объявился в Москве, мы можем попробовать привлечь его к ответственности через Интерпол. В Германии это не удалось...

— Здесь тоже не удастся, — перебил Савельев, — у господина Хота нет и никогда не было яхты. За последние два года он ни разу не посетил Германию.

— Петр Борисович, вы же сами недавно говорили, похитителей моих не найдут, — добавила Соня, — мы уже убедились, все это бесполезно и даже опасно. Помните, как следователь в Германии предлагал мне пройти обследование у психиатра?

— Помню, — буркнул Кольт, — это действительно было неприятно.

— Не то слово. Так что лучше не суетиться, вести себя так, будто никаких имхотепов не существует. Честно говоря, я очень устала от них, мне нужна передышка.

Кольт хмуро молчал несколько секунд и вдруг хрипло выкрикнул:

— Слушайте, а вы уверены, что в склянке, которую подбросил вам этот псих, действительно был препарат?

— У меня дома есть микроскоп, разумеется, я проверила, — сказала Соня.

— Проверили, — повторил Кольт, немного остывая, — прямо дома у себя проверили. Но ведь они могли увидеть, догадаться, чем вы занимаетесь.

— Нет, Петр Борисович, не могли. Видеокамер в квартире нет, — успокоил его Савельев.

Еще немного подумав, Кольт задал следующий вопрос:

— Вы верите в эту ахинею про разжигание вражды между мужчинами и женщинами?

— Я не могу пока вам ответить. Я самой себе не могу ответить. Большевизм и нацизм тоже многим казались ахинеей. Мало кто воспринимал их как серьезную угрозу мировому порядку, а потом оказалось, что напрасно. И уже поздно было исправить ошибку. Что, если сейчас тоже ошибка?

Петр Борисович испуганно уставился на Соню. Губы его задрожали и растянулись в кривой усмешке.

— Сейчас весь мир озабочен нарастанием экономического кризиса, какая, к черту, война между мужчинами и женщинами? Люди думают о своих кошельках, безработица грядет.

— А это как раз отличный фон для такого рода деятельности. Чем больше у людей проблем, тем проще манипулировать их сознанием, — объяснила Соня.

— Вы собираетесь спасать человечество от третьей мировой войны? — спросил Кольт.

— Конечно. И надеюсь на вашу финансовую поддержку. Вы как, готовы?

— Я... Нет...

— Нет? — Соня изумленно подняла брови. — Неужели человеку, который хочет продлить свою жизнь еще лет на сто, безразлично, в каком мире придется жить? Или денег жалко?

— Соня, я не совсем понимаю, вы...

У Кольта стало такое лицо, что, глядя на него, Савельев и Соня тихо рассмеялись.

— Ну, ладно, — сказала Соня, — не бойтесь, Петр Борисович, я не страдаю мессианским бредом.

— То есть вы не станете делать того, к чему призывал вас этот несчастный доктор Макс? — Кольт облегченно вздохнул. – Кстати, как вам кажется, его убежденность, что Хот умрет и сам он умер бы от вливания, имеет какую-то реальную подоплеку?

– Вряд ли он это просто выдумал.

– Кто еще может умереть, он вам поведал?

– Нет. Он назвал только себя и Хота.

– Ну, а как насчет благоприятного прогноза? Есть хоть кто-то, кому, по его мнению, вливание продлит жизнь?

– Он почему-то был уверен, что меня паразит не убьет.

– Вас? – Кольт принялся бесцеремонно разглядывать Соню, словно она была неодушевленным предметом, статуей или картиной.

Глаза его ощупывали ее лицо, шею. Соня вздохнула и отвернулась. Савельев едва заметно покачал головой.

– Сколько вам лет? – спросил Кольт, прервав наконец это неприятное разглядывание и молчание.

– Тридцать.

– Выглядите моложе. Извините, раньше я не замечал этого, но на вид вам не больше двадцати двух.

– Спасибо, – Соня принужденно улыбнулась, – мне кажется, вы ошибаетесь. Я выгляжу на свои тридцать, а когда устаю и не высыпаюсь, даже старше, на все сорок.

– Вы, правда, Сонечка, выглядите очень юной. Я, когда вас впервые увидел, не мог поверить, что вы кандидат наук, подумал – студенточка, совсем девочка, – сказал Савельев и весело подмигнул.

– В таком случае вы, Дима, вообще младенец! – Соня хмыкнула. – Не буду говорить, что я подумала, когда увидела вас.

– Не надо, не говорите, я и так знаю. Вы ничего не подумали, вы безумно обрадовались, когда меня увидели. Никаких мыслей, только эмоции.

– Вы уверены?

— Конечно! Может, никто никогда не радовался так искренне моему появлению, ну, разве что мама, когда я родился.

— Ох, Дима, я ее понимаю. Родить ребеночка, такого мощного, симпатичного, вот уж действительно радость. А потом вы росли послушным, правильным толстым мальчиком и маму свою продолжали радовать.

— Я старался, тем более отца не было, она одна меня растила. Я ее защищал, оберегал. Она такая тоненькая, хрупкая. На вас очень похожа. Но, между прочим, толстым я не был, я спортом занимался и не ел сладкого. Я и сейчас не толстый, это у меня мышечная масса.

Кольт сидел между ними за кухонным столом. Они смотрели друг на друга, улыбались друг другу, болтали о какой-то ерунде, словно его здесь вообще не было. На мгновение ему даже почудилось, что точка пересечения их взглядов искрит, трещит и радужно посверкивает, как подожженная петарда. Он хотел сказать: «Я лишний на вашем празднике жизни», но вовремя опомнился. Это прозвучало бы крайне глупо и неуместно.

— Соня, — позвал он так громко, словно она находилась далеко, в другом конце квартиры.

— Да, Петр Борисович. Я здесь, что вы кричите?

— Извините, — он сухо откашлялся, — значит, Макс был уверен, что вас паразит не убьет. Сейчас вам всего тридцать, на вид еще меньше. Конечно, до старости далеко, но для женщины время летит быстрей. Что вы об этом думаете, Соня?

— О чем об этом, Петр Борисович?

— Бросьте! Вы отлично меня поняли! Вы собираетесь себе вкалывать паразита?

— Это пока пустые разговоры, гадание на кофейной гуще. Прежде чем ввести препарат кому-либо, нужно его исследовать, изучать.

— Старику вы всадили дозу, не размышляя.

— Выбора не было, — Соня пожала плечами, залпом допила остывший чай. — Михаил Владимирович тоже использовал препарат, когда не было выбора. Мальчик Ося и Лидия Петровна Миллер, праправабушка Макса. Два человека, которых удалось спасти. Сколько было еще удачных и неудачных опытов, пока никто не знает.

— Что вы собираетесь делать дальше?

— Останусь здесь, с Федором Федоровичем. Он поправится, и тогда сразу полечу в этот ваш Вуду-Шамбальск.

Она так уверенно произнесла: «Он поправится», что у Кольта от волнения заболел живот. Подобное случалось с ним очень давно, в детстве, накануне годовых контрольных.

— Соня, у нас теперь есть препарат, — простонал он и прижал ладони к животу, — есть препарат, и значит, не надо тратить время на поиски? В любую минуту я могу, — он судорожно сглотнул, сморщился, — могу получить свою дозу?

— Нет, Петр Борисович, не можете.

— Почему?

— Видите ли, дело в том, что Макс... — она прикусила губу, стала доставать сигарету.

Руки у нее задрожали, она выронила пачку. Савельев поднял, дал ей прикурить.

— Ну, не молчите, пожалуйста! — взмолился Кольт.

— В склянке, которую передал Макс, была только одна доза, — быстро проговорила Соня, стараясь не глядеть в глаза Петру Борисовичу.

— Только одна доза, — повторил Кольт и скорчился, сложился вдвое от резкой боли.

— Что с вами? — тревожно спросил Савельев.

— Ничего. Не обращайте внимания. Сейчас пройдет. Значит, препарата опять нет, и надо начинать все сначала. Но вы уверены, что старик выживет? Уверены?

— Давайте не будем это обсуждать, от нас теперь уж ничего не зависит, а вам нужно срочно лечь, — сказала Соня.

Петр Борисович сам не заметил, как оказался в гостиной на диване, проглотил из рук Савельева пару таблеток. Соня накрыла его пледом и ушла в спальню к старику.

ГЛАВА ВОСЬМАЯ

Москва, 1922

В кабинете Бокия на письменном столе были разложены листы бумаги, исписанные невозможно мелким почерком. Федор склонился над столом с лупой в руке. Молчание длилось уже минут двадцать. Глеб Иванович курил, сидя на подоконнике, и наблюдал за Федором.

— Все равно не верю, — произнес наконец Федор и аккуратно сложил листки в стопку.

— Перестань, ты прекрасно понимаешь, что это правда. Показания самой Элизабет Рюген, добытые нашим агентом и записанные с ее слов.

— Каким агентом?

— О, агент весьма ценный, незаменимый, — Бокий весело подмигнул, — оперативный псевдоним Консолор.

Агапкин нахмурился, вспоминая перевод латинского слова. Он знал, что разговор не продолжится, пока эта маленькая задачка не будет решена. Глеб Иванович обожал озадачивать и ждал ответа, как строгий экзаменатор.

— Утешитель, — сердито выпалил Федор, — могу представить, что это за утешение.

— Можешь представить? О, вряд ли. Он такой искусник, дамы в его присутствии млеют, сходят с ума от нежности.

Бокий забавлялся, у него было отличное настроение, и Федор не мог понять, чем так развеселило начальника спецотдела донесение агента Утешителя. Вряд ли он стал бы радоваться очередной порции компромата на

Таню. Федору казалось, что в донесении нет загадок. Все чудовищно просто. Смертный приговор Даниловой Татьяне Михайловне, и ничего больше.

В отличие от многих своих коллег Бокий не был кровожаден. Недавно созданный по распоряжению Ленина спецотдел занимался шифровальным делом, разработкой и применением техники в разведке и контрразведке. Эта служба не использовалась ни при арестах, ни в следственных мероприятиях.

Глеб Иванович любил сложные интеллектуальные игры. Сутками мог колдовать, придумывая и взламывая хитрейшие шифры. Революционное переустройство мира было для него тоже чем-то вроде головоломки, самой увлекательной из всех возможных.

Бокий долго молчал, с удовольствием наблюдая, как нервничает Федор, но все-таки сжалился.

— Видишь ли, муж Элизабет старше нее на двадцать лет. Отто Рудольф Рюген, норвежский ученый-физик, друг Нансена, умнейший, добрейший старик, а главное, весьма богатый. Правда, есть одна проблема, вроде бы ерундовая, но для семейной жизни такая мелочь становится роковой.

— Глеб Иванович, при чем здесь Таня? — раздраженно перебил Агапкин. — Вы занимаетесь этим Рюгеном, подложили в постель к его молодой жене своего искусника-утешителя, но Таня при чем?

— Молодец, — Бокий кивнул и улыбнулся, — схватываешь на лету. Таня была бы совершенно ни при чем, если бы Элизабет не захотела сделать доброе дело. А как известно, нет доброго дела, которое осталось бы безнаказанным. Особенно когда за него взялась такая вертихвостка, как Элизабет. Правда, наказана будет не она, и это, конечно, несправедливо. Но в нашем бренном мире справедливости мало, если она вообще существует.

— Это единственный экземпляр? — мрачно спросил Агапкин.

Он все еще держал в руках тонкую стопку.

– Пока да. Это сверхсекретная информация, я решил не отдавать машинистке, – он наконец соизволил взглянуть в глаза Агапкину и медленно, четко произнес: – Нет, Федя, даже не думай.

Но было поздно. Пальцы Федора быстро, ловко раздирали бумагу. Через минуту глубокая медная пепельница наполнилась бумажными клочьями, мелкими, как конфетти. Еще через минуту в пепельнице загорелся костерок. Бокий даже бровью не повел. Молча, с интересом наблюдал эту сцену, только когда огонь разыгрался слишком сильно, взял графин и залил костерок водой.

– Можете меня арестовать, – сказал Федор.

– Дурак, – Бокий покачал головой, – если я решу тебя арестовать, мне твое дозволение не понадобится. Иди, вылей эту пакость в сортир. И смотри, на ковер не пролей.

Когда Федор вернулся, Бокий сидел за столом и говорил по телефону. Перед ним лежали листы с напечатанным текстом. Федор поставил на место чистую пепельницу. Ему хватило быстрого взгляда, чтобы узнать то самое донесение, рукопись которого он так мужественно уничтожил. Бокий, продолжая разговаривать, перехватил его взгляд, шевельнул бровями, прикрыл листки ладонью и принялся постукивать по ним длинными тонкими пальцами.

– Да, Владимир Ильич. Я понял. Постараюсь выяснить. Хорошо... Непременно... Как вы себя чувствуете?

Он замолчал надолго, слушал, хмурился, улыбался, качал головой. Наконец положил трубку и обратился к Федору, который стоял у окна, смотрел в темное стекло.

– Сядь, успокойся. И пожалуйста, впредь старайся сначала думать, а потом уж действовать. Не наоборот.

– Глеб Иванович, зачем вы устроили этот спектакль?

– Я? Ха-ха! Это ты устроил спектакль, я был благодарным зрителем. Знаешь, я даже завидую тебе. Никогда ни в кого так не влюблялся, чтобы жизнью рисковать.

— В революцию, — чуть слышно произнес Федор и закурил, — вот в кого вы влюблены. Ради нее рисковали много раз.

— Спасибо, — хмыкнул Бокий, — звучит красиво. Не забудь, прибереги это для речи на моих похоронах.

— Да, хорошо, — машинально кивнул Федор и тут же испугался, прикусил язык.

Но Бокий только рассмеялся. Он редко смеялся так долго и весело.

— Глеб Иванович, кто перепечатывал донесение? — спросил Федор, выдержав паузу.

— Леночка, кто же еще? Единственная машинистка в этом заведении, которой я доверяю как самому себе, — моя дочь. Так что успокойся, в чужие руки оно не попадет. Ну-ка, подумай и скажи, что, по-твоему, в нем самое ценное?

— Не знаю.

— Возьми, перечитай еще раз. Но учти, если опять порвешь, пеняй на себя. Я тебя не арестую, нет.

— Сразу пристрелите?

— Отправлю в дом умалишенных. Ладно, все. Соберись, возьми себя в руки, — Бокий встал, подошел к сейфу, быстро набрал шифр, вытащил серую картонную папку.

На стол легли несколько фотографий и газетных вырезок. Федор увидел кусок футбольного поля, ворота, юного голкипера, застывшего на лету, в полуметре от земли, с пойманным мячом в руках. Было трудно разглядеть лицо, но Бокий подал лупу.

— Он стал красавцем, — тихо заметил Глеб Иванович, — смотри, превосходно сложен, лицо еще детское, но уже настоящий мужчина. Сколько ему сейчас? Шестнадцать?

— Семнадцать, — механически поправил Агапкин, разглядывая следующий снимок.

Лицо крупным планом. Белозубая улыбка. Высокий

лоб. Даже на черно-белой фотографии видно, как ярко, живо блестят глаза под широкими черными бровями.

— Красавец, — восхищенно повторил Бокий, — что-то в нем есть древнеримское, не находишь? Ты бы вряд ли узнал его, если бы встретил. Но знаешь, что самое удивительное? Он уже печатается не только в эмигрантских, но и во французских газетах. Он этим зарабатывает на жизнь. Пишет обо всем, кроме политики: о дирижаблях, фокстроте, негритянском джазе, футболе, о последних открытиях в физике и биологии. А вот очень смешные фельетоны о спиритизме и опытах по чтению мыслей на расстоянии. У него поразительная способность схватывать суть вещей. Он пишет легко, блестяще, его тексты светятся внутренней энергией, даже те, что написаны на чужом языке.

Федор дождался паузы в этом восторженном монологе и заметил с вызовом:

— Таня учила его французскому.

Но Бокий, казалось, не услышал.

— Обидно, что он тратит свой дар на газетную рутину. Хотя нет, ему все на пользу. Сейчас он оттачивает перо, подрастет, получит хорошее гуманитарное образование, начнет писать настоящую прозу. Скажи, в нем всегда было это?

— Что именно?

— Литературный дар.

— Я ничего не понимаю в литературе. Но я помню, он постоянно что-то сочинял, рассказывал сказки, очень забавные. В госпитале все слушали, раскрыв рты.

— Еще до вливания?

— С самого первого дня, когда Таня и Михаил Владимирович подобрали его на паперти. Он приходил в палаты, начинал рассказывать какую-нибудь фантастическую ерунду, и раненым становилось лучше.

Бокий замолчал, отбил пальцами дробь по столешнице, очень точно просвистел несколько аккордов Патетической сонаты, резко поднялся, прошелся по кабинету, вернулся за стол, сел, задумчиво взглянул на Федора и произнес совсем тихо, будто про себя:

— Забавно. Очень даже забавно. Это в определенном смысле подтверждает мои смутные догадки. Надо будет обсудить с Михаилом Владимировичем.

— Думаете, паразит выбирает людей с сильной позитивной энергетикой?

— Мг-м. Ну, ладно, об этом поговорим в другой раз. Главное, он нашелся. Юный талантливый журналист Джозеф Кац, вундеркинд, литературный Моцарт, и еврейский сирота Ося, который умирал от прогерии и воскрес благодаря вливанию таинственного препарата, — одно лицо.

Бокий аккуратно сложил фотографии, вырезки. Федор заметил, как в ту же папку легла распечатка донесения.

— Что ты смотришь так хмуро? — спросил Глеб Иванович, запирая сейф. — Думаешь, я собираюсь превратить Осю в подопытного кролика? Похитить, привезти в Москву, вскрыть и посмотреть, что там у него внутри?

— Нет. Я думаю, вы этого не сделаете.

— Спасибо на добром слове. Чтобы ты окончательно успокоился и мог соображать, я тебе гарантирую: Таню твою никто не тронет, во всяком случае, пока ты не вернешься из Германии.

— Откуда? — Федору показалось, что он ослышался.

— Ты отправляешься в субботу. Надеюсь, немецкий не забыл? Паспорт твой уже готов, все формальности улажены. Теперь замри и слушай меня очень внимательно.

* * *

Москва, 2007

Федор Федорович открыл глаза, увидел высокий белый потолок, матовый шар люстры. Темно-синяя штора покачивалась от легкого ветра. В открытую форточку влетали обычные утренние звуки. Гул машин, скрип качелей на детской площадке, голоса, смех, воробьиный щебет. Пахло мокрым снегом, бензином, лимоном и ванилью. Осторожно повернув голову, он увидел на прикроватной тумбочке банку крема, градусник, раскрытую, перевернутую обложкой вверх, книгу. Названия прочитать не удалось, на глянец обложки падали блики. Дальше, за тумбочкой, параллельно кровати, стояла раскладушка, застеленная пледом. Сверху валялся алый шелковый халат.

Что-то произошло. Впервые он проснулся не от боли, а просто так, потому что наступило утро. Ломота, жар, озноб, омерзительная влажность и грубость белья, все это осталось, но уже не мешало воспринимать реальность. Вернулись краски, звуки, запахи. Он не понимал, рад ли этому.

«Из чистилища назад, в жизнь. Сколько раз повторяется все тот же мучительный маршрут? Почему я не могу уйти совсем? Что держит меня?» – думал он, разглядывая свою сморщенную костлявую руку.

Кожа потрескалась, слегка лоснилась, пахла лимоном и ванилью. Кто-то постоянно смазывал все его тело кремом. Кормил его с ложки жидкой кашей и фруктовым пюре. Выносил из-под него судно. Менял белье. Измерял температуру. Аккуратно подстригал слоящиеся ногти. Гладил по голове. Иногда он слышал ласковый шепот, или музыку где-то в глубине квартиры, или приглушенные голоса, мужской и женский.

Сквозь запахи чистого белья, крема, овсянки, мятых печеных яблок иногда проступал слабый аромат меда и лаванды. Так пахли волосы и кожа Тани.

Он не знал, сколько прошло времени, и не хотел знать. Рука медленно опустилась, скользнула с края кровати вниз. Шевельнулись пальцы, по старой привычке пытаясь зарыться в жиденькую мягкую шерсть, почесать за ухом, проверить, не сух ли собачий нос, почувствовать волну радости, быстрое виляние хвоста, мокрые теплые касания языка, тактичное тихое тявканье. Но рука встретила пустоту.

«Адам, где ты? Животные лишены бессмертной души, но столько любви не может совсем исчезнуть, стать пустотой. Закон сохранения энергии. Я слишком долго живу, чтобы сомневаться в универсальности этого закона. Где ты, Адам? Придет время, узнаю. Или нет. Не так. Узнаю, когда время уйдет, разомкнет свои свинцовые объятья, отпустит меня на свободу. Почему не сейчас? Долги, старые долги не заплачены».

Федор Федорович удивился, что опять думает словами, а не первобытными образами. Дни и ночи, проведенные в постели, были наполнены призраками, мутными вихрями чувств, всеми оттенками физического мучения. Боль, острая и тупая. Ломота, зуд, жар, дрожь. Он был бессловесной тварью, стонал и мычал. Теперь опять стал человеком.

К набору звуков прибавился скрип кровати. Федор Федорович заметил, что одеяло движется, и тихо вскрикнул. Оказывается, он чесал левой пяткой правую голень. Десять лет ноги его были парализованы и вот теперь вдруг ожили.

В дверном проеме возник женский силуэт. Таня в потертых джинсах, в сером свитере с высоким воротом, с короткими, как тогда, после тифа, волосами, неслышно подошла, поправила одеяло, приложила ладонь ко лбу. Аромат меда и лаванды окутал его теплой волной.

— Ну, слава богу, жара нет, — она присела на край кровати, — доброе утро, Федор Федорович. Кажется, оно действительное доброе. Ночью вы дали мне поспать. Сейчас у вас нормальная температура, и вы открыли глаза. Узнаете меня?

Они были поразительно похожи, даже природный запах тот же. В горле у него заклокотало, словно перекатывались два слова, два имени спорили между собой.

— Соня, — произнес он сипло, едва шевеля губами.

— Спасибо, — она улыбнулась и слегка пожала ему руку, — наконец вы вернулись. Все эти дни вы путали меня с моей прабабушкой, называли Таней.

— Я разве говорил?

— Да, вы говорили, много и выразительно, только не со мной. В основном с Таней. Вы умоляли ее никогда больше не встречаться с некой Элизабет. Потом сказали, что пора уезжать из Германии, скоро они возьмут власть. Вероятно, вы имели в виду нацистов?

— Да, вероятно. Что еще ты запомнила?

— Вы кричали: Валька, беги! Кто такая Валька?

— Валентин Редькин, психиатр, талантливый гипнотизер.

— Он убежал?

— Нет. Он остался и погиб. Потом расскажу тебе о нем. Ну, продолжай.

— Вы несколько раз упоминали князя Нижерадзе, так, кажется.

— Я сказал Нижерадзе?

— По-моему, да. Было еще одно кавказское имя, я, кажется, где-то уже слышала его. Гурджиев. Кто это?

— Георгий Иванович Гурджиев. Конечно, ты о нем слышала. Мистик. Однокашник Сталина по тифлисской Духовной семинарии. Глава секты. Ты не догадалась записать на диктофон?

— Нет. А нужно было?

— Не знаю. Кто-нибудь, кроме тебя, слышал мой бред? Кто вообще тут, в квартире?

— Дима Савельев, он мне помогает. Часто заходят Зубов и Кольт, но вы говорили только глубокой ночью, кроме меня, никто не слышал. Ой! Погодите, Федор Федорович, ноги! Они двигаются, ваши ноги, неужели вы не чувствуете?

— Еще бы не чувствовать. Зуд нестерпимый, чешусь о самого себя, как свинья о ствол. Скажи, сколько прошло дней с тех пор, как ты ввела мне препарат?

— Две недели. Федор Федорович, вы скоро сможете ходить сами, вы это понимаете? — Соня откинула одеяло, стала щупать его ступни, голени. — У вас нет паралича! Мышцы почти атрофированы, но вы начнете делать упражнения. Я еще вчера заметила, как вы согнули коленку, но думала, мне кажется! Дима! Иди сюда, смотри!

Она выскочила из спальни. Она была так возбуждена, что разговаривать с ней о чем-то важном сейчас не имело смысла. Явился Савельев, заставил Федора Федоровича шевелить пальцами. Это было трудно, к зуду прибавилось ощущение тысячи мелких иголок, впивающихся в ступни.

— Нужно вызвать какого-нибудь хорошего врача, — сказала Соня, — о препарате мы, разумеется, говорить не станем. Просто человек умирал, но вдруг передумал, начал выздоравливать. Такое ведь бывает? Врач может посоветовать массаж, специальные упражнения, витамины.

— Не сходи с ума, ни один врач нам не поверит, — сказал Савельев.

— Не нам! Собственным глазам!

— Ого, Соня, ты даже в рифму заговорила, никогда тебя такой не видел. Федор Федорович, посмотрите, какая она красивая, — Савельев обнял Соню и поцеловал.

Они смеялись, резвились, как два щенка, и были настолько заняты друг другом, что Федору Федоровичу показалось, они вовсе забыли о нем.

— Не понимаю, что вас обоих так развеселило, — обиженно проворчал старик, — если я немножко подвигал ногами, это не значит, что я сейчас встану, приму душ, потом приготовлю завтрак, себе и вам заодно.

— Надеюсь, очень скоро будет именно так, — сказал Савельев.

— Мечтаю съесть приготовленный вами завтрак, — добавила Соня.

— Мечтай, мечтай, — Агапкин, кряхтя и постанывая, принялся ставить на место свои челюсти.

Руки дрожали, но помочь себе он не дал, локтем оттолкнул Савельева, сердито стрельнул глазами на Соню.

Через сорок минут, чистый, сытый, в новой сине-красной клетчатой пижаме, старик сидел в кресле и слушал подробный рассказ Сони о том, как оказался у нее препарат.

— ДДФН, — повторил он несколько раз, когда она закончила, — биохимический эквивалент эмоций. Сегодня это называется нейропептиды. Доказательство для Фомы неверующего. Только ведь он все равно не поверит, этот Фома. Никогда не поверит.

— Апостол Фома поверил, — заметила Соня, — я нашла тут у вас Новый Завет, перечитала Евангелие от Иоанна.

— Перечитала? И ничего не поняла? — старик сердито помотал головой. — Фоме понадобилось вложить персты в раны Спасителя. Он желал физических доказательств Воскресения. Разве это вера?

— Нет, другое. Это, знаете, похоже на архетип ученого. Наука не может обойтись без физических доказательств, без перстов Фомы.

Агапкин закрыл глаза, как будто заснул. Соня решила, что он устал, хотела тихо уйти, но вдруг услышала:

— Семьдесят пять лет назад был примерно такой же разговор у меня с твоим прапрадедом. Я произнес вот эту твою фразу, что Фома — архетип ученого. Почти дословно, про персты, про физические доказательства.

— Что он вам ответил? — спросила Соня и вернулась, села в кресло напротив старика.

— Что его с детства мучает вопрос, было ли больно воскресшему Спасителю, когда Фома полез пальцами в открытые раны? Я так хорошо запомнил тот разговор, потому что кончался декабрь двадцать третьего. Ленин умирал. Нам обоим было уже ясно, что такое Сталин, и мы догадывались, что ему долго не будет альтернативы.

— Ленин знал о препарате?

— Да.

— Не требовал, чтобы Михаил Владимирович ввел ему?

Агапкин улыбнулся, помотал головой.

— В декабре двадцать третьего он ничего уже не мог требовать. Да и препарата у нас тогда не было. Совсем, ни капли. Но даже если бы был препарат, ничего бы не изменилось. Твой прапрадед точно знал: Ленину вливание не поможет. Так же, как я знаю, что паразит убьет Петра.

— Почему?

— Ты спрашиваешь о Ленине или о Кольте?

— Конечно, о Кольте.

— О Ленине спросить не хочешь?

— Ну, во-первых, его нет давным-давно, и мне, слава богу, не придется решать эту задачку. А во-вторых, мне кажется, с ним и так понятно.

— Что именно тебе понятно?

Соня задумалась, опустила ресницы, сдвинула брови, прикусила нижнюю губу и стала так похожа на Таню, что у Агапкина слегка перехватило дыхание. Она молчала довольно долго. Он не торопил ее с ответом, просто смотрел, любовался и опять подумал о законе сохранения энергии. Голос, запах, мимика, ничто не уходит в никуда, у всего есть свое продолжение.

Наконец она вскинула голову, сдула упавшую на лоб прядь и медленно произнесла:

— Когда человек делает зло, его организм не может не реагировать, даже если выключена совесть, все равно повышается давление, сужаются сосуды, нарушается гормональный баланс. Червь чувствует нестабильность системы.

— Тепло. Но еще не горячо, — старик улыбнулся, — думай, Сонечка. А что касается Петра, тут, конечно, совсем другая история. Иногда препарат помогал в безнадежных случаях, спасал умирающих, но не всех. В шестнадцатом году я вкатил себе дозу, не думая о последствиях. Мне было слишком мало лет, чтобы бояться старости и смерти. Жгучее любопытство, юный кураж, и никакой личной корысти. Я не собирался так долго жить.

— А сейчас?

— Сейчас это было твое решение. Ты очень хотела меня спасти. Кстати, тут кроется еще одна подсказка. Не забывай об этом. И учти, все, что говорил тебе Макс, правда.

— Надеюсь, вы шутите? — тихо спросила Соня.

— Ничуть. Я повторяю совершенно серьезно. Все, что сказал тебе Макс, правда. Все, кроме инициации. Ты не должна ее проходить, ни в коем случае.

— И на том спасибо. Это меняет дело. Действительно, большая разница: убить человека после инициации или просто так! — Соня почти выкрикнула это и заметно побледнела.

— Эммануил Зигфрид фон Хот не человек, — спокойно произнес Агапкин, — я познакомился с ним в Берлине в тысяча девятьсот двадцать втором году. С тех пор он мало изменился.

— Вы абсолютно уверены, что это был он? Может, отец, дед, двойник?

Агапкин ничего не ответил, только вздохнул и грустно посмотрел на Соню.

— Хорошо. Допустим, — Соня смиренно кивнула. — Но если он и так живет столько лет, зачем ему наш паразит?

— Господин Хот бесконечно жаден. Ему известно, что срок его ограничен. Он намерен жить всегда.

— Неужели он не понимает, что это риск?

— Господин Хот бесконечно самоуверен.

— Знаете, Федор Федорович, мне он тоже не нравится, он мерзкий, подлый, жестокий. Но он всего лишь жалкий старикашка, впавший в маразм.

— Нет у него никакого маразма. Не ври себе, Соня. Пойми наконец, перед тобой реальная серьезная сила, очень древняя, с гигантским опытом, со своей системой знаний. Встретившись с ней, ты ступила в иное измерение.

— Ага, теория заговора, мировая закулиса, иллюминаты, масоны, конспираноики. Это, конечно, иное измерение. Они хотят управлять миром, и никто, кроме меня, не может помешать им. Федор Федорович, пожалуйста, не мучайте меня этим бредом, я не верю!

— Не веришь? Ну, а что ж кричишь на меня, больного, беспомощного? Что ж побледнела? Они вовсе не хотят управлять миром, но им нравится использовать в своих интересах людей, одержимых этой страстью. Масоны — камуфляж, дымовая завеса. Орден или общество никак не может являться тайным, если его название, ритуалы, цели известны всем желающим. Ты должна всего лишь осуществить мечту господина Хота. Это не убийство. Это его выбор, Сонечка. Его, а не твой. Знаешь, есть старинная мудрость: будь осторожен в своих желаниях, ибо они сбываются.

— Что ж, это утешает. Но вы забыли одну мелочь. Я должна буду сначала ввести препарат себе.

— Да, возможно, тебе придется это сделать.

— Федор Федорович, я боюсь.

— Ты же знаешь, он тебя не убьет.

— Не убьет. Но изменит. А я хочу оставаться собой.

Старик ничего не ответил, откинулся на спинку кресла, закрыл глаза и, сколько ни ждала Соня, сколько ни окликала его, все напрасно. Он крепко заснул, посапывал и вздрагивал во сне.

ГЛАВА ДЕВЯТАЯ

Москва, 1922

В операционной было весело, и Михаилу Владимировичу не нравилось это. Слишком много собралось народу, слишком громко разговаривали, смеялись. Особенно почему-то резвился доктор Тюльпанов. Из него сыпались бородатые медицинские анекдоты, грубые, нервически циничные. Рассказывал он их с упоением, преподносил как реальные случаи из собственной жизни. Весь юмор крутился вокруг гениталий, фекалий, студенческих занятий в анатомическом театре и патологических профессорских странностей. Каждая история сопровождалась взрывом хохота. Не смеялись только Михаил Владимирович и Валя Редькин.

— Старая байка, — тихо заметил Валя после очередного, особенно грязного анекдота, — ее рассказывали еще про Пирогова, Склифосовского, вообще про каждого великого хирурга. Про вас, кстати, тоже.

— Да, я знаю. Сам уже раз двадцать слышал, в разных вариантах. Почему-то считается, что похабщина снимает нервное напряжение. Кто только придумывает эти тупые хохмы?

— Тупые врачи. Те, кто ошибся в выборе профессии. Те, кто интересен медицине лишь в качестве пациентов.

— Валя, может, выгнать их всех и прекратить балаган? В конце концов, не место и не время.

— Выгнать? Отличная идея. Попробую, но не обещаю. Они уже прошли санобработку, жаждут зрелища. Но главное, кто-то из них должен дать подробный отчет Сталину об этой операции.

— Сталину? При чем здесь он?

— Он очень интересуется работой спецотдела, особенно медицинской частью. По крайней мере, трое сотрудников — его люди. У него везде свои люди. Во всех отделах ВЧК, в секретариате Владимира Ильича, тут, в больнице.

— Я даже могу угадать кто, — Михаил Владимирович улыбнулся под марлевой маской. — В секретариате Фотиева, тут Тюльпанов.

— Тихо, тихо, не кричите, — Редькин испуганно вздрогнул, хотя Михаил Владимирович говорил шепотом, и за очередным взрывом хохота никто их не мог услышать.

— Валя, неужели и вы трепещете перед горячим кавказцем Кобой? Вот уж от вас не ожидал.

— Я не трепещу. Просто отдаю себе отчет, насколько он опасен. К сожалению или к счастью, я очень остро чувствую людей. Нечто вроде собачьего нюха на разные скрытые особенности. Это часть моей странной профессии. Кстати, Коба вовсе не горячий. Он холодный, скользкий, как змея. Меняет кожу, подобно змее, и атакует внезапно. Укус его смертелен, противоядие найти трудно. Будьте с ним осторожны.

Михаил Владимирович открыл рот, чтобы задать следующий вопрос, но голоса в операционной стихли, как по команде. Сестра Лена Седых ввезла больного на каталке. Следом вошел Бокий, в халате, в маске и бахилах.

Больной, Линицкий Вячеслав Юрьевич, поляк сорока восьми лет, поступил в хирургическое отделение сегодня утром в тяжелом состоянии. Предстояла операция по поводу прободения язвы желудка. Операция сама по себе не сложная, но Линицкому был категорически противопоказан общий наркоз. Без операции он мог умереть в течение ближайших суток. От наркоза мог умереть моментально, прямо на столе. Оба варианта не давали ему шансов. Правда, второй был менее мучительным.

Через час после того, как больной поступил в отделение, Михаилу Владимировичу позвонил Бокий. Линицкий служил в спецотделе, занимался звукозаписывающими устройствами. Бокий очень дорожил им, как и прочими сотрудниками с хорошим техническим образованием. Выслушав профессора, Глеб Иванович сказал:

— Стало быть, шансов никаких? Терять нечего? Ну что ж. Вот он наконец, подходящий случай. Пусть начинают готовить его к операции. Вы тоже готовьтесь. Мы будем у вас через тридцать минут.

Профессор не стал задавать вопросов. Это обсуждалось уже давно. Бокий буквально бредил этим. Гипноз вместо наркоза. Валя Редькин в роли анестезиолога.

Михаилу Владимировичу доводилось на фронте, во время японской войны, ампутировать конечности и выковыривать осколки, используя в качестве анестезии двести грамм спирта. Ему до сих пор в самых тяжелых кошмарах снились крики тех раненых, их безумные глаза. Чудовищная боль превращала человека в животное. Мало кто выдерживал. Теряли рассудок, погибали от болевого шока.

Однажды в походный лазарет принесли молоденького солдата, совсем мальчика, с очень сложными, множественными осколочными ранениями брюшной полости. Нормальной анестезии не было. Спирт годился лишь для облегчения предсмертных страданий. Оставалось смиренно ждать, когда мальчик заснет навеки. Явился священник, причастил, соборовал, а потом вдруг возник пожилой унтер, башкир. Он, скромно потупившись, предложил: «Дай-ка, доктор, я попробую его заворожить. Авось заснет, ничего не почует, а ты осколки потихоньку вытащишь».

Склонившись над головой раненого, унтер принялся бормотать что-то, водить руками, и действительно скоро мальчик крепко заснул. Операция прошла успешно. Унтер исчез так же внезапно, как появился, только успел объяснить, что этому делу его обучила бабушка. Михаил Владимирович искал его, хотел забрать к себе в лазарет, но так никогда больше не видел, а позже узнал, что унтер погиб в бою, на следующий день после той операции.

Между интеллигентным, отлично образованным Валей Редькиным и темным башкиром-унтером, плохо говорившим по-русски, не было ничего общего. Но сейчас, как и тогда, оставалось только верить. Если бы в памяти Михаила Владимировича не сохранился тот загадочный случай, поверить было бы значительно труднее.

— Наркоз меня убьет, умоляю, не надо, — бормотал Линицкий. — Матка Боска, ксендза, позовите ксендза.

Он заплакал, заговорил по-польски, чем вызвал недоумение у веселых зрителей. Особенно смутила их просьба позвать ксендза.

— Вячеслав, брось, ты большевик, атеист, верный воин революции, — попытался вразумить его один из присутствующих, молодой чекист по имени Григорий.

— Езус Мария, крест! Прошу, панове! Дайте хотя бы крест! — продолжал бормотать Линицкий.

Бокий быстро подошел, отстранил сестру, молодого чекиста, достал из кармана халата маленькое католическое распятие и поднес к лицу больного.

— Вот, смотри, Слава, я принес, так и думал, что ты попросишь. Он будет здесь, с тобой. Ничего не бойся, держись.

Линицкий поцеловал крест, закрыл глаза, прошептал по-польски слова молитвы, потом посмотрел на Бокия.

— Глеб, спасибо. Слушай, не давай им меня, Глеб. Я умру от наркоза.

— Не умрешь. Я тебе обещаю. Наркоз будет совсем другой, безвредный. Валя тебе поможет уснуть. Главное, чтобы ты верил ему.

— Вале верю. Тебе верю, Глеб! О, Матка Боска, какая боль! Зачем их столько здесь? Тюльпанов и Гришка пусть уйдут!

— Что значит — пусть уйдут? — возмутился Тюльпанов. — Товарищи, объясните, что происходит? Ксендз, крест! Мы с вами вообще кто? Где находимся?

— Мы с вами люди, — сказал Валя и оглядел присутствующих, — находимся в операционной. Перед нами тяжелый больной. Посмотрел бы я на вас, товарищ Тюльпанов, в его положении. Ваш эмоциональный настрой мне мешает. Буду премного благодарен, если вы нас покинете.

— Я присоединяюсь к просьбе, — громко, жестко произнес Михаил Владимирович. — Это, собственно, даже не просьба, а требование. Пусть все лишние выйдут.

— Хорошо, Михаил Владимирович, как скажете, — Бокий кивнул, глаза его сощурились, он улыбался под марлевой маской, — товарищи, пожалуйста, покиньте операционную, не волнуйтесь, всю информацию о ходе операции вы получите. Будет работать фонограф.

— Позвольте, я не понимаю! По какому праву вы тут распоряжаетесь? — Тюльпанов явно терял самообладание, голос его взлетел до визга. — Я должен присутствовать и буду присутствовать! На кой черт мне ваш фонограф? Наверняка сломается в самый важный момент или запишется только треск и шипение.

— Обижаете, — Бокий покачал головой, — всю нашу техническую часть обижаете, и прежде всего Славу Линицкого. Это тем более неприятно и только подтверждает, что вам следует выйти. Машинка — его оригинальная разработка, по надежности и качеству превосходит фонографы Эдисона и рекордеры Берлинера. Если бы не секретность, мы бы оформили патент, за это изобретение можно получить огромные деньги в иностранной валюте.

— Хватит заговаривать мне зубы. Я должен видеть своими глазами, слышать своими ушами! Я никуда не уйду!

— Пока вы не покинете помещение, мы все равно не начнем, — хладнокровно заявил Валя и, склонившись к уху профессора, прошептал: — Как же он Кобе станет докладывать, если его выгнали? Но ничего, еще немного поднажмем, и выкатятся все, как миленькие.

— Если они останутся здесь, я точно умру, не выдержу, — простонал больной и опять стал молиться по-польски.

— Товарищи, где ваша партийная дисциплина? — вкрадчиво спросил Валя. — Вы понимаете, что из-за вас может сорваться важнейший эксперимент? С каждой минутой шансы больного убывают. Мы теряем время. Я не начну, пока вы не удалитесь.

Тюльпанов, чекист Гришка и еще трое с возмущенным ропотом вышли.

— Мне можно остаться? — спросил Бокий, когда дверь за ними закрылась.

— Разумеется, Глеб Иванович, вам можно.

— Валя, ты сказал — эксперимент. Что это значит? — испуганно прошептал больной.

— Ничего не значит, Слава, это я так сказал, чтобы они вышли. Теперь все хорошо. Михаил Владимирович тебя прооперирует, ты не почувствуешь никакой боли, будешь спать. Проснешься здоровым.

— Я не усну, нет! Я боюсь! Матка Боска, я не хочу умирать!

— Ты не умрешь, ты заснешь, глубоко, спокойно. Я знаю, как тебе больно, кинжал в животе. Я чувствую его, вот сейчас я взялся за рукоять. Медленно, осторожно вытаскиваю.

Валя сделал жест над животом больного, словно вытягивал что-то, и потом встряхнул руками. Линицкий коротко, страшно крикнул, на лбу выступил пот, дыхание стало частым, громким.

— Все, Слава. Кинжала нет. Боль ушла вместе с ним. — Валя задышал так же, как больной, и постепенно стал замедлять дыхание, подстраивая свою речь под этот ритм.

— Самое страшное позади, ты держался молодцом, Слава, ты вытерпел, для тебя начинается новый этап. Ты поправляешься. Ты расслабился, отдыхаешь, помогаешь своему организму восстанавливаться. Озноба нет, тебе тепло, тело тяжелое, размаянное, вялое. Солнце давно село, в небе светят спокойные ласковые звезды. Далеко, на площади, колокол звонит, трубит маленький трубач над Краковом. Ты засыпаешь. Ангелы кружат над тобой, ты видишь серебристые блики их крыльев. Я начинаю счет. Слушай меня внимательно. Когда дойду до пятидесяти, ты уснешь.

Валя достал свои часы. Золотая луковица на цепочке закачалась над лицом больного. Он стал считать, его голос сделался глубже и как-то объемней, хотя говорил он очень тихо. Слова теряли смысл, уже нельзя было разобрать, о чем он говорит, да он и не говорил, скорее пел. Голос обволакивал. Михаил Владимирович заметил, что Лена Седых часто, сонно моргает, и прошептал:

— Лена, вы только, пожалуйста, не усните.

— Да, постараюсь.

Пульс больного бился все медленней, спокойней, глаза закрылись. Михаил Владимирович почти не слышал Валю, потерял счет времени и не мог оторвать взгляда от лица Линицкого. Исчезла страдальческая гримаса. Черты смягчились, растаяла предсмертная синева вокруг глаз и рта, губы порозовели, даже нос не казался уже таким заостренным.

— Фонограф включать? — донесся голос фельдшера.

— Вы разве еще не включили? — сердито прошептал Бокий.

Лена приподняла веко Линицкого, посчитала пульс на запястье. Пятьдесят ударов в минуту. Когда она отпустила руку, кисть безжизненно упала. Анестезиолог проверил болевые реакции и сообщил, что они полностью отсутствуют.

— Летаргия, — добавил он шепотом, — кто бы рассказал, ни за что не поверил бы. Скоро профессия моя вообще отомрет.

— Не волнуйтесь, не отомрет, — успокоил его Бокий. — Валя — гений, один на миллион.

— Начинаем. С Богом, — тихо произнес Михаил Владимирович.

Все шло как обычно. Никаких сюрпризов. Вполне рутинная операция. Только у медсестры Лены Седых слегка дрожали руки. Бокий отошел подальше от стола, отвернулся. Санация брюшной полости — зрелище неприятное, даже для бывалого подпольщика-большевика.

Валя стоял возле головы больного. Тут же, на отдельном столике, помещался небольшой, элегантный, весьма замысловатый прибор, звукозаписывающее устройство. Михаил Владимирович действовал быстро и четко, он уже начал ушивать перфорационное отверстие двухрядным швом, когда отчетливо прозвучало слово «Бафомет».

За этим последовал монотонный поток слов, в основном непонятных, лишь иногда мелькали обрывки русских фраз: «...отдаю себя во власть... клянусь... подчиняюсь... моя воля полностью принадлежит... если я нарушу...»

Михаил Владимирович понял: говорит больной. Говорит человек на столе, в летаргии. Открыта брюшная полость. Идет операция.

У профессора пересохло во рту, бешено забилось сердце, вспотели ладони под перчатками. Потребовалось огромное усилие воли, чтобы не дрогнула рука. Он продолжал шить, не позволяя себе ни на мгновение отвести взгляд от операционного поля, даже когда рядом громко охнула сестра и несколько инструментов со звоном упали на пол.

— Я отрекаюсь от страны, в которой родился и живу, во имя благословенных мест, которых достигну, отринув этот нечистый мир, проклятый небесами, — отчетливо произнес Линицкий.

— Боже, у него глаза открыты, — крикнула Лена, — он не спит, сделайте что-нибудь!

Анестезиолог приложил пальцы к шее больного и через секунду произнес:

— Да нет, спит, пульс ровный, хорошего наполнения.

— Освобождаю тебя от клятвы, срок истек, ты свободен, ты здоров и свободен, — сказал Валя, подстраивая свой голос к ритму бормотания больного и вдруг добавил, не поворачивая головы, не меняя интонации, — уведите ее от стола, быстро.

Надо отдать должное Бокию, он отреагировал моментально. Подошел к сестре, взял ее за плечи, повел в угол, усадил на стул. Место сестры занял анестезиолог.

Валя продолжал диалог с больным, и скоро Линицкий затих, закрыл глаза. Говорил только Валя.

— Ты свободен от клятвы и от памяти о ней ты свободен, во сне выздоравливает твое тело, каждая клетка наливается покоем и силой, вместе с телом выздоравливает твоя душа.

— Вот рассказали бы мне, ни за что не поверил бы, — нервно усмехнулся анестезиолог.

— Такое никто никогда вам не расскажет, и вы никому никогда не расскажете, вы должны молчать, — донесся голос Вали, — вы все забудете.

Только закончив операцию, Михаил Владимирович отдал себе отчет в том, что более всего поразило его. Едва лишь начал звучать странный монолог Линицкого, Бокий подскочил к столу, выключил фонограф, а потом уж спокойно отвел в сторону медсестру.

* * *

Москва, 2007

Хорошо, что Соня успела пододвинуть скамеечку, иначе Петр Борисович упал бы на пол и пребольно ударился. Картина, открывшаяся ему, когда он раздевался в прихожей, могла быть только галлюцинацией. В дверном проеме стоял старик Агапкин, смотрел на него и широко, радостно улыбался, демонстрируя белоснежную роскошь зубных протезов. То, что позади старика стоит Савельев и поддерживает его под мышки, Кольт заметил не сразу.

— Ну, ну, Петр, не падай в обморок, не пугай меня, — сказал старик, — ты как себя чувствуешь? Почему не здороваешься?

— А-а, — только и сумел выговорить Кольт.

— Это всего лишь я, жалкий вредный старикашка, — продолжал Федор Федорович, снисходительно глядя на него сверху, — вот, Соня купила мне кроссовки. Правда, замечательные?

Он приподнял ногу, обутую в новенькую сине-белую кроссовку и осторожно подвигал ступней. При этом чуть не упал, Савельеву пришлось покрепче ухватить его. Только тогда Кольт заметил, что старик все-таки стоит не совсем самостоятельно.

— Это тебя немного утешает? — с упреком спросил Федор Федорович, словно прочитав его мысли. — Да, сам пока не могу, но мы тренируемся, понемногу, каждый день. Я сначала пополз на четвереньках, как младенец, а потом уж встал на ноги.

— Как младенец, — слабым эхом повторил Петр Борисович.

— Говорила же, надо подготовить, предупредить, а вы — сюрприз, сюрприз. Такими сюрпризами человека с ума можно свести. — Соня склонилась к Петру Борисовичу и сочувственно заглянула ему в глаза. — Ну, что вы? Успокойтесь, все хорошо.

— Он, бедняга, отвык от положительных эмоций, — со вздохом заметил Агапкин, — нефть скоро начнет дешеветь, грядет экономический кризис. Мы не учли этого.

— Ты откуда знаешь? — глухо спросил Кольт.

— Я, пока в коме лежал, мне много чего интересного пригрезилось. Ладно, Дима, пойдем в кабинет. Он увидит меня в кресле, в привычном положении, ему сразу полегчает.

Савельев бережно развернул старика, и они удалились.

— Петр Борисович, простите меня, я виновата, — сказала Соня, — на самом деле ноги у него ожили дней десять назад, но нам трудно было поверить, что он встанет, к тому же, знаете, боялись сглазить, поэтому никому не говорили, ни вам, ни Ивану Анатольевичу.

— Да, да, все. Я в порядке, — просипел Кольт и глухо откашлялся. — Он прав, я отвык от положительных эмоций.

— Он только вчера сделал первые шаги, действительно как младенец. Я, когда увидела, заплакала. Они оба, он и Дима, смеялись надо мной, а я рыдала и ничего не могла с собой поделать.

— Врачу звонили? — спросил Кольт и поднялся наконец со скамеечки.

— Нет пока.

— Почему? Я же оставил вам телефон отличного специалиста.

— Врачи — старые упрямые собаки, не хотят учиться ничему новому и стыдятся признать свое невежество, — послышался громкий сердитый голос из кабинета.

Кольт и Соня вошли. Агапкин сидел в обычном кресле. Инвалидное в сложенном виде стояло в углу.

— С каких это пор ты стал так плохо относиться к врачам? — спросил Кольт.

— Это не я, это Парацельс сказал. Впрочем, я полностью с ним солидарен. Ну, теперь признайся, ты ведь только сейчас поверил в реальность препарата.

— Нет. Я верю давно, просто сейчас увидел своими глазами. Расскажи, что ты чувствуешь?

— Расскажу. Но давай-ка мы отпустим Диму и Соню погулять, пусть подышат, а то сидят тут со мной взаперти сутками. Если мне понадобится в сортир, надеюсь, ты справишься.

— Да, конечно.

— Это довольно сложная процедура, — предупредила Соня.

— Петр Борисович, вы точно справитесь? — спросил Савельев.

— Идите, идите, — сердито крикнул им Агапкин и махнул рукой.

Они ушли. Кольт пододвинул стул ближе к креслу, вопросительно взглянул на старика, но тот покачал головой, приложил палец к губам и закрыл глаза. Только когда затих последний звук в прихожей и мягко хлопнула входная дверь, он произнес:

— Тоска, растерянность, усталость.

— Что? — встрепенулся Кольт.

— Не хотел говорить при них, они так радуются за меня, особенно Соня. Но ты, Петр, должен знать. Это скорее наказание, чем благо.

Петр Борисович вглядывался в лицо старика, пытаясь разглядеть какие-то изменения. Но при всем желании нельзя было сказать, что лицо это стало моложе. Те же глубокие морщины, пергаментная желтоватая кожа. На голову старик опять натянул бархатную шапочку-калетку. Кольт попросил снять.

— Хочешь взглянуть, не пробиваются ли волосенки? Нет, Петр. Никаких новых волос, и зубы не режутся. Ногти лишь слегка обломались, но не растут. Кожа шелушилась, однако не стала свежей и глаже. Все не совсем так, как нам казалось. Я вряд ли превращусь в семидесятилетнего юнца. Я так же стар и безобразен, только вот ноги ожили. Кажется, голова заработала чуть лучше. Стало быть, нужно именно это, и ничего больше.

— Кому нужно?

— Не знаю. Может быть, тебе, Соне или бедняге Максу, которого они убили. Во всяком случае, не мне. Я бы предпочел не возвращаться. Но, уж коли так случилось, будь добр, свари кофейку, только настоящего, крепкого. Сумеешь?

Петр Борисович смиренно кивнул и ушел на кухню. Он рад был остаться в одиночестве, отойти от потрясения, даже двух сразу потрясений, и неизвестно, которое сильней. Первое — старик, почти твердо стоящий на ногах. Второе — слова старика о том, что он вовсе не рад чудесному исцелению.

* * *

Москва, 1922

Валя Редькин вывел больного из летаргии, заверил его, что после операции боль будет совсем слабой и скоро пройдет. Организм не отравлен наркозом, он легко восстановится. Осмотрев проснувшегося Линицкого, Михаил Владимирович подтвердил, что Валя прав. Больной выглядел отлично, пульс, зрачки, рефлексы в полном порядке.

— Слава, ты помнишь что-нибудь? — спросил Бокий.

— Ничего не помню. Отстань, будь любезен, — ответил больной и закрыл глаза.

— Ты говорил во сне, — прошептал Бокий, склонившись к его уху, — ты произносил очень странные монологи.

— Читал Гомера в подлиннике и комментировал все элементы таблицы Менделеева, — громко произнес Валя, заметив, что по коридору к ним направляется группа изгнанных из операционной товарищей во главе с Тюльпановым.

— Ну как? Что? — спросил Тюльпанов, нервно дергая себя за седой ус. — Запись есть?

— Все благополучно. Фонограф там, в операционной, — ответил Бокий, — ступайте, слушайте на здоровье.

— Хотелось бы не только запись, но и очевидцев услышать, так сказать, из первых рук, — бойко встрял молодой чекист Гриша.

— Очевидцы устали, — Валя одарил всех любезной улыбкой. — Настолько устали, что могут многое забыть и напутать. Другое дело фонограф. Я бы на вашем месте поспешил обратиться к надежной, честной машинке.

Товарищи всем табуном отправились наконец в операционную. Михаил Владимирович, Валя, Бокий вместе с больным на каталке проследовали дальше, по коридору.

— Почаще бы так, одним только внушением, без всякой химии, — сказал профессор. — Наркоз сам по себе дает столько тяжелых осложнений.

— Мечты, мечты, — Валя вяло махнул рукой. — Слушайте, я сейчас умру на пару часиков, не пугайтесь, не трогайте меня, пожалуйста. Мечты, мечты, где ваша сладость? Где вечная к ним рифма — младость? Уродов вроде меня на свете мало, может, я вообще один такой.

— Почему же уродов? Наоборот, гениев, — сказал Бокий.

— А это не одно и то же? — Валя зевнул и, шатаясь, едва переставляя ноги, ушел в ординаторскую.

Там, ни на кого не обращая внимания, рухнул на узкую кушетку и заснул. Михаил Владимирович попытался разбудить его, чтобы отвести в свой тихий кабинет, уложить на удобный диван. Ничего не вышло. Валя спал мертвым сном. Пульс едва прощупывался. Сквозь веснушки просвечивала синеватая, нехорошая бледность. Нос заострился, золотистые, длинные и прямые, как у теленка, ресницы, прикрывали глубокие темные тени под глазами. До операции ни бледности, ни теней не было. Его накрыли одеялом и оставили в покое.

В комнате шумели, громко разговаривали, курили. Явился Тюльпанов. Он успел убедиться, что фонограф оборвал запись на самом интересном месте, был взбешен, энергично тряс спящего, гудел ему в ухо, что необходимо срочно составить подробный отчет об эксперименте, «оттуда» уже звонили, «там» ждут. Валя не реагировал. Он проснулся ровно через два часа, умылся, выпил чаю, съел ржаной сухарь и отправился навестить больного.

Линицкий лежал в отдельной палате. С ним сидели Михаил Владимирович и Бокий.

— О, наконец! — возбужденно воскликнул Бокий. — Ты-то нам и нужен, кроме тебя никто не разрешит наш спор.

Валя с порога почувствовал, что атмосфера накалена необычайно, и удивился. Он надеялся, что профессору и чекисту хватит ума не обсуждать то, что произошло в операционной. Оказывается, нет. У обоих эмоции взяли вверх над здравым смыслом и элементарной осторожностью.

— Глеб Иванович, да поймите вы, я с вами не спорю, — профессор устало вздохнул, — у вас своя точка зрения, у меня своя. В конце концов, это вопрос веры и личного выбора.

Бокий был возбужден, на скулах выступил лихорадочный румянец, глаза сверкали. Свешников, наоборот, совсем сник, говорил тихо, вяло, сидел, сгорбившись по-стариковски.

— При чем здесь вера? — Бокий встал и принялся ходить по тесной палате. — Валя, объясни, пожалуйста, Михаилу Владимировичу, что под гипнозом из глубины подсознания могут всплывать вовсе не реальные воспоминания, а детские фантазии, сны, сказочные образы.

Валя сел на край койки, взглянул на Линицкого. Тот помотал головой на подушке и прошептал:

— Расскажи, что со мной было. Я ничего не помню, не понимаю, о чем они говорят.

— Они, вероятно, обсуждают твой странный лепет под гипнозом. Разговор совершенно бессмысленный. Бред, он и есть бред. Что же обсуждать?

Бокий остановился напротив Вали, посмотрел на него пристально сверху.

— Ты не слышал нашего разговора, ты только вошел.

— Хорошо, — кивнул Валя, — я готов выслушать.

— Профессор тут высказал совершенно абсурдную идею, будто Линицкий когда-то подвергался гипнотическому внушению, — Бокий жестко усмехнулся. — Профессор считает, что в одной из своих прошлых жизней Слава состоял в таинственном ордене тамплиеров.

— Глеб Иванович, да бог с вами, — от изумления профессор даже взбодрился, повысил голос. — Ничего подобного, ни о каких прошлых жизнях я не говорил!

— Минуточку! Разве не вы изволили заметить, что тамплиеры приносили клятву Бафомету?

— Ну да. Я просто вспомнил, откуда знаю это слово. Я читал в одном историческом исследовании, что тамплиеров обвиняли в идолопоклонстве и главным их идолом будто бы являлся этот самый Бафомет, который символизировал отрубленную голову Иоанна Крестителя. Ему они клялись в верности во время своих тайных ритуалов. Однако все это недостоверно, поскольку признания такого рода были отчасти выбиты под пыткой, отчасти сочинены королем Филиппом Красивым, главным гонителем ордена. Но о прошлых жизнях я не сказал ничего!

— Не сказали, так подумали! — Бокий развернулся к профессору, положил ему руку на плечо.

Никогда еще Михаил Владимирович не видел доблестного чекиста таким испуганным и нервным. Бокий сам затеял этот ненужный, скользкий разговор. Сцена в операционной глубоко потрясла его, он пытался внушить не только профессору, но и самому себе какую-нибудь логичную безопасную версию. Лихорадочно искал иносказательные формулировки, путался, горячился. Только сейчас наконец немного справился с волнением и медленно, четко повторил:

— Вы, дорогой мой Михаил Владимирович, подумали, что большевик, материалист, герой революции товарищ Линицкий мог под гипнозом повторить клятву Бафомету лишь в том случае, если в одной из своих прошлых жизней он был тамплиером.

Несколько секунд они молча смотрели друг другу в глаза. Линицкий и Валя тоже молчали. Рука Бокия все еще лежала у профессора на плече. Михаил Владимирович чувствовал напряженную тяжесть и дрожь этой руки.

— Глеб Иванович, — произнес он мягко, с печальной улыбкой, — у меня есть встречное предложение. Давайте считать, что я подумал прежде всего о Вальтере Скотте. Большевик Линицкий в отрочестве увлекался его романами, воображал себя рыцарем, читал все, что попадало под руку о средневековых рыцарских орденах. Вот откуда всплыл злосчастный Бафомет.

— Оттуда, оттуда, — громко подтвердил Валя, — если кто и подвергал нашего Славу тайному внушению, то это мог быть только сэр Вальтер Скотт, давно покойный.

— Я не понимаю, о чем вы? — жалобно пробормотал Линицкий.

— Тебе и не надо понимать, — успокоил его Бокий, — ты лежи, выздоравливай. Валя, пойдем, ты мне нужен. Михаил Владимирович, всего доброго.

Линицкий не мог слышать всего разговора, то и дело отключался, проваливался в сон, но даже то, что он успел уловить, сильно взволновало его.

— Я не люблю Вальтера Скотта, — сказал он, когда они с профессором остались вдвоем, — в гимназии я читал Купера и Конан Дойля. Потом, в старших классах и в университете, увлекся Дарвином, Марксом, Плехановым. Они на меня влияли сильно. Скажите, пока тут никого нет, что все-таки я бормотал под гипнозом?

— Ничего вразумительного. К тому же я вас оперировал, был занят вашей язвой.

— Вы спасли мне жизнь, значит, теперь несете определенную ответственность. Кроме вас, никто мне правды не скажет.

— Вячеслав Юрьевич, вам категорически нельзя сейчас нервничать. Смотрите, у вас пульс частит. После операции нужен полный покой.

— Не будет мне покоя. Мне снятся кошмары. Но это вовсе не сны. Это моя реальная, проклятая юность. Я делал бомбы, изящные, миниатюрные, они помещались в дамский ридикюль. Я делал их из того, что продается в любой аптеке и бакалейной лавке. Я упаковывал их оригинально, в красивую подарочную бумагу с лентами, в музыкальные шкатулки, в большие пасхальные яйца из разукрашенного папье-маше.

— Не надо, Вячеслав Юрьевич, — сказал профессор и вытер платком мокрое лицо Линицкого, — пожалуйста, не надо. Даже если все это правда, вы нашли самое неподходящее время вспоминать. Вы слишком слабы сейчас.

– При чем тут слабость? Именно сейчас я начинаю кое-что понимать. Я могу заглянуть в лицо своим ночным кошмарам.

– Кошмары бывают у всех. Вряд ли стоит заглядывать им в лицо, особенно сейчас, когда вы так слабы и уязвимы.

– Нет. Я должен. После операции что-то произошло со мной. Словно какой-то отмерший орган ожил, стал чувствительным. Скажите, вы, опытный врач, где, в каком органе находится совесть?

– Не знаю. Но уж точно не в желудке.

– Перестаньте. Это не смешно. Объясните мне, как мог я, католик, поверить, что убийство – благое дело? Лишить жизни офицера охранки, судебного чиновника, обычного городового – подвиг.

– Разве вы не отказались от веры, когда пошли в революцию? – мягко спросил Михаил Владимирович.

– Наоборот, я пошел именно потому, что идеи равенства, братства казались мне совершенно христианскими. Ореол тайны, опасности, избранности. Мне казалось, мы похожи на первых христиан среди римских язычников. Я легко мог пожертвовать собственной жизнью, и постепенно чужая жизнь тоже потеряла для меня ценность. Бомба, спрятанная в элегантных настольных часах, была моим шедевром. Часы, любимая игрушка жандармского полковника, графа Кольчинского, стояли у него в кабинете. И вот однажды сломались. Лакей принес их в мастерскую, немного поболтал с красивой дочкой часовщика. Она была из наших. Полковника мы давно уж наметили к уничтожению, но не знали, как подступиться. А тут такой замечательный случай. Лакей рассказал, что их сиятельство всегда самолично изволят заводить часы. Механизм должен был сработать от нескольких поворотов ключика. Кто мог представить, что ключик станет вертеть не полковник, а его шестилетний внук?

В палату заглянул фельдшер, позвал Михаила Владимировича на вечерний обход, но профессор сказал, что не может оставить больного. Он больше не перебивал Линицкого, только плотнее прикрыл дверь.

— Благодарю вас, — пробормотал Линицкий, — простите, что отнимаю время.

— Ничего, Вячеслав Юрьевич, я понимаю, вам необходимо выговориться.

— Да, иначе, кажется, взорвусь изнутри. Знаете, что самое поразительное? Дочь часовщика заявила мне, что все к лучшему, ибо из внука полковника мог вырасти только враг. Но даже это не отрезвило меня. Я счел нормальным, когда она скрылась, предоставив жандармам арестовать ее отца и двух подмастерьев, которые ни в чем не были виноваты. Ее жизнь имела большую ценность, поскольку она была борцом за правое дело, а они бесполезными обывателями. Я не попал в круг подозреваемых. Меня берегли, я тоже считался ценностью, поскольку делал отличные бомбы. И ничего, совершенно ничего не чувствовал.

— Но все-таки кошмары мучили вас, — напомнил Михаил Владимирович.

— Более всего меня мучил страх нарушить клятву.

— Вы помните, кому и в чем клялись?

— Смутно. Хранить верность своим товарищам, великому делу освобождения трудящихся. Быть беспощадным к врагам, эксплуататорам, угнетателям. Не понимаю, как этот банальный набор слов сделался для меня святее молитвы? Почему, ради чего я стал убийцей дюжины людей, в том числе шестилетнего ребенка?

— Слово «Бафомет» вам знакомо?

Линицкий болезненно сморщился.

— Нет. Я не мог повторять его в бессознательном состоянии, никак не мог. Я услышал его впервые только здесь, сейчас, и понятия не имел, что это, пока вы не рассказали о тамплиерах.

* * *

Москва, 2007

«Старик врет. Издевается. Морочит голову мне, как всегда, – думал Кольт, помешивая кофе в медной турке, – или боится сглазить. Да, я бы тоже боялся. Я бы тоже. А ведь если бы я в тот день явился сюда немного раньше, для меня все могло быть уже позади».

От этой мысли у него сжался желудок, заныло сердце, и он чуть не обварил руку, когда снимал с плиты турку. Если бы не затянувшиеся переговоры с Тамерлановым, он уже получил бы свою долгожданную порцию, и сейчас время пошло бы для него в ином направлении. И уж точно не было бы тоски, растерянности, усталости.

Петр Борисович достал из буфета кофейные чашки, положил печенье в вазочку и вдруг почувствовал, как входит игла во вздутую вену локтевого сгиба.

Он застыл с подносом в дверном проеме. Он ясно увидел лица Сони, Савельева, Зубова, самого себя со стороны и вообще всю сцену. Даже голоса зазвучали, словно вспыхнул трехмерный экран, открылось окно в другую, условную реальность. Кольт оказался одновременно участником и зрителем этого сна наяву. За мгновение он прожил то, чего никогда не было.

Соня приготовила раствор для старика. Одна доза. Только одна. В конце концов, кто тут главный? Кто оплачивает все это сомнительное предприятие?

– Я! Мне! – повторял Кольт и не слушал возражений.

– Не надо, Петр Борисович, пожалуйста, – она умоляла его, но он не мог остановиться, он взял у нее шприц и сам ввел себе препарат.

Да, пожалуй, он поступил бы именно так, вопреки всем уговорам. А старик теперь бы покоился на Востряковском кладбище, потому что без препарата он бы ни за что не выкарабкался. Земельный участок давно оплачен, обнесен красивой чугунной оградкой.

Поднос дрогнул, жалобно звякнули чашки, турка медленно поползла к краю. Кольту стало нестерпимо жарко, голова взорвалась болью, такой пронзительной, что потемнело в глазах. Он испугался, что сейчас упадет, уронит поднос, однако этого не случилось. Он продолжал стоять с подносом в руках, и чашки больше не звенели, турка не двигалась. Боль утихла, словно страница перевернулась, в голове сухо прошелестело воспоминание о каком-то Лоте и его жене, которая оглянулась и застыла соляным столпом. Вот так же и он застыл, чтобы перед ним до конца доигралось воображаемое действо.

Жар сменился холодом. Петр Борисович увидел собственный смутный неподвижный силуэт издалека, откуда-то сверху. Во мраке он мог разглядеть свое лицо, удивительно похорошевшее. Лоб стал выше, глаже, нос заострился. Черты утончились, облагородились. Глаза были закрыты. Ворот белоснежной крахмальной сорочки аккуратно облегал шею. «Что? Что со мной?»

Ответ последовал моментально. Незнакомый голос у самого уха спокойно произнес: «Ты умер, Петр». И только после долгой паузы, наполненной изумлением, осознанием, ужасом, тот же голос вдруг насмешливо добавил: «Ты умер бы от вливания, после семи дней невыносимых мучений».

Кухню залило волной реактивного гула, ветер засвистел, надул штору, с холодильника слетели какие-то бумажки, закружились. Хлопнула форточка. Петр Борисович обнаружил, что стоит в дверном проеме и держит тяжелый поднос. Рубашка под пиджаком мокрая, пот заливает глаза, от слабости дрожат колени.

— Ну, что с тобой случилось? — спросил старик, когда он вернулся наконец в кабинет.

— Ничего, — Кольт поставил поднос на венский стул, служивший журнальным столиком, и упал в кресло, — что могло случиться на кухне за десять минут?

— Тебя не было полчаса. Ты вернулся весь мокрый и бледный. Сварить кофе — не такая тяжелая работа, чтобы переутомиться и вспотеть. Мобильник у тебя выключен, телевизора и компьютера там нет, никаких плохих новостей ты узнать не мог.

— Сердце прихватило, — сказал Кольт, — я действительно переволновался сильно из-за тебя. Стало быть, ты совершенно не рад, что жив, что ноги задвигались?

— Не знаю. Ноги болят, раньше я их не чувствовал. К тому же, понимаешь, я соскучился по нескольким людям. Я их люблю и очень хотел бы повидать. Они там, а я остался здесь, с тобой.

Кольт вскинул голову, прищурился.

— Ты уверен, что там возможно кого-то повидать?

— Я это знаю.

— Откуда?

— Что ты хочешь услышать, Петр?

— Правду и только правду. Я прагматик и материалист.

— Сочувствую, — старик развел руками, — ничем помочь не могу. Ты кофе когда-нибудь нальешь? Он остыл уже.

— Да, извини, — Кольт спокойно разлил кофе по чашкам.

Руки и колени перестали дрожать, голова больше не болела и не кружилась. Он кинул в рот маленькое шоколадное печенье, прожевал и спросил:

— Когда ты отпустишь Соню?

— Я не держу ее, она может лететь в Вуду-Шамбальск хоть завтра. Но есть проблема. Я, хотя и начал передвигаться сам, но пока вряд ли могу обойтись без посторонней помощи. Капитану-сиделке больше доверять не стоит. Пускать сюда нового человека совсем не хочется.

— Не вижу проблемы. С тобой останется Савельев.

— Ни в коем случае. Савельев полетит с ней.

— С какой стати? Я дам ей отличную охрану.

— Савельев полетит с ней, — повторил старик, — а здесь, со мной, останется Зубов. Ты будешь приезжать.

Я уже не такой беспомощный, нет нужды в круглосуточном дежурстве.

— У них роман, что ли? — спросил Кольт небрежно.

— Молодец, — усмехнулся старик, — снизошел, небожитель, обратил свое державное внимание на простых смертных.

— У тебя обо мне какое-то пошлое, стереотипное представление. Ну, так что там у них?

— Роман. Только они сами пока об этом не догадываются.

— Он женат?

— Был. Развелся год назад. Ладно, это не наше дело. Ты вот лучше объясни, почему в тот день, когда у меня случился приступ, ты приехал так поздно?

— А ты бы хотел, чтобы я приехал раньше?

— Конечно. Что же тебя задержало?

— Переговоры с Тамерлановым.

— Вот это интересно. Давай рассказывай.

— Он предлагает вкладывать деньги в ПОЧЦ.

— Куда?

— В Партию общечеловеческих ценностей. Решил бороться за нравственность. На самом деле хочет иметь новое парламентское лобби.

Агапкин слушал, не перебивая. В конце рассказа Кольту удалось довольно живо описать, как странно, непроизвольно шевелилось лицо губернатора. Он даже попытался изобразить нечто в этом роде, сморщился, задвигал бровями, челюстями, надул щеки, энергично вытянул и втянул губы.

Старик резко одернул его.

— Прекрати! Никогда так больше не делай!

— Почему? Разве у меня плохо получается?

— У тебя получается слишком хорошо, — сказал старик, — это странно, потому что с тобой еще по-настоящему не работали.

Петр Борисович не услышал. Он смеялся. Маленький актерский этюд окончательно взбодрил и развеселил его. Физиономические метаморфозы, так напугавшие его во время переговоров, теперь казались уморительным и безобидным клоунским кривлянием, а то, что произошло на кухне, — результатом нервного переутомления, и только. Кольт смеялся, дергался от смеха, стал икать.

— Прекрати! — испуганно крикнул старик.

Кольт махнул рукой, засмеялся громче. Старик вцепился в подлокотники, медленно поднялся, держась за спинку кресла, за край письменного стола, сделал несколько шагов.

— Эй, ты куда? — давясь смехом, спросил Кольт.

Вид ковыляющего старика в черной шапочке и сине-белых кроссовках показался ему настолько потешным, что он чуть не задохнулся от смеха. Агапкин, пыхтя, добрался до буфета, налил воды в стакан и плеснул Кольту в лицо.

Петр Борисович вздрогнул, фыркнул, перестал смеяться, но продолжал икать. Старик вытер ему лицо платком, остаток воды насильно влил в рот и только после этого вернулся в кресло.

— Что ты себе позволяешь? — хрипло спросил Кольт.

— Плохо дело, Петр, — жестко произнес Агапкин. — Сколько времени ты проводишь в Интернете, читая гадости о самом себе?

— Да нисколько, я больше не занимаюсь этим.

— Врешь. Тебя тянет туда, каждый день, полчаса, а то и час, ты бродишь по виртуальному террариуму и даешь себя кусать разным ядовитым гадам. Это превратилось для тебя в тайный ритуал.

— Ерунда, просто я устал.

— Еще бы, конечно, устал. Ты, Петр, подсел на эту пакость. Они все рассчитали правильно. Многие годы ты старался держаться в тени. Скромником тебя не назовешь, скромник не сумел бы нажить такое состояние. Ты тщательно оберегаешь свою личную жизнь от посторонних глаз, хотя в ней нет ничего ужасного, ничего, что нужно скрывать. Ты относишься к своей репутации весьма трепетно. Тебе небезразлично мнение окружающих, оно волнует тебя, твоя самооценка чрезвычайно зависит от того, что о тебе говорят, пишут, думают. Хотя ты пытаешься это скрыть, играешь в независимость. Ты заглотнул их наживку, Петр.

— Что значит — заглотнул? — раздраженно перебил Кольт. — Ты понимаешь, какую ахинею несешь?

— Видишь, даже обсуждать неловко. А предпринимать что-либо совсем уж стыдно, недостойно умного, сильного, свободного человека. В итоге ты тихо, незаметно разрушаешься, не можешь ничего изменить и поделиться с кем-то своей тайной бедой. Ты с ней один на один. Падает, падает твоя самооценка, ты становишься все уязвимей. У тебя то депрессия, то истерика. Ты теряешь себя, рискуешь превратиться в марионетку вроде Тамерланова.

— Так и знал, что скажешь это, — Кольт оскалился, — только я не верю. Ну да, я изредка почитываю ради смеха всякие глупости о себе, в этом нет никакой патологии, ничего страшного со мной не случится. Никто меня не кусает, гипнозу я не подвергаюсь, пью мало и только хороший коньяк. Я в полном порядке и хочу получить свою дозу как можно скорее.

— Тамерланов тоже уверен, что он в полном порядке, — проворчал старик, — и тоже хочет получить свою дозу.

— Что? — выдохнул Кольт и вскочил с кресла. — Он знает? Откуда?

Но старик не успел ответить. Хлопнула входная дверь, в прихожей зазвучали голоса, шорох, тихий смех. Через минуту вошла Соня, румяная, счастливая, остановилась посреди кабинета. Не обращая внимания на Кольта, она смотрела на Агапкина и таинственно улыбалась. В руках у нее был свернутый серый шарф.

— Федор Федорович, пожалуйста, закройте глаза.

— Зачем?

— Ну, пожалуйста, очень вас прошу!

Старик хмыкнул и зажмурился. Соня взглянула наконец на Кольта. Он стоял у окна и курил. Она подмигнула ему, подошла к старику, осторожно положила шарф к нему на колени. Шарф зашевелился, издал странные звуки. Появилось нечто лохматое, круглое, похожее на большую растрепанную хризантему, но только черную, как сажа. Хризантема пищала, повизгивала. Нельзя было понять, откуда исходят звуки и почему этот экзотический цветок брыкается, пытаясь выпутаться из шарфа.

— Простите, я понимаю, что взяла на себя слишком серьезную ответственность. Но так получилось, я просто не могла поступить иначе. В переходе на Маяковке девочка продавала, — объяснила Соня.

Из гущи шерсти блеснул черный глянцевый нос, мокро ткнулся в ладонь Агапкину. Экзотический цветок стал обретать форму. Показался малиновый язычок, удивительно яркий на черном фоне. Определились толстые неуклюжие лапы. Ходуном заходил короткий лохматый хвостишка.

В кабинет вошел Савельев, поздоровался и сообщил виновато:

— Порода называется пули. Девочка сказала, что это прародитель пуделя. Я был против, я пытался остановить Соню или хотя бы позвонить вам, спросить разрешения.

— Да, Дима сделал все возможное, — подтвердила Соня, — я запретила ему звонить. Вы бы наверняка не разрешили. Но, понимаете, я именно таким представляла Адама в детстве, именно таким. А то, что он не совсем пудель, разве это важно?

Старик поднес щенка к лицу, чтобы лучше разглядеть. Щенок тихо тявкнул и принялся вылизывать ему щеки, нос, губы.

— Ему два месяца. У них у взрослых вес килограммов пятнадцать, рост сантиметров пятьдесят, — сказал Савельев, — порода не капризная, очень преданная. Шерсть расчесывать и стричь не нужно, она потом скрутится в шнурки и даже лезть не будет. Федор Федорович, я понимаю, мы поступили легкомысленно, простите нас. Если вы против, я отдам его моей маме, она с удовольствием возьмет.

Щенок тихо заскулил, между ладонями Агапкина полилась тонкая прозрачная струйка.

— Ну вот, на меня уже и пописали, как раз на новые нарядные штаны, — сказал старик, — маме купишь другого щенка, эта шпана будет жить здесь.

— Как назовешь его? — спросил Кольт.

— Я бы, конечно, назвал его Адамом. Но он не совсем пудель и вовсе не Адам. Боюсь, он все-таки Ева.

— Как?! — воскликнул Савельев. — Не может быть!

— Девочка клялась, что он кобелек, — Соня всплеснула руками. — Простите, Федор Федорович, все не так! Я виновата. Мы заберем его... то есть ее. Купим вам настоящего пуделя, через клуб собаководства, с родословной, со всеми справками и регалиями.

— Соня, прекрати! — сердито крикнул Агапкин. — Что ты несешь? Какие регалии? Лучше дай мне салфетку. У меня коленка мокрая.

— Значит, Ева? — спросил Кольт.

Он докурил, подошел наконец к старику, осторожно, одним пальцем, почесал щенка за ухом.

— Нет. Пожалуй, нет. Ева — блондинка, нежная, романтическая, — Федор Федорович поднял щенка к лицу, пытаясь сквозь слои шерсти разглядеть глаза. — Эту шпану зовут Мнемозина.

— Странное имя. Слишком длинное и пафосное для такой крохи, — заметил Кольт.

— Мнемозина, — упрямо повторил старик, — греческая богиня памяти.

ГЛАВА ДЕСЯТАЯ

Москва, 1922

Собственного жилья Федор не имел. С лета 1918 года он обитал в кремлевской квартире Ленина, в каморке для слуг. Была еще комната в Горках, во флигеле. Когда вождь отпускал его, он ночевал на Второй Тверской, у профессора Свешникова. Чувство дома возникало только там, нигде больше.

Бокий распорядился, чтобы Федору выделили хорошую комнату в общежитии сотрудников ВЧК в Лубянском проезде. Федор не отказался от комнаты, но все никак не мог в ней обосноваться. Она стояла пустая, тихая, враждебная. Ничего, кроме железной кровати, венского стула и умывальника в углу. Изредка он оставался там на ночь, но всякий раз ему снились немыслимые кошмары, он просыпался разбитый, с головной болью.

— На Лубянке спать нельзя, — сказал как-то товарищ Гречко-Дельфийский, — там пролито много крови и ночами кружат неприкаянные души умерших насильственной смертью. В римской мифологии они называются лярвы. Они насылают на спящих безумие. Овидием описан древний обряд защиты от лярв. Нужно встать ночью, трижды омыть руки, набрать в рот черных бобов, потом выплевывать по одному и кидать через плечо, произнося особые заклинания.

Федор, Михаил Владимирович, Таня слушали, иронически улыбались. Бокий смеялся от души, говорил, что теперь непременно выдвинет на очередном заседании вопрос о черных бобах и убедит Дзержинского ежемесячно выдавать по горсточке каждому сотруднику, с распечатанной инструкцией к применению и текстом заклинаний.

Когда Федор пытался ночевать в общежитии, он невольно вспоминал рассказ оракула, и ему было не до смеха. Существам, клубившимся в его кошмарных снах, название «лярвы» вполне подходило.

Из трех дней, оставшихся до отъезда в Германию, два Федор провел в Горках.

После долгих унылых метелей наступило ясное затишье, легкий незлой морозец. Снег лежал плотными слоеными пластами, с подсиненными тенями, с глянцевым блеском, и в воздухе неуловимо, обманчиво пахло весной. Заиндевелые кроны старых берез по обеим сторонам аллеи клонились друг к другу, образуя высокий кружевной свод. Сквозь него светилось нежной голубизной небо.

У крыльца большого дома Федор встретил мрачного мужика в валенках и рваном овчинном тулупе. Мужик покосился на Федора, отчетливо произнес: «Душегубы, мать вашу!», сплюнул и затопал прочь по белой аллее.

Федор поднялся на крыльцо, открыл дверь и тут же услышал громкий бодрый голос вождя:

— Сволочь кулацкая! Вешать без всяких разговоров, вешать и вешать! Хватит уж быть добренькими!

Давно Федор не видел вождя в такой отличной форме. Энергичный, слегка пополневший, Ильич строчил записки, давал указания по телефону, прихлебывал чай, покрикивал на жену и сестру. В очках он выглядел совсем другим, уютным, милым. Зрение у него стремительно портилось, однако очки он надевал только дома, при своих.

На столе, среди бумаг и газет, Федор заметил том Достоевского с торчавшей закладкой.

— «Братья Карамазовы», — весело пояснил вождь, перехватив взгляд, — в который раз пробую читать, но не могу. Гадость, особенно от сцен в монастыре тошнит.

Он охотно дал Федору осмотреть себя, хвастал ровным пульсом, нормальными коленными рефлексами, подвижностью и ловкостью правой руки, совершенно по-детски, словно показывал гимназический табель с отличными оценками.

Федор уже привык, что течение болезни непредсказуемо. Только что боли разрывали череп, мучительные бессонные ночи сводили с ума, припадки следовали один за другим, отнималась вся правая половина, путалась речь. Казалось, не сегодня-завтра конец. Однако утром вождь вскакивал, наспех завтракал, запрыгивал в «Роллс-Ройс». Великолепный светло-серый автомобиль, купленный для него в Лондоне комиссаром внешней торговли Леонидом Красиным, летел из Горок в Москву на невозможной скорости. Шофер Степа Гиль только и слышал: быстрей, быстрей!

На заседаниях Политбюро и Совнаркома в один день обсуждались десятки вопросов. Конгресс Коминтерна, борьба с голодом, чистка личного состава партии, визит американского сенатора, допуск представителей Великобритании в Петроград, торг с правительством Китая о выдаче белогвардейцев, налоги, проблемы Северного Кавказа, прошение японского корреспондента о личном интервью. Вождь исписывал горы бумажных клочков, в своей обычной манере, со множеством подчеркиваний, скобок, кавычек, с вкраплениями латыни, с жирными обводами отдельных слов, с кривыми шеренгами восклицательных знаков и непременными коммунистическими приветами в конце каждого послания. Читал телеграммы, подписывал документы, при этом слушал докладчиков и следил за дисциплиной аудитории, грубо обрывал посторонние разговоры, орал, требуя внимания и тишины.

В таком ритме проходила неделя, и вдруг он падал прямо в кремлевском коридоре. Отнималась нога. Он убеждал всех, что просто отсидел ее на заседании. Немудрено при его манере присаживаться не на стул, а на какую-нибудь ступеньку, приступочку и, скрючившись, писать на коленке. Он изо всех сил оттягивал момент, когда соратники поймут, насколько серьезно он болен.

Поездка Федора в Германию была связана именно с этой болезнью. Агапкину надлежало встретиться с неким немецким доктором, подробно описать ему симптомы и выслушать, что он скажет. Имя и адрес доктора Бокий не назвал, сказал, что Федор получит всю информацию, когда сядет в поезд.

Официальной целью командировки считалась покупка новейших дорогих лекарств для кремлевской аптеки. Бокий несколько раз повторил, что никому, даже Михаилу Владимировичу, нельзя говорить, зачем он едет на самом деле.

— Владимиру Ильичу можно сказать? — спросил Федор.

— Только если он сам заведет разговор об этом, — ответил Бокий.

Но вождь о командировке не произнес ни слова, словно вовсе не знал о ней.

— Ну, как там поживает злодейская пуля? — спросил он с глухим смешком, когда Федор прощупывал твердую липому над правой ключицей.

— Все так же, Владимир Ильич. Размер и консистенция не меняются.

Федору очень хотелось забыть тридцатое августа восемнадцатого года, жуткий спектакль с покушением и все, что за ним последовало. Но вождь не давал забыть. Липома, по молчаливому согласию испуганных врачей признанная застрявшей под кожей злодейской пулей, очень беспокоила Ленина. Ему казалось, что она растет. Он опасался, что она может переродиться в злокачественную опухоль. Всякий раз, когда речь заходила об этой «пуле», Федор пытался уловить в голосе, в глазах вождя нечто похожее на раскаяние. Сейчас нервный глухой смешок показался ему очевидной попыткой скрыть смущение.

Застегивая сорочку, Ильич вдруг перешел на французский. В последнее время он читал французские медицинские справочники и учебники, ему удобней было пользоваться французской терминологией.

— Что такое обсессии? — спросил он.

— Осада, блокада. Кажется, это общее определение для целого ряда навязчивых состояний. Непроизвольные мысли, воспоминания, фобии, тягостные, болезненные. Их объединяет то, что они приходят как будто извне и от них невозможно избавиться, — медленно, тоже по-французски произнес Федор.

— Да, именно так, — кивнул Ленин, — песенка моя спета, роль сыграна. Молчи, не утешай. Наизусть знаю все, что ты скажешь.

За обедом никого чужого не было. Надежда Константиновна и Мария Ильинична мрачно молчали. Вероятно, поссорились, это случалось часто. Вождь с аппетитом ел гречневую кашу и вдруг, отодвинув тарелку, произнес, ни к кому не обращаясь:

— Конечно, мы провалились. Мы думали осуществить новое коммунистическое общество по щучьему велению. Но это вопрос десятилетий и поколений.

— Володя, это не ты, это болезнь в тебе говорит, — сурово заметила Крупская, не поднимая глаз от тарелки.

— Надя, дорогая, болезнь говорить не может, — вождь хмыкнул, — как раз наоборот, болезнь скоро заставит меня молчать. Но пока я владею речью, позволь мне выражать свои мысли и чувства так, как мне угодно.

— Тебе угодно нести вреднейший, опаснейший контрреволюционный антимарксистский бред! — Крупская вскинула голову. — Ты говоришь как враг, Володя, опомнись!

Из-за пучеглазия взгляд ее всегда казался гневным или испуганным, но сейчас она сощурила глаза и стала совсем на себя не похожа. Что-то настороженное, даже враждебное появилось в ней. Пухлые губы стянулись в нитку, щеки набрякли, задрожали, налились свекольным цветом. Ильич как будто не заметил этого, спокойно продолжал:

— Не надо врать себе, Надя. Да, чтобы партия не потеряла душу, веру и волю к борьбе, мы должны изображать перед ней возврат к меновой экономике, к капитализму как некоторое временное отступление. Но себе врать не надо. Себе мы должны отдать отчет. Попытка не удалась.

— Почему? Объясни почему? — Крупская не повышала голоса, но казалось, что она кричит. — Мы взяли власть и почти пять лет удерживаем ее. Мы победили в Гражданской войне. Мы строим новое государство, новое общество, выводим новую породу совершенного человека, свободного труженика.

— Брось, Надя, — Ленин поморщился и махнул рукой. — Взяли, победили! Какой ценой? Ради чего? Мы сами не знаем, что строим и какую породу выводим. Так вдруг переменить психологию людей, навыки их вековой жизни нельзя. Можно попробовать загнать население в новый строй силой, но вопрос еще, сохранили бы мы власть в этой всероссийской мясорубке.

Повисла тишина. Крупская продолжала смотреть на мужа, но больше не щурилась. Глаза выкатились из орбит, губы задрожали.

— Володя, перестань, пожалуйста, — прошептала она, закрыла лицо руками и прогудела сквозь ладони: — Володя, мне страшно.

Мария Ильинична, все это время молчавшая, вдруг встала, резко отодвинула стул и вышла.

— Мане тоже страшно. Всех я напугал, — вождь виновато вздохнул и как ни в чем не бывало опять принялся за кашу.

Федор есть не мог. Он застыл и слушал. В очередной раз Ильич ясно и недвусмысленно признавал свое полное фиаско.

«Что же это? — думал Федор. — Прозрение, раскаяние?»

Очень хотелось ответить: да. Но Федор отлично понимал, что завтра вождь будет говорить и делать нечто совершенно противоположное сегодняшним разумным печальным речам.

Михаил Владимирович еще в восемнадцатом заметил, что есть два отдельных существа. Чудовище Ленин и человек Ульянов. Чудовище использует человека в своих планетарных целях, и скоро от Ульянова останется только мертвая оболочка. Медицина бессильна. Возможно, очень давно ребенка Ульянова сумел бы спасти какой-нибудь старец, святой чудотворец, отчитать по церковному канону, изгнать беса. Но не случилось. А теперь уж поздно.

«Нет. Не прозрение, не раскаяние. Игра. Человек изредка дразнит чудовище, играет в непокорность, — подумал Федор. — Крупская знает, потому такая бурная реакция. Конечно, она никогда, даже про себя, не произнесет слово «бес». Воинствующая атеистка, она называет то, что сидит в ее муже, идеей, доктриной, великим учением. Но слова не меняют сути».

Федор низко опустил голову и разглядывал тонкую затейливую мережку на скатерти. Рядом стоял пустой стул Марии Ильиничны. Вождь был прав, когда сказал: «Мане тоже страшно». Да, страшно, однако по-другому, не так, как Крупской. В отличие от жены, сестра сохранила остатки нравственного чувства и здравого смысла. Для жены слова вождя крамола, ересь. Для сестры они правда. Она давно уж все поняла, но панически не желает признавать и формулировать.

За столом опять воцарилась тишина. Ее нарушил лишь шорох газеты, которую демонстративно развернула Крупская. Ильич, покончив с кашей, кликнул горничную, попросил чаю. Федор все так же сидел, опустив голову, не мог шевельнуться и вдруг кожей почувствовал пристальный взгляд Крупской. Она смотрела на него из-за газетной страницы. Когда он поднял лицо и встретился с ней глазами, она спокойно произнесла:

— Федя, голубчик, пожалуйста, разыщите Марию Ильиничну. Ей уже два дня нездоровится. Нам с Володей не признается, что у нее болит. Может, с вами поделится?

Федор нашел ее на балюстраде. Она курила, кутаясь в старушечью теплую шаль, и даже не повернула головы, когда он подошел и встал рядом.

— Владимиру Ильичу значительно лучше, — сказал он, глядя на грубый курносый профиль.

Лицо Марии Ильиничны было безнадежно некрасиво, что-то лягушачье проглядывало в чертах. «Лягушка, которая никогда не превратится в царевну», — с жалостью подумал Федор и заметил, что рука с папиросой мелко дрожит, нос покраснел, глаза мокрые.

— Мария Ильинична, замерзнете, простудитесь. Идемте в дом или я принесу вам плед.

— Вчера был Сталин, — произнесла она глухим бесстрастным голосом, — они с Володей закрылись в комнате, говорили часа два, о чем, неизвестно. На прощанье, как всегда, расцеловались. Потом Сталин отвел меня в сторонку и сообщил, что Володя боится паралича, беспомощности, не желает мучиться, просит втайне от всех принести ему цианистый калий.

* * *

Москва – Вуду-Шамбальск, 2007

Маленький частный самолет болтало, крутило в воздухе, как лодочку в открытом море при пятибалльном шторме. Петру Борисовичу стало плохо. Кроме Савельева, летели еще двое сотрудников службы безопасности, и все суетились вокруг Кольта. Сначала его тошнило, потом он стал жаловаться на сердце. В хвосте имелся вполне удобный диван, со специальной системой ремней безопасности. Кольт согласился лечь, но не желал пристегиваться и постоянно скатывался.

Соня сидела впереди, слышала тихие, терапевтически спокойные голоса Димы, охранников, стоны и брань Кольта. На прощанье Агапкин шепнул ей, что у Кольта совсем плохо с нервами. Она не придала этому значения. Петр Борисович никогда не отличался особенным тактом и терпением. Но сейчас он вел себя как помешанный, орал, матерился, бился в истерике.

Соня пыталась отвлечься, не слушать. Ей была видна кабина пилота, разноцветные огоньки на пульте управления, крупные ослепительные звезды в темном небе, сизые, со стальным отливом, облака внизу, такие плотные, что они казались твердью, холмистым ландшафтом какой-то чужой, мрачной планеты. По ландшафту прыгала маленькая четкая тень самолета, очерченная ободком лунного света.

На откидном столике стоял открытый ноутбук, подарок Федора Федоровича. Старик выбрал и заказал по Интернету тонкую, легчайшую, но весьма мощную машинку, вручил Соне перед отлетом и сказал, что внутри она найдет много интересного.

Соня включила ноутбук, как только самолет набрал высоту, и обнаружила, что Агапкин закачал туда расшифрованные материалы экспедиции двадцать девятого года, мемуары Никиты Короба, большое исследование о художнике и алхимике Альфреде Плуте с иллюстрациями, какими-то схемами, примечаниями. Была отдельная папка, названная «Дед» с посланиями из Зюльт-Оста. Дедушка почти каждый день отправлял для нее письма на электронный адрес Агапкина.

В качестве заставки на рабочий стол Федор Федорович поместил улыбающуюся щенячью морду, очень удачную фотографию Мнемозины.

Соня пробовала читать, но из-за сильной болтанки не могла. Дима, уложив наконец несчастного Кольта, сел рядом с Соней.

— Как ты? Не тошнит? Уши не закладывает?

— Я в порядке, не волнуйся. А ты?

— У меня отличный вестибулярный аппарат. Я посижу с тобой немного, дух переведу.

— Замучил он тебя?

— Не то слово.

— Ты когда-нибудь раньше видел его таким?

— Никогда. Его как будто подменили. Надеюсь, это пройдет.

— По-моему, он стал невменяемым после выздоровления старика.

— Да, мне тоже так кажется. Его взбесило, что ты вколола единственную дозу Федору Федоровичу, а не ему. Скажи, у тебя правда больше нет препарата?

Соня отрицательно помотала головой. Болтанка усилилась. Самолет подкинуло, швырнуло вниз. Петр Борисович в очередной раз скатился с дивана, вырвался из рук охранников и бросился к кабине пилота.

— Какого черта?! Мы падаем! Вы что, не понимаете? Падаем!

Савельев мгновенно вскочил, подхватил его, придерживая за плечи, повел назад, к дивану.

— Все, все, Петр Борисович, успокойтесь, мы летим, вовсе не собираемся падать. Зачем нам падать? Нас просто слегка потряхивает, как на американских горках. Кстати, знаете, во всем мире этот аттракцион называют русскими горками. Так же как салат оливье только у нас оливье, а в Европе он русский. Интересно, почему? Вы никогда не задумывались об этом?

— Хватит мне зубы заговаривать! Падаем!

— Ну, если вы настаиваете, тогда, конечно, надо помолиться. Петр Борисович, давайте помолимся. Как хотите, про себя? Или вместе, вслух?

— Ты сбрендил, Савельев? Что ты несешь?

— Ну да, я забыл, вы атеист. Извините. Что же делать атеисту в критическую минуту, между жизнью и смертью, когда верующий человек молится? Атеист тоже человек.

— Твою мать! — заорал Петр Борисович.

— А, вот вы и ответили. Когда верующий молится, атеист матерится, — невозмутимо продолжал Савельев.

«Он сошел с ума, — подумала Соня, — Кольт уволит его».

— Внимание, мы идем на посадку, — хрипло сообщил в микрофон летчик, — прошу всех занять свои места и пристегнуться.

– Петр Борисович, давайте сядем. Минуточку, я вот тут пряжку защелкну. Не туго? А скажите, вы на американских горках катались когда-нибудь?

– Нет! Отстань!

– Теперь можете считать, что покатались. Впечатляет, да?

Самолет нырнул в толщу облаков. Исчезли звезды. Болтанка стала невыносимой. Один из охранников не выдержал, бросился к туалету. Даже стюардессам было нехорошо. Они сидели в своих узких креслах, по обе стороны кабины, туго пристегнутые, бледные, неподвижные, как куклы. Соня выключила ноутбук, убрала в сумку. В салоне погас свет, затихли голоса. За окном клубилась непроглядная мгла.

Соне захотелось, чтобы вернулся Дима и сел рядом. Впервые после чудесного выздоровления Федора Федоровича ей стало тоскливо и страшно. Самолет снижался отчаянными резкими рывками, продирался сквозь облачные слои, дрожал от порывов ветра, заваливался вправо, влево так сильно, что казалось, сейчас перевернется.

«Куда, зачем я лечу? – думала Соня, и при каждом очередном рывке у нее все внутри сжималось и леденело. – Меня ждут груды костей и черепов, выкопанных из твердой степной земли. Мне предстоит изучать останки людей, живших много веков назад, искать цисты древнего паразита и следы воздействия их на истлевшие ткани. Сейчас, зимой, раскопки не ведутся, но для моей работы подготовлен богатый материал. До весны костей и черепов хватит. Станет тепло, накопают еще, сколько угодно».

Самолет вдруг взметнулся вверх. Соня вздрогнула, но глаз не открыла. Кто-то быстро прошел мимо нее, к кабине. Зазвучал спокойный, усиленный микрофоном голос стюардессы:

– Не волнуйтесь, мы скоро приземлимся. Погодные условия очень сложные. Ветер. Метель. Петр Борисович, слышите меня? Все хорошо, осталось потерпеть минут двадцать.

Самолет опять рванулся вниз, накренился. У Сони перехватило дыхание, заложило уши, заболела голова, так внезапно и сильно, что брызнули слезы. В соседнем кресле возник Дима. Соня его не увидела, только почувствовала, как нежно он взял ее за руку.

– Замерзла? У тебя пальцы ледяные.

Он достал откуда-то плед, накрыл ее и спросил, наклонившись совсем близко:

– Не тошнит тебя? У меня конфетка есть. Хочешь?

– Нет. Спасибо. Кольт угомонился?

– Да. Заснул, бедняга.

– Значит, ты можешь побыть со мной, пока мы не сядем?

– Я бы вообще не уходил от тебя, никогда и никуда.

– Что?

Она вполне могла ослышаться, у нее заложило уши. Он не произнес больше ни слова, сидел рядом, держал ее руку, пока самолет не коснулся земли.

* * *

Москва, 1922

Последний вечер и ночь перед отъездом Федор провел на Второй Тверской. Он пришел поздно. Дверь открыл Михаил Владимирович.

– У меня голос сел, – пожаловался он сиплым шепотом, – только что прочитал «Сказку о царе Салтане», от начала до конца. Миша стал плохо засыпать.

Федор сразу понял, что Тани дома нет. Хотел спросить, где она, но не решился, вместо этого спросил, как чувствует себя Авдотья Борисовна.

Няня хворала, вторую неделю почти не вставала с постели.

– Плохо дело, – сказал Михаил Владимирович, – ничего не болит у нее, но от еды отказывается, только чаю иногда попьет и дремлет. Вчера удалось наконец вызвать батюшку. Исповедалась, причастилась. Вот сейчас зашел к ней, пробовал расшевелить, покормить. Она проснулась, по голове меня погладила и говорит: обещай, Миша, что свое проклятое зелье ты мне вливать не станешь, позволишь помереть спокойно.

— Проклятое зелье?

— Так она называет препарат. Она как будто даже стала побаиваться меня, не дает себя осмотреть. Подпускает к себе только Таню.

Федор открыл рот, чтобы спросить, где же все-таки Таня, но Михаил Владимирович вдруг замер, приложил палец к губам, напряженно прислушиваясь.

— Как бы Миша не проснулся, — прошептал он, — Маргошка, видишь ли, взяла моду ночевать у него под одеялом. Обычно спит спокойно до утра, но сегодня унюхала сушеные яблоки и весь день пыталась к ним подобраться. Я убрал подальше, в буфет. Нет, вроде бы тихо.

Что-то загрохотало.

— Марго! — простонал профессор и бросился в гостиную.

На полу валялось несколько разбитых чашек. Медленно покачивалась верхняя дверца буфета.

— Вылезай, чудовище!

В ответ ни звука.

— Считаю до трех. Учти, я знаю, где ты. Если сию минуту не вылезешь, запру тебя в клетке. Один, два...

Между дверцами показалась бежевая обезьянья мордочка в золотистой гриве. Мармозетка сидела на верхней буфетной полке и что-то быстро жевала.

— Ждешь, когда скажу три? — сурово спросил профессор. — Обжора, ты и так их лопала, сколько хотела. Не можешь успокоиться, пока все не доешь? Тебе сушеные яблоки дороже свободы?

Марго перестала жевать, вытянула губы трубочкой, помотала головой, элегантно спрыгнула профессору на плечо, прижалась к его шее, жалобно запищала. В кулачке она держала ломтик яблока и пыталась запихнуть его профессору в рот.

— Отстань, лицемерка, — сказал Михаил Владимирович и вышел с пристыженной Марго на плече.

Федор отправился на кухню, за веником и совком, собрал осколки. Через минуту профессор вернулся, сел в кресло. Обезьянка перебралась с плеча на колени, ткнулась носом ему в руку.

— Ладно, все, — он потрепал золотистую гривку, — твое счастье, что Миша не проснулся.

Обезьянка подпрыгнула, захлопала в ладоши. Лампа подсвечивала золотистую шелковую гривку, большие карие глаза сияли.

— Проклятое зелье? — спросил Федор.

— Да. Эффект поразительный. Мне принесли полутрупик. А теперь посмотри на нее. Я не встречал более жизнерадостного, ласкового и разумного существа.

Марго всплеснула лапами, похлопала себя по груди. Длинные мягкие губы растянулись в гордой улыбке.

— Можно подумать, ты понимаешь, о чем мы говорим, — обратился к ней Федор.

Марго закивала в ответ, скорчила смешную рожицу, издала тонкий мелодичный звук.

— Она все понимает. Настолько, что прячется от товарища Гречко, не показывается, когда он приходит, — сказал профессор, — впрочем, он давно уж догадался.

— На то он и оракул, — усмехнулся Федор, — думаете, это опасно?

— Я устал бояться, Феденька. Я вообще очень устал. У меня большие проблемы с Андрюшей.

— Что случилось?

— Все то же, — профессор сморщился и махнул рукой, — в среду явился пьяный. Видишь ли, учиться больше не желает, поскольку в советской школе все равно ничему не учат. Решил сам зарабатывать на жизнь. Малюет афиши и декорации для какого-то театра. Связался с актеркой.

— Театральный художник — хорошая профессия, — неуверенно заметил Федор, — поработает, потом поступит во Вхутемас. Да и актерка тоже не беда. Андрюше семнадцать. Первая любовь.

— Брось, Федя, актерке за тридцать. Она замужем, Андрюша для нее игрушка, собачонка. А главное, он пьет, понимаешь, от него слишком часто пахнет спиртным.

— Давайте сводим его на экскурсию в дом скорби, пусть полюбуется на алкогольную деменцию и белую горячку, — предложил Федор.

— Таня пыталась. Он не хочет. Она однажды уже водила его в морг, чтобы привести в чувство. Помнишь, пару лет назад он впал в кошмарный нигилизм, хамил всем, даже няне?

— Конечно, помню. Поход в морг тогда подействовал сильно. Он опомнился, понял, как хрупка жизнь.

— Он был младше, а сейчас считает себя взрослым, зрелым мужчиной. И не может простить Тане ту шоковую терапию. Заявил, что выпивает исключительно потому, что ему до сих пор снятся трупы.

Марго дернула профессора за рукав, соскочила с колен и умчалась.

— Кажется, они вернулись, — профессор поднялся, — сегодня премьера в этом театре, Таня решила сходить посмотреть.

Таня сидела в прихожей на стуле, расшнуровывала высокие ботинки.

— Узел. Не могу. Проклятые шнурки. Отвратительные ботинки, — пробормотала она.

Федор поцеловал ее в макушку, опустился на корточки, принялся помогать ей.

— Ты одна? — удивленно спросил Михаил Владимирович.

— Будь добр, папа, принеси ножницы.

— Не надо, я уже распутал, — сказал Федор, стянул ботинок с ее ноги и принялся расшнуровывать второй.

— Спасибо, Феденька. Папа, ну что ты так смотришь? Да, я одна. После премьеры была вечеринка. Я пыталась увести Андрюшу домой. Бесполезно. А спектакль оказался не так уж плох. Современная фантазия на тему «Бесприданницы» Островского. Довольно забавно. На сцене, на заднем плане, постоянно маячили волжские бурлаки. Массовка, человек двадцать. Иногда они громко стонали и пели «Дубинушку». Я все думала, зачем они? Только отвлекают от основного действия. В финале эти несчастные наконец прояснились. Когда Карандышев выстрелил в Ларису, зазвучал «Интернационал», бурлаки разбежались по сцене, стали выкрикивать революционные лозунги и колотить купцов.

Марго запрыгнула к Тане на плечо и погладила ее лапой по щеке.

— Он хотя бы сказал, когда вернется? — спросил Михаил Владимирович.

— Он сказал, что уже взрослый и хватит относиться к нему как к младенцу. Она, эта Айрис, разумеется, играла Ларису. Играла замечательно. Она прима, очень талантливая и красивая. Луначарский покровительствует ей, лично присутствовал на премьере.

— Да, Андрюше с наркомом просвещения соперничать трудно, — тихо заметил Федор.

— Там не только нарком. Еще какие-то важные большевики, пара-тройка известных поэтов. Американец, очень богатый торгаш. Между прочим, и муж есть, режиссер.

— При чем здесь Андрюша?

— Андрюша бегает за папиросами. Айрис называет его Дрю. Папа, я не знаю, может, он должен переболеть этим? Ты ведь тоже в семнадцать лет влюбился в какую-то балерину.

— В танцовщицу из кафешантана. Однако я не пил и не бросал гимназию.

— Ну, значит, ты был лучше. Давай попробуем оставить его в покое.

— Ладно. Поговорим после. Федя завтра уезжает в Германию, он пришел попрощаться.

Чай пили молча. Таня быстро ушла спать.

— Что ты думаешь об этом странном человеке, Кобе? — спросил Михаил Владимирович, когда они остались вдвоем.

— Не вижу в нем ничего странного. Он тусклый, никакой. Троцкий — Цезарь, Бонапарт, надменный и тщеславный. Каменев, Зиновьев, Рыков — лукавые царедворцы, помешаны на интригах. Бухарин — шут, инфантильный неврастеник. Луначарский — Нерон, художественная натура, покровитель муз.

— Федя, по-моему, ты им всем льстишь, — профессор усмехнулся, — нет среди них императоров и царедворцев нет. Они всего лишь марионетки.

— И Ленин?

— Безусловно.

— Кто же кукловод?

— Не знаю, — профессор помолчал, размял папиросу, — стало быть, ты считаешь Кобу тусклым и никаким?

— Да, — Федор чиркнул спичкой, — правда, недавно он выдал интересный фортель. Мария Ильинична рассказала по секрету, будто Ленин просил у Сталина цианистый калий. И Сталин поделился с ней этим, просто поставил в известность.

— Мне она тоже поведала эту трогательную историю.

— Что вы думаете?

— Сталин солгал.

— Вы бы решились спросить Ленина прямо, обращался он к Сталину с такой просьбой или нет?

Михаил Владимирович глубоко затянулся, прикрыл глаза.

— Испуганная Маня взяла с меня клятву, что я никогда не заговорю об этом с ее братом. Я, конечно, мог бы пренебречь клятвой, но Ленин сразу потребует объяснений у сестры, прежде всего у нее. Получится семейная склока, и дело может закончиться очередным приступом.

— Вы уверены, что Сталин солгал?

— Уверен. Ленину не нужно обращаться к Кобе с просьбой о яде. Склянка с цианистым калием есть у Крупской. Во время одной из своих истерик она мне призналась, что всегда держит при себе яд, и даже показала, вытащила склянку из ящика письменного стола. Ленин знает, где хранится яд, и может взять в любую минуту. Но главное, Ленин очень хочет жить. Очень. Конечно, он хнычет, жалуется, но жажда жизни в нем огромная. Не удивлюсь, если произойдет чудо и он выкарабкается, выживет, вопреки всем прогнозам.

— Марии Ильиничне вы сказали, что Сталин лжет?

— Сказал. Но она меня не услышала. Вот в чем ужас. Любит брата, но не услышала.

— То есть как?

— Так. Выпучила глаза, поморгала и стала жаловаться на одышку и сердцебиение.

— Но почему?

— Видишь ли, они все так изолгались, что само понятие лжи для них больше не существует. Сталин солгал. Испуганная Маня давно уж не понимает значения этого глагола, словно он взят из другого языка. Они лгут публично, в газетах и с трибун. Лгут друг другу, и каждый самому себе. Вернуться в мир нормальных нравственных координат, где есть граница между правдой и ложью, для них все равно что рыбе выброситься на берег.

— А если он задумал убрать Старика и занять его место? — пробормотал Федор.

— Если задумал, сделает. Но убивать не станет. Слишком рискованно, а он осторожен, да и время пока не пришло. Он умеет ждать. Он самый сильный из них, именно потому, что тусклый и никакой. Надо очень много сил, чтобы среди них, вождей и гениев, дорвавшихся до власти, оставаться тусклым и никаким.

Профессор выпил остывший чай, достал из кармана сложенный вчетверо листок, бросил на стол, закурил вторую папиросу. Федор беспокойно ерзал на стуле и крутил сахарные щипцы. Он пытался угадать, где спит Таня, у себя или у Миши, в детской. Это волновало его значительно больше, чем зловещий треугольник: Ленин, Сталин, цианистый калий. Он отправился на кухню, поставил кипятить чайник, на цыпочках прошел по коридору, но все двери оказались плотно закрыты. Когда он вернулся в гостиную, профессор писал что-то на листке чернильным карандашом. Федор налил чай.

— Помнишь, я рассказывал тебе про Эрни? — спросил Михаил Владимирович, не поднимая головы, продолжая писать.

— Конечно. Доктор Эрнст фон Крафт, невропатолог, ваш давний приятель.

— Он сейчас преподает на медицинском факультете Берлинского университета. Кафедра нервных болезней. Ты сумеешь встретиться с ним?

— Попробую.

— Я написал письмо. Не обязательно везти с собой, тебя могут потихоньку обыскать в поезде, в гостинице. Прочитай и реши сам, стоит ли тащить это через границу. Можешь пересказать Эрни своими словами, память у тебя отличная. Вернешься, подробно расскажешь, что он тебе ответит.

Федору казалось, что он не сумеет сомкнуть глаз в эту ночь. Он растянулся на жестком тюфяке, смотрел в потолок, думал о Тане. Теперь он точно знал, что она спит в детской.

После волшебного вечера с оракулом, пифиями, Бокием, рыжим Валей, обваренной рукой пролетела долгая череда дней, пустых и бесследных, как мыльные пузыри. Он видел Таню мельком, ни разу наедине. Знал, как придавило ее известие о ранении мужа. Данилов словно нарочно подгадал дату. Федор без конца повторял про себя: «Подгадал, нарочно так устроил, чтобы ей сообщили, чтобы она мучилась».

Но, разумеется, Данилов ничего подгадать и устроить нарочно не мог. В него стрелял какой-то сумасшедший. Дуру Элизабет прислал к Тане вовсе не он, а Ося. Никто не виноват.

В сонной тишине квартиры было слышно, как заплакал Миша, как Таня встала, ходит босиком, что-то ласково говорит, наверное, взяла Мишу на руки.

«Вот сейчас успокоит, уложит, выскользнет в коридор. Несколько быстрых, легких шагов. Моя дверь приоткрыта», — то ли думал, то ли шептал он в горячую подушку.

Ему почудилось, что уже звучат ее шаги. Скрипнула половица, занавеска качнулась, все закружилось в темном вихре. Исчезло земное притяжение, растаяла тяжесть всех земных обязательств, земля с городами, грязью, кровью, вождями, убийцами, границами, с бело-золотой громадой храма Большого Вознесения, где венчались Таня с Даниловым, отступила далеко вниз, скрылась в мягком мареве ночных облаков. Никого, ничего не осталось. Никакая сила не могла разлучить их, оторвать друг от друга. Тела их переплел, слил воедино лунный свет, спеленал сизый бархат Млечного Пути.

Комната покойного Володи, в которой ночевал Федор, находилась рядом с детской. Кровать стояла у стены. Танина кушетка тоже была придвинута к стене вплотную. Федор спал, уткнувшись лбом в эту стену.

* * *

Самолет, 2007

Петр Борисович устал, ослаб, он слишком болезненно воспринимал потоки ненависти, которые извергали на него анонимы из Интернета. Они, эти анонимы, ели его, и он, с его деньгами, связями, статусом, был перед ними беззащитен. Казалось бы — так просто: не влезай в Интернет, не читай. Но каждый раз, изнывая от стыда и брезгливости к самому себе, он влезал, читал с одной лишь надеждой: а вдруг напишут что-то хорошее? Ведь он занимался благотворительностью, жертвовал на детские дома, на строительство храмов. Неужели все впустую? Никто не помнит, не ценит его щедрость и доброту.

Он мог оплатить какие угодно панегирики в свой адрес и наесться лестью до отвала, но ему хотелось бесплатного, искреннего уважения и восхищения. А этого не было. Деньги были, невероятно много денег. Движимое и недвижимое имущество. Связи, статус, власть. Все, чего он желал в начале жизни, он получил сполна. И теперь совсем близко подошел к тому, чего пожелал в конце жизни. Он сам, своим умом, своими силами, нащупал способ, как не умереть. Он мог победить старость и смерть, то есть оплатить для себя эту победу. Он был всего в нескольких шагах от победы. И что же?

Мрак, пустота. Одиночество. Вой ледяного ветра.

После того отвратительного вечера в квартире старика Агапкина, когда Петр Борисович ушел варить кофе на кухню и увидел самого себя умершим, ему постоянно требовались подтверждения, что он жив. В ушах продолжал звучать вкрадчивый голос:

— *Ты умер, Петр. Ты умер бы от вливания, после семи дней невыносимых мучений*.

В объективной реальности ничего такого происходить не могло. Кольт, убежденный материалист, старательно внушал себе, что это были иллюзии, обман чувств. Почудилось, послышалось.

«Ясно же, это глюки, трам-та-дам! И когда рожа у Тамерланова поплыла, тоже был глюк, и вообще, трам-па-пам, катитесь вы все на... Кто здесь главный? Кто бабки дает? Я! Этот ваш, трам-пам, паразит еще тысячу лет дрых бы в баночке, в полной безвестности, в тухлом анабиозе, если б не я, трум-би-дум! Какого хрена он меня убьет? По какому праву? Я оплатил все! И вы кончайте мне тут пургу гнать! Кого угодно убьет, только не меня. Я не идиот, чтобы сдохнуть за собственные бабки. Трим-ду-бим!»

Подобной лексикой он пользовался редко и неохотно, однако тут она оказалась в самый раз, удивительно бодрила, щекотала язык, как пузырьки газировки. Он твердил про себя, а иногда вслух этот веселый монолог, сдабривая его все более долгими и цветистыми матерными припевками. Получалось что-то вроде магического заклинания, и не нужно было самому себе отвечать на подлые вопросы: откуда знает паразит, кто за все платит, и какое ему, паразиту, до этого дело?

Накануне отлета Кольт несколько раз перезванивался с Тамерлановым и все-таки согласился участвовать в создании ПОЧЦ. Петру Борисовичу не нравилась эта затея, но искать паразита предстояло на территории Йорубы и не стоило портить с ним отношения.

В самолете Петру Борисовичу всегда бывало худо. Вестибулярный аппарат не выдерживал перелетов. Раньше он не находил в этом ничего хорошего, но теперь головокружение, тошноту, скачки сердечного ритма он воспринимал как очередные доводы в пользу того, что он жив. Тело, такое хилое, некрасивое, но единственное и родное, дышало, двигалось, капризничало, предъявляло права. Биологическая жизнь тела продолжалась. Это реальный, неопровержимый факт, что бы там ни бормотали воображаемые голоса.

Кольту нравилось, что трое сотрудников службы безопасности не имеют ни минуты покоя, занимаются им, принадлежат ему. Он не мог допустить, чтобы они расслабились, нарочно усиливал эффект беготней по салону, нагнетанием страха и паники.

На протяжении своей долгой, трудной, насыщенной событиями жизни Петр Борисович старался в любых обстоятельствах оставаться спокойным, выдержанным человеком и если срывался на крик, то всегда потом бывало неловко.

Конечно, он многое позволял себе с подчиненными. Чем старше становился, чем больше имел денег и власти, тем легче прощал себе безобразные грубые срывы. Ведь и на него орали в годы комсомольской молодости, и его оскорбляли, унижали те, кто был выше по статусу, от кого он, молодой, начинающий, зависел, кому обязан был подчиняться. Все это представлялось ему нормальным, естественным ходом человеческих отношений, и подтверждением нормальности служили законы природы, согласно коим побеждает сильнейший и всегда кто-то кого-то ест. Такова суровая необходимость, так устроен мир вообще и мир большого бизнеса в частности. Ничего не поделаешь. Если не ты, то тебя.

Петр Борисович давно уж научился распознавать людей, угадывать чужие слабости, нащупывать уязвимые места, предвидеть опасность, просчитывать поступки партнеров и ответные ходы конкурентов. Он всегда почти точно знал, кого можно съесть, а кто способен съесть его.

На пути к вуду-шамбальским степям, высоко над облаками, в замкнутом пространстве салона самолета у Петра Борисовича открылось новое, очень интересное чутье. Он стал чувствовать незримую, загадочную энергию, исходящую от каждого человека. В нем проснулся нюх на уязвимость. Он обнаружил, что чужие эмоции удивительно разнообразны по запаху, по температуре, по цвету и даже на вкус. Их можно добывать и потреблять, как пищу.

Ему стало казаться, что у него появился новый орган, невидимый, бесплотный. Нечто вроде пучка щупалец с присосками.

Самое мощное и причудливое излучение исходило от Сони. Она сидела достаточно далеко, у кабины. Суета и матерные возгласы Кольта лишь слегка раздражали ее, но не вызывали полноценного эмоционального отклика. Петр Борисович осторожно протянул невидимый щупалец и тут же отдернул, словно обжегшись. Соня оказалась неуязвима. Впрочем, он и не сомневался в этом. Только такое существо могло добыть для него препарат.

Слабенькие излучения исходили от двух стюардесс. Девочки старались угодить Кольту, слегка волновались, и незримые щупальца иногда вытягивали из них радужные сладкие капли живых эмоций.

Три человека, три сотрудника службы безопасности, находились рядом с Кольтом. Савельев был спокоен не только внешне, он вообще не заводился, он оказался непробиваемым. Петр Борисович знал, что Савельев когда-то проходил психологическую спецподготовку. Его учили создавать вокруг себя нечто вроде капсулы энергетической защиты.

У второго телохранителя нервы немного сдавали, однако и он справлялся, тоже создавал капсулу. Кольт физически чувствовал, как отскакивают щупальца от невидимых твердых поверхностей. Вокруг Сони капсула была раскаленная, а вокруг двух телохранителей — ледяные панцири.

Третий, здоровый, внешне спокойный молодец, отставной старший лейтенант ВВС Валера Кожухов заводился, нервничал, потел. Он совсем недавно был принят на службу и никогда прежде не получал столько денег. Он более других старался угодить шефу, боялся разозлить его, потерять работу. Наверное, он тоже проходил спецподготовку, но ничему не научился или все забыл. Страх делал его невероятно уязвимым. По мере того как он слабел, Кольт наполнялся волнами живой, свежей энергии.

Во время посадки Кожухову стало совсем плохо, он позеленел, едва доплелся до туалета. А Петру Борисовичу стало совсем хорошо. Он безмятежно заснул и проснулся, когда самолет был уже на земле. Проснулся свежим, обновленным и не испытывал ни малейшей неловкости из-за того, что орал и матерился во время полета. Он делал то, что нужно и полезно для здоровья.

Кожухов едва не упал, спускаясь с трапа.

— Валера, что с тобой? — спросил Савельев.

— Укачало. Никогда раньше такого не было. Башка раскалывается, ноги не держат, чувствую себя выжатым лимоном.

Петр Борисович выпорхнул легко, как мальчик, весело прищурился на свет прожекторов, пронизанный рябью метели. Полной грудью вдохнул холодный, снежный воздух аэродрома.

Все правильно. Закон природы. Всегда кто-то кого-то ест.

ГЛАВА ОДИННАДЦАТАЯ

Москва–Берлин, поезд, 1922

В модном темно-синем английском костюме из шерстяной фланели Федор был похож на лощеного пошлого купчика, прожигателя отцовских капиталов. Он самому себе категорически не нравился, и мода эта не нравилась. Брюки непомерно широки. Пиджак короток, узок в бедрах, но плечи огромные. Подбитые ватой, они давили, сковывали движения. Особенно раздражали позолоченные запонки с крупными рубинами, малиновый атласный галстук в желтую крапинку. Новые ботинки были маловаты и нестерпимо терли, к тому же казались странно тяжелыми.

— Тебе не придется сразу много ходить, — утешил его Бокий, — прогуливайся по вагонному коридору, разносишь потихоньку.

— Глеб Иванович, разве нельзя какие-нибудь другие ботинки? И запонки эти, может, ну их к лешему?

— Нельзя, Федя. Я же объяснил тебе, все оговорено заранее. Именно по ботинкам, по запонкам, по галстуку, по галстучной булавке тебя должен узнать нужный нам человек. А, вот, кстати, о булавке я забыл! — Бокий вытащил из кармана футлярчик.

Булавка была под стать запонкам. Рубин размером с вишню.

– У него что, страсть к красным камушкам? – спросил Федор.

– Насчет страсти не знаю, но так договорились.

– Хорошо. Ладно. А у него есть какие-то особые приметы? Как я его узнаю?

– Он подойдет и представится. Я не могу тебе его описать, я никогда его не видел. Ильич с ним знаком лично, я лишь заочно.

Бокий до отправления поезда сидел с Федором в купе, шепотом давал последние наставления.

– Не вздумай выходить на станциях. По возможности избегай разговоров с попутчиками. В соседнем вагоне едет Радек, он всюду сует свой нос. Если вдруг станет навязывать тебе свою компанию, учти, мне хотелось бы знать, о чем он тебя спросит. Но будь осторожен, Радек умеет забалтывать и вытягивать информацию, – Бокий встал, пожал Федору руку, пожелал удачи.

– Глеб Иванович, вы же не сказали самого главного! – спохватился Федор. – Ни одного имени!

– Да, я болван! – Бокий шлепнул себя по лбу. – Человек, который подойдет к тебе, назовется князь Нижерадзе.

– Грузин? Да еще и князь?

– Какая разница? Он представит тебя доктору. Доктора зовут Эрнст фон Крафт, он невропатолог, преподает в Берлинском университете, консультирует в Клинике нервных болезней.

У Федора сердце подпрыгнуло и затрепетало в горле. Стало нестерпимо жарко, словно купе наполнилось кипятком. В кипятке плавало бледное, вытянутое лицо Бокия, чернели внимательные, насквозь видящие глаза.

– Что с тобой? Ты его знаешь? – жестко спросил Бокий. – Кого именно? Нижерадзе? Крафта?

Письмо Михаила Владимировича, адресованное доктору Эрнсту фон Крафту, Федор успел перечитать раз десять и уничтожил еще до того, как переоделся в шелковое белье и шикарный костюм. Он выучил текст наизусть и готов был пересказать адресату почти дословно, но только наедине, имея стопроцентную гарантию, что никто, кроме адресата, не услышит.

Разумеется, о письме Бокий знать не мог. Но ему могло быть известно о давнем знакомстве Михаила Владимировича и Крафта. Следовало срочно ответить, как-то объяснить свою эмоциональную реакцию.

— Глеб Иванович, я тянул время, боялся сказать вам.

— Ну, давай же быстрей, поезд скоро тронется!

Не отводя взгляда, на одном дыхании, Федор изложил историю с цианистым калием, ту ее часть, которую услышал от Марии Ильиничны.

Проводник заглянул в купе, открыл рот, но Бокий рявкнул и задвинул дверь, едва не защемив бедняге нос. Поезд стал громко вздыхать, на платформе засвистели.

— Ничего, выскочу на первой станции, оттуда вызову машину. Продолжай, — сказал Бокий.

— Это все. Я, конечно, не решился спрашивать Владимира Ильича, обращался ли он к Сталину с такой просьбой, но я почти уверен, что не обращался.

— То есть ты считаешь, Сталин врет?

— А вы в этом сомневаетесь?

— Не знаю, — Бокий сел, сжал виски ладонями, и глаза его стали узкими, как у японца. — Старик говорил мне, что каждый революционер после пятидесяти должен быть готов выйти за флаг, что песня его спета, роль сыграна.

— Мне он тоже это говорит постоянно. И с детской радостью выслушивает мои возражения. Я уверен, ради возражений он и заводит подобные разговоры. Ему нужно, чтобы его разубеждали, утешали. Психологически это совершенно понятно. Так многие больные себя ведут. К тому же, знаете, люди, склонные к суициду, редко обсуждают с кем-то свое решение. Просто однажды человек делает это, и способ уже не имеет значения.

— Но если допустить на секунду, что Ильичу действительно захотелось иметь этот гамлетовский выбор. Быть иль не быть, — задумчиво пробормотал Бокий, — вряд ли он обратился бы за ядом к кому-то из близких. Жена, сестры, брат исключаются. Никто бы не дал ему. И я бы не дал. И ты. Вот он и прибег к помощи хладнокровного, лишенного сантиментов Кобы. Или тут другое. Тут вот что может быть. Ему захотелось увидеть реакцию Кобы на такую просьбу. Посмотреть в глаза.

— Не исключено, — кивнул Федор, — но знаете, Глеб Иванович, мне кажется, если мы сейчас станем с вами обсуждать все возможные версии, вам придется доехать со мной до Берлина.

— Да, ты прав. Версий может быть много. Твою, о том, что Сталин врет, я вовсе не исключаю, однако за ней стоит слишком тяжелый вопрос. Зачем?

— В любом случае примечательно, что история стала известна от Марии Ильиничны, — заметил Федор, — Именно ей он рассказал, не Крупской, которая умеет молчать. То есть он хотел, чтобы узнали многие.

— Зачем? — повторил Бокий и вдруг сник, уронил руки на колени. Глаза его погасли. Он смотрел в одну точку, мимо Федора, с такой тоской, что Федор невольно оглянулся, словно там, за его головой, можно было увидеть что-то, кроме пупырчатой зеленой стенки купе.

— Доктору Крафту расскажи об этом эпизоде, — произнес Бокий тихим, сиплым голосом и тяжело откашлялся, — но так, чтобы не слышал Нижерадзе. Только Крафту, никому больше.

Поезд тронулся. Бокий ловко выскочил на ходу, пробежал по скользкой платформе, горбясь под мокрым снегом, махнул на прощанье рукой. Федор остался один в купе первого класса, в мягком вагоне, где кроме него ехало несколько большевистских чиновников самого высокого ранга, в основном из Коминтерна и Комиссариата иностранных дел. Минимум два вагона в составе занимала вооруженная охрана. Еще был почтовый вагон, загруженный секретной дипломатической почтой, с отдельной охраной при нем, вагон-ресторан, вагон-лазарет, на случай, если кто-нибудь из важных путешественников захворает.

Федор вышел покурить в коридор. Снег летел назад, в Москву, косо штриховал стекла.

По коридору, в направлении вагона-ресторана, шла маленькая, неряшливо одетая женщина. Несмотря на малый рост и худобу, она казалась непомерно тяжелой, словно была отлита из свинца. Когда она приблизилась, Федор почувствовал, как дрожит вагонный пол под ее широкими шагами. Следом, легко и беззвучно, плыл полный седовласый господин в дорогом помятом костюме, в очках, вероятно, иностранец.

Женщину Федор узнал, иностранца видел впервые. Анжелика Балабанова, старая приятельница Ленина и Крупской, громко, возбужденно говорила по-немецки.

— Они предали идею социализма, цинично, расчетливо воспользовались сокровенной мечтой человечества, чтобы узурпировать власть и стать новыми монархами, олигархами, римскими патрициями, утопающими в роскоши. Здесь повсюду ковры, позолота. В Европе богатые буржуа путешествуют скромнее.

— Мне кажется, ничего позолоченного тут нет, — робко возразил ее спутник.

— А! Вот вам наглядный пример. Видите этого лощеного юнца? Какой дорогой костюм на нем! Запонки золотые, с драгоценными камнями. Новый образ большевика!

Она говорила о Федоре, вероятно, думала, что «наглядный пример» иностранных языков знать не может. Он обернулся и произнес по-немецки:

— Добрый день, госпожа Балабанова. Я не большевик. Я врач.

Спутник ее смутился, она нисколько.

— Я видела вас у Ленина, — сказала она по-русски, окинув Федора с головы до ног пристальным надменным взглядом, — ваша фамилия Агапкин. Почему вы обратились ко мне «госпожа»?

— Извините, если это обидело вас.

Она не ответила, зашагала вперед, спутник ее поплыл следом.

Федор хотел вернуться в купе, но открылась дверь соседнего купе, и оттуда вылезла рыжая взлохмаченная мужская голова в круглых очках.

— Ушли? — спросила голова, озирая коридор. — Табачку нет у вас?

Бокий ошибся. Член ЦК РКП(б), член Исполкома Коминтерна, журналист и автор многих анекдотов Карл Радек ехал не в соседнем вагоне, а в соседнем купе.

— Что ж вы так оплошали? — он встал рядом с Федором возле окна. — Товарища Балабанову обозвали госпожой. Она товарищ, принципиальный, самоотверженный наш товарищ. Из Коминтерна вышла, хлопнув дверью. Коммунистическая мегера, подружка Муссолини. Ну да черт с ней. Хотел я отправиться в ресторан, однако теперь подожду, пока коммунистка Балабанова изволит отобедать. Интересно, навсегда она уматывает из России или еще вернется? Слушайте, а что, эсеровские пули вы, врачи, из Старика вытаскивать вовсе не собираетесь?

— Пока нет необходимости, — сухо ответил Федор.

Радек говорил с сильным польским акцентом. Из папирос, предложенных Федором, высыпал табак, набил трубку, прежде чем разжечь ее, приблизил к Федору свое бледное, толстогубое лицо, обрамленное рыжими кудрявыми бакенбардами вдоль нижней челюсти.

— Нет необходимости или вытаскивать нечего? — спросил он свистящим шепотом.

— Карл, простите, не знаю вашего отчества. Я наслышан о вашем своеобразном чувстве юмора, вы сочиняете анекдоты, но ранение Владимира Ильича не повод для шуток.

— Отчество у меня такое, что язык сломаете. Бернгардович. А по поводу ранения это вовсе не шутка. Это позиция наших врагов, меньшевиков. Тут вот недавно Мартов Юлий Осипович выдал версию, будто никто в Ленина не стрелял и Володарского с Урицким прикончили сами чекисты. Все это якобы иезуитские интриги большевиков, чтобы удержаться у власти. Кстати, я видел Бокия на платформе, он что, с нами едет?

— Нет. Впрочем, не знаю. Извините, Карл Бернгардович, у меня голова болит, я, с вашего позволения, покину вас, — Федор хотел уйти в купе, но Радек удержал его.

— Еще один малюсенький вопрос. Любопытство — часть моей профессии, я журналист. Почему вы не вступаете в партию?

— Не хочу.

— Понятно, — Радек тряхнул рыжей шевелюрой, — раз на этот малюсенький вопрос вы не ответили, позволю себе задать следующий. Сколько вам лет?

— Тридцать два.

— Стало быть, вы всего на пять лет меня моложе. А выглядите двадцатилетним юнцом. Только, пожалуй, глаза выдают возраст. Странное несоответствие, тем более странное, если учесть ваше давнее близкое знакомство с профессором Свешниковым.

Федор опять открыл свой портсигар, протянул Радеку.

— Карл Бернгардович, возьмите пару папирос, про запас, я вынужден откланяться. Очень болит голова.

Радек усмехнулся, папиросы взял, не две, а сразу пять штук и, прежде чем Федор закрыл дверь своего купе, успел пригласить его вместе поужинать, через пару часиков.

— Я зайду за вами, — пообещал он, — лучшей компании все равно в этом поезде не найти ни вам, ни мне.

Оказавшись наконец в своем купе, Федор легонько постучал пальцем по стенке, пытаясь понять, насколько она тонка и звукопроницаема. Они с Бокием говорили шепотом, но Радек был рядом, и поезд стоял.

О том, что Карл Радек причастен к самым темным авантюрам большевиков, тесно связан с германской военной разведкой, когда-то обмолвился покойный Матвей Леонидович Белкин, Мастер стула международной ложи «Нарцисс», наставник и покровитель Федора.

Сотрудник спецотдела Слава Линицкий, поляк, знал Радека еще по Кракову и терпеть его не мог, называл мерзавцем и вором. Рассказывал, что Радек в эмигрантскую пору таскал из квартир, где ему давали ночлег, дорогие книги и продавал букинистам. Был исключен из партии за присвоение крупной суммы партийных денег, но восстановлен по личному ходатайству Ленина.

Сквозь стук колес Федор услышал, как Радек вернулся в свое купе, и решил, что все-таки воспользуется приглашением, поужинает с любопытным журналистом.

* * *

Вуду-Шамбальск, 2007

«Тут в степи ничего нет, кроме ветра и снега», — думала Соня, глядя в окно джипа.

Во мгле неслись белесые вихри, льнули к стеклам, крутились в свете фар волокнистыми спиралями. Соне стало казаться, что все пространство от земли до неба пронизано ордами призраков. Навстречу одинокому автомобилю мчались смутные силуэты всадников на крылатых конях, вой ветра был наполнен криками, ржаньем, разбойничьим посвистом, хлопаньем хлыстов.

— Лет десять таких метелей не случалось, — сказал шофер, — климат резко континентальный, сухой. Летом жара, зимой стужа, но почти без снега.

— Соня, зачем нас сюда занесло? — шепотом спросил Савельев.

— Мы приехали в гости к мозговому паразиту. Тут его вотчина.

— Он нас приглашал?

— Он нас давно ждет. Меня, во всяком случае.

— Ну, тогда и меня тоже, — Савельев вздохнул и легонько сжал Сонины пальцы, — куда ж я теперь денусь?

— Ты можешь вернуться в Москву в любой момент. Это была идея старика, чтобы именно ты летел сюда со мной. Смотри, если тебе здесь так не нравится, я тебя не держу.

— Совсем?

— Что совсем?

— Не держишь.

— Дима, прости, не понимаю.

— Да, это я уже заметил. Не понимаешь, — он отпустил ее руку, отодвинулся, отвернулся, стал смотреть в окно, на вьюгу.

— Я тебя обидела чем-то? — удивленно спросила Соня.

— Нет.

Они замолчали надолго. Стекла дрожали от порывов ветра. Впереди маячили огни джипа, который вез Кольта и двух охранников.

Казалось, Петр Борисович мгновенно забыл, как непристойно вел себя в самолете, как орал и рвался. Он словно выздоровел после душевной болезни. На участливый вопрос пилота о самочувствии он равнодушно буркнул что-то невнятное, вытащил телефон, стал звонить и отвечать на звонки. Соня услышала, как он говорил с какой-то Еленой Алексеевной, приглашал ее на ужин сегодня вечером. Голос его при этом звучал мягко, даже как будто смущенно. В конце разговора он пробормотал в трубку «соскучился ужасно», и потом несколько секунд на губах его подрагивала странная, слегка шальная улыбка.

«Что мне делать? – думала Соня. – Сказать ему правду? Но он не поверит. Рано или поздно мне придется ввести ему препарат. Я буду тянуть время. Самые поверхностные исследования займут минимум год. И Хоту ничего вводить не стану, пока не найду какую-нибудь закономерность. Что бы там ни оказалось особенного в его крови, в ДНК, в обмене веществ, каким бы он ни был мерзавцем, он все-таки больше похож на человека, чем на крысу. О применении препарата на людях пока не может быть и речи. Да, но я это уже сделала. Я спасла старика и об исследованиях в тот момент вовсе не думала. Я знала, что старик выживет и поправится от препарата. Просто знала, и все. Откуда взялась такая уверенность?»

– Ты обещала рассказать, каким образом здесь появился паразит, – донесся тихий голос Димы.

– Появился он не обязательно здесь. Это было так давно, что вряд ли возможно выяснить, где именно. Просто сюда ведет единственный известный след. Первую крысу, зараженную паразитом, поймали в 1916 году в подвале старинного московского дома, когда-то принадлежавшего Никите Семеновичу Коробу. Он был этнограф, историк. Путешествовал по вуду-шамбальским степям дважды, вел раскопки на развалинах святилища местного божества Сонорха, хозяина времени.

– Клад искал?

– Не знаю. Какая разница, что именно он искал? Просто копал, и все. Интересовался древностью.

– И нашел паразита, будь он проклят.

– Нет, Короб вообще ничего не знал о паразите. Во время второй экспедиции ему удалось раскопать древнее захоронение. Он привез в Москву кости, черепки. Все это добро многие годы хранилось в подвале, из которого мальчишка, сын дворника, приносил крыс Михаилу Владимировичу Свешникову для опытов.

Впереди забрезжили слабые огоньки. Шофер прибавил скорость. Через несколько минут джип въехал в город. Он весь состоял из панельных коробок. Прямые унылые улицы были пусты, вероятно, из-за вьюги.

— Скажи, а что, паразиту все равно, где жить? — спросил Дима.

— Ему не все равно, он живет исключительно в эпифизе, в маленькой железке, спрятанной в самом центре мозга. Древние считали эпифиз чем-то вроде третьего глаза. Цисты безошибочно находят путь по кровотоку именно к эпифизу.

— Цисты — это яйца его, что ли?

— Да. Они могут спать где угодно бесконечно долго. Жизнеспособных цист разных паразитов находят везде. В египетских мумиях, в останках мамонтов доледникового периода.

— Кажется, я понял, кого ты мне напоминаешь.

— Мумию или мамонта?

— Нет. Ты похожа на мальчика Кая из «Снежной королевы».

— Почему?

Савельев не ответил, помолчав несколько минут, громко обратился к шоферу:

— Вроде бы не поздно, а на улицах ни души. Город как будто вымер.

— Йорубы сейчас нет, — не оборачиваясь, объяснил шофер, — Йоруба отбыл в Африку, на сафари. Пока он стреляет слонов и жирафов, народ отсыпается.

— Йоруба — это ваш губернатор Тамерланов? — уточнила Соня.

— Он самый. Герман Ефремович. Вас велено до его возвращения разместить в гостинице. Это лучший отель в городе, бывший крайкомовский. Вот как раз мы и подъезжаем.

Первый джип давно исчез. Петра Борисовича повезли на территорию губернаторского дворца, в гостевой дом.

— Когда же возвращается ваш Йоруба? — спросил Савельев.

— В понедельник, — шофер лихо подрулил к ярко освещенному крыльцу массивного темно-серого здания.

Это был гипертрофированный образец послевоенного сталинского ампира. Барельефные фигуры мускулистых мужчин и женщин с циркулями, свитками, отбойными молотками освещались снизу прожекторами. В толстых световых столбах бешено кружили снежные мухи. Над козырьком сияли латинские буквы «VUDUT PALACE», над буквами полукругом — пять звезд. Возле машины возник детина в красно-синей униформе, извлек из багажника сумки, погрузил на тележку. Лакей в ливрее распахнул дверь.

Холл был отделан розоватым мрамором, украшен колоннами, античными статуями, пальмами, коврами, цветными мозаичными панно с авиаторами, сталеварами, пионерами, физкультурницами. Между панно висело штук пять картин в роскошных позолоченных рамах, писанные маслом портреты одного человека, седовласого красавца-азиата.

Красавец в кабинете за письменным столом. Он же в открытой степи, на гнедом скакуне. Он же в нарядном национальном костюме, на фоне юрты.

Из-за колонны, цокая каблуками, явилась высокая полная блондинка в белой блузке и черной юбке, растянула алые губы в широчайшей, сладчайшей улыбке и пропела тонко, с придыханием:

— Приветствую дорогих гостей от всей души!

Приблизившись к Соне, она схватила ее руку, сильно затрясла, повторяя уже тише, интимней:

— Софья Дмитриевна, добро пожаловать, рада от всей души, от всей души рада.

Дима рукопожатия не удостоился, ему достался только кивок и скромное «Добрый вечер, господин Савельев».

Дама зашла за стойку и выложила две заполненные анкеты. Паспортные данные Сони и Димы были внесены заранее, каллиграфическим почерком. Оставалось только расписаться.

Над стойкой висел самый большой портрет. Он представлял седовласого красавца в полувоенном белом кителе, отяжеленном наградами, среди которых Дима заметил орден Ленина и орден Боевого Красного Знамени.

— Простите, — обратился он к даме, — кто изображен на всех этих портретах?

Администратор окинула Диму надменным взглядом и сообщила:

— Герман Ефремович, наш губернатор.

— А сколько ему лет?

Вопрос даму обидел, словно Дима бестактно поинтересовался ее собственным возрастом, она поджала губы и отвернулась.

— Я потому спрашиваю, что тут он в орденах времен Отечественной войны, — объяснил Дима.

— Ну и что?

— Если он успел повоевать, ему сейчас должно быть не меньше восьмидесяти.

— На данном портрете изображен Ефрем Германович, отец Германа Ефремовича, — громко, тоном экскурсовода, объяснил пожилой портье.

— Он тоже был губернатором? — спросила Соня.

— Ефрем Германович был первым секретарем Вуду-Шамбальского крайкома партии.

Портье отправился провожать Соню в номер. По гигантскому трехкомнатному люксу можно было кататься на велосипеде. Прямо в спальне на мраморном подиуме стояла ванна на бронзовых львиных лапах. Имелась еще просторная ванная комната с джакузи, сауной и душевой кабинкой.

В кабинете над дубовым письменным столом Соня с изумлением обнаружила парадный портрет Сталина в форме генералиссимуса.

— Зимой пятьдесят третьего Иосиф Виссарионович намеревался лично посетить наш город. Никуда уж не ездил, а к нам вот собирался. Но не успел, расхворался совсем, а в марте умер, — грустно, как о добром знакомом, сообщил портье.

Соня поблагодарила старика, сунула ему в руку несколько мелких купюр. Он удалился, почтительно кланяясь. Как только дверь за ним закрылась, Соня вытащила ноутбук. Ей не терпелось спокойно прочитать последнее послание от деда, которое она смогла только пробежать глазами в самолете.

«Дорогая моя девочка!

То, что сказал тебе Ф.Ф. о нашем общем знакомом, к сожалению, правда, какой бы чудовищной нелепостью это ни казалось. До Берлина 1922 года была еще Вена 1913-го. Именно там и тогда возникло это существо впервые, для нашей семьи, во всяком случае».

Текст на мониторе расползался, буквы таяли. У Сони защипало глаза, она решила, что это от усталости, тряхнула головой, включила музыку. Заботливый Агапкин закачал ей много всего, в том числе ее любимого Мендельсона. Под скрипичный концерт она продолжила чтение.

«Твой прапрадед видел Эммануила Зигфрида фон Хота, говорил с ним. Имя, внешний облик, манера держаться — все совпадает. Многие годы я не пытался собрать воедино информацию, какую имел, мне просто в голову не могло прийти, что во всех случаях речь идет об одном и том же человеке. Слишком широко раскинулись эти события во времени и в пространстве. Любой намек на связь между ними противоречит здравому смыслу.

Итак, вот события, пока только краткий перечень. Позже попытаюсь каждое изложить по возможности подробней.

В январе—феврале 1913 года твой прапрадед М.В. был в Вене, на конференции по мозговой хирургии. В перерыве между заседаниями старинный его приятель доктор Эрнст фон Крафт познакомил М.В. с господином Хотом. Несколько раз они встречались, гуляли по Вене. Хот, по отзывам М.В., оказался эрудитом, знатоком истории, интереснейшим собеседником. Он устроил для Крафта и М.В. великолепную экскурсию по знаменитым музеям дворца Хофбург.

Когда мы с мамой и с Андрюшей сбежали из России и оказались в Германии, доктор Эрнст фон Крафт стал нашим ангелом-хранителем. Благодаря ему мама сумела закончить образование и получить медицинский диплом в Берлинском университете. В его доме, под его именем я прожил почти двадцать лет, служил в СС, работал на англичан. От него я также слышал о господине Хоте.

Что касается Берлина, 1922 год, тут главный свидетель Ф.Ф. Думаю, он скоро пришлет тебе все подробности. Я, со своей стороны, могу лишь косвенно подтвердить факт его встречи и общения с Хотом, опираясь на некоторые документы, с которыми познакомился значительно позже, когда работал в архивах (Гуверовский институт, Стэнфорд, Калифорния, США; Придворный и государственный архив, Вена; Военно-исторический архив, Фрайбург, Германия; Тайный государственный архив прусского культурного наследия, Берлин).

Тень Эммануила Зигфрида фон Хота не раз являлась мне в моих исследованиях, касающихся истории большевизма и национал-социализма. Например, рядом с такими личностями, как Александр Парвус (настоящее имя Гельфанд Израиль Лазаревич; коммерсант, разработавший и осуществивший с помощью германских денег захват власти большевиками в России в 1917 году), Эрих Людендорф, начальник Генерального штаба в Первую мировую войну. Славный немецкий генерал. Россия обязана ему явлением в Петрограде пломбированного вагона с группой большевиков во главе с Лениным в апреле 1917-го, а Германия — авторитетной поддержкой безвестного ефрейтора Адольфа Гитлера начиная с 1921-го.

Тень Хота сгущается именно там, где совпадают интересы еврея Гельфанда и антисемита Людендорфа. Тень столь же отчетливо присутствует в причудливом переплетении судеб мистика Георгия Гурджиева, создателя популярного до сих пор эзотерического учения, главы секты, и немецкого профессора Карла Хаусхофера, одного из главных идеологов Третьего рейха.

Георгий Гурджиев учился в тифлисской Духовной семинарии одновременно с Иосифом Джугашвили. Тогда же, в последние годы девятнадцатого века, в Тифлис часто наведывался немецкий историк Эммануил Зигфрид фон Хот. Он интересовался древней мифологией Северного Кавказа. Согласно легенде, именно там, на Кавказе, к скале был прикован Прометей.

Разумеется, никаких документов, подтверждающих контакты немецкого гостя с молодыми семинаристами Гурджиевым и Джугашвили, нет и быть не может. Но факт его присутствия в Тифлисе зафиксирован достоверными источниками, официальными документами и частной перепиской. Несколько статей Хота о Кавказе было опубликовано в журнале «Остара». Журнальчик этот назывался расово-экономическим, издавался в Вене бывшим цистерианским монахом Ланцем фон Либенфельзом.

«Остарой» зачитывался в свой венский период (1908—1913) молодой Гитлер.

Гурджиев окончательно покинул Россию в 1922-м. Поселился во Франции, непонятно, на какие средства приобрел огромное имение под Парижем, стал главой секты. Как сложилась жизнь Джугашвили, знает весь мир. Он тоже возглавил секту. Масштабы несопоставимы, но методы воздействия весьма схожи.

Прости, Сонечка, я утомил тебя, запутал и запутался сам. Все, о чем я пишу, требует подробных, неспешных пояснений. Сейчас главное, чтобы ты сумела понять и принять то, что полностью противоречит всем твоим прежним знаниям, убеждениям, представлениям о мире. Пожалуй, стоит повторить для тебя один замечательный абзац из лиловой тетради М.В.

«Наука может шагнуть невероятно далеко, но почему-то не вверх, к Богу, а всегда наоборот, вниз. Она берет на себя воспитательные и утешительные функции, придумывает ясные и доступные формулировки, прикрывает пугающую непознаваемую бесконечность матовым стеклом. Получается нечто вроде интеллектуальной теплицы. Мы все нежные тепличные растения, под открытым небом погибнем».

Так вот, Сонечка, сейчас матового стекла над тобой нет. Ты под открытым небом, и тебе нельзя оставаться нежным тепличным растением. Ты будешь замерзать. На смену страху может прийти черная тоска, безразличие и даже отвращение к живому. Не поддавайся, держись. Душевных сил тебе не занимать, ты справишься, я уверен.

Целую тебя, благословляю.

Герда передает тебе миллион приветов и наставлений. Ворчит, как всегда. Вычитала в каком-то журнале о живительной пользе свекольного сока и заставляет меня каждое утро выпивать натощак полный стакан. Это ужасно, я свеклу ненавижу. Но смиренно пью. И еще, она выгуливает меня по два часа ежедневно, как собачонку. Думаю, скоро купит ошейник и поводок.

P.S.

Я написал о тени Хота и спохватился, что забыл главное. Он не отбрасывает тени».

Высоко, отчаянно взвыли скрипки. Соня протянула руку за сигаретами, на миг оторвалась от монитора и встретила внимательный взгляд Сталина. Блик света скользнул по стеклу. Лицо на портрете ожило, шевельнулся жирный ус, прищурился глаз. Соня вскрикнула, вскочила, зажмурилась, бросилась вон из кабинета и в коридоре налетела на что-то большое, теплое.

— Мы договорились поужинать в девять. Уже четверть десятого. Что с тобой? — Дима обнял ее, прижал к себе.

— Ужинать? — она вырвалась, отскочила, словно обжегшись.

— Ты сказала, чтобы я зашел за тобой. Я стучал, ты не слышала, у тебя музыка играет. Да что случилось, Сонечка? Почему ты такая бледная? Извини, я напугал тебя.

Они спустились в ресторан. Зал, такой же помпезный, как все в этой гостинице, был пуст и тих. Их встретила та же дама-администратор, проводила к накрытому, уставленному закусками столу, рядом навытяжку стояли два официанта.

— Дима, ты что, заранее все это заказал? — шепотом спросила Соня.

— Нет, я ничего не заказывал, только предупредил, что мы спустимся в девять.

— Что желаете на горячее? — спросила администратор.

— Скажите, эти закуски нам? Вы ничего не перепутали?

— И закуски, и все прочее вам от нашего отеля. Вы, Софья Дмитриевна, личный гость Германа Ефремовича. Принимать вас для нас большая честь. Так что с горячим?

ГЛАВА ДВЕНАДЦАТАЯ

Москва, 1922

Вячеслава Линицкого выписали из госпиталя, он вышел на службу и вроде бы чувствовал себя неплохо, однако многие заметили, что он стал молчалив и рассеян. Иногда посреди работы вдруг застывал, глядел перед собой, не моргая, и не сразу отвечал, если его окликали.

Однажды сослуживец увидел на светлой рубашке Линицкого большое вишневое пятно.

— Слава, ты чем-то пузо испачкал, — сказал сослуживец.

Линицкий колдовал над очередным прибором, держал в руке паяльник. Он обернулся, лицо его было белым, губы посинели. Раскаленное жало паяльника с шипением коснулось его левой ладони, но Линицкий не вскрикнул, не вздрогнул.

— Слава, ты чего? — испугался сослуживец.

— Все правильно, — тихим, безучастным голосом произнес Вячеслав, — так и должно быть, чем скорее, тем лучше.

Через час Линицкого в полуобморочном состоянии доставили в госпиталь. Зажившая операционная рана открылась и кровоточила. Кроме ожога от паяльника на левой ладони, у него обнаружились еще синяки и шишки на голове, на коленях и локтях.

— Я предупреждал, вам нельзя поднимать тяжести. Почему вы меня не послушали? И объясните мне, ради бога, кто и за что вас так странно побил? — сердито спросил Михаил Владимирович.

Линицкий лежал на кушетке, он сделал знак, чтобы профессор наклонился к нему ближе, и зашептал сквозь тяжелую одышку:

— Каждую ночь они приходят ко мне, даже когда я не сплю, я вижу их лица, слышу голоса. Они разговаривают так, словно меня нет. Никто из них на меня не смотрит, только маленький Стасик иногда взглянет быстро и отворачивается.

— Маленький Стасик, шестилетний внук жандармского полковника? — осторожно уточнил профессор.

— Да. Он один простил меня и жалеет, он дитя, ангел, никаких грехов с собой унести не успел. А остальные, взрослые, ушли не раскаявшись, с неотпущенными грехами, им тяжело, они меня простить и пожалеть не могут.

— Однако ведь не они вас бьют, — профессор смущенно кашлянул, — да, я понимаю, все это очень мучительно.

— Вы не понимаете, нет! — Вячеслав привстал на кушетке, лицо его исказилось, на лбу выступил пот. — Вы не можете понять, вы никого не убивали!

Жена Линицкого, крепкая сорокалетняя большевичка, чиновница Комиссариата народного образования, явилась в госпиталь и сообщила, что тяжестей Вячеслав не поднимает никаких, она аккуратно следит за этим. У него в последнее время нарушилась координация, он бьется обо все острые углы головой, коленями, локтями, спотыкается на ровном месте, льет на себя кипяток из чайника, защемляет дверью пальцы. Он почти ничего не ест и постоянно бормочет что-то по-польски.

— Строго между нами, — добавила товарищ Линицкая, понизив голос, — я часто замечаю, как он молится. Распятие повесил у кровати. Я сняла, опять повесил. Это совсем уж нелепо, Вячеслав давно порвал с католицизмом, он убежденный атеист.

Кровотечение долго не удавалось остановить. Сестра и фельдшер замучились, никто не понимал, как такое может быть. Михаил Владимирович оставил Линицкого в госпитале, потребовал для него отдельную палату. Вечером пришел Валя Редькин.

— Я идиот. Нет, хуже, я мерзавец, — заявил он профессору после короткого разговора с Линицким, — я обязан был это предусмотреть.

— Что — это? — спросил Михаил Владимирович.

— Мне уже приходилось сталкиваться с подобным эффектом не однажды, и последствия всегда ужасны, — продолжал Валя.

Он так нервничал, что не услышал вопроса. Профессор налил ему воды.

— Успокойтесь и объясните, в чем дело?

Валя жадно осушил стакан, взглянул на профессора огромными испуганными глазами.

— Вы все слышали во время операции. Скажите, мог я поступить иначе? Мог удержаться и не разморозить Славу?

— Что значит разморозить? — осторожно поинтересовался профессор, про себя размышляя, не пора ли дать Вале валериановых капель.

— Попробую объяснить, — Валя кивнул, и огненная шевелюра вспыхнула под лампой. — Слава Линицкий много лет назад прошел специальную обработку. Ему выключили совесть. Это называется скрытый манипулятивный гипноз. Человека, помимо его воли, превращают в автомат. Врожденное нравственное чувство подменяется набором абстракций. Убийство — подвиг, предательство — доблесть. Настоящая личность Славы много лет пребывала в полусонном, замороженном состоянии.

— То есть вы хотите сказать, что все злодейства совершаются помимо воли, в результате целенаправленного воздействия на психику? — спросил Михаил Владимирович с нервной усмешкой, достал из шкафчика флакон валериановых капель и принялся капать в рюмку, еще точно не зная кому, Вале или себе.

— Не все. Главным образом, злодейства по идейным соображениям, — Валя взял рюмку и вылил содержимое себе в рот. — Благодарю вас, мне правда трудно сейчас успокоиться. Настоящее название гипноза — завораживание. Звучит дико, первобытно. Попробуйте использовать такое словечко в научном труде! Я никогда не решусь произнести публично, что занимаюсь ворожбой. На самом деле методики очень древние, их знали и практиковали много тысячелетий назад жрецы и шаманы. Это никуда не делось, просто называется иначе. Гипноз, внушение, пропаганда, перековка.

— Погодите, если я правильно понял, нынешний Агитпроп тоже занимается ворожбой? — спросил профессор, пытаясь улыбнуться, но вместо улыбки вышла неприятная гримаса.

— Безусловно. Присмотритесь к плакатам. Мы окружены продукцией Агитпропа. Грубые картинки лезут в глаза, проникают в мозг. Используются древние символы, которые, помимо воли, воздействуют на глубинные слои сознания и меняют личность. Но это другая методика, их вообще много, разных методик. Одни рассчитаны на толпу, другие на отдельную личность. Со Славой Линицким вели сложную, индивидуальную работу.

— Кто?

— Отличные специалисты, мастера своего дела. Идеологи, — Валя усмехнулся. — В девятьсот шестом году мне довелось участвовать в психиатрической экспертизе революционеров-бомбистов. Полиция завалила нашу кафедру следственными материалами. Главный вопрос был — насколько они вменяемы, эти молодые люди и барышни из хороших семей. Какому-то высокому чину пришла в голову здравая мысль: почему их так много, почему так легко они жертвуют жизнью, чужой и собственной. Мой научный руководитель, профессор Луговой Роман Борисович, почти сразу предположил, что тут имеет место некое целенаправленное психическое воздействие, то есть скрытый манипулятивный гипноз, но он все не решался отправить официальное письмо министру. Мы продолжали работать с подследственными. Проводили вполне рутинные психиатрические экспертизы. Однажды юная красивая барышня-бомбистка явилась с перевязанной щекой. У нее болел зуб. Я решил помочь ей, стал снимать боль внушением. Она легко впала в транс, и полезло такое, что наш бедный старик-профессор едва не лишился чувств. Вы, Михаил Владимирович, сами имели возможность убедиться, что под гипнозом люди открывают не только свои, но и чужие тайны, прежде всего тайну внедрения в их сознание. Мы провели еще множество опытов. Обнаружилось, что из сотни подследственных прямому воздействию подвергался каждый пятый. Те, чье участие в движении представлялось особенно полезным. Яркие, обаятельные личности, способные зажечь других. Отпрыски богатых семей, способные вытянуть из родителей средства. Красивые барышни. Ну, это понятно. Талантливые инженеры. Вот вам наш Слава. Впрочем, тогда я с ним знаком не был, в число подследственных он не входил.

— Письмо министру профессор Луговой так и не написал?

— Написал, подробнейшее, тревожнейшее письмо. Он настаивал, что необходимо срочно принять меры, отыскать источник воздействия. Тайное общество, орден. Иначе лет через десять—пятнадцать психическая пандемия охватит всю Россию.

— Ответа не последовало? — спросил Михаил Владимирович, закуривая.

— Нет. Экспертизы были прекращены. Никого из нашей группы к подследственным террористам с тех пор близко не подпускали.

— Ту барышню и остальных вы тоже разморозили, как Линицкого?

— Да, для меня это было естественно, как вытащить занозу.

— Что стало потом с вашими бомбистами?

— Барышня потребовала свидания с родителями, с которыми давно уж порвала отношения. Плакала, умоляла простить ее. Отец добился, чтобы ее выпустили под поручительство семьи. Крови на ней не было, она совершила три покушения, и все, по счастью, неудачные. Кажется, она стала сестрой милосердия или приняла постриг. Во всяком случае, осталась жива и в здравом уме. Чего не скажешь об остальных. Остальные кончили трагически. Самоубийство.

— Их бы все равно казнили, — тихо заметил Михаил Владимирович.

Валя не ответил, сидел молча, сгорбившись, сжав виски ладонями.

— Как же быть теперь с Линицким? — спросил профессор после долгой мучительной паузы.

— Да, я виноват, — Валя тяжело вздохнул. — Я не подумал. Но я не мог оставить все как есть. Ну вот, допустим, у вас больной с отравлением. Вы ведь промоете ему желудок, хотя это неприятная процедура. Или рана гноится, ее нужно очистить, обеззаразить, хотя это может быть болезненно. В одном я уверен, Слава не покончит с собой, он католик.

Михаил Владимирович прошелся по кабинету, рассеянно пролистал какую-то книгу, бросил на стол, достал папиросу, принялся разминать ее так сильно, что высыпал на пол весь табак из гильзы, присел на корточки, сгреб в ладонь табачные крошки и чуть слышно пробормотал себе под нос:

— Валя, неужели нельзя как-нибудь смягчить в нем это чувство вины? Погибших не вернешь, вы могли бы объяснить ему, что он действовал под гипнозом, выполнял чужую злую волю.

— Уже объяснил. Ему от моих слов не легче. Он по своей природе очень совестливый человек. Даже в состоянии автомата он не переставал чувствовать вину, но смутно, как бы сквозь толщу льда.

Профессор поднялся, вытер платком ладони и произнес уже громче:

– А если попробовать, хотя бы отчасти, восстановить в нем этот лед?

Валя грустно усмехнулся, покачал головой:

– Я не могу выключить ему совесть и вернуть его в прежнее состояние полуживого автомата. Для меня это то же, что для вас нарочно, сознательно зарезать больного на операционном столе.

* * *

Москва, 2007

Зубов нашел для Агапкина толковую сиделку, пожилую медсестру. Звали ее Римма. Она легко справлялась и со стариком, и со всеми домашними делами. Не задавала лишних вопросов, была строга, неразговорчива, но пела, особенно когда пылесосила. Щенок Мнемозина ненавидела пылесос, заливалась лаем. Римма не обращала на щенка ни малейшего внимания, выводила тонким, пронзительным голосом что-нибудь вроде: «А ты любви моей не понял, и напрасно...»

Пылесос ревел, Мнемозина гавкала, Римма пела. Агапкин называл это звукотерапией.

Сначала Федор Федорович не мог передвигаться по квартире без посторонней помощи. Потом пошел, держась за ручки своего инвалидного кресла. Скоро ему хватало лишь трости.

Каждое его утро начиналось с долгой жестокой гимнастики перед распахнутой балконной дверью. Старик преодолевал холод, слабость, боль, упражнял ноги, руки, корпус. Хотелось бросить эти мучительные занятия, лечь пластом и не двигаться. Вообще никогда больше не двигаться, застыть, умереть. Но он упорно сгибал и разгибал колени, вертел ступнями, приседал, вытягивался в струнку, наклонялся вперед, назад. Щенок Мнемозина воспринимала это как игру. Ей нравилось, когда старик, лежа на спине, медленно поднимал и опускал ноги. Мнемозина с веселым лаем скакала вокруг него, запрыгивала к нему на грудь, принималась вылизывать лицо.

— Отстань, ты сбиваешь меня со счета, — ворчал Агапкин и дул Мнемозине в нос.

Она фыркала, трясла ушами, спрыгивала на пол, поджимала хвост. Уже в таком нежном возрасте у нее ярко проявлялись актерские способности. Особенно удавалась ей роль обиженной, несчастной сиротки. Она обижалась даже на самые мягкие замечания и терпеть не могла, когда ей что-то запрещали.

Теннисный мяч, с помощью которого Агапкин упражнял ступни, Мнемозина считала своей собственностью, пыталась выбить лапой, выхватить зубами из-под ноги хозяина.

— Давайте я заберу ее, она вам мешает, — сказал однажды Зубов, заглянув в комнату.

— Да, сделай милость, — согласился Федор Федорович.

Зубов взял щенка на руки, унес, отправился на прогулку. Потом весь день Мнемозина своего хозяина не замечала, демонстративно ластилась к Зубову, звала играть, виляла хвостом на каждый звук его голоса.

— Адам тебе ни разу лапы не подал, а эта вертихвостка с тобой целуется, — ревниво заметил Агапкин.

— Адама вы нарочно против меня настраивали, — напомнил Зубов, — при нем называли меня глупым чекушником, фыркали, ворчали, постоянно грозили, что он меня укусит и правильно сделает. Но кусать он меня вовсе не собирался, как бы вам этого ни хотелось. Лапу мне подавал, хвостом вилял, даже пару раз лизнул, когда вы не видели.

— Ложь и клевета. Адам тебя не любил.

— Не любил, конечно. Он был вашим псом и во многом походил на вас. Но он меня уважал. Этого вы отрицать не можете, — Зубов нежно погладил щенка, сидевшего у него на коленях. – Зато красавица Мнемозина от меня без ума.

– Не обольщайся. Она от тебя полностью зависит. Ты ее выгуливаешь, кормишь, так что любовь ее к тебе не бескорыстна.

– Римма делает это куда чаще, однако Мнемозина к ней относится прохладно.

– Римма сурова и неприступна. К тому же пылесос для Мнемозины главный враг, а Римма с ним не расстается.

– Что угодно можете говорить, но Мнемозина любит меня.

Словно подтверждая это, щенок радостно тявкнул и принялся вылизывать ему руку.

– Все равно роман ваш долго не продлится. Скоро я сам буду все делать. Выгуливать, кормить.

– Скоро, но не сегодня.

– Завтра.

– Не уверен.

– Спорим?

– Не буду я с вами спорить, Федор Федорович. Вы из одного только тупого упрямства, мне назло, станете себя пересиливать, надорветесь, упадете, сломаете чего-нибудь, не дай бог, а мне отвечать.

– А, боишься ответственности, чекушник! – старик противно захихикал. – Не бойся, пока Соня там, в степи, ничего со мной не случится. Я жив и здоров, я настолько здоров, что у меня хватит сил слетать туда. Думаю, скоро уже смогу.

– Что? – Зубову показалось, он ослышался. – Слетать туда? В степь? Я правильно вас понял, Федор Федорович?

– Да, Иван, ты правильно меня понял. Мне неспокойно. Я должен быть там.

– Неспокойно. Я понимаю, – Зубов смиренно кивнул. – Но мы на связи с Савельевым, никаких тревожных сигналов от него нет.

— Это как раз меня и пугает. Это значит, что он недостаточно внимателен. Там не может быть все в порядке.

— Слишком мало времени прошло. Он еще не разобрался в обстановке.

— Вот именно. И ты бы вряд ли разобрался. Я должен лететь.

— Ну, ладно, к тому, что мне никогда ничего не понятно, я уже привык. Я тупой, бесчувственный чекушник. Видимо, Савельев тоже. Но ведь вы с Соней переписываетесь, вы можете помочь ей отсюда, из Москвы.

— Не могу. Она ни разу не ответила мне. Она молчит. Она даже Мише, деду своему любимому, пока не написала ни слова.

— Они только прилетели. Напишет еще, не волнуйтесь, и вам, и Данилову, обязательно напишет.

— Все, Иван, это не обсуждается. Ты летишь со мной. Единственная у нас проблема — Мнемозина. Оставить не с кем. Певунья Римма ей чужой человек. Но ничего, возьмем с собой нашу красавицу.

— Федор Федорович, это безумие полное. Может, вы разыгрываете меня? Дразните?

Старик усмехнулся, кряхтя, поднялся из кресла, покосился на свою трость, прислоненную к подлокотнику, но не притронулся к ней. Сделал несколько медленных твердых шагов по комнате. Спина его выпрямилась, глаза заблестели. Он наклонился и, почти не сгибая колен, коснулся пола кончиками пальцев. Распрямился, взглянул сверху вниз на Ивана Анатольевича, оскалил голубоватые зубы.

— Ты так сумеешь двадцать раз? Теперь назад, смотри. Вправо, влево. Приседания. Хочешь, чечетку? Могу!

Старик присел, покряхтывая, потирая колени, морщась от боли. Потом вытянулся в струнку и осторожно, не спеша, отбил несколько неуклюжих тактов. Мнемозина спрыгнула с колен Зубова, гавкнула, закрутилась волчком. Старик продолжал выделывать ногами вполне осмысленные, четкие движения. Наконец остановился, уронил руки, прорычал:

— Ну, считай пульс!

Зубов смотрел, открыв рот, и не мог произнести ни слова. Послушно взял его протянутую руку, приложил пальцы к запястью, взглянул на секундную стрелку своих часов. Стрелка прошла полный круг. Пульс у старика был девяносто ударов в минуту.

— Давление измерять будем? Или на слово поверишь?

— Измеряли с утра. Сто двадцать на восемьдесят, — пробормотал Зубов.

— Вот так, Ваня. А что морда у меня в морщинах и волос нет, это для конспирации. Чтобы ты не свихнулся от изумления.

Зубов прикусил губу, помотал головой.

— Трудно, Федор Федорович. Трудно не свихнуться.

— Еще бы! Ты видишь меня каждый день и не замечаешь перемен. Ты до этого момента в глубине души не верил, что препарат работает. Но он работает, Ваня. В микроскопических цистах заключена сила невероятная, необъяснимая, беспощадная.

— Да почему же беспощадная? — выкрикнул Зубов так нервно, как давно уж не кричал.

Старик медленно, тяжело опустился в кресло. Мнемозина завертелась у его ног. Он со стоном согнулся, поднял ее. Она завиляла хвостом, принялась облизывать ему лицо, поскуливая, слегка покусывая за нос.

— Почему беспощадная? — повторил Зубов уже спокойно. — Вы столько лет были прикованы к инвалидному креслу, а теперь чечетку пляшете. Неужели не рады ни капельки?

— Вот сейчас, сию минуту, рад. Даже счастлив. Мнемозина простила меня. Я вспомнил чечетку. Но минута пройдет. Уже прошла. Знаешь, кто научил меня бить степ? Ося.

— Тот самый мальчик, которому Михаил Владимирович ввел препарат?

— Да. Мы с ним встретились в феврале двадцать второго года. Была ночь, моя последняя ночь в Берлине. Моросил ледяной дождь. Скверное время для прогулок по парку. Черное небо, голые ветви вековых дубов тряслись от ветра, с них капало за шиворот. Мы промерзли насквозь, зашли в ночное кафе. Там было тепло, дымно, шумно. Играл джаз, пили пиво, отплясывали фокстрот и чарльстон. Там Ося научил меня бить степ. Последняя ночь, короткая передышка.

— А дальше?

— Дальше? — старик сморщился, поправил языком вставные челюсти. — Передышка закончилась очень быстро. Утром я сел в поезд и уехал в Москву. Мне предстояло сделать чудовищный, невозможный выбор. Я чувствовал себя жалким ублюдком.

Старик замолчал, закрыл глаза. Рука его машинально поглаживала уснувшую Мнемозину. Иван Анатольевич долго не решался окликнуть его, наконец заметил, как дрогнули веки, и осторожно спросил:

— Федор Федорович, что случилось с вами в Германии в двадцать втором? Вам удалось сделать правильный выбор?

Старик ничего не ответил.

* * *

Поезд, 1922

Радек заглянул в купе Федора, не постучавшись, и не через два часа, а всего лишь через сорок минут.

— Сейчас умру от голода. Мегера Анжелика уже откушала, я слышал, как она возвращалась, так что идемте ужинать.

Ресторан был через вагон. Он сиял белизной скатертей, серебром приборов. На столах стояли вазы с черным виноградом, красными яблоками, синими сливами.

Официант в бабочке кланялся, говорил интимно, вполголоса, с чувственным придыханием:

— Что товарищи желают на закусочку-с? Из горячего позвольте-с рекомендовать котлетки отбивные, на косточке. Свининка свежайшая, поросеночек вчера еще резвился и хрюкал-с.

— Принесите, пожалуйста, меню, — попросил Агапкин.

— Меню для иностранцев-с, — официант почему-то обиделся.

— С иностранцев дерут втридорога, — объяснил Радек, — а по нашим с вами мандатам тут кормят бесплатно-с, — он нарочно растянул это «с», смешно подвигал бровями и обратился к официанту: — Давай так, Николаша, на закуску семужки, осетрины с хреном, белужки вашей фирменной потоньше пусть настрогают, с лимоном, ну, ты знаешь, как я люблю. Отбивные, говоришь, хороши? Давай твои отбивные.

Николаша в ответ почтительно кивал, ворковал, как голубь:

— Да-с, Карл Бернгардович, понимаю-с, непременно, Карл Бернгардович.

Еды, заказанной Радеком, хватило бы на десятерых. Явился повар из кухни, маленький худой старичок в белом колпаке, с выпуклым, как у беременной женщины, пузом. Поблескивая золотом коронок из-под пушистых седых усов, приветствовал дорогого Карла Бернгардовича.

— Я часто мотаюсь туда-сюда, — объяснил Радек, когда они остались вдвоем, — челядь эта меня знает.

— Чаевые хорошие даете? — спросил Федор.

— Не даю никогда, никому. Из принципа. Чаевые — буржуазный пережиток. Хотите оскорбить работника советского общепита до глубины души, дайте ему чаевые.

— То есть они вас бескорыстно любят?

— Конечно. Я жизнь свою посвятил борьбе за их свободу и счастье. А вот вы ради чего живете? Есть у вас высшая цель, идеалы?

Федор пожал плечами, отодвинул шторку и стал смотреть в окно. Смеркалось, мимо плыли смутные заснеженные перелески, белые поля. Призрачно темнели на снегу скелеты изб, одинокие печные трубы, какая-то станция со вздыбленной горбом платформой и обломками вокзального здания, в гроздьях сосулек, телеграфные столбы, косо повисший обрубок шлагбаума, будка стрелочника с оконцем, забитым фанерной пятиконечной звездой.

Официант принес закуски, коньяк в графинчике, зажег лампу, и печальный пейзаж за окном исчез, стекло отражало стол, приборы, огонь лампы, смутный полупрофиль Федора.

— Ничего уж не видно, а вы все смотрите, — с усмешкой заметил Радек, — давайте выпьем. Коньяк отличный, французский. Ваше здоровье.

Они чокнулись. Федор только пригубил, Радек выпил залпом, закусил лимоном.

— Угощайтесь. Я знаю, вас кормят неплохо, однако таких чудес давно, небось, не едали. А не пьете почему?

— Мне алкоголь противопоказан, организм не принимает, — Федор подцепил вилкой ломтик холодной осетрины.

— Забытый вкус, верно? — спросил Радек, попыхивая трубкой и наблюдая, как он жует.

— Да, рыба замечательная.

— То-то. Семужку попробуйте. А Бокий ведь вас провожал. Я слышал, как вы шептались в купе. Не беспокойтесь, слов не разобрал, хотя уши навострил, не скрою. Ну, строго между нами, «Черная книга» правда существует?

Федору уже приходилось слышать о том, что Глеб Иванович по тайному поручению Ленина многие годы собирает всю грязь о деятелях большевистской верхушки и записывает в «Черную книгу». Но прямой вопрос о том, правда ли это, ему задали впервые. Глупо было делать удивленные глаза, спрашивать: что вы имеете в виду?

— Знать наверняка никто не может, — ответил он тихо, самым доверительным тоном, — Глеб Иванович работает в совершенно иной области. Наука, техника, шифровальное дело. Вот у товарища Дзержинского точно есть досье на каждого, в силу его должности.

— Феликс? Бросьте. Он сам по уши в этом.

Официант принес тарелки с отбивными. Радек глотнул еще коньяку и стал жадно, неопрятно есть. Федору показалось, что он пытается вместе с куском мяса проглотить сказанные слова. «По уши в этом». Речь шла о германских деньгах.

«Тоже мне, великая тайна, — подумал Федор, — и Ленин в этом, и Троцкий, и Бухарин, и Зиновьев с Каменевым. У каждого из большевистской верхушки есть счет в швейцарском банке, на котором деньги германского генштаба. Номера, даты, суммы зафиксированы с немецкой пунктуальностью. Если уж говорить о «Черной книге», то она существует там, в Германии, и будет сохранена для потомков. При чем здесь Бокий?»

— Вообще Феликс странный человек, — промычал Радек с набитым ртом, — собирался пойти в ксендзы, а стал рыцарем революции. Корчит из себя скромника, аскета и требует, чтобы другие в этом ему подыгрывали. Иезуит, — Радек дожевал, поднял бровь, скривил рот, и лицо его приобрело карикатурно мефистофельское выражение. — Я бы господ с церковным прошлым к революции близко не подпускал.

— Сталин учился в Духовной семинарии, — заметил Федор.

— Ай, бросьте, — он допил коньяк и тут же налил себе еще из графинчика. — Кто такой Коба? Товарищ Картотекин. Плебей, серость. Конечно, некоторые амбиции у него имеются, он ползет вверх по бюрократической лестнице с плебейским тупым упорством. Но вряд ли достигнет высот. А свининка хороша, не соврал Николаша. — Радек притронулся салфеткой к губам, отодвинул тарелку, принялся вытряхивать свою трубку. – Между прочим, эти два несостоявшихся попа, католический и православный, Феликс и Коба, отлично спелись, сплотились, хотя один потомственный польский аристократ, другой сын кавказского сапожника, пьяницы.

– Какое это имеет значение? – спросил Федор и тоже отодвинул пустую тарелку. – Аристократ, плебей. Вы же убежденный коммунист, разве для вас важно происхождение?

– Сами-то, небось, из дворян? – Радек прищурился и погрозил Федору пальцем.

– Ошибаетесь. Моя мать была прачка, отец неизвестен.

– Неизвестен? Так это же здорово! Это дает безграничные возможности. Вдруг князек? Или граф? Или барон остзейский?

– Ну, это вы загнули. Для остзейского барона я слишком брюнет. А что касается папаши, самый благородный из всех возможных – трактирщик Степан, мещанского сословия. Другие кандидаты – извозчик Андрей, дворник Пахом и далее вниз по социальной лестнице. Слушайте, а вас правда всерьез волнует эта мелодраматическая тема? Тайна рождения, благородный отец. Увлекаетесь синематографом?

– Ничего мелодраматического тут нет. А вы врете. У вас дворянское происхождение на лбу написано. И руки вовсе не мужицкие. Породу не спрячешь. Да кто бы подпустил вас к Старику так близко, будь вы сын прачки?

– Думаете, основатель первого в мире пролетарского государства такой же сноб, как вы?

– Не думаю. Знаю, – Радек оскалил прокуренные гнилые зубы. – Только это не снобизм, а здравый смысл. Наследственность, кровь предков, память крови – вот что формирует человека.

– Неужели? Ну, а как быть с великим прозрением Маркса, что человек – продукт социальной среды?

— Маркс был убежденным дарвинистом, считал человека продуктом естественного отбора, да и вообще все это не важно. Революция — великий евгенический акт, попытка улучшить стадо путем ускорения естественного отбора. Слабые должны исчезнуть, очистить пространство для новой, сильной, совершенной особи. Евгеника — вот что изменит лицо мира в двадцатом веке.

— Изменит. Превратит лицо в морду, — пробормотал Федор и закурил.

— Ого, да вы контрреволюционер, — Радек пьяно, громко захохотал, похлопал Федора по плечу, — хорошо живете, не научились еще держать язык за зубами.

— Вы тоже много лишнего болтаете, Карл Бернгардович.

— А я вас проверял, — Радек перестал смеяться, уставился на Федора воспаленными злыми глазами, — мне поручено вас проверить.

— Кем?

— Ха-ха! Так сразу и скажу! Надолго вы едете в Берлин?

— Зависит от разных обстоятельств.

— Отличный ответ. Если я попрошу уточнить, от каких именно обстоятельств, вы что-нибудь умное соврете. Так вот, не утруждайтесь. Мне известно, что посланы вы вовсе не за микстурами и клистирами, то есть не только за этим.

— Интересно, за чем же, по-вашему?

— Бросьте паясничать. Слушайте. Человек, с которым вы встретитесь, может передать вам кое-что важное, лично для Старика. Устная информация либо документ. Вы должны позвонить в Берлине по номеру, который я назову, попросить к телефону фрейлейн Марту, сказать, что материал у вас. Далее сделаете то, что прикажет вам фрейлейн.

Федор вздохнул, покачал головой.

— Карл Бернгардович, вы все-таки любите кинодрамы, любите страстно. Вымышленные романтические сюжеты туманят вам голову, вы путаете их с реальностью.

Официант принес чай. Радек принялся разжигать свою трубку. Когда официант отошел, а трубка задымилась, он произнес тихо, сквозь зубы:

— Если звонить не станете, попытаетесь ускользнуть, вас убьют. Газеты напишут об очередном злодеянии белоэмигрантов.

— Газеты напишут, — кивнул Федор, — но Старик не поверит. И Бокий не поверит. Я далек от политики. Кому нужен скромный лекарь?

— А вас убьют не по политическим мотивам. По личным. Господин Данилов специально пришлет своего человека в Берлин, это ему не сложно, он теперь генерал, один из лидеров тайной белогвардейской организации ЛП. «Ледовый поход». Он белый генерал, а вы, чекист Агапкин, сожительствуете с его женой.

ГЛАВА ТРИНАДЦАТАЯ

Вуду-Шамбальск, 2007

Соню разбудил шум снегоуборочной машины. Вьюга утихла. Светало. На ночь она оставила окно открытым, спальня выстудилась, на подоконник намело плоский волнистый сугробик. Минут десять Соня лежала, натянув до подбородка пуховое одеяло, не решалась вылезти, плохо понимала, где находится и почему так холодно.

Над кроватью висела гигантская хрустальная люстра. Подвески таинственно сияли и позванивали то ли от ветра из окна, то ли оттого, что наверху кто-то ходил. Справа возвышалась фаянсовая ванна на львиных лапах, за ней зеркальный шкаф. Слева высокий трельяж в толстой золоченой раме. Зеркала были расположены по обеим сторонам комнаты таким образом, что отражались друг в друге, образуя бесконечный серебристый лабиринт.

Зазвонил телефон, словно кто-то специально ждал, когда она проснется. Кто-то оказался Димой.

— Спишь? — спросил он сипло.

— Уже нет. Доброе утро.

— Как тебе спалось?

— Отлично. А тебе?

— Я всегда сплю, как сурок. Через полчаса спускайся завтракать. Там, внизу, уже ждет машина.

Как только она залезла в кабинку под душ, опять зазвонил телефон и продолжал трезвонить минут пятнадцать, пока она мыла голову. Аппараты были расставлены по всему огромному номеру, в том числе в ванной комнате. Соня выключила воду, вытерлась, замотала мокрые волосы чалмой из полотенца, надела халат и только потом взяла трубку. Ее приветствовал сладкий голос администраторши.

— Доброе утречко, Софья Дмитриевна. Машиночка за вами приехала. Завтракать желаете в номере или спуститесь в ресторан?

— Спасибо, я спущусь.

Коридоры наполняла неживая, какая-то недоброжелательная тишина. Казалось, в этом шикарном отеле кроме Сони и Димы нет ни одного постояльца. Соня пошла пешком вниз. На площадке между вторым и третьим этажами стояла стремянка. Монтер в синем комбинезоне, забравшись на верхнюю ступеньку, возился с открытым электрическим щитком. Соня поздоровалась, хотела пройти мимо, но задержалась. Было странно, что он не ответил, даже не повернулся, словно не услышал.

— Доброе утро, — повторила Соня.

Опять никакой реакции. Что-то в его маленькой, почти детской фигуре показалось ей знакомым. Лица она не видела, только затылок, украшенный узлом пестрой косынки-банданы.

— Проблемы с электричеством? — громко спросила Соня, подошла ближе, заметила, что он возится с оголенными проводами без перчаток.

— Проблема нет, госпожа, проблема нет, — пропел он высоким фальцетом.

Раздался сухой треск, щиток заискрил. Человечек не отдернул рук, тело его задрожало, быстро и мелко, как натянутая струна. Стремянка пошатнулась, звякнула, но не упала. Человечек перестал дрожать, застыл на мгновение, дернулся, словно что-то переключилось у него внутри, и спокойно продолжил свою работу.

— Как вы себя чувствуете? Вас током ударило, очень сильно. Тут высокое напряжение.

— Благодарю, госпожа, чувствую о'k, госпожа.

Он повернул голову. Стал виден плосконосый профиль, высокая смуглая скула, угол узкого глаза.

— Чан? — шепотом спросила Соня.

— Госпожа, звонит телефон в сумке.

Мобильный правда звонил уже несколько минут.

— Да, я слышу. Ты не ответил, Чан. Хозяин твой тоже здесь?

— Госпожа ждут завтракать. После завтрака госпожа делай свою работу. Приятного аппетита, удачного дня, больших творческих успехов! — все это он пропел фальцетом евнуха, почти попадая в такт мелодии, звучавшей из Сониной сумки.

— Ты изменился, Чан, стал смелей и разговорчивей, — спокойно заметила Соня и вытащила мобильник.

— Ты где застряла? — спросил Дима. — С тобой все в порядке?

У входа Соню встретила администраторша.

— Там электрик работает, между третьим и вторым этажами, — сказала Соня в ответ на теплое приветствие, — только что его сильно ударило током. Мне кажется, ему нужен врач.

— Не волнуйтесь, Софья Дмитриевна, у нас отличное медицинское обслуживание, наш персонал проходит обязательную диспансеризацию дважды в году. Лекарства и процедуры бесплатно, — произнесла дама и рекламно улыбнулась.

— Вы меня не поняли. Только что человека сильно ударило током.

Дама продолжала улыбаться и смотрела на Соню ярко-голубыми бессмысленными глазами.

— Электротравма. Нужен врач, — медленно, по слогам, повторила Соня.

Администраторша бережно взяла ее под руку. Высокие каблуки зацокали по зеркальному паркету. От дамы пахло приторными цветочными духами. Рука, сжимающая Сонин локоть, была металлически твердой и холодной.

— Пройдемте к столу, Софья Дмитриевна, завтрак стынет. Кофе какой желаете? Эспрессо? Капучино? По-восточному?

— Двойной эспрессо, пожалуйста.

Дама отпустила Соню и зацокала прочь. Просторный ресторанный зал по-прежнему был пуст. В глубине, за единственным накрытым столом сидел Дима и ел яйцо всмятку. Соня опустилась на стул, залпом выпила стакан воды.

— Хороша тетка? — спросил Дима, кивнув на администраторшу, которая маячила вдали, возле бара. — У нас в школе была завуч по воспитательной работе, похожа на эту ведьму, как родная сестра.

— Я видела Чана, — сказала Соня, и зубы ее стукнули о край стакана, — помнишь, кто это?

— Не помню.

— Слуга. Ты слегка побил его, когда вытаскивал меня с яхты.

— А, маленький, в парике? Вьетнамец или малаец?

— Он кохоб.

— Кохоб? Что за народность такая? Впервые слышу. Где они обитают?

— Это не народность, это диагноз. Результат специальной психической обработки. Нечто среднее между человеком и домашним животным. Так объяснил мне господин Хот.

— Соня, ты бы съела что-нибудь, — Дима пододвинул ей тарелку с разными сырами, украшенными виноградом и ломтиками груши. — Вот этот, с плесенью, очень вкусный.

— Да, спасибо, — Соня налила воды и выпила еще стакан залпом. — Чан стоял на стремянке и чинил проводку. Его сильно ударило током, он затрясся. Нормальный человек от такого удара потерял бы сознание, а он спокойно продолжил свою работу. Голые провода, руки без перчаток, стремянка металлическая.

— Да, сон неприятный, — хмуро кивнул Дима и принялся намазывать маслом горячий рогалик, — я же говорил, надо было погулять после ужина, подышать. Если ложишься с набитым желудком, обязательно снится какая-нибудь дрянь.

— Дима, это был не сон. Я видела это наяву.

— На яхте?

— Нет. Здесь, в гостинице, несколько минут назад, между вторым и третьим этажами.

Дима протянул Соне рогалик с маслом.

— Тебе надо успокоиться и нормально поесть. Мы пришли сюда завтракать, а не обсуждать страшные сны.

Она едва заметно кивнула и пробормотала:

— Да, я поняла. Но я не могу есть.

— Давай кусай, масло тает. Вот умница. Теперь запей, — он поднес к ее губам стакан с апельсиновым соком.

— Дима, ты что, удочерил меня?

— Я за тебя отвечаю. Это моя работа. Вон кофе несут.

Соня покорно сжевала рогалик, выпила кофе.

Дима откинулся на спинку стула и стал листать тонкий глянцевый журнал.

На обложке зазывно улыбалась идеальная блондинка, снятая до пояса, в русском народном костюме, в веночке из васильков на белокурых волосах. Над головой у нее алели жирные буквы «ЛСД».

— Что это? — изумленно спросила Соня. — Я не вижу, глянец бликует.

— Не то, что ты подумала, — Дима повернул журнал так, что стала видна надпись целиком.

— «Лучистое Сиянье Доброты. Светоч. Общенациональный еженедельный журнал. Распространяется только бесплатно. Мы говорим «нет!» рекламе, гламуру, светским сплетням. Мы говорим «да!» чистой любви, высокой дружбе, семейному очагу. Мы поведем задушевную беседу с тобой, дорогой читатель, о главном и вечном», — вслух прочитала Соня и вопросительно взглянула на Диму. — Ну и что? У меня такой тоже валяется в номере.

— Да, он тут везде валяется. Я прихватил его в аэропорту.

— Зачем?

— «Светоч» — один из печатных органов ПОЧЦ, Партии общечеловеческих ценностей.

Когда они покинули ресторан, Дима склонился к ее уху и прошептал:

— У каждого свои кошмарные сны, у тебя Чан на стремянке под высоким напряжением. У меня — Петр Борисович в рядах учредителей славной ПОЧЦ. Поверь, электрический кохоб меркнет в лучах «Светоча», в «лучистом сиянии доброты».

— Хочешь сказать, твой кошмар кошмарней моего? — спросила Соня.

Они пересекали фойе, Дима кивнул на портреты Тамерланова и быстро зашептал на ухо:

— ПОЧЦ — его затея. Цель — перевести финансовое влияние в политическое. Йоруба худший из всех возможных партнеров в такой хитрой, опасной игре. Слишком много на нем грязи. Помнишь, как старуха в «Сказке о рыбаке и рыбке» захотела стать владычицей морскою? Если мой шеф все-таки решил играть вместе с Йорубой, значит, он сошел с ума.

Соне было щекотно от его дыхания, он говорил, почти прижав губы к ее уху, она не все расслышала и спросила:

— А почему ты думаешь, что он в этом участвует?

— Потому что красавица в венке из васильков на обложке первого номера журнала «Светоч» — Светлана Петровна Евсеева. Светик, дочь Петра Борисовича.

Наверх пошли пешком по лестнице. Дима взял большую Сонину сумку, повесил себе на плечо. Собираясь на завтрак, она машинально положила туда ноутбук.

— Вот это разумно, — он похлопал по сумке, — не оставляй ноутбук в номере. Каждый вечер, перед сном, будем гулять, дышать и спокойно обсуждать все наши дела. На свежем воздухе. Не здесь.

Площадка между вторым и третьим этажами была пуста. Дверь Диминого номера оказалась открыта, рядом стояла тележка с рулонами туалетной бумаги и стопками полотенец. В дверном проеме возникла горничная, юная, необыкновенно красивая азиатка, в коротком розовом платье, в белых колготках и розовых плоских туфельках. Черные волосы выбились из-под крахмальной шапочки. Раскосые, ярко-синие глаза нежно сияли, верхние пуговки были расстегнуты, при легком наклоне открылся крупный смуглый бюст, не стесненный лифчиком.

— Доброе утро, господин, доброе утро, госпожа, умоляю простить, уборка не вовремя, Лойго не мешать, Лойго прийти позже, — залопотала она тонким детским голосом.

— Соня, подожди, я сейчас, только возьму куртку, — Дима отстранил горничную, вошел в номер.

Девушка осталась стоять напротив Сони, смиренно опустив длинные смоляные ресницы. В руке она держала пластиковую бутылку с моющим средством. Пухлые пунцовые губы едва заметно шевелились. Показался кончик языка, медленно скользнул по губам. Соня услышала тихий прерывистый вздох и шепот:

— Лойго хорошая, господин доволен.

Прелестное юное лицо передернулось, исказилось, сместились все лицевые мышцы, задвигались, словно искали подходящее положение. Губы причмокнули, растянулись, стянулись хоботком, опять причмокнули. На щеках зашевелилась кожа, стали хаотично появляться впадинки, вроде круглых втянутых шрамов. Сначала впадинок было много, потом осталось всего две, аккуратные симметричные ямочки. В итоге получилась улыбка. Это длилось не более минуты. Когда вышел Дима с курткой в одной руке, Сониной сумкой в другой, уже была только улыбка, милая, слегка виноватая.

— Сегодня ночью господин опять хочет Лойго? Лойго рада навестить господин, — сладко запел детский голос.

Не глядя на горничную, Дима пробормотал сквозь зубы:

— Соня, пойдем отсюда.

Молча они поднялись на пятый этаж, вошли в Сонин номер. Там никакой уборки не было, но звонил телефон.

— Возьми, пожалуйста, трубку, — попросила Соня, достала сигареты и закурила.

— Нет, Софья Дмитриевна сейчас подойти не может. Да, я понял. Мы скоро спустимся, — Дима положил трубку и тоже закурил. — Тебе напоминают, что машина ждет.

— Очень красивая девушка. Редкое сочетание, азиатка с синими глазами, — сказала Соня и добавила шепотом, слегка пародируя местный акцент: — Лойго рада навестить господин.

— Наверное, горничные тут у них за это получают какие-нибудь премиальные. Ночью тоже была «уборка не вовремя». Горничная Лойго явилась ко мне в номер без стука, сначала что-то лопотала о мини-баре, белье и полотенцах, потом предложила господину расслабиться.

— Господин расслабился?

— Я ее выгнал. Запер дверь.

— Лойго хорошая, господин доволен.

— Ты докурила? Пойдем, пора.

Они спустились пешком, не встретили ни единой души в коридоре и на лестнице. У крыльца стоял вчерашний джип. Шофер, тот же молодой шамбал по имени Фазиль, приветливо улыбнулся.

– Сегодня погодка ничего. Даже вон солнышко проглядывает.

– Да, надо будет погулять, посмотреть ваш город, – ответил Дима, усаживаясь рядом с Соней на заднее сиденье. – Фазиль, вы местный?

– Конечно, я здесь родился.

– Случайно не знаете, что такое Лойго?

– У-у, это жуткое чудовище из древних шамбальских сказок. Злой дух, демон в красивом обличии. В Лойго превращаются девушки, если умирают незамужними. Лойго меня в детстве бабушка пугала, когда я не слушался. Они вроде ваших русалок, но только обитают не в воде, а в степи. Смертельно опасны как для мужчин, так и для женщин.

* * *

Берлин, 1922

Федор впервые в жизни очутился за границей, но после нескольких суток в поезде ему показалось, что он просто вернулся в прошлое, в большой европейский город, такой, каким была Москва до семнадцатого года. Чистые ровные улицы, автомобили, трамваи, велосипеды, хорошо одетые прохожие, женщины в шелковых чулках и туфельках, мужчины в начищенных ботинках, с гладко выбритыми лицами. Кафе, магазины, банки. Запах бензина, духов, угольного дыма. Из булочной пахло горячим хлебом, из мясной лавки – мясом, из пивной – пивом. В соборах звучала месса, в танцевальных зальчиках – джаз. В домах работали лифты, канализация была исправна. Вечером зажигались фонари на улицах и лампы в окнах. Ни одного разбитого окна. Никто не грыз подсолнухи, не плевал на тротуар, не справлял нужду во дворах и парадных.

Ко всему прочему, тут было теплее, чем в Москве, никакого снега, и солнце к полудню пригревало уже по-весеннему.

Потом, немного привыкнув, он стал замечать очереди за пособием по безработице и бесплатным супом. Роскошь готики и барокко, продувной, холодный простор площадей, уют проходных дворов, отделанных мелкой керамической мозаикой, особенный прусский дух порядка и внешней благопристойности во всем, даже в модном авангардном искусстве, даже в нищете и разврате.

Германия проиграла войну и переживала далеко не лучшие свои времена. Унизительный Версальский мир, падение марки, рост цен, экономический кризис, настолько серьезный, что из-за него в стране было объявлено чрезвычайное положение. Но этот упадок по сравнению с тем, что творилось в России, казался процветанием, образцом благополучия.

«Они проиграли войну. А что случилось с нами?» — думал Федор в первое свое берлинское утро, за завтраком в маленьком пансионе на Доротейштрассе, в районе Тиргартен.

На дверях номеров висели объявления с просьбой не выставлять на ночь в коридор обувь, поскольку ее сохранность не может быть гарантирована. Белье на кровати оказалось ветхим, с аккуратными заплатами, но идеально чистым.

В просторной столовой на стенах висели маленькие натюрморты с фруктами и заячьими тушками и огромный, в толстой золоченой раме, парадный портрет усатого кайзера Вильгельма. Этажерки, комоды, буфетные полки были накрыты кружевными салфетками, повсюду статуэтки, шкатулки, вазочки, горшочки с цветами. Кофе подавали в фаянсовом кофейнике, яйцо на серебряной подставке в форме курицы. За соседним столом двое немцев, пожилой, с аккуратной седой шевелюрой, и помоложе, с глянцевой лысиной, говорили, что Германия катится в пропасть, катастрофа неизбежна.

— Я верю только военным, Людендорфу, — заявил лысый.

— Военные проиграли войну. Людендорф не поднимет курс марки, — возразил пожилой.

— Зато он поднимет национальный дух, — лысый взял нож и ловко, одним ударом, отсек верхушку яйца.

Федор перестал цокать по скорлупе ложкой, попробовал повторить трюк немца, но сшиб яйцо на пол вместе с подставкой.

— Национальный дух не превратит маргарин в масло, суррогат в кофе, а сахарин в сахар, — проворчал пожилой.

Только тут Федор заметил, что на булочку действительно намазан маргарин, а кофе суррогатный, с приторным горьковатым привкусом сахарина.

После завтрака он отправился пешком по набережной Шпрее. Контора фармацевтической фирмы, в которой он должен был закупить лекарства для кремлевской аптеки, находилась на Халлерштрассе. Судя по карте, совсем недалеко. Он не надел тяжелое драповое пальто, вышел в одном пиджаке. Было зябко, но не холодно. Выглянуло солнце. Влажный ветер гнал рваные облака. В речной воде отражались дрожащие голые ветви деревьев, и сквозь них плыли отражения облаков. Прохожих было мало, иногда с мягким резиновым шорохом проезжали велосипедисты.

Федору нравилось шагать по ровным чистым панелям. Ни одной лужи, хотя ночью лил дождь. Так сладко спалось под звук этого дождя, в уютной комнате пансиона, под невесомой периной. Отпустило наконец нервное напряжение, которое изматывало его в поезде. Он подумал, что с этой первой ночи в чужой стране, в незнакомом городе, начался какой-то новый этап для него. Страница перевернулась. Поменялся узор судьбы. По набережной Шпрее шагал новый Федор, более зрелый, спокойный, уверенный в своих силах. Он решил, что сразу после встречи с таинственным князем Нижерадзе отправится в какой-нибудь большой магазин одежды, купит себе джемпер, куртку, теплый шарф, а главное, удобные ботинки.

Бокий, выдавая ему под расписку солидную сумму в немецких марках, сказал:

— Это на твои личные расходы. Еда, жилье. Возможно, придется съездить еще в какой-нибудь город. Купи себе приличную одежку, обувку. Не скупись. Ты должен выглядеть респектабельно.

За медикаменты деньги переводились отдельно, через банк, по безналичному расчету. Все наличные марки принадлежали Федору, он мог распоряжаться ими по своему усмотрению.

Постепенно мысль о ботинках затмила все. Новые штиблеты терли. В поезде разносить их не удалось. Федор не мог прогуливаться по вагонному коридору, он старался не вылезать из купе, чтобы лишний раз не встречаться с Радеком.

Пятки горели, он чувствовал, как вздуваются пузыри. Сбавил шаг, стал прихрамывать, наконец остановился у парапета, закурил. Судя по карте, идти осталось совсем немного. Но каждый шаг был пыткой.

Солнце спряталось, вода в Шпрее показалась мутной и грязной, прямо над головой, на ветке молодой облетевшей липы, хрипло, зло, словно проклиная кого-то, раскаркалась ворона.

«Не кого-то, а меня она проклинает, — подумал Федор, — зачем я вру себе? Угрозы Радека не пустой звук. Если я не позвоню по номеру, который он мне дал, меня убьют. Если позвоню, все равно убьют, либо люди Радека, как только получат информацию, либо потом, в Москве, расстреляют за предательство. Но пока я не узнаю, что это за информация, все равно не смогу принять никакого решения. Сначала надо понять, о чем речь, потом я обязательно что-нибудь придумаю. Главное — дойти до аптечной конторы».

Ворона все каркала. Подняв голову, Федор увидел ее. Черная крупная птица смотрела на него сверху блестящими умными глазами.

«Если сейчас замолчит и улетит, я справлюсь и выживу. Если нет, я погиб», — загадал Федор.

Он изо всех сил тряхнул тонкий ствол, крикнул: «Пошла прочь!»

Ворона сорвалась, тяжело хлопнула крыльями, улетела, но продолжала каркать на лету, еще громче и страшней.

— Противные птицы, я тоже их не люблю, — произнес рядом тяжелый глубокий бас по-русски, с сильным кавказским акцентом.

Федор оглянулся. Позади, в двух шагах от него, стоял плотный усатый мужчина в черном пальто и круглой барашковой шапке. Усы были чрезвычайно пышные, угольно-черные, с тонкими серебряными нитями. Кончики торчали вверх. Большие, навыкате глаза смотрели на Федора в упор, не моргая. Под глазами висели мешки в красноватых прожилках, лицо выглядело несвежим, отечным, как после крепкой попойки.

«Нет, он не пьет, но ест много соленого, а почки у него нездоровые, и щитовидная железа не в порядке», — машинально отметил про себя Федор и сказал по-русски:

— Добрый день. С кем имею честь?

Усатый долго, эффектно молчал, испытующе смотрел Федору в глаза, наконец приподнял шапку, обнажил бугристый, совершенно лысый череп, слегка поклонился и представился:

— Князь Нижерадзе.

* * *

Вуду-Шамбальск, 2007

Выглянуло солнце, снег не растаял, на деревьях в маленьком сквере перед гостиницей сверкал иней, но город показался еще мрачней в утреннем свете. За окнами джипа замелькали серые коробки жилых домов, иногда украшенные разноцветными балконами и мозаичными панно брежневских времен, с теми же серпами-молотами, рабочими-колхозницами, но без витиеватой роскоши сталинского ампира. На каждой площади, которую проезжали, обязательно стоял памятник или бюст. Не дожидаясь вопроса, Фазиль сообщил, что все это Йоруба.

— Есть еще пара Лениных, большой в центре, поменьше возле здания драмтеатра имени Ленина. Один Маркс, у самого крупного бизнес-центра имени Маркса, и один Сталин, перед главной городской больницей номер один имени И.В. Сталина.

— Ну, допустим, Маркс как экономист имеет некоторое отношение к бизнесу, — заметил Дима, — но Ленина никак нельзя назвать драматургом, а Сталина врачом.

— Ленин — великий режиссер, — пробормотала Соня на ухо Диме. — Октябрьская революция — потрясающий спектакль, этакое реалити-шоу. Сталин — гениальный гипнотизер, маг. Магия — прабабушка медицины, так что все вполне логично.

— У нас еще перед войной начали строить один из филиалов Института экспериментальной медицины, — объяснял между тем Фазиль, — филиал так и не открылся, но корпуса потом достроили, получилась отличная больница. Поскольку строительство началось по приказу Иосифа Виссарионовича, в его честь и назвали. При Хрущеве памятник убрали, а в двухтысячном опять поставили на место. Йоруба говорит, надо уважать отечественную историю.

Джип выехал за город и помчался по заснеженной степи.

— Фазиль, скажите, слово «кохоб» вам знакомо? — спросила Соня.

— Конечно. В переводе с шамбальского это дурак, слабоумный. Кохоб — герой многих сказок. Он не страшный, как Лойго, он несчастный, хотя физически очень сильный. Кохоб покорно служит своему господину, живет в грязи, питается объедками, позволяет господину делать с собой что угодно, по его приказу может убить, умереть.

— А кто господин? — спросил Дима.

— Какой-нибудь Сонорх, колдун. Человек, продавший душу хозяину времени. Раньше считалось, что сонорхи тоже сказочные существа, а теперь вот я вас к ним везу.

— Фазиль, простите, я не совсем поняла, хозяин времени — главное местное божество. Стало быть, это злое божество? — спросила Соня.

— Конечно, злое, — согласился шофер. — Сонорх питается страданием и смертью. Заслужить его милость, получить колдовскую силу можно, только накормив его до отвала.

— То есть страдать и умереть? — спросил Дима.

— Э, нет, не самому. Такие дураки Сонорху нужны только в качестве пищи. Один человек для него мелочь. Ему надо много, бесконечно много. Тот, кто добудет для него страдания в огромном количестве, станет настоящим колдуном. Вон, смотрите, какую построили стену. Йоруба теперь охраняет развалины, понял, что они тоже часть отечественной истории.

Вокруг долго ничего не было, кроме заснеженной степи, бетонный забор казался миражом, частью призрачного ландшафта. Когда подъехали ближе, появились ворота, за ними крыши с огромными антеннами. Забор тянулся на сотни метров и высотой был метра четыре. Возле ворот торчали камеры наружного наблюдения.

— Теперь тут особая зона, закрытый объект. За полгода все сделали. Водопровод, электричество, связь, — продолжал Фазиль, — археологи могут жить безвылазно, для них специальный дом построили. Вас, наверное, тоже там поселят, когда Йоруба вернется.

Ворота медленно поползли в стороны, впустили джип и закрылись. Из будки вышел охранник, гигантский двухметровый шамбал в теплой камуфляжной куртке, с автоматом на плече, вежливо попросил паспорта, посмотрел, сразу вернул, что-то сказал Фазилю по-шамбальски и махнул рукой вправо. Там виднелся какой-то ангар.

– Дальше ехать нельзя, – объяснил Фазиль, – от машин вибрация, для развалин вредно. Машину придется оставить.

Ангар оказался гаражом. Внутри стоял крытый грузовик, три военных газика и джип. Когда вышли из гаража, в лицо ударил колючий ледяной ветер. Соня замотала голову шарфом, Дима надел капюшон. Фазиль бодро шагал впереди, в легкой куртке, с открытой головой, и даже уши у него от холода не покраснели.

Вдоль широкой бетонки выстроились аккуратные сугробы, из одного торчала дворницкая лопата. Ветер выл, мела поземка, казалось, на многие километры вокруг нет живой души, кроме них троих и охранника в будке. Бетонка вела к двум совершенно одинаковым четырехэтажным зданиям, стандартным белым коробкам с широкими окнами и плоскими крышами со спутниковыми антеннами. Дома выглядели необитаемыми. За ними высились заснеженные холмы.

– Весело тут, – заметил Дима.

– Да, ничего не скажешь, местечко унылое, зона, она и есть зона. Однако вроде как весной должны деревца посадить, разбить газоны, построить оранжерею. Вон тот корпус жилой, а нам сюда, здесь всякие лаборатории, – Фазиль открыл дверь, пропустил вперед Соню и Диму.

В широком фойе было пусто. Еще не закончился ремонт, стены и часть плиточного пола покрывала полиэтиленовая пленка. К лестнице вел узкий настил из досок, заляпанных белой краской. Откуда-то сверху доносился тихий мерный стук.

— На второй этаж поднимитесь, там налево третья дверь. А я вас в каптерке буду ждать, посплю пока, — сказал Фазиль, зевнул и скрылся под лестницей.

На втором этаже слева тянулся пустой коридор, справа было большое полутемное пространство, оттуда доносился однообразный легкий стук. Жалюзи плотно закрывали окна, поэтому не сразу удалось разглядеть просторный холл, в глубине его стол, пересеченный низкой сеткой, и две фигуры игроков. Белоснежный шарик слегка светился, словно смазанный фосфором, отлетал от ракеток, стукался об стол.

У Сони от холодного ветра все еще слезились глаза, она видела только одного игрока, ближнего, который стоял спиной к проходу. Высокая, безобразно толстая фигура в синем спортивном костюме, непонятно, мужская или женская. Голову плотно обтягивала черная вязаная шапочка. Дальний игрок терялся в полутьме, и когда от него летел шарик, казалось, ракетку держит бесплотная тень.

— Здравствуйте, — сказал Дима.

Игроки не ответили, продолжали однообразно шлепать по шарику.

— Не темновато вам? — Дима подошел к окну, дернул шнур, поднял жалюзи.

Цок, цок. Шарик все так же летал, от ракетки к ракетке, аккуратно ударяясь об стол.

— Благодарю вас, давно следовало это сделать, но трудно оторваться от игры, — произнес игрок в шапочке, не поворачивая головы, и отбил очередную подачу.

Голос был, безусловно, мужской, с сильным акцентом. Дима прошел вглубь холла, ко второму окну, поднял жалюзи.

— Ну, не станем вам мешать, — сказал он и вернулся к Соне, — пойдем.

Она не шелохнулась.

— Соня, пойдем.

— Подожди. Я хочу посмотреть. Они здорово играют.

Шарик продолжал взлетать и цокать. Ни разу не упал. Оба игрока стояли неподвижно, даже руки с ракетками почти не шевелились, отбивая очередную точную подачу.

От дальнего игрока Соню отделяло метров десять. Он был почти одного роста с ближним, но не такой толстый. Тоже в спортивном костюме, но зеленом. И без шапочки. Волосы, то ли седые, то ли вытравленные до белизны, острижены очень коротко. Нельзя определить, мужчина это или женщина.

— В чем дело? — шепотом спросил Дима.

Она не ответила. Глаза ее, не моргая, всматривались в лицо дальнего игрока.

— Соня, что с тобой? — Дима взял ее за плечи и слегка потряс. — Проснись, пожалуйста.

Она болезненно сморщилась, зажмурилась, помотала головой. Губы шевельнулись, пробормотали почти беззвучно:

— Нет, нет, нет...

Позади, в коридоре, стукнула дверь. Соня вздохнула, вполне осмысленно взглянула на Диму, сказала:

— Прости, все в порядке.

Из коридора к ним быстро шла высокая стройная женщина в теплой куртке, накинутой поверх белого халата.

— Добрый день. Вы Софья Дмитриевна?

— Да, здравствуйте, — ответила Соня нормальным, живым голосом и улыбнулась женщине.

— Ну, слава богу, я уже начала волноваться. Охрана сообщила, что вы приехали, а вас все нет. Я Орлик Елена Алексеевна. Очень рада познакомиться.

Ей было слегка за сорок. Тонкое лицо, высокий выпуклый лоб, большие серые глаза, гладкие темные волосы с проседью, открытая детская улыбка. Под халатом джинсы, вишневый свитер. Стоило ей появиться, шарик перестал цокать. Игроки положили ракетки на стол, вышли из холла, бочком просеменили через лестничную площадку в коридор и скрылись за одной из дальних дверей. Разглядеть лицо игрока в зеленом костюме так и не удалось. Голова опустилась совсем низко, видна была только макушка. Сквозь белую щетинку просвечивала кожа и ровный крестообразный рубец.

— Елена Алексеевна, это ваши сотрудники? — спросил Дима.

— Их прислал Герман Ефремович, они налаживают тут всю электронику, компьютеры, микроскопы. Я их не знаю, они только сегодня явились. Немного странные, да? Идемте, я покажу вам лабораторию.

ГЛАВА ЧЕТЫРНАДЦАТАЯ

Москва, 1922

Доктор Тюльпанов явился в кабинет к Михаилу Владимировичу без предупреждения, без стука. Проскользнул в дверь, закрыл ее и трижды повернул ключ в замке.

— Мы погибли! — прошептал он, глядя на профессора сумасшедшими красными глазами. — Этот человек ни перед чем не остановится. Он убьет меня, вас, а потом сам застрелится.

Михаил Владимирович собирался домой. Был одиннадцатый час вечера. Сегодня утром Андрюша вдруг нарушил обычное мрачное молчание и попросил: «Папа, приходи, пожалуйста, пораньше».

— Кажется, он оттаивает, — шепнула Таня, — ему нужно о чем-то поговорить с тобой. Не задерживайся ни в коем случае.

— Миша, тебя целый день нет, приходишь поздно, смотри, вот помру без тебя, не простившись, — сказала няня, когда профессор заглянул к ней.

— Дед, пока не вернешься, спать не буду, — заявил Миша.

Мармозетка Марго запрыгнула к Михаилу Владимировичу на плечо, обняла за шею и никак не отпускала. Пришлось пообещать всем, включая обезьянку, что сегодня он вернется домой до полуночи.

Больничный день пролетел на редкость легко и быстро. Никаких сюрпризов, никаких звонков из Кремля. Но вот — пожалуйста, в последнюю минуту явился Тюльпанов с безумными глазами и невнятным паническим бормотанием.

— Он рвался к вам подняться, я еле удержал. Я обещал, что приведу вас. Слава богу, вы еще здесь. Я уверен, он сам ее подстрелил, а теперь требует, чтобы мы, чтобы вы спасли! Лично вы, и никто другой! Но это невозможно, я попытался объяснить ему, кровотечение сильное, остановить не удается. Она потеряла около литра и продолжает терять.

Михаил Владимирович снял пальто, надел халат, отпер дверь и помчался вниз по лестнице, перепрыгивая через ступени.

— Уфлис, весьма влиятельный чекист, привез раненую, Карасеву, тоже чекистку, — объяснял на бегу, сквозь одышку, Тюльпанов, — двадцать семь лет, огнестрельное брюшной полости. Кажется, повреждена селезенка. Кровяное давление совсем низкое, сердце слабое, от наркоза может не проснуться. Редькина я уже вызвал.

Дверь в приемный покой была распахнута. Снаружи застыли два молодых чекиста с маузерами. Внутри сестра и фельдшер прижались к стене. Мужчина в кожаной куртке стоял возле каталки, спиной к двери. В левой руке он держал кружку с водой, в правой револьвер. На каталке лежала женщина, накрытая простыней до подбородка. По простыне растеклось огромное кровавое пятно.

— Пить, пить, — повторяла женщина.

Мужчина пытался напоить ее, но не мог приподнять ей голову. Правая рука была занята револьвером, направленным на фельдшера и сестру. Капли воды из кружки шлепались женщине на лицо. Она облизывала губы. Мужчина тихо, страшно матерился.

— Ей нельзя пить, нельзя, — монотонно твердила сестра и вжималась в стену так, словно хотела просочиться в соседнее помещение.

Фельдшер зажмурился и молчал. Михаил Владимирович бесшумно пересек комнату, приблизился к кожаному сзади, ухватил за запястье руку с револьвером, дернул вниз и за спину. Револьвер выпал на кафельный пол. Профессор оттолкнул его ногой подальше. Резкий звук привел в чувство фельдшера и двух чекистов у двери. Фельдшер поднял револьвер. Чекисты влетели в приемный покой и направили свои маузеры на Михаила Владимировича.

— Товарищи, товарищи, это профессор Свешников, не надо в него стрелять, — испуганно залопотал Тюльпанов.

Кожаный глухо матерился, пытался развернуться, вырвать руку. Кружку он выронил, вода пролилась, сапог его заскользил по мокрому полу, он потерял равновесие.

— Да возьмите же его, нет сил держать, или я вывихну ему сустав, — сказал Михаил Владимирович.

— Товарищ Уфлис, — спросил один из чекистов, мальчик не старше восемнадцати, — что нам делать, товарищ Уфлис?

— Это контрреволюция, мать твою! Шлепни гада! Пли! — прохрипел Уфлис.

Он бы вырвался, но осмелевший фельдшер схватил его за левую руку. Сестра кинулась к двери, чтобы вызвать больничную охрану, однако чекисты преградили ей путь.

— Сию минуту отпустите товарища Уфлиса! — крикнул второй, постарше. — Вы за это ответите!

— Чем мы занимаемся? Тут человек истекает кровью, надо срочно оперировать, а приходится усмирять пьяного негодяя, — сказал Михаил Владимирович, — отпустим его, он станет драться.

— Не стану, — прохрипел Уфлис, — не трону вас, обещаю. Но если не спасете ее, я вас убью.

Михаил Владимирович отпустил его руку, ни на кого не глядя, подошел к раненой. Она была в сознании, но пульс едва прощупывался.

— Больно. Дайте пить, пить, — повторяла она и облизывала белые сухие губы.

— Готовьте третью операционную. Нужен рентгеновский снимок, но времени нет. Мы ее теряем.

В приемный покой вошли Бокий, Редькин, с ними три красноармейца из больничной охраны.

Михаил Владимирович поздоровался и спросил:

— Где вы были раньше? Я же просил не пропускать сюда никого с оружием.

— Глеб, они не давали ей пить, она просила воды, они не давали, нарочно, а твой хваленый профессор мне руку вывихнул, тут в госпитале белогвардейское гнездо, это заговор, — сказал Уфлис.

— Лучше бы он тебе ее вообще оторвал. Йозас, ты кретин. При ранениях в живот пить нельзя. Все, мое терпение кончилось, ты арестован. Уведите его!

Пока Михаил Владимирович готовился к операции, Тюльпанов успел рассказать свистящим шепотом, что чекист Уфлис прославился своими зверствами в Крыму, вместе с Белой Куном и Землячкой пытал и расстреливал сотни людей, женщин, детей, стариков. Он маньяк и садист.

— Меня просто парализовал страх, и фельдшера, и сестру. А вы вот не знали, кто он, и смело бросились в бой. Карасева Аделаида, раненая, любовница его, тоже, между прочим, участвовала в расстрелах и пытках. Чекистка Ада, зверь в прелестном женском обличии. Вот вы потом непременно поговорите о таком безобразии с Владимиром Ильичем, кого держит в своем аппарате Феликс Эдмундович.

— А что ж сами не поговорите? — спросил профессор.

— Куда мне! Из всех докторов Владимир Ильич только вас одного теперь слушает, вам одному доверяет.

Тюльпанов покашливал, вздыхал, напряженно топтался рядом, пока Михаил Владимирович мылил руки. Он явно хотел сказать что-то еще, но не решался. Сестра Лена Седых принялась завязывать на профессоре многочисленные тесемки.

— Да, вот что, — изрек наконец Тюльпанов, — я, с вашего позволения, на этот раз присутствовать не буду. Голова побаливает. Нервы совсем никуда, знаете ли, сильно переживаю, если больные мрут на столе. Сразу давление повышается, тахикардия. А тут у нас случай, сами понимаете, фактически безнадежный. Ну-с, желаю удачи.

— Боится Уфлиса. Вдруг летальный исход? — шепнула на ухо профессору Лена.

В операционной все было готово. Валя Редькин начал свою работу. Золотая луковица покачивалась перед лицом раненой, голос звучал спокойно и ласково.

— Ада, у тебя ничего не болит, тело тяжелое, расслабленное, ты хочешь спать, тебе не нужно бороться со сном, сон целебный, глубокий. Один, два, три. Я досчитаю до ста, и ты заснешь. Веки тяжелеют, слипаются, дыхание ровное. Четыре, пять, шесть. Сосредоточься на маятнике. Ада, твои сосуды сужаются, берегут, не выпускают кровь.

— Кровь, — тихо повторила Карасева.

— Семь, восемь, девять. Ни о чем не думай, ничего не бойся. Десять, одиннадцать, двенадцать. Дышим вместе. Медленный глубокий вдох. Легкие наполняются воздухом. Тринадцать, четырнадцать, пятнадцать. Выдох. Ты качаешься на волнах. Вода прохладная, нежная. Шестнадцать, семнадцать, восемнадцать. Море забирает боль, утешает, баюкает измученное тело.

— Тело, — повторила Карасева.

Глаза ее закрылись, анестезиолог проверил болевые рефлексы и сообщил, что они отсутствуют. Пульс ровный, хорошего наполнения.

Валя убрал луковицу, продолжал говорить и считать, все тише, невнятней.

— С Богом, — сказал Михаил Владимирович.

Только зажав несколько крупных брюшинных вен, удалось остановить кровотечение. Пуля застряла в брюшной полости, у ворот селезенки. Сама селезенка не пострадала.

— Повезло, — прошептала сестра Лена Седых, — авось выкарабкается.

В следующее мгновение торсионный пинцет едва не выпал из ее руки. По операционной пополз странный звук, глубокий гул. Он был вовсе не громкий, но такой жуткий, что на лбу сестры выступил холодный пот, а отдыхавший в углу анестезиолог Иван вскрикнул: «Господи, помилуй!» — и перекрестился.

Гул издавала раненая, он не имел ничего общего с человеческим и тем более женским стоном. Казалось, внутри нее вибрирует басовая струна гигантского музыкального инструмента. Михаил Владимирович почувствовал, как дрожит тело раненой. Сначала он подумал, что эта дрожь мерещится ему, но рядом раздался испуганный шепот Лены:

— Судорога?

— Нет. Не похоже. Какая-то вибрация, — пробормотал профессор.

Гул продолжался, монотонно, уныло, на одной басовой ноте. К нему присоединился тихий мерный звон инструментов в лотке.

— Землетрясение, что ли? — с нервным смешком спросила Лена.

— Тяжелый грузовик под окнами проехал, — робко предположил Иван.

Михаил Владимирович на мгновение оторвал взгляд от операционного поля, увидел глаза над белыми масками, понял, что никто не верит в утешительные версии землетрясения, грузовика. Никто ничего не понимает, и всем страшно.

Пулю никак не удавалось извлечь. У профессора ныла правая рука, слишком долго и сильно пришлось держать запястье Уфлиса. Пуля ускользала, пряталась в рыхлых тканях брюшины, опять выныривала, словно дразнила. Краем глаза профессор заметил, что Валя побледнел до синевы. Он был без марлевой маски. Лицо его осунулось, постарело, глаза запали. Он выглядел хуже, чем после работы с Линицким, значительно хуже. У него таяли силы, но он продолжал говорить, все также медленно, нараспев.

– Успокойся, не шуми. Тебя никто не звал сюда. Девяносто пять, девяносто шесть, девяносто семь. Ада спит, и ты спи, не лезь не в свое дело. Девяносто восемь, девяносто девять, сто.

Гул стих так же внезапно, как начался. Инструменты перестали звенеть. Вибрация исчезла. Удалось наконец поймать пулю. Она громко брякнула о дно лотка. Михаил Владимирович облегченно вздохнул и сказал анестезиологу:

– Иван, проверьте пульс.

– Пульс падает.

– Да, я чувствую. Проверьте зрачки.

– Зрачки расширены.

– Лена, быстро, хлорид кальция. Камфару.

Внезапно Карасева открыла глаза, оскалилась и захихикала. Потом что-то влажно хлюпнуло и раздался голос:

– Узнал меня? Поиграть со мной хочешь, рыжая букашка?

Голос был мужской, низкий и хриплый. Глаза в упор смотрели на Валю.

– Не хочу. Скучно с тобой играть, – спокойно ответил Валя.

– Ай-ай-ай, за что ты меня обижаешь? Гляди, какой ты слабенький, маленький. Вот я дуну, и нет тебя.

— Это тебя нет. Ты ничто, пустота, veritatem imitari. Имитация реальности. Бездарная скучная пародия, — медленно произнес Валя.

Опять раздалось хихиканье, потом вернулся омерзительный вибрирующий гул. От него закладывало уши и болела голова. В операционной все окаменели. Иван застыл с протянутой рукой, не решаясь притронуться к запястью больной, еще раз проверить пульс. Лена застыла с наполненным шприцем.

— Да что с вами? Не бойтесь, Лена, Иван, действуйте! Бояться нельзя! — сказал Михаил Владимирович.

Сестра и анестезиолог опомнились, начали действовать. Но пульс исчез. Не помогли ни кислород, ни электрический кардиостимулятор. Сердце остановилось, а голос все звучал.

— Не надрывайся, ты, лекаришка. Ада в аду. Там же, где твой драгоценный сынок Володя. Остановись, ты и так далеко зашел. Кем возомнил себя, жалкая тварь? С кем вздумал тягаться, ты, глупое животное? Молишься? Валяй, молись, я послушаю. Только я и послушаю, кроме меня некому. Там оглохли давно, там наплевать на тебя и на всех вас. Наплевать. А вы все взываете. Дурачье жалкое, зверушки.

Забулькал смех, он сменился гулом. Лоток с инструментами грохнулся на пол. Наконец стало тихо.

Профессор стянул перчатки, снял маску, вытер ею мокрое лицо и огляделся. Дверь операционной была распахнута. Анестезиолог исчез. Вероятно, просто удрал. Пахло нашатырем. Валя сидел на полу. Лена держала нашатырную вату у его носа. Профессор опустился рядом с ними на корточки.

— Ничего, я сейчас очухаюсь, — пробормотал Валя, едва шевеля потрескавшимися до крови губами.

— Михаил Владимирович, что это было? — спросила Лена.

— Леночка, я слышал, ты молилась, стало быть, и так уж поняла, что это было.

– Я никогда не думала, что оно может вот так, явно, возникнуть и говорить. Оно ведь говорило, с вами, с Валей. Господи, хорошо, что не со мной. Я бы сразу умерла. Знаете, ужасно болит голова.

– У меня тоже. Ничего, сейчас пройдет, – сказал Михаил Владимирович. – Лена, ты умница, ты очень помогла мне. Спасибо.

– Да уж, умница, чуть с ума не сошла от страха. Так хотелось заорать, все бросить, убежать. Главное, чтобы эта дрянь мне теперь во сне не приснилась.

– Нет, Лена. Вам оно не приснится. И с ума вы не сойдете, – сказал Валя, – у вас все будет хорошо.

– Обещаете?

– Обещаю.

– Ну, ладно. Верю. Михаил Владимирович, помогите, он хоть и маленький, а тяжелый. Вот так. Взяли.

Вместе они подняли Валю. Он едва держался на ногах, но все-таки улыбнулся и сказал:

– Жаль, Глеб Иванович не присутствовал. Любопытно, как бы он потом объяснил происшедшее с точки зрения воинствующего материализма.

Михаил Владимирович уехал из больницы на рассвете. Казенный автомобиль грохотал по ледяной разбитой мостовой, улицы были пусты. Профессор сидел впереди, возле шофера. На заднем сиденье, свернувшись калачиком, спал Валя Редькин.

* * *

Вуду-Шамбальск, 2007

Лаборатория была оборудована отлично, даже лучше той, что сгорела в Зюльт-Осте. Магнитно-резонансный силовой микроскоп занимал почетное место. Соня читала, что такой прибор только еще разрабатывают, но не могла представить, что он уже существует и это чудо может оказаться в полном ее распоряжении.

— Вот здесь черепа с явными следами трепанаций, исключительно женские и детские, — говорила Орлик, обращаясь больше к Диме, чем к Соне.

Соня почти не слушала, рассматривала микроскоп. Прибор заворожил ее, она хотела сию минуту включить его и лишь из вежливости не делала этого.

— Софья Дмитриевна, тут готовые гистологические срезы, вам рекомендуют заняться ими в первую очередь.

— Кто рекомендует? — спросил Дима.

Соня стояла перед микроскопом. Рядом, на столе, она заметила свой старый ноутбук, тот самый, что остался на яхте. Голос Елены Алексеевны доносился как будто издалека.

— Не знаю. Тут все так таинственно. Сегодня утром, до моего прихода, кто-то поставил препараты на полку и приклеил записку. Посмотрите сами.

«Софи, рекомендую начать с этих образцов», — было написано на желтом листочке черным фломастером крупными печатными буквами.

— Может, записку написал один из двух теннисистов? — предположил Дима.

— Не думаю. Они всего лишь наладчики оборудования.

— А, вот еще послание, — Дима подошел к холодильнику.

К верхней секции была прилеплена точно такая же бумажка, на ней два латинских слова: «veritatem imitari».

— Имитация реальности, — пробормотала Соня и открыла дверцу.

Внутри не было ничего, кроме штатива с двумя пробирками, наполненными красной жидкостью.

— Ого, кто-то уже сдал кровь на анализ, — сказал Дима.

— Да, вероятно, это кровь, — Соня посмотрела пробирки на свет.

На белом пластике штатива были выведены три буквы: «HZE».

— Хот Зигфрид Эммануил, — беззвучно произнесла Соня, едва шевеля побелевшими губами.

Никто ее не услышал.

— Пожалуйста, успокойся и объясни, что происходит, — Дима взял у нее штатив, поставил назад в холодильник, захлопнул дверцу.

— Объяснять придется очень долго. Сначала я должна ее исследовать.

— Что, прямо сейчас? Сию минуту?

— Да. Тут есть все необходимое. Отличный экспресс-анализатор.

— Ты хотя бы можешь сказать, чья это кровь?

— Я должна ее исследовать.

— Соня, простите, но мне кажется, не стоит воспринимать эти бумажки как военные приказы. Пойдемте ко мне, я сварю кофе, — сказала Орлик.

— Спасибо, Елена Алексеевна, — Дима взял Соню за руку и вывел из лаборатории.

В кабинете Орлик на полу, застеленном пленкой, сидели двое теннисистов и возились с компьютером. Они мгновенно поднялись и вытянулись по стойке смирно, точно копируя движения друг друга.

— Мы устанавливаем Интернет для госпожи Орлик. Если сейчас это не удобно, мы можем уйти и продолжить позже, — спокойно произнес тот, что был в синем костюме и в шапочке.

— Да, будьте так любезны, — сказала Орлик.

Они удалились. Орлик плотней закрыла дверь. Кабинет был просторный и почти пустой, ничего, кроме письменного стола и компьютера. У стены несколько больших запечатанных картонных коробок, только одна раскрыта. Из нее Орлик вытащила медную турку, кипятильник, банку с молотым кофе. Соня молча встала у окна, прижалась лбом к стеклу.

— Странно. Они устанавливали Интернет, а компьютер выключен, — заметил Дима.

— Ну, наверное, они только собирались, еще не начали. Извините, условия тут походные, и чашки у меня всего две. Но есть стакан. Хорошо, что я захватила с собой кипятильник. Да, они какие-то странные, неприятные. Я заметила, вам, Соня, они тоже не понравились. Пожалуй, попрошу Петра Борисовича, чтобы прислали других.

Окно выходило на дорогу. Единственным темным пятном на белом фоне была дворницкая лопата, торчавшая из сугроба.

— Думаю, он этого не сделает, — сказала Соня.

— Почему?

— Подбирать людей для работы на секретном объекте слишком хлопотно.

— Ах, да, тут теперь секретный объект. Я сама этого добивалась. Но, знаете, я хотя бы попробую, и потом, они в любом случае здесь не надолго. О, я успела! Не убежал. Главное вовремя выключить кипятильник. Теперь остается найти чашки. Кажется, они в другой коробке. Дима, помогите мне, пожалуйста.

За окном, на белом фоне, появилось еще одно темное пятно. Человек в валенках, телогрейке и шапке-ушанке подошел к сугробу, вытащил лопату и стал разгребать снег.

— Соня, вот ваш кофе, — Орлик поставила чашку на подоконник.

— Спасибо.

Надо было повернуться, но Соня как будто примерзла лбом к стеклу. Холод медленно растекался по всему телу, и это было приятно, как анестезия после долгой изматывающей боли.

Дворник за окном работал неспешно и красиво, словно танцевал. Лопата поднимала аккуратные толстые пласты снега, бросала вверх, на сугроб. Размеренные четкие движения и звуки удивительно гармонировали с ритмом дыхания, с новым внутренним состоянием Сони. Она чувствовала себя спокойной и сильной. Больше всего на свете ей хотелось сейчас уединиться в новой лаборатории и заняться исследованием содержимого двух пробирок.

«Макс говорил о незрелых эритроцитах, — вспомнила она и плотнее прижалась лбом к ледяному стеклу, — в красных кровяных клетках взрослого человека нет ядер. Ядра есть в клетках крови некоторых земноводных. У саламандр. У младенцев в первые сутки жизни и до рождения. Незрелые эритроциты. Интересно. Тут может прятаться один из вариантов разгадки».

Суета и тихая болтовня за спиной слегка раздражали. Это было так скучно, буднично, так реально.

— Кажется, у меня где-то оставалась шоколадка, — сказала Орлик, — да, вот она. Хотите?

— Спасибо, не откажусь. Соня, твой кофе стынет. Шоколадку будешь?

Она едва сдержалась, чтобы не крикнуть «Отвяжись!». Никогда прежде она не испытывала такого холодного раздражения, или даже нет, это новое чувство называлось иначе: брезгливость. Окажись сейчас с ней рядом любой другой человек, дедушка, мама, Федор Федорович, Нолик, ничего бы не изменилось.

Ей перестали нравиться люди вообще, как биологический вид, как часть постылой однообразной реальности, которая существует внутри времени. Жизнь всякого существа, даже самого прекрасного, неизбежно заканчивается смертью и безобразным разложением.

«Спрашивается, зачем создавать такие сложные игрушки? Неужели только для того, чтобы они ломались, тлели, воняли? Человек осознает, что смертен, и мучается. Итог всегда один — смерть, разложение. Животное о своей смерти не ведает, но у человека есть разум. Зачем? Чтобы осознавать и страдать? Имитация разумней, интересней. Незрелость эритроцитов вполне может быть связана со способностью всего организма к осмысленной регенерации. А вдруг это есть альтернатива унизительному страданию? У человека восстанавливаются клетки печени, кожный покров, но и то лишь небольшие участки. Что еще? Мозг? Более совершенное существо должно уметь восстанавливать любой поврежденный орган и весь организм в целом».

Внутренний монолог звучал сам собой и так отчетливо, словно это были не ее собственные мысли, а кто-то нашептывал на ухо, подсказывал, объяснял, учил.

Дворник за окном воткнул в сугроб лопату, снял варежки, стянул с головы черную ушанку, зачерпнул горсть снега и протер лицо. Он стоял прямо напротив окна. Голова его, слишком большая для тощего маленького тела, оказалась лысой. Кожа была темной, пепельно-коричневой. Лицо сморщенное, даже не старое, а древнее, как кора трехсотлетнего дуба. Глаза, два больших светящихся пятна, поймали взгляд Сони и уже не отпускали. На таком расстоянии, сквозь стекло, невозможно было разглядеть цвет глаз, но Соня видела, что они светло-карие, золотистые. Вероятно, эффект свечения возникал из-за контраста с темной кожей. Размер глаз, пропорции лба и черепа были как у плода на пятнадцатой неделе внутриутробного развития.

Соня сфокусировала взгляд и стала видеть еще детальней, словно смотрела в бинокль. На голом коричневом темени она разглядела крестообразный шрам и заметила ритмичную пульсацию незакрытого костью ромба, младенческого родничка.

— Все, я пью твой кофе, — сказал Дима.

Затем заговорила Орлик.

— Соня, вы слышите меня? Вы хотите взглянуть на самый ценный артефакт? Я все-таки нашла его, именно здесь, как и предполагала, глубоко под землей, в древней алхимической лаборатории.

— Вы имеете в виду хрустальный череп Плута? — спросила Соня.

— Да, именно его. Лет десять искала, и вот, наконец.

— Зимой раскопки вести невозможно. Как же вам удалось?

– Я еще осенью его нашла, но пока Герман Ефремович болел идеей создать здесь туристическую Мекку, я ни слова никому не говорила. Сначала нужно было обеспечить безопасность. Знаете, Йоруба – человек тщеславный и легкомысленный. Я боялась, вдруг он не удержится перед соблазном устроить большое шоу, раструбить на весь мир, какое чудо найдено здесь, в его владениях.

– Елена Алексеевна, это открытие мирового значения. Вам разве не хочется получить заслуженную порцию славы? – спросила Соня и не узнала собственного голоса.

Он звучал глухо, тускло, словно голосовые связки закоченели.

– Стать на пару дней героиней новостей? – Орлик рассмеялась. – Только об этом и мечтаю всю жизнь.

Соня хотела спросить еще что-то, но закашлялась.

– Да ты простужена, вот в чем дело. Ну-ка, дай лоб, у тебя нет температуры?

Дима подошел к ней сзади, совсем близко. Она почувствовала его тепло, услышала дыхание.

«Ненавижу. Не смей меня трогать», – вкрадчиво прошептал уже знакомый внутренний суфлер.

Оставалось повторить вслух. Но в это мгновение дворник за окном вскинул руку, и большой снежок ударил в стекло, как раз там, где застыло лицо Сони.

Удар получился слабый, снежок рассыпался сверкающей пылью, но Соню тряхнуло, отбросило от окна. Она бы упала на пол, если бы Дима не успел подхватить ее. Голова у нее закружилась, по всему телу забегали быстрые тонкие иглы. Сердце стукнуло сильно, болезненно, и она поняла, что несколько секунд перед этим оно молчало, не билось, стиснутое хрустящей ледяной коркой. Как только оно ожило, вкрадчивый голос внутреннего суфлера исчез.

Дима обнял ее и прижал губы к ее виску.

– Температуры нет, ты, наоборот, холодная, дрожишь. Ну, что с тобой, Сонечка?

Она уткнулась ему в плечо и прошептала:

— Прости, я не знаю.

Орлик приоткрыла окно, высунула голову, закричала:

— Эй! Это была плохая шутка! Швырять снежки в окно! От вас я такого хулиганства не ожидала, уважаемый Дассам!

* * *

Берлин, 1922

У князя Нижерадзе взгляд был неприятный. Во время разговора выпуклые глаза впивались в лицо собеседника с таким выражением, будто за словами скрывался иной, тайный смысл или будто князь знает о собеседнике нечто, чего тот сам о себе не ведает. Если бы Федор не был врачом, он бы, вероятно, растерялся, смутился и устал после нескольких минут общения с князем. Но Федор сразу сделал скидку на экзофтальм, пучеглазие, связанное с нарушением функций щитовидной железы.

— Как вам удалось разыскать меня в таком случайном месте? — спросил Федор.

— А как вы думаете?

— Вы заранее знали адрес пансиона, дождались, пока я выйду, отправились следом. Немного странно, что не подошли сразу.

Они медленно шли вперед, по набережной. Федор прихрамывал, Нижерадзе двигался легко, уверенно, то и дело обгонял Федора. В очередной раз обогнал, обернулся, уставился на него своим многозначительным взглядом.

— Мне хотелось сначала поглядеть на вас со стороны. У вас было приподнятое настроение. Не мудрено, после российской нищеты и разрухи вы попали в рай.

— Ну, раем нынешнюю Германию вряд ли назовешь. Жесточайший кризис, инфляция, — возразил Федор.

— А все-таки с Россией не сравнить, верно? — Нижерадзе подмигнул, и усы его приподнялись в улыбке.
— Верно, не сравнить.
— Плохи там дела?
— В восемнадцатом было хуже.
— Э, дорогой, не обольщайся. Худшее для вас, русских, еще впереди. А что морщишься, хромаешь? Нука, подойди к оградке, стой на месте, не шевелись.

Федора немного покоробило от того, как легко перешел на «ты» его новый знакомый, от повелительного тона. Однако он послушно остановился. Ему стало любопытно, что будет дальше.

Нижерадзе принялся водить ладонями вдоль боков Федора, не прикасаясь, на приличном расстоянии. Глаза закрыл, бормотал что-то, шевелил усами. Федор рад был передышке. Спокойно наблюдал за лицом князя. Лицо напряглось, побагровело. Брови и усы смешно двигались вверх-вниз.

— Правую голень ломал в детстве? — деловито спросил князь.

Никаких переломов у Федора никогда не бывало, но он решил подыграть, изобразил изумление.

— Как вы узнали? Да. Ломал. Очень давно, в третьем классе гимназии.
— А, вот срослось неправильно. Потому много ходить не можешь, хромаешь. Ладно, так и быть, вылечу тебя.
— Что, прямо сейчас? Здесь?
— Э, нет, травма слишком давняя, долго работать с ней нужно. А стреляться зачем хотел? Из-за женщины?

Федор вздрогнул. Если с переломом князь ошибся, то с попыткой самоубийства попал в точку. Было такое, Агапкин правда пытался застрелиться в ноябре семнадцатого, когда Данилов вернулся к Тане после боев с большевиками за Москву, проигравший, но живой и невредимый.

— Никогда не хотел и не пытался, — холодно произнес Федор.

Нижерадзе открыл глаза, приблизил лицо так, что стал слышен запах чеснока из его рта, и, погрозив пальцем, прошептал с лукавой усмешкой:

— Ай, врешь, дорогой. Пистолет дал осечку, повезло тебе, но смотри, такие шутки не проходят даром.

Агапкин про себя облегченно вздохнул. Князь сказал наобум и угадал случайно. Самоубийство среди образованных юношей и девушек поколения Федора было в большой моде. Спасла его от пули в висок вовсе не осечка. Спасло нечто совсем иное. Этого князь никогда ни за что не узнает, как ни зорки его выпученные глаза, как ни чувствительны толстые, поросшие жестким черным волосом пальцы.

Набережная осталась позади. Теперь не нужно было сверяться с картой. Князь вел Агапкина к аптечной конторе. По дороге кивнул на витрину магазина мужской одежды.

— Как дело сделаешь, туда пойдем.

— Зачем? — спросил Федор, стараясь, чтобы не дрогнул голос.

Князь резко остановился, уставился на Федора.

— Ай, какой ты молодой, неопытный, — добродушно пропел он и покачал головой, — не предупредили тебя? Не предупредил Глеб, знаю его, хитреца. Решил, так безопасней. Правильно решил. А то занервничал бы ты на границе. Таможенные чиновники — тонкие психологи, насквозь видят людей, мигом почуяли бы твой страх.

«Запонки, булавка! — догадался Агапкин. — Бокий говорил, что Нижерадзе ничего не делает даром. Плечищи пиджака, верно, не только ватой набиты. Пиджак слишком тяжелый. И штиблеты тяжелые. Что там, в каблуках, в подметках? А ведь правда, если бы Бокий сказал заранее, я бы с ума сошел от страха и мог бы серьезно вляпаться. Я помню, как внимательно смотрел мне в глаза таможенный чиновник на границе».

— Вот твоя аптечная контора, — сказал князь, — ступай, дорогой, я тебя тут, в кафе, буду ждать.

В конторе Агапкина встретил молодой служащий, белобрысый, почти альбинос, с гигантским красным кадыком на тонкой шее и, согнувшись, странно приседая, провел в кабинет директора. Полный, краснолицый, с пышными кайзеровскими усами, директор поднялся из-за стола, крепко пожал Федору руку, назвал его «господин комиссар Ахапкинс», признался, что сердечно рад знакомству, осведомился о здоровье господина президента. Федор не сразу понял, что речь идет о Ленине.

— Для нашей скромной фирмы большая честь обслуживать правительство Российского государства. Мы сделаем все от нас зависящее, чтобы выполнить заказ наилучшим образом. Но, сами понимаете, какие сейчас времена. Марка падает, цены растут.

Директор вздохнул, сложил брови домиком, изобразил печаль и засим передал Федора молодому клерку.

Клерк, склонившись над столом, долго, внимательно просматривал список. Светлые волосы были густо смазаны бриолином, зализаны к затылку. Одна прядь косо свесилась на лоб.

Федор принялся листать рекламные буклеты. Чудодейственным, фантастическим, универсальным объявлялось все, от снотворного до бритвенных лезвий. Зарябило в глазах от картинок и ярких кричащих надписей. Под стопкой буклетов прятался толстый журнал. Стильное строгое оформление резко контрастировало с пестротой буклетов.

Отличная бумага. Название «Остара» отпечатано готическим шрифтом. Вокруг рунические знаки, какая-то замысловатая эмблема: кинжал и древний солярный символ, свастика, в венце из дубовых листьев. Взъерошенный красный орел, рядом пылающий факел.

На обложку были вынесены заголовки некоторых статей: *«Предчувствие возрождения Германии. Германский дух обнаруживает себя в тайных посланиях. Евреи, раса без корней, из зависти проникли в германскую культуру»*.

Внизу страницы красовалась печать ордена тамплиеров. Два босых рыцаря верхом на одном коне, с двумя копьями.

Федор тут же вспомнил плакат Агитпропа. На одном коне два бесполых существа в папахах, с одинаковыми кукольными лицами. Конь, в отличие от скромного коня тамплиеров, снабжен шикарными лебедиными крыльями. Он скачет на фоне алой звезды. В нижний треугольник звезды, под копытами коня, вписан маленький пылающий Кремль. Всадники держат в руках черное и белое знамя. Надпись гласит: «Знамя мировой рабоче-крестьянской коммуны». Сверху, полукругом, стандартный лозунг: *«Пролетарии всех стран, соединяйтесь!»*

Плакат Федор увидел перед отъездом, на Брестском вокзале. И запомнил его именно потому, что сразу возникла ассоциация с печатью тамплиеров. Там два рыцаря на одном коне символизировали аскезу. Злые языки связывали тесную близость всадников на печати со слухами о гомосексуализме, которым заражен был таинственный монашеский орден.

Бокий, провожавший Федора, тоже остановился у плаката, долго молча смотрел, потом усмехнулся, махнул рукой и сказал:

— Да нет, ерунда. Автор этой живописной аллегории вряд ли когда-нибудь слышал о тамплиерах.

Бокий к творениям Агитпропа относился снисходительно-иронично и, казалось, не замечал, как густо пронизаны они древними сакральными символами. Факелы, молнии, колосья, рога изобилия. Радуга грядущего счастья. Окровавленная лапища голого пролетария, вскинутая в ритуальном магическом жесте. Прометей, разрывающий цепи, Давид, попирающий Голиафа. Прошлое России, «старый мир», в виде черно-зеленых пауков и драконов, уничтожался алыми гигантами, раздутыми, словно клещи, напившиеся крови. Змей империализма кусал свой хвост. Багровый всадник в буденовке нанизывал на длиннейшее копье крошечные черные фигурки буржуев и царских офицеров. В нежно-розовый, как живая плоть, земной шар вонзался штык, по континентам растекались кровавые пятна мировой революции. Серп, символ смерти, жертвенного кровопролития, пересекался с молотом, масонским символом власти и повиновения. И повсюду сияла звезда с золотыми лучами, масонская пентаграмма.

Сама мысль о том, что творцы Агитпропа сознательно используют язык древнейших сакральных символов, казалась смешной и нелепой. Но достаточно было внимательно взглянуть на плакаты, чтобы убедиться: да, используют, вполне грамотно. Древний язык работает, воздействует на инстинкты, возвращает людей к первобытному состоянию агрессивного и запуганного стада.

— Вы увлеклись «Остарой»? — вежливо осведомился немецкий клерк.

Федор действительно увлекся, не заметил, что молодой человек уже просмотрел список.

— Извините, — он отложил журнал и краем глаза успел прочитать строки, отпечатанные на обратной стороне обложки крупными красными буквами с черным теневым отливом:

«Вы блондин?

Значит, вы творец и защитник великой арийской цивилизации!

Вы блондин?

Значит, вам грозит смертельная опасность!

Поэтому читайте «Библиотеку защитников прав белокурого человека!»

— Не извиняйтесь, если мне попадает в руки какой-нибудь из номеров, я обо всем забываю, не могу оторваться, — клерк, гипертрофированный блондин, мечтательно улыбнулся, — история нордической расы таит в себе столько величия, руны завораживают, волнуют душу каждого, в чьих жилах течет арийская кровь. Возвращение к истокам, память крови — вот что спасет

Германию. Но для этого раса должна очиститься от грязных примесей.

Федор тут же вспомнил Радека с его категорическим утверждением: «Наследственность, кровь предков, память крови — вот что формирует человека».

Бледно-зеленые глаза клерка подернулись влагой, голос взволнованно задрожал. Федор никак не откликнулся на пылкий монолог, повернул разговор в деловое русло.

Половины запрошенных медикаментов на складе не оказалось, и цены выросли вдвое. Пришлось долго, нудно обсуждать, какие лекарства обязательно следует заказать, какие можно заменить. В итоге условились, что Федор зайдет через неделю.

Он так спешил покинуть фирму, что забыл попросить пластырь. Пятки стерлись до крови. Хромая, он добрел до кафе, где ждал его Нижерадзе.

— Кушать хочешь, дорогой? — ласково спросил князь.

— Нет, спасибо. Выпью кофе и покурю.

Федор опустился на стул, достал папиросы. Солярный знак свастики и влажный, чувственный блеск глаз аптечного клерка окончательно испортили ему настроение. Пафоса борьбы он наелся в России, а вот, оказывается, тут тоже работают древние символы, зовут к борьбе.

«Ерунда, — подумал Федор, — тут ничего такого не случится. Немцы прагматичны, ценят порядок и комфорт, устали от войны и вряд ли увлекутся идеями разрушения».

Он вдруг затылком почувствовал пристальный взгляд.

— Сиди, не крутись, — прошептал князь.

Но Федор все-таки обернулся. Через стол от них сидел неприметный худощавый мужчина средних лет, с обритым, как у князя, черепом, в военном кителе без знаков отличия. На Федора он не смотрел, читал газету.

— Смирно сиди, я сказал! — князь через плечо Федора тяжело уставился на незнакомца.

Подошел официант, Федор заказал кофе. Нижерадзе застыл, не двигался, не моргал. Выпученные глаза налились кровью. Кончики усов заметно дрожали. Через пару минут мужчина в кителе, скрючившись, держась за живот, пробежал через зал и скрылся за дверью туалета.

Князь расслабленно откинулся на спинку стула, закурил и сказал:

— Теперь долго будет там сидеть. Кофе пей спокойно.

— Но как? Почему? Кто он? — спросил Федор.

— Я его давно приметил, еще на набережной, — князь прищурился, пошевелил усами. — А ты поздновато почуял слежку, так нельзя, дорогой. Надо быть внимательней.

— Что вы с ним сделали?

— Расстройство желудка.

— Каким образом? Неужели только взглядом?

— Ты сам видел, я к нему не прикасался, ничего в стакан ему не сыпал. Это фокус совсем маленький, простенький, — он глубоко затянулся, выпустил клуб дыма и пробормотал чуть слышно: — Калечить — не лечить, ломать — не строить.

Федор машинально выпил жидкий кофе, расплатился за себя и за князя. Они покинули кафе, а незнакомец так и не вышел из туалета.

* * *

Вуду-Шамбальск, 2007

Единственным помещением, где ремонт был полностью закончен, оказалась комната-сейф, хранилище самых ценных артефактов. К нему вела отдельная лестница в другом конце коридора, за маленькой железной дверью. По лестнице спустились вниз, довольно глубоко.

— Тут подземелье огромное, несколько уровней, — объяснила Орлик, — туннель вырыли до самых раскопок. Система вентиляции пока не налажена. Душно и очень холодно.

Дверь в хранилище была толщиной в полметра, обшита с обеих сторон сталью. Орлик вытащила из кармана электронную карточку, раздался тихий писк. Синеватый свет осветил просторное помещение. Две стены состояли из рядов сейфов разных размеров. Был еще шкаф, два стола, большой, цинковый, и маленький, письменный, возле него круглая крутящаяся табуретка. Орлик достала из шкафа упаковку с белыми тканевыми перчатками.

— Герман Ефремович намерен сделать тут отдельную лабораторию, чтобы ценные артефакты вообще не выносились на поверхность для исследований. Но больше получаса тут находиться невозможно, воздуха не хватает, — Орлик открыла дверцу центрального сейфа, — вот он, красавец.

Череп лежал в большой серебряной шкатулке, изнутри обшитой бархатом. Когда Орлик сняла крышку, из шкатулки полилось слабое свечение. Она поставила шкатулку на цинковый стол, свечение усилилось.

— Он так хитро преломляет свет, притягивает, вбирает его. В темноте, конечно, не светится.

— Сколько ему лет? — спросил Дима.

— Никто не знает. Это кварц. Определить возраст неорганических материалов невозможно, даже при помощи самого совершенного на сегодня радиоуглеродного метода. Но судя по органическим остаткам в слое грунта, где он хранился, ему не менее четырехсот лет.

— Значит, это не современная подделка?

— Ну, если учесть, что первый из найденных черепов датируется примерно третьим тысячелетием до нашей эры, то этого юношу можно назвать подделкой. Хотя, извините, он девушка. С ним уже поработал антрополог, воссоздал лицо. Оно женское, европейского типа. Я потом вам покажу.

Стенки шкатулки раскладывались в четыре стороны. Череп открылся целиком. Он был идеально гладкий и прозрачный, с высоким лбом, аккуратным округлым затылком, огромными овальными глазницами. Нижняя челюсть крепилась золотыми шарнирами.

Несколько секунд молчали, разглядывали череп. Его нельзя было назвать красивым, но он властно притягивал взгляд, хотелось рассмотреть, что там, внутри. Прозрачные слоистые выпуклости, изгибы, замысловатые переплетения лучей, просветов, отражений создавали иллюзию лабиринта, внутренней бесконечности. Орлик включила фонарь и направила луч в глазницы. Они вспыхнули, наполнились светом, и мощный фонарный луч показался тусклым на фоне их свечения.

— Соня, вы что-нибудь чувствуете? — спросила Орлик.

— Ничего особенного. Душно и холодно,

— А вы, Дима?

— Знаете, мне очень хотелось бы испытать нечто необыкновенное рядом с этой загадочной штукой, но, к сожалению, мне тоже душно и холодно.

— Спасибо. Я рада, — Орлик улыбнулась, — а то я думала, что я одна такая тупая и бесчувственная. Йоруба устроил целое представление. Надел старинный национальный костюм, совершал какие-то пассы, обменивался с черепом энергией, уверял, что весь наполняется магической силой, ощущает таинственные вибрации.

— А Кольт? — спросила Соня.

— Сначала ужасно возбудился, принялся подсчитывать, сколько это чудо может стоить, потом чуть не потерял сознание. У него закружилась голова. Наверное, от духоты, — Орлик выключила фонарь. — Посмотрите в глазницы. Если вдруг станет неприятно, лучше сразу отойти. Ну, что вы видите?

Соня приблизила лицо к черепу, закрылась ладонями, как шорами, и медленно произнесла:

— Ворсинки бархата. Пыль. Клещики дерматофаги птеронусинус.

— Что, прости? — Дима снял очки и потер переносицу.

— Домашние клещи, они крошечные, меньше миллиметра. Очень сильное увеличение. Это даже не лупа, это настоящий микроскоп.

Орлик тихо засмеялась.

— Йоруба уверял, будто череп явил ему сверхразумных инопланетных существ. Оказывается, это всего лишь домашние клещи. Я их вообще не увидела. Наверное, дело в остроте зрения.

— Да, я тоже никаких дерматофагов не вижу, — сказал Дима.

— Немножко измени угол, — посоветовала Соня.

— Бесполезно. Не вижу, — Дима отошел от стола. — Ты уверена, что это клещи? Вдруг правда инопланетяне? Йорубе череп их явил, тебе явил, а нам с Еленой Алексеевной не хочет.

— Ладно, давайте вытащим его из шкатулки, — сказала Соня, — домашние клещи ужасная гадость. Мы ими дышим, они попадают на слизистую, в бронхи.

— Йоруба нам этого не простит. Шкатулка очень древняя, ритуальная. Именно в ней должны храниться символы жреческой власти, — сказала Орлик.

— Не знаю, какие символы хранились в ней раньше, но сейчас древний бархат кишит клещами, — Соня осторожно взяла череп в руки и поставила прямо на цинковый стол, — ну вот, тут вроде бы чистая поверхность. Я попробую убедить Германа Ефремовича, что дерматофаги могут испортить хрусталь. Ну, или скажу ему, что инопланетянам на древнем бархате душно. Лучше убрать этот клещевой ковчег куда-нибудь подальше.

Орлик нашла в шкафу пластиковый чехол, шкатулку сложили, завернули, спрятали в сейф.

– Я как раз недавно смотрел новый, четвертый фильм про Индиану Джонса Спилберга, – сказал Дима, – там все крутилось вокруг хрустального черепа, но он выглядел иначе. Вроде огурца. Длинный вытянутый затылок. И принадлежал инопланетянину, у которого весь скелет хрустальный.

– Я тоже смотрела последнего Индиану, – кивнула Орлик, – версия с инопланетянами самая модная. Никто не понимает, как эти черепа сделаны. Точно таких артефактов пока найдено всего два, в Южной Америке, при раскопках в районе древних городов майя. После реконструкции лиц они тоже оказались дамскими. Те две дамы были индианками. Еще есть штук десять похожих, но они значительно примитивней, грубей. Этот наш – третий. Даже при помощи современных технологий воспроизвести его невозможно. Он вырезан из цельного куска кварца. Кристалл не выдерживает такой обработки, он трескается, и шлифовать до такой гладкости пришлось бы лет триста. А тут еще внутри всякие призмы, линзы, каналы, тоже идеально отшлифованные. Лучшие в мире специалисты по кварцу из фирмы «Хьюлетт-Паккард» исследовали первый череп. Его нашли в 1924 году, на руинах древнего города майя в джунглях полуострова Юкатан. Специалисты заявили, что проклятая штуковина вообще не должна существовать на свете. Тот, кто ее сотворил, не имел ни малейшего понятия о кристаллографии, игнорировал оси симметрии. Череп обязан был развалиться.

– Может, его не вырезали, а вырастили? – Соня опять склонилась над черепом. – Мало ли на что способны были ваши любимые сонорхи? Вполне могли разработать методы выращивания кристаллов заданной сложной формы. Мы не знаем.

– Да, пожалуй, единственное более или менее достоверное объяснение, что это выращенный кристалл, — кивнула Орлик, — но я не думаю, что создали череп сонорхи.

— А кто же?

— Есть у меня одна версия, впрочем, совершенно еретическая и безумная. Всегда так, стоит глубже копнуть, и обязательно обнаружишь какой-нибудь сюрприз. Сонорхи поклонялись дьяволу. Сообщества, сознательно исповедующие сатанизм, абсолютно непродуктивны. Они никогда не могли создать собственную науку, цивилизацию, материальную культуру. Они только присваивали чужое, уродовали, уничтожали.

— Все древние цивилизация были жестокими, — заметила Соня, — человеческие жертвоприношения, реки крови.

— Да. Внутри каждой цивилизации обычно кто-то занимается мучительством и убийством, а кто-то наукой, искусством, архитектурой. Но это были разные люди. То, что мы называем прогрессом, развитием, происходит не по магической воле тайных обществ, не по приказу великих вождей, а потому, что один умница придумал колесо, другой сконструировал плуг, третий прялку, четвертый оросительную систему и так далее, через века. Микроскоп, летательный аппарат, компьютер. Хрустальный череп создать мог только очень образованный и одаренный человек. Возможно, у него был дурной характер, он распутничал, не возвращал долги, в припадке ярости лупил подмастерьев, в припадке тоски напивался до безобразия. Но он не убивал детей и женщин, чтобы умилостивить дьявола. И череп он создал вовсе не для ритуальных таинств. Я уверена, цель у него была вполне научная. Физика, химия, а может, медицина и биология. Или это носитель информации, вроде компьютерного диска.

— Между прочим, тут внутри есть штучка, похожая на шишковидную железу, — сказала Соня, — как раз в центре, где и положено ей быть. Немного крупней натурального эпифиза. Она розоватая. Нет, скорее, голубоватая. Она меняет цвет. О, Господи! — Соня отпрянула от черепа, зажмурилась, помотала головой. — Посмотрите, может, мне почудилось?

Дима и Орлик подошли к черепу.

— В центре свечение, как будто маленькая синяя лампочка. Там шевелится что-то, — испуганно прошептала Орлик, — что-то живое. Может, клещи случайно заползли? Нет, оно вытянутое, похоже на змей. Ой, мамочки, они танцуют, они смотрят на меня! Простите, не могу, не понимаю, — она отвернулась и отошла.

— А я вообще ничего не вижу, — Дима снял очки, потом опять надел, — объясни, что ты там углядела.

Соня кинулась к своей сумке, вытащила мобильник.

— Я почти уверена, что не получится, но все-таки попробую заснять. Тут довольно мощная видеокамера, правда, я еще ни разу ею не пользовалась. Череп лучше поставить на табуретку, так удобней.

С телефоном в руке Соня медленно передвигалась вокруг табуретки на коленях. Дима светил фонарем на череп, направлял луч то в затылок, то в глазницы. Орлик отошла подальше, в угол.

— Мне немного не по себе, — призналась она и натянуто улыбнулась, — я лучше потом посмотрю, на экране.

Действо длилось минут десять, в полной тишине, слышен был только шорох Сониных джинсов по плитке пола и мягкий гул люминесцентных ламп. Наконец Соня поднялась с колен. Дима выключил фонарик.

— Череп убираем в сейф прямо так, голышом? — спросила Орлик.

— Конечно. Что ему сделается? — Соня сохранила отснятое, бросила телефон в сумку. — Пойдемте наверх, там перегоним в компьютер и просмотрим. Сама не знаю, что получилось.

ГЛАВА ПЯТНАДЦАТАЯ

Москва, 1922

Валя Редькин жил один, в крошечной комнате туго уплотненной квартиры на Сретенке. Он так ослаб, что Михаил Владимирович не решился везти его туда, оставлять одного, и повез к себе.

Утром Валя крепко спал, Михаил Владимирович не стал его будить, уехал в больницу, провел там весь день. Доктор Тюльпанов пытался узнать подробности операции, уговаривал позвонить Бокию, сказать, чтобы ни в коем случае не выпускали из тюрьмы Уфлиса.

— Операция самая ординарная, под гипнозом больная уснула, пуля повредила несколько брюшинных вен. Больная потеряла слишком много крови, в этом вы, Николай Петрович, оказались правы. Спасти ее не удалось, — сухо сообщил профессор, — звонить я никому не стану. Пусть там, на Лубянке, сами решают, кого сажать, кого выпускать.

— Обиделись, что я ушел? — вкрадчиво спросил Тюльпанов. — Подумали, я испугался, не хочу влезать в это?

— Перестаньте, Николай Петрович, честное слово, мы с вами не гимназисты младших классов, чтобы обижаться, — поморщился профессор.

— Стало быть, вы меня не осуждаете? А то я переживаю, вдруг вы думаете обо мне дурно?

Михаил Владимирович только улыбнулся в ответ.

— Вот, чтобы вы поняли, как я к вам отношусь, я сам сегодня же непременно позвоню на Лубянку и потребую держать Уфлиса взаперти, под стражей, — пообещал Тюльпанов.

Однако звонить не пришлось. Бокий лично явился в больницу и первым делом сообщил:

— Уфлис признался, что сам выстрелил в Аделаиду Карасеву, из ревности. Лена Седых уже передала мне пулю, мы проведем экспертизу, но в общем, и так все ясно. Где Редькин?

— У меня. Спит.

— Дзержинский срочно требует его. Я пошлю за ним людей.

— Глеб Иванович, Валю не надо сейчас трогать, пусть выспится. Ему досталось этой ночью.

— Да? А что произошло?

Михаил Владимирович подробно рассказал, что произошло. Бокий слушал молча, с непроницаемым лицом. Потом спросил:

— Вы абсолютно уверены, что голос продолжал звучать, когда сердце уже не билось?

— Абсолютно уверен.

— У вас есть какие-либо приемлемые объяснения?

— То, что приемлемо для меня, вы назовете абсурдом, — Михаил Владимирович пожал плечами, — сразу скажу, что групповая галлюцинация исключается. Жаль, вы лично не присутствовали.

— Надеюсь, мне еще представится случай, — Бокий неприятно усмехнулся, одними губами, глаза при этом остались жесткими, смотрели на профессора в упор, не моргая. — Ну, а что все-таки с Редькиным?

— Он ослаб, едва не потерял сознание. Он выглядел и чувствовал себя значительно хуже, чем после работы с Линицким. Кровяное давление упало. Его нельзя сейчас трогать, он должен восстановить силы. Хотите, я сам поговорю с Дзержинским?

— Ладно, — Бокий махнул рукой, — пусть отоспится. Все равно от него в таком состоянии толку не будет. Феликса я беру на себя. А на вас доносец, Михаил Владимирович. Извольте ознакомиться.

Бокий вытащил из портфеля тонкую картонную папку, раскрыл, протянул профессору.

Это была копия машинописного текста, отпечатанного через синюю копирку. Полторы страницы. Ни подписи. Ни числа.

«Считаю долгом чести сообщить, что профессор Свешников, возомнивший себя гением медицины, биологии, гистологии и многих других наук и сумевший убедить в своей гениальности и незаменимости уважаемых членов сов. правительства, в действительности является самозванцем, мошенником и глубоко законспирированным врагом сов. власти.

Пользуясь незаслуженным доверием к нему нашего великого вождя тов. Ленина, Свешников силой психического внушения лишает возможности других врачей следить за состоянием здоровья Владимира Ильича. Между тем как сам разобраться в истинных причинах недомоганий Владимира Ильича, поставить определенный диагноз и назначить правильное лечение не может, что характеризует его как врача с наихудшей стороны и полностью разоблачает миф об его «гениальности».

Таким образом, бесценная жизнь великого Ленина подвергается опасности в руках самоуверенного бездарного шарлатана.

Далее, Свешников уверяет, что в данный момент не имеет своего пресловутого препарата, продлевающего жизнь и возвращающего молодость, и будто бы для получения оного ему необходимо снарядить дорогостоящую экспедицию в вуду-шамбальские степи. Между тем доподлинно известно, что недавно Свешниковым было проведено очередное успешное испытание препарата на обезьяне, мармозетке золотистый игрун розалия. В результате опыта оная мармозетка, вопреки своему преклонному возрасту и тяжелому ранению головы, находится в добром здравии, в настоящее время проживает в квартире Свешникова как домашнее животное, молодое и весьма резвое, под кличкой Марго.

Из вышеуказанного с очевидностью следует, что Свешников намеренно вводит в заблуждение представителей сов. власти и лично великого вождя тов. Ленина, с целью сокрытия своего препарата, тем самым создавая себе возможность конечной передачи препарата нашим врагам.

Посредством парапсихической волновой энергии удалось проникнуть в подсознание Свешникова и расшифровать его истинные намерения. Они заключаются в налаживании прежних дореволюционных связей в Зап. Европе и побеге за границу вместе со своим семейством, включая экспериментальную мармозетку. Имея при себе препарат, а также будучи знаком со многими государственными секретами, Свешников надеется безбедно жить за границей, под крылом своих буржуазных хозяев.

В частности, известны давние дружеские отношения Свешникова с берлинским невропатологом доктором фон Крафтом. В студенческие годы Свешников и Крафт вместе слушали курсы лекций во Фрайбургском университете, затем находились в переписке, встречались неоднократно. В частности, в Вене, в январе—феврале 1913 года».

На этом текст заканчивался. Михаил Владимирович аккуратно сложил листки в папку, протянул Бокию.

— Оставьте себе на память, — сказал Бокий, — это копия.

— Нет уж, Глеб Иванович, возьмите. Мне держать у себя этот литературный шедевр вовсе не хочется.

— Хорошо, возьму, — Бокий неотрывно смотрел на профессора. — Как-нибудь можете прокомментировать прочитанное?

— Уже прокомментировал. Шедевр! Скажите, почему наш уважаемый оракул товарищ Гречко не сочиняет романов? У него потрясающий слог.

— Он сочиняет. Он издал два романа.

— Очень интересно. И в каком жанре?

— Научная фантастика, — Бокий мрачно усмехнулся. — Ну, а теперь, Михаил Владимирович, давайте серьезно. Что касается Марго, это ведь правда? Вы ввели ей препарат?

— Ввел.

— Стало быть, препарат у вас есть?

— Да, но совсем мало. Оставшихся цист может хватить на три-четыре вливания небольшим животным или на одно вливание человеку. Я устал объяснять, почему не стану вливать препарат людям. Мне приходилось видеть, как искушение получить дозу лишает людей рассудка. Потому я предпочитаю лгать, что препарата у меня нет вовсе.

— Рад, что вы со мной так откровенны. Я не сомневался, что вы сразу догадаетесь, кто автор доноса. Что касается препарата, тут мне ваша позиция совершенно понятна, и в общем я ее принимаю.

— Благодарю вас, — профессор поклонился.

— Но обещайте, что сохраните последнюю дозу. Независимо от того, удастся или нет в ближайшее время снарядить экспедицию. У вас должна быть доза препарата. Для человека. Вы знаете для кого. На крайний случай, когда не останется выбора, — он произнес это быстро, очень тихо и отвел взгляд.

— Глеб Иванович, а кому предстоит решать, что выбора не осталось? — так же тихо спросил профессор.

— Вам, конечно.

— Я самоуверенный бездарный шарлатан. Не могу поставить диагноз, назначить правильное лечение.

— Перестаньте, — Бокий поморщился, — у нас с вами серьезный разговор. Что вы можете сказать по поводу последнего абзаца?

— Мне показалось, он дописан кем-то другим. Для товарища Гречко стиль слишком сух. Я прав?

Было удивительно, что Бокий сохранил способность краснеть. Он даже отвел глаза, взял паузу, уселся в кресло, закурил, несколько минут молча смотрел в окно, затем хрипло, сердито произнес:

— Что же вы замолчали? Продолжайте!

— Извольте, продолжу. Мне пришла в голову совсем уж странная мысль. Вам, Глеб Иванович, понадобился повод, чтобы побеседовать со мной о докторе Крафте. И вы не придумали ничего лучшего, как к тексту доноса дописать абзац.

— Ну, знаете, это уже слишком!

— Не сердитесь. Донос отнюдь не первый, верно? Никогда прежде вы не считали нужным знакомить меня с гадостями, которые обо мне пишут. Пугать меня вам незачем, да это и не в ваших правилах. Но сейчас вам срочно понадобилось узнать о моих отношениях с Эрни. Вместо того чтобы спросить прямо, вы придумали этот нелепый фокус.

Бокий раздавил в пепельнице папиросу и тут же закурил следующую. Впервые он изменил своей обычной манере смотреть собеседнику в глаза. Он отводил взгляд. Это помогло Михаилу Владимировичу успокоиться и собраться с мыслями.

Он сразу понял, что интерес к Эрни Крафту связан с Фединой поездкой. В том, что письмо Федя уничтожил и в чужие руки оно попасть не могло, сомнений не было.

— Когда и где вы встречались с Крафтом в последний раз? — мрачно спросил Бокий, прервав долгое молчание.

— Вы и так знаете, — профессор пожал плечами, — в 1913-м, в Вене, на конференции по мозговой хирургии.

— Январь—февраль?

— Да.

— По-вашему, он хороший врач?

— Великолепный. Пожалуй, самый талантливый невропатолог и диагност из всех, кого я знаю.

— Он рассказывал вам о своих пациентах?

— Глеб Иванович, девять лет прошло.

— И тем не менее попробуйте вспомнить. Он мог рассказать вам именно о русских пациентах. Об эмигрантах.

– Да, он говорил, что к нему обращалось несколько русских, но имен не называл. Даже если бы и назвал, я бы вряд ли мог запомнить. Эти имена для меня ничего не значили.

– Что, даже имя Ульянов ничего не значило?

– В тринадцатом году – ничего.

– Но он говорил о пациенте Ульянове? Возможно, потом, позже, после семнадцатого, в переписке?

– Мы давно не переписываемся. Письма перестали доходить из-за войны. Да и вообще, врачи крайне редко называют друг другу фамилии пациентов. Это не принято в нашем кругу. А знаете, было бы не худо пригласить Эрни для консультации. Тем более если Владимир Ильич к нему уже обращался.

– Крафт не приедет в Россию.

– Почему? Вы связывались с ним?

– Михаил Владимирович, я и так сказал вам слишком много.

– Ну, простите, Глеб Иванович, я вас за язык не тянул.

Бокий ушел, подавленный, растерянный. На прощанье попросил забыть этот разговор, забыть совсем, словно его вовсе не было.

У профессора осталось отвратительное чувство. Велась какая-то странная, безусловно грязная игра. Бокий участвовал в ней не по своей воле и вслепую. Сам Михаил Владимирович, а также Эрни тоже были намечены кем-то в качестве пешек. Не исключено, что и Ленин выполнял роль лишь фигуры на доске, хотя считал себя полноправным игроком.

Собственно, игра велась уже давно, и началась она не в 1913-м, а значительно раньше. Точной даты назвать никто не сумеет.

«В этой драме все предопределено, роли расписаны, актеры подобраны. Вожди новых масс, простых обыкновенных масс, самых глубочайших низов человечества. Два главных персонажа явятся не сразу, а когда публика истомится ожиданием».

Память лукавила. С каждым разом всплывали новые детали, но мозаика никак не складывалась в единую четкую картину.

Сейчас Михаил Владимирович сумел вспомнить Вену, февральскую вьюгу, ледяной колючий ветер в лицо, короткие перебежки по дворцовому комплексу Хофбург. Из собора в музей, из музея в королевские конюшни, из конюшен в кондитерскую. Волшебный вкус горячего кофе со сливками и слоеных пирожных, глухой монотонный голос венского знакомца.

Его звали Эммануил Зигфрид фон Хот. Он лечился у Эрни, был с ним в дружеских отношениях. По Хофбургу гуляли втроем. Хот проводил что-то вроде импровизированной экскурсии. Неприятный внешне, с лицом, изуродованным глубокими оспинами, он был остроумным, интересным собеседником. Сыпал историческими анекдотами, едко шутил, о Нероне говорил как о добром приятеле, чуму называл матушкой. Именно из его уст и прозвучало это *«Вожди новых масс, простых обыкновенных масс, самых глубочайших низов человечества».*

И еще он говорил о великолепной драме, в которой все предопределено. Хот был заядлым театралом, и потому казалось, что речь шла о постановке какого-то спектакля. Хот делал таинственное лицо, не называл ни театра, ни города, ни страны, ни имени драматурга. Повторял: «Сюрприз!» — и облизывал тонкие сухие губы. Уверял, что Эрни и господин Свешников непременно попадут на премьеру. Ждать осталось недолго, меньше года. Занавес поднимется в первых числах августа четырнадцатого года.

Поздним вечером Михаил Владимирович вернулся в отель, продрогший, усталый и какой-то опустошенный, несмотря на то что день был насыщен яркими впечатлениями. В номере, в одиночестве, на него навалились тяжелая, непроглядная тоска, вовсе не свойственное ему состояние беспричинного ужаса, отвращения к жизни и самому себе. Стало до тошноты стыдно за себя, за Эрни. На самом деле шутки Хота были циничны и пошлы, вовсе не смешны, но они, два идиота, почему-то смеялись, и в этом их смехе было нечто фальшивое, унизительное.

В номере пылал камин, за окнами гудела ночная вьюга. Он так устал, что не мог уснуть. Возле кровати лежала гостиничная библия. Кто-то из прежних постояльцев заложил билетом в Венскую оперу одиннадцатую главу Книги пророка Даниила и тоненько подчеркнул карандашом строки.

«Затем он обратит лицо свое на крепости своей земли, но споткнется, падет, и не станет его.

На место его восстанет некий... но и он после немногих дней погибнет...

И восстанет на место его презренный, и не воздадут ему царских почестей, но он придет без шума и лестью овладеет царством... Он будет идти обманом и взойдет и одержит верх... И будет поступать царь по своему произволу, и вознесется и возвеличится выше всякого божества... доколе не совершится гнев: ибо что предопределено, то исполнится».

Потом, вернувшись домой, он много раз перечитывал это место из Книги пророка Даниила. А когда наступил август 1914-го, началась мировая война, стало ясно, какую великолепную драму имел в виду остроумный господин Хот.

* * *

Вуду-Шамбальск, 2007

Камера запечатлела то, что увидела Соня. Танец проснувшихся тварей. Орлик и Дима изумленно застыли. На экране компьютера почти не видно было самого черепа, его верхняя часть как будто растворилась, лишь едва поблескивала утончившаяся, идеально прозрачная оболочка. Зато отлично просматривались головы тварей, уродливые безносые лица, ямки глазниц, подвижные выпуклости ртов. Соня останавливала кадр, увеличивала детали.

— Нет, — решительно заявил Дима, — это какой-то фокус. Этого не может быть потому, что не может быть никогда.

— Я видела, — сказала Орлик, — именно их, червей, видела, конечно, не так детально. Мне стало очень страшно, меня как будто отбросило от черепа. Соня, это они? Те самые твари, которые способны продлить жизнь, вернуть молодость?

— Да. То есть это их голограмма, проекция. Понятно, что в кварцевом черепе они вряд ли бы захотели поселиться. Им нужны органические ткани, а раскрыться цисты могут только в живом мозгу, в эпифизе.

— В эпифизе, — тихо повторила Орлик, — то есть внутри третьего глаза. Во всех мифологиях это орган духовного зрения, через него идет связь с другими реальностями, высшими и низшими мирами.

— Может, в этом и есть смысл древних трепанаций? — спросила Соня. — Облегчить связь, открыть канал?

— Может быть, — Орлик нервно передернула плечами, — версий множество. Жрецы не оставили письменных объяснений, зачем им понадобилось вскрывать черепа. Их знания передавались устно, а если записывались, то в зашифрованном виде.

Соня решилась подойти к своему старому ноутбуку, тому, что остался на проклятой яхте, а теперь стоял тут, целехонек. Кто-то предусмотрительно подключил блок питания, вставил вилку в розетку.

Когда Соня только начала опыты в Зюльт-Осте, ей удалось усыпить и вскрыть крысу, бьющуюся в агонии через двое суток после введения цист. Она впервые увидела под микроскопом, как вылупляются белесые твари. Из микроскопа изображение проецировалось на монитор большого компьютера. Она сохранила и перегнала это жуткое кино в свой ноутбук.

— Я читал где-то, что кристаллы обладают памятью, — бормотал Дима, глядя, как мерцает и просыпается экран старого ноутбука, — и если учесть, что сама по себе эта штука, череп, никем еще не разгадана, то и свойства ее никому не известны. Голограмма. Проекция. Значит, кристалл может считывать и сохранять образы? А если он правда носитель информации, вроде диска памяти? Почему бы и нет? То есть понятно, что ничего не понятно. Ладно, я, пожалуй, покурю.

Соня нашла папку, в которой хранилась запись. Стоило ее открыть, и тут же зазвучало «Болеро» Равеля. Именно эта музыка играла тогда, поздним штормовым вечером в лаборатории в Зюльт-Осте. Под нее просыпались и танцевали загадочные твари.

Дима щелкнул зажигалкой, но не прикурил, замер, хмуро глядя на экран.

— Соня, это что за компьютер?

— А, очнулся, — Соня взяла у него изо рта сигарету и закурила. — Это мой старый ноутбук, тот, что остался на яхте господина Хота.

— Как он сюда попал?

— Так же, как Чан, слуга с яхты, в роли гостиничного монтера. Так же, как доктор Гудрун, в роли наладчика электроники, того, что в зеленом костюме.

— Гудрун Раушнинг, та ведьма, которая участвовала в твоем похищении? Патологоанатом из Гамбурга? Нет, погоди, я не понимаю. Наладчик в зеленом, лысый, он ведь мужик! Ну, может, конечно, и не совсем. Во всяком случае, это существо мужского пола.

— Женского! Гудрун Раушнинг женского пола. Она растолстела, бедняга, и лишилась своих шикарных рыжих локонов. Все, Дима, прости, мы это после обсудим. Давай смотреть.

На двух экранах происходило почти синхронное действо. Только на одном не было черепа.

— Кино документальное и художественное, — прокомментировала Соня, — тут они лезут из крысиного эпифиза. А тут материализовались из памяти кристалла, из моего воспаленного воображения, не знаю.

— Из вашего воображения? — растерянно прошептала Орлик. — Но я тоже их видела, не только на экране, но и внутри черепа.

— Потому, что вам о них было что-то известно, вы о них думали, — сказала Соня.

— Нет. Я знала, что ваш прапрадед Михаил Владимирович Свешников открыл некий способ продления жизни, но в чем он заключается, понятия не имела. — Орлик взяла сигарету, и стало заметно, что рука ее дрожит. — Картинка мне все-таки знакома. Конечно, я видела нечто подобное, мне сейчас трудно вспомнить, я слишком сильно волнуюсь и плохо соображаю.

Художественное кино оказалось длинней документального. На экране нового ноутбука действо продолжалось, на экране старого закончилось, кадр застыл, потом сменился репродукцией картины эпохи Возрождения.

На переднем плане, на фоне какого-то условного грота, человеческая голова. Верхняя часть прозрачна, и внутри происходит тот же процесс. Балет «спящих красавиц», как назвал это в своих записях Михаил Владимирович Свешников.

Твари стоят вертикально, на хвостах, сплетаются в ритуальном танце.

— Позвольте, это Альфред Плут, «Misterium tremendum», — воскликнула Орлик. — Ну да, конечно, вот где я видела этих тварей. Я много занималась Плутом, череп носит его имя, изображен на его автопортрете. Он несколько лет прожил в России при Иване Грозном, бывал тут, в степи. До сих пор считалось, что «Misterium tremendum» — аллегория. В образе крошечных кобр Плут показал дурные, грешные помыслы. Невозможно представить, что это реальные микроскопические существа. Картина написана в 1573 году, за сто лет до изобретения микроскопа.

— Странное чувство, вроде бы теперь понятно, каким образом Плут мог разглядеть тварей без микроскопа, — сказала Соня, — этот вопрос мучил моего прапрадеда, меня. Ответ найден. Череп. Но все путается еще больше. Что такое этот череп? Откуда он взялся? Зачем? Он умеет считывать мысленные образы? Десятки новых вопросов. Жизни не хватит, чтобы на них ответить.

— Не спешите, Софи, вам улыбается вечность, — фраза прозвучала глухо, словно из подземелья, где остался запертый в сейфе череп.

Соня вздрогнула, Орлик прижала ладонь к лицу и помотала головой. Дима хрипло откашлялся.

— Да что с вами? Вы подумали, череп вещает? Или здесь завелся говорящий призрак? Это я сказал, вернее, прочитал. У меня сел голос. Вот, еще одна записка, — Дима держал в руке желтый листок, — только что заметил. Тот же черный фломастер, крупные печатные буквы. Кто-то прилепил сюда, к этому прибору.

— Этот прибор — экспресс-анализатор крови. Кто-то напоминает мне, что я должна изучить содержимое пробирок, тщательно и неторопливо. Ну что ж, я последую доброму совету, не буду спешить. Хотя улыбается мне вовсе не вечность, а ее личина, имитация, — Соня взяла желтый листок и порвала его в мелкие клочья.

* * *

Берлин, 1922

Федору повезло. Рядом с магазином мужской одежды была аптека, он купил бутылку перекиси водорода, пластырь и тут же, в аптеке, присев на стул, без всякого стеснения снял проклятые штиблеты и занялся своими окровавленными пятками.

В обувной отдел он вошел совершенно счастливым человеком. С помощью любезной молоденькой продавщицы отобрал несколько пар, самых мягких, на толстой каучуковой подошве, и страшно смутился, когда барышня, встав на колени, принялась разувать его.

— Благодарю вас, не нужно, я сам, — забормотал он, но опытные руки его уже разули и обули.

В каждой очередной паре по настоянию барышни Федор прогулялся по коврику, любуясь отражением своих обновленных ног в низких косых зеркалах. Наконец выбор состоялся. Барышня передала Федора, обутого в удобнейшие ботинки цвета горького шоколада, пожилому приятному кассиру. Федор расплатился.

Служащий, укладывая проклятые штиблеты в коробку от новых ботинок, с вежливым изумлением заметил:

— О, какие тяжелые.

В отделе мужской одежды у Федора разбежались глаза. Продавец почуял в нем богатого простофилю, повел туда, где висело все самое модное и дорогое. Очутившись среди родных братьев дурацкого английского костюма, Федор прервал песни продавца о модном крое, безупречном качестве шерсти, мужественности силуэта и небрежно произнес:

— Таких вещей у меня довольно, хотелось бы нечто в ином стиле, удобное, спортивное, для велосипедных прогулок и дружеских пикников на лоне природы.

В просторную примерочную принесен был ворох брюк, джемперов, курток и спортивных пиджаков. Множество Федоров в таинственном зеркальном коридоре снимало и надевало штаны, натягивало через голову джемпера, крутило плечами и поднимало руки, проверяя, не тесна ли пройма очередного пиджака. Кордебалет продолжался четверть часа. Федору зачем-то хотелось найти и разглядеть самого последнего себя в строю зеркальных двойников, возможно, именно тому, далекому крошечному Федору, суждены долгие велосипедные прогулки и дружеские пикники на лоне природы. Но последнего не было, зеркальный коридор, населенный двойниками, уходил в бесконечность.

Из примерочной Федор вышел в ладно сидящих коричневых брюках, джемпере цвета какао с молоком, свободном пиджаке из мягкой шерсти букле, шоколадного, как ботинки, цвета.

Продавец, пакуя английский костюм, слегка встряхнул пиджак и заметил:

— Уф-ф, какой тяжелый!

Не понимая, что на него нашло, Федор оскалился и таинственно прошептал:

— В наплечники зашиты бриллианты!

Продавец вежливо рассмеялся.

В соседнем отделе Федор купил куртку из прорезиненной ткани, на теплой подкладке, мягкий, широкий, сливочно-белый шарф, шерстяное кепи с опускающимися ушами.

Князь ждал в кондитерской, через площадь. Рубиновые запонки и булавку он забрал заранее. Теперь получил коробку со штиблетами и сверток с костюмом.

— Слушай, дорогой, штаны мне не нужны, только пиджак, — сказал он, зачерпнул ложечкой кофейную гущу со дна чашки и оглядел Федора с ног до головы. — Ты молодец. Красиво оделся. Только почему все такое теплое? Скоро лето, смотри, запаришься.

— Лето вовсе не скоро, и я тут долго оставаться не собираюсь.

— Не собирается он! — князь насмешливо шевельнул усами. — Это, дорогой, не от тебя зависит.

— А от кого?

— От меня, — князь отправил в рот еще одну ложку кофейной гущи и облизнулся. — Ты сядь, покушай. Пирожные очень вкусные. Любишь сладкое?

— Не люблю. И вообще я не голоден.

— Сядь! — грозно повторил князь, положил ложку и впился ему в лицо самым из многозначительных своих взглядов.

Федор спокойно опустился на стул, закурил. Нижерадзе очень старался, ни разу не моргнул, белки выпученных глаз покраснели, жила вздулась на лбу. Но все напрасно. К столику подошел официант. Федор заказал себе кофе и бутерброд с ветчиной. На самом деле он проголодался и рад был, что в кафе подавали не только сладости.

— Хотите наколдовать мне расстройство желудка? — тихо спросил он князя, когда официант удалился.

— Нет, дорогой, — князь расслабился, тоже закурил. — Ты мне нужен здоровый.

«Может, я поспешил отдать ему сразу все? — подумал Федор. — Надо было отдавать частями и сначала хотя бы поинтересоваться, когда он намерен познакомить меня с доктором Крафтом».

Бокий предупреждал, что Нижерадзе — человек странный. Колдун, эзотерик. Однако деньги любит и жульничать вряд ли станет. Конечно, Федор мог бы и сам, без всякого княжеского посредничества, связаться с Эрни. Но это было слишком рискованно.

— Что молчишь, дорогой? Э, знаю, о чем думаешь. Нехорошо так думать, злые мысли отравляют душу, тело от них заживо гниет, — князь прищурил один глаз и погрозил пальцем, — успокойся, всему свое время. Доктора теперь нет в Берлине.

— Как нет? Где же он?

— Я знаю где. Надо ехать в другой город. Вот сделаю тут свои дела, сядем в поезд, поедем к доктору.

— Но послушайте, почему вы не предупредили заранее, что доктора нет в Берлине? Ведь с вами связывались, вы обещали. Вы получили гонорар, а теперь морочите мне голову!

Федор думал, что Нижерадзе вспылит, но он, наоборот, развеселился, засмеялся.

Официант принес бутерброд и кофе. Князь, продолжая тихо смеяться, проводил его взглядом, потом перегнулся через стол и прошептал:

— Морочу голову, говоришь? Да, дорогой, я хорошо умею это делать.

— Когда вы отвезете меня к доктору?

Нижерадзе откинулся на спинку стула, прикрыл глаза. Федор терпеливо ждал ответа. Наконец, зевнув во весь рот, князь произнес совсем другим, безразличным вялым голосом:

— Ты кушай спокойно, потом погуляй. В зоопарк сходи, он тут интересный. Вечером, в восемь часов, мы с тобой встретимся.

— Где?

Князь разорвал пустую папиросную пачку, достал чернильный карандаш, послюнявил, корявыми русскими буквами вывел адрес: «Гельдштрассе, 13».

— Что там? Жилой дом? Кафе?

— Кинематограф, имени этого, который его придумал, ну, как его зовут?

— Братья Люмьер.

— А, ну да, они двое придумали. Два брата. Ты умный, дорогой, смотри, не опаздывай и не забывай проверяться, за тобой тут следят, — князь поднялся, прихватил сверток с костюмом, коробку со штиблетами и быстро вышел из кондитерской.

Федор поел, расплатился за себя и за ушедшего князя, разложил на столе карту города.

Университет оказался совсем недалеко. Федор впервые воспользовался берлинской подземкой. Ему понравилась городская железная дорога. Никогда прежде он не видел ничего подобного. Берлин пронизывала сеть подземных и наземных железнодорожных линий.

Гулкий вестибюль подземки был отделан мелкой красно-желтой плиткой. Вкусно пахло разогретым металлом, резиной, угольным дымом. Сначала Федор немного запутался в этих линиях, но стоило застрять у схемы, и сразу на помощь пришла какая-то сердобольная пожилая фрау. Все объяснила, подвела к нужной платформе, дождалась нужного поезда, десять раз напомнив, на какой станции выходить и куда пересаживаться. Забавно, что обращалась она к нему «мой мальчик».

Двери закрылись, вагон тронулся. Пожилая фрау на прощанье помахала рукой и заторопилась к противоположной платформе.

Поезд с грохотом въехал в туннель. Народу было мало, напротив сидели девочки-школьницы, рядом дремал, тихо похрапывая, маленький старик с аккуратной заплаткой на колене. Туманно, сквозь двойные стекла, виднелись пассажиры соседнего вагона.

«Мне все равно придется ждать, когда в конторе получат все нужные лекарства, — спокойно размышлял Федор, — этот хитрый колдун никуда не денется, к тому же Бокий предупредил, что Нижерадзе и сам по себе может оказаться весьма важным источником информации».

Да, именно так говорил Бокий и добавил загадочную фразу: не дай бог, чтобы информация от князя стала для нас решающей.

Федор спросил, что имеет в виду Глеб Иванович, но вразумительного ответа не получил. Вообще вразумительных ответов, указаний, инструкций явно не хватало. Когда Бокий готовил его к поездке, было такое чувство, что он постоянно недоговаривает. Федор гадал, что Бокий нарочно скрывает, а чего не знает, не понимает сам.

«Надеюсь на твое чутье, на твою отличную память, — напутствовал Глеб Иванович, — думай, делай выводы. За тобой будут следить, на тебя могут сильно давить. Но ты точно уцелеешь, а любого другого на твоем месте убили бы».

Федор спросил, почему Бокий считает, что его не убьют, но ответа не дождался.

И вот сейчас, в подземном туннеле, в грохочущем вагоне, в очередной раз прокручивая в голове смутные напутствия Глеба Ивановича, Федор вспомнил, как речь зашла об Осе. Бокий говорил, что мальчишка, добывая материал для своих репортажей и очерков, постоянно лезет на рожон, иногда рискует так, что волосы дыбом встают. Заводит знакомства среди контрабандистов, торговцев кокаином и морфием, фальшивомонетчиков и сутенеров. Судя по последним его публикациям, теперь Ося занялся немецким мистическим расизмом. Со своей семитской внешностью полез в самое гнездо антисемитизма.

«Его не тронут, но сам он вряд ли об этом знает».

Разумеется, Федор попросил расшифровать очередную загадочную фразу. Ответ он услышал не менее загадочный.

«Есть силы, заинтересованные в физическом существовании Джозефа Каца».

Что за силы, зачем нужен им Ося, Федор так и не узнал. Но услышал подробный рассказ о немецком мистическом расизме.

«Начиналось все с оккультных кружков, с увлечения идеями Блаватской о великих ариях, наследниках Атлантиды. Руническая магия, возрождение германского духа. На этой почве расплодились всякие общества и союзы. «Германский порядок», «Туле», «Кольцо Зигфрида», Союз баварцев, союз «Остара». Сейчас они лезут в политику, вливаются в Немецкую рабочую партию. Она существует с 1904 года. Главная задача – защита прав немецких рабочих перед натиском дешевой рабочей силы из чешских деревень. Так что националистический дух присутствовал с самого ее зарождения, хотя отпочковалась она от интернационалистов, социал-демократов. Теперь под влиянием проповедников-мистиков рабочая партия превратилась в ультраправую, нацистскую».

Федор не удержался, перебил: «Большевики ведь тоже отпочковались от социал-демократов, примерно тогда или чуть раньше? То есть получается, общий корень, две ереси одной религии?»

Бокий нахмурился, побледнел и прорычал сквозь зубы: «Ты этого не говорил, я не слышал!»

Он остывал несколько минут, нервно курил, мерил кабинет широкими шагами, потом сказал: «Может так случиться, что ты встретишь Осю, он часто бывает в Германии. Единственная твоя задача в этом случае попытаться убедить его, что он при желании может вернуться на родину, с полной гарантией безопасности».

Поезд выполз из туннеля и остановился. Компания школьниц вышла, зашли два опрятных трезвых пролетария, однорукий военный, с ним красивая, скромно одетая блондинка. Старичок с заплаткой все так же спал. Мятая шляпа съехала ему на нос. В соседнем вагоне один пассажир встал, но раздумал выходить, сел на место. Поезд тронулся.

Федор вернулся к своим размышлениям. Ему пришло в голову, что пристрастие Глеба Ивановича к шифрам и головоломкам имеет и положительные стороны. Решая очередную задачку со многими неизвестными, можно открыть для себя кое-что интересное и полезное.

«Осю не трогают из-за паразита. Меня, видимо, тоже, — это открытие Федору понравилось, но вывод напрашивался неприятный. — Стало быть, Бокий знает мою тайну. Кроме Михаила Владимировича я никому не говорил. Он выдать меня не мог. Бокий догадался, потому что я выгляжу слишком молодо? Ерунда. В таком случае он бы непременно задал мне прямой вопрос. Он любит озадачивать других, но сам не выносит неопределенности».

Поезд опять остановился. Федор вдруг испугался, что проехал. Кондуктора, как в трамвае, не было, станций никто не объявлял. Он вскочил, чтобы прочитать название. Прочитал, убедился, что все в порядке, сел на место и опять заметил, как вскочил и сел пассажир в соседнем вагоне. Двери закрылись, поезд тронулся.

Свет в вагоне был тусклый, туннель тянулся бесконечно. Федор вспомнил одну из страшных ночей восемнадцатого года.

В номере «Метрополя» умирал Матвей Леонидович Белкин, Мастер. Федору казалось, что, если не станет Белкина, всех их тут же арестуют и расстреляют. Матвей Леонидович, Мастер стула международной ложи «Нарцисс», занимал высокий пост в Комиссариате финансов, ведал заграничными банковскими вкладами большевистской верхушки и был для Федора, Михаила Владимировича, Тани, Андрюши гарантом безопасности. Правда, знал об этом только Федор и уговорил профессора влить Белкину препарат.

Бокий пришел, долго находился в номере. Ему непременно нужно было получить от умирающего Белкина важную финансовую информацию. Это ему удалось.

Мастер умер. Михаил Владимирович оказался прав, вливание не помогло.

Бокий имел реальную возможность поймать обрывок разговора. Ведь именно той ночью, в номере «Метрополя», Федор признался Михаилу Владимировичу, что ввел себе паразита.

«Да, скорее всего, так, — решил Федор, — Бокий случайно подслушал разговор, для его ушей не предназначенный, потому он ни о чем не спрашивает меня, не поднимает эту тему. Вполне в его духе».

Федор так глубоко задумался, что едва не проехал нужную станцию. Выскочил в последний момент, перешел на другую линию и уже через четверть часа входил в здание медицинского факультета Берлинского университета. Никого ни о чем не спрашивая, разыскал стенд с расписанием лекций и практических занятий. Среди преподавателей фамилии доктора Крафта не оказалось. Оглядевшись, он увидел на одной из дверей табличку: «Кафедра нервных болезней». Дверь открылась, вышло несколько студентов в белых халатах. Федор уже сделал шаг навстречу, открыл рот, чтобы спросить, не знают ли, где профессор Эрнст фон Крафт. Но сердце прыгнуло и застряло в глотке. Стало нестерпимо жарко, голову пронзила вспышка боли.

— Вы себя плохо чувствуете? — обратился к нему один из студентов.

Сквозь очки на Федора глядели серые глаза, взгляд был участливый, мягкий. Федор машинально отметил, что из этого очкарика получится хороший, порядочный, умный доктор, и ответил, едва шевеля пересохшими губами:

— Благодарю вас, все нормально.

— Вы побледнели, у вас испарина. Вы кого-то ищете? Я могу вам помочь?

— Нет, нет, мне нужно на воздух, спасибо, спасибо большое, всего доброго, — Федор быстро зашагал прочь.

Боль отпустила, когда он покинул университетский сквер. Он достал платок, вытер мокрое лицо, отдышался. Не спеша, прогулочной походкой пошел к станции подземки. Наверное, стоило оглянуться. Во всяком случае, очень хотелось оглянуться. Князь ведь предупредил: не забывай проверяться, за тобой следят.

«Проверяться. Как? Если я сейчас оглянусь, это будет неправильно, — думал Федор, невольно ускоряя шаг, — тот лысый в кафе, которому князь устроил расстройство желудка, уже вряд ли продолжает следить. Другого я не узнаю. Мало ли, кто идет за мной по улице? Может, и не за мной вовсе, а по своим делам».

Он остановился, пережидая, когда проедет трамвай, и все равно не повернул головы, хотя сейчас это было бы вполне естественно. Шея затекла. Он не сразу понял, что происходит. Затих звон трамвая. Федор побежал по мостовой, через рельсы, резко остановился между двумя полосами трамвайных путей, развернулся всем корпусом и едва не сшиб молодого человека в сером пальто, в шляпе, надвинутой на лоб.

Шляпа, пальто, белый размытый овал лица Федор видел за стеклами в соседнем вагоне. Потом, в университетском коридоре, маячил тот же серый силуэт, только шляпу держал в руках.

Они встретились как раз на рельсах. Рельсы дрожали. Громко звенел приближающийся трамвай. В последний момент оба отскочили назад, как столкнувшиеся мячи, и трамвай разделил их.

Федор, благословляя новенькие ботинки, долетел до противоположного тротуара, увидел, как из подъезда ближайшего дома выходит женщина с детской коляской, придержал для нее дверь и нырнул в подъезд как раз в тот момент, когда трамвай отъехал.

Из окна на лестничной площадке он с удовольствием наблюдал, как растерянно озирается серый, даже шляпу снял, бедняга.

По плану следующим местом, куда Федор намеревался поехать, была Клиника нервных болезней. Он заранее, еще в кафе, по карте определил маршрут и рассчитал, что оттуда как раз к восьми успеет в кинематограф. Но теперь, конечно, план поменялся.

Федор вышел через черный ход, пару часов блуждал по проходным дворам и незнакомым улицам, потом на такси отправился на Гельдштрассе, 13.

ГЛАВА ШЕСТНАДЦАТАЯ

Москва, 2007

Тверской, а потом и Гоголевский бульвары Федор Федорович прошел пешком. Было скользко и ветрено. Зубов боялся отпустить руку старика, заставлял его несколько раз отдыхать на скамейках. Поправлял шарф на его шее, глубже натягивал ему на уши радужно-полосатую шапочку, которую успела связать для него неугомонная Герда, пока ждала возвращения в Зюльт-Ост из Парижа Данилова, Сони и Зубова.

Герде пытались объяснить, что инвалиду с парализованными ногами теплая шапка совершенно ни к чему. Он не выходит из дома, прикован к креслу, если его и вывозят изредка на воздух, то поздней весной, летом, когда совсем тепло.

— В моей шапке выйдет и зимой, — уверенно заявила Герда.

Зубову пришлось привезти подарок в Москву. И вот теперь оказалось, что Герда была права. Федор Федорович вышел зимой в ее шапке. Как ни уговаривал Зубов подождать оттепели, начать с коротких прогулок по двору, старик настоял на своем.

— Хочу в Кремль. Пешком по бульварам.

Часть пути все-таки проехали на машине. Но бульвары Агапкин медленно, упорно мерил мелкими своими шажками, молчал, сопел, вздыхал. Посередине Гоголевского присели на скамейку. Зубов закурил и впервые решился спросить:

— Федор Федорович, вы не устали? Не замерзли?

— Отстань. Вот здесь, да, именно здесь, Таня встретилась с этой дурой. Двадцать второй год. Миша был маленький, но помнит.

— С какой дурой?

— Ее звали Элизабет Рюген, она работала в Нансеновском комитете помощи голодающим. А с ней работал агент Консолор, утешитель в переводе с латыни. Он специализировался на женах важных иностранцев, он умел так замечательно утешать богатых скучающих дамочек, что они ему все выкладывали. Дура Элизабет сообщила Тане, что Данилов ранен, а потом поделилась впечатлениями с Консолором. Бокий показал мне его донесение.

— Да, я читал, — сказал Зубов, — этот донос открывает дело на Татьяну Михайловну Данилову, урожденную Свешникову. Но там только машинописная копия. Подлинника нет.

— Конечно, — старик криво усмехнулся, — подлинник я порвал и сжег в пепельнице, в кабинете Глеба

Ивановича. Две машинописные копии остались у него в сейфе. Печатала Леночка, его дочь. Перед моим отъездом в Германию Бокий при мне уничтожил эти копии, сдержал слово. А то, что лежит в деле, восстановлено с копирки, которую Леночка по рассеянности оставила на столе. Впрочем, и без той бумажки доносов на Таню хватало. Ты зачем в архив залез?

– Захотелось сравнить реальность с мифом.

– Разве это возможно? Ты знаешь, где проходит граница?

– Не знаю. Наверное, никто не знает. Но когда я читал те старые дела и сопоставлял их с вашими рассказами, иногда мне казалось, что я чувствую границу.

– Погоди, – старик сморщился и помотал головой, – давай сразу определимся, что для тебя реальность, а что миф.

– Реально то, что помнят очевидцы. Все остальное мифология. У нас в России, во всяком случае.

Ветер успел порвать плотную сплошную завесу облаков. В прогалинах засияла нежная голубизна зимнего неба. Агапкин поднял лицо к бледному солнцу, блаженно закрыл глаза, пожевал губами и глухо произнес:

– Очевидцы много врут, даже самим себе.

– Да. Но архивы врут тяжелей, убедительней. Донос, уложенный в папку с номером, подшитый к пухлому делу, перестает быть клеветой, мерзкой писулькой. Он документ. Бредовый самооговор, выбитый у измученного, запуганного человека, – документ. Бумага не расскажет, каким образом человека заставили признаться, что он шпион, извращенец и готовит покушение на Сталина. На бумаге бред обретает свинцовую полновесность факта.

Солнце исчезло, облака опять стянулись в сплошное марево, ветер стал льдисто-влажным, и медленный крупный снег закружил над бульваром. Федор Федорович снял перчатку, поймал несколько снежинок и, наблюдая, как они тают на ладони, спросил сердито:

— Дело Глеба Ивановича тоже посмотрел, не поленился?

— Посмотрел. Все вроде бы банально. Тридцать седьмой год, высшая мера. А в тридцать восьмом следователи, которые его допрашивали, тоже получили по вышаку. Много страниц изъято. Что там могло быть?

Старик надел перчатку, опираясь на плечо Зубова, встал на ноги.

— Пойдем, а то примерзнем к скамейке. Что могло быть на изъятых страницах? Правда, за которую поплатился жизнью Глеб Иванович и те, кто его допрашивал.

— Вы знаете эту правду?

— Хочешь спросить, почему я уцелел?

— Я только спросил, знаете или нет.

— Разумеется, знаю. А уцелел потому, что я Дисипль. Дисипулус ин конниву с. Ученик, не смыкающий глаз.

— Что это значит? Чей ученик? — Иван Анатольевич почему-то вдруг занервничал, даже во рту пересохло.

Он не любил, когда речь заходила о тайных обществах, эзотерике. На этой территории ему было неуютно. Нарушался привычный порядок вещей. Старик покосился на него и грустно усмехнулся.

— Я мог бы назвать себя учеником профессора Свешникова. Да, конечно, я его ученик. Но все значительно сложнее. Орденская кличка, данная мне девяносто лет назад при посвящении в ложу «Нарцисс», содержит в себе множество смыслов. Даже Матвей Леонидович Белкин, Мастер стула, плохо понимал, что она значит.

— Разве не Белкин придумал назвать вас Дисиплем?

— Нет. Мастер был человек подневольный. Клички давал не он.

— А кто?

— Те, кто был заинтересован, чтобы меня не шлепнули, не покалечили при допросах. Чтобы я уцелел. Не сомкнул глаз.

— При допросах? Вас все-таки арестовывали?

— Да. И не один раз. В двадцать втором, когда я устроил побег Тане, Андрюше, Мише. Но тогда все закончилось быстро и благополучно. Ленин сразу вытащил меня, и никто пикнуть не посмел. В тридцать седьмом было значительно серьезней. Меня взяли вместе с Глебом Ивановичем. Взяли весь спецотдел. Вполне могли бы башку проломить или шлепнуть сгоряча, если бы не он.

— Ему удалось вас спасти, уже когда он сам сидел в тюрьме? Каким образом?

— Он шепнул мне, чтобы на протоколах я рядом со своей подписью обязательно писал вот это. Дисипулус ин коннивус, по латыни. Бокий знал, что протоколы по спецотделу ложатся на стол Сталину.

— Для Сталина это выражение что-то значило? Он понимал латынь?

— И латынь, и греческий. Он недаром учился в семинарии. Немецкий выучил сам, в ссылке, читал в подлиннике не только Клару Цеткин, но и Гете. Я не встречал никого, кто скрывал свою образованность так, как это делал Коба. Он умел казаться невеждой, недоучкой. Это из животного мира. Хищник прикидывается мертвым, неопасным, чтобы жертва решилась приблизиться.

— И что, вот это, Дисипулус ин коннивус, заставило его отдать приказ о вашем освобождении?

— Ваня, ты задаешь слишком много вопросов. Пойдем к машине.

Зубов хотел поддержать старика под локоть, но Агапкин освободил руку, поковылял сам, мелкими, упрямыми шажками. Лицо его стало сосредоточенно-сердитым, Иван Анатольевич хорошо изучил старика, знал, что, когда у него такое лицо, с ним лучше вообще не разговаривать. Но и молчать тоже было неприятно.

— На Бокия до сих пор выливаются ушаты грязи, — осторожно заметил Зубов, когда они остановились у перехода в ожидании зеленого, — говорят, пишут, будто он был извращенец, людоед, устраивал черные мессы и групповые оргии.

— Да, Сталин лично позаботился о посмертном имидже Глеба Ивановича. Хитрый Коба по сей день творит историю. Нынешние летописцы клюют зернышки мифов с его широкой ладони. Влезь в самый закрытый архив, найдешь лишь то, что Коба счел нужным оставить. Товарищ Картотекин. Так его называли. Он не ленился возиться с бумажками.

Загорелся зеленый. Зубов взял старика под руку, они стали медленно переходить скользкую, покрытую наледью, мостовую.

— Но все-таки есть логика событий, причинно-следственная связь, и многое можно вычислить, — пробормотал Иван Анатольевич, когда они ступили на тротуар.

— Логика. Раз человек подписал признание, значит, виноват. Вот логика! Посмотрел бы я на них, логически мыслящих, нынешних, в чем бы они признались, попади живьем в преисподнюю. Знаешь, я, пожалуй, в Кремль сегодня не хочу.

— Меняем маршрут? — слегка удивился Зубов.

— Нет. Едем к Красной площади. Там есть одно место. Я должен навестить.

Иван Анатольевич уже догадался, что за место, и мрачно спросил:

— Зачем?

До машины осталось несколько метров. Старик остановился, развернулся так резко, что чуть не упал. Зубов подхватил его за локоть. Лицо Агапкина оказалось совсем близко. Сквозь пергаментную кожу на щеках проступил румянец, губы гневно сжались. Он выдернул локоть, оттолкнул руку Зубова и медленно, сипло произнес:

— Была бы нормальная человеческая могила, я бы пришел туда. Но нет могилы. Есть законсервированный труп, толпы прут глазеть на труп, а мне нужно навестить могилу. Нет у него другой! Только такая!

Пока ехали до Манежной площади через пробки и светофоры, старик молчал. Зубов не трогал его, ни о чем не спрашивал.

Короткий путь по брусчатке Агапкин прошел удивительно быстро, пальцы крепко вцепились в рукав Зубова. Били куранты, звучали голоса разноязыких туристов, экскурсоводов. Группа провинциальных подростков снималась на фоне черно-красной ступенчатой пирамиды.

– Ой, можете нас сфотографировать? – девочка в розовой короткой шубе сунула Зубову фотоаппарат «мыльницу» и тут же отбежала к группе.

– Нет, девушка, погодите, попросите кого-нибудь еще, – растерянно крикнул ей вслед Иван Анатольевич.

– Ладно тебе, щелкни, – сказал Агапкин, – щелкни, и сразу пойдем.

Зубов сделал несколько снимков, вернул девочке аппарат.

Очередь к мавзолею стояла совсем маленькая. Группа азиатов, судя по убожеству одинаковых пальто и ушанок, из Северной Кореи. Еще какие-то молодые люди богемного вида, то ли голландцы, то ли шведы. Чтобы войти без очереди, не понадобилось показывать ветеранское удостоверение Федора Федоровича. И так пропустили.

Комкая в руках яркую вязаную шапку, старик остановился у стеклянного саркофага, губы его едва заметно шевелились, глаза сухо блестели. Зубов сначала отошел на пару шагов, отвернулся, чтобы не смотреть на труп под стеклом. Но ему показалось, что старика слегка качнуло, он решил встать рядом и, подойдя, услышал хриплое бормотание.

– Ничего, ничего, Владимир Ильич, потерпите, всякому искуплению приходит конец, Господь милостив, потерпите, дождетесь и вы своей амнистии.

По дороге назад, к машине, Федор Федорович молчал, шел с трудом, шаркал, тяжело опирался на руку Зубова. Когда выехали на Тверскую, вполне бодро произнес:

— Ему, бедолаге, если что и светит, только амнистия, и то не скоро. Реабилитировать его невозможно никак. Никогда. Но злодеем он не был.

— Как же не был? — изумился Зубов. — Он хладнокровно отдавал приказы о репрессивных мерах по отношению к целым слоям, прослойкам, классам, легко обрекал на гибель десятки тысяч. Буржуи, попы, кулаки, эсеры, меньшевики.

— Вот именно, — кивнул старик, — слои, классы. Он мыслил абстракциями, символами. Меньшевиков он обещал перевешать, всех до единого. Однако это были только слова, фигура речи. Меньшевистских лидеров Ленин знал лично. Конкретного, живого, знакомого человека, с которым когда-то пил чай, играл в шахматы, катался на велосипеде, ругался на партийных съездах, Владимир Ильич убить не мог. Орал, топал ногами, величал говном, сволочью, ссылал, выгонял за границу. Но не убивал. Знай он лично царя, то есть человека Николая Романова, его жену и детей, неизвестно, как бы все повернулось. Романовы для него — символ, абстракция. Потому так легко отдал приказ. Из-за скудости воображения он не видел за символами живых людей, детей, женщин.

— Вы оправдываете его? — спросил Зубов.

— Ни в коем случае. Я же сказал, реабилитировать его нельзя.

— Кто же он, если не злодей?

— Авантюрист, игрок. Ставки в той игре оказались слишком уж высоки. К тому же он только мнил себя игроком. На самом деле был фигурой на доске. Играли другие.

— Кто?

— Знаешь, я впервые попытался найти подходящее определение для этих «других» еще в двадцать втором году. До сих пор не нашел, — старик усмехнулся. — Ты предпочитаешь называть их сектой, тебе так удобней, вот и называй.

— Хорошо, — кивнул Зубов, — суть не в определениях. Допустим, Лениным и его сподвижниками манипулировали некие силы. Секта, орден. Не важно. Вы считаете это оправданием?

— Ничего я не считаю. То, что он натворил, непоправимо. Глубину катастрофы до сих пор никто не понимает. Но я был привязан к нему. Я видел, как страшно он мучился, физически, душевно. Оправдать и простить его нельзя. А пожалеть можно.

— Сталин тоже умирал мучительно. И его вы жалеете?

— Ты ерунду говоришь, Иван, — старик сердито мотнул головой, — пожалеть можно человека, животное, даже растение. Но не исчадье ада.

Машина встала в пробке. Старик молчал, сопел, губы его шевелились, он бормотал что-то, но Зубов не мог разобрать ни слова. Наконец услышал вполне отчетливую фразу:

— В психиатрии это называется моральным кретинизмом.

— Вы о Сталине? — осторожно уточнил Иван Анатольевич.

— О нем, об усатом. Он был моральным кретином. Но, как правило, люди, лишенные нравственного чувства, одержимые манией господства и не способные к состраданию, даже при высоком уровне интеллекта не могут долго скрывать свои маниакальные наклонности. Патология проявляется уже в юности. Человек становится уголовным преступником, кровавым убийцей. Путь его предрешен. Скамья подсудимых, тюрьма, каторга, эшафот, психиатрическая лечебница или смерть от рук своих товарищей. Найти морального кретина, которому хватит выдержки сделать успешную политическую карьеру, самостоятельно подняться из бедных слоев общества к вершинам государственной власти так, чтобы никто не заподозрил в нем буйного психопата, — задача трудная, почти невыполнимая.

Пробка двинулась, джип покатил довольно резво. Ехать осталось несколько минут. Путешествие утомило старика, он несколько раз зевнул, потер глаза, однако продолжал говорить, все с тем же апломбом и эмоциональным накалом:

— Гений конспирации Коба прятал свой инфернальный недуг под непробиваемым панцирем грубейшего материализма. Нет ни Бога, ни дьявола, человек произошел от обезьяны путем эволюции. Побеждает сильнейший. Богатые угнетают бедных. Бедные должны уничтожить богатых. Все просто и ясно. Прагматик, партийный функционер, хам, недоучка. Сквозь надежный панцирь не мог проникнуть наружу даже слабый отблеск адских амбиций, из коих состояло то, во что превратилась его изначальная душа.

Джип въехал во двор. Зубов помог старику спуститься с высокой ступеньки и услышал:

— Кобу никто не мог разгадать потому, что он казался слишком обыденным, банальным, нормальным. Психопатия Гитлера была очевидна многим, но именно поэтому его не воспринимали всерьез. Немцы не могли представить, что в их цивилизованной стране власть достанется буйному психопату, не имеющему высшего образования.

Когда вошли в лифт, Агапкин легонько ткнул пальцем Зубову в грудь и наставительно произнес:

— Вот так, Ваня! Трагедия немцев объясняется верой в законность и силу своего государства. Трагедия русских — неверием в законность и силу своего государства.

В прихожей старик тяжело опустился на скамеечку, отдышался, опять зевнул и принялся расшнуровывать ботинки. Зубов хотел помочь ему, но услышал:

— Отстань. Я сам.

Войдя в кабинет, старик сразу включил свой компьютер, стал что-то искать. Нашел, позвал Зубова, ткнул пальцем в монитор.

— Читай, Ваня, вот этот абзац.

«И они сказали нам сухими словами протокола, что этот мозг слишком много работал, что наш вождь погиб потому, что не только кровь свою отдал по каплям, но и мозг свой разбросал с неслыханной щедростью, без всякой экономии, разбросал семена его, как крупицы, по всем концам мира, чтобы капли крови и мозга Владимира Ильича взошли потом полками, батальонами».

— Что за бред? — спросил Зубов.

— Траурная речь товарища Каменева на похоронах Ленина. Опубликована в «Правде» и в «Известиях» 27 января 1924 года. Это так, в качестве комментария к нашему разговору. Все, хватит об этом. Через три дня летим к Соне.

Зубов решил, что ему померещилось, и на всякий случай переспросил:

— Федор Федорович, простите, что вы сказали?

— Летим в степь, обычным утренним рейсом, и никому знать об этом не нужно. Пусть будет сюрприз.

Иван Анатольевич тихо присвистнул.

— Шеф за такой сюрприз мне голову оторвет.

— Он оторвет, я назад приставлю.

* * *

Москва, 1922

Валя Редькин проспал восемнадцать часов. С утра в комнату проник Миша, принялся с громким рычанием катать игрушечный автомобиль. Явилась Марго, она прыгала по одеялу, щекотала Вале пятки, дергала его за нос и за уши, пыталась угостить, упорно протискивала сладкий обмусоленный сухарик ему в рот. Измазала ему лицо, обсыпала подушку влажными крошками, но Валя не реагировал. Спал. Несколько раз заходила Таня, проверяла пульс. Он бился медленно, почти как в летаргии.

Михаил Владимирович вернулся из больницы в десятом часу вечера. Его встретил Андрюша. Обнял, поцеловал. Давно уж такого не было. И спиртным от него совсем не пахло.

— Пап, я ушел из театра.

— Почему?

— Надоело. К тому же она оказалась дурой.

— Айрис? Я слышал, она талантливая актриса.

— Да, на сцене она бывает хороша. Иногда. Но в жизни она пошлая, скучная дрянь.

— Андрюша, так нельзя говорить о женщине, ты по ней с ума сходил совсем недавно. Ты пить стал из-за нее.

— Пил я потому, что там, в ее кругу, нельзя без этого. Такой стиль жизни. Если ты яркая художественная натура, обязан пить. Я больше не буду. Противно. Голова болит, тошнит. Я переболел. Это было вроде кори.

— Что-то случилось?

— Да ничего особенного. Она сказала, что станет спать со мной, если я добуду для нее твой волшебный эликсир.

— Может, она пошутила?

— Не знаю. Мне все равно.

Прибежал Миша, босиком, в ночной рубашке, подпрыгнул, обхватил деда руками и ногами, заговорил быстро, возбужденно:

— Дед, дед, слушай, какие творятся чудеса! Марго слопала все сухари, теперь у нее в животе забор, она не может сделать большие дела. Няня сама на ножки встала, мы договорились, я буду учить ее ходить по-настоящему. Рыжий Валька спит, колдунище злой Окакул заколдовал его, мама пробовала расколдовать — не получилось. Марго прыгала, прыгала, потом спать легла, прямо к Вальке на подушку.

— Окакул — это оракул Дельфийский, — пояснил Андрюша.

— Да, я знаю. Он что, заходил сегодня?

— Звонил, час назад. Таня с ним говорила.

— Мама сказала, чтобы он ни за что, никогда не приходил, держался от нас подальше, а то ему не поздоровится. Он злой, плохой и ложки ворует, — быстро, на очередном зевке, пробормотал Миша.

— Ну, положим, она этого не говорила, — Андрюша хмыкнул. — Дельфийский спросил, не у нас ли Редькин и когда ты вернешься. Таня сказала, да, у нас, но он болен, спит. А ты вернешься не раньше полуночи. И сегодня мы гостей принимать не готовы.

— Он напрашивался в гости?

— Ну да, ему зачем-то срочно понадобились сразу и ты, и Редькин.

— Потому, что он рыжего Вальку заколдовал. Теперь боится, что колдовство кончится, Валька проснется, пойдет за тридевять земель, в тридесятое царство, найдет дуб, на дубе утка, в утке яйцо, в яйце иголка, в иголке Окакула смерть! — Миша произнес это звучным басом, вытаращил глаза и скорчил страшнейшую рожу.

— Ты откуда знаешь? — серьезно спросил Михаил Владимирович.

— Няня рассказала. Только у нее в сказке Окакула зовут Кощей, а Вальку — Иван-царевич.

— Подожди, Миша, стало быть, няня сегодня ходила в валенках и еще сказки тебе рассказывала?

Миша зевнул, потерся лбом о плечо деда.

— Сначала она спала и спала. Потом у нас был разговор очень серьезный. Я сказал, ты зачем лежишь, вставай! Она сказала, я хвораю, Мишенька. Тогда я сказал, а вот если я тебе подарю своего медвежонка, встанешь? И даже всю железную дорогу подарю. Няня сказала, что мне с тобой делать? Ладно, так и быть, поживу, не помру. Принеси валенки. Я валенки принес, ей на ножки надел, мы стали играть, будто я взрослый, а няня ребеночек, и я учу ее ходить. Потом она опять легла и рассказала мне сказку.

Передавая диалог в лицах, Миша говорил за няню жалобным тонким голоском, а за себя – басом, медленно и рассудительно.

– Пап, она правда поднялась сегодня, – подтвердил Андрюша, – ей лучше. Миша, пойдем, я тебя уложу, дед усталый, голодный, ты даже разуться ему не даешь.

– Все равно спать не буду, пока мама не вернется, – пробормотал Миша сквозь долгий зевок.

– Куда она ушла? – спросил Михаил Владимирович.

– На день рожденья к какой-то барышне-сокурснице, – Андрюша взял наконец сонного Мишу на руки. – Папа, я его уложу, ты иди поешь, там в кастрюльке перловый суп, разогрей.

– Да, хорошо. Что за барышня?

– Не знаю. Таня вернется, расскажет.

Первым делом Михаил Владимирович зашел к няне. Она дремала, но сразу открыла глаза.

– Ранехонько ты сегодня. Полуночи нет еще, а ты уж дома. Ну, зажги лампу, погляжу на тебя. Сядь ближе. Исхудал, нос да глаза остались, – няня провела ладонью по его щеке. – Фу, колючий! Бороду растишь, что ли?

– Нет, просто бреюсь редко. Лезвие затупилось, нового не достать. Пробовал скальпелем, порезался.

– А, тогда уж ходи бородатый. Да оставь ты мой пульс, пусти руку. Лучше мне, и так разве не видишь?

– Вижу. Миша сказал, ты вставала сегодня, даже ходила немного.

– Куда мне ходить? Ноги не держат, да валяться уж надоело. Коли не прибирает меня Господь, так придется встать. А ты чего сидишь? Иди, горячего покушай, весь день, небось, на сухом пайке. Свет потуши, я спать буду.

Михаил Владимирович поцеловал ее, вышел, прикрыл дверь и в коридоре встретил Валю. Лохматая рыжая шевелюра в тусклом свете лампы пылала, как огненный нимб. Старая профессорская пижама была велика ему, штаны он подвернул, шел, покачиваясь, едва переставляя тощие босые ноги. На руках он держал хмурую, всклокоченную Марго.

— Доброе утро, — просипел он и откашлялся, — эта красотка чуть не задушила меня в своих объятьях. У нее, кажется, какие-то проблемы с желудком. Мне пришлось пережить настоящую газовую атаку.

Марго вцепилась в пижамную куртку и на профессора не смотрела.

— Ну, кто обожрался сухарями? Стыдно тебе? Я вижу, стыдно, пузо болит. Иди сюда, горе мое.

Издав негромкий жалобный крик, обезьянка перепрыгнула к Михаилу Владимировичу на плечо, потерлась щекой о его шею, что-то пропищала на ухо и шлепнула ладонью себя по животу.

— Который теперь час? — спросил Валя.

— Одиннадцатый.

— Вечера? — Валя потер кулаками глаза. — Сколько же я спал?

— Сколько нужно вам было, столько и спали. Чуть меньше суток. Как чувствуете себя?

— Не знаю. Михаил Владимирович, мне неловко, я тут у вас расположился, как у себя дома. Сейчас вот умоюсь, с вашего позволения, чаю выпью и отправлюсь восвояси.

— Что, пешком до Сретенки? Ночью? Трамваи уж не ходят, а шофера я отпустил. Оставайтесь до завтра.

— Останусь, не откажусь.

Валя отправился умываться. Михаил Владимирович поставил на примус кастрюльку с супом, сел, вытянул ноги, закрыл глаза. Не хотелось ни о чем думать. Впервые за многие месяцы отпустили два главных страха, за Андрюшу и за няню. Как бы там ни сложилось дальше, сейчас надо просто отдохнуть.

Он сидел, припав затылком к стене, и незаметно задремал. Казалось, в таком спокойном, расслабленном состоянии должно сниться нечто хорошее, но приснился оракул Дельфийский, декламирующий со сцены текст доноса, нараспев, как стихи.

«Таким образом, бесценная жизнь великого Ленина подвергается опасности в руках самоуверенного, бездарного шарлатана».

Оракул в белой тоге, с лавровым венком на голове, помещался на вершине сложной живой пирамиды. Пифии, одетые в красные гимнастические костюмы, размножились из трех до дюжины. Нижние сидели на шпагатах, средние изогнулись крутыми дугами, опирались ладонями и ступнями на головы нижних. Третий ярус стоял на втором, образуя из поднятых рук и ног нечто вроде пятиконечной звезды. Звезда служила Дельфийскому постаментом.

«Посредством парапсихической волновой энергии удалось проникнуть в подсознание Свешникова и расшифровать его истинные намерения».

Публика отвечала овацией на каждую фразу. В зале не было ни окон, ни дверей. За сценой, позади живой пирамиды и Дельфийского, угадывалось открытое прямоугольное пространство, сплошь черное, наполненное ледяным ветром и гулом. Пустота звала, втягивала в себя, стало видно, как от нее исходят прозрачные нити, и по ним, словно кровь по сосудам, движется текучее, мерцающее, переливающееся всеми оттенками цветового спектра, вещество.

Дельфийский вместе с живой пирамидой, публика в зале густо опутаны этой пульсирующей паутиной. Через нее разноцветное свечение перетекает за сцену, всасывается мраком, исчезает. Мрак жадно пожирает свет, но не делается светлей, не может насытиться.

Михаил Владимирович метался, искал выход, и, как это всегда случается в страшных снах, тело не слушалось, ноги стали ватными, крик не мог вырваться из горла.

Зал был полон, среди лиц попадались смутно знакомые, но точно никого нельзя было узнать. Стоило вглядеться, и лицо оказывалось кукольным, отлитым из какого-то упругого эластичного материала, нежно-телесного цвета. Чем гуще становилась паутина, тем меньше походили на людей эти странные существа. Наконец они слились в единую массу, и масса беззвучно исчезла, вся без остатка всосалась черной пустотой.

Михаил Владимирович очутился в старинном очень красивом зале. По стенам развешаны парадные портреты, за стеклами витрин сверкают короны, ларцы, какие-то сабли. Сначала Михаилу Владимировичу показалось, что тут никого нет, но, оглядевшись, он заметил у дальней витрины два мужских силуэта. Оба низкорослые, худые и скроены как будто по одной мерке. Узкие покатые плечи, широкий таз, маленькая темноволосая голова. Оба смотрели сквозь стекло на кусок металла, черный, древний наконечник копья. Один медленно повернулся.

На границе сна и яви возникла усатая физиономия, вполне отчетливая, рябая от оспин и пигментных пятен, тяжелая, низколобая, с пристальным взглядом из-под широких бровей. Зрачки сузились, приобрели нормальную округлую форму, но Михаил Владимирович успел понять, что прямоугольник ненасытного мрака был прямоугольным зрачком, увеличенным тысячекратно.

Что-то звякнуло, стукнуло. Профессор с трудом разлепил веки. Перед ним на столе дымилась тарелка перлового супа.

— Я тут похозяйничал, не хотел вас будить, — сказал Валя, — вот, хлеб нашел. Давайте поедим, а то сейчас помру от голода.

Михаил Владимирович покрутил головой. Шея затекла, ныл затылок.

— Такой дурной сон приснился, забыть бы его поскорей.

Валя уселся напротив, проглотил несколько ложек супа, откусил хлеб.

— Наш недавний визитер пожаловал?

— Что вы имеете в виду? Ах, ну да. То, что произошло во время операции. Пожалуй, это страшней и загадочней, чем случай с Линицким.

— Это нечто совсем иной природы. Никакого воздействия извне. Личный выбор. Они не приходят без приглашения.

— Если я правильно понял, для вас это не первая встреча?

Валя быстро покончил с супом, вытер тарелку хлебной корочкой и задумчиво произнес:

— Мне уже приходилось беседовать с ними. Имя им легион. Не знаю, может быть, с постояльцем чекистки Ады я встретился впервые. Он сильно измотал меня. Но и вас, кажется, тоже не обошел вниманием. Михаил Владимирович, вы суп ешьте, остынет.

— Нет, не могу. Не лезет. Вылью назад в кастрюльку, авось не прокиснет. Очень уж гнусный был сон. Товарищ Гречко донос на меня настрочил.

— Во сне или наяву?

— Наяву, конечно. Сегодня приходил Бокий, ознакомил меня. Вроде бы мелочь, но вот приснился оракул, как он читает этот донос со сцены и публика аплодирует.

— Расскажите подробно.

— Что там написано?

— Нет, это вовсе не интересно. Сон расскажите, пока не забыли.

Михаил Владимирович рассказал. Валя слушал, внимательно слушал, иногда кивал, качал головой. Потом молчал несколько минут, наконец произнес:

— Музей.

— Что вы имеете в виду?

— Зал с портретами и стеклянными витринами. Попытайтесь вспомнить.

— Думаете, во сне отпечаталось нечто реальное, из прошлого?

– Почти уверен. Вас мучает какое-то воспоминание. Подумайте, какая может быть связь между доносом Гречко, музеем и Кобой?

– Вожди новых масс... Самых глубочайших низов человечества, – чуть слышно пробормотал Михаил Владимирович. – Вена, зима тринадцатого года. Впрочем, нет, ерунда.

– Вовсе не ерунда. Коба был в Вене в январе–феврале тринадцатого, писал там эссе по национальному вопросу.

– Что, правда? Валя, вы не шутите? Господи, я так надеялся, что ошибаюсь, так надеялся...

– Можете спросить у кого угодно, это не секрет. «Марксизм и национальный вопрос», так, кажется, называется его опус. Между прочим, именно под ним он впервые подписался «К. Сталин». Коба Сталин. Потом уж он стал использовать свое настоящее имя, Иосиф.

– Почему он писал труд по национальному вопросу именно в Вене?

– Ну, по официальной версии, ему требовалось ознакомиться с работами немецких и австрийских социал-демократов.

– Разве он читает по-немецки?

– Не знаю. Думаю, да. Он прожил в Вене почти два месяца. Любопытно, как удалось ему пересечь границу, будучи вне закона, в розыске, без документов? Зачем понадобилась такая рискованная дорогостоящая поездка, если большинство работ немецких и австрийских социал-демократов были доступны в России? Можете себе представить Кобу в венской библиотеке? Впрочем, вы видели его в другом месте. В музее. Еще экзотичней. Что за музей? Каким ветром его туда занесло? – Валя откинулся на спинку стула, прикрыл глаза.

Михаил Владимирович машинально сжевал кусок хлеба, глотнул остывшего мятного чаю, глухо откашлялся.

— Хофбург. Хранилище королевских сокровищ, кажется. Почерневший кусок металла за стеклом — копье Лонгина. В Евангелии от Иоанна: «...один из воинов копьем пронзил Ему ребра, и тотчас истекла кровь и вода».

— То самое копье? — Валя открыл глаза, встрепенулся. — Бывший семинарист Коба вполне мог полюбопытствовать. Ну, а кто второй?

Чайник вскипел. Михаил Владимирович встал, аккуратно вылил суп в кастрюльку, наполнил теплой водой рукомойник, принялся мыть посуду.

— Давайте уж я, вам нужно беречь руки, — сказал Валя.

Профессор как будто не услышал, машинально тер тарелку мокрой тряпочкой. Память наконец сжалилась. Он сумел восстановить из обрывков всю сцену.

Он, Эрни и Хот вошли в зал. Кроме двух молодых людей у дальней витрины, посетителей не было. Музей скоро закрывался. «Простите, на минуту я вас покину», — сказал Хот.

Они с Эрни стали разглядывать какие-то короны и копье. Хот быстро направился к молодым людям, поговорил с ними, потрепал каждого по плечу. Вернулся и с мягкой мечтательной улыбкой произнес: «Наши мальчики. Поэт и художник. Вожди новых масс...»

«Вожди» выглядели такими жалкими, что это прозвучало как очередная глумливая острота. Позже Эрни коечто объяснил, совсем немного, но достаточно, чтобы те два лица надолго врезались в память, как и все прочее, что было так или иначе связано с господином Хотом.

Михаил Владимирович молча перемыл всю посуду, разложил по местам. Валя не трогал его. Лишь когда профессор сел, закурил, Валя решился еще раз спросить:

— Кто второй, вспомнили?

— Австриец, бедный провинциал, лет на десять моложе Кобы. Дважды провалился в Венскую академию, так что художник он такой же, как Коба поэт. Как же его звали? Хиклер? Гиплер?

ГЛАВА СЕМНАДЦАТАЯ

Вуду-Шамбальск, 2007.

Соня и Дима в третий раз подходили к крыльцу отеля, но не поднимались на ступеньки, шли дальше, по кругу, потом мерили шагами аллею жидкого сквера, туда, обратно. Было темно, фонари горели тускло, сыпал крупный редкий снег. На плече у Димы висела Сонина сумка. Они гуляли сорок минут, и за все это время Соня произнесла всего одну фразу:

– Прости, у меня нет сил разговаривать.

Когда они в четвертый раз приблизились к крыльцу и швейцар открыл перед ними дверь, Дима сказал:

– Пойдем спать. Первый час ночи.

Она молча помотала головой.

– Ну, хорошо, давай еще кружок. Ты не замерзла?

– Нет.

– Тебе страшно оставаться одной ночью в этом идиотском отеле? Хочешь, я буду спать в твоем номере, в гостиной, на диване?

– Спасибо. Не надо.

– Я не храплю. И мне самому так спокойнее. В твой номер Лойго вряд ли явится ночью.

Соня остановилась у скамейки, достала из кармана сигареты.

– Чтобы Лойго не явилась к тебе, достаточно повесить табличку «не беспокоить» и запереть дверь. Там есть защелка, она снаружи не открывается.

Дима перчаткой стряхнул со скамейки снег, поставил сумку, щелкнул зажигалкой.

– Табличку я повесил и дверь запер на защелку. Я всегда так делаю в гостиницах на ночь. Наверное, все-таки можно открыть снаружи. Проверим, когда вернемся. И если да, то я точно буду ночевать у тебя в гостиной, на диване.

Соня опустилась на скамейку, минуту молча курила, потом равнодушно произнесла:

— Можно открыть, нельзя, какая разница? Ладно, пора спать. Завтра вставать в семь.

Они вошли в ярко освещенный холл. Их встретила бессменная администратор, засверкала улыбкой, подняла руки, изображая гостеприимные объятья.

— Добрый вечер. Вот, пожалуйста, ваши ключики. Спокойной ночи, приятных снов.

Дима взял ключи и спросил:

— Скажите, я могу быть уверен, что горничная Лойго или какая-нибудь другая горничная не ворвется опять ко мне в номер ночью?

— То есть вы хотите сказать, заказик отменяем?

— Какой заказик?

— Господин Савельев, но вы же сами заказали эротический массаж и просили, чтобы опять была Лойго, как в прошлую ночь, — администраторша пропела это тем же сладким голосом, не изменив интонации.

Она обращалась к Диме, при этом блестящие голубые глаза смотрели на Соню. Соня попыталась взять у Димы свою сумку и уйти, но он не отдал, вцепился сразу в ремень и в ее руку.

— Подожди. Я ничего не заказывал. Она врет.

— Согласно категории нашего отеля, первая услуга такого рода у нас предоставляется бесплатно, — спокойно продолжала администраторша. — Конечно, гость может сам отблагодарить девушку, дополнительно, в виде чаевых, но это на его усмотрение. Все последующие заказы оплачиваются в соответствии с установленным прейскурантом. Конфиденциальность гарантируется. Извините, господин Савельев, я не поняла, заказик мы отменяем или все-таки нет?

— Не было никакого заказа, вы это отлично знаете, и хватит тут устраивать спектакль. Софья Дмитриевна вам все равно не верит.

— Я очень извиняюсь, Софья Дмитриевна, мне, право, неловко вести при вас такие разговоры, но я в некоторой растерянности, господин Савельев все не может определиться с заказом. Дело в том, что он попросил, чтобы Лойго являлась к нему в номер каждую ночь, и оплатил вперед еще два посещения. Теперь получается, мы денежки ему должны вернуть.

– Что я оплатил? Когда? Сколько?

– Да утречком сегодня, как пришли завтракать, так сразу и оплатили, семь тысяч сто двадцать четыре рубля тридцать две копеечки.

Дима застыл и сильней сжал Сонину руку.

– Покажите мне чек.

– Господин Савельев, чек у вас. Мы копий себе не оставляем. Гарантия конфиденциальности, сами понимаете.

– Ладно. В таком случае верните мне деньги.

– Извольте чек, я верну деньги.

– Но у меня его нет, и вам это известно.

– Поищите. Наверное, вы оставили его в номере. Деньги возвращаются только при наличии чека. Но оплаченный заказ может быть выполнен и при отсутствии чека.

– Все, пойдем, – Дима потянул Соню за руку к лестнице, – надоел этот бред.

Они прошли молча два пролета. Дима все не отпускал Сонину руку. Было пусто и тихо.

– Сейчас на минуту зайдем ко мне, я возьму зубную щетку, – сказал Дима.

– Не нужно. Ты будешь спать в своем номере. Спокойной ночи.

– Ну уж нет. Извини. Я буду спать у тебя в гостиной, на диване. Скажи, ты что, поверила этой механической стерве?

– Какая разница? Отпусти, пожалуйста, руку, отдай сумку. Я очень устала.

– Что угодно можешь говорить, я тебя в этом мерзком заведении одну не оставлю ни на секунду. В конце концов я отвечаю за твою безопасность. Это моя работа.

Она ничего не ответила, молчала, пока Дима возился с дверью, проверял замки. Он сразу обнаружил, что защелку можно открыть снаружи с помощью монеты или перочинного ножа.

— Так я и думал. Запереться тут невозможно. Все, идем к тебе. Сейчас уже поздно, а завтра позвоню шефу. Надо уматывать из этого отеля как можно скорее. Соня, ну что ты молчишь? Я не пользуюсь проститутками. Как тебе это доказать?

— Не надо доказывать. У мужчин так устроен организм, вам обязательно нужно это, и ничего страшного. Воздержание не входит в твои служебные обязанности.

Дима захлопнул дверь своего номера.

— Значит, ты поверила этой ведьме? Утром, пока ты собиралась на завтрак, я пожаловался ей, что ночью ко мне в номер зашла горничная. Знаешь, что она ответила? Что ни одной горничной ночью в отеле нет. У них рабочий день с восьми утра до шести вечера, и, наверное, мне это просто приснилось.

Они дошли до Сониного номера. Система замков там была такая же, и Дима придвинул к двери тяжелое кресло. Соня, так ни слова не сказав, отправилась в душ. Он нашел в шкафу подушку, одеяло, запасной комплект белья, постелил себе на диване. Снял свитер, отстегнул портупею, пистолет спрятал под подушку. Сонина сумка осталась у него. Он вытащил ноутбук, отнес в кабинет. Батарея была разряжена, он подсоединил провод. Его слегка зазнобило, когда он взглянул на портрет Сталина, висевший над столом.

Дверь из гостиной в спальню была приоткрыта. Он услышал, как Соня вышла из ванной, как скрипнула кровать.

— Соня, можно я пройду в душ?

— Конечно, проходи.

Он быстро прошмыгнул через спальню, закрылся в ванной и, взглянув в зеркало при ярком свете, увидел, что лицо его пылает. Успокоиться он сумел, только постояв несколько минут под ледяной водой. Когда возвращался назад, в гостиную, решился взглянуть на Соню. Она читала. Не отрывая глаз от книги, пожелала ему спокойной ночи.

Растянувшись на неудобном диване, Дима уставился в потолок. У него была с собой книга «Магия шпионажа», с дарственной надписью от автора Михаила Павловича Данилова, Сониного деда. Они познакомились в Париже, после того как Дима забрал Соню с яхты Хота. Девяностолетний Данилов впервые за многие годы вылез из своего тихого Зюльт-Оста, прилетел вместе с Зубовым в Париж, чтобы встретить внучку.

До того как Зубов перетащил Савельева в службу безопасности Петра Борисовича Кольта, они оба служили в Управлении по борьбе с терроризмом. Забрать Соню с яхты в маленьком французском порту было не так трудно. Диме доводилось работать в значительно более жестоких и опасных условиях. Когда старик Данилов обнял его и, всхлипывая, шмыгая носом, бормотал всякие сентиментальные глупости, ничего, кроме неловкости, Дима не испытал, хотя раньше ему бывало приятно видеть счастливых родственников освобожденных заложников, слушать слова благодарности.

Дело в том, что, пока он вез Соню до Парижа, утешал ее, гладил по голове, у него возникло странное чувство. Ему стало казаться, будто эту операцию он провел не по служебной обязанности, не для Кольта, а для себя лично. Он не мог понять, что с ним произошло. Почему совершенно чужая женщина, к тому же вовсе не в его вкусе, вдруг вызвала такую бурю эмоций, заставила думать о себе, вспоминать долгую дорогу по французскому автобану, щекотное прикосновение светлых волос, тепло и нежность мокрой от слез щеки, запах меда и лаванды.

После развода с женой Дима год пребывал в какой-то тупой растерянности. Они прожили вместе восемь лет. Жену он любил, и вроде бы она его любила. Она работала юрисконсультом в небольшой торговой фирме. Работа была унылая, но почти каждую неделю устраивались веселые корпоративы, прогулки на теплоходах, выезды за город. Жена это обожала, ей требовались, как воздух, большие шумные компании, хохот до упаду, и чтобы постоянно происходили события, кипели страсти. Если событий и страстей не хватало, она сама их создавала. Дима никак не соответствовал такому высокому накалу. Он не мог постоянно ссориться и мириться ради того, чтобы, как она говорила, не закисать в рутине повседневности.

На пятом году совместной жизни ей с ним стало слишком скучно, а ему с ней слишком весело. На корпоративах она много пила. Дома тоже пила. Он не мог составить ей компанию. На шестом году он испугался, что она сопьется.

Последовали два года борьбы, тщетных попыток лечения, грязных скандалов, истерических примирений с клятвами, что она завяжет и они наконец родят ребенка, начнут все заново. Диму не покидало жуткое, сосущее душу чувство вины и безнадежности. Ему казалось, что это он превратил ее, яркую, остроумную, жизнерадостную, в чудовище, которое с визгом и матом пытается вырвать у него бутылку, когда он выливает содержимое в раковину.

Ее не уволили с работы, она вставала утром, красилась, одевалась и выглядела вполне прилично. Никто не догадывался, что она пьет, кроме Димы и ее родителей. Они винили во всем Диму. После бурных сцен он не мог заставить себя лечь с ней в одну постель. Она громко жаловалась по телефону маме и многочисленным подругам, что он больше не мужчина.

Когда они поженились, он очень хотел ребенка. Но теперь был рад, что у них нет детей. Год назад они развелись и легко разменяли трехкомнатную квартиру на двухкомнатную для нее и однокомнатную для него.

Весь год ему снились бурные сцены, у него звучал в ушах мат, хохот, рыдания.

Только рядом с Соней это забывалось, таяло.

Лежа на диване, Дима в десятый раз перечитывал дарственную надпись:

«Дорогой Дмитрий!

Спасибо Вам за Сонечку. Храни Вас Бог!

М. Данилов».

Зубов привез для него книгу из Зюльт-Оста, но забыл о ней и передал только перед отлетом в Вуду-Шамбальск. Дима начал читать, но не мог сосредоточиться. Присутствие Сони за стеной туманило голову. Свет не гас в спальне. Он тихо произнес:

– Спишь?

– Нет.

Через приоткрытую дверь было отлично слышно и оказалось, что так, не видя друг друга, разговаривать значительно легче.

– Соня, я давно хотел тебя спросить.

– Ну, спроси.

– Еще в Москве я нечаянно заглянул в твой мобильник. Пришла эсэмэска. Ты спала, я думал, вдруг что-то важное. Получилось нехорошо. Я удалил одно сообщение. Конечно, было бы разумней соврать, что я сделал это случайно.

– Что за сообщение?

– Сейчас скажу. То есть сначала я должен спросить. Кто такой Нолик?

– Старый школьный друг. Это его ты стер?

– Да.

– Зачем?

– Он написал, что любит тебя, постоянно о тебе думает. Он написал, а я удалил. И тебе ничего не сказал.

– Почему?

– Потому! Ладно, извини. Я очень раскаиваюсь. Ты можешь ему ответить завтра утром. Он, наверное, очень ждет.

— Ничего он не ждет. Он потом прислал еще три эсэмэски, в том же роде, и я ему давно ответила.

— Что? Конечно, это меня не касается, но все-таки, что ты ему ответила?

— Я ответила, что тоже его люблю.

— И давно?

— С четвертого класса.

— Ну, тогда я вас обоих поздравляю.

— С чем?

— С большим и прекрасным взаимным чувством. Прости, последний нескромный вопрос. Почему же вы в таком случае с этим Ноликом не поженились?

— Потому, что я его не люблю.

Дима встал с дивана, босиком прошел в прихожую, достал сигареты из кармана куртки, вернулся, закурил. Свет в спальне все так же горел, и было тихо.

— Соня, расскажи, кого ты любишь? — спросил он шепотом.

Она долго молчала, он решил, что заснула, не погасив света. Но услышал ее голос.

— Маму, дедушку, Федора Федоровича. Наверное, люблю Герду, дедушкину домоправительницу. Если бы она случайно не нашла на старой пристани шапку, которую сама для меня связала, никто никогда не узнал бы, что со мной случилось. Еще я очень любила папу. Его убил Бим, старый добрый друг нашей семьи, мой научный руководитель. Убил из-за паразита. Всю жизнь Бим пытался изобрести лекарство от старости. Но у него получались только яды. Вот одним из них он папу и отравил.

— Не вспоминай, не надо. Я знаю эту историю.

— Да, лучше не нужно вспоминать. Папы нет. Мама в Австралии. Дедушка в Германии. Федор Федорович в Москве.

— Я здесь, с тобой.

— Это твоя работа.

Свет погас. Дима докурил, немного еще постоял у приоткрытого окна, потом на цыпочках подошел к двери спальни, тихо прикрыл ее, отправился в кабинет, включил Сонин ноутбук.

Перед отлетом старик Агапкин предупредил его, что закачал туда много важных материалов.

— Объяснять долго. Прочитай, даже и без ее разрешения. Я тебе разрешил, этого достаточно. Когда вы окажетесь в степи, она может замкнуться, замолчать. Не стесняйся смотреть ее почту, слушать все ее разговоры, читать ее мысли. Ты должен знать все, что знает она, чувствовать, что она чувствует, иначе не справишься. Ты влюблен в Соню, потому я и потребовал, чтобы летел с ней именно ты. Мне важно, чтобы рядом был человек, которому она не безразлична. Но не теряй головы. Там будет так опасно, как ты даже представить не можешь. Оглянуться не успеешь, они сожрут Соню и тобой закусят.

* * *

Москва, 1922

— Вот что это? Что? Можете мне объяснить?

Дзержинский держал в руках предмет цилиндрической формы, отдаленно напоминающий кастрюлю среднего размера. В алюминиевые стенки были вделаны какие-то трубочки, проводки, краники.

— Насколько я понимаю, это шлем для чтения мыслей на расстоянии, — спокойно объяснил Бокий, — разве товарищ Гречко не приложил подробную инструкцию?

— Какую инструкцию? — Дзержинский поморщился. — Доносов страниц сто мне передали от вашего оракула вместе с этим агрегатом.

— Видимо, в качестве иллюстрации работы прибора, — тихо заметил Валя Редькин, — оракул хочет показать, как ему удается читать самые сокровенные мысли.

Дзержинский постучал ногтем по стенке агрегата, покрутил трубочки, краники, подергал проводки, тяжело вздохнул, узкими, красными от бессонницы глазами оглядел присутствующих.

– Сокровенные мысли. Валя, на вас, между прочим, тоже донос и на вас, Глеб. На весь спецотдел скопом, на каждого сотрудника в отдельности. Кстати, и на меня тут донос, даже два. О чем он думал, оракул ваш, когда отправлял мне это хозяйство?

Дзержинский поставил прибор на толстую картонную папку и подтолкнул через стол Бокию.

– Феликс, вы что, всю ночь читали? – спросил Бокий.

– Пролистал, надеялся найти хоть что-то дельное. Разумеется, не всю ночь, однако часа три убил.

– Лучше бы вы эти три часа поспали, – сказал Михаил Владимирович, – вы плохо выглядите.

– Отосплюсь на том свете, – мрачно проворчал Дзержинский. – На вас, Михаил Владимирович, тут тоже доносы имеются, на всю вашу семью, включая старую няньку и маленького внука. Но самые интересные, пылкие, можно сказать, высокохудожественные доносы на вашу дочь.

– Татьяна Михайловна – постоянная мишень для доносчиков, пишут, пишут на нее, все, кому не лень, – тихо, как бы размышляя вслух, заметил Бокий.

– Кому не лень, – усмехнулся Дзержинский, – на жену генерала Данилова грех не настрочить доносец.

– Феликс Эдмундович, они с восемнадцатого года не виделись и вестей никаких, – быстро произнес профессор, – а что, разве Павел стал генералом?

– О вашем зяте мы лучше говорить не будем! – Дзержинский раздраженно повысил голос и шлепнул ладонью по столу. – И сделайте милость, предупредите дочь, чтобы мнение свое о советской власти держала при себе, не болтала глупостей в университете, в госпитале!

– Феликс Эдмундович, я не понимаю, о чем речь, – ошеломленно пробормотал профессор. – Таня учится, работает, ей просто некогда болтать, и к новой власти она относится вполне лояльно, поверьте.

Железный Феликс повернулся к нему всем корпусом, тяжело уставился больными, красными, но чрезвычайно зоркими глазами.

— Михаил Владимирович, я очень надеюсь, что вы меня услышали. Мне бы не хотелось, чтобы разговор о вашей дочери возник опять в этом кабинете.

— Да, в самом деле, при чем тут Татьяна Михайловна? — воскликнул Валя. — В этом кабинете о ней совершенно не нужно говорить. Мы об оракуле беседовали, вот о нем давайте, о нем тут самое место!

— Да, оракул, — Дзержинский сдвинул белесые брови и постучал пальцами по столешнице, — с ним надо что-то решать. Это вопрос прежде всего к вам, Глеб. Он ваш протеже, вы за него отвечаете. В восемнадцатом он был хорош, когда читал лекции балтийским матросам о Шамбале, древней стране вечного коммунистического рая. Он увлекал их красивыми сказками, и это работало лучше любой политической агитации. Но теперь у нас двадцать второй. Оракул портит кастрюли и строчит доносы.

— А почему надо обязательно что-то решать? — Валя пожал плечами. — Не тратьте на него ваше драгоценное время, верните ему агрегат, не читайте всякой белиберды.

Дзержинский закурил, щурясь от дыма, взглянул на Валю.

— Не читать белиберды? А знаете, Валентин, тут, в этих бумагах, довольно большой процент правды. О вас, например, написано, что вы ни за что, никогда не согласитесь помогать нам. И вы действительно отказались. Ведь так, товарищ Редькин? Отказались?

— Разумеется, потому что это гадость, мерзость, любой порядочный человек на моем месте... — быстро, сквозь зубы, пробормотал Валя, и уши его запылали.

Михаил Владимирович громко закашлялся и под столом наступил ему на ногу. Бокий встал, как бы нечаянно грохнув стулом, и принялся насвистывать «Интернационал». Но Дзержинский все-таки услышал Валю, лицо его окаменело, глаза блеснули, он тихо и вежливо спросил:

– Как прикажете вас понимать, товарищ Редькин? В прошлый раз вы сослались на скверное самочувствие, а теперь вот выясняется, что это ваша принципиальная позиция? То есть наша работа, помощь нам для вас гадость? Мерзость?

– Феликс Эдмундович, позвольте, я объясню, – произнес профессор и еще раз наступил Вале на ногу. – Суть вашей просьбы заключается в том, чтобы Валентин участвовал в допросах подозреваемых, верно?

– Вам это откуда известно?

– Ниоткуда, – профессор пожал плечами, – догадаться несложно. Феликс Эдмундович, пожалуйста, выслушайте меня спокойно, без гнева. У Валентина уникальный дар. Тратить его на допросы все равно что забивать гвозди микроскопом. Во время каждого сеанса гипноза он теряет страшно много сил, он буквально тает, у него язык заплетается, никакой принципиальной позиции нет, Валя очень ослаб, у него расшатаны нервы, вы сами видите.

– Мы обеспечим ему усиленное питание и максимальный бытовой комфорт.

– Это, конечно, замечательно и в любом случае не помешает, но, боюсь, энергию, которую теряет Валя во время сеансов гипноза, компенсировать сливочным маслом невозможно. Да и не получится у него допрашивать. Ваши подозреваемые просто уснут, а заодно и следователи, и охрана.

– Неужели? Прямо вот так все сразу уснут? Вы же не засыпаете за операционным столом, когда Редькин вводит больного в летаргию, а, профессор?

– Я нет. А вот сестры, фельдшеры иногда клюют носами. Но дело даже не в этом. Феликс Эдмундович, вы представьте реальную ситуацию. Человека срочно надо оперировать. Наркоз давать нельзя. Слабое сердце, проблемы с легкими, с кровяным давлением. Единственный способ спасти жизнь — ввести больного в летаргию с помощью гипноза. Гипнотизеров полно, выступают на эстраде, предлагают свои услуги, пригласите их, они помогут допрашивать. Но доверить жизнь можно не каждому. Я бы свою или вот вашу, например, или жизнь Глеба Ивановича доверил бы только Вале Редькину.

Дзержинский скривился.

— Вот, пожалуйста, не надо делать из меня безмозглого дикаря! Я прекрасно знаю, что с Редькиным никто не сравнится, что дар его уникален. Если бы я в этом сомневался, Редькин уже давно был бы арестован. Я не собираюсь превращать его в машину для допросов и, как вы изволили выразиться, забивать гвозди микроскопом. Его помощь нужна в исключительных случаях.

Бокий встал за спиной Дзержинского, склонился к его уху и тихо произнес:

— Феликс, нет смысла.

— Что значит — нет смысла? — Дзержинский резко повернул голову. — Во время операций больные в летаргии говорят? Говорят! Сознание отключается, снимается контроль. Человек выкладывает всю подноготную. Значит, и допросить возможно!

Бокий обошел стол, сел, закурил, быстро взглянул на Валю, на Михаила Владимировича и обратился к Дзержинскому:

— Феликс, признайтесь, вы эту информацию получили от товарища Тюльпанова?

— Ну, допустим.

— И речь шла о случае с Линицким, верно?

— Вы удивительно догадливы, товарищ Бокий.

— У нас с вами служба такая, товарищ Дзержинский, нам без этого нельзя, — Бокий приподнялся, растянул губы в лягушачьей улыбке и шутовски поклонился. — Смекалка, бдительность, горячее сердце и чистые руки. Так? Я ничего не перепутал?

— Перестаньте юродствовать, Глеб, — поморщился Дзержинский, — какая разница, от кого я получил информацию? Она достоверна, я в этом не сомневаюсь.

Бокий вздохнул и покачал головой.

— Феликс, ну как она может быть достоверна, если доктор Тюльпанов на операции не присутствовал? Вместе с остальными был выставлен вон из операционной. Он ничего не видел и не слышал. А фонограф сломался, записи не сохранилось. Он ничего не знает, он врет вам, а вы уши развесили.

— Даже если бы Тюльпанов присутствовал, он бы уснул, — добавил Валя, — он очень внушаемый человек, гипнозу поддается легко. Тюльпанов бы уснул, а потом пересказал бы вам свои сновидения, и вы бы это сочли достоверной информацией.

— Сновидения, — Дзержинский вдруг расслабленно откинулся на спинку кресла. — Вот, неделю назад было у меня сновидение, наяву, прямо тут, возле подъезда Лубянки, возник ваш оракул, а с ним мужичок. Борода седая, окладистая, глазки голубые, добрые. Весь обвешан бубенцами, цветными ленточками, зеркальцами, весь звенит и сверкает. Посланник с Беловодья, ясновидец и пророк. Выразил свою готовность служить советской власти.

— Да, Гречко приводил это чучело ко мне, — кивнул Бокий, — требовал, чтобы его зачислили в штат спецотдела.

— И вы отказали, — Дзержинский укоризненно покачал головой. — Поспешили вы, Глеб. А вдруг мужичок и в самом деле ясновидец? Он бы помог нам, раз товарищ Редькин отказывается. А, кстати, как дела у него, у вашего Линицкого? Я слышал, он опять попал в госпиталь?

— Операционная рана открылась и все не заживает, кровоточит, — объяснил профессор.

Зазвонил один из аппаратов на столе. Дзержинский взял трубку, долго, молча слушал, помрачнел, закурил, тихо буркнул: «Ни в коем случае!», бросил трубку и уставился на Бокия:

— Ну, так на чем мы остановились? Тюльпанов врет, говорите?

— Ладно, выражусь мягче. Сочиняет, — Бокий усмехнулся, — выдает желаемое за действительное. Феликс, я находился в операционной, от первой до последней минуты. Могу засвидетельствовать, что больные в летаргии молчат или бредят, так это было с Линицким. Бред никакой пользы следствию принести не может, наоборот, выйдет ерунда и путаница.

Железный Феликс низко опустил голову, и стала видна большая бледная, словно восковая, плешь. Он выглядел больным и безнадежно усталым. Михаил Владимирович невольно вспомнил темные слухи, будто в отрочестве Дзержинский случайно из отцовского охотничьего ружья застрелил свою младшую сестру. Правда это или нет, но психика его надломлена. Он почти не спит, загрузил себя должностями сверх меры. Ради чего?

«Он, как и Ленин, слишком умен, чтобы по сей день фанатично верить в идею построения насильственного рая на земле, — думал профессор, — крови на нем много, терять ему нечего. Застарелый туберкулез сжигает его легкие, долго он не протянет. А все-таки в глубине его души теплится совесть, смутное, слабенькое понимание, что ответ держать придется. Он возится с беспризорниками, пытается помочь сиротам, накормить, одеть, согреть. Стоп. Зачем я пытаюсь судить его? Нет, я не сужу, просто хочу оценить уровень опасности. Он пока главный в этом страшном здании, от него многое зависит. Вероятно, оракул с его аппаратом и доносами — только формальный повод. Он пригласил нас троих не для того, чтобы обсуждать эту ерунду. Когда он говорил о Тане, открыто угрожал мне? Или только предупреждал?»

— Ладно. Пока оставим этот разговор, — сказал Дзержинский, исподлобья взглянув на профессора, — ну, а что у вас с вашим препаратом?

— Феликс Эдмундович, вы ведь знаете, в восемнадцатом году один из ваших сотрудников расстрелял мою лабораторию, убил всех подопытных животных.

— Никакой он был не наш сотрудник, но не важно. Четыре года прошло, все забыть не можете, — Дзержинский кивнул на толстую папку. — Вот тут оракул пишет, что препарата у вас достаточно, опыты вы продолжаете и недавно омолодили обезьянку. Правда это?

— Препарата практически не осталось, только неприкосновенный запас. А про обезьянку — правда, — быстро ответил Бокий за Михаила Владимировича, — зверька удалось спасти из-под ножа. Дело Бубликова помните?

— Спирит, который как раз и помешался на опытах профессора Свешникова? Вот, оракул тоже помешался, хорошо еще, никого пока не зарезал.

— Все впереди, — зло проворчал Валя.

Дзержинский покосился на него, закурил очередную папиросу и задумчиво, как бы размышляя вслух, произнес:

— Товарищ Гречко предлагает срочно снарядить экспедицию в Вуду-Шамбальскую губернию. С помощью тайной науки «Дюнхор» он намерен наладить добычу таинственного паразита и уже без всякого участия профессора Свешникова осуществить омоложение и продление жизни всех членов Политбюро.

Бокий тихо присвистнул, профессор покачал головой, Валя нервно рассмеялся и сказал:

— Отлично, пусть отправляется и захватит с собой ясновидца из Беловодья, с бубенцами авось веселее будет.

Дзержинский, не удостоив его взглядом, обратился к профессору:

— Если не ошибаюсь, вы еще в восемнадцатом году говорили, что вам для продолжения опытов экспедиция в вуду-шамбальские степи необходима?

В кабинете повисла напряженная тишина. Такой поворот для всех оказался неожиданным, и, судя по тому, как остекленели глаза Дзержинского, как тяжело задвигалось адамово яблоко на его тощей шее, беседа подошла к апогею, к основной цели.

— Феликс, об этом пока не может быть речи, — нарочито спокойно произнес Бокий.

— Почему? — Дзержинский поднял светлые брови, изображая искреннее удивление. — Там сейчас спокойно, там утвердилась советская власть.

— Феликс, мне странно, что вы не понимаете. Профессор Свешников никуда ехать не может.

Но Дзержинский не услышал его или сделал вид, что не услышал. Зазвонил телефон, он поднял трубку, сказал кому-то, что освободится через пару минут, и раздраженно бросил трубку.

— Товарищ Свешников, когда вы намерены ехать в экспедицию? — обратился он к Михаилу Владимировичу так, словно Бокия вовсе не было в кабинете.

— Я готов, как только Владимир Ильич почувствует себя лучше. В любом случае, это должно быть его решение, а не мое и не ваше.

Телефон опять зазвонил. Взяв трубку, Дзержинский нахмурился, глухо произнес:

— Да, вам правильно доложили. У меня. Да, конечно. Прямо сейчас отправляю, — он тяжело поднялся, вышел из-за стола, хмуро взглянул на профессора. — Крупская звонила, Старику опять плохо. Автомобиль нужен вам?

— Нет, спасибо.

Дзержинский сухо попрощался. В приемной скопилось много народу. Ни на кого не глядя, Бокий, Валя и Михаил Владимирович быстро вышли в коридор.

— Кажется, он самому себе неприятен в этой роли, — произнес сквозь зубы Бокий, когда спускались вниз по лестнице.

— Было бы хуже, если бы в этой роли он себе нравился, — тихо заметил Валя.

— Знаете, вы бы уж помолчали! Забыли, где находитесь? Впредь извольте выбирать выражения, а то я вас сам, лично, арестую!

— Глеб Иванович, виноват, понимаю, что подвел вас. Не сдержался.

Они оба вышли проводить профессора к автомобилю. Валя, прощаясь, успел быстро прошептать:

— Вас хотят убрать подальше от Ленина. Это совершенно ясно. Ветер дует со стороны Кобы, этакий холодный, зловонный ветерок, пока слабенький, но крепчает.

* * *

Москва, 2007

Иван Анатольевич Зубов удивился и перепугался, не застав старика дома. Он долго трезвонил в дверь, потом открыл своим ключом, вошел в пустую тихую квартиру, обнаружил некоторый беспорядок. Кровать не застелена. Кухонный стол в крошках, стакан с недопитым чаем, грязная тарелка в раковине, собачья миска с остатками овсянки на полу. Чайник холодный, значит, позавтракал старик давно или вообще не завтракал.

Зубов первым делом позвонил Агапкину на мобильный и, набрав номер, тут же услышал мелодию «Турецкого марша». Телефон валялся на диване в кабинете. Иван Анатольевич позвонил Римме. Помощница по хозяйству напомнила, что сегодня у нее выходной, и заверила, что вчера вечером она оставила старика и щенка в добром здравии, в чистой квартире, с полным холодильником продуктов.

Еще немного побродив по квартире, Зубов обнаружил, что в прихожей нет куртки и зимних ботинок Федора Федоровича, а также поводка Мнемозины.

— Старик отправился погулять с собакой, — пробормотал Зубов и тяжело опустился в кресло в кабинете, — все нормально, нечего волноваться. Впрочем, может, выйти во двор, поискать их?

На столе стоял открытый ноутбук, экран был темный, но сбоку мигала лампочка. Иван Анатольевич не удержался, тронул кнопку, вывел компьютер из спящего режима.

«Федор, не морочь мне голову, я почти уверен, они ему помогли!»

Это было послание из Зюльт-Оста, начало утренней переписки с Даниловым. Несколько секунд Иван Анатольевич колебался, чувствовал, что поступает нехорошо, и если старик застанет его за чтением своей личной почты, разозлится страшно. Однако любопытство пересилило. Зубов стал читать.

«Кто? Четверка? Берия, Маленков, Булганин, Хрущев?»

«Конечно. Кто же еще?»

«Миша, ты правда не понимаешь или придуриваешься, как всегда?»

«Федор, но ведь известно, что они вели себя неадекватно. Долго не вызывали врачей. Когда было совершенно очевидно, что с хозяином беда, Берия заявил: Иосиф Виссарионович спит. Хрущев с Булганиным вообще не решились зайти в комнату, где он лежал».

«Миша! Вызвать врачей значило придать огласке случившееся. А им требовался тайм-аут. Им надо было договориться, как действовать дальше. Кстати, это полностью противоречит версии заговора и убийства. Если бы они решили убрать хозяина, все бы продумали заранее, не допустили бы никаких странностей, двусмысленно-

стей, ни малейшего повода для подозрений. Но их поведение говорит о том, что они не ожидали, испугались, растерялись. Не забывай, они всего лишь люди. У них кишка тонка убрать Кобу».

«Федор, я не спал всю ночь по твоей милости. Твои вчерашние туманные намеки: плагиат, фрактальность времени почти свели меня с ума. Почему анализ событий первого, второго марта пятьдесят третьего года ты назвал «отличной подсказкой»? Изволь объяснить, что ты имел в виду?»

«Ладно, попробую. Только, будь любезен, не перебивай! После войны требовалась свежая глобальная идея. Ненависть надо подогревать, иначе поток страданий скудеет. Сталин должен был выработать новый заряд, вызвать мощную судорогу, довести людей до неистовства. Но ничего, кроме сионистского заговора, он не сумел придумать. А это был плагиат. Совсем недавно остыли печи Освенцима. Требовалось нечто оригинальное. Он пытался сдобрить антисемитскую кампанию медицинской темой, чтобы заимствование идеи у побежденного собрата не выглядело столь явным. Жалкая уловка лишь подтвердила, что он слаб и бесплоден. Плагиат – это диагноз, причем смертельный. В панике он решил прекратить кампанию. В ночь с первого на второе марта готовые номера «Правды» и «Известий» спешно переверстывались, снимались все материалы о шпионско-диверсионной деятельности сионистских организаций и еврейских врачей».

За пространным ответом Агапкина следовал короткий вопрос Данилова:

«То есть ты считаешь, Сталин сам отдал распоряжение?»

«Я не считаю, я знаю точно! – отвечал Агапкин со свойственным ему апломбом. – *Коба приказал Игнатьеву, тогдашнему министру МГБ. Но это была*

его вторая фатальная ошибка. Он метался в отчаянии. Сначала ему следовало придумать нечто новое, а потом уж отменять кампанию. Если бы придумал, возможно, получил бы отсрочку».

«От кого? Кто имеет такие полномочия, чтобы дать отсрочку?» — немного ехидно спрашивал Данилов.

«От нашего общего знакомого», — отвечал Агапкин, и легко можно было представить, с каким сердитым выражением лица он стучал по клавишам.

«Наш пострел везде поспел?» — продолжал ехидничать Данилов.

«Миша, его присутствие на даче в Кунцеве для меня очевидно! — кипятился Агапкин. — *Как ты думаешь, почему все воскресенье первого марта никто не решился войти к хозяину? Старый человек, больной, двенадцать часов не подает признаков жизни. Не завтракает, не обедает, не отвечает на телефонные звонки. Полный дом охраны, прислуги. Люди, главная обязанность которых — он, его безопасность, его жизнь, оцепенели в тот день».*

«Они боялись его тревожить?» — неуверенно предположил Данилов.

«Миша, они отвечали за него! Каждый из них рисковал головой, если с ним что-то случится, а помощь не будет вовремя оказана. Но никто не смел приоткрыть дверь, хотя бы заглянуть. Они вели себя неадекватно, по собственным их свидетельствам, они были как завороженные. С десяти утра до десяти вечера охрана и прислуга топтались под дверью, спорили, кто зайдет. И только в половине одиннадцатого, с пакетом из ЦК, к хозяину решился заглянуть дежурный охранник Лозгачев. Хозяин лежал на полу, парализованный, в мокрых пижамных штанах. Он обмочился. У него были открыты глаза. Знаешь, когда человек падает на

пол, звук довольно громкий. Все двенадцать часов охрана прислушивалась к каждому шороху, но не слышала, как он грохнулся».

«Стоп, Федор! Там была звукоизоляция, они ничего не могли услышать!»

«Миша! Все комнаты Сталина оборудовались особой системой сигнализации. Датчики вделаны в двери, в мебель! Охрана обязана была следить за каждым его передвижением!»

«Ладно, Федор, я согласен, двенадцать часов бездействия охраны — загадка. У тебя есть ответ? Почему они не могли войти?»

«Потому, что он был там не один! Миша, я понимаю, после бессонной ночи у тебя голова работает скверно, и все-таки сосредоточься! Это важно! Коба своего рода шедевр, уникальный экземпляр. Прежде чем отправить его на свалку, нужно было убедиться, что он действительно стал бесполезен. И вот явилось компетентное лицо».

«Кто?»

«Он, Миша, он. Наш знакомый, как ты выразился, наш пострел. Коба был его протеже, его детище. Ты же сам это понимаешь, зачем спрашиваешь в десятый раз — кто? Скорее что, чем кто! Нечто. Сгусток мрака. Я не исключаю, что оно присутствовало там и в своем человеческом обличии, которое хорошо известно мне, тебе и теперь, к несчастью, Сонечке. Так вот, никто, кроме Сталина, его увидеть не мог. Однако никто не должен был видеть Сталина, пока он находился в диалоге со своим гостем. Мокрые штаны, паралич, вонь. Таков был результат визита».

«Федор, допустим, я соглашусь с твоей версией, но скажи, разве им важно, чтобы идеи, которые стравливают людей и порождают страдания, были новыми и свежими? Борьба с космополитизмом началась в сорок восьмом году. Аресты, пытки,

расстрелы, предательства, убийства. Разве мало страданий? Какая им разница?»

«Миша, ты не понимаешь! Представители этого ведомства жаждут видеть себя творцами. Однако создать ничего не могут, кроме глумливых карикатур и разрушительных идей. Они тешатся иллюзией, будто это и есть настоящее творчество. У них свои критерии пользы и оригинальности. Идея должна не только работать, но и блистать, поддерживать иллюзию творчества».

«Спасибо, Федор, ты все объяснил мне, сонному тупице, ты разложил все по полочкам. Однако я так и не понял, при чем здесь фрактальность времени?»

«При том, Миша, что они обязаны нравиться себе и своему руководству. Руководство не выносит банальных идей, не прощает слабости. История с отбраковкой непригодного орудия должна повториться».

«Позволь, но разве наш пострел тоже орудие?»

«Конечно! Только более высокого уровня! Миша, прости, Мнемозина просится гулять, вернусь, продолжим».

В прихожей хлопнула дверь. Зубов едва успел выключить ноутбук, отскочить от письменного стола, схватить первую попавшуюся книгу и сесть в кресло, придав своему лицу невинно-скучающее выражение. Влетела с радостным лаем Мнемозина, затем, ковыляя и ворча, явился Агапкин.

— Иван, ты что здесь делаешь?

— Ну, здравствуйте! — Зубов недоуменно пожал плечами. — Сегодня воскресенье, у Риммы выходной, вот я пришел побыть с вами, погулять с собакой.

— Я уже сам погулял, как видишь, — не без гордости заявил старик, — я же предупреждал тебя, что скоро все буду делать самостоятельно.

— Мне уйти? — обиженно спросил Зубов.

— С какой стати? Ты мне нужен, Иван. Сейчас позавтракаем и займемся схемой лабиринта.

— Чем, простите?

— Лабиринтом, Ваня. Там, в степи, между дворцом Йорубы и развалинами храма сонорхов есть древний подземный лабиринт. Когда-то я набросал его схему, теперь ее нужно восстановить.

ГЛАВА ВОСЕМНАДЦАТАЯ

Берлин, 1922

Зал в кинематографе «Братья Люмьер» был маленький, на сотню человек, но заполнилось меньше трети. Федор не мог разглядеть публику. Князь усадил его в первый ряд и предупредил, что вертеть головой не нужно. Всякие люди могут прийти, белых эмигрантов много. Не ровен час, узнает кто-нибудь.

— Так, может, мне вообще не стоило приходить? — спросил Федор.

— Э, дорогой, ты уже пришел, значит, так распорядилась судьба, — сказал князь.

Впрочем, никакой он был не князь. Свежие красно-черные афиши на тумбах перед зданием кинематографа, у оконца кассы и в фойе гласили:

«Впервые в Берлине! Балет «Борьба магов».

Всемирно известный тибетский целитель Георгий Гурджиев представляет труппу своих учеников, посредством танца в собственной постановке наглядно демонстрирует скрытые способности человека к бесконечному самосовершенствованию».

Сверху красовался портрет князя, схематичный, весьма лестный, но узнаваемый по выпученным глазам, пышным усам и голому черепу.

— Да, дорогой, не удивляйся. Я и есть Гурджиев, великий гуру. Ты, конечно, сразу узнал меня, но не поверил, что тебе выпало такое счастье, такая честь. Думал, случайное сходство, да?

Федор никогда прежде о великом гуру Гурджиеве не слыхал, но нахмурился и кивнул, показывая всем своим видом, что да, так и есть.

— Ты можешь по-прежнему называть меня князем. У меня в роду по отцовской линии греческие Палеологи, так что я больше чем князь. А почему Нижерадзе, я тебе потом объясню.

В зальчике погас свет, открылся занавес. Князь восседал перед белым полотнищем экрана, в глубине ярко освещенной эстрадки, на стуле с высокой спинкой. С краю стояло фортепиано, тощий длинноволосый юноша в бархатной куртке страстно ударил по клавишам. Звуки, извлекаемые юношей из расстроенного инструмента, походили на ритмический звон бубна.

На эстрадку гуськом, неровным строем, вышли мужчины и женщины, босые, в одинаковых белых костюмах. Шаровары, просторные рубахи до колен. Всего одиннадцать человек, разного возраста и вовсе не балетного телосложения. Музыка смолкла. Люди застыли в разных неестественных позах, спиной к залу, лицом к гуру, но так, чтобы не закрыть его от публики. Он молча, сурово глядел в зал. Стало идеально тихо, затем раздались покашливания, шорох, скрип кресел. Гуру трижды хлопнул в ладоши, пианист, тряхнув шевелюрой, ударил по клавишам. Люди принялись вразнобой топать, крутиться, поднимать руки и ноги.

Сначала Федору показалось, будто каждый делает, что хочет, повинуясь ритму дребезжащих клавиш. Но скоро он заметил, что ритма никакого нет и люди на сцене делают именно то, чего не хотят. Выворачивают ступни и кисти, изгибаются в судорогах, крутят головами так, что кажется, вывихнут шеи. Движения их слишком резки, неестественны, неудобны. Федор сидел совсем близко и видел мучительные гримасы на лицах. Безобразные, неуклюжие движения и гримасы превращали танцоров в одинаковых механических кукол. Трудно было отличить женщин от мужчин, молодых от пожилых.

Действо длилось минут двадцать. Федор все-таки не удержался, стал украдкой поглядывать по сторонам.

В первом ряду, справа, через несколько стульев от него, сидел пожилой полный господин с бородкой и внимательно смотрел на сцену. Возле господина дама. Взбитая, морковного цвета прическа и кончик носа.

Слева никто не сидел, Федор осмелел и оглянулся назад. Публика собралась вполне случайная, разнoперая. Конторские и уличные барышни, молодые люди студенческого и богемного вида, демобилизованные военные, бюргеры среднего возраста, обоего пола. В последнем ряду парочка каких-то смутных оборванцев. Все напряженно застыли и были поглощены тем, что происходило на сцене. Только где-то в центре зала мирно дремала одинокая старушка.

Федор виском почувствовал неодобрительный взгляд князя и повернулся к сцене. Танцоры продолжали вывихивать конечности и биться в судорогах. Наблюдать это было тяжело. Федор переключил внимание на князя и с удивлением заметил, что глаза гуру томно прикрылись, усы дрожат, рот оскален, поблескивает сталь зубов, на лбу капельки пота. Руки сжимают тонкие, обитые бархатом подлокотники так сильно, что побелели ногти. Физиономия выразила нестерпимое блаженство, вот сейчас сквозь дребезг фортепиано и топот босых ног прорвется звериный рык и на гульфике княжеских брюк проступит темное влажное пятно.

Но ничего этого не произошло. Князь внезапно распахнул глаза и хлопнул в ладоши так громко, что в ушах зазвенело. Музыка умолкла. Люди на сцене замерли, каждый в той позе, в какой застал его хлопок, а потом один за другим, как кости домино, стали валиться на пол, с тупым деревянным стуком, не меняя поз, не пытаясь удержаться на ногах или хотя бы смягчить падение.

Федор приподнялся. Он был уверен, что кому-то из упавших нужна медицинская помощь. Но князь сердито посмотрел на него и сделал повелительный жест, обращенный к нему лично, мол, сиди, не дергайся.

Зал ошеломленно молчал. Артисты полежали немного и зашевелились, стали неловко подниматься на ноги, отряхиваться, кланяться. Но никто из них не улыбнулся. Лица остались замороженно серьезными. Когда поднялась последняя, пожилая полная женщина с астматической одышкой, зал проснулся и зааплодировал.

Нельзя сказать, что овации были бурными и продолжительными, но какая-то барышня тонко выкрикнула из зала по-русски:

– Месье Гурджиев! Вы гений! Я преклоняюсь перед вами!

Старушка, спавшая в центре зала, встрепенулась, мелко тряся желтыми кудряшками, засеменила к сцене с букетиком вялых хризантем. Пианист помог ей подняться по ступенькам. Князь встал ей навстречу, принял букет и поцеловал руку. Занавес закрылся, старушка осталась на сцене.

Позже, во время ужина в кафе возле кинематографа, Федор узнал, что это не просто старушка, а тоже гуру, близкая подруга покойной Блаватской, некая мисс Купер, родом из Америки.

Ужин проходил в отдельном зале. Стол был накрыт невиданными яствами. Жаренные целиком молочные поросята и осетры, серебряные вазочки с черной и красной икрой, кулебяки, расстегаи. Тут же в зале стоял настоящий мангал, на углях с шипением подрумянивались шашлыки. Два толстых повара летали, как белые воздушные шары по маленькому залу, от стола к мангалу, от мангалу к огромному самовару. Вокруг самовара на белых салфетках стояли корзинки со сладостями и фруктами.

Собрались все, кто участвовал в балете, включая пианиста. В обычной одежде они выглядели вполне нормальными людьми, только лица оставались мрачно напряженными. Князь восседал во главе стола. По правую руку от него трясла кудряшками мисс Купер. По левую он усадил Федора, налил ему полный стакан водки.

— Пей, дорогой, у тебя был тяжелый день, тебе нужно расслабиться.

— Спасибо, я не пью, — Федор вежливо отстранил его руку со стаканом.

— Пей, я сказал, — князь опять поднес стакан к его губам и грозно вытаращил глаза.

— Не буду, — Федор накрыл стакан ладонью и попытался с силой придавить его к столу, вместе с рукой князя.

Князь не ожидал этого, стакан выскользнул на пол, водка разлилась по ковру.

— Если вы не прекратите, я встану и уйду, — быстро прошептал Федор князю на ухо.

За столом все молча смотрели на них. Только повара продолжали бесшумно летать, а старушка придвинула к себе вазочку с паюсной икрой и принялась поедать ее ложкой, иногда закусывая кусочками хлебного мякиша.

Князь еще минуту таращился на Федора, потом взял чистый стакан и наполнил его, но уже не из бутылки, а из графинчика, стоявшего возле его тарелки. Федор обратил внимание, что и себе князь наливал из графинчика.

— Пей! — громко, грозно приказал князь.

Стакан опять оказался у губ Федора.

— Не буду! — повторил Федор.

Он хотел подняться, но князь под столом наступил ему на ногу и прошептал:

— Это вода, дурак, понюхай.

Правда, в стакане была вода. Федор выпил. Князь тут же сунул ему в рот кусок копченой семги.

— Теперь все пьют и едят. Благословляю трапезу сию, — торжественно объявил князь.

Послушно застучали ножи и вилки, но никто так и не произнес ни слова. Князь встал, подошел к самовару, наложил в тарелку сладостей, вернулся к столу и поставил эту тарелку перед полной астматической дамой.

— Ты будешь кушать это.

— Учитель, мне нельзя сладкого, — робко произнесла дама.

— Из моих рук можно все. Кушай, не бойся.

— Да, учитель, — дама принялась ковырять вилкой кубик лукума.

Князь отечески потрепал ее по щеке, подошел к тощему маленькому мужчине и придвинул ему тарелку с селедкой.

— Учитель, мне нельзя соленого, у меня больные почки.

Следующей оказалась маленькая юная барышня с личиком грустного мопса. Перед ней князь поставил тарелку с ломтями сала и налил полный стакан вишневого ликеру.

Так он обошел всех, потчуя каждого тем, что этому человеку нельзя или чего он терпеть не может, придумывая тошнотворные сочетания вроде селедки с вареньем или лукума с икрой. Особенно нравилось ему поить крепким спиртным непьющих. Ученики говорили на разных языках, на русском, английском, французском и немецком. Он всех понимал и всем отвечал по-русски. Они его тоже понимали и слушались беспрекословно.

Вернувшись на место, князь принялся за еду. Ел он много, жадно, неряшливо. В утробе его исчез небольшой осетр, почти целиком, половина поросенка, две палки шашлыку, гора овощей, гигантские букеты зелени. Все это он запивал водой из графинчика, иногда вином. Впрочем, Федор успел заметить, что в бутылках, из которых подливал себе князь, был то ли сок, то ли компот.

— Вы не лопнете? — осторожно спросил Федор, увидев, как с очередной тарелки исчезают приторные восточные сладости.

— Не волнуйся, дорогой. Я много энергии трачу, мне нужно хорошо кушать.

— Скажите, что вы с ними делаете? Зачем вам это нужно? Зачем это им?

Князь повернул к Федору лоснящееся, красное лицо. Усы слиплись от жира, на них висел листик петрушки.

— Запомни, дорогой. Каждый делает, что хочет. Никто не может ему помешать. Но люди не умеют хотеть. Я учу их понимать себя и свои желания.

Барышне-мопсу стало плохо. Она сползла со стула и калачиком свернулась на ковре. Федор подошел, поднял ее. Она что-то лопотала по-английски, прижимая ладонь к правой стороне живота. Скорее всего, ее мучила печеночная колика. Пианист тоже свалился, стал дергаться и задыхаться. Пожилой маленький мужчина пополз на четвереньках, пытаясь поймать за подол платья молодую рыжеволосую женщину, которая с пьяным хохотом скакала и увертывалась от него.

— Нужно вызвать карету «скорой помощи», да не одну, — сказал Федор, вернувшись к князю.

— Ничего не нужно, дорогой, — князь вытер салфеткой жирные усы, поднялся и трижды оглушительно хлопнул в ладоши.

Звон прошел по маленькому залу. Смолкли всхлипы, стоны, пьяный хохот. Через пару минут все, включая барышню-мопса и тощего пианиста, смирно сидели на своих местах и с выражением рабской преданности смотрели на учителя. Только старушка мисс Купер уютно дремала в уголке, в пухлом кресле.

— Мало у кого из людей есть душа, — негромко произнес князь, — ни у кого нет души от рождения. Душу надо приобрести. Те, кому это не удается, умирают. Атомы распадаются, ничего не остается. Некоторые приобретают душу лишь частично, и тогда они подвергаются чему-то вроде перевоплощения, что позволяет им продвинуться вперед. Лишь немногим удалось достичь бессмертия души. Но таких всего несколько человек.

Ученики слушали, затаив дыхание. Федор уже заметил, что понимают по-русски далеко не все. Среди двенадцати учеников были англичане и немцы. Точного соотношения Федор пока не определил.

Князь сделал очередную паузу, поработал глазами. Выпученный, налитый кровью взгляд завораживал учеников. Они сидели смирно и почти не дышали.

— Женщины могут приобрести настоящую душу лишь в контакте и сексуальном единстве с мужчиной, — произнес князь, громко рыгнул и сел.

Пиршество продолжилось. Опять прилетели белые повара, на столе появились медные открытые кофейники, маленькие чашечки. Князь пил крепчайший турецкий кофе, курил и больше ничего не ел, кроме гущи, которую выгребал ложкой со дна каждой выпитой чашки.

— Скажи, дорогой, ты знаешь всех главных большевиков? — тихо обратился он к Федору.

— Вы имеете в виду членов Политбюро? — осторожно уточнил Федор.

— Я имею в виду ближний круг Ленина. Самых главных, кто все решает.

— Как вам сказать? Я врач, но, в общем, мелкая сошка.

— Не ври, дорогой. Не бойся, никто нас тут не слышит. Ты лечишь Ленина. Других ты часто видишь. Троцкий, Бухарин, Сталин, Рыков, Зиновьев, Каменев. Этих ты должен знать.

— Ну, допустим.

— Хорошо. Вот теперь я загадаю тебе загадку, — князь закурил и дал прикурить Федору, — кто из них, когда был маленький, весело пошутил, запустил свинью в синагогу? Не спеши, подумай. Потом ответишь.

Князь приложил палец к губам. Федор заметил, что все за столом опять притихли, повернули головы. Старушка мисс Купер проснулась, с решительным и бодрым видом ковыляла к своему месту у стола, по правую руку от учителя. Рядом встала молодая рыжеволосая женщина. Она оказалась русской, звали ее Зинаида. Трясущимися ручками старушка извлекла из своего объемного ридикюля стопку помятых листков.

— Господа, прошу внимания, — сказала Зинаида, — сейчас мисс Купер прочитает нам небольшой отрывок из своего труда о графе Сен-Жермене.

— Теперь у нас литературные чтения? — спросил Федор.

— Молчи и слушай, — сердито прошипел князь, — это не просто бабка, это великая бабка. С самой Еленой Петровной дружила.

— Кто такая Елена Петровна?

— Потом объясню. Молчи!

Старушка высоким дребезжащим голосом принялась читать с мятых листочков по-английски. Рыжая Зинаида прилежно переводила на русский и на немецкий.

— Редкая ученость, неведомые большинству людей озарения, великая сила. Великая миссия привнести в материальный мир часть незримой духовной жизни — вот что такое граф Сен-Жермен. И вот что доказывает его связь с Великим Центром, откуда он пришел. И хотя он никогда не искал славы и не руководил каким-либо массовым движением, следы его влияния можно найти во многих обществах. Дело его не удалось, и он исчез бесследно. Прекратилась ли его деятельность? Нет! Некоторым, особенно развитым личностям, выпадает доля оказывать воздействие непосредственно, тайно, на физическом или на сверхъестественном уровне. В прошлом веке попытка не удалась. Но граф продолжает свое дело. Он явится, как только решит, что это необходимо, то есть в нашу эпоху, в эпоху, которая своими смутами и волнениями отмечает конец цикла и начало нового периода человеческого существования.

В пансион Федор вернулся на рассвете. Шел пешком, благо было недалеко. Знобило, мучила изжога. Он так устал, что не сразу заметил бредущего следом серого призрака в шляпе, а когда заметил, помахал ему рукой как доброму приятелю. Призрак наверняка устал не меньше него.

Пришлось долго звонить. Хозяйка в банном халате и папильотках открыла минут через десять. В ответ на извинения нахмурилась и проворчала, что если постоялец возвращается, когда все спят, ему следует заранее попросить ключ от входной двери.

Оказавшись в своей комнате, Федор заставил себя умыться и почистить зубы. Наконец залез под перину, свернулся калачиком, подумал, что загадка князя слишком уж проста. Он сразу понял, кто из ближнего круга мог в детстве так мерзко нашалить.

— Но вдруг я ошибаюсь? Я ведь не так хорошо их знаю. Интересно, на какие средства князь устроил это пиршество? Почему на меня не действует его выпученный взгляд? Господи, какое счастье, что не действует, Господи, спасибо, что я не поддаюсь, — бормотал он в подушку, пока не заснул.

* * *

Вуду-Шамбальск, 2007

Часов до четырех утра Дима прилежно изучал содержимое Сониного компьютера, лавина непонятной информации ошеломила его, он не знал, как к этому всему относиться.

Он видел собственными глазами ожившего и вставшего на ноги старца Агапкина, хрустальный череп и самих тварей, танцующих под музыку Равеля. Он не мог просто отмахнуться от всего остального и сказать себе: чушь, бред.

Художник Альфред Плут за сто лет до изобретения микроскопа разглядел и точно изобразил микроскопических паразитов. Господин Хот не изменился с 1913 года по сей день, не отбрасывает тени и намерен в ближайшие лет сто развязать глобальную войну между мужчинами и женщинами. Некто Дассам, степной целитель, с которым познакомился путешественник Никита Короб пару веков назад, до сих пор обитает здесь, и есть шанс, что он поможет Соне.

Как именно поможет и в чем состоит опасность, Дима понять не мог. Когда Соню похитили, это было конкретно, ясно. Похищение устроили грамотно, надо отдать им должное. Пожар в лаборатории, обугленный труп, который опознать невозможно. Если бы не случайность, если бы не шапка, найденная на берегу, Соню вполне могли до сих пор считать погибшей при пожаре.

Вряд ли они опять решатся ее похитить.

Оба старика, Данилов и Агапкин, твердили в своих посланиях о какой-то инициации. Якобы для Сони эта инициация чудовищно опасна. Хот непременно ее устроит. Когда, каким образом, никто не знает. Соня должна ее пройти. Соне категорически нельзя ее проходить. Соня может ее пройти так, что никто, в том числе она сама, не заметит, ни о чем не догадается, но последствия окажутся роковыми.

У Димы щипало глаза, строчки расплывались. Он умывался холодной водой, курил в окно, опять садился к столу. Прочитано было процентов двадцать из всего объема информации. К половине третьего ему стало казаться, что у Сталина на портрете шевелится ус. В три, когда он в очередной раз отправился умываться, в зеркале над раковиной возникла администраторша. Она улыбалась, держала в руке какую-то белую толстую веревку. Дима зажмурился, подставил голову под кран. От холодной воды полегчало. Администраторша исчезла.

Без десяти четыре сильный порыв ветра из приоткрытого окна вздыбил шторы, раздался тихий женский смех. Дима не сразу догадался, что просто люстра качается и звенят хрустальные подвески. Он закрыл окно, выключил компьютер, отправился в гостиную, залез под одеяло. Прокручивая в голове прожитый день, он вспомнил, что Соня еще с утра была жутко напряжена, ей повсюду мерещились участники ее похищения. То электрик показался похожим на слугу с яхты, то наладчика оборудования она приняла за Гудрун Раушнинг.

Эту Гудрун Дима никогда не видел, Зубов рассказывал о ней. Патологоанатом, которая вколола Соне дозу снотворного при похищении, а потом как бы случайно заперла Зубова в холодильнике морга, когда он явился опознавать обгоревший труп. Чудовище, по словам Зубова, имело вполне нормальный женский облик. Рыжая, яркая, грудастая баба. Между тем наладчик был лысый, жирный, тусклый мужик.

«Сонин ноутбук, который остался на яхте, ждал ее в лаборатории. Странные записки, по-русски и на латыни. Пробирки с кровью. Допустим, они уже здесь, — думал Дима, — допустим, электрик действительно слуга с яхты, а наладчик — Гудрун Раушнинг. Но что они собираются делать?»

Уже на границе сна и яви возник образ маленького хрупкого старичка шамбала, дворника в телогрейке и шапке-ушанке. Он лихо орудовал лопатой, расчищал дорожку возле лабораторного корпуса. Соня стояла у окна, прижавшись лбом к стеклу, смотрела на старичка. В тот момент она совсем оцепенела. От нее веяло холодом, даже голос у нее изменился. И вдруг старик кинул снежком в окно. Соня словно оттаяла. Уткнулась лицом Диме в плечо и была под его руками опять живая, теплая.

Орлик открыла окно, крикнула старику: «От вас я такого хулиганства не ожидала, уважаемый Дассам!»

«Мало ли тут стариков по имени Дассам? Наверное, очень распространенное в степи имя», — подумал Дима и с этой мыслью уснул.

В восемь пятнадцать утра он проснулся, на цыпочках отправился через спальню в душ. Соня крепко спала, свернувшись калачиком, держала в руке маленького облезлого плюшевого медвежонка. Одеяло сбилось,

Дима осторожно поправил его, заметил, что она спит в простой белой футболке.

— Нельзя не учитывать фрактальность времени, — тихо, отчетливо произнесла Соня, — термофильные бактерии, ген пи аш 53...

Глаза ее были закрыты, она резко перевернулась на другой бок, взмахнула рукой и заехала Диме по носу. Медвежонок упал на пол, Дима поднял его, положил на подушку.

— Вирус и раковая клетка себя копируют, копируют до бесконечности, нет у них другой цели, поймите наконец, — сердито сказала Соня.

— Поспи еще немного, — прошептал Дима.

Но она проснулась. Села, потерла кулаками глаза, взглянула на Диму, зевнула и спросила:

— Который час?

На щеке у нее отпечатались складки наволочки, всклокоченные волосы торчали в разные стороны.

— Половина девятого. Доброе утро, Сонечка. Я иду в душ. Или, хочешь, ты иди первая, — он смущенно кашлянул, нахмурился и отвернулся.

Он едва сдерживал себя, ему хотелось обнять ее, сонную, теплую, поцеловать трогательные рубчики на щеке, зарыться лицом в мягкие светлые волосы.

— Иди, только быстро, — она опять зевнула, провела рукой по волосам, натянула одеяло до подбородка, — мы проспали все на свете. Где ты взял халат?

— В шкафу нашел, на верхней полке.

— Там еще есть? Принеси мне, пожалуйста.

Он принес, положил на край кровати и застыл, щурясь на белесую полоску рассветного неба в проеме между штор. Ему казалось, если он сейчас шевельнется, его притянет к ней, как будто она магнит, а он железный человек.

— Дима, ты что? Иди в душ.

Голос ее, осипший спросонья, прозвучал удивленно и слегка испуганно.

— Да, сейчас. Там опять плохая погода. Пасмурно, — сказал он, лишь бы не молчать, он уже заметил, что, когда молчишь, притяжение усиливается.

— Ладно, ты пока понаблюдай за погодой, проснись окончательно, я пойду первая.

Она выскользнула из-под одеяла, схватила халат и босиком помчалась к ванной комнате. Он успел заметить на футболке синие готические буквы «Зюльт-Ост». Дверь закрылась, щелкнул замок. Дима медленно опустился на край кровати, взял плюшевого медвежонка. Медвежонок был теплый и пах Соней. Мед и лаванда. Старик Агапкин говорил, что Соня удивительно похожа на свою прабабушку. Черты лица, тембр голоса, мимика, даже запах, как будто все повторилось. «Так для меня пахнет счастье, — сказал старик. — Мед и лаванда. Возможно, именно этот запах, а вовсе не паразит, вернул меня к жизни. Сколько раз такое было, я совсем помирал, мечтал помереть, но стоило подумать о ней, и откуда-то появлялись новые силы. Конечно, были другие, жизнь длинная, но кроме Тани я никого не помню».

Дима заметил, что у медвежонка разные глаза. Один голубой, другой карий. Из-за двери ванной комнаты слышался шум воды. Дима растянулся на кровати, поверх одеяла, подумал: «А что, если я вот так же, безответно, как Агапкин? Один раз у него с Таней все-таки случилось. Потом она узнала, что именно в тот день, когда случилось, ее муж чуть не погиб в Галлиполи. И все. Как отрезало. Хотя, конечно, ее тянуло к нему. А Соня какая-то непроницаемая. Может, я неправильно себя веду? Она охраняемое лицо, ничего между нами быть не может, пока, во всяком случае. Иногда мне кажется, ее тоже тянет ко мне, но потом возникает отторжение, холод. Мы слишком мало знакомы, я ничего не понимаю... Соня, Соня... Фрактальность времени... повторяемость...»

Вода в ванной перестала шуметь, но Дима не заметил. Он заснул. Проснулся от громкого телефонного звонка. Открыл глаза, увидел Соню, полностью одетую, в джинсах, в свитере, с трубкой в руке.

— Да, Фазиль. Доброе утро. Простите, мы проспали, — продолжая разговаривать, она улыбнулась Диме, подошла, погладила его по голове. — Фазиль, вы полчасика подождете? Да? Вот что, вы зайдите в отель, позавтракаем вместе и сразу поедем.

— Почему ты меня не разбудила? — спросил Дима, сел, поймал ее руку.

— Ты так хорошо спал, — она мягко высвободила кисть, — наверное, ты не выспался, глаза у тебя красные. Все, теперь вставай. Пора завтракать и ехать. Я спускаюсь, жду тебя в ресторане.

На полу у кровати стояла ее открытая сумка, в ней уже лежал ноутбук, из бокового кармана торчала всклокоченная плюшевая голова медвежонка.

ГЛАВА ДЕВЯТНАДЦАТАЯ

Москва, 1922

Поздней ночью Михаила Владимировича из госпиталя повезли в Кремль, на внеочередное закрытое совещание Политбюро, посвященное состоянию здоровья товарища Ленина. Эти ночные посиделки были похожи на сходку заговорщиков, проводились в узком кругу, в тайне от самого Ленина. Присутствовали Троцкий, Сталин, Бухарин, Рыков, Зиновьев с Каменевым. Никаких секретарей не звали, протоколов не вели. Из врачей пригласили только Семашко, Тюльпанова и Свешникова.

Тюльпанов докладывал.

— В настоящий момент состояние Владимира Ильича можно счесть удовлетворительным. Впрочем, само по себе течение болезни столь неопределенно, волнообразно, что строить какие-либо прогнозы мне кажется невозможным. Зловещую роль в развитии заболевания, безусловно, играет вражеская пуля, и я осмелюсь предположить, что именно ранение тут возымело роковое значение, так сказать, послужило пусковым механизмом недуга. Пуля, застрявшая в глубоких слоях кожи над правой ключицей, способна давить, прижимать одну или даже несколько артерий, тем самым ограничивая приток крови и кислорода к мозгу.

Михаил Владимирович с интересом наблюдал за лицами вождей. О том, что нет никаких пуль, из присутствующих вроде бы не знал никто, кроме Тюльпанова и Семашко. Но именно эти двое убежденно настаивали, что главная причина недомоганий товарища Ленина — последствия ранений и пули, оставшиеся в теле. Все с ними охотно соглашались.

Троцкий заметил, что до покушения Ленин всегда был крепышом, его здоровье казалось одним из несокрушимых устоев революции. Бухарин, золотое дитя революции, принялся вспоминать тот роковой вечер тридцатого августа восемнадцатого года и как он уговаривал Ильича не выезжать из Кремля.

— Он был бы здоров сейчас, если бы тогда, три года назад, послушал меня и остался дома. Здоров и полон сил, — последнюю фразу Бухарин повторил трижды, страстно стукая себя кулаком по коленке.

Каменев язвительно заметил, что, зная ослиное упрямство Старика, лучшего способа отправить его на завод Михельсона под пули Каплан просто не придумаешь. Если уговаривать не ехать, так он обязательно нарочно поедет.

Бухарин горячо залопотал что-то в свое оправдание.

— А, Бухарчик, теперь понятно, кто тайный организатор злодейского покушения на товарища Ленина, — с лукавой улыбкой произнес Сталин и погрозил Бухарину пальцем.

Коба сидел довольно близко, и профессор заметил, как он по давней своей привычке быстро, нервно покрывает клочок бумаги закорючками. Все те же перевернутые скрипичные ключи, носатые мужские профили, буквы «ТФ» и много раз, мелко, крупно, слово «Учитель».

— Коба, перестань, надоели твои шуточки, — золотое дитя сморщилось, зевнуло и обратилось к Тюльпанову. — Николай Петрович, я все-таки не понимаю, если эти пули приносят такой вред, почему же вы их сразу не удалили?

На клочке бумаги под карандашом Сталина возникла виселица и болтающаяся в петле комичная фигурка.

Тюльпанов принялся объяснять, что сразу после ранения Владимир Ильич ослаб из-за потери крови и операция по удалению пуль могла бы стать дополнительной травмой.

Он говорил долго, туманно, приводил какие-то примеры из своей военной практики. Семашко иногда поддакивал ему, остальные слушали плохо, зевали, шептались. Час был поздний, всем хотелось спать. Михаил Владимирович тоже почти задремал, когда рядом прозвучал тихий, вкрадчивый голос Сталина:

— Почему молчит профессор Свешников?

Михаил Владимирович повернул голову и встретил прищуренный взгляд. Усатое лицо было совсем близко, но смутно просвечивало сквозь дым трубки.

«Знает! — подумал профессор. — Конечно, знает. Он в ту пору близко дружил с покойным Свердловым, главным творцом и организатором инсценировки».

— Я молчу, потому что свою точку зрения уже не раз излагал Владимиру Ильичу лично и всем присутствующим, — спокойно ответил он Сталину и помахал рукой, разгоняя дым.

— Про пули вы никогда ничего не говорили, все доктора именно о них говорят, а вы нет. Почему вы избегаете этой темы? — Сталин выпустил очередной клуб дыма в лицо профессору.

— Пули совершенно ни при чем, — быстро произнес Михаил Владимирович и закашлялся, — никаких артерий они перекрывать не могут.

— Ну, а отравление свинцом? — спросил Рыков.

— Ядовиты пары свинца. Пуля, застрявшая в мягких тканях, капсулируется и паров не выделяет.

— Ядовитые пары, ядовитые пули, — пробормотал Семашко, и мягкая мечтательная улыбка скользнула по его губам.

— Американские индейцы смазывают стрелы ядом кураре, — вспомнил Бухарин и оглядел присутствующих своими детскими голубыми глазами, — я читал, смерть наступает мгновенно, одной маленькой стрелкой слона можно уложить.

— Разве в прерии водятся слоны? — спросил Зиновьев.

— Индейцы охотятся на сайгаков и бизонов, — авторитетно объяснил Троцкий.

— Звучит красиво — кураре, — сказал Семашко и опять улыбнулся.

— Может, Старика на Кавказ отправить? — предложил Зиновьев.

— Не согласится, — вздохнул Бухарин, — там Инесса умерла. Старик любил Инессу и смерть ее переживал страшно тяжело. Так что Кавказ для него связан с огромной трагедией. Он не поедет.

— Бухарчик, такое только в твою романтическую голову могло прийти, — Сталин весело рассмеялся и опять обратился к Михаилу Владимировичу. — А вы что скажете, господин Свешников? Как вам идея отправить товарища Ленина на курорт?

— Идея не плоха, отдых Владимиру Ильичу нужен. Но далеко от Москвы он не уедет, даже в Горках он чувствует себя оторванным от государственных дел, это его угнетает, нервирует и дурно сказывается на здоровье. К тому же Надежде Константиновне климат Черноморского побережья противопоказан.

— Что же, что делать? — с легким раздражением в голосе спросил Рыков. — Пули вытаскивать не нужно, на Кавказ он не поедет, отдых в Горках не помогает.

Вопрос был обращен к Свешникову, но Семашко не дал ему раскрыть рта, встал, поднял руку, требуя внимания, заговорил громким официальным голосом:

— Товарищи, у нас есть определенный план обследования и лечения Владимира Ильича. Пулю удалим непременно, одну во всяком случае, ту, которая над ключицей, но не сейчас. Надо еще понаблюдать. Далее, я считаю необходимым взять на анализ спинномозговую жидкость.

— Зачем? — тревожно спросил Бухарин. — Такой анализ делают, если подозревают сифилис.

Когда прозвучало это слово, Троцкий хихикнул, как подросток. Зиновьев и Каменев синхронно подняли брови и брезгливо скривились. Сталин нежно, двумя пальцами, подкрутил кончик уса.

— Анализ спинномозговой жидкости необходим в диагностических целях при множестве заболеваний, прежде всего нервной системы, — принялся объяснять Семашко, — мы не сумеем понять характер недуга Владимира Ильича без полного, всестороннего обследования.

— Специфический характер недуга тоже нельзя исключать, — вкрадчиво добавил Тюльпанов.

«Что за странные заявления? — удивился Михаил Владимирович. — Почему вдруг так осмелел товарищ Тюльпанов? Это совсем не в его нынешнем стиле».

— Если я правильно понял, под специфическим характером вы разумеете сифилис? — уточнил Зиновьев.

— Я только хочу сказать, что обследование должно быть всесторонним, сложный комплекс симптомов не позволяет нам игнорировать вероятность и lues cerebri тоже, — Тюльпанов сгорбился, вжал голову в плечи.

«Нет, ему страшно, страшно. Какие замечательные находит словесные обороты: «игнорировать вероятность». Однако ведь не отступает, стоит на своем, хотя готов сквозь землю провалиться, ведь понимает, что с медицинской точки зрения это чушь, а с этической —

подлость и гадость», — подумал Михаил Владимирович и громко произнес:

— Конечно, обследование должно быть всесторонним, но lues исключен совершенно.

— Почему?

Вопрос прозвучал внезапно, как выстрел. Михаил Владимирович не сразу определил, кто его задал. И только оглядевшись, понял: Сталин.

— Это прежде всего кожно-венерическое заболевание, оно дает яркую симптоматику, — объяснил Михаил Владимирович.

— Но ведь бывают скрытые, латентные формы, — вкрадчиво возразил Тюльпанов, — больной может многие годы ни о чем не догадываться.

— Владимир Ильич слишком образован, чтобы не догадываться. Он не биндюжник, не малолетняя проститутка. Он всегда следил за своим здоровьем, регулярно обследовался и лечился в Европе. Брат его, Дмитрий Ильич, доктор. Да, случается, что несколько лет сифилис протекает скрыто. Латентные формы могут длиться три-четыре года. Но сифилиса без симптомов вообще, от первичного инкубационного периода до последней стадии, до lues cerebri, когда страдает нервная система и мозг, не бывает. Розеолы, папулы, пустулы. Сифилиды весьма характерны и ярко выражены. Их распознает любой деревенский фельдшер. Все это давно и подробнейшим образом изучено, описано в литературе.

Присутствующие молча, внимательно выслушали и даже, кажется, проснулись. Краем глаза Михаил Владимирович заметил, что Тюльпанов покраснел, а Семашко низко опустил голову и ломает уже третью спичку, тщетно пытаясь прикурить.

— Господин Свешников, а что вы так горячитесь? — спросил Сталин. — Разве здесь кто-нибудь хочет опорочить Владимира Ильича, приписать ему стыдную болезнь?

— Господин Сталин, слухи о стыдной болезни слишком стремительно распространяются, стало быть, у них есть источник, — ответил Михаил Владимирович, спокойно глядя в прищуренные, задымленные глаза, — хочу надеяться, что источник этот находится не здесь. Я всего лишь врач, и слухи волнуют меня постольку, поскольку они пагубно влияют на нервную систему моего пациента. Поймите, наконец. Сифилис — это не так уж сложно, его давно бы обнаружили и вылечили.

Повисла тишина. Все смотрели на Михаила Владимировича. Наконец Бухарин выпалил:

— А я считаю, профессор прав! Слухи распространяют наши враги, а мы льем воду на мельницу всякой сволочи.

— Да не может быть никакого сифилиса у Старика! Вы что, с ума сошли?! — воскликнул Троцкий. — Надо сказать Феликсу, пусть ловит болтунов, и к стенке!

— Открытая борьба со слухами только усилит слухи. Странно, что товарищ Троцкий не понимает этого, — снисходительно заметил Сталин.

— Странно, что товарищ Сталин не считает необходимым бороться с теми, кто грязнит чистое имя и честь Ильича! — смело парировал Троцкий.

— Правда, Коба, если бы вот, допустим, о тебе такое говорили, тебе было бы приятно? — спросил Бухарин.

— Обо мне? — Сталин даже не удостоил Бухарина взглядом, холодно усмехнулся и нарисовал несколько капель, бегущих между ног повешенного человечка.

— Товарищи, мы отвлекаемся от главной темы, а время позднее, — зевнув, заметил Каменев, — давайте уж подводить итоги.

Подведение итогов взял на себя Семашко. Он повторил версию про пулю, которая пережимает артерии, потом еще раз сказал о необходимости анализа спинномозговой жидкости.

— Пулю будем удалять и пункцию проведем обязательно, однако следует подождать, пока Владимир Ильич окрепнет.

— К весне окрепнет, — уверенно произнес Коба и занялся своей трубкой.

У Михаила Владимировича после посиделок заныл затылок и во рту возник гадкий металлический привкус. Ему казалось, что он участвовал в фантастическом, глумливом фарсе. Взрослые, солидные люди, руководители государства, всерьез обсуждали последствия ранений, которых не было, решали, надо ли удалять пули, которых нет, и смаковали абсурдные подозрения по поводу сифилиса. Между тем речь шла о действительно больном, тяжело и безнадежно страдающем человеке.

«То, что нет никаких пуль, может стать серьезным козырем против Ленина. Не из тех, что удобно преподнести толпе, но для внутреннего круга, для своих это отличный способ влияния, шантажа. А для толпы как раз подойдет слух о сифилисе», — думал профессор, пока автомобиль трясся по разбитой мостовой.

Еще недавно ничего, кроме отвращения, профессор к этому маленькому коренастому господинчику Владимиру Ильичу Ульянову не чувствовал.

Ленин символизировал гибель России. Злодей, оголтелый лжец, ничтожество с манией величия, инфернальный циник. Все это о нем, и все это справедливо. В русском языке найдется немало бранных слов, на любой вкус. Можно обожраться, упиться, захлебнуться бранью. Да что толку?

— Почему безвестному эмигранту, вождю кучки экстремистов, удалось так легко осуществить свой гигантский замысел? Знавшие его в эмиграции рассказывали: еще в январе семнадцатого он даже не помышлял об этом, твердил, что вводить социализм в России было бы величайшей нелепостью, его надо только проповедовать. Но уж пятый год Ленин правит Россией. Образовавшийся хаос называется социализмом. Хороша проповедь! Власть маленького вождя держится на озверении, одичании, на низведении человека к уровню обезьяны. Вот вам и Дарвин, господа! Может, Дарвин виноват? Или Маркс? Немцы, щедро оплатившие большевистский переворот? Англичане и французы, втянувшие Россию в ненужную ей войну, потом предавшие, бросившие на произвол судьбы белую армию? Латыши со своими беспощадными стрелками? Поляки, евреи? Расстрелянный император? Студенты? Интеллигенция?

Михаил Владимирович заметил, что бормочет вслух этот странный, отчаянный монолог, лишь когда автомобиль подкинуло на ухабе и он едва не откусил себе кончик языка. Испугался, потом засмеялся, вспомнив, как Таня пересказывала утром трамвайный диалог двух мужичков, молодого и старого. Молодой говорил, что ему точно известно, скоро французы и англичане придут нас освобождать от большевиков. Старый с ним спорил, уверял, что освободят немцы. Немец давно уж нами правит, цари, царицы все немцы были. Молодой возразил, что и Ленин немец, а потому освободят англичане с французами. Кончилось тем, что какая-то баба шепнула им: «Тише, вы, умники, ишь, разболтались! В Чеку захотели?»

Мужички замолчали, стали испуганно озираться, хлопать глазами.

— А может, мы со своей наивной и такой удобной убежденностью, будто кто-то чужой нами правит и чужой во всем виноват, и чужой придет освобождать, заслужили то, что сейчас имеем? — пробормотал Михаил Владимирович. — Глупо винить во всем одного Ленина. Тем более теперь, когда он слабеет и свора сподвижников готовится загрызть его.

Он жалел Ленина, хотя бы потому, что всегда был на стороне пациента. В силу профессии или характера Михаил Владимирович относился ко всякому человеческому страданию с жалостью и уважением.

Автомобиль подъехал к подъезду. Была глубокая, холодная, непроглядная ночь. Подморозило. Лед хрустел под ногами.

Дома все спали. Профессор на цыпочках прошел в лабораторию, зажег керосинку.

В двух отдельных банках обитали молодые крысы, однояйцевые близнецы, для удобства названные X и Y. Несмотря на абсолютную идентичность, они отличались по характеру и темпераменту. X был агрессивный, хитрый, прожорливый. Y добродушный, общительный, любопытный. Обоим профессор ввел вытяжку из гипофиза старой крысы, умирающей от атеросклероза. Такая прививка в семи случаях из десяти приводила к преждевременному старению и атеросклерозу.

Через пару недель у X и Y отчетливо проявились ожидаемые признаки. Пять суток назад близнецы получили вливание препарата. Профессор почти не удивился, обнаружив, что X издох, а Y поправляется. Кормушка и поилка пусты. Аппетит отличный. Шерсть вылезла, но кожа стала эластичней и глаже. Реакции живые, бойкие. Трепетали розовые ноздри, жадно принюхивались к холодному ночному воздуху, льющемуся из открытой форточки. Рубиновые глазки блестели, с любопытством глядя на профессора.

* * *

Вуду-Шамбальск, 2007

Утро было пасмурным, тихим, без ветра и снега. Соня села вперед, Диму заставила улечься на заднее сиденье и поспать. У Фазиля в багажнике нашлись подушка и плед. Дима не ожидал, что заснет мгновенно. Ему казалось, он только закрыл глаза и сразу открыл, а джип уже въехал в ворота. Эти два часа крепкого сна были весьма кстати. Он окончательно пришел в себя после тяжелой странной ночи и бурных утренних переживаний.

По дороге к лабораторному корпусу и в самом корпусе не оказалось ни души, никого, кроме Орлик. Она в своем кабинете возилась с какими-то черепками.

– Скажи, что ты делал ночью? – спросила Соня, когда они остались вдвоем в лаборатории.

– Я залез в твой ноутбук, – честно признался Дима. – Агапкин попросил меня прочитать все, что он тебе туда закачал.

Она не удивилась, не рассердилась.

– Бедняга, там такая сумасшедшая путаница, клубок проблем, вопросов без ответов. Понял что-нибудь?

– Разумеется, нет. Но я стараюсь. Я успел прочитать не больше трети, там очень много всего. Скажи, ты веришь, что Хот не изменился с 1913 года, что это тот же человек?

– Не знаю, человек ли, – задумчиво произнесла Соня. – Вот мы сейчас и посмотрим.

– Не человек? Что ты имеешь в виду?

– Есть такое понятие в биологии – химерный организм. Часть клеток содержит измененный ген. Искусственно измененный. Вот только кем и зачем?

Пока они говорили, она успела достать из холодильника пробирки с образцами крови и включить микроскоп.

– Это возможно определить сразу? По крови? – спросил Дима.

– Не знаю. Подожди. Молчи, не сбивай меня. – Она нервно заметалась по лаборатории, открывала шкафы, распечатывала какие-то упаковки.

– Но если, допустим, все правда и он живет лет триста, зачем ему паразит? – пробормотал Дима.

– Триста, четыреста ему мало. Как сказал Федор Федорович, господин Хот бесконечно жаден. И он готов рисковать потому, что он бесконечно самоуверен. Но тут есть противоречие. Если он самоуверен, почему он постоянно пытается доказать свое превосходство? Дима, ты меня отвлекаешь, я не могу сосредоточиться! – Она доставала и выкладывала на стол коробки, пробирки, склянки.

– Я молчу, это ты говоришь.

— Надень, пожалуйста, — она положила перед ним упаковку с защитной маской, — достань из шкафа перчатки, халат и шапочку. Там должны быть любые размеры. Найди подходящий и надевай.

— Зачем?

— На всякий случай. Я сейчас раскупорю эти чертовы пробирки. Мало ли, какая дрянь может оказаться в крови, с которой я буду работать? Лучше перестраховаться.

— Ты хочешь, чтобы я тебе помогал? — удивился Дима.

— Только этого не хватало! Вот, спиртовку разожги и сядь сюда, посиди смирно и помолчи. Ничего не трогай. Так. Экспресс-анализатор отличный, ох, какие гениальные у нас приборы. Всю жизнь мечтала поработать с такими приборами. Ну, что скажешь, мой умный друг?

— Что скажу о чем? — спросил Дима.

— Извини, я не с тобой разговариваю.

— А с кем?

— С анализатором. Показатели вроде бы в норме. Как там писал революционный поэт? «В наших жилах кровь, а не водица...» Эритроциты, лейкоциты, тромбоциты. Ци-ты-ци-ты, фу-ты, ну-ты, аты-баты, шли солдаты. Замечательно. Ретикулоциты. Шли солдаты на войну. Гемоглобин высокий. То есть практически фетальный гемоглобин. Ладно, дружок, пока работай, посмотрим, что там у нас с окрашенными мазками.

— Что такое фетальный? — спросил Дима.

— Как у плода, до рождения.

— Ты всегда разговариваешь с приборами?

— Мг-м. Отстань, пожалуйста.

Дима вздохнул, минут десять молча наблюдал, как она возится со стеклышками, палочками, пробирками, пипетками. По мониторам бежали цифры, буквы, ползли разноцветные кривые графиков. Соня бормотала, напевала, вдруг резко крутанулась на табуретке, описала полный круг и тихо воскликнула:

— Оба-на!

— Что?

— Макс не соврал. Видишь картинку на мониторе? Синюшно-красные пятна — эритроциты. Лиловые сгустки внутри видишь? Это ядра. Ядра, понимаешь? Не понимаешь. Ладно, сейчас объясню. Эритроциты — красные кровяные клетки. У здорового взрослого человека ядер в них нет. Ядро — признак незрелости эритроцитов. У крокодилов, змей, ящеров эритроциты незрелые. Возможно, у динозавров тоже были незрелые. У человека — только в эмбриональном состоянии и в первый день жизни. Еще при разных тяжелых патологиях, при анемиях, некоторых лейкозах. Но в крови здорового человека эритроцитов с ядрами не бывает никогда. Между тем очевидно, что господин Хот здоров.

— А вдруг у него лейкоз? — осторожно предположил Дима.

— Мг-м, погибает, бедняжка. Нет, Дима, нет. Макс онколог, уж он бы знал и сказал бы мне. Хот здоров. Вероятно, какая-то мутация, врожденный дефект генного кода. Незрелые эритроциты живут значительно дольше зрелых. В принципе это может стать одной из разгадок аномально долгой жизни всего организма. Дима, давай мы с тобой покурим, и все.

— Что — все?

— Я буду дальше работать, а ты меня не отвлекай.

— Я тебя отвлекаю? Я сижу тихо, как мышь, ни слова не сказал.

— Ну, прости, не сердись, — она стянула маску, перчатки, встала, — я завелась очень сильно от этого. Я буду сейчас делать генетический анализ. Тут все есть, но это займет много времени. Ты погуляй, можешь поиграть в пинг-понг с Фазилем. Или навести Елену Алексеевну.

Он тоже снял маску и перчатки, приоткрыл окно.

— Я, с твоего позволения, останусь, почитаю.

— Ладно. Если ты обещаешь ни о чем не спрашивать, пока я сама не расскажу, оставайся. И тогда уж сделай доброе дело. Перегони из старого ноутбука в новый записки Михаила Владимировича.

Они стояли у окна, курили. Было все так же пасмурно и тихо. Диме захотелось, чтобы на пустой белой дороге появилась маленькая фигурка дворника Дассама. Но никто не появлялся, и лопата не торчала из сугроба. Со вчерашнего дня снег не шел, дворник отлично расчистил дорожку, мог отдыхать.

— Спасибо, что разрешаешь остаться. Ну, а сейчас, пока мы курим, позволишь мне задать вопрос?

— Прости, я, конечно, монстр, совсем тебя затюкала.

— Ничего, пока терпимо. Скажи, эти анализы нужны Хоту, чтобы ты определила, приживется ли паразит в его организме?

— Разумеется, нет. Никакие анализы ничего не определят, и Хоту отлично это известно. Пробирки что-то вроде визитной карточки. Он пожелал, чтобы я узнала, как он интересен, оригинален, совершенен, чем отличается от простых смертных. Ему нужно доказать свое превосходство. Доктор Макс предупреждал. Ладно, потом. Все потом.

Соня вернулась к приборам, Дима включил ее старый ноутбук. Прошло около часа, каждый занимался своим делом. Соня уже не бормотала, не пела, тишину иногда нарушали мелодичные сигналы приборов.

И вдруг из коридора послышались шаги, голоса, дверь распахнулась. Вошла Орлик, с ней девушка-шамбалка в комбинезоне, заляпанном краской. У девушки было мокрое, страшно бледное лицо, она тихо, жалобно стонала.

— Больно, не могу терпеть, не могу-у.

— Держите ее, она сейчас потеряет сознание от боли, — сказала Орлик, — осколок плитки попал под ноготь большого пальца.

Девушку усадили, она закрыла глаза и стала заваливаться на бок. Соня нашла нашатырь. Дима попытался осмотреть раненый палец, но девушка оттолкнула его, схватила за руку Соню и быстро, с сильным шамбальским акцентом, забормотала:

— Ты, ты мне поможешь, Дассам сказал, ты вытащишь!

— Дворник привел ее, — объяснила Елена Алексеевна, — она работает в жилом корпусе. Тут никакого медпункта пока нет. Я уговаривала ее ехать в город, в больницу, не хочет. Вот все, что у меня нашлось. Йод, бинт и пенталгин.

— Больно, больно, не могу терпеть, Дассам сказал, ты вытащишь! Вытаскивай, пожалуйста!

— Как? — растерянно прошептала Соня.

— Пинцетом, — сказал Дима, — я помогу.

Палец облили спиртом, девушке дали две таблетки пенталгина. Осколок сидел глубоко, был скользким, к тому же рана сильно кровоточила.

— Я биолог, не врач, почему я? — прошептала Соня.

Девушка плакала, стонала, кричала от боли, Орлик вытирала ей слезы, Дима крепко держал руку и раненый палец. Дважды Соне удалось подцепить осколок, но, чтобы вытащить, следовало глубже ввести острые лапки пинцета. Соня чувствовала, как это больно, у нее все сжималось внутри, и ком стоял в горле.

— Нужно в больницу. Фазиль довезет за полтора часа, я не могу.

— Можешь, можешь, дедушка Дассам сказал, ты вытащишь! Не хочу в больницу! Не отдавайте меня в больницу!

— Чем дольше ты ковыряешься, тем ей больней, — прошептал Дима, — глубже войди, иначе не получится. Давай, очень быстро, спокойно. Я держу ее, отвлекаю. Как тебя зовут? — громко обратился он к девушке.

— Хасанова Лейла.

— Сколько тебе лет?

— Семнадцать.

— Ты маляром работаешь?

— Плиточница, третьего разряда.

— Где ты живешь?

— В Шамбальске в общежитии. Сейчас в корпусе живу, где работаю... А-а!

Соне удалось подцепить и вытащить осколок. Палец залили йодом, забинтовали.

— Все равно надо в больницу, — сказала Соня, — ранка глубокая, вдруг инфекция?

— Не хочу, не хочу в больницу, ты вытащила, инфекции не будет никакой, — Лейла всхлипнула, шмыгнула носом и заговорила по-шамбальски, поглядывая на Соню узкими, красными от слез глазами.

— Сонечка, она благодарит вас, я уже немного понимаю этот язык, — Орлик улыбнулась. — Она говорит, вы очень добрая и красивая. Лейла, ты могла бы и по-русски это сказать. Нет, по-русски стесняется. Ладно, пойдем, я провожу тебя, тебе надо лечь. Вернусь, сварю кофейку.

Когда они вышли, Соня выпила залпом стакан воды, закурила.

— Ты даже не понимаешь, какая ты молодец. Ювелирная работа. В больнице ей наверняка содрали бы весь ноготь, — сказал Дима. — Это гены. Прапрадед твой и прабабушка, на которую ты так поразительно похожа, они бы тобой гордились. Может, тебе надо было стать врачом? Эй, ты меня слышишь? Ну что ты опять застыла?

Соня, не отрываясь, смотрела на мониторы. Там прыгали цифры, буквы, ползли кривые графиков.

— Соня, в чем дело?

— Не может быть. О, Господи, нет, я не верю.

— Ну, что, что такое, объясни.

— Показатели крови изменились. Гемоглобин и кислород повысились, глюкоза упала. Я задала программу анализа на биохимию и гормоны. Ты видишь, что он выдает?

– Соня, я вижу только цифры и графики, ничего в них не понимаю.

– Появился альфа- и бета-фетопротеин. Это белки. Они влияют на рост и развитие тканей. Они есть только в крови плода, до рождения. Их не было. Их не может быть в крови взрослого человека. Но главное, количество клеток крови увеличилось. Вот что самое невероятное! Подожди, я должна проверить, – она погасила сигарету, пальцы ее быстро забегали по клавиатуре. – Я уже несколько часов работаю с этой кровью, параметры не менялись. Никаких причин меняться у них нет. Кровь больше суток хранилась в холодильнике.

Соня развернулась на табуретке, уставилась на Диму совершенно безумными, испуганными глазами, губы шевелились, она бормотала что-то, вдруг звонко шлепнула себя по коленке и спросила:

– Сколько времени тут находилась Лейла?

– Около тридцати минут.

– Показатели изменились очень резко, процесс пошел на спад после того, как я вытащила осколок. До этого в течение двадцати минут клетки активно делились. Кровь господина Хота реагировала, жила и развивалась сама по себе, in vitro, вне его организма.

– На что реагировала? На тебя? На Орлик? На Лейлу?

Соня закрыла глаза, помотала головой и произнесла чуть слышно:

– На боль. Боль, страдание послужили стимулом деления клеток. Господи, пожалуйста, пусть это окажется ошибкой, пусть найдется какая-нибудь другая причина.

* * *

Берлин, 1922

Федор проснулся, лежал с открытыми глазами, смотрел, как за окном в полумраке кружатся крупные снежинки. Часы показывали без четверти десять. Должно бы уже стать светло. Он подумал, что на улице так мрачно из-за темных снежных туч и что через пятнадцать минут закончится завтрак. Если встать сейчас, можно успеть. Но вставать было лень, к тому же после вчерашнего княжеского пиршества во рту остался отвратительный кислый вкус. Даже мысль о еде вызывала тошноту.

В коридоре звучали шаги, голоса. Кто-то негромко тюкал молотком по стене, наверное, хозяин вбивал гвоздь, чтобы повесить очередную картинку или фотографию.

Федор повернулся на другой бок, натянул перину на голову и решил поспать еще часик. Но стук стал громче и настойчивей. К нему прибавился испуганный голос хозяйки:

— Господин Агапкин, пожалуйста, откройте. С вами все в порядке?

Еще раз взглянув на часы, Федор понял, что они остановились. Вскочил, натянул брюки и джемпер, отпер дверь, увидел большое румяное лицо хозяйки и бодро произнес:

— Доброе утро, фрау Зилберт.

— Седьмой час вечера, — язвительно сообщила хозяйка и поджала губы. — Какой-то русский ждет вас с полудня. Я стучу уже в десятый раз.

— Русский? Он назвал свое имя?

— Нет. Он сказал, что вы его знаете.

— Усатый? С лысым черепом? — спросил Федор, понизив голос.

— Господин Агапкин, выйдите и посмотрите сами. У меня очень много дел, извините. — Она хотела уйти, но все-таки задержалась и добавила шепотом: — Лысый, усов нет. Лет сорок ему. Вид болезненный.

— Спасибо, фрау Зилберт, вы очень любезны, вы ангел. Скажите ему, что я сейчас выйду.

— Хорошо, господин Агапкин. Если хотите, сварю вам кофе.

— Да, буду вам весьма благодарен.

Зеркало над умывальником отразило бледную небритую физиономию с красными глазами. Бриться не хотелось, Федор решил, что и так сойдет. Почистил зубы, ополоснулся холодной водой. Он чувствовал себя настолько разбитым, что даже не было сил волноваться. Кто явился по его душу? Зачем явился? Ясно, что не князь, не Радек и не серый призрак.

Федор почти не удивился, когда увидел в кресле у камина беднягу, которому князь устроил расстройство желудка. Незваный гость курил дешевую вонючую папиросу и вяло листал случайный журнальчик.

«Как же я не узнал его сразу, вчера, в кафе? — подумал Федор. — Хотя, конечно, он сильно изменился. Отощал, волос нет. Дела у него плохи».

Гость увидел Федора, вскочил, поспешно раздавил папиросу в пепельнице, бросил журнал, протянул навстречу обе руки, призывая к дружеским объятьям.

— Федя, здравствуй, сколько лет, как говорится, сколько воды утекло. Ну, узнал меня? Узнал!

Федор уклонился от объятий, руки не подал, уселся в кресло напротив и произнес с коротким вздохом:

— Привет, Петя Степаненко.

В восемнадцатом году Петька Степаненко, молодой заслуженный большевик, помогал своему приятелю, высокопоставленному чекисту Кудиярову, продавать ценности, изъятые при обысках и арестах, и переправлять деньги за границу. В нескольких швейцарских банках у них скопились приличные суммы, они готовились тихо удрать из России.

Петерс давно уж подозревал Кудиярова и Степаненко в присвоении конфискованных ценностей, за обоими следили. Им следовало спешить.

Кудияров за год службы в ЧК ослаб от кокаина, алкоголя, обжорства, ночных гульбищ с актрисами. Ему хотелось вступить в новую заграничную жизнь не только богатым, но молодым и здоровым. Он был мистик, и смутные сведения о препарате толковал по-своему, верил, что профессор Свешников изобрел магический эликсир молодости. Шантажом и угрозами он выбил у Михаила Владимировича обещание влить ему дозу.

Профессор тянул время, потребовал, чтобы Кудияров лег в госпиталь на обследование. Он знал, что паразит убьет Кудиярова, и не желал брать греха на душу. Собирался влить чекисту безвредный изотонический раствор.

Кудиярова арестовали в госпитале, при аресте он оказал сопротивление, и если бы Михаил Владимирович не позаботился о том, чтобы заранее забрать у него пистолет, чекист наверняка уложил бы всех, кто был в палате.

Кудиярова расстреляли. Молодой заслуженный большевик, заместитель наркома здравоохранения Петька Степаненко исчез бесследно. И вот теперь он, худой, лысый, сидел напротив Федора и лирически улыбался.

Воротник кителя лоснился от грязи. Сапоги потрескались, у правого отваливалась подметка. Штаны галифе сбоку были зашиты черной ниткой неумелой мужской рукой.

— Ну что, как там, в Москве? — спросил он, облизываясь, блестя голодными воспаленными глазами.

Хозяйка принесла на подносе кофейник, вазочку с печеньем и одну чашку. Поставила перед Федором, хмуро покосилась на Степаненко, который тут же цапнул несколько печений и стал быстро, жадно жевать.

Федор попросил ее принести еще чашку и бутербродов.

— Да, да, бутерброды — это ты умно придумал, — пробурчал Степаненко с набитым ртом, — я как раз позавтракать не успел, а сейчас уж обедать пора или ужинать. Немец, шельма, так он вообще не ужинает, экономит. Обед черт знает когда.

«Станет клянчить денег, — подумал Федор, — дам немного, потребует больше. Странно, он ведет себя так, словно мы с ним друзья с детства. Но мы едва знакомы. Первый раз я увидел его в ноябре семнадцатого, в особняке Мастера на Никитской. Потом он часто заезжал в госпиталь за Михаилом Владимировичем, возил его к Кудиярову. Со мной даже не здоровался. Был толстенький, румяный, важный. Заместитель Семашко. Как же он нашел меня? Князь сказал, что заметил его еще на набережной, по дороге».

Степаненко быстро поедал печенье, глотал, не жуя, словно боялся, что отнимут, вытащат изо рта, но при этом умудрялся болтать без умолку.

— Федька, Федька, до чего ж я рад видеть тебя, подлеца! А ты, смотрю, процветаешь, благоденствуешь, буржуем стал и прямо красавец, артист синема! Да не молчи ты, рассказывай, как там все? Как профессор? Что Ильич? Совсем плох? Тут говорят, ему уже настойчиво телефонируют с того света. Правда? Или врут? Нарочно пускают слухи?

Вазочка опустела. Петька высыпал крошки на ладонь и отправил в рот. Хозяйка принесла вторую чашку и бутерброды. Серый хлеб с маргарином, прозрачные ломтики сухого сыра. Петька налил себе кофе, выпил залпом, как водку. Схватил бутерброд.

— Каким образом ты меня нашел? — мрачно спросил Федор.

— Да случайно, совершенно случайно. Что наша жизнь? Как говорится, игра случая! В кафе сидел, газетку читал, смотрю, рожа знакомая, родная русская рожа. А я тут истосковался, не поверишь! Своего брата, русского человека, за версту чую.

— Значит, ты случайно увидел меня в кафе? — уточнил Федор.

— Мг-м. Ты с каким-то усатым абреком сидел. Меня, конечно, не заметил, не узнал. Ну, думаю, подлец Федька. Ладно. Мешать не стану. Мало ли, какой там у вас разговорец? Позже подойду, да тут как раз у меня брюхо и прихватило. А кстати, что за абрек?

— Как ты узнал адрес пансиона? — спросил Федор.

— Что, это такая страшная тайна? — Степаненко прищурился. — Может, ты тут вообще нелегально, а, Федька? У тебя секретная миссия? Не бойся, я умею держать язык за зубами.

Федор зевнул, потянулся в кресле, взял с тарелки последний бутерброд.

— Петька, не обольщайся. Я тут легально, и ничего секретного в моей миссии нет. А ты мне все-таки поведай, как узнал адрес.

Степаненко печальным взглядом проводил последний бутерброд, вздохнул и принялся раскуривать свою дешевую папиросу. Явилась хозяйка, помахала рукой, разгоняя вонючий дым.

— Господин Агапкин, при всем уважении к вам я попросила бы, чтобы ваш гость больше не курил тут эти ужасные папиросы.

— Конечно, фрау Зилберт. Простите. Я дам ему свои, — сказал Федор.

— Дай свои, дай, а то такую дрянь приходится курить, — сказал Степаненко по-русски, одарил хозяйку любезной улыбкой и продолжил на скверном немецком: — Все будет хорошо, милая фрау, не волнуйтесь.

Федор достал из кармана пачку папирос, бросил на стол. В третий раз задавать тот же вопрос не хотелось. Он доел бутерброд, выпил остывший скверный кофе, закурил.

— Да, Федька, в миссии твоей ничего секретного, — сказал Степаненко, сладко затягиваясь его папиросой, — прямо даже как-то скучно. Аптечная контора, порошки, клистиры, градусники. Только при чем тут абрек, не понимаю.

— Петька, а зачем тебе это понимать? — спросил Федор. — Ты чего от меня хочешь?

— Эх ты, Агапкин. Откуда в тебе столько цинизма? Я, можно сказать, жизнью рискую, чтобы тебе, подлецу, помочь.

— Не уверен, что нуждаюсь в твоей помощи, — Федор погасил папиросу, поднялся. — Все, извини, мне пора.

Он устал от этого вязкого, бессмысленного разговора. К тому же хозяйка явно выражала свое недовольство, ходила туда-сюда по гостиной, хмуро косилась на Степаненко. Наконец взяла половую щетку и принялась мести вокруг, все ближе подбираясь к креслам. Петька резво вскочил, схватил Федора за локоть.

— Погоди, не спеши. Смотри, что покажу, — он кинулся в прихожую.

Там на вешалке одиноко висело его черное убогое пальто. Пока он рылся в карманах, Федор попытался успокоить хозяйку.

— Фрау Зилберт, простите, еще минута, и мой гость уйдет.

— Если он что-нибудь стащит, вы будете отвечать, — ответила она, прислонила щетку к стене и вышла.

— Не любят они меня, немчура поганая, — грустно заметил Степаненко, — на-ка вот, ознакомься.

Он протянул Федору тонкую помятую брошюрку. На серой обложке было написано:

«Военная и боевая работа партии социалистов-революционеров за 1917–1918 гг. Семенов Г.И.»

— Книжонка эта вышла тут, в Берлине, только что, на русском и на немецком, — пояснил Петька и добавил шепотом, — скандалец грядет шикарнейший, международного масштаба. Дурачье, сами себе яму роют. Семенова этого я знаю, тот еще жулик. Могли бы для серьезной провокации найти кого-нибудь поумней.

— Слушай, Петька, меня это совершенно не касается, — Федор попытался вернуть ему брошюру, но Степаненко не взял.

— Ты хотя бы открой, почитай.

Федор открыл наугад.

«Под моим руководством была группа в составе Каплан, Пепеляев (бывшие политкаторжане),

Груздиевский и Маруся. Однако для акции по убийству Ленина была создана другая группа: Каплан, Коноплева, Федоров, Усов. Но на одном из митингов в решающий момент Усов дрогнул и не решился. Его вывели из группы. На завод Михельсона послали Каплан и рабочего Новикова. Каплан вышла вместе с Лениным и сопровождавшими его рабочими...

После выстрелов Каплан бросилась бежать, но через несколько минут остановилась, обернулась лицом к бегущим и ждала, пока ее арестуют».

Федор понял, о чем речь.

С декабря двадцать первого года в Москве шла подготовка к открытому суду над партией правых эсеров. Большевики методично расправлялись с политическими конкурентами, искореняли оппозицию. Главным пунктом обвинения эсеров должны были стать три крупных теракта достопамятного лета восемнадцатого года: убийства Володарского и Урицкого, покушение на Ленина.

Недавно ВЧК упразднили, учредили НКВД, то есть Народный комиссариат внутренних дел, и при нем ГПУ, Государственное политическое управление. Реформа сопровождалась тонной бумаг. Протоколы, проекты постановлений, служебные записки.

Однажды Федор услышал, как Надежда Константиновна читала Ленину вслух протокол заседания комиссии Каменева и Сталина по вопросу о реорганизации ВЧК. В протоколе подробно прописывались функции и полномочия новых ведомств. Но первым пунктом был вопрос о некоей «известной рукописи», которая должна выйти в печати за границей не позже чем через две недели.

— Какая рукопись? При чем здесь рукопись? — проворчала Крупская.

Ленин не стал ничего объяснять, потребовал читать дальше. Потом Федор осторожно спросил у Бокия, о чем могла идти речь.

— Они хотят опозориться на весь мир. Наняли какого-то проходимца, он строчит под их диктовку чистосердечное признание. Собираются строить открытый процесс на грубой, бездарной фальшивке.

Глеб Иванович выпалил это сгоряча и тут же добавил:

— Ладно, не твое дело. Тебе лучше не знать.

Теперь Федор держал в руках как раз ту самую, уже опубликованную, рукопись и думал: «Не мое дело, лучше не знать».

— Вот, я тоже не смог читать эту чушь, — сказал Петька, — представь, как оно прозвучит на открытом международном процессе. Все знают, что Семенов — провокатор, чекист. Что эта несчастная юродивая Каплан никогда в партии социалистов-революционеров не состояла и была слепа как крот. Что, когда убивали Володарского, мотор в машине заглох именно там, где дожидался убийца. И с юным поэтом Каннегисером тоже все как-то мутно, странно. Говорят, он стрелять вообще не умел, а Урицкого уложил на ходу, с первого выстрела.

— Хватит! — перебил Федор. — Мне это не интересно. Я об этом не знаю и знать не хочу.

— Все ты отлично знаешь и тебе очень даже интересно. Пойми, для большевиков открытый процесс станет политическим крахом. Они опозорятся перед всем миром. Они стоят на краю пропасти. Нужно помочь, лишь слегка подтолкнуть.

— Петька, лучше уйди. Вот, возьми двести марок и уходи, — пробормотал Федор.

У него заболела голова. Давно уж не болела так сильно. Петька отстранил его руку с деньгами и продолжал говорить, горячо, влажно дыша в ухо:

— Если бы в Ленина стрелял настоящий террорист, он бы не промахнулся. Эсеры — серьезные ребята, у них что, не нашлось опытного стрелка? Тут говорят, пишут, что и свои могли. Свердлов, Дзержинский. Но, захоти они, грохнули бы точно. Третий вариант. Инсценировка. Давайте-ка, Владимир Ильич, мы вас слегка подстрелим, во имя победы мировой революции. И он, как жертвенный овен, готов! Согласен. Подстрелите меня, товарищи, только аккуратно, не заденьте в темноте мои жизненно важные органы. Слушай, Федька, ты ведь был там, в Кремле, когда его привезли с митинга. Ты оказывал первую помощь. Твое свидетельство бесценно. Им все равно конец, надо только подтолкнуть. Не было пулевых ранений. Ну, ведь не было?

Голова разрывалась от боли. Красный туман застилал глаза. Судорога прошла по телу, и стало невыносимо жарко. А Степаненко все не умолкал, не отпускал его локтя.

– Дрожишь. Вспотел. Кажется, жар у тебя. Скажи правду, Федька, и станет легче. Это твой долг, человеческий, гражданский. Это твой шанс. Когда с большевиками будет покончено, тебя никто пальцем не тронет, словом не попрекнет за преступное сотрудничество с ними.

– Петька, ты разве не сотрудничал? Я всего лишь врач, я далек от политики. А ты большевик со стажем, был крупным чиновником и сбежал отнюдь не по политическим мотивам, ты проворовался и сбежал, – Федор удивился, как ему удалось произнести такой длинный осмысленный монолог и даже улыбнуться.

– Брось, я уже давно здесь. Я искупаю свою вину борьбой с ними. И воровал я по идейным соображениям, чтобы им меньше досталось. А ты им служишь. Лечишь Ленина. Ну, Федька, именно как врач ты должен перед всем миром разоблачить наглую, циничную ложь. Не было ранений. Все спектакль, от начала до конца. Ведь так?

– Уйди, – прошептал Федор, едва шевеля высохшими губами, из последних сил пытаясь вырвать локоть.

— Мы соберем пресс-конференцию. Они к тебе не смогут подобраться, мы гарантируем безопасность.

— Кто — мы? Кто тебя прислал? — Федор не слышал собственного голоса, боль оглушала.

— Армия возрождения России. У нас есть оружие, пресса, международные связи. Сейчас, когда готовится этот суд, все объединились, забыли политические склоки, у всех одна цель — очистить Россию от большевистской сволочи. Союз защиты Родины и Свободы, белогвардейский «Ледовый поход». Все с нами, у всех одна цель. Силы колоссальные. Западная социал-демократия, вся мировая общественность. Твое свидетельство, твое публичное заявление станет бомбой. Ну, решайся, Федька! Если ты струсишь сейчас, потом не простишь себе.

Они остались одни в маленькой полутемной прихожей. Исчезла хозяйка, никто из постояльцев не вошел, не вышел.

От Степаненко слабо пахло бритвенным кремом и одеколоном. Лютая боль странно обострила чувства и прояснила мысли. Запах не вязался с нищенским обличьем. И почему-то держал его Степаненко за локоть левой рукой, хотя левшой не был. Правая кисть пряталась в кармане широких галифе.

— Не молчи, скажи хотя бы одно слово. Был он ранен? Да или нет?

— Да, — хрипло произнес Федор, — он был ранен.

Пальцы Степаненко медленно разжались. Правая рука выскользнула из кармана, и стало видно, как сразу отвис этот карман под тяжестью пистолета.

— Что тут происходит? Господин Агапкин, все в порядке? — прозвучал рядом громкий голос хозяйки.

— Да, дорогая, любезная фрау. Все в порядке. Я ухожу, простите за беспокойство, — проворковал Степаненко, снял с вешалки пальто и, не сказав больше ни слова, исчез за дверью.

ГЛАВА ДВАДЦАТАЯ

Вуду-Шамбальск, 2007

Ранним утром Кольт сидел в зимнем саду Тамерланова, в плетеном кресле, пил свежий ананасовый сок, пытался читать газету, но не мог сосредоточиться на скучных экономических новостях. Слишком тут было хорошо.

Розы, фарфорово-белые, бархатно-пурпурные, чайные с охряным окоемом по краю лепестка, черные с трагическим лиловым отливом, наполняли влажный воздух одуряющим ароматом. Тамерланов обожал розы, знал название каждого сорта, мог часами о них рассказывать и сам лично иногда возился с ними, высаживал, поливал.

Петр Борисович был к цветам равнодушен, однако этим утром в оранжерее не мог оторвать от них глаз. От благоухания кружилась голова, яркие краски на фоне белой ледяной степи за стеклом оранжереи завораживали. Вряд ли можно было найти более подходящее место для воспоминаний о чудесном вчерашнем вечере.

Йоруба отговорил его везти Елену Алексеевну Орлик в ресторан. Ужинали тут, в маленьком малахитовом зале гостевого дома. Хозяина не было, он вернулся с сафари глубокой ночью. Весь вечер они с Орлик провели вдвоем.

Петр Борисович говорил, она молчала, лишь изредка произносила несколько фраз, но таких ясных, простых и утешительных, что от одного лишь звука ее голоса целебное тепло растекалось по телу. Он без всякого стеснения жаловался ей на злобных анонимов из Интернета, на ненасытную, неблагодарную дуру дочь, на одиночество, беспощадный ход времени, лютый страх старости и смерти. Никогда ни с кем он не был так откровенен и только теперь понял, что именно этого ему не хватало в его наполненной жизни. Он даже решился рассказать ей о своих причудливых переживаниях в самолете.

— Понимаете, мне нравилось, что они нервничают, я как будто получал от этого удовольствие, становился сильнее, здоровее. А сейчас один из моих охранников свалился с ангиной, с высокой температурой.

— И вам кажется, что вы в этом виноваты?

— Да. То есть нет. Не знаю.

— Вы просто сорвались от усталости. Позволили себе орать на людей. От этого потом всегда бывает тошно и стыдно. Я тоже иногда срываюсь на раскопках, ору. Всех хочется убить. Ну, что делать? Мы живые люди, не машины.

— А мне как раз показалось, что я машина, сложный уродливый механизм, снабженный щупальцами с присосками.

— Очень интересный образ. Петр Борисович, у вас богатая фантазия, и вы слишком самокритичны, — она засмеялась, и он вместе с ней.

За весь долгий вечер он позволил себе лишь несколько раз прикоснуться к ее руке. Когда она сказала, что уже поздно и ей пора возвращаться в зону, к развалинам, он стал горячо, бестолково уговаривать ее остаться в гостевом доме.

— Комната для вас готова, Герман вообще считает, что вам лучше жить здесь.

— И каждый день тратить три часа на дорогу? Полтора туда, полтора обратно? А если буря? Снежные заносы? Я вообще тогда не доберусь до развалин. Разленюсь тут, разнежусь, заболею. Я всегда от безделья болею. А вы потом станете мучиться, что съели мою энергию.

Он хотел сесть с ней в машину, смутно надеясь, что, когда они доедут до зоны, она предложит ему остаться, не возвращаться назад по ночной степи. Они стояли возле огромного джипа. Он мерз в пиджаке, повторял:

— Я поеду с вами, провожу вас.

— Спать, спать, завтра тяжелый день, — она быстро обняла его, поцеловала в висок, отпрянула, вскочила на высокую ступеньку джипа.

Он побрел назад, в дом, и во сне продолжал чувствовать сухое тепло ее губ у виска.

Проснулся рано, с удовольствием покрутил педали тренажера, поплавал в бассейне и, совершенно счастливый, отправился завтракать в оранжерею.

К розовому благоуханию примешивался другой аромат. он был нежней, сложней, женственней. Петр Борисович поднял голову и увидел прямо над собой деревце, усыпанное мелкими белыми цветами.

— Кажется, лимон не цветет в это время года, — прозвучал рядом глухой мужской голос с немецким акцентом, — впрочем, я ничего не понимаю в ботанике. Запах очень приятный.

Возле своего кресла Петр Борисович увидел высокого пожилого господина в рваных застиранных джинсах, белой футболке и домашних шлепанцах. Господин был совершенно лысый, тощий, но с большим выпуклым животом. Лицо темное, в глубоких ямках, какие остаются после тяжелых форм юношеского фурункулеза. Или после оспы. Но оспой в Европе давно уж никто не болеет.

— Доброе утро, — сухо поздоровался Кольт.

Йоруба в честь своего возвращения с охоты устраивал праздество, и в гостевой дом накануне явилось несколько почетных гостей. Лысый иностранец, вероятно, был одним из них. Петр Борисович нарочно уткнулся в газету. Ему вовсе не хотелось портить последние минуты уединения пустым трепом с посторонними.

«Герман скоро проснется, явится сюда, будет знакомить, — подумал он, — вот тогда и пообщаемся».

Словно прочитав его мысли, господин любезно улыбнулся и прошел мимо, к соседнему столику, скрытому за розовыми кустами.

Лакей принес кофе. Кольт сжевал кусок мягкого козьего сыра, перевернул газетную страницу и стал читать статью известного политического обозревателя. Статья посвящалась Партии общечеловеческих ценностей. Автор радостно приветствовал ее появление. Среди учредителей почтительно упоминалось имя Петра Борисовича. «Весьма авторитетная фигура в международных деловых кругах» — так определил Кольта обозреватель.

Судя по бодрому тону, рекламная кампания ПОЧЦ разворачивалась широко, щедро. Обозреватель славился своим едким сарказмом, считался мастером разоблачений и пессимистических прогнозов, и панегирик от него стоил очень дорого.

Начал он с горькой констатации падения нравов, пьянства, распада семьи, потери этической парадигмы. Язвительно покритиковал правительство за бездействие в этой важной сфере, потом сыграл аллегро, живо, весело поведал о ПОЧЦ.

Дойдя до слов «Хорошие люди должны объединяться и действовать ради будущих поколений», Петр Борисович отбросил газету и с тоской подумал: «Зачем я, старый идиот, ввязался в это?»

Разноцветные бутоны роз вдруг показались безобразными, мертвыми, вроде гипсовых золоченых розочек, которыми украсила свою спальню Светик. Запах стал приторным, жирным, от него ныл затылок и першило в горле. Присутствие лысого пожилого господина почему-то ужасно напрягало. Иностранец сидел тихо, в нескольких метрах от Кольта, и почти не был виден за розовыми кустами. Только жилистая нога слегка покачивалась. Тапочек болтался на большом пальце. Господин ловко подкидывал его, ловил, опять подкидывал.

У Петра Борисовича возникло неприятное чувство, что он когда-то уже встречал этого лысого и даже знаком с ним.

— А, вот ты где! Уже завтракаешь? Без меня? Ну, здравствуй, брат, выглядишь отлично. Посвежел, похудел.

Йоруба неожиданно выскочил из-за лимонного деревца, в кедах, в красно-белом спортивном костюме. Пришлось подняться из кресла, облобызаться.

— Привет, Герман. Рад тебя видеть.

— Сиди, сиди, Петр, нюхай розы, наслаждайся. Вчера у тебя был романтический вечер, ты еще не вернулся к реальности, не буду тебе мешать. — Йоруба скрылся за кустами и громко воскликнул: — Зигги! Ты тоже тут! Не познакомились еще?

«Зигги», — повторил про себя Петр Борисович.

Он успел сообразить, почему присутствие иностранца напрягло его. Соня подробно описала хозяина яхты, сумасшедшего монстра по фамилии Хот. Петр Борисович представил его вполне живо. Высокий, худой, но с толстым пузом. Лицо в крупных оспинах. Голый череп. Глаза маленькие, студенисто-сизые в красных прожилках. Именно так выглядел иностранец.

«Голос у него странный, то высокий, до визга, то низкий тяжелый бас, — вспомнил Петр Борисович, — и еще, Соня сказала, он плохо говорит по-русски. А этот Зигги шпарит почти без акцента».

— Герман, как поохотился? Как долетел? Тут у тебя настоящий эдем, — глухо басил иностранец.

За кустами их не было видно. Скрипнуло кресло. Йоруба сел. И вдруг послышалась быстрая непонятная речь. Они стали беседовать по-шамбальски.

После кофе Петру Борисовичу захотелось выкурить сигарету. В оранжерее курить Тамерланов запрещал. Кольт решил, что это хороший повод тихо ускользнуть. Хотя иностранец, судя по всему, ничего общего, кроме некоторых внешних признаков, со злодеем Хотом не имел, все равно знакомиться с ним сейчас не было ни малейшего желания.

Петр Борисович осторожно поднялся, стараясь, чтобы не скрипнуло соломенное кресло, но тут почувствовал запах сигаретного дыма и услышал громкий голос Йорубы.

— Петр, иди сюда. Знаю, тебе хочется покурить. Так и быть, сделаю сегодня исключение для двух моих дорогих гостей.

Деться было некуда. Кольт обошел кусты и сел в третье соломенное кресло возле их столика.

— Ну, вот, теперь знакомьтесь. Петр, это Зигги. Зигги, это Петр. Вы оба дорогие мне люди и обязаны подружиться.

Иностранец отложил сигарету, протянул Кольту руку.

— Очень приятно, Петр Борисович. Рад с вами познакомиться.

При улыбке видны были мелкие желтоватые зубы и бледные выпуклые десны. Рукопожатие оказалось слабым, но рука удивительно твердая, словно вся из сплошной кости, без мышц, и холодная как камень.

— Зигги историк, специалист по семиотике, — сказал Герман. — Такая мощная научная голова, даже не представляешь. Мои сонорхи для него прямо близкие родственники, члены семьи. Так их любит, столько о них знает. Тебе, Петр, будет интересно и полезно послушать Зигги.

— Да, — вяло кивнул Кольт, — я очень рад.

Йоруба вдруг вскочил, словно его подкинуло на пружине.

— Все рады, всем приятно, кроме меня. Не могу дышать вашей отравой, не могу видеть, как вы обкуриваете мои любимые розы, — он комично сморщился, замахал руками.

— Ты же сам разрешил, Герман, — напомнил Зигги.

— Разрешил. Но лучше мне этого ужаса не видеть! — Йоруба побежал трусцой по дорожке между кустами.

— Куда ты? — окликнул его Кольт.

— Утоплюсь с горя! Вы будете виноваты в моей смерти! Вы, мои лучшие друзья! О, как жестока и несправедлива жизнь!

Голос его растаял во влажном оранжерейном воздухе.

— Он в бассейн побежал, — с улыбкой сообщил Зигги и щелкнул зажигалкой, давая Кольту прикурить, —

вы же знаете, каждое утро он плавает не меньше часа. Герман молодец, следит за здоровьем. Плавает, бегает, скачет на коне, мяса не ест, не курит, алкоголя в рот не берет. Не то что мы с вами.

— Да, за здоровьем надо следить, — Кольт вежливо кивнул.

— Кто не курит и не пьет, тот здоровеньким помрет, — Зигги улыбнулся и подмигнул. — Я правильно сказал? Не ошибся? Только у вас, русских, есть такие симпатичные поговорки. А помереть здоровеньким обидно, правда?

— Да, конечно, — Кольт опять вежливо кивнул.

— Но помереть больным еще обидней. Организм страдает, борется, теряет силы, и все напрасно. Временное облегчение, пустые надежды. На этом отлично зарабатывают врачи. И как бы ни был человек умен, прагматичен, а все равно готов платить за каждый вздох, отвоеванный у смерти. — Зигги молитвенно сложил ладони, скорчил рожу и заговорил тонким, жалобным голоском, почти без акцента: — Ну, еще чуть-чуть, год, месяц, сутки, несколько часов, ну, пожалуйста, я буду хорошим, покаюсь во всех грехах, наделаю кучу добрых дел.

Он захихикал тонко, противно, хлопнул в ладоши, аплодируя самому себе, потом взглянул на Кольта, нахмурился и очень серьезно спросил:

— Наделаю кучу. Я правильно сказал по-русски?

Петр Борисович из вежливости улыбнулся и подумал: «Шут. Неприятный и, кажется, опасный человек».

Зигги подмигнул ему, сначала одним глазом, потом другим, опять залился звонким смехом, приговаривая:

— Наделаю кучу... целую кучу добрых дел... Ха-ха! Хо-хо! Какой богатый у вас язык! Хи-хи! Сколько разных интересных смыслов! Хе-хе! Ха-ха!

Петру Борисовичу захотелось встать и уйти, он начал тихо ерзать в кресле, но тут как раз смех затих. Лицо Зигги опять стало серьезным. Он тяжело посмотрел в глаза Кольту и произнес с сильным акцентом:

– На самом деле купить отсрочку возможно. Только валюта требуется особого рода.

Петру Борисовичу стало совсем неуютно под пристальным взглядом маленьких студенисто-сизых глаз, он опустил взгляд, увидел на соломенном подлокотнике руку Зигги и ясно вспомнил слова Сони: «У него отвратительные руки. Пальцы толстые, короткие. На правом безымянном перстень с крупным темным сапфиром. Ногти на обоих мизинцах длинные, остро отточенные».

– Что же за валюта? – тихо спросил Кольт, стараясь не смотреть ни в глаза, ни на руки.

Он понял, кто перед ним. На самом деле понял почти сразу, но не желал верить.

«Как лучше поступить? – тревожно думал Петр Борисович. – Герман, конечно, не знает. Надо предупредить, объяснить. Он опасен и наверняка не один здесь».

– В данном случае валюта не совсем подходящее слово, – спокойно продолжал Зигги. – И вообще эта область находится вне законов торгово-денежных отношений. Я объясню вам позже. Не волнуйтесь вы так, Петр Борисович. В вашем возрасте это вредно, даже опасно. Да и причин для волнений нет никаких. Йоруба отлично знает, кто я.

– И кто же вы? – спросил Кольт, все еще надеясь, что это злая шутка, ошибка.

– Вы знаете обо мне достаточно, чтобы не питать иллюзий. Это не шутка, не ошибка. Это я. Я, собственной персоной.

* * *

Берлин – Мюнхен, 1922

Поезд тронулся, а князя все не было. В последний момент Федор вскочил в вагон. Проводник убрал ступеньку, закрыл дверь. Прежде чем пройти в купе, Федор выкурил папиросу в тамбуре, проводил взглядом убегающую, ярко освещенную фонарями платформу, надеясь, что все-таки увидит знакомую фигуру.

Платформа кончилась. За окном стало темно. Князь так и не появился.

«Допустим, он решил надуть меня, — думал Федор, пока медленно шел по коридору мягкого вагона, — он блефовал с самого начала. С доктором Крафтом вовсе не знаком или знаком шапочно, и рекомендация его ничего не значит. Авантюрист, мошенник, колдун, шпион. Если он все-таки исчез, какие у меня варианты?»

Он не успел ответить себе на этот вопрос. Зашел в купе. Князь сидел по-турецки на диване. Ботинки валялись в проходе. Серые хлопковые носки были явно не первой свежести.

— Сюр-при-из! — пропел он необычно высоким голосом. — Садись, дорогой, гостем будешь.

— Добрый вечер, — сухо поздоровался Федор.

— Я нарочно прошел через другой вагон, — объяснил князь, — мало ли какие люди решат тебя проводить? А ты что подумал?

Федор молча снял пальто, повесил на вешалку, толкнул ногой свой маленький чемодан под сиденье, выскочил в коридор и захлопнул дверь купе.

За окном был мрак, ничего, кроме своего отражения, Федор не видел. Но, вглядевшись, стал различать огоньки, смутные очертания домов, деревьев. Ночной пейзаж просвечивал сквозь его прозрачное лицо, проносился мимо, непрерывно менялся. Зеленый отблеск семафора скользил от зрачка к зрачку, высвеченные станционным фонарем провода косо пересекали нос и скулы, очертание крыш двух далеких домиков у горизонта на мгновение совпало с линиями бровей.

Он прижался к стеклу носом. У прозрачного двойника вместо двух глаз стало три. И вдруг почудилось, что сквозь этот несуществующий третий глаз глядит в ночную мглу берлинских предместий микроскопическая древняя тварь.

На самом деле только сейчас, через двое суток после визита Степаненко, Федор окончательно пришел в себя.

Он до сих пор не понимал, как ему удалось в тот вечер добраться до своей комнаты. Сознание он потерял там, а не в прихожей, не в коридоре. Очнулся в полной темноте, обнаружил, что лежит на полу. Переждал, когда отпустит очередная судорога, сумел вскарабкаться на кровать, вдруг сделавшуюся непомерно высокой и неприступной, как вершина горы.

Ночью жар сменялся ознобом. Боль расходилась волнами из центра мозга, сжимала череп раскаленным стальным шлемом. В глазах вскипали слезы, кипяток бежал по щекам, и позже, когда удалось встать, взглянуть в зеркало, он удивился, что на лице не осталось ожогов.

Утром, шатаясь от слабости, он все-таки вышел к завтраку. Выпил три чашки суррогатного кофе с сахарином, но съесть ничего не смог. Сидел, дрожащими пальцами крошил мякиш булочки. Голова все еще болела. Судя по сильному ознобу, температура была не меньше тридцати восьми.

Впервые подобный приступ случился у него в ноябре семнадцатого, когда он хотел застрелиться. Тело свело судорогой, боль оглушила, он не сумел прикоснуться к револьверу.

Потом был второй приступ, в июне восемнадцатого, когда в квартире Ленина ночью из-за приоткрытой двери доносился рассказ Юровского об убийстве царской семьи. Палач спокойно, подробно отчитывался, как убивал детей. Свердлов и Ленин слушали, попивая чай. Федор не выдержал. Он расстегнул кобуру, еще не зная, в кого именно выстрелит. Приступ повторился. Как только рука потянулась за оружием, тело свело судорогой. Выстрелить в любого из троих, сидевших той ночью в столовой, было бы равносильно самоубийству.

Многие виды паразитов способны манипулировать организмом хозяина. Те, что откладывают яйца внутри рыбы, а вылупляются внутри млекопитающего, заставляют рыб подниматься на поверхность, чтобы медведям и лисам было легче съесть их. Мыши и крысы, зараженные цистами, не боятся кошек.

Когда паразит находит постоянного хозяина, он, как правило, убивает его, пожирая изнутри, размножаясь в немыслимых количествах. Но бывают редкие исключения. Есть виды, которые не спешат размножаться, желают пожить в свое удовольствие. Им некуда спешить, на их счету миллионы лет. Они заботятся о сохранности своего жилища. Именно с этим связан эффект омоложения. Крошечные древние твари проводят капитальный ремонт в доме. Сильное волнение, отчаяние, тем более желание покончить с собой они чувствуют. В организме хозяина резко нарушается гормональный баланс, меняется состав крови. Твари воспринимают это как угрозу своей жизни и пускают в мозг дозу парализующего яда.

В первых двух случаях было именно так. Сначала мощный эмоциональный всплеск, потом судорога и боль. Но сейчас схема поменялась. Голова взорвалась болью прежде, чем Федор занервничал, испугался. Не могло быть никаких тревожных сигналов изнутри его организма.

— Получается, ты чувствуешь опасность раньше меня? Извне? — беззвучно пробормотал Федор и увидел, как шевелятся губы его прозрачного трехглазого двойника на темном стекле. — Ты не только чувствуешь, но мыслишь, оцениваешь ситуацию, навязываешь мне решение? Да, ты оказался прав. Степаненко провокатор. Это была проверка. Если бы я согласился, он бы выстрелил. Но я осознал это лишь благодаря приступу боли. Я должен благодарить тебя? Для тебя я тоже Дисипулус ин коннивус?

Он вспомнил, что в университете, перед кафедрой нервных болезней, когда он хотел спросить о докторе Крафте, голова тоже заболела. Приступа не случилось, но вспышка боли не дала ему сделать глупость.

Явился контролер, пришлось вернуться в купе. Билеты были у Федора, во внутреннем кармане пальто. Князь заранее забронировал места в мягком вагоне, утром позвонил в пансион, велел отправиться на вокзал и выкупить. Только тогда Федор узнал, что едут они в Мюнхен, доктор Крафт уже оповещен об их приезде и ждет их с нетерпением.

— Ты бледный, вид у тебя усталый, — заметил князь.

— Простыл.

— Что делал два дня?

— Лежал в номере, пил аспирин.

— Кто тебя навещал?

— Никто.

— Зачем врешь? Не надо, — князь укоризненно покачал головой, — не будешь мне доверять, я обижусь.

— Ну да, приходил нищий русский эмигрант, клянчил денег. Я не вру. Он действительно никто.

— Разве «никто» сумел бы найти тебя? Разве ты заболел бы так после встречи с «никто»?

Федору вовсе не хотелось обсуждать визит Степаненко. Скорее всего, князь понятия не имел, кто и зачем приходил и приходил ли вообще. Он пытался вытянуть информацию для каких-то своих целей.

Какие у него могут быть цели, на чьей он стороне и вообще, кто такой Георгий Иванович Гурджиев, не знал даже Бокий. Вероятно, знал Ленин, но не считал нужным что-либо объяснять.

Почему-то у Федора не поворачивался язык называть этого человека по имени-отчеству, по фамилии. Про себя и вслух он продолжал величать его князем, опуская псевдоним Нижерадзе.

«О псевдониме спрошу при случае», — подумал он и произнес вялым, сонным голосом:

— Заболел я после вашего замечательного ужина. Возвращался пешком, ветер был холодный, меня продуло. Кстати, вы правда считаете, что у человека изначально нет никакой души, что он машина?

Князь выпучил глаза, но усердствовать не стал, видно, понял уже, что на Федора его чары не действуют.

— Слабенький зародыш, зернышко души дается каждому при рождении, — произнес он вкрадчивым тоном проповедника, — но если жить неправильно, зернышко сгниет, ничего из него не вырастет. Человек — то, чем желает быть. Большинство людей желают быть рабами, бездушными машинами. Им кажется, так проще, удобней. Я никого не заставляю танцевать в моих балетах.

— Вы дурачите их, сводите с ума и получаете удовольствие от своей власти над ними, — спокойно заметил Федор.

Он ждал, что князь взорвется, разозлится. Но нет. Усы дернулись в лукавой улыбке.

— Власть — это большое удовольствие, самое большое из всех, доступных человеку. Я никого не держу насильно. Каждый волен отказаться и уйти в любую минуту. Никто не уходит. Им нравится делать, что я велю. Им нравится подчиняться. Больше всего на свете они боятся свободы. Для кого-то самое большое удовольствие — власть, для кого-то — подчинение.

— Что такое, по-вашему, свобода?

— Свобода и бессмертная душа суть одно и то же. Кто отказывается от свободы, теряет душу и становится машиной. Это всегда происходит добровольно. Даже в ад никого не тащат насильно. Всегда есть выбор. Но выбор — тяжкий груз, который способны принять на себя лишь избранные.

— Кем избранные?

— Э, дорогой, ты слишком много задаешь вопросов.

Он опять засмеялся. У него было отличное настроение. Он тепло, как родного, приветствовал официанта, который принес ужин из вагона-ресторана. Расплачиваться пришлось, разумеется, Федору.

На тарелках дымилось рыбное филе в белом соусе, вареная картошка.

— Я заказал на свой вкус, надеюсь, ты не откажешься.

Федор сначала думал, что кусок в горло не полезет, но рыба оказалась удивительно вкусной. Он съел все, что было в тарелке, с удовольствием выпил жидкий сладкий чай.

Они вышли курить в коридор.

— Ну, а денег нищему эмигранту ты дал? — внезапно спросил князь.

— Нет.

— Почему? Ты что, жадный?

— Да. Я жадный.

— Слушай, хватит врать. У тебя это плохо получается. Кто к тебе приходил? Зачем приходил?

«Я рано расслабился. Он не отвяжется», — понял Федор.

— Тот, кому вы устроили расстройство желудка.

— Вот наконец не врешь, — одобрительно кивнул князь. — Я знаю, кто приходил.

— Зачем тогда спрашиваете?

— Чтобы между нами не было недомолвок. Мы должны доверять друг другу. Гостя твоего зовут Петр Степаненко. Он сбежал из России в восемнадцатом году, его хотели расстрелять за воровство, но отпустили. Почему ты не сказал мне в кафе, что знаком с ним?

— Потому что он сильно изменился. Отощал, полысел. Я не узнал его в кафе.

— Что ему было нужно?

— Ну, вам же и так все известно, — Федор пожал плечами, — вы маг, провидец.

— Не паясничай, — строго сказал князь, — кто приходил, мне известно. Зачем, неизвестно. Он спрашивал обо мне?

— Он интересовался, чем болен Ленин, и предлагал мне выступить с публичным заявлением по этому поводу.

— Обо мне спрашивал?

— Он назвал вас абреком и спросил, кто вы такой.

— Что ты ответил?

— Ничего.

— Совсем ничего?

— Ну, я сказал, что это не его дело.

— И все? На этом разговор кончился?

— О вас мы больше не говорили. Речь шла о здоровье Ленина. Он требовал, чтобы я публично объявил Ленина недееспособным, сумасшедшим сифилитиком. Это была провокация.

— Как ты догадался?

— По глазам.

— Молодец. Ты не ошибся. У него глаза подлеца и провокатора. Ну, а теперь скажи мне, что, Ильич правда болен безнадежно?

— Он болен тяжело, но не безнадежно. Сифилиса у него нет. Маразма тоже.

— В России верят слухам о сифилисе?

— Не знаю. Я не интересуюсь слухами.

— Кто это придумал, как ты считаешь?

— Понятия не имею. Какая разница?

— И правда никакой. Мне жаль Старика. Он романтик, большое наивное дитя. Мы с ним сыграли много интересных шахматных партий.

— Кто выигрывал?

— Бывало по-разному. Ильич — хороший игрок, с плохими я не играю. Скучно.

Князь замолчал, потушил папиросу. Проводил взглядом пару, которая прошла по коридору к вагону-ресторану. Упитанный лысеющий блондин в модном пиджаке, столь узком в бедрах, что шлица сзади расходилась, непристойно выпячивался круглый зад. Спутница его, темноволосая стройная дама в кремовом шерстяном платье, на ходу нервно щелкала замком сумочки. Князь причмокнул и облизнулся, дама была хороша. Федор странным образом почувствовал, как князь мысленно приказывает ей обернуться. И она обернулась. Глаза князя подернулись маслянистой влагой. Дама заправила за ухо завитую короткую прядь и посмотрела на Федора.

— Ну, а загадку мою не забыл? — задумчиво спросил князь, когда пара исчезла за дверью тамбура. — Можешь сказать, кто из вождей в детстве пошутил, пустил свинью в синагогу? Как звали того маленького шалуна?

— Шалуна звали Коба.

Князь радостно засмеялся, хлопнул в ладоши.

— Молодец, правильно! Только Кобой он стал позже. Тогда его звали Сосо.

— Вы знали его в детстве?

— И в детстве, и в юности, и теперь знаю.

— С ним вы тоже играли в шахматы?

— Нет.

— Почему? Он плохой игрок?

Князь глухо рассмеялся, потрепал Федора по плечу.

— Сосо тебе не нравится. Тебе никто из них не нравится. Но ты им служишь.

— Я лечу Ленина. Я врач. Так сложилось, что он стал моим пациентом. Когда ему плохо и нужна помощь, я не думаю о том, что он вождь. Просто выполняю свою работу.

— А если станет плохо Сосо и помощь понадобится ему, тоже выполнишь свою работу?

— Да, конечно.

— Молодец. Честно выполнять свою работу — это почти свобода. Во всяком случае, это правильный выбор, добровольный и сознательный. А теперь тебе надо поспать. Ты слабый совсем. Вставать рано, день впереди тяжелый.

Федор не возражал. Ушел в купе. Князь остался курить в коридоре.

Растянувшись на мягком диване, Федор подумал, что князь вряд ли даст возможность ему поговорить наедине с доктором Крафтом. Отделаться от него будет нелегко.

«Куда он лезет? Зачем всюду сует свой нос? Кажется, ему заплатили достаточно, чтобы он выполнял работу без лишних вопросов. И вообще он очень утомительный человек».

Федор почти уснул, когда князь вошел в купе. Сквозь стук колес слышалась тихая возня, скрип дивана, какое-то монотонное невнятное бормотание.

— Омма не пад ме гумм... омма аввалукед швары пад...

«Молится он, что ли?» — подумал Федор.

Череда непонятных звуков иногда причудливо складывалась в слова.

— Омма не пад лукед... Профессор Свешников воспитал хорошего ученика. Дисипулус ин конниву́с.

Федор не был уверен, что прозвучало именно это, он вполне мог ослышаться.

— Омма вочам не пад, омма авалукед пад... Рр-псс... рр...псс.

Теперь звучал уже просто храп немолодого, не очень здорового мужчины.

* * *

Вуду-Шамбальск, 2007

— Почему Герман называет вас Зигги, а не Эммануил? — спросил Кольт, поражаясь своему спокойствию.

— Мое полное имя — Эммануил Зигфрид фон Хот. Будем, наконец, знакомы. Нам предстоит долгое и, надеюсь, плодотворное сотрудничество. Это лучше, чем вражда, верно? Ну, ну, не хмурьтесь. Забудем все мелкие недоразумения. Без меня у вас ничего не получится.

— Почему?

— Препарат у меня.

— Тут, в развалинах, есть шанс найти цисты, — неуверенно возразил Петр Борисович.

— Безусловно, — Хот кивнул, — и Софи наверняка найдет. Но цисты — только первое действие задачки, в которой много неизвестных. Биология, медицина — это, конечно, серьезно, важно. Однако не главное.

— Что же, по-вашему, главное?

— Сакральная составляющая. Если хотите, магический элемент.

— Я не верю в магию.

— Верите. Не лгите себе. Когда склянки с цистами оказались у вас в руках, вы могли бы нанять большую команду ученых, организовать научную лабораторию, целый институт могли бы купить. Команда скорее добьется желаемых результатов, — Хот снисходительно улыбнулся. — Препарат должен быть всесторонне изучен, проверен. Нужны сотни, тысячи опытов, чтобы понять закономерность воздействия. Одному человеку, даже специалисту, научному гению, охватить такой огромный масштаб работы трудно. Но вам понадобилась именно Софи. Только она одна, и никто больше. Ведь так?

— Группа не позволила бы сохранить все в тайне, — пробормотал Кольт, чувствуя, что невольно оправдывается, и от этого ему стало совсем скверно.

— Ерунда, — Хот махнул рукой. — Вам хватило бы средств, чтобы обеспечить секретность. Вы сделали ставку на Софи потому, что все это уже было, в тридцатые, у вас в России, в Москве, в Институте экспериментальной медицины. Большой штат сотрудников, сотни, тысячи опытов, в том числе и на людях. Строжайшая секретность. Не хватало главного: профессора Свешникова. И ничего у них не вышло.

— Точно неизвестно. Партию заключенных, которым введен был препарат, расстреляли. Это была бюрократическая ошибка, — быстро произнес Петр Борисович.

— Ошибка не в том, что их расстреляли, — Хот мягко улыбнулся, — а в том, что тела кремировали. Крылатый змей может бесконечно долго спать в органических тканях. Но в огне он погибает. Таким образом, они лишились препарата. Но еще раньше они лишились профессора Свешникова, и потому, даже останься у них препарат, ничего не могло получиться.

— Что произошло со Свешниковым? — сипло спросил Кольт.

Тонкие губы Хота растянулись в медленной гадкой улыбке. Он едва заметно дернул головой.

— А вот тут, мой дорогой Петр Борисович, уже и начинает действовать сакральная составляющая. Вы чувствуете ее. Вы привыкли к тому, что ваш добрый друг Федор Федорович старательно избегает этой темы. Сколько раз вы его спрашивали, куда делся профессор, жив ли он? И слышали в ответ: отстань, придет время, узнаешь.

Хот скорчил рожу и довольно точно спародировал сердитые интонации старика Агапкина. Кольту стало холодно в парном воздухе оранжереи.

— Старый пень врет, морочит вам голову, дурачит вас, идиота из вас делает, — быстро зашептал Хот, — он за ваши деньги украл у вас дозу препарата, украл, теперь скачет, как юный заяц, а вам приходится начинать все сначала. Надул он вас, кинул, развел по полной.

Акцент исчез совершенно. Хот удивительным образом оказался рядом, наверное, незаметно придвинул кресло ближе и шептал в самое ухо. Дыхание его было холодным. Как будто образовалась дыра в стеклянной стене оранжереи и сквозь дыру струя ледяного воздуха била прямо в ухо, в голову.

Кольт чувствовал, как гаснут, исчезают чудесные воспоминания о вчерашнем вечере, радость, счастье. Он попытался представить лицо Орлик, но увидел лишь расплывчатое белое пятно, условные дыры глаз. Он подумал о старике Агапкине, которого все-таки любил, но мысли потекли по скверному руслу, проложенному господином Хотом: *«Он врет, врет, он украл»*.

И почудился сквозь розовый аромат какой-то странный, слабый, тухлый запашок.

Кольт вспомнил, как Соня говорила об этой, едва уловимой, вони, зажмурился, тряхнул головой. Когда он открыл глаза, господин Хот сидел на месте, покачивал ногой, подкидывал и ловил тапочку. В оранжерее было по-прежнему очень тепло, влажно, аромат роз мягко переплетался с ароматом цветущего лимонного дерева. Пахло чудесно, никаких посторонних гадких примесей.

— Петр Борисович, кажется, мы с вами нашли общий язык, — Хот протянул руку через стол и дружески тронул его плечо. — Вы поняли, зачем я вам нужен.

— Да, наверное, — как автомат, повторил Кольт и заметил, что у его собеседника опять появился сильный немецкий акцент.

— Но вас беспокоит вопрос, — Хот убрал руку и улыбнулся, не разжимая губ, — зачем вы нужны мне?

— Беспокоит, — слабым эхом отозвался Кольт и опять вспомнил слова Сони:

«Иногда кажется, будто он умеет читать мысли. Позже я поняла, в чем фокус. Он следит за эмоциональной реакцией и ловит то, что лежит на поверхности. Страх. Растерянность. Но если контролировать себя, он ничего не поймет. Глубоко в сознание он влезть не может».

— Вы нужны мне потому, — произнес Хот тихо и серьезно, — что Софи согласилась работать на вас, а не на меня. Едва ли не главное условие успеха нашего рискованного предприятия — ее добровольное согласие. Поэтому без вас я не обойдусь.

Тапочка в последний раз взлетела и была ловко поймана большим пальцем жилистой желтоватой ноги. Хот встал, слегка склонил голову:

— Мое почтение, Петр Борисович. Мы с вами теперь партнеры. Сердечно рад. Всей душой надеюсь, что наше партнерство будет плодотворным, взаимовыгодным и перерастет в теплую искреннюю дружбу. Не смею вас больше отвлекать от романтических размышлений в этом чудесном саду. Эдем, истинный эдем! Наслаждайтесь. Побудьте немного ангелом.

Он скрылся за розовым кустом, исчез, растворился без остатка в маслянистом сладком воздухе оранжереи.

Кольт сидел и не мог шелохнуться. Тело налилось холодной чугунной тяжестью. Стало нечем дышать. Сердце билось медленно, трудно, с каким-то болезненным скрипом, вот-вот остановится. Пальцы опухли, лежали на плетеных подлокотниках, мерзкие, негнущиеся, с голубоватыми ногтями. Следовало позвать на помощь, но в оранжерее не было ни души. Он страстно, отчаянно захотел, чтобы сию минуту явилась Соня и ввела дозу препарата, без всяких исследований, анализов, просто ввела и все, как умирающему Агапкину.

«Старик выжил, поправился, встал на ноги. Я тоже должен. Чем я хуже? Не желаю больше терпеть этой тяжести, слабости, старости, медленного страшного стука больного сердца. Что, если сейчас оно остановится? Что, если?»

Ответ на этот не произнесенный вслух вопрос он услышал мгновенно:

— Йоруба нарежет лучших роз, и на твоей панихиде произнесет речь, полную такого искреннего горя, что некоторые прослезятся.

В оранжерее отчетливо прозвучал тот же бесстрастный голос, который недавно на кухне у Агапкина объяснил страшную галлюцинацию простой фразой: *«Ты умер, Петр»*.

— Нет, врешь, я жив, жив, — он повторял это про себя, потом вслух, медленно шевелил опухшими пальцами, ступнями, старался дышать глубоко и спокойно.

Где-то рядом послышалось журчание воды, шорох, невнятное бормотание.

— Кто здесь? — громко крикнул Петр Борисович.

Звуки разом стихли. Потом опять зашуршало. Из-за кустов появилась маленькая тощая фигурка в широких синих штанах и клетчатой ковбойке. Прямо перед собой

Кольт увидел морщинистое скуластое лицо, щелочки глаз. Седые жесткие волоски бровей торчали вперед, образуя прозрачные козырьки над глазами. Седые редкие волосы торчали вверх, и получался прозрачный нимб вокруг головы.

— Кто ты? — спросил Кольт.

— Садовник я, садовник, розы поливаю, — ответил старик и еще ближе шагнул к Кольту.

Он говорил с сильным местным акцентом. Смотрел в глаза Петру Борисовичу очень внимательно своими щелочками и вдруг забормотал что-то чуть слышно, нараспев, поднял сухую руку, сделал быстрый, странный жест. Провел ладонью перед лицом Кольта, справа налево, слева направо, словно разгоняя невидимую пелену.

— Господин болеет, плохо господин, ничего, потерпи, сейчас пройдет.

«Надо, чтобы он позвал кого-нибудь, чтобы явился врач, тут должен быть врач», — подумал Петр Борисович, но ничего не сказал, почувствовал, что сейчас, сию минуту, ничего говорить не нужно.

Старик бормотал тихо, монотонно, по-шамбальски, смотрел в глаза, помахивал ладонью у лица всего минуты три, не больше. Но тяжесть исчезла, сердце забилось спокойно, уверенно. Петр Борисович вспомнил, как Йоруба хвастал, что в его оранжерее работает потомственный шаман, из какого-то особенного древнего рода степных целителей. Старый уже, людей лечить не может, но с болезнями растений справляется легко, играючи.

— Старик, спасибо, ты помог мне, — сказал Кольт, с наслаждением разминая ожившие руки.

— Я не тебе помог, для растений вредно, когда рядом больной человек.

— Чем я, по-твоему, болен?

— Теперь ты здоров.

— Если я опять заболею, ты вылечишь меня?

— У тебя, господин, свои доктора. Я садовник, меня растения ждут. Тут был Хзэ, дыхание Хзэ — яд, растениям тоже плохо, не только тебе, — сердито проворчал старик и заковылял прочь по дорожке между кустами.

— Погоди, старик, кто такой Хзэ?

— Черт по-вашему.

Садовник исчез. Скоро опять послышался плеск воды, шорох, бормотание.

— Я жив, жив, — повторил Петр Борисович, теперь уж ни с кем не споря, а просто констатируя этот замечательный факт. — Хзэ — Хот Зигфрид Эммануил. Может быть, Йоруба не знает, что его дыхание ядовито? Или знает, но надеется на своего чудесного садовника? Я садовником родился, не на шутку рассердился, — тихо, весело пропел Петр Борисович и улыбнулся.

Только что ему было плохо, но садовник пошептал, помахал ладошкой, и все прошло. Значит, ничего опасного, никакого приступа, инфаркта, инсульта быть не могло. Так, ерунда. Нервы.

С точки зрения прагматика, материалиста, все это выглядело скорее забавно, чем страшно. Сакральная составляющая, магия. Вот если бы господин Хот оказался главой международной террористической организации, крупным мафиози, воровским авторитетом, высокопоставленным чиновником, тогда да. Но слово «черт» Петр Борисович воспринимал лишь как некую абстракцию, ругательство, мягкое, вполне допустимое.

«Что, собственно, произошло? — спросил себя Петр Борисович. — Господин Хот, кем бы он ни был, из врага и конкурента сделался моим партнером. Если отбросить всякую мистику, галлюцинации и рассуждать здраво, то это скорее хорошо, чем плохо. Да, он неприятный человек. Но банки с цистами остались на его яхте. Возможно, благодаря сотрудничеству с ним я сумею выиграть время, ведь искать препарат тут, на развалинах, — дело долгое, трудное. Степь и развалины принадлежат Йорубе. Он тоже не просто так подружился с

Хотом. О препарате знает и желает скорее получить свою дозу. Придется пойти на компромисс. Во всяком случае, сделать вид, что я готов вступить в игру».

ГЛАВА ДВАДЦАТЬ ПЕРВАЯ

Москва, 1922

— А все-таки она растет, что бы ни говорил Федя, что бы вы ни говорили, я чувствую. Вы прощупайте как следует, и хватит уж дипломатничать. Скажите мне правду!

Вождь сидел на кровати, склонив голову набок. Босые ноги едва доставали до пола. Профессор Свешников в третий раз исследовал плотную липому над его правой ключицей, но ни малейших изменений не находил.

— Нет, Владимир Ильич, она не растет, какой была, такой и осталась, и по размеру, и по консистенции.

— Нет, растет, растет, сволочь! Душит меня ночами.

— Ночами душит вас совсем другое.

Ленин холодно, остро уставился в глаза профессору.

— Извольте объяснить, что вы имеете в виду?

— Воспоминания, — коротко ответил профессор.

Вместо того чтобы вспылить, вождь сник, опустил голову. Блик света мягко скользнул по лысине.

— Воспоминания? Это вы, батенька, загнули, скажите еще — угрызения совести, — пробормотал он, помолчал немного, вскинул голову и произнес громко, нервно: — Слушайте, а может, она давит на артерию? От этого головные боли, бессонница и все прочие мерзости.

— Вражеская пуля давит на артерию, к тому же свинец отравляет организм, — профессор точно и зло спародировал доктора Тюльпанова, его солидный баритон, вкрадчивую интонацию.

Ленин сгорбился, не глядя, сгреб старую пуховую шаль Марии Ильиничны, валявшуюся на кровати, закутался в нее.

— Да, они правы, — пробормотал он, — операцию придется сделать. Не позже апреля. Не позже. Никуда не денешься, придется.

— Какую операцию? Что вы имеете в виду? — тревожно спросил профессор.

— Операцию по удалению пули. Хотя бы одну надо вытащить, — Ленин принялся наматывать на палец уголок шали, — ну и спинномозговую жидкость пусть заодно возьмут, чтобы раз и навсегда пресечь эти мерзкие шепотки о сифилисе.

Профессору захотелось курить. Пачка папирос и спички лежали в кармане, но вождь не терпел табачного дыма.

— Владимир Ильич, я оставлю вас на пять минут, покурю в столовой, — сказал он, поднимаясь.

— Ладно уж, дымите тут, форточку откройте, — разрешил Ленин, — и не молчите, не смейте молчать!

— Владимир Ильич, разве я молчу? — профессор огляделся, ища глазами пепельницу. — Я только и делаю, что разговариваю с вами.

Ленин скинул шаль, слез с кровати, подал профессору блюдечко вместо пепельницы и тяжело, вразвалку, зашагал по комнате. Привычного жилета на нем не было, только сорочка, но все равно он согнул руки, скрючил большие пальцы у подмышек. Лицо его покраснело, дыхание стало частым и громким. Хождение, сопение продолжалось минуты три. На профессора он не смотрел, словно забыл о нем.

Михаил Владимирович спокойно ждал, курил, прихлебывал остывший чай, листал берлинское издание «Руководства по психиатрии» Блюйера. Книга лежала на столе вместе со стопками бумаг и свежими номерами газет.

— Каждый революционер, достигши пятидесяти лет, должен быть готовым выйти за флаг! — внезапно выкрикнул вождь, остановился напротив профессора, взглянул на него и тихо, сипло добавил: — Ничего, ничего, если резать возьметесь вы, все обойдется. Пункцию тоже вы сделаете.

Лицо его смягчилось, странно преобразилось. Взгляд стал детским, беспомощным. Никогда еще профессор не видел вождя таким. Казалось, чудовище Ленин заснуло или исчезло, оставило в покое измученного больного Ульянова.

«Что если именно сейчас попросить? Другой шанс может и не представиться», — внезапно подумал Михаил Владимирович, и сердце его больно стукнуло, подкатило к горлу.

— Владимир Ильич, отпустите меня, — произнес он еле слышно, и тут же ему захотелось проглотить назад эту короткую фразу.

— Не сметь! — выкрикнул Ленин. — Никогда не смейте даже думать об этом! Кто будет меня лечить? Семашко? Кто будет резать? Тюльпанов? Да, он зарежет за милую душу! Все, молчите, я не слышал, что вы сейчас сказали! Не слышал!

Вождь слишком сильно стукнул кулаком по столу, слишком энергично замотал головой. Лицо налилось кровью, исказилось. Михаил Владимирович успел подхватить его под мышки. Судороги были такими мощными, что профессор сам едва удержался на ногах, пока тащил вождя к кровати.

Припадок удалось купировать довольно скоро. Профессор ни о чем уже не думал, действовал механически и, когда судороги закончились, тяжело опустился в кресло у кровати, стал считать пульс вождя.

Пульс частил, но был хорошего наполнения. От слабости профессора знобило, кружилась голова. Он впервые оказался наедине с тем, о чем рассказывал Федор. Он справился, но за несколько минут постарел лет на десять и устал так, словно сутки не отходил от операционного стола.

Федя был прав, когда говорил, что медицинские манипуляции тут ни при чем. Припадок снимается за счет живой энергии.

Михаил Владимирович жадно допил остатки остывшего сладкого чая. Пожалуй, он не жалел о том, что осмелился попросить вождя отпустить его за границу. Рано или поздно эта просьба все равно бы сорвалась с языка. Таня и Андрюша каждое утро повторяли: а ты попробуй, вдруг получится? Теперь можно честно сказать детям, что вот, попробовал. Не получилось.

– Устали? – донесся до него слабый сухой шепот. – Я знаю, Федя тоже потом, после моих припадков, весь мокрый и бледный. Но разве я виноват? Давно, еще в девятьсот втором, в Германии, когда это впервые случилось, со мной была Надя. Она, бедная, металась, ничем не могла помочь, и я чуть не помер. Потом две недели меня обследовали в клинике.

– Диагноз? – таким же тихим, сухим шепотом спросил Михаил Владимирович.

– «Священный огонь», – ответил Ленин по-немецки.

– Средневековое название эпилепсии. Странно. Припадки не похожи на эпилептические.

– Ваш любимый Достоевский страдал падучей, – продолжил Ленин уже бодрее и громче, – у Керенского случалось нечто подобное при большом скоплении народу. Русская толпа любит припадочных, сразу проникается сладким суеверным страхом, трепещет. А вот интересно, я сейчас подумал, ведь у Нади базедова болезнь именно тогда определилась, после моего «священного огня».

– Она испугалась за вас. Сильное нервное потрясение могло спровоцировать. Сейчас уж поздно говорить, но если бы Надежду Константиновну не трогали, не резали, возможно, она бы поправилась.

– Надю оперировал сам Теодор Кохер, лауреат Нобелевской премии, лучший специалист в мире по заболеваниям желез, – не без гордости заметил Ленин.

Он удивительно быстро оправился. Еще раз считая пульс, Михаил Владимирович отметил, что сердце вождя работает великолепно. Иногда после припадка слабела правая сторона тела, но сейчас рука и нога были в порядке.

«Да, он в порядке, а меня лихорадит, голова раскалывается, колени дрожат», – подумал профессор, но решил не поддаваться и бодро произнес:

– Теодор Кохер, прежде чем стать лауреатом и мировой знаменитостью, проделал сотни операций по удалению щитовидной железы, то есть искалечил сотни людей. И лишь тогда до него дошло, что железу целиком удалять не следует. За это благодарное человечество щедро наградило его.

– По-вашему, вообще ничего резать не нужно? – спросил Ленин с обычным своим хитрым прищуром.

– Только в самом крайнем случае, когда нет иных способов помочь. Организм человека – творение гениальное, тончайшее. А медицина, при всех ее великих достижениях, груба, темна и чудовищно амбициозна. Сколько жестоких, непоправимых глупостей совершалось, и все с умным видом, с самонадеянностью тупого невежды.

У Михаила Владимировича заплетался язык, зубы стучали от озноба. Рубашка под джемпером стала влажной от холодного пота. Но вождь не замечал этого. Он наслаждался покоем, приятной расслабленностью после мучительного припадка, ему нравилось болтать о медицине с профессором, тем паче в последнее время он поглощал медицинскую литературу на французском и немецком в немереных количествах.

– Гениальное творение, – с пародийным пафосом повторил он, – ну а что же в таком случае оно, творение, гниет, дряхлеет, тлеет? Ничего не вижу гениального в этой гаденькой, слабенькой, подлой твари под названием человек. Скальпель – хорошее средство, безусловно, лучшее не только в медицине, но и в политике.

Беседа набирала обороты, уходила куда-то вкось, у Михаила Владимировича не осталось сил продолжать ее и, чтобы закончить поскорее, он сказал:

– Владимир Ильич, вам скальпель противопоказан.

– Ну-ка, ну-ка, батенька, извольте пояснить, что вы под этим разумеете? – Вождь азартно потер ладони, предвкушая интересную политическую дискуссию.

Но Михаил Владимирович разочаровал его.

– Я разумею всего лишь то, что вашу липому трогать нельзя. Такого рода доброкачественные новообразования в результате хирургического вмешательства иногда перерождаются в злокачественные.

Вождь поморщился, тронул себя за шею.

– Ерунда. Вот так, слегка кожу натянуть, чик, и все.

– Я резать не стану, – жестко сказал профессор.

– Отдадите меня Тюльпанову на растерзание?

– Никто не должен резать. Тем более Тюльпанов. И не возьмется он, лет пять уже скальпель в руках не держал.

– Ну, так позовут немца какого-нибудь, – вождь глухо усмехнулся, – в апреле пулю все равно придется вытащить, хотя бы одну. Тут вопрос не медицинский. Политический.

– Владимир Ильич, хватит валять дурака, – профессор так рассердился, что даже озноб прошел. – Немец уж, наверное, отличит липому от пули.

– Э, батенька, немцу заплатят столько, что будет вам хоть десять пуль, хоть артиллерийский снаряд вместо липомы!

– Ну, так пусть заплатят, и не надо ничего резать.

Ленин вдруг изменился в лице, прищуренные глаза распахнулись, рот приоткрылся, щеки покраснели. Профессор подумал, что последует гневная буря, но ошибся. Вождь схватил его за руку и виновато забормотал:

— Михаил Владимирович, простите, простите великодушно, вы бы сразу сказали, прямо, без всяких стеснений. Конечно, это безобразие, свинство! Мне просто в голову не приходило, а вы даже не намекнули никогда. Я сегодня же распоряжусь, чтобы вам платили гонорары по высшей категории, одно только больничное жалованье за ваш труд — это чудовищно мало. За операцию вы получите столько, сколько скажете. И за каждый визит по самому высокому тарифу. Сию минуту распоряжусь, — он потянулся к телефонному аппарату.

Профессор остановил его, грустно вздохнул и покачал головой:

— Владимир Ильич, я не стану удалять вашу липому ни за какие деньги. Жалованья мне хватает, и дело вовсе не в этом. Поймите, наконец настал момент, когда следует отделить зерна от плевел, лечение реального, сложного вашего недуга от всех этих сомнительных политических игр. Да, я уже догадался, что по каким-то неизвестным мне причинам вас в апреле должны прооперировать. Сейчас еще не поздно, времени довольно, чтобы как-то скорректировать эти странные планы. В конце концов инсценировать хирургическую операцию значительно проще, чем покушение и ранение.

— Нельзя, батенька, никак нельзя, — спокойно и грустно возразил Ленин. — Время изменилось, тогда был угар, хаос. Нынче у нас на дворе уже не восемнадцатый, а двадцать второй год. Пулю придется вытащить, все должно быть по-настоящему. Больничная палата, надрез, шов. Она давит, душит меня, я ее постоянно чувствую, от этого совсем не сплю.

Разговор вернулся к своему началу, продолжать его можно было бесконечно, как сказку про белого бычка. Профессор слишком скверно чувствовал себя, чтобы идти по второму кругу, и произнес устало:

— Владимир Ильич, отпустите меня.

— Что?! Вы опять? — гневно воскликнул вождь.

– Нет-нет, – спохватился профессор, – я не о том, я уже понял, за границу мне путь заказан. Я имею в виду, отпустите меня сейчас домой, мне нездоровится.

– А, конечно, у вас усталый вид, вам надо отдохнуть, замучились вы со мной. Ну, ступайте, выспитесь хорошенько. Погодите! У вас ведь внук маленький вон там, ,на полке коробка. Возьмите. Игрушечный «Роллс-Ройс», очень тонкая работа. Красин привез из Лондона, я хотел вам отдать для внука, да запамятовал. Возьмите. У него ведь скоро день рожденья.

День рожденья у Миши был двадцать шестого октября, а сейчас февраль. Но Михаил Владимирович не стал ничего уточнять, коробку взял, поблагодарил за подарок, вышел на заплетающихся ногах, думая только о том, чтобы скорее добраться до постели, принять пирамидону и заснуть.

В прихожую вышла Крупская проводить его, принялась расспрашивать, он коротко ответил, что был небольшой припадок, но удалось купировать, сейчас все в порядке.

– Вы плохо выглядите, – заметила Крупская.

– Да, Надюша, не одну тебя я извожу своей проклятой хворью и скверным характером, – раздался голос Ленина.

Он тоже вышел проводить профессора, стоял, кутаясь в старую шаль, хитро улыбался и, прежде чем за Михаилом Владимировичем закрылась дверь, успел картаво крикнуть:

– А пулю вытаскивать будете все-таки вы, батенька, другому никому не дамся, другой зарежет обязательно! С превеликим удовольствием зарежет!

* * *

Вуду-Шамбальск, 2007

Соня молча сидела перед приборами. Ей казалось, что прошло всего несколько минут, на самом деле уже давно стемнело, был поздний вечер.

— Ну, мы поедем наконец? — спросил Дима.

— Да, сейчас.

Пальцы ее быстро забегали по клавиатуре. Дима терпеливо ждал еще полчаса. Наконец Соня принялась выключать приборы, убирать пробирки, плошки, стеклышки. Она двигалась медленно, вяло, не произнесла ни слова и на вопрос Димы: «Тебе помочь?» — только помотала головой.

Он смиренно терпел ее молчание. Она обещала, что все объяснит, когда сможет, и просила не задавать вопросов.

Кабинет Орлик оказался заперт. В коридорах и на лестнице не было ни души. Из-под двери каптерки, где ждал Фазиль, сочился слабый свет. Дима постучал.

— Входи, открыто! — ответил веселый голос Фазиля.

Они очутились в маленькой комнате, удивительно уютной и обжитой. Диван, накрытый клетчатым пледом, обшарпанный старый буфет, круглый стол, синий абажур настольной лампы — все это никак не вязалось с унылыми казенными корпусами, бескрайней степью, кафелем и цинком лаборатории.

За столом Фазиль и старик-дворник пили чай из больших цветастых кружек.

— Добрый вечер, — сказал Дима.

Старик приветливо кивнул и улыбнулся. У него не было зубов. Розовые младенческие десны. Соня улыбнулась в ответ, но продолжала молчать.

— Наконец-то вы спустились, я думал, мы сегодня тут будем ночевать, — сказал Фазиль. — Чаю хотите?

— Спасибо, лучше уж поедем скорее, — рассеянно ответил Дима.

Он не мог оторвать взгляд от лица старика. Сморщенное, маленькое, с непомерно большим широким лбом, оно было темным, как у мулата. Цвет глаз казался совершенно нереальным. Золотым. Если бы не глаза, Дассам был бы определенно похож на Агапкина. Детская хрупкость обоих стариков наводила на мысль о чем-то ангельском или инопланетном. Но все-таки облик Федора Федоровича казался более земным, привычным. Может, из-за вставной челюсти или потому, что глаза у него были совсем другие. Никогда они не светились. Дима даже не мог вспомнить, какого они цвета, Агапкин щурился постоянно.

— Ну, ладно, тогда поехали, — Фазиль встал, потянулся с хрустом, — авось к часу ночи доберемся до города.

Дима догадывался, что у Сони должно быть множество вопросов к этому таинственному дворнику, и ждал, когда она решится задать хотя бы один. Но она молчала, смотрела на старика, а тот смотрел на нее.

«Она просто не знает, с чего начать. Да, я ведь тоже мог бы спросить, но не решаюсь, боюсь ляпнуть глупость. Скажите, уважаемый Дассам, сколько вам лет? Откуда и зачем у вас этот шрам на макушке? Почему он пульсирует? Что, у вас правда не закрылся младенческий родничок? Вы помните русского путешественника Никиту Короба? Вам известно происхождение хрустального черепа? Доктор Макс говорил о грядущей войне между мужчинами и женщинами. Может, он просто бредил? За что его убили? Для чего Хоту нужно, чтобы Соня исследовала его кровь? И почему она так долго молчит?» — все это за долю секунды пронеслось у Димы в голове.

И вдруг тихий старческий голос произнес:

— Она молчит потому, что ей нужно подумать.

Старик глядел на Диму со своей младенческой беззубой улыбкой, и глаза все так же странно светились. Он говорил по-русски почти без акцента, четко и внятно, несмотря на отсутствие зубов.

— Что такое инициация? — неожиданно для себя выпалил Дима.

— Ритуал посвящения.

— Это я знаю.

— Тогда зачем спрашиваешь?

— Ладно, попробую сформулировать иначе. Какой именно ритуал должна пройти Соня?

— Она ничего не должна.

— Но они могут заставить.

— Они могут только пугать и лгать.

— В чем заключается опасность для Сони?

— В ней самой.

Что-то звякнуло, Дима оглянулся. Фазиль стоял у двери и нетерпеливо подкидывал на ладони ключи от машины. Соня сидела на диване и дремала, прислонившись головой к высокому валику. Старик Дассам задумчиво жевал размоченный в чае сухарь, глаза его были прикрыты сморщенными коричневыми веками без ресниц.

— Ну, вы даете, ребята, — сказал Фазиль, — она хотя бы сидя уснула, а ты вообще спишь стоя, как конь.

— Я сплю? — Дима тряхнул головой.

— Ага. Кстати, учти, ты во сне разговариваешь. Ну, буди свою ученую женщину, пора ехать.

Старик прожевал кусок сухаря и произнес что-то совершенно непонятное. Фазиль ответил ему по-шамбальски. Дима подошел к Соне, осторожно тронул ее плечо.

— А? Что, уже приехали? — спросила она сквозь долгий зевок.

— Еще не выезжали, — ответил Фазиль. — Дассам говорит, скоро начнется буран. Нижний буран, очень неприятная вещь, поднимает снег с земли.

Соня встала, застегнула молнию куртки.

— Дассам, скажите, как чувствует себя Лейла? Как ее палец?

Старик улыбнулся и зашамкал что-то. Фазиль подошел к нему, склонился к самому уху, поговорил по-шамбальски, потом повернулся к Соне.

— У Лейлы все хорошо, рана заживает. Дассам сказал... сейчас, я попробую перевести, чтобы вы поняли, в общем, это такая древняя шамбальская поговорка.

Кто облегчил физическую боль другому, тот сократил дни земной жизни Хзэ. Кто облегчил душевную боль другому, тот сократил годы земной жизни Хзэ. Кто победил собственный страх, победил Хзэ. Слушайте, мы поедем или нет?

— Кто такой Хзэ? — спросила Соня.

— Это долгая история, я вам лучше по дороге расскажу, если интересно.

Старик опять забормотал что-то, закивал головой.

— Он просит, чтобы я вам обязательно рассказал о Хзэ, — Фазиль подошел к старику, побеседовал с ним, потом повернулся к Соне: — Он говорит... Ну, в общем, именно вам нужно узнать про Хзэ.

— Спросите у него, почему именно мне?

Фазиль не успел перевести, а старик опять забормотал, произнес целый монолог, возбужденно, даже сердито. Фазиль слушал, поднимал брови, кивал, пожимал плечами, задал пару вопросов, потом стал переводить.

— Соня, он говорит, что не может вам помогать, ну, в смысле объяснять, подсказывать. Вы должны справиться сами. Если честно, я вообще не понял, что он имеет в виду, я его спросил, он сказал, мне понимать не нужно. Мое дело — рассказать вам про Хзэ, вы, мол, сами разберетесь.

— Спроси, а мне он может что-нибудь объяснить и подсказать? — попросил Дима.

На этот раз диалог оказался совсем коротким. Старик прошамкал всего несколько слов и зевнул во весь свой беззубый рот. Фазиль хмыкнул и посмотрел на Диму.

— Перевожу дословно, хотя опять ни бельмеса не понял. Тебе он вроде как уже все сказал. Ты должен верить своим ушам, своим глазам и своему сердцу. Да, еще он желает вам спокойной ночи и торопит, напоминает о буране.

— Ну, и где же буран? — спросила Соня, когда они вышли из корпуса. — Небо чистое, звезды. Господи, какие огромные, яркие.

— Вниз посмотрите, видите, как метет.

Над сугробами вдоль расчищенной дороги вздымались прозрачные сизые волны поземки. В лунном свете снежный покров дышал, часто, взволнованно, закручивались маленькие быстрые вихри, возникали причудливые подвижные фигуры, принимали форму то змеи, то птицы, то человека, они как будто поднимались из бездны, вставали на пути, оживали на несколько мгновений и опадали, рассыпались снежной пылью.

Соня стояла, задрав голову.

— Подземные лабиринты, страшные развалины, мрак. Адская бездна внизу. А сверху небо, такое глубокое, прекрасное, если долго смотреть, страх исчезает, оно как будто накрывает тебя своим крылом.

— Хватит бормотать, пора ехать, — сердито проворчал Фазиль.

До ангара пришлось бежать, согнувшись. Охранник спал, долго не отпирал ворота. Наконец зона осталась позади. Джип несся к городу, слегка подрагивал от порывов ветра.

— Фазиль, сколько лет Дассаму? — спросила Соня.

— Откуда я знаю? У нас многие старики сами не знают своего возраста. В степных становищах больниц нет, загсов тем более. Раньше ребенка, рожденного в степи, вообще не регистрировали, считалось, плохая примета. Потом задним числом кое-как оформляли документы.

— Он совсем не говорит по-русски? — спросил Дима.

— Если бы говорил, наверное, мне бы не пришлось мучиться, переводить.

— Ты с ним давно знаком?

— Ну, как сказать? Я видел его на зоне. Сегодня первый раз он пришел в каптерку, мы с ним чай пили. Шамбалы в принципе все друг с другом знакомы, нас осталось на свете меньше пяти тысяч. И у нас принято, если старик о чем-то просил, надо исполнить. Вот, слушайте. Хзэ в нашей мифологии очень сильный демон, по иерархии он вроде министра иностранных дел. Ну, то есть земных дел. И чтобы выполнять свою работу, ему надо иногда воплощаться.

— Что значит воплощаться? — спросила Соня.

— То и значит, становиться человеком, из плоти и крови, жить среди людей, устраивать всякие пакости.

— Он выглядит как обычный человек?

— Конечно, ему по должности положено выглядеть совсем обычно, не вызывать подозрений.

— Но все-таки есть какие-то признаки, по которым его можно распознать?

Фазиль тихо засмеялся.

— Соня, вы образованная женщина, биолог, а спрашиваете меня так, будто поверили, что Хзэ в самом деле существует. Это мифология. Дассам попросил, чтобы я рассказал вам сказку, я рассказываю. Выполняю стариковский каприз. Понятно, для вас это ерунда полная.

— Фазиль, а ты сам веришь, что Хзэ существует? — спросил Дима.

— Я другое дело, я вырос на этих сказках, у нас в степи все пропитано ими. Так вот, Хзэ имеет три признака. Он живет очень долго, лет пятьсот и даже больше. У него нет пупка. В центре живота, где у всех людей пупок, у него гладкое место. Еще он не отбрасывает тени.

— Почему? — спросила Соня.

— Потому что он сам тень. Мрак.

— Мрак из плоти и крови?

— Вот, вы опять! Соня, это мифология, тут не бывает научных объяснений, тут образы, метафоры. Мрак — это не просто темнота, это зло. Когда в человеке совсем не остается света, то есть ничего доброго, он перестает отбрасывать тень. Но для человека это в принципе невозможно. Он не может вместить столько зла, помирает сразу. Поэтому людей без тени нет, как и животных, и растений. На земле без тени живет только Хзэ. Сонорх использует его, потом уничтожает, присылает следующего.

— Сонорх, хозяин времени, который питается страданием? — спросил Дима.

— Да. Надо же, запомнил, — усмехнулся Фазиль. — Хзэ тоже питается страданием. Сонорх — самый главный демон. Там вообще, во мраке, ртов много, и все ненасытные.

— Жрецы-сонорхи, которые оставили эти развалины, они отбрасывали тени? — спросил Дима.

— Конечно. Они хоть и служили злу, но все-таки были людьми. С пупками, с тенью.

— Фазиль, а есть добрая сила, которая противостоит злу? — спросила Соня.

— Соня, ну вы даете! Такие вопросы странные. Если бы не было доброй силы, вообще ничего бы не было. Зло даже травинку не способно сотворить, не то что человека.

— А как же тогда Хзэ, воплощенный, из плоти и крови?

— У Хзэ другой состав крови, плоть другая. Он не живой, он дурная копия жизни, глумление над жизнью, или болезнь. Елки, как бы вам лучше объяснить? По-шамбальски рак — хзэ. Вот, он вроде раковой опухоли.

— Вроде раковой опухоли, — тихо повторила Соня.

Дима сидел с ней рядом и вдруг почувствовал, как она сильно напряглась. Он взял ее за руку, пальцы были ледяные. Даже Фазиль заметил, что голос у нее изменился, удивленно взглянул через зеркало заднего вида.

— Соня, вы что, испугались?

— Нет. Не знаю. Просто устала.

* * *

Мюнхен, 1922

Храп князя, вначале вполне безобидный, постепенно нарастал, приобретал разные звуковые оттенки, походил то на рев автомобильного мотора, то на рык гигантского хищника. Иногда возникали короткие передышки, князь ворочался, бормотал, тихо поскуливал. Федор надеялся уснуть, но князь как будто нарочно ждал, когда его сосед задремлет, чтобы с новой силой наполнить тесное пространство купе ревом и рыком.

Федор выходил курить в коридор, возвращался, ложился, опять вставал и выходил.

«Какой тяжелый, оглушительный человек, — жаловался он своему отражению в темном стекле, — ни минуты покоя нет, даже когда спит. Я совсем одурел от этого соседства».

Мысли путались, глаза слипались, он пробовал сосредоточиться на уютном, спокойном стуке колес, читал про себя стихи. Вспоминалось одно и то же: *«Мне не спится, нет огня; всюду мрак и сон докучный...»*

Смутная, тягостная нервозность никак не отпускала. Ему стало казаться, что он барахтается в густой серой хляби, тонет в гнусном болоте, еще немного, и погрузится с головой.

«Жизни мышья беготня... Что тревожишь ты меня?»

Пушкинские строки чудесным образом удерживали его на плаву, как спасательный круг, не давали захлебнуться и исчезнуть.

«От меня чего ты хочешь? Ты зовешь или пророчишь?»

Я понять тебя хочу, смысла я в тебе ищу...»

— Смысла, я ищу смысла, — бормотал Федор, прижимаясь лбом к холодному темному стеклу, — возможно, его нет вовсе или он прячется за пределами человеческого понимания.

Федор вдруг испугался, что после всех бурных событий позабыл самое главное, текст письма Михаила Владимировича. От усталости началась настоящая паника.

«Забыл, все забыл. А вдруг не удастся поговорить с доктором наедине? Князь не даст, не будет подходящего случая?»

В очередной раз он зашел в купе, достал из чемодана блокнот и чернильный карандаш. Сидя на неудобном откидном стульчике в пустом полутемном вагонном коридоре, приспособил блокнот на колене, стал писать, мусолил карандаш, старался ничего не упустить.

«Дорогой Эрни!

Раньше мне казалось, а теперь я абсолютно уверен, что события в России происходят по некоему заранее продуманному плану. Кто автор? В чем его цель? Нерон подпалил Рим, наслаждался зрелищем чудовищного пожара и гибели в огне тысяч римлян, просто так, для собственного удовольствия. Нерон был сумасшедший. Это все объясняет. Это ничего не объясняет.

Чем ближе я узнаю нынешних правителей, тем глубже мое убеждение, что они действуют не по своей воле. Поджигателям зрелище пожара и пепелища не приносит удовольствия, как Нерону. Они в растерянности, мечутся, пытаются залить пламя, которое сами разожгли. Эрни, ты можешь вернуться к нашему давнему, еще студенческому спору, сказать, что я слишком идеализирую человека, не учитываю то темное, звериное, иррациональное, что таится почти в каждом и особенно сильно проявляется, когда человек становится частью толпы. Но согласись, темные инстинкты толпы всегда следствие, а не причина. Кто-то должен разбудить их, играть на них, как на клавишах.

Было бы правомерно говорить об инстинктах, стихии, социальных противоречиях, немощи царского правительства, усталости от войны и прочих составляющих, если бы все закончилось февралем—мартом семнадцатого. Но последовал октябрь. К этому перевороту толпа со всеми ее темными инстинктами никак не причастна. Толпа попросту не знала, что происходит, кто такие большевики, каким образом и зачем они взяли власть. Но я решусь поделиться с тобой еще более парадоксальным наблюдением. Они, большевики, сами не знали этого. Не знают до сих пор. Теория Маркса, на которую они ссылаются, вовсе никакая не теория, не рецепт, а только критика мирового порядка и смутные пророчества о призраке, который бродит по Европе.

Вот как раз о призраке я и хотел поговорить с тобой, Эрни. Помнишь, ты в шутку назвал так своего пациента Эммануила Зигфрида фон Хота? Мы гуляли с ним по Вене. В Хофбурге он встретил двух своих знакомых. Эти молодые люди выглядели весьма жалко. Один, постарше, кавказец, рябой, тщедушный. Шея обмотана красным шарфом домашней вязки. Второй, совсем юный, австриец, в длинном черном пальто, с бледным изможденным лицом и голубыми выпученными глазами.

Господин Хот сказал о них: наши мальчики, поэт и художник. Позже ты объяснил мне, что, путешествуя по миру, Хот ищет юношей, наделенных медиумическими способностями. Будто бы он изучает психологический аспект жречества, от Древнего Египта и Вавилона до наших дней. Никакой практической цели у него нет. Только бескорыстное любопытство исследователя.

Это почти все, что я запомнил. Прошло девять лет. Конечно, твоего пациента господина Хота забыть трудно, тем более он тогда с точностью до месяца предсказал начало войны. Но образы молодых людей могли бы стереться совсем, если бы не одно обстоятельство.

Кавказец, которого Хот назвал поэтом, сегодня один из главных большевистских вождей. Иосиф Сталин. Я вижу его часто, около года назад мне довелось удалить ему аппендикс.

В начале этого сумбурного послания я высказал предположение, что нынешние правители России действуют не по своей воле. Так вот, Сталин исключение. Он единственный из них, кто не кажется мне марионеткой. Он ведает, что творит, и планомерно, умно, расчетливо движется к некоей своей, ему одному известной цели.

Эрни, ты знаешь, меня не назовешь трусом. Но когда я встречаюсь со Сталиным, смотрю ему в глаза, мне страшно. У меня, как у собаки, шерсть встает дыбом и поджимается хвост.

Наверное, цель Сталина определяется просто: единоличная власть. Помнишь, как Хот сказал о нем и о том молоденьком австрийце: «Вожди новых масс, самых глубочайших низов человечества»? Так вот, в последнее время меня не покидает чувство, что речь шла о глубочайших низах в прямом смысле. Адская бездна, вот что разумел господин Хот. И тут правомерно говорить уже не о цели, не о политической власти, а о чем-то большем. О миссии.

Эрни, скажи, что я ошибаюсь, что это мнительность, нервное переутомление или начало старческого слабоумия. Скажи, я с радостью поверю. Но если есть хотя бы малейший шанс у Сталина добиться власти и осуществить свою миссию, я хочу, чтобы мои дети и внук успели покинуть Россию до того, как это произойдет. Обо мне речи, конечно, нет, меня не выпустят. Но они должны уехать. Иных вариантов я не вижу.

Письмо это, вероятно, попадет к тебе в виде устного пересказа. Везти его через границу слишком рискованно. Федя Агапкин, мой бывший студент, ассистент, теперь он мне как сын, ты можешь полностью доверять ему.

Интересно, как поживает тот пучеглазый австриец? Обрадуй меня, скажи, что он все-таки поступил в Академию художеств или по-прежнему зарабатывает рисованием рекламы талька для подмышек?

Обнимаю тебя. Даст Бог, когда-нибудь увидимся.

Твой Микки».

Федор поставил последнюю точку, дважды перечитал написанное, затем выдрал листы из блокнота, порвал их в мелкие клочья.

Еще далеко было до рассвета, когда они с князем вышли на платформу старого мюнхенского вокзала. Князь, хмурый, отечный, сонный, долго вспоминал название отеля, злился на водителя таксомотора, который не желал понимать его дурного немецкого.

— Это центр города, что-то морское, корабли, сражения, — повторял князь сиплым спросонья голосом, щелкал пальцами и шарил по карманам в поисках бумажки с адресом.

Наконец нашел. Оказалось, что отель называется «Адмирал», находится в Швабинге, районе университета, неподалеку от знаменитой Леопольдштрассе.

— Рядом Английский сад, если бы сейчас было лето, лучшего места для прогулок не найти, — пробурчал князь на ухо Федору, когда таксомотор пересек привокзальную площадь.

— Вы здесь уже бывали? — спросил Федор.

— В одной из прошлых инкарнаций, в конце пятнадцатого века я был королем Баварии Альбрехтом Четвертым Мудрым, — сообщил князь и зевнул со стоном.

Отель оказался маленьким, вполне уютным и недорогим. Портье немного говорил по-русски, узнал князя, обратился к нему «господин Гуржефф». Оказалось, что два одноместных номера были заказаны телеграммой неделю назад.

— То есть вы неделю назад знали, что мы отправимся в Мюнхен? — спросил Федор.

— Я все заранее знаю, я на сто, на двести лет вперед знаю, — ворчал князь, поднимаясь по винтовой лестнице, — ты меня не трогай. Я плохо спал, ты всю ночь ворочался, скрипел полкой, ходил туда-сюда. Вот мой номер, твой этажом выше. Спать буду до обеда. Тебе тоже советую. В пять спустишься вниз.

Он уже почти закрыл дверь своего номера, но вдруг остановился, медленно повернулся, взглянул на Федора и тихо спросил:

— Скажи, дорогой, что ты писал ночью в коридоре?

У Федора пересохло во рту. Князь не таращился, не делал пронзительных глаз. Просто смотрел, очень внимательно и серьезно.

— «Мне не спится, нет огня, всюду мрак и сон докучный», — произнес Федор.

— Стихи? — с легким смешком спросил князь.

— Конечно. «Стук часов лишь однозвучный раздается близ меня».

— Ты сочиняешь стихи?

— Нет. Это не мои стихи.

— Зачем же ты писал, если это другой уже сочинил?

— Я пытался вспомнить. «Жизни мышья беготня, что тревожишь ты меня?» Я очень люблю Пушкина. Тренирую память. «Стихи, сочиненные ночью, во время бессонницы». У меня как раз была бессонница, вы храпели страшно.

Князь еще минуту смотрел на него, потом покачал головой, лукаво прищурился и погрозил пальцем:

— Ай, врешь, дорогой!

— Нет. Это правда! — с вызовом воскликнул Федор, опасаясь даже подумать о том, что князь может знать про письмо.

— Врешь, вре-ешь, насквозь тебя вижу, все врешь, — пропел князь, — я никогда не храплю.

Федор едва доплелся вверх по винтовой лестнице до своего номера. Закрылся на три оборота. В зеркале над умывальником он увидел, что на губах остались едва заметные синие пятна от чернильного карандаша.

ГЛАВА ДВАДЦАТЬ ВТОРАЯ

Москва, 2007

Иван Анатольевич Зубов все-таки уговорил упрямого старика не брать с собой в степь Мнемозину. Щенка оставили дома у Зубова. Чтобы добиться этого, Ивану Анатольевичу пришлось привести в гости к Агапкину свою четырехлетнюю внучку Дашу.

Ребенок и щенок мгновенно нашли общий язык, обо всем забыли и занимались только друг другом. Старик хмуро наблюдал их возню, Зубов стал дразнить его: ревнуете? Вы эгоист и собственник, готовы ради трех дней накормить бедное животное успокоительным, посадить в клетку, тащить в самолете туда, обратно, лишь бы только было по-вашему.

Старик надулся, долго молчал, сопел, но все-таки согласился.

Вообще из-за этой поездки Иван Анатольевич нервничал ужасно. Агапкин категорически требовал полнейшей секретности, запретил сообщать об их прилете даже Диме Савельеву. Он считал, что Дима обязан неотлучно быть при Соне и встретить их в аэропорту ему просто некогда. Что касается двух других сотрудников службы безопасности, то им тем более знать ничего не следует. Проговорятся Кольту, а он Йорубе. И тогда все пропало.

Что все и почему пропало, старик не объяснял. Сам, без помощи Зубова, заказал по Интернету номер на двоих в какой-то маленькой частной гостинице. На вопрос Зубова, как они будут передвигаться без машины, брякнул: верхом поскачем! Зубов смиренно кивнул, но позволил себе заметить, что вряд ли удастся сразу в аэропорту Вуду-Шамбальска найти двух оседланных коней.

Рейс задерживался, аэропорт Вуду-Шамбальска не принимал из-за метеоусловий. По степи гулял ураганный ветер, мела метель. Ранним утром Зубов и Агапкин в кафе в Домодедове ждали, когда объявят посадку.

Иван Анатольевич запивал пиццу крепким кофе. Федор Федорович не спеша смаковал подтаявшее клубничное мороженое, приговаривая:

— А вот могу себе позволить, и ничего страшного.

Зубов сидел как на иголках, каждые полчаса бегал взглянуть на табло. Напротив нужного рейса все так же висело слово «задерживается».

На прилавке газетного киоска Иван Анатольевич увидел тонкий глянцевый журнал «Светоч», первый номер печатного органа ПОЧЦ с портретом Светика в венке из васильков на обложке. Остановился в раздумье, но не стал покупать и даже пролистывать. Всякое напоминание о ПОЧЦ мгновенно портило настроение. Зубов предчувствовал, что участие в этой авантюре не только подорвет репутацию его уважаемого шефа, но серьезно усложнит работу службы безопасности. Инициатор создания ПОЧЦ Тамерланов, личность более чем сомнительная, правит своей степью как какой-нибудь древний восточный деспот, у него там даже не феодализм. Рабовладение. Наркотиками торгует. Дикая трава кхведо растет в степи буйно, сама собой, как у нас крапива. Чем больше ее косят, тем гуще вырастает. На черном рынке ценится выше конопли.

«Партия общечеловеческих ценностей. Тоже мне, борцы за нравственность, — ворчал про себя Зубов, — лучистое сиянье доброты. ЛСД. Издевательство. Гадость».

Когда он вернулся в кафе, старик держал во рту сигарету из его пачки и тщетно щелкал зажигалкой.

— С ума сошли? — Иван Анатольевич выдернул сигарету, сломал, кинул в пепельницу.

— Ладно тебе, — Агапкин виновато улыбнулся, — сам дымишь, по пачке в день. Ну что, мы полетим когда-нибудь?

— Никто не знает. Пурга.

Старик пожевал губами, собрал ложечкой остатки мороженого, облизнулся и произнес задумчиво:

— Тогда тоже была пурга.

— Когда тогда?

— В марте двадцать девятого года. Обычно в степи перед весной ветра бешеные, и если снег, то обязательно пурга. Видишь, как странно. Пятое марта двадцать девятого — самый ужасный день в моей жизни.

— Почему?

— Не скажу.

— Ну, как хотите, — Зубов пожал плечами.

— Зато пятое марта пятьдесят третьего — самый счастливый. А сегодня, между прочим, четвертое марта. Вот и не верь после этого в нумерологию.

В отличие от нервного Зубова, старик выглядел спокойным и расслабленным, пребывал в лирической задумчивости.

— Самый счастливый день — это когда Сталин умер? — спросил Иван Анатольевич.

— Мг-м. Потом, конечно, было девятое число, жуткие похороны, тысячи искалеченных, раздавленных насмерть. Бездна приоткрылась, чтобы принять назад свое исчадье, вздулся гигантский пузырь темной энергии, не могло обойтись без жертв. Но все равно это был конец. Создать адекватную замену так и не удалось. До сих пор нет ни идеи, ни человекоорудия. Время уходит, терпение иссякает.

— Чье терпение?

Вместо ответа старик указал пальцем вниз, на плиточный пол.

— Федор Федорович, я не понимаю, о чем вы, — Зубов протянул руку к пачке сигарет, хотел закурить.

Но Агапкин тоже протянул руку, и Зубов не стал закуривать.

«Этак я брошу, — сердито подумал Иван Анатольевич, — я ведь не могу позволить ему, вдруг у него приступ случится от первой затяжки?»

— Ладно, кури, я не претендую, — Агапкин улыбнулся, — это действительно нелепо в моем возрасте.

– Ну, так чье все-таки терпение? – повторил Зубов свой вопрос и щелкнул зажигалкой.

Старик досадливо поморщился, махнул рукой.

– Ваня, ну что ты пристал? Сам все отлично понимаешь. Не хочу я называть эту пакость по имени, тем более перед полетом. К тому же имен много, не знаю, какое выбрать.

– Ладно, хорошо, допустим, я понимаю. Но почему вы думаете, что там, – Зубов повторил жест старика, указал пальцем вниз, – существует такое понятие, как терпение?

– Еще как существует! Ждать там умеют. Отсрочку могут дать. Но всему есть предел. Даже самая совершенная модель приходит когда-нибудь в негодность.

– Модель?

– Да. Если хочешь, можно назвать это биороботом. Или вот, сейчас модно говорить о клонах. Хотя в данном случае определение не подходит. Химерный организм, химера. Так, пожалуй, вернее. Он создан из мрака и должен туда вернуться.

– Погодите, – Зубов раздраженно сморщился, – вы сейчас кого имеете в виду? Уж не господина ли Хота? Я никогда не видел его, но, по рассказам Сони, мне представляется вполне реальный пожилой мужчина, долговязый, рябой, с толстым пузом. Какая же он химера?

Но старик больше не слушал, ушел в свои мысли, отвечать не собирался и понес какую-то полнейшую несуразицу:

– Нет, он в конце концов согласится... Первое, второе... Должно быть хорошее эхо... Что, если вздуется пузырь?

Иван Анатольевич решил ничего не уточнять, ему смертельно надоели иносказания, недомолвки, намеки, насмешки, если не понимаешь с полуслова.

– Девятый час, – заметил он, слегка постучав ногтем по стеклышку часов, – идемте в бизнес, там диваны, вы поспите. Даже для меня подъем в половине пятого утра — это тяжеловато.

Агапкин зевнул, пожевал губами.

— В степи, стало быть, начало двенадцатого. Ладно, до полуночи времени достаточно.

Он опять задумался, вздыхал, хмурился, качал головой, иногда зевал, прикрывая свою фарфоровую пасть ладошкой.

— Федор Федорович, мы пойдем в бизнес? — спросил Зубов через несколько минут, едва сдерживая раздражение.

— Нет, здесь лучше, — невозмутимо улыбнулся Агапкин. — Мне на людей интересно поглазеть, и спать я не хочу нисколько. К тому же вот объявляют посадку. Подъем, чекушник.

Ивана Анатольевича задело, что старик, хоть и углубился в свои причудливые размышления, однако первым расслышал в невнятном бормотании радиоголоса номер их рейса. Пока шли к самолету, Федор Федорович продолжал зевать.

— Прилетим, отоспимся в гостинице, — сказал Зубов.

— Не надейся. Сразу поедем к развалинам. Мы же не забавы ради рисовали схему лабиринта. Вот она очень нам пригодится, эта схема.

Зубов, несмотря на полусонное состояние, все-таки разозлился и нарочито вежливо произнес:

— Федор Федорович, вы затеваете какую-то хитрую операцию. Объяснять мне ничего не желаете. Могу я задать самый элементарный вопрос?

— Можешь.

— На чем мы поедем к развалинам?

— На машине.

— На такси?

— Нет. Ни один таксист ехать туда не захочет. Ты сядешь за руль.

— Отлично! А где, позвольте спросить, мы добудем машину? Там, я знаю, проблема с ренткарами!

– Не твоя забота, машина будет, я уже договорился.

– С кем?

– С хозяином гостиницы.

– Хорошо, допустим. Но вы забыли, что развалины теперь охраняемый объект.

– Ничего, у меня там дворник знакомый.

Иван Анатольевич так и не понял, была это очередная шутка или старик действительно рассчитывал проникнуть на охраняемый объект с помощью знакомого дворника. Он пытался спросить, уточнить, но тщетно. Едва опустившись в кресло в салоне первого класса, Агапкин заснул и спал крепко, как дитя, до самой посадки.

* * *

Мюнхен, 1922

Ровно в пять Федор постучал в дверь княжеского номера. Никто не ответил. Он спустился вниз и узнал у портье, что господин Гурджиев никуда из отеля не уходил.

«Все еще дрыхнет, – решил Федор, – ну и славно, пообедаю спокойно, авось появится через полчасика».

Обеденный зал был маленький и почти пустой. Стены украшали морские пейзажи в толстых золоченых рамах, возле посудного шкафа стоял, прислоненный к стене, огромный ржавый якорь. За барной стойкой дородная девица в детской матроске лениво щелкала костяшками счетов. В камине пылал огонь. Занято было всего два столика. Ни на кого не глядя, Федор сел у окна, спиной к залу, принялся изучать меню. Заказал жареную свинину с картофельным пюре и кружку светлого пива.

Он отлично выспался, с удовольствием принял горячий душ, побрился новеньким безопасным лезвием. Берлинские страхи рассеялись. Федор заверил себя, что здесь, в Мюнхене, слежки и провокаций быть не должно. Никто не знает, куда они с князем уехали. Пусть теперь ищут его в Берлине люди Радека и прочие любопытствующие.

Моросил дождь. За окном открывался вполне обыденный пейзаж. Ствол дерева, угол дома, витрина бакалеи, силуэт кошки в окне над витриной. Но сквозь дымку дождя, в нежном сумеречном свете, все казалось чудесным, одушевленным, словно пейзаж был только что написан неведомым художником, еще не просохли краски, и Федор — единственный зритель этого маленького мгновенного шедевра.

Проехал мальчик на велосипеде, прошла старушка под черным зонтом, кошка спрыгнула с подоконника, гуще полил дождь, пейзаж изменился, и почему-то стало грустно, что вот такое сочетание линий, красок, бликов, капель на стекле никогда больше не повторится. Федор оторвал взгляд от окна, оглянулся. Через зал прямо к нему шагал князь.

— Что ж не разбудил меня, дорогой?

Веки его распухли, мешки под глазами стали темней и тяжелей, на мятых щеках чернела двухдневная щетина. Под пиджаком все та же лиловая сатиновая сорочка, но теперь появился галстук, синий, с зеленой искрой.

— Я стучал, вы не ответили, — сказал Федор.

Князь громко отодвинул стул, уселся, небрежно пролистал книжку меню, отбросил в сторону.

— Слушай меня внимательно. Я буду знакомить тебя с доктором Крафтом, ты сиди и молчи.

— То есть как?

— А вот так. Молчи, будто ты глухонемой. Можешь улыбаться. Но ни слова, ни звука. Откроешь рот только по моей команде. Понял?

— Нет.

— Напрасно не понял. Это важно для тебя. Если хочешь выполнить задание, ты должен мне полностью доверять и подчиняться.

Федору захотелось крикнуть князю что-нибудь грубое, оскорбительное, стукнуть кулаком по столу, встать и уйти. Но он сдержался и послушно кивнул.

Девица в матроске принесла кружку пива, спросила князя, что он желает заказать. На своем ломаном немецком он попросил порцию белых баварских колбасок. Девица сказала, что колбасок нет, предложила свиные ножки, гуляш, суп. Но князь настаивал на колбасках, потребовал сию минуту отправить кого-нибудь в мясную лавку.

Девица была терпелива, хорошо воспитана, однако скоро между ней и князем стал вибрировать воздух, голоса зазвучали громче, раздраженней, наконец она не выдержала, тихо, сквозь зубы, выругалась и удалилась.

Федор не вмешивался, дул на пивную пену, смотрел в окно. И вдруг низкий мужской голос у него за спиной произнес:

– Колбаска не должна слышать, как часы бьют полдень. Разве вы не знаете эту старую баварскую поговорку? Белые колбаски здесь принято есть только на завтрак. Мое почтение, господин Гурджиев.

Федор видел доктора Эрнста фон Крафта лишь на фотографиях. Самая поздняя – групповой снимок участников венского конгресса по мозговой хирургии 1913 года. По описанию Михаила Владимировича, Эрни был невысокий, полноватый лысеющий блондин с мягкими неправильными чертами. Серые, глубоко посаженные глаза, круглые щеки, нос большой, слегка курносый, под ним пушистые светлые усы.

Перед отъездом Федор долго через лупу рассматривал лицо Эрни, но не надеялся узнать его при встрече. Однако узнал мгновенно, еще до того, как князь сказал:

– Добрый вечер, господин Крафт. Рад вас видеть. Это Теодор, мой ученик. Он, к сожалению, не говорит ни на одном из европейских языков.

Князь произнес это быстро, бойко, почти без акцента и принялся гипнотизировать доктора многозначительным взглядом. Федор привстал, молча поклонился.

Эрни чем-то неуловимо напоминал Михаила Владимировича. Та же приветливая улыбка, сухое тепло ладони, в меру крепкое рукопожатие, спокойный, доброжелательный взгляд. Внешне два доктора были совершенно не похожи. Эрни полный, круглолицый. Михаил Владимирович выше, худее, седой, но без лысины, и усов никогда не носил.

Князь вдруг стал болтать без умолку, тщательно выговаривал слова, почти не делал грамматических ошибок.

— Тут теплее, чем в Берлине, но идет дождь. Понятное дело, Бавария — это юг, Пруссия северней. Берлин красивый город, но Мюнхен красивее.

Доктор вежливо слушал, рассеянно листал меню, иногда быстро взглядывал на Федора.

— В этом отеле есть душ в каждом номере, хотя дом очень старый, семнадцатого века, — тарабанил князь, словно желал продемонстрировать свои успехи в изучении немецкого языка.

— Да, мне тоже нравится этот отель именно потому, что в каждом номере отличный современный душ, — кивнул доктор, — я всегда останавливаюсь тут, когда приезжаю в Мюнхен.

Вернулась девица, поставила перед Федором тарелку со свининой.

— Ну, фрейлейн, как насчет моих колбасок? — вкрадчиво поинтересовался князь.

— На кухне свежих белых колбасок нет, мясные лавки уже закрыты, — быстро ответила девица.

Князь хотел сказать что-то, но доктор легонько тронул его руку и обратился к девице:

— Моника, будьте любезны, приготовьте для этого господина говяжью отбивную с кислой капустой, а мне, пожалуйста, чашку кофе. Я уже отобедал.

— Хорошо, господин Крафт.

Она удалилась, спокойная и довольная. И странным образом исчезло напряжение, которое так старательно нагнетал князь. Федор принялся за еду. Доктор пожелал ему приятного аппетита и обратился к князю:

— Георгий, судя по тому, как вдохновенно вы рассуждаете о погоде и мучаете бедняжку Монику, ваше исследование еще не готово и вы явились с пустыми руками.

— Мои руки никогда не бывают пусты, — с пафосом заявил князь, — но исследование невозможно закончить быстро, дервиши владеют сакральным знанием, и, чтобы проникнуть в него, требуются многие годы.

— Перестаньте, Георгий, мы с вами это уже обсуждали. Меня интересует вовсе не сакральный, а неврологический аспект, специфика патологий, связанных с так называемым верчением, с ритуальными танцами дервишей. От вас требуются всего лишь некоторые статистические данные, вы уверяли меня, что запросто раздобудете их.

— Эрни, статистика вам ничего не даст. Что такое цифры? Пустая абстракция. Вам нужно понять суть явлений, ощутить аромат древней тайны. Не торопите меня, всему свое время.

— Хорошо, Георгий, я не буду вас торопить, — легко согласился доктор. — Скажите, вы все так же ставите свои замечательные балеты?

— Конечно, я ведь учитель танцев.

— Если я правильно понял, этот мальчик — один из ваших учеников? — доктор посмотрел на Федора и вдруг подмигнул ему.

Федор подмигнул в ответ, улыбнулся.

— Да. Он начинающий, — князь важно кивнул.

— Из какой он страны? На каком языке вы с ним общаетесь?

— Он родом из Италии, у него проблемы с речью. Сильное заикание. Я пытаюсь вылечить его, сейчас в терапевтических целях Теодор должен молчать, — князь потрепал Федора по щеке и под столом больно наступил ему на ногу.

— Господин Гурджиев, я с большим уважением отношусь к вашим методикам, но позвольте заметить, что люди, страдающие заиканием, должны разговаривать как можно больше. Молчание только усугубляет проблему, — мягко произнес доктор, повернулся к Федору и заговорил по-итальянски.

Князь, очевидно, не ожидал этого, он насупился, нервно покрутил перстень на мизинце, глухо, с пафосом произнес:

— У нас с вами разный подход к человеческим недугам, Эрни. Вы лечите тело, я исцеляю душу.

— Георгий, вы же утверждаете, что нет никакой души, — ехидно заметил доктор.

Князь ничего не ответил. Моника принесла еду. Он с жадностью накинулся на говядину. Федор решил воспользоваться паузой, на всякий случай отодвинул ногу подальше от тяжелого княжеского ботинка и обратился к доктору по-немецки:

— Господин Крафт, меня зовут Федор Агапкин, я русский, никогда не был учеником господина Гурджиева, заиканием не страдаю, приехал из Москвы специально, чтобы встретиться с вами.

— Знаете, я почему-то так и подумал, — доктор весело улыбнулся, — господин Гурджиев известный шутник и мистификатор.

— Вся наша жизнь сплошная мистификация, — заявил князь с набитым ртом. — Эрни, говядина отличная, вы оказались правы.

— Я рад, что вам вкусно, Георгий, — кивнул доктор и обратился к Федору: — Итак, ваша фамилия Агапкин и вы приехали из Москвы. Позвольте узнать, кто вы по профессии?

— Врач, хирург.

— Где вы учились?

— Медицинский факультет Московского университета, кафедра мозговой хирургии, — быстро произнес Федор.

Если бы не появилась Моника с двумя чашками кофе, он бы не удержался и ляпнул, что учился у профессора Свешникова. Он заметил, что князь отвлекся от говядины, навострил уши. И еще ему вдруг показалось, что, когда он представился, у доктора изменилось выражение лица.

«Он что-то знает обо мне, — подумал Федор, — он так точно повторил мою фамилию, для немца непривычную, трудно произносимую, и прежде всего спросил, где я учился. Но откуда, от кого он может знать? У Михаила Владимировича давно нет с ним никакой связи. Я нарочно назвал кафедру мозговой хирургии, было бы логично, если бы он сам задал вопрос о профессоре Свешникове. Может, сейчас спросит?»

Доктор отхлебнул кофе, вытащил серебряный портсигар, открыл, размял папиросу, но прикуривать не стал.

— Господин Агапкин, мне бы хотелось о многом с вами поговорить. Меня очень интересует, как сегодня обстоит дело с медициной в России. Я со студенческих лет дружу с некоторыми русскими врачами, их судьба беспокоит меня. У вас ко мне какие-то вопросы медицинского характера, верно?

— Да, конечно. Исключительно медицинского.

— Ну, вот, в таком случае мы с вами обязаны поступить гуманно, избавить господина Гурджиева от наших скучных профессиональных разговоров. Вы дождя не боитесь?

— Я люблю гулять под дождем! — Федор залпом допил свой кофе и вскочил.

— Отличная идея, мы все вместе отправимся гулять в Английский сад, — сказал князь, спешно дожевывая капусту.

— Нет, Георгий, вам не стоит идти с нами. Вы плохо выглядите, простудитесь, не дай бог, я буду чувствовать себя виноватым. — Доктор подозвал официантку: —

Моника, сварите, пожалуйста, для этого господина очень крепкий кофе, чтобы было побольше гущи. Кофейную гущу он обычно ест на десерт.

ГЛАВА ДВАДЦАТЬ ТРЕТЬЯ

Вуду-Шамбальск, 2007

В честь возвращения Йорубы домой из Африки, с сафари, президентский дворец готовился к банкету. Фазиль позвонил с утра в номер и смущенно сообщил, что по распоряжению Германа Ефремовича все приглашенные обязаны соблюдать дресс-код. Мужчины могут явиться только в смокингах, женщины – в вечерних платьях.

– Йоруба знает, что у вас ничего такого с собой нет. Я вас отвезу в специальный бутик, там что-нибудь подберете, напрокат. Банкет сегодня вечером.

Словно по заказу, был солнечный день, без ветра, с оттепелью. В сквере перед отелем расчирикались воробьи, как будто уже наступила весна.

– Доброе утречко. Денек выдался чудненький! – воскликнула администраторша, когда они спустились к завтраку. – Сама природа радуется возвращению нашего дорогого Германа Ефремовича. Без него жизнь идет скучно, сиротливо, а вот приехал, солнышко наше, и погода стала солнечной. Софья Дмитриевна, – произнесла она после паузы уже другим, не восторженным, а интимным тоном, – для вас специально пригласили парикмахера, визажиста. Милости прошу в наш косметический салон.

– Спасибо, я обойдусь, – ответила Соня, стараясь не встречаться глазами с просветленным голубым взглядом.

– Софья Дмитриевна, от всей души советую воспользоваться. Спа, тайский массаж, всего пара часиков, и вы неотразимы, вам позавидуют звезды. А звезд во дворце Германа Ефремовича сегодня будет много. Короче, чисто по-женски, по-дружески очень вам советую воспользоваться.

— Софья Дмитриевна неотразима и без ваших спа, — сказал Дима, — если вам не сложно, пожалуйста, оставьте нас в покое.

— Но как же, Герман Ефремович лично распорядился, чтобы Софью Дмитриевну привели в порядок лучшие мастера. Парикмахер из Парижа, визажист из Берна специально приглашены для обслуживания вип-гостей и прежде всего для вас, Софья Дмитриевна, — продолжала ворковать администраторша, не обращая внимания на Диму.

— Послушайте, если вы сейчас же не испаритесь, мы уйдем завтракать куда-нибудь в другое место. И вообще нам надоел ваш отель. Вы слишком навязчивы. Я непременно поделюсь впечатлениями с Германом Ефремовичем, — спокойно произнесла Соня и решилась наконец прямо взглянуть в сияющие голубые стекляшки.

Администраторша застыла с раскинутыми, приподнятыми руками, как физкультурница на мозаичном панно. Улыбка стала оползать, губы перекосились, по румяным гладким щекам прошла быстрая волнообразная судорога. Сместились, хаотично задвигались лицевые мышцы, точно как это было у горничной Лойго, но вдобавок у администраторши еще и дыбом поднялась желтая челка и раздалось странное, с присвистом, шипение.

Не успев сообразить, что происходит, Дима вскочил и встал между Соней и администраторшей. Рука рефлекторно потянулась к кобуре, спрятанной под широким свитером.

Тихое однообразное шипение превратилось в речевой поток, в страшную, грязнейшую матерную брань, со смертельными проклятиями.

Впрочем, длилось это не более минуты. Руки упали. Лицевые мышцы успокоились, сложились в обычную любезную улыбку. Брань стихла, словно поток втянулся назад, в темное нутро этого интересного существа. Желтая челка плавно опустилась, накрыла узкий лобик. Пятясь задом, бормоча извинения и пожелания от всей души приятного аппетита, приятного дня, чудесного незабываемого вечера, существо удалилось, исчезло за стойкой бара.

— Пойдем отсюда, позавтракаем в кафе, — сказала Соня.

Они молча поднялись в номер, оделись. Дима повесил Сонину сумку с ноутбуком на плечо, и только когда они вышли из отеля, спросил шепотом:

— Что это было?

— Не знаю, — также шепотом ответила Соня, — впрочем, догадываюсь. И ты догадываешься, но боишься себе признаться. Кстати, я такое уже видела. У твоей подружки горничной Лойго с лицом происходило примерно то же. Правда, волосы дыбом не вставали и проклятий она не изрыгала.

Машина уже ждала. Дима попросил шофера отвезти их в какое-нибудь кафе, где можно позавтракать.

— А, все-таки достала вас мадам Эльза, испортила аппетит, — сочувственно заметил Фазиль, трогаясь с места.

— Мадам Эльза? — переспросила Соня. — Это кто?

— Администраторша. Жуткая баба. Весь город знает, что она ведьма. И у отеля репутация сомнительная. Хоть он и самый тут шикарный, а вот пусто в нем. Недавно швейцарец повесился, в люксе, на пятом этаже. Такой вроде бы здоровый, жизнерадостный мужчина. Пьер де Кадо. Я возил его. У Йорубы были с ним какие-то дела по бизнесу, он прожил тут неделю и вдруг ни с того ни с сего повесился на поясе от банного халата. Только это сугубо между нами.

— В люксе на пятом этаже, меня как раз там поселили, — пробормотала Соня.

Дима тут же вспомнил странное ночное видение, администраторшу в зеркале, с толстой белой веревкой в руке. Веревка была поясом от халата. Администраторша улыбалась и как будто протягивала Диме этот белый пояс.

— Расследование проводилось? — спросил он.

— А как же! Все чин чином, из швейцарского посольства представители приехали, личный адвокат покойного. Де Кадо был миллионер, между прочим. Вот сто пудов, это Эльза сделала.

— Что? Убила его?

— Ну нет, петлю из халатного пояса она ему на шею не накидывала, стул из-под ног не вышибала. Она вообще в номер не входила и пальцем к нему не прикасалась. Но все равно, считай, убила. Заворожила. Навела на него тоску смертную. Это она умеет. В девяностые у нее был элитный салон магии. Эльза помогала бизнесменам решать всякие проблемы с конкурентами, кредиторами. И всегда все чисто. Не придерешься. Самоубийства, несчастные случаи.

— Почему же она бросила свой успешный бизнес? — спросил Дима.

— Да потому, что клиенты ее тоже долго не жили. Все, кто к ней обращался, потом спивались, садились на иглу либо крыша ехала так, что брал человек и убивал свою семью, жену, детей. А вот вам и кафешка. Тут хорошо кормят и кофе варят, как в Италии. Сын хозяина мой одноклассник.

— Фазиль, пойдемте с нами завтракать, — сказала Соня.

— Спасибо, не откажусь.

В кафе было пусто и почти темно. Окна закрыты плотными вишневыми шторами.

— А тут почему никого нет? — спросил Дима.

— Дорого. Да и не принято у нас утром в кафе кушать. Только вечером или когда праздник какой-нибудь. Ну, если честно, плохи дела. Скоро им вообще придется продать бизнес. Ладно, вы садитесь, сейчас вам завтрак организуем, лучше, чем у Эльзы, в сто раз!

— Я соберу твои вещи, тебе не надо больше заходить в этот отель, — сказал Дима, когда они остались вдвоем за столиком.

— Ночевать где будем? В зоне, у развалин? — спросила Соня.

— Да хотя бы и там. Лишь бы не в отеле.

— Мг-м, ночью, после банкета, из президентского дворца, ты в смокинге, я в вечернем платье, поедем в степь?

— Ничего страшного. После банкета переоденемся в нормальную свою одежду, Фазиль нас отвезет.

— Ладно, это не наши проблемы. Я просто позвоню Кольту.

— Бесполезно. У него отключены оба телефона.

— С охраной не хочешь связаться?

— Уже связался. Валера Кожухов заболел, температура тридцать девять, ангина.

— Да, я заметила, ему еще в самолете было плохо. А второй? Забыла, как его зовут.

— Денис Нестеренко. Шеф рано утром отправил его в аэропорт, встречать Светика.

— Светик, дочка Петра Борисовича, которая на обложке в васильках, «лучистое сиянье доброты»?

— Она самая. Заслуженная артистка России. Балерина, киноактриса, писательница. Теперь, оказывается, еще и политик. Денис рассказал мне последнюю новость. Светик скоро станет депутатом Думы от Партии общечеловеческих ценностей.

Подошел Фазиль вместе с маленьким пухлым юношей в строгом сером костюме.

— Вот, знакомьтесь, Рустамка, мой друг.

Рустамка смотрел на Соню и смущенно улыбался. Он выглядел значительно младше Фазиля. Лицо у него было совсем плоское, круглое и белое, как полная луна. Глаза узкие, как две темные трещинки. Густые смоляные волосы подстрижены бобриком. Он очень хотел сказать что-то, но у него получилось только «Д-д-добр...», он смутился еще больше и быстро заговорил по-шамбальски.

— Рустамка, когда по-русски говорит, сильно заикается, — объяснил Фазиль, — он хотел сказать вам «доброе утро». И еще, он предлагает, если вы решили от Эльзы съехать, тут при кафе маленькая частная гостиница, всего семь номеров. Можете жить, сколько хотите, два номера в вашем распоряжении.

Рустамка радостно закивал, заулыбался, и ему удалось произнести, с большим усилием:

— П-п-переезжайте с-с-сегодня! — и заговорил по-шамбальски.

Фазиль слушал, кивал, улыбался, хмурился. Соне показалось, что в монологе Рустамки несколько раз прозвучало имя Дассам.

Явился официант, огромный детина с лицом фарфорового китайского болванчика. Стол заполнился немыслимым количеством еды. Рустам замолчал на полуслове, Фазиль почему-то не стал ничего переводить при официанте.

— Рустам, зачем столько всего? Мы же лопнем, — сказала Соня.

— Не обижайте его, все съедать вовсе не обязательно, но отказываться, когда подают на стол, нельзя, — быстро прошептал ей на ухо Фазиль. — Попробуйте, это наше национальное блюдо, жареный сыр из кобыльего молока, — произнес он громче, — надо вот так, в лепешку завернуть.

Он принялся показывать, как едят жареный сыр. Рустам отошел, не сказав больше ни слова. И только когда исчез официант, Фазиль стал объяснять шепотом:

— У нас активно давят малый бизнес, отец Рустамки с трудом держится, его заставляют брать на работу, кого он не хочет. Вообще-то это очень давняя история.

Тут, в степи, идет вечная война двух кланов, все люди делятся на вудутов и шамбалов. Я шамбал, Рустам шамбал. А вот этот парень, официант, вудут. И Йоруба тоже вудут.

— Фазиль, а при чем здесь малый бизнес? — спросила Соня.

— Да при том, что Йоруба вудут, значит, шамбалы — люди второго сорта. Не только в бизнесе, везде. Я, между прочим, окончил факультет иностранных языков пединститута в Уфе, по-английски, по-французски болтаю свободно. Но учителем в школу меня не возьмут, хотя учителей не хватает. Потому что я шамбал. Вот в обслугу, шофером — пожалуйста. Йорубе нужен шофер с иностранными языками, к нему часто приезжают зарубежные гости.

— Но шофер Йорубы, наверное, получает больше, чем школьный учитель? — спросил Дима.

— Да, больше, и я терплю, потому что у меня родители старые, жена и маленький сын. Но если бы я был учителем, я бы подрабатывал частными уроками, переводами. И кстати, школьные учителя у нас получают прилично. Это политика Йорубы. Он вкладывает деньги в идеологию. Детей могут учить только вудуты. На местном телевидении, в прессе, на радио — вудуты. Шамбала берут слесарем, уборщицей, дворником.

— Как различают, кто вудут, кто шамбал? — спросил Дима.

— По фамилиям. В паспортном номере это закодировано. Да вообще у нас и так все про всех знают.

— То есть шамбалы что-то вроде касты неприкасаемых, как в Индии?

— Нет, это совсем другая система. Изначально вудуты и шамбалы равны, только религии разные. Шамбалы уже пять тысяч лет верят в единого бога, который все сотворил, а вудуты язычники, у них богов много, главный Сонорх, и еще целая куча. За пять тысяч лет ничего не изменилось, хотя в четырнадцатом веке все дружно приняли мусульманство, в двадцатом веке стали коммунистами-атеистами.

— Погоди, ты говорил, у шамбалов Сонорх — главный демон, — напомнил Дима, — как он может быть главным богом у вудутов?

— Вот так, — Фазиль развел руками, — в этом суть проблемы.

— А язык у вас общий, шамбальский, или у вудутов есть свой? — спросила Соня.

— Язык общий, степь общая. Когда-то давно явились жрецы-сонорхи, обратили вудутов в свою веру, а шамбалы не поддались. С тех пор у вудутов все наоборот. Например, вот Хзэ, о котором я вам рассказывал, он у них учитель, пророк.

— Хзэ по-шамбальски рак. Если язык один, как же тогда? — спросила Соня.

— Очень просто. Слово в этом значении не употребляют, и все. Болезни называют по-русски или по-латыни. Врачи теперь только вудуты. А между прочим, шамбалы как раз были всегда самые искусные лекари. Но об этом нельзя вспоминать.

— Что значит — нельзя? — спросил Дима.

— То и значит. Ни культуры, ни письменности, ни мифологии как бы не существовало. Старики, вроде Дассама, что-то еще помнят.

— То есть был когда-то шамбальский алфавит?

— Конечно. Не всегда же мы пользовались кириллицей. Был алфавит, пять тысяч лет назад, а может, и еще раньше. Писали на глиняных табличках, потом на эбру, вроде египетского папируса, делали из растения какого-то, но секрет утерян. И самих эбру не осталось. Все забрали сонорхи.

— Может, в раскопках что-то обнаружится?

— Не знаю, вряд ли. Остановился маятник.

— Какой маятник?

— Ну, раньше было какое-то движение, что-то менялось. Вудуты и шамбалы воевали, мирились, опять воевали, то одни побеждали, то другие. Маятник качался, а сейчас остановился. Девяносто лет вудуты наверху, шамбалы внизу. Остановился маятник.

— Почему? — спросила Соня.

Фазиль как будто не услышал вопроса. Узкие глаза смотрели сквозь Соню.

— Фазиль, — окликнул его Дима, — но у вас тут живет много ссыльных, из России, из Прибалтики. Они тоже делятся на вудутов и шамбалов?

— Не все. Только если женятся или замуж выходят за местных. — Он поднялся. — Ладно, пора нам. Ждут в бутике. Банкет начинается рано, надо вещи ваши забрать от Эльзы. Пусть пока у меня в багажнике полежат.

— Нам счет не принесли, — сказал Дима.

— Какой счет? Вы гости! Не обижайте Рустамку, у него и так проблемы.

Рустамка вышел проводить их.

— Б-б-буду ждать в-в-вас, к Эльзе н-не в-возвращайтесь. — Он собирался сказать что-то еще, но не получилось или не захотел, потому что за спиной у него маячил официант с лицом китайского болванчика.

* * *

Мюнхен, 1922

Дождь затих, но сильно похолодало, ветер рвал из рук огромные черные зонты, которые Федор и доктор Крафт позаимствовали в отеле. Деревья вдоль аллеи скрипели, клонились, с голых веток в лицо летели брызги.

— Я узнал о вас от генерала Данилова, зятя Микки, — сказал доктор. — В Берлине за вами следили люди из «Ледового похода». Слышали о такой организации?

— Да, конечно. Данилов — один из ее руководителей.

— Вот потому они вас и вели. Можно сказать, охраняли. Там еще были наблюдатели, один явился к вам в пансион. Он работает на ЧК. Видите, как много я о вас знаю, — доктор улыбнулся, — это все Павел. Он чудесный человек, умница, рвется воевать с большевиками... Ладно, у нас не так много времени. Расскажите мне о Микки.

— Михаил Владимирович написал вам письмо. Но дело в том, что люди, которые меня сюда отправили, они не знают... Не должны знать... — Федор запнулся и почувствовал, что краснеет.

Доктор тронул его плечо и ободряюще улыбнулся.

— Люди, которые вас отправили, интересуют меня значительно меньше, чем Микки. Ну, где же письмо?

— Я не решился везти его через границу, выучил наизусть.

— И можете пересказать дословно?

— Попробую. — Федор остановился, стал поправлять согнувшуюся спицу зонта.

Руки слегка дрожали, он то и дело оглядывался, прислушивался к шуму ветра, скрипу стволов, шороху веток.

— Закройте зонт, дождь кончился. Не волнуйтесь, мы тут с вами одни.

— «Дорогой Эрни...» — Федор глубоко вздохнул, откашлялся и прочитал все письмо, от начала до конца, без запинки.

Доктор шел рядом, низко опустив голову, слушал молча и потом продолжал молчать еще несколько минут. Достал портсигар, протянул Федору. Ветер задувал спички.

— Вон там беседка, внутри должны быть скамейки. Пойдемте, там по крайней мере сухо и не так дует.

Посреди лужайки, на пересечении аллей, возвышалось круглое сооружение неоклассического стиля, с толстыми ободранными колоннами.

— Ответ я напишу, но, конечно, не сразу, — сказал доктор, усаживаясь на каменную скамью. — Микки задал непростой вопрос, мне нужно подумать.

Федору удалось наконец зажечь спичку.

– Сколько вам лет? – внезапно спросил доктор.

– Тридцать два.

– Советую отрастить бороду. Вам с трудом дашь двадцать.

– Спасибо.

– Вы не дама, и это не комплимент. Когда я увидел вас в обеденном зале, заподозрил подвох. От Гурджиева можно всего ожидать. В первую минуту мне показалось, он дурачит меня, вместо Федора Агапкина, с которым я собирался встретиться в Берлине через пару дней, притащил сюда в Мюнхен какого-то глухонемого юношу. Ладно, выкладывайте, чего хочет от меня господин Ульянов?

– Ему кажется, что вы знаете, чем он болен. Вернее, почему он болен и сколько ему осталось. На самом деле отправил меня к вам не он, а Глеб Бокий и поручил задать вам именно эти два вопроса: почему и сколько?

– Бокий? Юный мистик, мечтавший найти в Монгольских степях трон Чингисхана? Кто он теперь, этот юноша? Видный чекист?

– Он возглавляет спецотдел. Шифры, техническое оборудование. Он порядочный человек. Возможно, из всех них он единственный, кто искренне привязан к Ленину и никогда его не предаст.

– Порядочный человек, – доктор усмехнулся в усы. – Откуда эта странная идея использовать Гурджиева как посредника?

– Видимо, других вариантов у Бокия не было. Он пытался обеспечить полную секретность.

Доктор долго смеялся, даже слезы потекли. Он погасил папиросу, достал платок, промокнул глаза, усы, высморкался и пробормотал:

– На самом деле ничего смешного. Извините. Для вас, русских, все это весьма печально. Да и для нас, немцев, тоже. Что, господин Ульянов действительно так плох?

Федор принялся подробно рассказывать о болезни Ленина, но Крафт остановил его:

— Симптоматика мне известна. Меня интересует ваша оценка его дееспособности, сохранности интеллекта. Деменции нет у него?

— Нет. Он в здравом уме.

— В здравом уме, — медленно повторил Крафт. — Тогда почему он до сих пор не догадался?

— О чем?

— Федор, вы латынь хорошо помните?

— Ну, в общем, неплохо.

— Как бы вы перевели слово «ленио»?

Федор застыл с горящей спичкой в руке. Огонек обжег пальцы. Он дунул, выронил обгоревшую спичку, поднес пальцы к губам и прошептал:

— Ленио... кажется, сводник, совратитель.

— Совершенно верно. — Доктор взглянул на часы и поднялся. — Пожалуй, нам пора. Пойдемте.

Федору даже не пришло в голову спросить куда. Он шел рядом с доктором по мокрой пустой аллее. Дождь кончился, небо расчистилось, утих ветер, опустились холодные спокойные сумерки. Несколько минут шли молча, наконец доктор сказал:

— До того как господин Ульянов стал Лениным, у него было множество кличек. Их он придумывал сам. Ильин, Тулин. Когда я с ним познакомился, кстати, это произошло именно тут, в Мюнхене, в девятьсот первом, он жил под странным именем Иордан К. Иорданов. Лысеющий молодой человек разъезжал по Швабингу на велосипеде, с ума сходил от Вагнера и Бетховена, брал дешевые уроки немецкого, страдал головными болями и желудочными неврозами. Я в то время сочувствовал социал-демократам. Эмигрантов, гонимых за идею, лечил бесплатно. Я предупреждал Ульянова еще тогда, что он слабоват для этих экспериментов.

— Политических? — осторожно уточнил Федор.

— Скорее, медицинских. Господин Ульянов был одержим жаждой власти и привлек к себе внимание определенных сил, у которых острый нюх на одержимость подобного рода. Мечтателю объяснили, что для исполнения мечты нужны сверхчеловеческие способности, и предложили пройти ряд сложных, довольно мучительных процедур, направленных на пробуждение спящих зон мозга. Он согласился. Прошел инициацию, принял имя Ленин, не задумываясь над смыслом. Между тем данное ему имя являлось предупреждением. Сводник — фигура переходная, временная, но никак не главная.

— Инициацию? — ошеломленно переспросил Федор.

Доктор поправил шляпу, плотнее замотал шею шарфом.

— Ну, давайте назовем это специальной обработкой, глобальным изменением личности. Используются сложные методики, известные еще с глубокой древности. Галлюциногены, гипноз, разного рода ритуальные упражнения, направленные на жесткую стимуляцию определенных зон мозга и всей нервной системы. Мне приходилось сталкиваться с печальными последствиями такой обработки. Мозг не выдерживает.

— Но кто, кто они? Кого вы разумеете под «определенными силами»?

— Скажем так, гости из огромной и мощной державы, которой нет на карте. Многочисленным ее обитателям жизненно необходимо постоянно повышать уровень зла и страдания здесь, на земле. Наше зло и страдание — их пища. Держава эта не скрывает своих целей, действует совершенно открыто. Ко второй половине девятнадцатого века нашим гостям удалось настолько огрубить и упростить сознание миллионов людей, что секретности, конспирации теперь вовсе не нужно. Мы заколдованы материализмом. Нынешний материализм — это колоссальный, глубоко продуманный и тщательно организованный магический акт.

— Вы сказали — гости. Наверное, непрошеные?

— Нет. Они не могут явиться без приглашения, но это не проблема. Всегда есть, кому позвать их.

Парк давно остался позади. Федор и доктор шли по людным вечерним улицам. Стемнело, зажглись фонари. Двери кондитерских и пивных то и дело открывались, впуская вечерних посетителей. Внезапно доктор остановился, принялся шарить по карманам.

— Беда. Я забыл очки. Федор, прочитайте, пожалуйста, что написано на вывеске, у перекрестка. Вон той, самой ободранной и тусклой.

— «Киндкеллер». Лучшее пиво в Баварии.

— А, значит, мы уже пришли. Все вопросы потом. Смотрите, слушайте, запоминайте.

В просторном зале пивной «Киндкеллер» происходило нечто вроде собрания или митинга. Зал был битком набит шумной подвыпившей публикой. Лавочники, рабочие, молодые подмастерья, мелкие чиновники и множество людей в баварских национальных костюмах. Деревянные широкие лавки у огромных столов все были заняты, сесть и даже встать оказалось совершенно некуда. От табачного дыма и кислого пивного перегара щипало глаза.

— Не отставайте, держитесь за меня, — сказал доктор и стал протискиваться сквозь толпу.

В глубине зала возвышался деревянный помост. Справа от него стоял небольшой стол, за ним сидело несколько молодых людей с блокнотами, рядом крутились фотографы.

Доктор продвигался влево, иногда кому-то кивал, отвечал на приветствия.

— Добрый вечер, господин Розенберг! Мое почтение, господин Эккарт! Здравствуйте, Карл! Рад вас видеть!

Люди, с которыми он здоровался, резко выделялись из простонародной шумной толпы. Розенберг — холеный молодой блондин, бледный, с умными серыми глазами и аскетически сжатым тонким ртом. Эккарт — лысый жирноватый старик, совершенная развалина, но с явными следами интеллекта на испитом отечном лице.

Тот, кого доктор назвал Карлом, человек лет пятидесяти, высоколобый, с большим горбатым носом, выглядел как классический университетский профессор. Именно к нему и направился доктор вместе с Федором.

Слева от помоста, у прохода во внутренний коридор, стояло несколько стульев. Эрни представил Федора как своего студента из Берлина, русского происхождения. Фамилия Карла была Хаусхофер. Он действительно оказался профессором, преподавал геополитику в Мюнхенском университете. Рядом с ним сидел сумрачный молодой брюнет с квадратным лицом и необыкновенно широкими черными бровями. Он был студентом Хаусхофера, звали его Рудольф Гесс.

Кельнер принес еще стул и табуретку.

— Адольф уже здесь, вы как раз вовремя, Эрни, — сказал Хаусхофер.

Едва успели сесть и обменяться несколькими словами, пивная взорвалась аплодисментами. Федор заметил, что одно место рядом с Хаусхофером осталось свободным. На стуле лежала черная фетровая шляпа.

Аплодисменты нарастали. На помост поднялся невысокий узкоплечий мужчина в темном костюме. Лицо его было изможденным, озабоченным, прядь прямых тускло-каштановых волос косо падала на лоб. Над губой темнел аккуратный квадратик усов. Федор подумал, что это работник пивной, явился подготовить помост для выступления какого-то важного оратора. Но мужчина остановился у края, посередине, выпрямился, слегка прогнулся назад, сложил руки у причинного места и принялся молча оглядывать зал бледно-голубыми навыкате глазами.

— Адольф, — страстно выдохнул Гесс.

— Адольф Гитлер, — прошептал Эрни Федору на ухо. — Когда будет говорить, обернитесь украдкой, понаблюдайте за лицами в аудитории.

Гитлер просто стоял и смотрел. Аплодисменты медленно угасали, уже никто не кричал, стих звон пивных кружек, перестали двигаться по залу кельнеры. Еще звучали какие-то поскрипывания, покашливания, шепоток.

Федор на секунду отвлекся, из глубины коридора послышался звук спускаемой воды, на цыпочках, спешно застегивая пуговицу брюк, явился князь, занял свободный стул, шляпу положил на колени.

Гитлер дождался абсолютной тишины и заговорил, сначала спокойно, даже как будто виновато стал описывать печальное положение Германии с ноября восемнадцатого года. Крах монархии, унизительный Версальский мир, безработица, крушение надежд. Он покритиковал кайзера за слабоволие, обвинил поборников Веймарской республики в том, что они потакают требованиям победителей, которые оторвали у Германии все, кроме могил погибших на войне.

В сущности, он ничего нового не рассказывал людям, набившимся в пивной зал. Но они слушали как завороженные. Он шире расставил ноги, принялся жестикулировать, голос его набирал силу. Он заговорил о патриотизме и национальной гордости, обругал спекулянтов, наживающихся на дефиците, поведал, как они истратили огромную сумму в иностранной валюте на импорт апельсинов из Италии для богатых, в то время как половина населения Германии на грани голода.

От спекулянтов и черного рынка он перешел к евреям-торговцам, которые наживаются на народном горе. От евреев переключился на коммунистов и социалистов, которые стремятся разрушить немецкие традиции. Пообещал аудитории, что немецкий народ скоро избавится от всей этой нечисти. Начал фразу тихо, а последние слова истерически проорал.

Тембр голоса, интонации, скачки от полушепота к воплю, резкая жестикуляция — все это казалось тщательно продуманным, отрепетированным.

Зал замирал в благоговейном молчании, взрывался аплодисментами, захлебывался восторгом, опять замирал.

Гитлер воспользовался очередным несмолкающим шквалом аплодисментов, достал платок, промокнул вспотевший лоб, наклонился, взял протянутую ему снизу чьей-то услужливой рукой кружку пива, сделал несколько глотков. Это чрезвычайно умилило аудиторию, вызвало новую бурю оваций.

Отдых закончился, Гитлер властным жестом потребовал тишины. Федор оглянулся. Таких зачарованных, застывших лиц он не видел в России даже на самой высокой митинговой волне. Так не слушали никого. Ни Троцкого, ни Свердлова, ни тем более Ленина. Разве что Керенского, когда он только начинал свою короткую политическую карьеру.

Между тем Гитлер опять занялся евреями. Заявил о международном заговоре, цель которого — разрушить европейскую цивилизацию с помощью капитализма и большевизма, рассказал о «Протоколах сионских мудрецов» как о подлинном секретном документе.

Речь теперь походила на лай крупного энергичного пса, фразы стали короткими, рублеными, и каждую он сопровождал резким жестом правой руки, словно бил, добивал, уничтожал невидимого врага.

— Мы возродим великий дух немецкого народа! Германия должна быть свободна!

Зал изнывал в экстазе, кружки ритмично стучали о столы. В течение всего долгого выступления никто даже закурить не решился, и воздух в пивной стал прозрачным.

— Германия, проснись! — этот последний возглас прозвучал, как удар хлыста.

Зал взвыл, завизжал. Особенно страшно было смотреть на женщин, многие рыдали и тянули руки к деревянному помосту.

«Это не мюнхенская пивная, не Германия, не двадцатый век. Это нечто древнее, первобытное, — думал Федор, — жрецы, магия, человеческие жертвоприношения».

— Карл, но мне действительно пора, рано утром я возвращаюсь в Берлин, надо хоть немного поспать, — донесся до него голос Эрни.

Гитлер вытирал мокрое бледное лицо, к нему на помост поднимались какие-то люди, и скоро он исчез за их спинами. Князь шептался с развалиной Эккартом и вел себя так, словно ни с Крафтом, ни с Федором не знаком.

Наконец выбрались на улицу, несколько кварталов прошли молча. Федор чувствовал себя совершенно разбитым. Говорить не хотелось. Улицы Мюнхена, опустевшие, спокойные, были сказочно красивы в фонарном свете.

Наконец доктор нарушил долгое молчание и тихо произнес:

— Тот самый лупоглазый австриец, о котором спрашивал Микки. Он так и не поступил в Венскую академию художеств.

ГЛАВА ДВАДЦАТЬ ЧЕТВЕРТАЯ

Вуду-Шамбальск, 2007

В аэропорту Федор Федорович, опираясь на руку Зубова, уверенно затопал к выходу. Он отлично выспался, глаза блестели, спина выпрямилась, походка стала легче, тверже.

— Единственная во всем городе гостиница, где хозяин шамбал, — гордо сообщил он Зубову. — С трудом нашел такую, тут все давно уж вудутское.

— Есть разница?

— Для нас — да. Нам сейчас лучше с вудутами дел не иметь.

— Разве это не одно и то же, вудуты, шамбалы?

— Это совсем не одно и то же, Ваня. По сути, это две разные цивилизации.

Багаж они не сдавали, две небольшие дорожные сумки висели на плече Ивана Анатольевича. Как только вышли в зал прилетов, Зубов увидел молодого человека с плотным листком бумаги с аршинными буквами: «Агапкин».

Юноша был местный уроженец. Плоское круглое лицо, узкие щелочки глаз, черный густой ежик волос. Старик направился прямо к нему.

— Привет, я Агапкин. Вы Рустам?

— Зд-д-равствуйте, к-как д-долетели?

— Отлично. Познакомьтесь. Это Зубов Иван Анатольевич. Это Рустам. Я хорошо знал его прадеда Дакабу.

— Д-дедушка Да р-рассказывал п-ро в-вас, я б-был м-маленький, н-но п-помню. — Рустам взял у Зубова сумки.

Пока шли вдоль стоянки к машине, холодный ветер бил в лицо, выл тоскливо, как живое существо. Впереди лежала бескрайняя белая степь.

— Дедушка Да в двадцать девятом году прошлого века был такой, как ты сейчас, не дедушка вовсе, а молодой человек, обещал стать отличным лекарем, — весело болтал Агапкин, — ты на него похож. Между прочим, Дакабу — настоящее древнее шамбальское имя. Даже в двадцать девятом году такие имена были редкостью, в основном давали мусульманские, — объяснил он Зубову.

Машина оказалась стареньким потрепанным бежевым «Опелем». Старик уселся на переднее сиденье, развернулся к Зубову и сообщил:

— Сейчас едем в гостиницу. Часик передохнем, потом к развалинам. Рустам отвезет нас, ты ни за что не найдешь вход в лабиринт.

— В какой лабиринт?

— В тот самый. Схему помнишь?

— Погодите, но ведь он под землей!

— А ты думал, в небе?

Машина довольно бодро помчалась по степной трассе. Иван Анатольевич с тоской смотрел на монитор своего телефона. Сети не было. Он совсем забыл, что в царстве Йорубы ужасная мобильная связь.

«Но может быть, это, наоборот, хорошо? – подумал Иван Анатольевич. – Иначе я бы вряд ли удержался, позвонил бы Диме».

В последнем своем послании по электронной почте Дима написал, что здесь творится полнейшая чертовщина. На зоне и в гостинице люди Хота, и сам он где-то рядом. В лаборатории каким-то образом оказался старый Сонин ноут, который остался на яхте, куча записок от Хота, в холодильнике пробирки с его кровью. Соня уже сделала анализ, результаты такие, что в двух словах не расскажешь. Соня молчит, иногда как будто леденеет, иногда оживает, но почти ничего не хочет объяснить.

Послание было длинным и сумбурным. Диму, так же как Зубова, очень беспокоило участие шефа в дикой затее с ПОЧЦ. Но все-таки Соня беспокоила его больше. В конце он написал: «Было бы хорошо, если бы Ф.Ф. прилетел сюда, но я понимаю, это совершенно невозможно».

В отличие от Зубова, Дима ко всем мистическим чудачествам старика относился вполне спокойно. Они с Агапкиным легко нашли общий язык.

«Может, потому что Дима – уже другое поколение? – думал Иван Анатольевич. – Им не досталось столько диамата, сколько нам. Им не вдалбливали так старательно, что ни Бога, ни черта не существует. Хотя при чем здесь диамат? Просто Дима терпимей и, наверное, умней меня».

Иван Анатольевич смотрел в окно, на белую степь. Ему приходилось вместе с Кольтом летать в царство Йорубы, но зимой он тут еще ни разу не бывал. Надо сказать, весьма унылое зрелище. Простыня какая-то.

Старик оживленно беседовал с Рустамом. Прислушавшись, Иван Анатольевич с изумлением обнаружил, что не понимает ни слова, и догадался: они говорят по-шамбальски. Не удержался, спросил:

– Федор Федорович, когда вы успели выучить этот язык?

— Я здесь год жил. Потом еще приезжал несколько раз. Пришлось освоить. В двадцать девятом из местного населения почти никто не говорил по-русски. Недавно я повторил пройденное, материалы экспедиции на самом деле не зашифрованы, они просто написаны по-шамбальски, я их перевел.

— Погодите, разве у шамбалов не кириллица? Я видел тетрадки, там какая-то клинопись.

— У шамбалов свой алфавит, ему больше пяти тысячелетий, но его во всем мире знает человек сто, наверное.

Старик поговорил о чем-то с Рустамом, потом опять повернулся к Зубову.

— Ты извини, Рустаму так легче, он по-русски сильно заикается. Вот он свой алфавит знает. Молодец. Сейчас кое-что переведу тебе. Фазиль, шофер, возит Соню и Диму, одноклассник Рустама. Сегодня утром он привез их к нему в кафе, завтракать. Они решили съехать из шикарного отеля, в который их поселили по приказу Йорубы, и перебраться в гостиницу «Дакабу», как раз куда мы и направляемся. Она принадлежит отцу Рустама.

— Названа в честь прадедушки, вашего знакомого?

— Молодец. Догадался. Слушай дальше. Во дворце сегодня праздник, в честь возвращения Йорубы с сафари. Там будут все. Петр, Соня, Дима, Орлик Елена Алексеевна.

— Ну да, конечно, — спохватился Зубов. — Денис Нестеренко сегодня утром должен был встретить Светика. Между прочим, ваша конспирация висела на волоске.

— Ерунда. Ничего не висела! Великая балерина летает только частным самолетом, и твой Нестеренко встречал ее в другом аэропорту. Учти, если у тебя появится сеть, не вздумай звонить никому, даже Диме.

— А вдруг он сам мне прозвонится? Что, не отвечать?

– Отвечай обязательно, только не говори, где ты.

Гостиница оказалась совсем маленькой, всего семь номеров, два из которых предназначались Соне и Диме.

– Федор Федорович, вы не думаете, что часов в двенадцать ночи они просто приедут сюда ночевать? – спросил Зубов.

– Не думаю.

– Почему?

– Потому что сегодня четвертое марта.

С хозяином гостиницы, отцом Рустама, Федор Федорович говорил тоже по-шамбальски, хотя хозяин вовсе не страдал заиканием и мог отлично говорить по-русски. Зубову показалось, что они давно знакомы. Со старым дедушкой Али, сыном того самого Дакабу, Агапкин обнялся и расцеловался как с родным. В двадцать девятом году Али было пять лет.

Дедушку Али под руки привели прямо в их номер, усадили на диван. Сравнивая двух стариков, Зубов с изумлением отметил про себя, что Агапкин выглядит безусловно моложе.

Обед принесли в номер, хотя имелось большое, совершенно пустое кафе. Иван Анатольевич не стал спрашивать, почему нельзя пообедать в кафе, он устал задавать вопросы. С удовольствием ел жареную курицу и лепешки с местным горячим сыром, пил отличный крепкий кофе.

Хозяин покинул их, и было очевидно, что он отправился исполнять какое-то поручение Агапкина. Они остались втроем с дедушкой Али. Минут десять старики оживленно болтали, не обращая внимания на Зубова. Несколько раз прозвучало имя Михаил. Старый шамбал произносил его довольно четко.

«Не может он, в самом деле, помнить Михаила Владимировича», – подумал Зубов, вышел в маленький холл, открыл окно, закурил. Окно выходило во внутренний двор. Он увидел, что в «Газель» грузят какие-то коробки. За руль сел хозяин. «Газель» уехала.

Вернувшись в гостиную, он застал двух стариков, склоненными над схемой, которую накануне они вдвоем с Агапкиным старательно перерисовывали из старой тетради.

— Али говорит, ничего не изменилось, — сообщил Агапкин, — лабиринт в полном порядке.

— Там должно быть холодно, под землей, — осторожно заметил Зубов.

— Теплей, чем снаружи, ветра нет. А морозец сейчас слабенький, градуса три, не больше, — утешил старик.

Они еще немного посовещались над схемой по-шамбальски. Пришел Рустам, забрал остатки обеда, увел дедушку.

— Может, вы наконец расскажете мне, что мы собираемся делать в этом лабиринте? — спросил Зубов.

Старик скинул тапочки, улегся на диван, руки положил под голову.

— Иван, советую тебе подремать часик, ночь впереди бессонная. Через лабиринт мы проникнем к развалинам. Ты же сам говорил, там закрытая зона. Не волнуйся, идти придется недолго, у Рустама есть хорошие фонари. Надеюсь, ты не страдаешь клаустрофобией?

— Не страдаю.

— Я почему-то так и думал, — старик зевнул. — Ложись, Иван, не маячь перед глазами.

— Федор Федорович, я вам не мальчик, хватит морочить мне голову! — не выдержал Зубов.

Старик приподнялся на локте, посмотрел на него и ласково улыбнулся.

— Иван, я понимаю, я старый пердун, совсем замучил тебя. Ну посуди сам, если я скажу: на развалинах мы будем заниматься магией, тебе ведь не станет от этого легче?

— Какой? Белой или черной? — сипло спросил Зубов.

– Откуда я знаю? По-моему, это одно и то же. Дурацкие игры. Дурацкие, но очень древние. Видишь ли, настал момент, когда я вынужден наконец побеседовать с господином Хотом на его родном языке. Не стану хвастать, что владею им в совершенстве, но некоторые грамматические правила мне известны. Ложись, Иван, отдохни. Что мог, я тебе объяснил.

* * *

Мюнхен, 1922

Федор проснулся от тихого стука в дверь, зажег лампу у кровати. Ходики на стене показывали семь утра.

– Как, вы еще не встали? – удивился доктор Крафт. – Жду вас внизу через двадцать минут. Позавтракаем в поезде.

Федор плохо соображал спросонья. Только под душем он вспомнил, что вчера Эрни сказал ему: «Рано утром мы уезжаем в Берлин, не проспите».

Портье уже выписал счет, Федор вытащил купюры из бумажника и заметил:

– Тут только за один номер и один обед.

– Разве господин занимал два номера и ел два обеда? – улыбнулся портье.

– Нет, но...

– Идемте, таксомотор ждет, – сказал доктор.

Федор, часто моргая, позевывая, вышел из отеля, уселся рядом с доктором на заднее сиденье и, когда автомобиль тронулся, решился спросить:

– А как же князь?

– Насколько мне известно, господин Гурджиев завтра отправляется в Париж. Федор, скажите, с какой стати вы собирались платить за него?

– Ну, не знаю, так с самого начала повелось.

– Поразительный пройдоха, – доктор усмехнулся, – все мало ему. На самом деле господин Гурджиев весьма состоятельный человек и денег у него куда больше, чем у вас.

— Я трачу казенные, — сказал Федор сквозь зевоту, — меня предупредили, что князь любит пожить за чужой счет, и денег выдали много.

— Молодцы! — кивнул доктор. — Щедрые товарищи. Наверняка и за посредничество отвалили ему порядочно.

— Я весь был напичкан драгоценностями, — понизив голос, признался Федор. — Бокий нацепил мне запонки и галстучную булавку с гигантскими рубинами, а что было спрятано в плечах пиджака и в подметках штиблет, не знаю. Пиджак и штиблеты я отдал князю.

— Ну, как после этого не поверить в магические способности господина Гурджиева? — хохотнул доктор. — В восемнадцатом он вытянул у большевиков огромную сумму якобы на поиски золота скифов и не потрудился хотя бы для приличия сделать вид, что снаряжает экспедицию. Сейчас вот опять облегчил казну молодого рабоче-крестьянского государства. Недавно Гурджиев приобрел чудесное поместье под Парижем, старинный замок. Уверяет, будто заработал на эту покупку, разукрашивая воробьев желтой краской и продавая их как канареек. Вы, кажется, имели счастье видеть балет в его постановке?

— Да, в Берлине. Очень странное зрелище. Люди производят самые неестественные, неудобные движения и потом падают, как деревянные куклы. Они подчиняются ему беспрекословно, мужчины, женщины, разного возраста, разной национальности, занимаются какой-то ерундой под его руководством.

Таксомотор подъехал к вокзалу, через десять минут доктор и Федор сидели в купе первого класса. Поезд тронулся. Дождавшись контролера, они отправились завтракать в вагон-ресторан.

Горячий омлет с сыром и две чашки настоящего крепкого кофе окончательно привели Федора в чувство.

Все прошедшие дни были прожиты в каком-то чаду. Он страшно устал от князя, он не спал несколько ночей, масса впечатлений навалилась на него, он не мог ничего осмыслить.

— Вы, кажется, проснулись, наелись, восстановили силы, — весело заметил Эрни. — Столько времени провести с Георгием Гурджиевым и не сойти с ума — уже подвиг. Впрочем, вам полезно познакомиться с этим мошенником. Легче будет понять механику событий. Как он вам представился? Князь Нижерадзе? Смешно.

— Он обещал объяснить происхождение этого псевдонима, но так и не объяснил, — сказал Федор.

— Паспортом князя Нижерадзе некоторое время пользовался Иосиф Джугашвили. Называя себя так, Георгий тешит ущемленное самолюбие. Они с Иосифом имели равные шансы. Их двоих когда-то выбрали из семинаристов Тифлисской духовной семинарии. У обоих ярко проявлялись медиумические способности, в сочетании с диким тщеславием и жестокостью. Георгию не хватило терпения. Он легкомыслен и горяч. Хвастун, принялся сразу демонстрировать свое искусство, устраивать балаганы в Москве, в Петербурге. А Иосиф терпеливо ждет. В результате Георгий получил в рабство несколько десятков снобов, экзальтированных дам и прочего сброда. Он может наслаждаться властью в своем поместье под Парижем, консультировать эзотерических психов вроде Эккарта и Хаусхофера, давать уроки шаманской магии полоумному Адольфу. Это его потолок. Между тем как Иосифу предстоит действовать в иных, планетарных масштабах. Он дождется своего часа и получит в рабство миллионы.

— Коба? Полуграмотный кавказец? — воскликнул Федор. — Их невозможно сравнить, князь, хоть и мошенник, но яркая интересная личность. А Коба тусклый, никакой. Он пошляк и тупица.

— Федор, вы же читали мне письмо Микки, — напомнил Крафт.

— Да, но я совершенно не согласен, не понимаю, почему Михаил Владимирович воспринимает это ничтожество так серьезно. Ну да, Коба интриган, выдумал, будто Ильич просил у него цианистого калия, и слух о сифилисе тоже его работа. Однако все это какие-то грязненькие, гаденькие мелочи. А вы говорите о планетарных масштабах, о миллионах.

— Федор, вы просто не хотите верить, — доктор покачал головой. — Балет, который вы видели в Берлине, прообраз будущей России, и боюсь, что Германии тоже. Люди-куклы. Люди-автоматы. Управляемое безумие. Все предопределено. Поэт и художник. Иосиф и Адольф. Они откроют шлюзы, и человеческое страдание польется гигантскими потоками. Двадцатый век станет настоящим пиршеством для обитателей невидимой державы.

— Разве нельзя это остановить? — тихо спросил Федор. — Все-таки Ленин не такой, я знаю, он не издевается над людьми, не испытывает удовольствия, когда ему слепо подчиняются. Наоборот, сейчас он пытается как-то исправить положение.

— Он угасает. Впрочем, пока он дееспособен и наделен властью, остается маленький шанс предотвратить катастрофу. Если он узнает, что Иосиф претендует на абсолютную власть, он может принять меры, заранее отстранить его, вывести из состава и так далее. Но беда в том, что, даже получив такую информацию, он не поверит. Точно так же, как не верите вы и десятки, сотни людей, считающих Иосифа тусклым и никаким.

— Не поверит, — медленно повторил Федор, — никому? Даже вам?

— Даже мне. Я ведь когда-то предупреждал его, что ему нельзя идти на сделку, после инициации он долго не протянет. Он не послушал. Вот, теперь угасает. Мне искренне жаль его, однако он был предупрежден.

Федор ошеломленно молчал несколько минут. Доктор вышел в коридор с очередной папиросой. Михаил

Владимирович рассказывал, что Эрни многие годы изучал неврологические и мозговые патологии, вызванные искусственной стимуляцией нервной системы. В сфере его интересов кроме лекарств и наркотиков оказались гипноз, внушение, ритуальные танцы. И вроде бы именно в этой точке на его пути возник некто Эммануил Хот, то ли историк, то ли мистик. В Вене в 1913 году Эрни представил его как своего пациента.

«Все смыкается на нем, на этом Хоте. Он предсказал начало войны, он произнес фразу «наши мальчики», он разыскивал молодых людей, обладающих медиумическими способностями. То есть получается, что в период, когда Сталин и Гурджиев были семинаристами, именно этот Хот выбрал их».

Мысли путались. Перед глазами мгновенно пролетели разные случайные встречи с Кобой. Его лицо, взгляд, манера покручивать кончик уса. Доктор вернулся в купе, и Федор выпалил:

— Надо убедить Ленина, пока не поздно, надо предъявить доказательства!

— Вещественные? — уточнил доктор и вскинул светлые брови.

— Да, именно! — энергично кивнул Федор, не заметив грустной иронии в голосе Эрни.

Проводник принес чай. Федор схватил стакан, жадно глотнул, обжег губы.

— Нельзя доказать намерение, — пробормотал доктор, помешивая сахар, — невозможно получить вещественные доказательства из будущего. — Он поднял глаза, взглянул на Федора и произнес уже громче: — Знаете, я подумаю. Мы пока оставим этот разговор. Вы вот, пожалуйста, расскажите мне о таинственном паразите, которого открыл Микки. Я слышал эту удивительную историю в скупом изложении Данилова. Хотелось бы узнать подробности от вас.

Федор облизнул обожженные губы, выглянул в коридор, попросил у проводника стакан холодной воды.

Выпил залпом и уже спокойным, мирным голосом произнес:

— Началось все с крысы. Это был старый крупный самец, позже его назвали Григорий Третий. Наверное, он бы жил до сих пор, если бы его не застрелил сумасшедший комиссар, которого подселили в квартиру к Михаилу Владимировичу.

— Погодите, что значит подселили? Зачем? — перебил Эрни.

— Ну, в порядке уплотнения.

— Как вы сказали? Уплотнение? Что это?

Объяснять пришлось минут двадцать. Доктор то и дело перебивал, задавал вопросы. Он слышал, читал в газетах об ужасах военного коммунизма, голоде, тифе, убийствах и грабежах, но все-таки не мог представить элементарных вещей. Каким образом в квартире, рассчитанной на одну семью, с одной ванной комнатой и одной уборной, могут разместиться десять семей? И главное, зачем?

— Господин Ульянов всегда отличался чистоплотностью, терпеть не мог, если кто-то из приезжих товарищей поселялся с ним под одной крышей, даже на несколько дней! — восклицал доктор, качал головой и повторял: — Немыслимо, невозможно!

Он все не мог успокоиться. Казалось, он совершенно позабыл об изначальной теме разговора, настолько потрясли его бытовые детали новой российской действительности.

— Грубо, но весьма умно, — пробормотал он. — Человек, который не может вымыться месяцами и вынужден у себя дома стоять в долгой очереди, чтобы справить нужду, неминуемо меняется, на биологическом уровне. Вся семья в одной комнате, за тонкой перегородкой чужие люди, слышен каждый шорох. Какая тут, простите, возможна супружеская жизнь? Какие дети будут рождаться? Вот она, их евгеника, выведение новой человеческой породы!

— Сейчас все-таки стало немного лучше. Свободная торговля, продукты в магазинах, водопровод, паровое отопление, трамваи ходят регулярно, — сказал Федор.

— Трамваи! — с усмешкой передразнил доктор. — Ладно, вернемся, наконец, к таинственному паразиту.

Федор про себя вздохнул с облегчением. На самом деле рассказывать о грязных бытовых подробностях было немного стыдно, тем более что сам он соприкоснулся со всем этим лишь слегка и давно жил не так, как рядовые советские граждане. Ел досыта, мылся и менял белье ежедневно, нужду справлял без очереди.

— Михаил Владимирович обнаружил, что эффект связан вовсе не с пересадкой эпифиза, а с воздействием на организм паразита, который селится в эпифизе, — произнес он бодрым голосом.

Доктор слушал спокойно, внимательно, почти не задавал вопросов, но иногда начинал бормотать что-то себе под нос.

— «Мистериум тремендум» и автопортрет Альфреда Плута я видел в старой Мюнхенской пинакотеке. Да, вполне возможно, что не только черви, но и сам хрустальный череп вовсе не аллегория... А вдруг найдут его когда-нибудь именно там, в вуду-шамбальских степях... Теперь я, кажется, понимаю, почему господин Хот так хотел познакомиться с Микки.

— Господин Хот? О котором Михаил Владимирович написал в письме? — насторожился Федор. — Кто он такой?

— Мой пациент, — небрежно бросил доктор. — Стало быть, на сегодня известны всего четыре случая успешного вливания препарата людям?

— Почему четыре? Я назвал три. Мальчик, страдавший прогерией. Пожилая женщина и пожилой мужчина.

— Четвертый — молодой мужчина. Вы, Федор. Вы, Дисипулус ин конниву́с. Тихо, тихо, не пугайтесь. Я был знаком с покойным господином Белкиным. В последний раз мы встречались в Мюнхене зимой восемнадцатого года. Микки и вы пытались его спасти, когда он умирал в Москве. Догадываюсь, что ему вливание не помогло.

У Федора закружилась голова и слегка затошнило. После того как Матвей Леонидович Белкин умер, никто никогда не напоминал ему, что он посвящен в масонскую ложу «Нарцисс». Сама процедура посвящения, гадкая, унизительная, с петлей на шее, черной повязкой на глазах, ползаньем на четвереньках и принесением смертельной клятвы, почти совсем забылась и если вдруг всплывала, то лишь в каком-нибудь мутном кошмарном сне.

«Я должен ответить условным знаком, — в панике думал Федор, — там ведь целая система знаков, надо как-то сложить пальцы, я все забыл, мне казалось, никогда больше это не понадобится».

Доктор смотрел на него спокойно и сочувственно. Ничего устрашающего, грозного не было в его лице.

— Господин Крафт, простите... — пролопотал Федор. — Я не мог представить, что вы состоите... что вы... как мне к вам обращаться?

— Обращайтесь просто по имени. И прекратите так нервничать, вы даже вспотели. — Он протянул Федору платок. — Нигде я не состою, никакой степени посвящения не имею. Я частное лицо. А ложи «Нарцисс», в которую были приняты вы, больше не существует. В этом смысле вы ничего никому не должны.

Федор вытер мокрый лоб и спросил уже спокойней:

— Почему не существует?

— Она распалась, такое случается часто. Все эти ордена, тайные общества, ложи, политические партии, как бы они ни назывались, что бы ни провозглашали, на самом деле создаются нашими гостями для определенных целей, используются и уничтожаются. Но ваше орденское имя все равно будет с вами всегда. Вы Ученик, не смыкающий глаз, это ваше спасение, охранная грамота.

— Почему?

— Потому что обязательно должен остаться хотя бы один живой очевидец.

* * *

Вуду-Шамбальск, 2007

Президентский дворец располагался километрах в двадцати от города. К нему вела широкая, гладкая, расчищенная от снега траса. Снаружи дворец был похож на степной мираж, на средневековую крепость. Толстые высокие стены с бойницами и башенками издали казались по-настоящему древними.

— Йоруба любит строить под старину, — сказал Фазиль, — сейчас увидите нечто.

Охранники снаружи у ворот были одеты в теплые камуфляжные куртки, вооружены автоматами. Но те, что стояли внутри, вдоль аллеи, выглядели как средневековые степные воины, словно сошли с картинок школьного учебника истории. Кольчуги, шлемы, красные сапоги с острыми задранными носами. В руках они держали копья, имели при себе щиты, луки, стрелы.

Аллея тянулась вдоль высоких стеклянных теплиц, ярко освещенных изнутри. Там росли пальмы и летали тропические птицы. Впереди высилась залитая светом громада дворца, украшенная готическими башнями, ампирными колоннами, статуями людей и диковинных животных. Мускулистые кариатиды держали на своих плечах несоразмерно легкие ажурные балконы, трехголовые чудовища сидели на крыше. В окнах вместо обычных стекол переливались изумрудными, гранатовыми, сапфировыми огнями мозаичные панно.

По обеим сторонам широченной полукруглой лестницы парадного крыльца, распахнув чешуйчатые каменные крылья, приветствовали гостей гигантские птицы гаруды с женскими головами. Залитые ослепительным светом прожекторов, по ступеням поднимались маленькие призрачные фигурки гостей. Женщины — в меховых накидках и шубах поверх вечерних туалетов. Мужчины — в смокингах и фраках.

Фазиль остановил машину. Мгновенно рядом, как из-под земли, выросли двое охранников, но не степные воины, а обычные квадратноголовые амбалы в черных костюмах.

— Добро пожаловать, Софья Дмитриевна, — Соне подали руку, помогая выйти из машины.

Платье, взятое напрокат, не нравилось Соне. Но выбор в бутике оказался невелик. То есть одежды там было невероятно много, однако все какое-то одинаковое, сверкающее стразами и люрексом, украшенное оборками, пухом, перьями.

Соня решилась полностью положиться на Димин вкус. Он нашел для нее синее шелковое платье в стиле пятидесятых, узкое в талии, с пышной юбкой до колен. Подобрал бархатную шаль, тоже синюю, но темнее платья, замшевые туфли на невысокой шпильке, причем точно угадал размер Сониной ноги.

Выбор смокинга оказался задачей куда более простой. И вот теперь они стояли у машины. Он — в смокинге, она — в шелковом платье, и мерзли. Их куртки остались на заднем сиденье.

— Господин Савельев, пожалуйста, пройдите со мной, — обратился к Диме квадратноголовый.

— Зачем? — спросила Соня.

— Софья Дмитриевна, охрана, сопровождающая гостей, должна ожидать в специально отведенном помещении.

— Что за ерунда? Господин Савельев будет со мной, я никуда его не отпущу.

— Не волнуйтесь, Софья Дмитриевна, тут, на территории дворца, совершенно безопасно. Пожалуйста, господин Савельев, — амбал вежливо тронул Диму за плечо.

Только тут Соня спохватилась, что у нее нет ни сумочки, ни карманов. Телефон остался в ее большой сумке, которую Фазиль спрятал в специальный ящик под сиденьем. Дима понял ее без слов, достал из кармана свой мобильник, набрал номер Кольта и передал трубку Соне, потом снял смокинг, накинул ей на плечи.

Сеть, к счастью, появилась. Долго звучали гудки. Соня закоченела. Взглянув на Диму, стоявшего на ледяном ветру в тонкой белой рубашке, все-таки вернула ему смокинг, но он опять накинул его ей на плечи. Все это они проделали молча, раза три. Квадратноголовые тупо наблюдали, иногда бормоча что-то в микрофоны своих раций. Соня уже решила, что, если Кольт не ответит и Диму не пустят, они сядут в машину и уедут отсюда. Но тут в трубке сердитый голос произнес: «Да! Слушаю!»

Через три минуты подошел пожилой, профессорского вида господин, тоже в черном костюме, с рацией, и сказал:

– Софья Дмитриевна, прошу извинить моих коллег, они действуют по инструкции. Для вас будет сделано исключение. Ваш охранник останется с вами, но сначала мы должны уладить некоторые формальности.

Эти формальности Дима предвидел и пистолет вместе с портупеей заранее отдал на хранение Фазилю.

Соне предложили пройти в зал и пообещали, что господин Савельев присоединится к ней через некоторое время. Но она категорически отказалась идти куда-либо без него, хотя у нее зубы стучали от холода, а ног она вообще не чувствовала.

Их повели в дом через какой-то служебный вход. Соне пришлось ждать довольно долго перед закрытой дверью. Наконец Дима вышел и с беспечной улыбкой сообщил:

– Шмон по полной программе.

Возвращаться на холод, чтобы торжественно подняться по парадной лестнице, как полагается гостям,

Соня отказалась. После недолгих тихих переговоров через рацию господин профессорского вида проводил их в зал окольным путем, по белым стерильным коридорам.

Сказочная роскошь, открывшаяся им, заставила остановиться и зажмуриться. Впрочем, когда они огляделись, первое впечатление стало увядать, блекнуть. Красные с золотом стены, толстые колонны из черного мрамора, гигантские театральные люстры, сверкающие тысячами хрустальных подвесок, голые античные статуи, среди них несколько статуй одетых. Одетые все изображали мужчину в старинном облачении степного воина, в полувоенном кителе, в римской тоге и лавровом венке, и все были на одно лицо. Все — Йоруба.

Роскошь отделки и убранства настойчиво лезла в глаза, отчаянно вопила: «Смотри! Восхищайся! Я самая роскошная роскошь на свете!»

Белые и черные мраморные кариатиды неудобно горбились под тяжестью просторного балкона, на котором разместился симфонический оркестр. Музыканты настраивали инструменты. Быстрые всхлипы струнных, грозный и жалобный вой духовых заглушали гул толпы, рассыпавшейся по залу, и вовсе не такой густой, как показалось вначале.

Мужчины — в смокингах и фраках всех цветов радуги. Женщины — в платьях, как будто взятых напрокат в том бутике, где одели Соню. Блестки, люрекс, пух и перья, декольте спереди до пупа, сзади до копчика. От пестроты, от мелькания лиц у Сони зарябило в глазах. Ни одного знакомого лица она не увидела, но когда пошли дальше по залу, Дима стал шептать ей на ухо какие-то имена. Соне имена ничего не говорили, Дима пояснял:

— Политик, телеведущий, актриса, режиссер, певец, певица, политолог, еще политик, главный редактор газеты, глава телеканала, пародист, актриса, актер, кажется американский. Ну, этого ты должна знать, он не слезает с экрана, водочный магнат.

Магнат был пузатый, узкоплечий, с длинными, крашенными в каштановый цвет волосами и совершенно свиными пропорциями лица. Толстый вздернутый нос напоминал пятачок. Казалось, магнат смотрит на мир не глазами, слишком маленькими, слепо-белесыми, а крупными подвижными ноздрями.

С ним рядом возвышалась тончайшая, гибкая брюнетка в узком коротком платье из разноцветной металлической чешуи.

— А вон того тоже не знаешь? — Дима незаметно кивнул на хлипкого пожилого мужчину в бирюзовом фраке, зеленых с лампасами штанах и лаковых ботинках на высоченных каблуках. Он держал под руку девочку лет пятнадцати, крупную, высокую, русоволосую, с милым детским лицом. Кудрявая, с плешью, голова мужчины едва доставала до плеча девочки.

— Знаю! — победно улыбнулась Соня. — Певец, еще в восьмидесятые пел песенку про светофор. У него, кажется, пластика не совсем удачная. Подтяжка, и губы надуты. В лице есть что-то бабье. Водочный похож на борова, а этот, бирюзовый, на бабу-ягу. Но наверное, он вполне приличный человек, взял с собой внучку.

— Ничего ты не знаешь. Он не певец, а телеведущий, и это его жена, он меняет жен аккуратно раз в три года, каждая следующая на три года моложе предыдущей. Верит в магию чисел, тройку считает самым счастливым числом. Ни детей, ни внуков у него нет. А певец, который в восьмидесятые пел про светофор, он вон там, у колонны, в красном блейзере. И сразу скажу тебе, что красивый юноша рядом с ним вовсе не сын и не внук.

— А кто же?

Дима не успел ответить. Оркестр взорвался оглушительным бравурным маршем. Балкон ярко осветился, и рядом с дирижером возникла невысокая ладная фигура в белом полувоенном френче. Черные, с проседью волосы, зачесанные назад, к затылку, красиво блестели.

Раскосые глаза смотрели на толпу сверху вниз. Толпа, задрав головы, смотрела на него снизу вверх.

Проведя даже несколько часов в этом степном краю, нельзя было не узнать невысокого скуластого человека. На площадях стояли его скульптурные портреты. Вдоль улиц то и дело попадались плакаты, рекламные щиты, с который он, белозубо улыбаясь, призывал всех жителей края быть добрыми, вежливыми, не сорить, в общественном транспорте уступать места старикам и инвалидам, любить свой край, почитать память предков, внушать детям уважение к старшим.

Марш сменился тушем. По знаку дирижера оркестранты поднялись и продолжили играть стоя. Йоруба вскинул руки в белых перчатках, потряс ими над головой и пропел, перекрывая грохот оркестра, несколько тактов туша.

— Трам-пам-парам-парам-парам!

Толпа внизу зааплодировала. Оркестр смолк, но музыканты продолжали стоять.

— Привет всем, кто пришел сегодня на мой скромный ужин! — произнес Йоруба. — Я здорово поохотился, привез для вас двух антилоп, шесть молоденьких страусят и жирафиху с сыном. — Йоруба хлопнул в ладоши, кивнул застывшему дирижеру.

Под звон тарелок и барабанную дробь из боковой двери появился повар в белом крахмальном колпаке, следом за ним костюмированные охранники пронесли на поднятых руках подносы, на которых лежали отрезанные головы антилоп и жирафов. Шествие освещалось ярчайшими прожекторами.

— Сегодня каждому достанется по кусочку, — ласково сообщил Йоруба, — мясо антилопы и страуса тут, наверное, каждый пробовал. Ну, а кто из вас знает вкус жаренного на углях жирафа?

В толпе послышались льстивые смешки и аплодисменты. Процессия скрылась за противоположной дверью. Йоруба знаком призвал к тишине и сказал:

— Когда в первый раз кушаешь что-то, нужно загадать желание. Но сначала будет небольшой концерт, чтобы вы, мои родные, хорошенько проголодались, кушали с аппетитом, а главное, тщательно продумали свои желания, самые заветные, сокровенные, ибо они обязательно сбудутся.

Опять раздались аплодисменты. Балкон исчез, утонул в темноте, вместе с музыкантами и Йорубой. Толпа стала медленно переползать в соседний зал, где стояли рядами стулья, была сцена, скрытая занавесом, и оркестровая яма.

Соне совсем не хотелось идти в зал. Ей было нехорошо в толпе, особенно в этой, разряженной, надменной. Они с Димой отступили к анфиладе за колоннами. Дима достал сигареты. Соня увидела, как наперерез толпе к ним быстро идет Елена Алексеевна Орлик. В сером узком платье без рукавов, с распущенными волосами до плеч, она выглядела очень элегантно.

— Слава богу, я вас нашла, чувствую себя тут ужасно. Никого не знаю. Вам позвонить не могу, номеров у меня нет. Петр Борисович водил меня по залу полчаса, знакомил с какими-то людьми, а потом появилась Светлана и увела его за кулисы. Когда вынесли головы антилоп и жирафов, мне захотелось тихо смыться. Но меня привез Петр Борисович, и без него я не могу уехать.

— Елена Алексеевна, я все забываю спросить вас, вы где живете? — Дима взял у нее из рук мобильный, чтобы записать туда Сонин и свой номера.

— В зоне у развалин.

— Там разве можно жить?

— Я привыкла к походным условиям. Сейчас там работает отопление, есть электричество, горячая вода. Конечно, ремонт еще не закончен, но лучше ночевать в степи, чем в «Вудут Паласе».

— Почему?

— Мне хватило одной ночи. Я не могла спать, хотя никогда бессонницей не страдала. Только потом случайно выяснилось, что меня поселили именно в том номере, где повесился де Кадо. Слышали об этой ужасной истории?

– Да, но без подробностей.

– Я знала Пьера. Он собирался строить тут сеть гостиниц, такой был жизнерадостный преуспевающий швейцарский бизнесмен. До сих пор не могу понять и поверить. Говорили что-то о гомосексуализме, якобы его бросил молодой любовник. Но мне кажется, дело в чем-то другом. И знаете, в номере как будто остался запах беды, смерти. Я это чувствовала еще до того, как узнала, что Пьер погиб именно там. Кошмарное место. В кабинете огромный портрет Сталина. Бедняге Пьеру это как раз нравилось. Сталин, сталинский ампир, он называл это тоталитарной экзотикой.

– Господа, прошу в зал, – рядом возник старший охранник, с ним еще двое костюмированных, – через минуту концерт начинается, пойдемте, я провожу вас.

В зрительном зале на спинках стульев висели карточки с именами. Соне и Елене Алексеевне предназначались места в разных рядах. Диме с вежливыми извинениями сообщили, что его присутствие не предусмотрено, поэтому ему придется сесть сзади, на любой свободный стул.

– Там все стулья свободны и никаких табличек, – сказала Орлик, – мы сядем вместе.

– Минуточку, – охранник отвернулся и заговорил с кем-то через свою рацию по-шамбальски.

Между тем публика расселась, свет в зале стал тихо гаснуть. Елена Алексеевна, Соня, Дима быстро пошли к последнему ряду. Охранник метнулся за ними, но тут стало совсем темно, открылся занавес.

На сцене кривлялись и шутили двое немолодых мужчин, наряженных в цветастые платья, один – с накрашенными губами, в шляпке. У другого голова повязана платком. Один изображал культурную кокетливую старушку, другой – простую грубоватую. Зал захлебывался смехом. Потом вышли четыре девушки в матросских костюмах и спели старый одесский шлягер из репертуара Утесова.

Опять явились старушки, минуты три пошутили, объявили следующего исполнителя. Его узнала даже Соня. Высокий, толстый, буйно кудрявый блондин, он выскочил на сцену галопом, в парчовом переливающемся костюме, в сопровождении полуголого девичьего кордебалета спел тенором что-то о потерянной любви. Старушки вылезли, не дождавшись, пока он допоет, немного пошутили с ним, потом без него. Зал посмеялся, похлопал. Занавес закрылся. Из оркестровой ямы полилась тягучая волна восточной музыки. Соня подумала, что именно под такие звуки из корзины факира, разворачивая кольца, встает на кончик хвоста кобра.

По притихшему залу растекся приторный запах благовоний. Занавес медленно пополз.

Нижняя часть сцены тонула в дыму. На заднике пестрели диковинные цветы, вились лианы, качались пальмовые листья, голубело небо. Музыка заиграла чуть тише, давая послушать, как щебечут птицы и зычно кричат животные. Дым рассеялся, и оказалось, что посреди сцены неудобно лежит на боку, вытянув одну ногу и поджав другую, крупная женщина в голубом прозрачном платье.

— Кажется, это Светлана, дочь Петра Борисовича, — шепнула Орлик.

— Вот тебе, пожалуйста, Светик, — шепнул в другое ухо Дима.

Светик лежала неподвижно, пока дым не рассеялся. Оркестр поднажал. Светик начала медленно, тяжело подниматься. Села боком к залу, обняв колени, положив на них подбородок и задумчиво глядя перед собой. Сидела долго, позволяя залу вдоволь налюбоваться своим красивым профилем. Наконец встала на ноги. Вытянув вперед руки, принялась бегать по сцене, туда, обратно, словно потеряла что-то. Сквозь музыку был слышен глухой тяжелый топот. Побегав так минуты три, Светик исчезла за кулисами и появилась вновь. В руках она держала прозрачный светящийся мяч, размером со средний арбуз. Подняла, всем показала, опустила, прижала мяч к животу и, согнувшись, попятилась с ним назад, потом побежала вперед, вытягивая руки, опять прижимая мяч к животу.

— Лучистое сиянье доброты, — прошептал Дима.

Набегавшись, Светик встала на пуанты, закружилась, играя с мячом. То шлепала им об пол, то подкидывала и ловила. Наигравшись, уселась посреди сцены на шпагат и принялась задумчиво катать мяч по ноге. Покатала, встала, побежала, покружилась, прилегла отдохнуть. Публика облегченно вздохнула, надумала было хлопать, но Светик резво вскочила, и в яме сердито зазвенели тарелки. Еще минут десять Светик скакала по сцене, играла в мяч, изредка присаживаясь или прикладываясь. Наконец занавес закрылся.

Аплодисменты звучали радостно, все ждали, что придут смешные старушки. Но никто не пришел. Оркестр заиграл знакомую тему из балета «Лебединое озеро». Когда занавес открылся, посреди сцены опять одиноко и неудобно лежала Светик, уже без мяча и в белой пачке вместо голубого платья. На заднике под лиловым звездным небом переливалось озеро, над ним склонились ивы. Светик встала и тяжело, неуклюже станцевала партию Одетты.

Долгожданные старушки явились лишь после того, как Светик исполнила партию Жизели и еще нечто замысловато-ломаное, уже без оркестра, а под какую-то невыносимую электронную музыку.

Старушки больше не шутили, они дружно восхищались Светиком, не только ее танцами, но и замечательной книгой под названием «Благочестивая. Дни и ночи». Всем, всем от души советовали прочитать этот литературный шедевр.

На сем концерт закончился. Вспыхнул свет. Публика еще немного похлопала, стала подниматься. Соня случайно взглянула в середину третьего ряда, туда, где ей назначено было сидеть. Вдоль ряда к выходу двигалась высокая мужская фигура. Из расстегнутого кремового сюртука вылезал большой, обтянутый белой сорочкой живот. Лысая голова медленно повернулась в сторону Сони. Даже издали заметны были темные рябины на впалых щеках. Губы растянулись в улыбке, поднялась и помахала корявая крупная рука.

«Стало быть, я не ошиблась, — спокойно подумала Соня, — ну да, иначе и быть не могло».

Перед концертом, когда ее повели к назначенному месту, она успела прочитать на карточке, висевшей на спинке соседнего стула: «Эммануил Зигфрид фон Хот».

ГЛАВА ДВАДЦАТЬ ПЯТАЯ

Берлин, 1922

Федор так внимательно глядел на экран, так старался понять, что там происходит, будто пришел исключительно ради того, чтобы посмотреть фильму. Он запретил себе думать, зачем на самом деле сидит поздним вечером в последнем ряду дешевого окраинного синематографа, кого ждет, какое предстоит ему свидание.

Доктор предупредил, что фильма скверная, синематограф самый плохонький, стало быть, народу мало. Это как раз то, что нужно. Лучшего времени и места не найти.

В последнем ряду кроме Федора сидели две пожилые проститутки. Видимо, зашли погреться. От них пахло нафталином и приторными дешевыми духами. Из фойе несло уборной.

Тапер лениво перебирал клавиши расстроенного пианино. На экране показалась шикарная вилла, перед ней лужайка. На лужайке резвилась кудрявая пухлая девочка лет семи в пышном платье. Потом явились молодая дама и господин средних лет, стали по очереди обнимать и целовать девочку. «Ах, Амалия, наше любимое дитя!» – прочитал Федор мерцающую надпись.

В проеме между портьерами, отделяющими зал от фойе, задрожал луч фонаря капельдинерши. Сердце Федора больно стукнуло, во рту пересохло.

«Вот и все, – обреченно подумал он, – а еще минуту назад оставался шанс удрать».

Тревога оказалась ложной. Луч скользнул вперед, к первым рядам, и очертился в луче кто-то низенький, толстый, в пальто с меховым воротником.

На экране бородатый персонаж в черном плаще следил из кустов, как играет с куклой девочка в парке у пруда. Счастливые родители прогуливались по аллее, толстая, с добрым лицом, старушка-няня, вязала на лавочке. Никто не замечал подведенных страшных глаз, сверкающих в кустах.

«Пожалуй, удрать нельзя, – размышлял Федор, – получится глупо, доктор перестанет доверять мне и правильно сделает. Надо было сразу отказаться, а теперь поздно. Да, но чем бы я объяснил свой отказ?»

Он так нервничал, что стала побаливать голова и вполне мог бы начаться приступ. Впервые в жизни ему захотелось этого: судорог, чудовищной боли, жара. Приступ – единственная уважительная причина, по которой можно отменить предстоящее свидание.

«А если соврать, что был приступ? Я ведь рассказал Эрни, как твари контролируют мое поведение. Нет, нельзя. Невозможно. Стыдно. Это называется трусость! Почему? Вот сейчас тихо встану, выскользну из зала, исчезну в мокрой берлинской ночи. Исчезну, крадучись, как вор».

Федор поерзал в кресле, оно оглушительно заскрипело, одна из проституток повернулась и посмотрела сердито. На экране происходили душераздирающие события. Крошку Амалию похитили двое в масках, нанятые бородатым злодеем. Безутешные родители заламывали руки, рыдала няня. У ворот остановился полицейский фургон. Мрачный сыщик зачем-то разглядывал через лупу облупленный нос куклы.

Опять вспыхнул фонарный луч. Тошно сжалось солнечное сплетение. Федор повернул голову в сторону портьер и луча. Луч плясал, в нем крутились пылинки. Две фигуры, мужская и женская, проследовали вперед и уселись с краю, в третьем ряду.

«Прошло десять лет, — прочитал Федор на экране и подумал: — Что, если фильма кончится, а он так и не появится? Он ведь рискует не меньше моего, вдруг обнаружил слежку и не сумел оторваться?»

Фильма продолжалась. По аллее живописного кладбища семенил старик, одетый с иголочки, постукивал перед собой тонкой тростью. Глаза старика были закрыты. Под руку его поддерживала толстая старушка с добрым лицом. Они остановились у большого красивого памятника, старик отдал тросточку старушке, принялся ощупывать и целовать камень. Появились титры.

«Дорогая, ты умерла от горя, я ослеп от слез, но обещаю, что найду нашу бедную дочь! Верю, она жива!»

В следующем кадре скромно одетая девушка стучала в дверь виллы. Старушка открыла и впустила ее.

«Да, нам не обойтись без сиделки, господин очень болен, я стара».

Потом появился какой-то новый персонаж, щеголь с усиками, он расхаживал по нарядной гостиной, присаживался к столу, картинно отставив ногу, писал что-то, запечатывал конверт и таращил глаза.

Старик лежал в постели. Девушка клала ему компресс на лоб. Старушка сидела рядом в кресле, взволнованно читала письмо.

«Мой господин, вы потеряли дочь, но нашелся ваш племянник, теперь вы не одиноки!» — объяснили титры бурный монолог старушки.

Федор почти сразу догадался, что бедная девушка-сиделка и есть Амалия, а щеголь – тот самый злодей, только без бороды. Он организовал похищение, чтобы в будущем завладеть наследством. Теперь план его мог сорваться, он придумал новое злодеяние, решил отравить старика и обвинить в убийстве девушку. Когда щеголь стал капать в стакан из флакона, на котором был нарисован череп с костями, по залу опять скользнул дрожащий луч фонарика. Капельдинерша осветила на миг последний ряд, тот, где сидел Федор. Скрипнуло соседнее кресло.

– Добрый вечер, Федя. Простите, я опоздал, – произнес по-русски знакомый голос.

– Здравствуйте, Павел Николаевич, – шепотом ответил Федор и повернулся.

Даже в темноте было видно, как изменился Данилов. Похудел, постарел. Коротко остриженные волосы стали совершенно белыми.

– Как ваше ранение? – спросил Федор, лишь бы что-то сказать, потому что, поздоровавшись, они замолчали надолго, и молчание это казалось невыносимым.

– Ерунда, царапина. Ни письма, ни фотографии, ничего не привезли?

Грянуло фортепиано, задремавший тапер вдруг встрепенулся и бешено заколотил по клавишам, на экране девушка и старик обливались слезами радости, наконец узнав, что они близкие родственники. Зловещий стакан с ядом стоял на столике у кровати.

– Простите, я не предполагал, что мы с вами встретимся, – прошептал Федор.

Амалия тяжело дышала, заламывала руки, таращила глаза, не хуже злодея щеголя. Старушка рассказывала ей, как страдали родители, когда исчезла дочь.

«От горя матушка скончалась, а отец ослеп».

Федор тупо, упорно глядел в экран. Данилов тоже, как будто оба они пришли сюда ради этой мелодрамы.

— Кто из нас больше рискует, как думаете? — спросил Данилов.

— Не знаю. Мы оба одинаково.

— Все-таки вы немного больше. За вами очень плотное наблюдение, мой человек засек двоих. Один провокатор ЧК, он приходил к вам в пансион. Второй работает на Радека. Что от вас нужно Радеку?

— Ему нужна информация, которую я получил от доктора. Мы ехали с ним в соседних купе. Он ведет какую-то свою, отдельную игру. Пригрозил, что, если я не сдам информацию, меня убьют.

— Что вы решили?

— Он проходимец, ничего от меня не получит.

Тапер ударил по клавишам так, что зазвенело в ушах.

— Черт с ним, с Радеком, у нас мало времени, прошу вас, хотя бы два слова, — хрипло прошептал Данилов.

На экране заплаканная Амалия взяла стакан, держала его в руке, и было непонятно, что она собирается делать, поить старика или сама будет пить. А тапер не унимался, бренчал изо всех сил. Федору пришлось придвинуться ближе, чтобы Данилов его услышал.

— Миша сильно вырос, уже знает буквы и цифры. В восемнадцатом было ужасно, подселили сумасшедшего комиссара, он расстрелял лабораторию, чуть не убил Михаила Владимировича. Но теперь все хорошо. Таня переболела тифом, очень ослабла, мы опасались осложнений, но теперь все хорошо. Андрюша бросил учебу, пережил сложную первую любовь, увлекся актрисой, в театре рисовал афиши и декорации. Айрис, довольно известная актриса, значительно старше него. Он иногда приходил домой пьяный. Михаил Владимирович и Таня измучились с ним. Но потом он разочаровался в этой Айрис, из театра уволился и больше не пьет. Учится живописи.

— И теперь все хорошо? — с усмешкой прошептал Данилов.

— Они живы, здоровы, сыты. Разве этого мало?

— Есть возможность вывезти их легально?

— Нет.

— Но Ленин стал выпускать людей.

— Высылать. Очень выборочно. Михаила Владимировича он не отпустит ни за что.

— Значит, надо вывезти их нелегально, через Финский залив.

— Слишком опасно.

— Ерунда, — Данилов упрямо помотал головой, — это всего лишь вопрос денег. Расценки известны, у меня есть нужная сумма.

Амалия все держала стакан, сама не пила, старику не давала. Старушка разговаривала по телефону. Тапер устал барабанить, лениво перебирал клавиши.

Федор прилип взглядом к экрану, однако совершенно перестал понимать, что там происходит. Данилов смотрел на него и ждал.

— Михаила Владимировича не удастся вывезти ни за какие деньги. Его охраняют, за ним следят, — наконец прошептал Федор, — а Таня без отца не поедет.

Пианино опять громко задребезжало. Дело шло к развязке. У постели старика стоял самозваный племянник. Амалия мирно беседовала с ним, уже поднесла к губам отраву, но так и не глотнула, вдруг вытаращила глаза, уронила стакан и хлопнулась со стула на пол.

— Вы, разумеется, правы, — горячо зашептал Данилов. — Таня без отца ни за что не поедет. Но у меня есть сведения, что скоро должны состояться переговоры на высшем уровне между большевиками и немцами. Не в Москве, а где-то на нейтральной территории. Возможно, в Италии. Ленин как глава государства непременно поедет. Он болен, с ним отправится врач. Лучший врач, которому он доверяет больше других. То есть Михаил Владимирович.

Федор больше не смотрел на экран, он слушал, низко опустив голову, и кусал губы. К переговорам с немцами действительно готовились. Вопрос о поездке Ленина обсуждался. План Данилова был вполне реален. Профессор выезжает за границу вместе с официальной делегацией. К этому времени все готово к побегу Тани, Миши и Андрюши. Как только они пересекают границу, Михаил Владимирович исчезает.

— Главное, чтобы они добрались до Петрограда, дальше маршрут разработан, проверен. Рассказывать долго. Вот, возьмите, тут подробный план, с именами, адресами, — Данилов сунул Федору в руку несколько сложенных листков.

Федор послушно спрятал их в карман куртки и с тоской подумал: «Что он творит? Зная, где я служу, открывает мне информацию об окне на финской границе, с именами, адресами, и даже не считает нужным сказать: вы, конечно, понимаете, что информация сверхсекретная, риск для меня смертельный. Его едва не убили в Галлиполи только за то, что его тесть лечит Ленина. Он безоглядно мне доверяет. У него нет другого выхода. А у меня? Какой у меня выход?»

— Шансов, что Ленин лично поедет на переговоры, мало, — прошептал Федор, — он болен, постоянно приходят сведения, что за границей будет покушение.

— Да, я знаю. И все-таки, пока существует хотя бы один шанс из ста, я не откажусь от этого плана. Сорвется, придумаю новый. Информацию для меня в зашифрованном виде вы можете передавать через Эрни. Федя, простите, что втягиваю вас, но без вашей помощи мне не обойтись. В Москве есть люди, связанные с нашей организацией, но они не настолько надежны, чтобы я мог доверить им жизнь Тани и Миши. Только вам могу. Храни вас Бог.

Скрипнуло кресло, через мгновение Данилов исчез за пыльными портьерами. Тапер наигрывал нечто меланхолическое. На черном экране мерцали жирные белые буквы «КОНЕЦ». Чем закончилась фильма и как она называлась, навсегда осталось тайной для Федора.

* * *

Вуду-Шамбальск, 2007

К хрусталю и мрамору Герман Ефремович питал особенную любовь. В отличие от прочих залов, в обеденном скульптурный Йоруба не стоял. Только обнаженные нимфы и античные герои. Впрочем, тут имелся Йоруба живописный. Стену украшало гигантское, написанное маслом полотно, изображавшее походную трапезу степного воина Йорубы с другими степными воинами, безымянными, но, судя по лицам, очень мужественными. Йоруба сидел в непринужденной позе, на подушке с золотыми кистями у скатерти-самобранки, расстеленной на земле, уставленной разными яствами. В руке он держал кубок, украшенный самоцветами. Блеск их был изображен столь искусно, что сразу становилось понятно: камни настоящие.

На другой стене висели цветные фотографии в рамках, где Йоруба был запечатлен в обнимку с мировыми знаменитостями — главами государств, нобелевскими лауреатами, голливудскими звездами.

Гости рассаживались согласно именным табличкам на столах. Им помогали ряженые охранники, официанты и дамы-распорядительницы в деловых костюмах. В глубине зала на просторной эстраде расположился небольшой джазовый оркестр.

На этот раз никаких недоразумений не возникло. Соню, Елену Алексеевну и Диму усадили за один стол. Наверное, пожилому охраннику надоело обсуждать по рации каждый их шаг, и он все организовал заранее.

Оркестр негромко наигрывал какую-то джазовую импровизацию. Официанты разносили закуски, напитки.

— Елена Алексеевна, вы знакомы с господином Хотом? — тихо спросила Соня.

— Да, конечно. Немец, специалист по семиотике, приятель Йорубы. Он часто бывает на развалинах.

Подошел официант с очередными закусками. Расставляя тарелки на столе, он очень серьезно и подробно комментировал каждое блюдо, перечислял ингредиенты, описывал способ приготовления, количество жиров, белков, углеводов, холестерина.

– Эту традицию ввел Герман Ефремович, – тут же объяснила дама-распорядительница, – среди гостей много тех, кто заботится о своем здоровье, следит за весом.

Дама и официант удалились. Вдали проплыла Светик, в золотом переливающемся платье, в сопровождении свиты охранников и распорядительниц. Ее усадили за стол у эстрады, самый большой, человек на десять. Там уже сидел Кольт, а рядом поблескивала багровая лысина Эммануила Хота.

Петр Борисович привстал, поцеловал Светика в щеку. Хот тоже привстал, галантно приложился к ее руке. Затем оба сели и продолжили мирно беседовать. Через минуту появился Йоруба. Он легко вскочил на эстраду.

– Всем приятного аппетита! Кушайте, пейте на здоровье, мои родные! Не забудьте загадать желание, когда отведаете жареного жирафа. В Африке жарко, у меня в степи снег и холодный ветер, я хочу всех вас, родные мои, обнять и согреть у огня моего очага.

Гул смолк. Гости слушали. Те, кто сидел спиной к эстраде, повернули головы. И все улыбались. Соня заметила, как у пожилой дамы за соседним столом вздулась жила на вывернутой шее и дрожит краешек рта, растянутого в улыбке.

Йоруба спрыгнул с эстрады и сел за стол к Кольту и Хоту.

– Елена Алексеевна, вы сказали Хот часто приезжает в зону. Зачем? – спросила Соня.

– Он пишет книгу о сонорхах. У него есть собственная версия их происхождения. Он считает, что они наследники древнейшей цивилизации Туле.

– Почему не Атлантиды или Гипербореи?

– Господин Хот утверждает, что это одно и то же.

— А Шамбала?

— Именно о Шамбале я спросила его в первую очередь. Он уверен, что это явление совсем иного порядка. Местное население делится на вудутов и шамбалов. Происхождение названий до сих пор не ясно. По мнению Хота, шамбалы никакого отношения к Шамбале не имеют. Племя вудутов древней, более развито интеллектуально и биологически совершенней. Шамбалы — раса рабов, полуживотных.

— Ого! Даже так? — Соня тихо присвистнула. — А вы что думаете об этом?

— Я думаю, господин Хот шутит. Он любитель черного юмора и горячих дискуссий. На самом деле вудуты и шамбалы одинаково древние, родственные народы, и сонорхи ничего не принесли в эту степь, наоборот, они пришли, чтобы взять.

— Что именно?

— Все. Науку, культуру, медицину. Тут существовала очень древняя цивилизация. Сонорхи все из нее высосали и засекретили, сделали достоянием узкого круга посвященных. Отголоски тех древних знаний блуждают по разным тайным обществам, орденам, шифруются, меняются до неузнаваемости, выворачиваются наизнанку и обретают обратные смыслы. Впрочем, я не исключаю, что моя версия полный бред. Пока я не найду эрбу, говорить вообще не о чем.

— Эрбу?

— Плотная твердая ткань, сделанная из волокон какого-то местного растения. На ней писали, это вроде египетских папирусов. Должна существовать огромная библиотека эрбу и глиняных табличек. Герман Ефремович помешан на сонорхах. Если узнает, что я ищу тут на самом деле, он меня просто выгонит. А если об этом узнают в научных кругах, меня назовут сумасшедшей.

— Но вы ведь на чем-то основываете свою версию? Какие-то следы той древней цивилизации остались? — спросил Дима.

— Все, что осталось, принято приписывать сонорхам. Но знаете, если на заборе нацарапано «Спартак — чемпион», это не значит, что его сложили римские гладиаторы. Когда я впервые приехала в эту степь, меня, конечно, интересовали прежде всего сонорхи и местной мифологией я занималась исключительно в связи с ними. Но вдруг обнаружила поразительную вещь. У двух родственных народов, тысячелетиями живших на одной территории, не просто разные, а диаметрально противоположные мифологические представления о происхождении мира и человека. У вудутов традиционная языческая схема. Грозные боги терзают друг друга, побеждает сильнейший. В перерыве между битвами создается человек, существо примитивное, бесправное. Рабочая сила для обслуживания богов-победителей. Культ крови, человеческие жертвоприношения. А у шамбалов творец всего сущего Элохим, это соответствует одному из имен Бога в Пятикнижии. Человека он создал по своему образу и подобию. Никакой жестокости, насилия, неравенства. Это противоречит всем известным древним мифам и впервые возникло только в Бытии.

— В Ветхом Завете хватает жестокости и насилия, — заметила Соня.

— Да, однако, в Бытии, в первых главах, есть отголосок любви и свободы. Потом, конечно, начинаются всякие ужасы, возникает идея Бога карающего, беспощадного, но это уже более поздние наслоения. Ненасильственный источник первых глав Библии до сих пор неизвестен, всегда считалось, аналогов нет. Но мне удалось найти несколько глиняных табличек, очень глубоко под развалинами, и, судя по органическим остаткам в слое почвы, они древнее Бытия.

— Но может быть, это все-таки таблички сонорхов?

— Исключено. Храм построили на месте древнейшего шамбальского кладбища. Таблички, безусловно, созданы шамбалами, там текст, который сонорхи просто не могли написать, он полностью противоречит всем их доктринам, их мировоззрению! Я вам уже рассказывала, кому они поклонялись.

— Как же вы сумели прочитать текст?

— Среди стариков-шамбалов остались те, кто знает древний алфавит. А вообще, ничего этого я вам не говорила. Если Герман Ефремович узнает, вышибет меня отсюда под зад коленкой.

И вдруг погас свет. Гул изумления побежал по залу. Рядом послышались голоса:

— Неполадки с электричеством, из-за сильного ветра, сейчас исправят.

— Нет, я уверена, так и было задумано, сейчас начнется что-нибудь интересное.

— Герман не может без сюрпризов.

— Тихо, тихо, смотрите!

В кромешной тьме по полу поползли белесые полосы светящегося тумана. Призрачные змейки стелились под ногами, между столами, взвивались к потолку, обретали форму человеческих силуэтов. Вместе с ними нарастали гулкие, какие-то подземные звуки. Вой, стоны, всхлипы, невнятное бормотание.

Конечно, было понятно, что туманные фигуры — фокусы иллюминации, а звуки раздаются из динамиков, но все равно стало жутко. Казалось, призраки поднимаются из глубины промерзшей степной земли, вьются, заглядывают в глаза черными дырами своих глазниц.

Люди за столами сначала притихли, потом начали негромко переговариваться.

— Класс! Прямо как настоящие!

— Ой, блин, да он смотрит, смотрит на меня! Эй, ты, чего уставился?

— Не нравишься ты ему.

— Пошел вон! Улетай, урод!

Что-то звякнуло, видно, отмахиваясь от призрака, кто-то сшиб со стола бокал. Затем прозвучал истерический женский смех, и мужской голос испуганно произнес:

— Киска, что с тобой? Успокойся, это спецэффекты.

Соня почувствовала, как по щеке ее скользнуло что-то холодное, омерзительно рыхлое. Пожилая дама за соседним столиком вскрикнула. Невидимая Киска продолжала громко икать, то ли смеялась, то ли рыдала.

Но тут все закончилось. Вспыхнул свет. Заиграла бодрая музыка. На эстраде опять стоял Герман Ефремович и широко, белозубо улыбался.

— А, испугались, родные мои? Адреналинчик — штука полезная! Ха-ха! Знаете, что это было? Сейчас я вам скажу! Слушайте! Близится торжественный миг. Я предупреждал, что ваши заветные желания сбудутся. Ну, признайтесь, вы ведь не верите? И правильно делаете. Все надо подвергать сомнению. Тем и отличается умный от дурака, что не верит сразу. Тут среди нас дураков нет, ни одного. И как люди умные, мы все понимаем, что исполнение желаний дело не простое. Нужны помощники. Вот я их пригласил.

— Он пьян? — прошептала Орлик.

— Нет. Он не пьет спиртного, никогда, — шепотом ответил Дима.

— Духи степных шаманов помогут осуществить желания, — весело продолжал Тамерланов, — я позвал их, и они пришли. Вы видели их, они видели вас. А теперь всем приятного аппетита! Кушайте на здоровье, мои родные! Как я вас всех люблю, сказать не могу!

* * *

Берлин, 1922

Федор и доктор Крафт обедали в маленьком французском ресторане на Фридрихштрассе. Это был последний вечер. Завтра утром Федору предстояло возвращаться в Москву. Пять ящиков с лекарствами и медикаментами для кремлевской аптеки, собранные и упакованные под его присмотром, были доставлены из фармацевтической фирмы на вокзал и ждали в специальной камере хранения для дипломатических грузов. Отдельно, в чемодане, лежала небольшая жестяная коробка с лекарствами, которые доктор Крафт передал для Ленина. Эликсиры, пилюли, порошки изготовлены были самим доктором, к склянкам и коробкам Эрни прикрепил ярлыки, на них расписал, что, как и когда давать вождю.

Курс лечения был направлен лишь на то, чтобы максимально облегчить страдания больного, продлить дееспособность. Надежды на полное выздоровление нет, левое полушарие мозга практически мертво. Восстановить погибшие клетки никакими медицинскими манипуляциями не удастся.

Договорились, что по возвращении Федор потребует, чтобы ему предоставили возможность в любой момент связаться с Эрни по телеграфу для консультаций. Вместе они разработали систему условных фраз, маленький шифр, на тот случай, если понадобится передать что-то Данилову.

— Ленин спросит, почему вы отказываетесь приехать, — сказал Федор.

Он задавал этот вопрос Эрни уже несколько раз, прямо или косвенно, однако ответа пока не получил. Теперь решился повторить попытку и неожиданно услышал:

— В трагедии России есть определенная доля моей вины. Не хочу видеть результат. Тяжело. Стыдно. Что я мог сделать? Ничего. Вот сейчас тут, в Германии, назревает еще одна трагедия. Даже если я возьму рупор, залезу на Бранденбургские ворота и стану орать во всю глотку: «Адольф Гитлер — исчадье ада», он потопит в крови и позоре нашу родину, превратит нас в тупых убийц! Кто меня услышит? Это особенная, тонкая, изощренная пытка, когда знаешь и ничего не можешь изменить. Ульянову передадите мои извинения. Я занят по горло, скверно себя чувствую. Профессор Свешников замечательный врач, так что в моем приезде нет необходимости.

Письмо Михаилу Владимировичу Эрни так и не написал.

— Вы все поняли. Просто расскажите ему своими словами. Советовать ничего не хочу, он сам должен принять решение. Если его дети и внук окажутся здесь, я сделаю для них все, что в моих силах.

Официант принес кофе. Федор мысленно перебирал вопросы, которые не успел задать Эрни. Их накопилось множество, а времени почти не осталось. Следовало выбрать самое важное. Он уже открыл рот, чтобы напомнить о разговоре в поезде, о вещественных доказательствах. Но тут доктор достал из кармана пожелтевший листок, сложенный вчетверо, и протянул Федору.

Листок был мелко исписан по-русски, острым косым почерком, лиловыми чернилами.

«Учитель!

Я выполнил все, в точности как вы приказали. Деньги и лесть. Вы правы. И то и другое действует безотказно, причем именно в такой очередности. Пока не было денег, Ленио оставался глух к моим посланиям, хотя я очень старался. При всякой возможности отправлял ему признания в любви и верности до гроба. Называл гением и горным орлом, устно и письменно восторгался им, шумно отстаивал его позицию по всем вопросам, яростно топтал его оппонентов. Однажды в разговоре с кем-то он вскользь упомянул меня, назвав «пламенным колхидцем», но имени моего так и не вспомнил. «Пламенный колхидец». Вот все, что я получил в награду за свои титанические усилия.

Взор его впервые устремился на меня, лишь когда я предложил приличную сумму. Я разъяснил способ, каким намерен эту сумму добыть, но предупредил, что будут большие человеческие жертвы. Невинные жертвы. Случайные прохожие, дети, женщины. Он легко, с улыбочкой, пропустил это замечание мимо ушей. Я еще раз убедился в абсолютной эффективности ваших методик.

Деньги были добыты, «пламенный колхидец» материализовался для него в Кобу, который добыл денег. Фамилию, имя наш гений пока запомнить не удосужился, но Коба теперь существует. Ленио снизошел, соблаговолил обратить на меня свое державное внимание. Мои восторги перестали быть гласом вопиющего в пустыне. Я продолжаю изливать елей, льщу без устали. Со стороны это выглядит смешно, меня величают его левой ногой, его грузинским двойником. Но он воспринимает все всерьез. Ему нравится. Он верит.

Учитель! Обстоятельства вынуждают меня обратиться к Вам с личной просьбой. Моя жена серьезно захворала. Лечение требует денег. Не могу ли я воспользоваться скромной суммой?»

Федор трижды перечитал текст. Не обнаружил ни подписи, ни даты. Заметил, что в последнем маленьком абзаце почерк изменился, как будто рука писавшего немного дрожала.

Он отложил мятый листок дешевой почтовой бумаги и взглянул на доктора Крафта.

— Кто такой Учитель?

— Господин Хот, — спокойно ответил доктор, — письмо адресовано ему.

— Как оно к вам попало?

— Хот иногда просил меня оценить неврологический статус своих подопечных по почерку.

— Вы разве читаете по-русски?

— Не читаю, — доктор улыбнулся, — это не обязательно. Я бы вряд ли взялся анализировать по рукописным иероглифам душевное состояние китайца или японца. Но кириллица мне знакома. Хот показывал мне пару десятков таких писем. Я все вернул, а вот это случайно сохранилось.

— Вам кто-нибудь его перевел?

— Нет. Но в четырнадцатом году, когда я обнаружил его в своих бумагах, не поленился, взял русско-немецкий словарь, долго корпел, и теперь содержание мне известно. Письмо написано в первых числах ноября 1907 года. Речь идет о знаменитом ограблении в Тифлисе. Июнь 1907-го. Это было дерзкое жестокое нападение на фургон, перевозивший огромную сумму денег в отделение государственного казначейства. В центре города, среди бела дня. Погибло много случайных прохожих. Вы обратили внимание на последний абзац?

— Да, конечно. Неужели Кобе требовалось специальное разрешение, чтобы взять немного денег на лечение жены?

— Разумеется, он мог взять без спросу. Однако решил, Учителю понравится, если он попросит у него разрешения. Получил отказ. Жена его умерла. Это закалило Кобу еще больше и понравилось Учителю.

— Коба тоже проходил инициацию? — шепотом спросил Федор.

— Нет. Ему не нужно. Он таким родился, — быстро произнес доктор.

Официант принес счет, забрал пустые кофейные чашки и вместе с салфетками чуть не прихватил измятый пожелтевший листок. Федор быстро прихлопнул листок ладонью, сердце дико стукнуло. Доктор хмыкнул, покачал головой.

— Федя, спрячьте письмо, хорошенько спрячьте. Вручите Ульянову лично в руки. Я отправил ему много разных снадобий. Эта пилюля самая сильная и надежная. Подействует, я уверен.

* * *

Вуду-Шамбальск, 2007

Публика отбила ладони в бесконечных бурных аплодисментах, а Йорубе все казалось мало. Он никак не замолкал, шутил, заливисто смеялся собственным шуткам, затем на эстраду принялись вылезать разные знаменитости, в основном политики и актеры. Они признавались Йорубе в любви. Рассказывали, какой он щедрый, мудрый, красивый, остроумный, жизнерадостный, гениальный, добрый, справедливый.

Когда все возможные эпитеты были исчерпаны, под барабанную дробь из боковых дверей вышли строем официанты. Каждый нес на подносе по несколько блюд, накрытых серебряными круглыми крышками.

Блюда ставились на столы, торжественно открывались крышки, шел пар.

– Вот мясо антилопы. Это страусятина. А тут самое главное. Кусочки филе жирафа, соус из кокосового молока, – тихо, деловито объясняли официанты.

Йоруба спрыгнул с эстрады, вернулся за стол. Соня увидела, как Светик держит вилку с куском у рта и внимательно слушает Хота.

– Как вы думаете, удобно сейчас подойти к Петру Борисовичу, попросить, чтобы меня отвезли домой? – спросила Орлик, когда удалился официант.

– Домой, то есть в зону? – уточнил Дима.

– Конечно.

– Может, не стоит ни о чем просить Петра Борисовича? Мы потихоньку уйдем все вместе, – предложила Соня. – Наш шофер отвезет вас или, если хотите, поедем с нами. Мы нашли маленькую частную гостиницу в городе.

– Спасибо, – Орлик смущенно улыбнулась. – Без Петра Борисовича все равно не обойтись. Дело в том, что сегодня я должна ночевать в гостевом доме. Ночью обещали вьюгу, ураганный ветер. Не знаю, что делать.

Она еще больше смутилась и явно чего-то не договаривала.

– Я попробую дозвониться нашему водителю, а вы, Елена Алексеевна, пока подумайте, – сказал Дима. –

Можно доехать до зоны и остаться там до утра. Или в город, в гостиницу.

Джаз играл слишком громко, Дима с телефоном вышел. И буквально через минуту у стола появились все трое. Йоруба, порозовевший, с расстегнутыми верхними пуговками френча, обнимал Кольта за плечи, Хота за талию.

– Кто с кем не знаком, давайте знакомиться. Приветствую вас, Софья Дмитриевна, в моей скромной степной юрте. Елена Алексеевна, с вами я уже имел честь поздороваться.

Хот молча смотрел на Соню. Кольт склонился к Елене Алексеевне и шептал ей что-то на ухо.

– Родные мои, я вижу, вы не притронулись к мясу, – громко заявил Тамерланов.

– Спасибо. Мы уже сыты. Было столько замечательных закусок, – с любезной улыбкой ответила Соня.

– Да, но жираф нечто особенное, – Хот произнес это по-русски, почти без акцента, – вы должны съесть хотя бы по кусочку, символически, чтобы загадать желания.

– Не могу есть жирафа, даже символически, – сказала Орлик, – я пять месяцев работала на раскопках в Южной Африке, там у нас был жирафенок Степка, совершенно ручной.

– За исполнения желаний всегда приходится платить, – с легким пафосом произнес Хот, – но разве так уж велика цена? Нужно всего лишь подняться над предрассудками, отбросить сантименты.

– Жирафенок Степка! Почему не Петька? – Тамерланов рассмеялся и ткнул Кольта локтем в бок.

– Нет уж, тогда лучше Герман, Герка! – Кольт, улыбаясь, похлопал Йорубу по плечу.

Хот опять уставился на Соню и, пока Кольт с Йорубой смеялись, тихо сказал ей по-немецки:

– Вы изменились, Софи. Теперь вы еще больше похожи на вашу прабабушку Таню.

— Что же странного? Мы близкие родственники, — ответила Соня и заставила себя любезно улыбнуться.

— Да, Софи, все дело в крови. Нам предстоит еще много говорить об этом.

Кольт продолжал шептаться с Орлик. Йоруба отошел к другому столу. Соня подумала, что слишком долго нет Димы. Но тут как раз увидела его, он продвигался по залу в сопровождении высокой, очень красивой блондинки. Она немного отставала и взяла его под руку.

— Софи, ваш телохранитель времени даром не теряет, — ласково заметил Хот, — очень бойкий молодой человек. Впрочем, воздержание не входит в его служебные обязанности.

Соня вздрогнула. Хот повторил то, что она сказала Диме в ответ на его оправдания по поводу горничной Лойго. Стало быть, кто-то слышал их разговор и дословно передал.

Хот отвлек Соню, она не успела заметить, как Дима освободился от руки блондинки и ускорил шаг. Когда она опять повернулась в ту сторону, Димы уже не было.

Между тем Кольт увел Елену Алексеевну, и Соня осталась наедине с Хотом в огромном ресторанном зале, наполненном чужими людьми. Люди ели, пили, болтали, смеялись. Оркестр играл одну из любимых ее мелодий, песню времен Второй мировой войны «Беги, кролик!».

Хот спокойно опустился на соседний стул и спросил, опять по-немецки:

— Когда вы намерены приступить к работе, Софи?

— *«Беги, кролик, беги, беги! Бем, бем, бем, приближается фермер с ружьем, беги, кролик!»* — тихо пропела Соня по-английски.

Дедушка часто ставил эту песенку и подпевал. Сейчас звучала только мелодия, но Соня помнила слова.

Хот лирически улыбнулся, стал покачивать головой и отбивать пальцами такт. Соню слегка затошнило, она закурила и отвернулась. Оркестр плавно перешел к другой мелодии.

— Софи, вы не ответили. Когда вы намерены приступить к работе?

— Не знаю.

— Что вам мешает?

— Вы.

— Наоборот, я делаю все, чтобы помочь вам.

— Цисты остались у вас. Как я могу начать работать без них?

— Ага, значит, вы ждете, что я отдам вам крылатого змея?

— Конечно, отдадите, господин Хот. Куда ж вы денетесь?

— Но ведь препарат и так у вас есть, вы влили дозу господину Агапкину, кстати, очень успешно. Примите мои поздравления.

— Да, влила. И теперь у меня не осталось ни капли.

— Не осталось ни капли, — повторил он медленно, протяжно и уставился в глаза Соне своими блеклыми гляделками. — Ну, а почему вы решили покинуть лучший отель в городе? Чем вас не устраивает «Вудут Палас»?

— Там все пропитано вами, господин Хот.

— Что вы имеете в виду? — Брови Хота напряженно сдвинулись, легкая судорога пробежала по рябым щекам.

— Там вами пахнет. У меня довольно чуткий нос.

— Где теперь вы намерены жить?

Соня решила вовсе не отвечать на этот вопрос, как будто не слышала его, и, нарочно зевнув, произнесла:

— А вот любопытно, господин Хот, когда успела Гудрун Раушнинг освоить профессию программиста? Она патологоанатом, если не ошибаюсь.

— Гудрун? Ах, да. Гудрун. По некоторым причинам пришлось найти для нее работу полегче. Компьютер устроен значительно примитивней человеческого тела. Теперь она занимается налаживанием электронного оборудования. Если вам неприятно ее присутствие, мы переведем ее куда-нибудь в другое место.

— В тюрьму, — пробормотала Соня.

— Вы правы, Гудрун заслуживает наказания.

— Вы тоже, господин Хот. За что вы убили доктора Макса?

— Вам было жаль его, Софи?

— Да. Мне было его очень жаль. Что он вам сделал?

Хот тихо засмеялся, взял пустой бокал, поднял, посмотрел на свет. Одна из люстр висела прямо над столом. Свет был яркий. На белой скатерти Соня видела четкую тень своей руки с сигаретой. Рука Хота потянулась к бутылке с водой. Скользнул блик от стеклянного донышка бутылки. Мерцающий кружок двигался по скатерти сам по себе. Тени от руки не было.

Хот перехватил ее взгляд, налил себе воды, отхлебнул, поставил и медленно провел рукой над столом.

— Мы с вами не первый день знакомы, Софи, однако на яхте вы не замечали, что тени у меня нет. Поздравляю. Вы стали наблюдательней.

— На яхте и так хватало странностей, — глухо произнесла Соня, — вы сами как это объясняете?

— За последние семьсот лет всего лишь трое проявили интерес к этой моей забавной особенности. Внимание к деталям было частью их профессии. Один — художник. Двое других — шпионы. Всех их вы знаете. Альфред Плут, Федор Агапкин и ваш дедушка, Михаил Данилов. Вы четвертая, Софи. Если в ближайшие лет семьсот найдется еще пара-тройка таких наблюдательных, я сочиню какое-нибудь достоверное объяснение.

ГЛАВА ДВАДЦАТЬ ШЕСТАЯ

Москва, 1922

Прозвенел звонок, стало слышно, как из соседних аудиторий повалили студенты, но старенький профессор все не мог закончить лекцию. Таня зевала и поглядывала на часы. Она пришла в университет после суточного дежурства в госпитале, нестерпимо хотела спать. Перед ней лежала раскрытая тетрадь с конспектом.

– Животное маломозговое требует для урегулирования своей жизни постоянных справок и стимулов извне, из сообщества и природной среды. Действовать независимо от приказов среды и сообщества маломозговое животное не способно ввиду отсутствия полноценного мыслительного аппарата. Чем примитивней мозг, тем выше уровень подчинения среде, – громко, медленно говорил профессор и делал долгие паузы, чтобы студенты успевали записывать.

В Таниной тетради эти замечательные фразы были уже записаны, снабжены ехидным комментарием: *«Человек – продукт социальной среды»*, на полях красовался рисунок, весьма узнаваемая лохматая, бородатая голова.

Профессор шел по второму кругу, но, кажется, никто в аудитории не замечал этого. Справа от Тани студентка из пролетариев, в красной косынке и гимнастерке, прятала под партой вязание и сосредоточенно двигала спицами. Слева студент-красноармеец, мусоля карандаш, разгадывал крестословицу в журнале «Безбожник». В последних рядах спали, читали, шептались, грызли подсолнухи. На профессора никто не обращал внимания.

Таня заштриховала шевелюру и бороду, придала им дополнительную пышность.

Приоткрылась дверь, в аудиторию скользнула молоденькая секретарша ректора, тактично цокая каблуками, прошла прямо к кафедре и что-то зашептала на ухо профессору. Таня облегченно вздохнула. Еще минута, и можно бежать домой. Больше всего на свете ей хотелось нырнуть в постель, забиться под одеяло. Но об этом мечтать не стоило. Она обещала Мише сходить в кукольный театр. Он ждет. Спектакль начинается через полтора часа.

Секретарша исчезла, тихо прикрыв за собой дверь. Профессор, вместо того чтобы сложить в портфель лекционные материалы, нацепил очки, вытянул шею, растерянно оглядел аудиторию и, кашлянув, громко спросил:

– Студентка Данилова Татьяна Михайловна присутствует?

– Да, я здесь, – отозвалась Таня, еле сдерживая очередной зевок, и встала.

– Вы Данилова? Там вас ожидают, по срочному делу.

Прямо за дверью аудитории Таню встретили два молодых человека. Один в мышином полупальто, с обритой, необыкновенно маленькой головой и пышными пшеничными усами.

«Животное маломозговое», – машинально повторила про себя Таня.

Другой, черноволосый, буйно кудрявый, в добротной офицерской шинели.

– Татьяна Михайловна, тысяча извинений, оторвали вас от занятий, – интимно, вполголоса, начал усатый, – но тут такое дельце, батюшка ваш Михаил Владимирович...

– Что? – испуганно перебила Таня и слегка отпрянула от наплывающего на нее усатого лица. – Что с папой? Заболел?

– Здоров, здоров, не беспокойтесь, – заверил усатый и цепко схватил Таню за локоть.

– Приехать просил, к нему, в Солдатенковскую, срочно приехать, – объяснил черноволосый низким хриплым голосом.

Он говорил отрывисто, словно лаял. В смуглом губастом лице, в блестящих выпуклых глазах было что-то шальное, цыганское.

— Пройдемте, Татьяна Михайловна, вы не беспокойтесь, пройдемте, тут народу много, у нас автомобиль, по дороге объясним, видите, какое дельце, — ворковал усатый.

Теперь оба они держали ее за локти и настойчиво тянули к лестнице.

— Никуда я с вами не пойду, — сказала Таня, — извольте объяснить, кто вы такие и что происходит.

Дверь открылась, из аудитории высыпали Танины сокурсники, в толпе мелькнула белая пушистая голова профессора. Таню потащили так энергично, что она едва касалась ногами пола. Усатый приговаривал:

— Тихонечко, быстренько, волноваться не нужно, все в порядочке, батюшка вас ожидают, Михаил Владимирович, то есть профессор Свешников, батюшка ваш, давайте поторопимся.

Таня набрала побольше воздуха и крикнула:

— Отпустите! Кто вы такие? — и даже сделала неловкое движение, пробуя вырваться.

Вместо крика получилось тихое жалобное сипение. Держали ее крепко, ухватили еще крепче, и цыган гаркнул в ухо:

— Молчать!

По лестнице вверх и вниз сновали студенты, преподаватели, кто-то смотрел изумленно, испуганно, кто-то отворачивался.

«Интересно, если мне все-таки удастся громко крикнуть, что-нибудь изменится?» — отрешенно подумала Таня.

Но крикнуть она не могла при всем желании, у нее сел голос.

— Мое пальто осталось в аудитории и сумка. Надо забрать, — прошептала она, обращаясь к усатому.

— Заберем, заберем, пальтишко, сумочку, все заберем, — пообещал усатый, не сбавляя шага.

Лестница кончилась. Таню повели через вестибюль.

«Почему я иду покорно, как овца? — думала Таня. — Кругом люди, многие меня знают, я могла бы драться, сопротивляться. Нет, ничего не могу, и они не могут. Студенты, преподаватели. Все боятся. После съезда врачей начались повальные аресты. Сажают, расстреливают. На меня доносов гора».

— Данилова, ты куда? — вдруг прозвучал громкий властный голос.

Посреди вестибюля выросла статная золотоволосая красавица, сокурсница Тани, товарищ Бренер. Пальто распахнуто, шляпка съехала на затылок. Танины спутники попытались быстренько предпринять обходной маневр, но если товарищ Бренер вставала на пути, обойти ее не мог никто.

Маня Бренер, дочь одесского раввина, в пятнадцать лет сбежала из дома с любовником анархистом, в двадцать попала в тюрьму за покушение на жандармского офицера, в Гражданскую воевала в армии Фрунзе. Маня была самой фанатичной большевичкой на медицинском факультете, молилась на Ленина и Троцкого, верила в скорую победу мировой революции.

— Документы! — рявкнула Маня, сверкая зелеными рысьими глазами на Таниных спутников.

Таня почувствовала, как дрогнули державшие ее руки.

— В сторонку, в сторонку, гражданочка, не мешайте, — проблеял усатый.

— Что значит не мешайте? Я хочу знать, кто и на каком основании арестовал моего товарища! Требую ваши мандаты, ордер на арест!

Маня вовсе не кричала, но голос у нее был настолько громкий, что все, кто находился в вестибюле, повернули головы.

— Кто ты такая, чтобы требовать? — тихо, грозно прорычал цыган.

— Я красноармеец Бренер! — взревела Маня. — Не сметь мне тыкать! Я не для того на Перекопе кровь проливала, чтобы в мирное время всякая сволочь тыловая моих товарищей хватала и тащила! Контра! Хотите лишить Советскую республику лучших медицинских кадров? Не дам! Не позволю!

Маня раскраснелась, скалила белые зубы. В гневе она была страшна и прекрасна.

Никто не называл ее по имени, только «товарищ Бренер». После десяти лет бурной жизни в революции и на войне учиться товарищу Бренер было крайне тяжело. Ее бы не отчислили, даже если бы она вообще ничего не делала. Но Маня страстно желала стать настоящим, хорошим врачом. Она впадала в ярость, если чего-то не понимала. Обратиться за помощью к сокурсникам или преподавателям ей мешала большевистская гордость.

Однажды Таня застала ее в женской уборной в состоянии тихой истерики. «Восходящая аорта, нисходящая аорта, правый желудочек, левый желудочек, не могу, не понимаю, ни черта не понимаю», — бормотала товарищ Бренер, выла и билась лбом о кафельную стену. Тане удалось выяснить, что виноват во всем общий круг кровообращения. Она умыла товарища Бренер холодной водой, повела в библиотеку, развернула на столе цветной анатомический атлас, и часа через полтора Маня уже имела некоторое общее представление, как устроено сердце, какими путями движутся по организму потоки венозной и артериальной крови.

С тех пор между ними возник своего рода тайный заговор. Ни слова о мировой революции, никаких классовых споров. Только медицина. Анатомия и физиология человека. Таня объясняла, товарищ Бренер понимала.

И вот теперь товарищ Бренер орала на двух чекистов, не давала им вывести Таню из университета. Это не имело никакого смысла. Через пару минут в фойе появился третий чекист, уставший ждать на улице в автомобиле. Он оказался спокойней, солидней и вежливей своих коллег. Он предъявил мандат и ордер на арест гражданки Даниловой, подписанный товарищем Уншлихтом.

— Манечка, папе моему сообщи, он сейчас в Солдатенковской, — успела сказать Таня, прежде чем захлопнулась дверца автомобиля.

* * *

Вуду-Шамбальск, 2007

Потрепанный бежевый «Опель» свернул с трассы и запрыгал по ухабистой дороге. Рустам сбавил скорость. Справа, довольно далеко, показалась зона. Тарелки спутниковой связи на крышах корпусов, часть бетонного забора с темной каймой колючей проволоки. Впереди мелькнуло что-то, исчезло, опять мелькнуло.

Судя по схеме, лабиринт занимал пространство между дворцом Йорубы и развалинами замка сонорхов, то есть ту заповедную часть степи, где особенно пышно росла трава кхведо и никогда не бурили нефтяных скважин.

Лабиринт имел семь входов и выходов, из них четыре на схеме были заштрихованы черным карандашом. Осталось три. Один в развалинах, другой на территории дворца, третий спрятан в маленьком поселке у бывшего конезавода. Именно этот поселок темнел впереди.

«Опель» остановился возле крайнего, очевидно, нежилого одноэтажного кирпичного строения. Кубик с плоской крышей, на крыше сугроб. Рустам вылез, достал из багажника две лопаты.

— П-простите, Ив-ван Ан-натольевич, д-дверь з-завалило, п-прид-д-д...

— Придется поработать, — бодро продолжил за него Агапкин, — ты, Рустамка, чего ж третью лопату не прихватил? Я бы тоже с удовольствием подвигался.

Рустам улыбнулся и сказал ему что-то по-шамбальски.

Когда обошли домик, Зубов увидел выбитые окна и под козырьком крыши хорошо сохранившуюся, намертво привинченную вывеску: *«Товары повседневного спроса»*. Снег у двери раскидали быстро, он был легкий, рыхлый. Ржавая дверь открылась с жалобным скрипом.

На полу валялись старые истлевшие газеты, какие-те бумаги, тряпки. Все ожило, зашуршало, зашевелилось от ветра. Обломки прилавка, искореженный остов старого кассового аппарата, поломанные косые полки, осколки стекла были припорошены снегом. Иван Анатольевич едва не упал, споткнувшись о разбухшую, твердую как камень пачку порошка «Новость».

Прошли за прилавок, в бывшую кладовку, довольно просторную, без окон. В углу стоял огромный ржавый холодильник, рядом валялась оторванная дверца. Рустам включил фонарь, отдал Агапкину, разбросал лопатой кучу мусора, осколки кафельной плитки. Открылся черный квадрат, металлическая крышка люка.

Сначала Ивану Анатольевичу показалось, что они просто спускаются в погреб по удобной железной лесенке длиной метра полтора. Внизу твердый пол, камень или толстая прочная плитка. Фонарный луч осветил небольшое замкнутое пространство и уперся в железную дверь. За ней была еще одна лестница, уже длиннее и круче. Агапкин одолел ее легко, спускался, освещенный снизу фонарем Зубова, сверху фонарем Рустама, сопел, кряхтел. Когда Зубов протянул ему руку, сердито огрызнулся:

— Отстань, я сам.

Дальше был узкий туннель, он шел полого вниз, передвигаться пришлось гуськом, согнувшись, мелко семеня ногами, поскольку пол оказался довольно скользким.

— Этот лаз незаконный, Йоруба о нем не знает, — сказал старик.

Туннель постепенно расширялся. Луч скользил по шершавым темным стенам. Как и обещал старик, внутри было довольно тепло, к тому же просторно. Зубов расстегнул куртку, снял и сунул в карман шарф. Старик шагал рядом, все так же бодро. Заметив, что Зубов осветил фонариком часы, ехидно спросил:

— Устал, чекушник?

— Я нет. А вы?

— И я нет. Еще минут сорок топать, — он провел рукой по стене. — Древний материковый базальт, пять тысяч лет этим плитам. Слушай, Рустам, ты как думаешь, если бы твои гениальные предки шамбалы захотели, могли бы тут метро построить?

— З-зачем? М-метро в б-большом г-городе н-нужно, т-тут с-степь.

— Да, степь. Древние шамбалы любили простор, воздух, много неба, много ветра. А построить могли в принципе все что угодно, владели технологиями, которые до сих пор не разгаданы.

Ни разу старик не остановился, чтобы передохнуть, топал легко, словно это была увеселительная прогулка. В джинсах, кроссовках, в короткой черной куртке на пуху, в детской вязаной шапке, со спины он выглядел сутулым тощим мальчишкой. Зубову казалось, что вот сейчас старик повернет голову и в фонарном луче возникнет юное лицо Феди Агапкина, которое видел Иван Анатольевич на старых фотографиях.

Вдали мелькнул свет. Рустам шел первым, он остановился, погасил фонарь. Несколько мгновений они стояли в абсолютной темноте и тишине. Мутный далекий луч исчез. Опять появился, мигнул три раза, описал дугу.

— Все в порядке, — сказал Агапкин, — это нас встречают.

Рустам включил фонарь, повторил условный сигнал. Теперь два луча двигались навстречу, приближались, скоро стал виден силуэт человека. Еще через несколько минут Иван Анатольевич разглядел широкую куртку, вроде телогрейки, валенки, ушанку, сморщенное темное личико, на котором сияли огромные светло-карие глаза. Когда между ними осталось всего метров десять, человек остановился, опустил вниз свой фонарь и произнес:

– Здравствуй, Федя. С чего ты взял, что я помогу тебе? Ты же знаешь, нельзя вмешиваться.

Голос у него был глухой, старческий, дикция довольно четкая, несмотря на отсутствие зубов. Говорил он на чистом русской языке, с легким акцентом. Обращался к Агапкину так, словно они знакомы сто лет и расстались пару дней назад.

Федор Федорович подошел к старику, обнял его и тихо засмеялся.

– Дассам, Дассамка, не усидел, старый хитрюга, побежал встречать. Соскучился? Не ври, соскучился. И я тоже.

– Пусти, Федя, кости переломаешь. Пойдем скорее на свет, хочу посмотреть на тебя.

Старики зашагали вперед и заговорили по-немецки. Зубов с изумлением слушал.

– Федя, я всегда знал, что ты сумасшедший. Успокой меня, скажи, ты вернулся, чтобы опять искать белого всадника?

– Нет, Дассам, белого всадника я давно уж не ищу, мы скоро встретимся с ним. Ты отлично знаешь, зачем я вернулся.

– Федя, нельзя вмешиваться. И почему ты решил, что у нас получится?

– У нас? Ты сказал, у нас? Значит, все-таки поможешь?

– Я ничего тебе не обещал и участвовать в твоих дурацких играх не буду.

– Не будешь? А зачем в таком случае ты вытащил на свет Божий свою говорящую стекляшку?

– Извини, Федя, это не твое дело. Просто мне понравилась женщина, захотелось ее порадовать. Ну, так почему ты думаешь, что эпоха Хзэ кончилась?

— Его куклы быстро ломаются. Они выдают себя гримасами бесноватых. Он не может создать полноценное орудие с высоким интеллектом. Каждая попытка сотворить орудие заканчивается провалом. Получаются тупые кохобы. Но главное, ему нужен препарат. Ты понимаешь, что это значит?

— Федя, это ничего не значит. Он всегда хотел единолично владеть и распоряжаться препаратом.

— Да. Но теперь он пожелал использовать его для себя.

— Он врет. Он никогда не открывает своих истинных намерений. Препарат ему противопоказан, и он понимает это не хуже нас с тобой. Или ты думаешь, он настолько ослаб, что возомнил себя человеком?

— Именно так, Дассам. Он ослаб. Он спешит, паникует. У него нет новых идей.

— Федя, у него есть идея.

— Война между мужчинами и женщинами? Дассам, но это бред. Идея тупа и бесплодна, как и его куклы.

— Он почти нашел орудие с высоким интеллектом.

— Кого ты имеешь в виду?

Зубов заметил, что голос Агапкина дрогнул. Впереди, в блуждающих лучах, возникла лестница. Старики ускорили шаг.

— В-вот, уже п-пришли, — прошептал Рустам на ухо Ивану Анатольевичу.

— Ты знаешь, о ком я говорю, — сказал Дассам, — ты также знаешь, что вмешиваться нельзя, никому, тебе тем более. Это ее выбор. Если она согласится, за такого адепта он точно получит отсрочку. Молись, чтобы она отказалась.

Старики остановились в нескольких метрах от лестницы. Агапкин вдруг заговорил по-русски:

— Ты, старый злобный огрызок, мало тебе четырехсот лет? Так ни хрена ты не понял! Грязная бесчувственная ледышка! Вот поэтому тебя не отпускают! Я уйду к белому всаднику, а ты останешься, будешь тут дворником еще тысячу лет!

Пыхтя, отдуваясь, Агапкин стал карабкаться вверх по лестнице. Дассам стоял внизу, задрав голову, придерживая иссохшей рукой свою ушанку и кричал слабым, сиплым голосом по-русски:

– Федя, подожди, куда ты полез? Ты не сумеешь сам открыть люк, он тяжелый!

Агапкин замер посередине лестницы, повернулся, посмотрел вниз, оторвал руку от перекладины и ткнул пальцем в Дассама:

– Вот, Ваня, полюбуйся, мой знакомый дворник, о котором я тебе говорил!

* * *

Берлин, 1922

Федор вернулся в пансион около восьми вечера. В гостиной горел торшер. Фрау Зилберт мирно вязала в кресле. Он хотел пожелать спокойной ночи и пройти в свою комнату, но фрау указала спицей в темный угол у камина и сообщила:

– К вам опять посетитель.

Из угла торчали вытянутые ноги в щегольских башмаках на толстой резиновой подошве. Посетитель спал, развалившись в кресле. Лицо его скрывала шляпа, надвинутая на нос.

– Очень приятный юноша, – прошептала фрау, – ждет вас с семи часов.

Приятный юноша зашевелился, потянулся, снял шляпу, зевнул, открыл карие глазищи, улыбнулся во весь рот, вскочил и обнял Федора.

Если бы до отъезда Бокий не показал фотографии, Федор ни за что не узнал бы Осю, он помнил маленького умирающего старичка, помнил тощего слабенького мальчика с младенческим пушком на голове. Теперь перед ним стоял невысокий стройный молодой человек, с чистым смуглым лицом, чернобровый, белозубый, излучающий какую-то невероятную веселую энергию, хотя только что проснулся, позевывал, тер глаза.

– Вы вместе учились? – спросила фрау Зилберт.

– Да, – поспешил ответить Ося, – в одной гимназии, в Москве. Господин Агапкин всегда получал отличные оценки, хотя совершенно ничего не знал, а я знал все, но едва дотягивал до удовлетворительных результатов. Он умел болтать без умолку, и голос у него был такой противный, что преподаватели хотели только одного: чтобы он замолчал. Но он говорил, говорил, пока не добивался высшего балла. Тогда становилось тихо, и все радовались. Я же, напротив, боялся открыть рот. Вот так, с первого до последнего класса, он болтал, я молчал. Теперь наоборот, я болтаю, он молчит.

У Оси был великолепный немецкий, словно он всю жизнь говорил на этом языке. Фрау слушала его треп с нежной улыбкой, глядела на него, как на родного внука.

– Пойдем, однокашник, у нас мало времени, – сказал он Федору по-русски, – в семь утра я должен быть в Париже.

– Сегодня?

– Конечно. Что ты так смотришь? В четыре поймаю аэроплан великого Юджина Матти. – Он повернулся к хозяйке, галантно поклонился и затараторил по-немецки: – Спокойной ночи, милая фрау Зилберт, очень приятно было с вами познакомиться, передайте огромный привет вашей красавице-внучке и скажите, что она непременно станет звездой синематографа.

Когда Ося надевал свой плащ, Федор увидел в зеркале, что они правда выглядят ровесниками, хотя Осе только семнадцать, а ему тридцать два. Древний паразит как будто уравнял их.

«Знает или нет? – думал Федор, глядя на Осю. – Может, стоит поговорить с ним об этом?»

– Погуляем по Тиргардену, погода отличная, – заявил Ося и отправил последнюю, прощальную улыбку фрау Зилберт.

Моросил холодный дождь, дул ледяной ветер.

– Надо было хотя бы зонтик одолжить у доброй фрау, – заметил Федор.

– Нет смысла. Дождь слишком косой для зонтика. К тому же скоро кончится, тучи разойдутся. Погода должна стать летной. Иначе меня отчислят из Сорбонны.

У Федора голова шла кругом. Он не перебивал, не задавал вопросов. Поднял воротник, шагал рядом с Осей по темной пустой аллее Тиргардена.

– Так вот, Юджин Матти, великий авиатор, наполовину англичанин, наполовину итальянец. Я уже написал о нем пару репортажей для журнала «Флайт». Сегодня в четыре он взлетает с берлинского аэродрома на новой модели фирмы «Скайрингс», он сейчас отрабатывает ночные полеты. Обещал подбросить меня до Парижа. В девять я обязан сидеть перед экзаменаторами и сдавать Древний Египет. К половине третьего мне нужно подойти к отелю «Штерн». Лючия, жена Юджина, поедет на автомобиле в аэропорт, обещала меня прихватить. Так что времени в обрез.

В ночном парке не было ни души. Дождь кончился, ветер гнал тучи, над верхушками деревьев иногда мелькала круглая оранжевая луна. Осю интересовало все. Как выглядит сейчас Таня, когда сделал первые шаги и произнес первые слова Миша, которого он пока еще не видел, но очень хотел познакомиться. Здоровье старой няни. Первая любовь Андрюши.

Шли быстро, но все равно замерзли. Ося остановился, взглянул на луну, сказал:

– Полночь. Тут рядом есть ночная пивнушка. Пойдем греться.

В пивнушке щипало глаза от папиросного дыма, в дыму носились, как призраки, грудастые кельнерши с гирляндами огромных кружек. Ося провел Федора в следующий зал. Там играл маленький оркестр, парочки отплясывали чарльстон.

— Мы будем танцевать? — изумился Федор.

Вместо ответа Ося выдал несколько вполне профессиональных па. Федор застыл в растерянности. Ося, продолжая легко отплясывать, начал говорить или почти напевать в такт музыке:

— Надо согреться. Пиво я терпеть не могу. Сосиски тут с душком. Сейчас будут играть степ, я научу тебя, каждый врач обязан мастерски бить чечетку. Она разгоняет кровь, лечит меланхолию, способствует правильному пищеварению и отлично прочищает мозги. Вот, как раз подходящая музыка. Смотри, я начинаю. Повторяй мои движения.

Федор послушно принялся вслед за Осей бить чечетку, сначала неловко, потом все лучше.

— Молодец. Отлично. Слушай, окно на границе, о котором говорил Павел Николаевич, вполне надежно. Я пользовался им дважды. Бывал в Питере, до Москвы доехать не решился. Я могу встретить и забрать их на даче у залива. Адрес у тебя уже есть. Предупреди заранее, хотя бы за неделю, через доктора Эрни. Танцуй, Федя, танцуй. Тане оставаться в Совдепии нельзя. У меня здорово развита интуиция, я кое-что чувствую и знаю наперед о тех, кого сильно люблю.

Они плясали до двух, в перерывах пили суррогатный кофе, жевали соленые сухие крендели. Федор со странной легкостью освоил основные движения чечетки, хотя до этого никогда в жизни не танцевал.

До отеля «Штерн» дошли пешком за двадцать минут. Это был очень дорогой отель. Разумеется, парадная дверь оказалась запертой. Не раздумывая, Ося нажал кнопку звонка. Долго не открывали, наконец высунулось сердитое сонное лицо швейцара. Федор подумал, что их сейчас погонят в шею. Но стоило Осе назвать имя госпожи Матти, дверь распахнулась.

Пока ждали в пустом холле в мягких креслах, Ося успел сказать:

– Если тобой интересуется Радек, это нехорошо. Он темный человек. Через него идут тайные связи между большевиками и германскими наци. В девятнадцатом, ты знаешь, тут случилось нечто вроде революции, были убиты Карл Либкнехт и Роза Люксембург. Так вот, брат Либкнехта, Теодор, уверен, что Радек причастен к убийству.

Из лифта появилась очень красивая брюнетка, в кожаной куртке, подбитой соболем, в штанах, заправленных в низкие мягкие сапожки. Шею обвивал белый шелковый шарф. Ося вскочил, поцеловал ей руку. Она заговорила с ним по-английски, назвала Джозефом, ласково потрепала по волосам.

У подъезда уже стоял огромный «Роллс-Ройс». Ося обнял Федора и вдруг спохватился:

– Я идиот! Как ты доберешься до своего пансиона? Вот что, дай портье несколько марок, попроси вызвать для тебя таксомотор. Есть деньги? – Он полез в карман, стал совать бумажки.

«Роллс-Ройс» нетерпеливо просигналил. Федор отстранил руку с купюрами.

– Ося, не нужно, денег у меня довольно, езжай, тебя ждут. Я доберусь, не волнуйся.

Ося запрыгнул на заднее сиденье, хлопнула дверца, автомобиль укатил. Федор потоптался у подъезда. Лакей успел запереть дверь и погасить свет в холле. Звонить Федор не стал, раскрыл под фонарем карту, понял, что отсюда до его пансиона не больше получаса пешком. Небо расчистилось, ветер утих. Приятно было прогуляться на прощанье по ночному Берлину. Ноги гудели после безумной Осиной чечетки, но просились опять пуститься в пляс. Он еще раз прочитал названия улиц на перекрестке и бодро зашагал в сторону Тиргардена.

Ося оказался прав. Степ отлично прочищает мозги. Федору пришла в голову вполне здравая мысль. Ленин увидит мятый листок почтовой бумаги, исписанный рукой Кобы, на этом политическая карьера «пламенного колхидца» закончится, и того, чего опасается Михаил Владимирович, о чем предупреждает доктор Эрни, вовсе не случится. Тогда не обязательно Тане уезжать. Неуклюжая государственная конструкция, называемая советской властью, скоро развалится. Россия станет нормальной, безопасной для жизни страной. Ленин понял свои ошибки и делает сейчас все, чтобы их исправить. При нем никакой тирании уже не будет, а после его смерти тем более. Кто решится взять на себя роль тирана? Троцкий? Ему надоели эти игры. На совещаниях сидит в углу, украдкой почитывает французские романы. Бухарин? Золотое дитя, этим все сказано. Каменев, Зиновьев, Рыков, Томский? Смешно! Дзержинский? Не смешно, однако тоже невозможно. Устал, болен, не имеет ни сил, ни амбиций.

«Ну, кто там у нас в сухом остатке? – спросил себя Федор. – Сам Ильич кого намечает в преемники? Да никого он не намечает! Коллегиальное правление. Эти коллеги мигом перегрызут друг другу глотки. Что будет дальше, неизвестно. Будет лучше, но не хуже, ибо хуже просто не бывает! И никуда не надо Тане уезжать. Зачем, если в России скоро все будет хорошо?»

Веселый чечеточный ритм пульсировал в нем, он шел быстро, и на каждом перекрестке ноги сами собой повторяли несколько легких па, которым научил его Ося. В зыбком свете фонарей, в предрассветной лунной дымке он видел с фотографической ясностью лицо Ленина, когда в руки ему попадет измятый листочек почтовой бумаги.

В мысленном перечне возможных кандидатов на роль тирана никакого Сталина не было. Федор вычеркнул его, уничтожил, отправил в Тифлис доучиваться в духовной семинарии. А если семинарию закрыли, пусть шьет сапоги!

К рассвету похолодало, но Федор не замечал этого. Он согрелся от быстрой ходьбы, от степа. Осталось пройти всего несколько кварталов. Уже был виден знакомый поворот, станция эсбана.

Позади раздался тихий рык мотора, фары осветили Федору кусок пути. Он не оглянулся, прибавил шагу, побежал. Голова взорвалась болью, брызнули слезы. Древние твари сигнализировали о смертельной опасности, сейчас это только усугубляло опасность, мешало бежать. Нельзя убежать от автомобиля, но можно нырнуть в темноту парка, перемахнуть парапет, спуститься по откосу к реке, спрятаться там. Вдруг не найдут?

Взвизгнули тормоза, из автомобиля выскочили сразу трое. Последнее, что он успел почувствовать, — резкий запах эфира. Это было уже лишнее, он и так потерял сознание.

* * *

Вуду-Шамбальск, 2007

Соня боялась собственного страха, и получался замкнутый круг. Она заметила, что в разговоре с Хотом слова не имели смысла. Он задавал вопросы, она на них не отвечала, но он как будто не обращал на это внимания. Ему нужны были ее эмоции, а не слова. Соня чувствовала, что он желает поговорить о результатах анализа крови, ему не терпится узнать, как сильно впечатлили ее загадочные особенности жидкости, которая течет в его жилах.

«Нет уж, этого удовольствия я ему не доставлю», — решила Соня и сказала:

— Господин Хот, я устала и хочу спать.

— Да, конечно, сию минуту все устрою, — пообещал Хот и исчез.

Она осталась одна за столом. Вокруг галдели, смеялись. Некоторые гости уже крепко напились. Пожилая полная дама пустилась в пляс, скользила между столами, извивалась и трясла бюстом. Певец, исполнитель шлягера про светофор, без стеснения целовался со своим юным другом.

Соне стало скучно и противно. Дима все не появлялся. Она запретила себе думать о нем.

«Какое мне дело? Мне никто не нужен. Господи, ну куда же он делся?»

Хот вернулся вместе с Йорубой.

— Соня, если вы устали и желаете отдохнуть, милости прошу в мой гостевой дом! Комната для вас готова.

— Спасибо за гостеприимство. Я хочу уехать, мне нужно связаться с водителем, но у меня нет телефона.

— Зачем водитель? Никуда вы не поедете, я вас не отпускаю, — Йоруба одарил ее широкой улыбкой, шутовски поклонился и убежал.

— Софи, там пурга, ехать опасно, — тихо сказал Хот.

Соня растерянно огляделась, надеясь увидеть Диму. Не увидела. Кольт и Орлик тоже исчезли, за столом у эстрады сидела Светик и еще какие-то незнакомые люди.

— Я хочу уехать, — упрямо и безнадежно повторила Соня.

— Вы останетесь здесь.

— Почему?

— Я уже объяснил вам, Софи. Там пурга, она усиливается с каждой минутой. Штормовой ветер. Ехать опасно, и никто вас не пустит.

«Главное — уйти из этого зала, подальше от пьяных рож, от внимательных студенистых глаз Хота», — решила Соня и спокойно произнесла:

— Мои вещи в машине.

— Софья Дмитриевна, все уже в вашей комнате, — прозвучал позади нее вкрадчивый мягкий мужской голос.

Она оглянулась. У нее за спиной стоял смуглый голубоглазый красавец лет тридцати, гипертрофированно мужественный, с широкими черными бровями и остриженными под бобрик светлыми волосами.

«Забрали вещи из машины. А куда дели Фазиля?» — подумала Соня.

— Вашего водителя отправили в город, — сказал Хот. — Познакомьтесь, это Никита, он проводит вас в гостевой дом. Спокойной ночи, Софи.

— Погодите, как же отправили водителя в пургу? — спросила Соня. — Вы сказали, что ехать опасно.

— Он отчалил пару часов назад, пурга началась позже, — объяснил красавец.

— Софи, расслабьтесь. О чем вы думаете? Водитель, телохранитель. Какое вам до них дело? Опомнитесь. Кто вы и кто они? — мягко, с философской задумчивостью произнес Хот.

Свет погас, оркестр заиграл нечто томное, по залу поплыли разноцветные блики. Хот растворился в этой пестрой темноте.

— Софья Дмитриевна, почему вы такая грустная? — красавец все еще стоял позади, положив руки на спинку ее стула. — Смотрите, танцуют, позвольте, я приглашу вас. Вы можете называть меня Ник.

Прямо возле столика, задевая стулья, танцевал бывший певец со своим бойфрендом. Он, как мешок, висел на мальчике, обвив его шею руками, и тихо, жалобно подвывал музыке. Неподалеку продолжала танцевать пожилая полная дама, все так же извивалась и трясла бюстом в печальном одиночестве. Водочный магнат, обняв хрупкую спутницу, погрузил свой выразительный пятачок в ее декольте и монотонно покачивался.

Руки красавца Ника скользнули со спинки стула Соне на плечи.

— Где мой охранник? — спросила Соня и резко передернула плечами.

— Простите, Софья Дмитриевна, это мне неизвестно. — Он убрал руки, отступил на шаг и почтительно поклонился: — Я вижу, вы устали, раздражены. Позвольте, я провожу вас в гостевой дом.

– Нет. Я должна поговорить с Петром Борисовичем. Будьте любезны, найдите его.

«Я тяну время, жду Диму, – подумала Соня. – Допустим, сейчас эта мужественная кукла отыщет Кольта. Что я скажу ему? Спрошу, как ему удалось подружиться с господином Хотом? Потребую отправить меня домой, в Москву? Или в Зюльт-Ост, к дедушке?»

Красавец отошел на пару шагов и с кем-то совещался через переговорное устройство. Соня вытащила сигарету из пачки, которую оставил на столе Дима. Зажигалку не нашла, но тут же вспыхнул огонек. Ник дал ей прикурить.

– Петр Борисович уже отдыхает. Мне сказали, что беспокоить его неудобно. Завтра утром вы с ним обязательно увидитесь.

– Тогда найдите Орлик Елену Алексеевну.

Ответа Соня не услышала, оглушительно загрохотал рок. Толстые цветные лучи носились по темному залу, пульсировали в бешеном ритме, выхватывали из мрака фрагменты фигур, синие головы, красные руки, зеленые ноги. Соне показалось, что где-то возле эстрады в лиловом световом овале мелькнуло лицо Димы, вспыхнули стекла очков. Цветные части тел дергались, прыгали, мелькали. Соня поднялась, медленно двинулась к эстраде сквозь эту пятнистую густую мглу, как сквозь морскую воду, кишащую радужными медузами. Подошвы туфель неприятно скользили по паркету, пляшущие невидимые фигуры задевали, толкали, что-то холодное, влажное прикоснулось к локтю.

– Софья Дмитриевна, вы все-таки решились потанцевать? – сквозь адский грохот прорвался голос Ника.

Твердые ледяные пальцы стиснули ее запястье. Она попыталась выдернуть руку.

– Нет, не пущу! В темноте я вас потеряю!

– Ладно, все, отведите меня в гостевой дом! – прокричала Соня сквозь грохот рока.

Ледяные пальцы скользнули от запястья к кисти. Проворно лавируя между столиками и прыгающими, дергающимися танцорами красавец повел ее к выходу. Пока они пробирались сквозь ресторанный зал, несколько раз ей опять почудилось лицо Димы, то в зеленой, то в алой вспышке. Она вздрагивала, а спутник еще сильнее сжимал ей руку, приостанавливался, кричал в ухо:

— Что? Что такое?

Когда подошли к выходу, она в последний раз оглянулась, но ничего, кроме пляшущих разноцветных пятен, не увидела.

В пустом светлом фойе грохота почти не было слышно, однако в ушах все еще звенело, и в глазах продолжали прыгать цветные пятна. Соня резко выдернула руку из холодных цепких пальцев, быстро подошла к креслу, села и сказала:

— Я никуда не пойду, пока здесь не появится мой охранник.

— Ну, Софья Дмитриевна, зачем так нервничать? Давайте я буду вас охранять, — красавец Ник элегантно присел на подлокотник кресла и, как бы ненароком, положил руку Соне на колено.

Лицо его оказалось совсем близко, и повеяло знакомым тухлым запашком.

— Не смейте меня трогать. Быстро, сию минуту, разыщите моего охранника, — произнесла она, отворачиваясь от вонючей пасти.

Он убрал руку, медленно поднялся с подлокотника, отошел на пару шагов и стал тихо совещаться с кем-то через рацию. Как ни прислушивалась Соня, ей не удалось разобрать ни слова, хотя говорил он по-русски.

Через фойе прошло трое ряженых из службы безопасности Йорубы. Высокая блондинка в узком парчовом платье процокала к дамскому туалету. Соне показалось, что это та самая блондинка, которую она видела в ресторанном зале рядом с Димой. Ей даже пришла в голову мысль окликнуть ее, спросить, где тот молодой человек в очках, с которым она беседовала минут сорок назад. Но мысль показалась идиотской.

«Я просто буду сидеть здесь и ждать Диму. Они не могут ничего сделать со мной насильно, — думала Соня, — им нужно добровольное согласие. Да, со мной ничего не сделают. А с Димой?»

— Софья Дмитриевна, я все выяснил. Вашего охранника нет на территории дворца. Он уехал вместе с шофером.

Красавец Ник не решился опять присесть на подлокотник, он встал напротив, смотрел сверху прозрачными голубыми глазами. Вранье было таким очевидным, а глаза излучали такое приторное влажное сияние, что Соня засмеялась. Красавец по-своему истолковал ее смех, улыбнулся, протянул руку и зашептал с придыханием:

— Софи, пойдемте, я покажу вам зимний сад, там потрясающие розы, а потом отведу вас в гостевой дом. Я буду с вами, и никто, никто нам не нужен, вы такая красивая, я с ума от вас схожу, Софи!

Соня, продолжая смеяться, ткнула пальцем ему в солнечное сплетение и тихо, ласково произнесла:

— Ник, пока вы не сошли с ума, извольте найти моего охранника.

— Зачем он вам, Софи? Разве я хуже?

— Вы механическая кукла, меня от вас тошнит.

Она почти не удивилась, когда шикарная мужественная физиономия задергалась в мелком тике. Задрожали щеки, скривились губы, глаза быстро заморгали. В отличие от горничной Лойго и администраторши мадам Эльзы это существо почуяло неладное, схватилось руками за лицо.

«Наверное, новичок, совсем недавно стал куклой, еще не привык», — подумала Соня и окликнула беднягу:

— Эй, Ник, успокойтесь, это сейчас пройдет.

Но он не услышал ее. Он стоял, в панике щупал лицо. Пальцы дрожали вместе с лицевыми мышцами. Глаза уже не моргали, вылезли из орбит и неотрывно смотрели в одну точку. Соня оглянулась, за спиной было зеркало. В нем несчастный Ник видел отражение своего искаженного, скомканного, словно бумажный рисунок, лица.

— Вас не предупредили, вы не знали, что теряется связь между эмоциями и мимикой, — сказала Соня, — и что изо рта воняет тухлой рыбой, вам тоже неизвестно.

В зеркале глаза их встретились. Лицо Ника все еще подергивалось. Он уронил руки и хрипло произнес:

— Что, правда воняет изо рта?

— Ну да. Несильно. Чувствуют только собаки, иногда дети. Взрослые очень редко.

Он поднес ладонь ко рту, выдохнул, пытаясь уловить запах, сморщился, шагнул ближе к зеркалу, принялся внимательно рассматривать и трогать свое лицо. Соня спокойно наблюдала за ним. Он хмурился, двигал бровями, вытягивал губы трубочкой. Он любил свое лицо, дорожил им, гордился, но сейчас оно перестало принадлежать ему. Мышцы дергались, появлялись мелкие впадины, воронки, словно невидимый град бил по щекам.

— Не смотрите на себя, вам страшно, вы нервничаете, от этого только хуже, — сказала Соня.

Он послушно отвернулся от зеркала, сел в соседнее кресло, сгорбился, низко опустил голову и опять стал трогать лицо.

— Я думал, все это так, понты.

— Что именно?

— Ну, вся эта хрень. Посвящение, черное причастие. Блин, чего ж такое со мной?

— Точно не знаю. Наверное, это от наркотиков, которыми вас накачали. Какой-то сбой в нервной системе.

Ник медленно поднял голову, взглянул на Соню. Лицо его больше не дергалось, впадины разгладились, но выглядел он плохо. Глаза потускнели, покраснели, он весь как будто обрюзг, постарел.

— Не-ет, — протянул он медленно, хрипло, — это не наркота была. Черное причастие. Кровь.

— Чья?

Он сжал виски, помотал головой:

— Не могу сказать. Нет. Не могу.

— Ладно, не говорите. Вы вляпались в скверную историю, Ник, или как вас там зовут на самом деле?

— Ник. Никита — мое настоящее имя. Блин, блин, — он несколько раз сильно стукнул себя кулаком по колену, — чего ж делать-то теперь, а?

— Вообще все это очень странно, — задумчиво произнесла Соня, — по идее вы должны безумно себе нравиться, быть от себя в восторге, в упоении. Чувство собственного превосходства.

— Чего?

— Ну, вы самый крутой, весь в шоколаде. Бабки, телки, тачки...

— Мг-м, — он безучастно кивнул, — лицо это вообще, блин, для меня все, как же я теперь без лица? Слушай, может, мне, это самое, в церковь пойти? Может, отпоют как-нибудь?

— Отпевают покойников, — Соня слабо улыбнулась, — ты пока вроде живой. Но в церковь, конечно, попробуй сходи. Ты кто по профессии?

— Спортсмен. Мастер спорта по пятиборью. Был. Ну там история вышла. Не важно. Потом охранником служил у бизнес-тетки одной. Короче, так жизнь повернулась. Ну, чего делать-то мне?

— Молчать. Сейчас молчать, — процедила сквозь зубы Соня.

Она увидела, как через фойе быстро направляется к ним господин Хот собственной персоной.

— Убью, — хрипло прошептал Ник, перехватив ее взгляд.

— Это не так просто, как ты думаешь. Тихо, не дергайся. — Она уставилась в упор на Хота и громко спросила:

— Куда вы дели Савельева?

— Софи, вы еще здесь? Я думал, вы уже отдыхаете. — Он повернулся к Нику: — В чем дело? Почему ты не отвел даму в гостевой дом?

— Потому что я никуда не пойду с ним! — крикнула Соня так громко, что проходившая мимо парочка обернулась. — Вы приставили ко мне куклу, марионетку, а мне нужен мой Савельев!

За спиной Хота Соня заметила пожилого господина из службы безопасности, того, что перед концертом обсуждал по рации, куда кого рассаживать, и крикнула во все горло:

— Эй, уважаемый, можно вас на минуту?

Пожилой подошел к ним, слегка поклонился:

— Да, слушаю вас.

— Тут, во дворце, пропал человек, мой охранник, его фамилия Савельев, вы его видели, разговаривали с ним. Скажите, где он?

— Хорошо, сейчас выясним.

— Софи, успокойтесь, прекратите этот спектакль, — быстро, тихо проговорил Хот.

Соня заметила, что смотрит он при этом не на нее, а на Ника. Ник сидел все так же, низко опустив голову. Лицо его было багровым, он сжимал кулаки, щурился и кусал губы.

— Софья Дмитриевна, я распорядился, вашего охранника ищут, — доложил пожилой.

— Спасибо. Как ваше имя-отчество?

— Валерий Иванович.

— Очень приятно. Скажите, Валерий Иванович, как вообще могло случиться, что тут у вас, на территории дворца, пропал человек?

— Территория большая, гостей много. Может, выпил лишнего, заснул где-нибудь. А вы бы ему позвонили.

— Он не пьет. Я бы давно позвонила, но у меня нет с собой телефона.

— Возьмите мой.

– Я не помню его номера наизусть.

«Интересно, этот Валерий Иванович кто? – подумала Соня, вглядываясь в приятное, умное, прямо-таки профессорское лицо. – Не могут они все здесь быть марионетками. А Хот почуял, что Ник вышел из-под контроля. Кажется, сейчас Ник беспокоит его даже больше, чем я. Господи, ведь его прикончат, как прикончили Макса. Что ж он, дурачок, притвориться не может?»

Из ресторана стали выходить гости, шумная толпа рассыпалась по фойе, у Валерия Ивановича запищала рация.

– Простите, мне нужно идти, – сказал он и быстро зашагал прочь, исчез в толпе.

Соня отвлеклась всего на секунду. Когда она опять взглянула на Ника, увидела, что он сидит все так же, но голова поднята, взгляд устремлен вверх, на Хота, который стоит над ним неподвижно и смотрит ему в глаза. Сквозь гул толпы, голоса, смех, звонки мобильных Соня вдруг различила странный звук, шипение, как будто вода капает на раскаленную сковородку. Звук этот издавал Хот, непонятно, каким образом, губы его были плотно сжаты.

– Что вы делаете? Прекратите!

Хот никак не отреагировал, не шевельнулся, только шипение слегка усилилось.

– Ник! – громко позвала Соня, протянула руку, тронула плечо несчастного красавца.

Она лишь слегка прикоснулась, но он вдруг стал заваливаться набок, как тряпичная кукла, перевесился через подлокотник кресла. Хот приподнял его за плечи, усадил ровно.

– Что вы с ним сделали? – Соня вскочила, схватила запястье Ника, пытаясь найти пульс.

Не нашла. Кожа была влажной и холодной.

– Оставьте его, Софи, не суетитесь.

Соня почувствовала, как струйка ледяного пота пробежала между лопатками. Пальцы Хота сжали ее левый локоть, и показалось, что ледяные крепкие когти сжимают ей сердце. Тело Ника сидело в кресле. Люди сновали мимо, туда, сюда, очень много людей, но они вдруг стали таять, потеряли плотность и ясные очертания, превратились в призраков, вроде тех дымчатых фигур, которые носились по ресторанному залу перед началом трапезы.

Кричать, звать на помощь не имело смысла, призраки не помогут.

ГЛАВА ДВАДЦАТЬ СЕДЬМАЯ

Берлин, 1922

Голоса долетали, как сквозь вату, Федор понимал, что говорят по-русски, несколько раз прозвучало его имя, но о чем шла речь, сколько человек участвовало в разговоре, он определить не мог.

Голова почти не болела, однако продолжался странный гул в ушах. Губы и ноздри горели. Кляп, смоченный нашатырем, обжег кожу. Впрочем, никакого кляпа уже не было. И руки развязали. Только на глазах осталась повязка.

Прежде чем шевельнуться, Федор прислушался, принюхался. Следовало решить, стоит ли выдавать себя? Или будет разумнее притвориться, что он все еще без сознания?

Разговор закончился пару минут назад. Прозвучали тяжелые мужские шаги по чему-то мягкому, вероятно, пол в помещении был покрыт толстым ковром. Хлопнула дверь.

Он уже определил, что лежит на диване. Где-то справа приоткрыто окно, оттуда веет свежим ветром. Куртку и ботинки с него сняли, но брюки и джемпер не тронули. Значит, письмо должно быть на месте, в нагрудном кармане сорочки под джемпером.

Федор смутно помнил, как его затащили в машину. Помнил, как вынесли из машины, уложили, ощупали, вывернули карманы брюк.

«Кажется, письмо на месте, а все-таки не худо проверить», — подумал он, и тут низкий мужской голос произнес по-русски:

— Ну, ну, Дисипль, хватит притворяться. Вы уже очнулись, можете снять повязку.

Федор резко сел, сорвал повязку, увидел небольшой, уютный, дорого обставленный кабинет. Письменный стол. Напротив дивана кресло. В кресле пожилой мужчина, длинный, худой, но с большим животом, совершенно лысый, в добротном сером костюме. Верхний свет не горел, только лампа на столе, потому не сразу удалось разглядеть лицо, казавшееся слишком темным для европейца.

Не удержавшись, Федор быстро провел ладонью по груди. Он так надеялся почувствовать под джемпером сложенный вчетверо листок почтовой бумаги, но тут же понял, что письма все-таки нет.

— Письмо у меня, — утешил его незнакомец, — вот оно.

Глаза привыкли к полумраку. Теперь он видел, что незнакомец рябой, черты грубые, тяжелый взгляд исподлобья. В правой руке, между толстыми короткими пальцами, подрагивает бесценный листочек.

— Вы должны быть благодарны мне, Дисипль, — изрек он и обнажил в улыбке мелкие желтоватые зубы, выпуклые бледные десны, — товарищ Радек известный шутник, но его головорезы шутить не любят. Если бы я не вмешался, вас бы допросили с пристрастием, а потом... Ладно, не будем о грустном, к тому же времени у нас в обрез. Вы должны успеть на поезд.

Маленькие, глубоко посаженные глаза смотрели прямо на Федора. Цвет глаз какой-то неопределенный, студенистый.

Изрытое оспой лицо, улыбка, обнажающая бледные десны, студенистые глаза, все это слилось наконец в единый, смутно знакомый образ. Почему-то зазнобило. Показалось, что в комнате полярный холод.

— Вот и хорошо, что вы сами догадались, — господин Хот одобрительно кивнул, — не люблю представляться, знакомиться. Тем более с теми, с кем и так уж знаком.

— Я вас не знаю. Впервые вижу.

Федор удивился, насколько трудно ему было говорить. Зубы стучали от холода, он едва не прикусил язык.

— Не лукавьте, Дисипль. Видите впервые, но слышали обо мне много. Я давно уж наблюдаю за вами, мне хочется понять, чем вы так симпатичны Крылатому змею? И вот представился замечательный случай. Возьмите письмо, оно ваше.

Федор не мог поверить, не сразу решился протянуть руку. Пожелтевший листок плясал перед его лицом. Толстые пальцы легко разжались. Федор отвернулся, задрал джемпер, быстро спрятал письмо назад, в карман сорочки, и даже пуговки клапана застегнул.

— Так распорядилась судьба, — произнес Хот и вальяжно откинулся на спинку кресла. — Я уважаю прихоти этой особы и подарков ее ни у кого не отнимаю. Письмо принадлежит вам, вы можете делать с ним что угодно.

— То есть я могу отдать его Ленину? — ошалело прошептал Федор.

— Конечно, можете. Но с одним условием. Видите ли, Татьяна Михайловна арестована.

— Что? — Федор вскочил с дивана, шагнул к Хоту, едва не вцепился в лацканы его пиджака. — Что вы сказали?

— Ну, зачем так нервничать? — Хот сделал быстрый жест рукой, и незримая, но мощная ледяная волна отбросила Федора назад, к дивану.

— Это невозможно! — крикнул Федор, поперхнулся криком, закашлялся так, что из глаз брызнули слезы.

— Дисипль, вы мне не нравитесь, — жестко сказал Хот, — вам сейчас нужна ясная голова, да и времени почти не осталось. Извольте выслушать, спокойно и внимательно. Все в ваших руках. Вручите письмо Ленио. Это будет благородный поступок, настоящий подвиг. Вы спасете отечество от грядущей кровавой тирании. Но потеряете вашу Таню, а следом за ней всех, кто вам дорог. Есть и другой вариант. В Москве вы встретитесь с моим доверенным лицом. Он следователь, ведет дело гражданки Даниловой Татьяны Михайловны. Фамилия его Мухин. Отдадите ему письмо, взамен получаете Таню.

— Я вам не верю, — Федор сжал виски и помотал головой, — вам нужна кровавая тирания, вы долго искали того, кто способен осуществить ее. Вы вряд ли станете так рисковать.

Хот засмеялся. Смех у него был противный, тонкий. Массивное брюхо под пиджаком колыхалось.

— Дисипль, я обожаю рисковать. К тому же Кобе не помешает еще одно испытание. Мне любопытно, как он решит эту задачку. А вдруг справится? — Хот подмигнул. — Впрочем, это никоим образом не умалит ваш подвиг. Слушайте, может, вы наденете ботинки? Светает, вы опоздаете на поезд.

Федор обулся, вместе с Хотом вышел в полутемную прихожую. На вешалке висела его куртка, рядом легкое серое пальто Хота. Молча оделись. Ни в квартире, ни на лестничной площадке не было ни души. Хот достал из кармана ключ и запер дверь. Пешком со второго этажа спустились вниз. Мраморную лестницу покрывал ковер. Внизу, у лифта, дремал на стуле толстый седовласый швейцар. Не разбудив его, выскользнули на улицу.

Оказалось, что дом, в который притащили Федора, всего в одном квартале от пансиона.

— Вы любите рисковать, но блефовать тоже, — решился произнести Федор, — где гарантия, что Таню потом опять не арестуют?

— Гарантия? — Хот усмехнулся. — Только мое слово. Ну, Дисипль, рассудите здраво, я ведь мог бы и не отдавать вам письмо. Но я отдал. И если вы все-таки решите не вручать его Ленио, сможете отправить вашу Таню за границу вместе с сыном и братом.

— Легально?

— Э, нет, это скучно. Пусть будет приключение. Обожаю приключения.

— Михаилу Владимировичу придется остаться? — чуть слышно прошептал Федор.

— Мг-м. И вам тоже.

— Почему?

Хот резко остановился, развернулся, взглянул на Федора и произнес с издевательским пафосом:

— Такие люди нужны России!

Потом опять засмеялся, мерзко, тоненько захихикал и добавил, сквозь смех подрагивая, всхлипывая:

— Вы сильно разозлили Радека. Я мог бы отдать вас его головорезам на растерзание, как отдал недавно милую парочку, фрау Розу и герра Карла.

— Розу Люксембург и Карла Либкнехта? — решился уточнить Федор.

Хот кивнул и скорчил трагическую гримасу.

— Бедняжки, они так ничего и не поняли. — Он выпятил нижнюю губу и продолжил хныкающим голосом: — А вы, Дисипль, не удосужились поблагодарить меня за то, что я спас вам жизнь. Это обидно и по меньшей мере невежливо.

Федор открыл рот, чтобы произнести «благодарю», но почему-то не смог, слово застряло в горле. Они уже подошли к двери пансиона. Ключ лежал в кармане куртки.

— Вы не дали меня убить потому, что это вам нужно, — сказал Федор, — вы вряд ли делаете что-либо бескорыстно, из добрых побуждений, и я вам все равно не верю. Таню арестовать могли, доносов на нее много, но один звонок Ильичу, и ее выпустят.

— Да? Вы так думаете? Ну что ж, не смею настаивать. Это ваш выбор, Дисипль. Вам решать.

Федор сунул ключ в скважину. Хот приподнял шляпу, поклонился и пошел прочь, слегка приплясывая, лихо щелкая каблуками.

– Подождите! – окликнул его Федор.

Хот остановился, оглянулся, еще раз поклонился:

– Дисипль, я весь внимание!

– Письмо могут отнять по дороге.

– Ни в коем случае, все под контролем. Письмо, а также инструкция, с именами и адресами, которую вручил вам доверчивый и благородный генерал Данилов и которую вы спрятали под подкладку чемодана, останутся при вас. Кстати, не желаете ли избавиться от соперника? Как раз подходящий случай. Получится легко, элегантно. Никто никогда не узнает, его свои прикончат за предательство, и вы совершенно ни при чем.

У Федора стало холодно в животе, будто в желудок, как в резиновую грелку, насыпали колотого льда.

Хот тихо, тонко захихикал, поднял палец:

– Подумайте, Дисипль. Хороша идея, а? Дарю! Что-нибудь еще хотите спросить?

– Да, хочу! Если, допустим, я отдам письмо этому вашему Мухину, но расскажу Ленину содержание письма и все, что мне теперь известно, тогда как?

Хот нахмурился, помотал головой, приложил палец к губам, и послышался странный звук, тихое шипение, словно где-то капала вода на раскаленный металл. У Федора побежали мурашки по спине, он не мог произнести ни слова. Шипение кончилось так же внезапно, как началось. Хот подпрыгнул, хлопнул в воздухе ногами, послал воздушный поцелуй и пропел:

– До свидания, Дисипль! До скорой встречи!

Потом отбил несколько тактов степа, закружился посреди влажной мостовой, раскинув руки, и так, кружась, подскакивая, подкидывая шляпу, весело напевая, исчез за поворотом.

Федор оставил ключ в скважине, бросился следом, домчался до перекрестка, огляделся. Улицы были пусты и безлюдны.

* * *

Вуду-Шамбальск, 2007

Дима открыл глаза и ничего не увидел. Какая-то холодная рыхлая масса облепила ему лицо, было темно, в ушах гудело, ныл затылок и жутко тошнило. Он попытался шевельнуться, поднять руку, стряхнуть с лица это холодное, влажное, но рука не слушалась, стала как чужая.

— Эй, ты вообще живой? Ну, очнись наконец, не пугай меня.

Голос показался знакомым. Дима медленно подвигал пальцами, глубоко вдохнул, выдохнул. По лицу заскользила мягкая ткань. Он догадался, что это обычное махровое полотенце. Сквозь мутную пелену он увидел Фазиля, но как-то странно, вниз головой.

— Я снегом тебя умыл, — объяснил Фазиль, — ты извини, я тебя не стал бы будить, но видишь, какая история, шину прокололо, надо запаску ставить, я один не справлюсь.

Диме удалось пошевелить пальцами, но главное, он определил местоположение своего тела в пространстве и во времени. Он лежал на заднем сиденье машины. Была глубокая ночь. Мела метель. Машина стояла посреди степи. Фазиль находился снаружи и придерживал дверь, которая тряслась от ветра. Салон заметало снегом.

— Где Соня? — пробормотал Дима, едва ворочая языком.

Кое-как он умудрился сесть. От движения боль в затылке и тошнота усилились. Фазиль закрыл дверь, влез на переднее сиденье, достал термос, протянул Диме стакан горячего кофе:

— Пей, только смотри не ошпарься.

Дима с трудом донес металлический стаканчик до рта, сделал несколько глотков, и тут же пришлось опять открыть дверь, выскочить наружу. Началась неудержимая рвота.

— Чего ж ты так наклюкался? — сочувственно спросил Фазиль.

— Я не пил. Я вообще не пью, — сказал Дима и еще раз, уже самостоятельно, умылся колючим снегом.

— Ладно, мне-то не надо заливать. Я не твое начальство. Не пил он! Да от тебя разило, как из винной бочки. Слушай, вообще ситуация довольно хреновая. Мы завязли. Надо ставить запаску. Я, конечно, попробую один, но одному трудновато, а ночевать тут, в степи, совсем не хочется.

— Фазиль, что случилось? Как я попал в машину? Где Соня?

Фазиль тихо присвистнул и покачал головой:

— Ну, ты даешь! Она же тебя и отправила вон из дворца, приказала отвезти в город и чтобы ты уматывал в Москву, чтобы духу твоего тут не было.

Дима зачерпнул горсть снега, сжевал. Стало немного легче. Он отчетливо помнил, как вышел с телефоном из ресторанного зала позвонить. В зале было слишком шумно. Звонить он собирался Фазилю. Соня и Орлик хотели поскорее уехать. Фазиль долго не отвечал, потом пропала сеть. В фойе к Диме подошли двое из службы безопасности, очень вежливо попросили дать им телефон, на одну минуту. Взяли и тут же исчезли, вместе с мобильником. Дима пошел за ними, бродил по каким-то коридорам, зашел на кухню, конечно, уже почувствовал неладное, решил вернуться в ресторан, к Соне. Но там его перехватила высокая блондинка в парчовом платье: «Господин Савельев, извините, я сотрудник службы безопасности, хорошо, что я вас нашла, пойдемте со мной, тут получилось недоразумение, сейчас вам вернут ваш телефон».

Она вывела его через незаметную дверь за эстрадой, опять были коридоры, потом какой-то кабинет. Там блондинка исчезла, вместо нее возникли три мужика, Дима мгновенно, без всяких предисловий, получил несколько ударов, весьма грамотных, рассчитанных на потерю сознания и, вероятно, никаких следов на теле не оставляющих.

Больше он ничего вспомнить не мог. Скорее всего, ему что-то вкололи.

— Ну, ты как? Очухался? — спросил Фазиль. — Давай поставим запаску и уж поедем, а?

— Поставим, не волнуйся. Я еще пару минут посижу и буду в порядке. А ты пока расскажи, как я попал в машину.

— Правда, что ли, совсем ничего не помнишь?

— Не помню.

— Ну, ты даешь! Не ожидал от тебя, честное слово. Так наклюкаться, да еще при исполнении, у Йорубы во дворце, — Фазиль покачал головой. — В общем, привели тебя под локотки. Ты лыка не вязал.

— Привели, не принесли? Я шел своими ногами? — уточнил Дима.

— Как тебе сказать? Они тебя несли, конечно, но в вертикальном положении. Загрузили тебя и говорят: приказано доставить в город. Госпожа Лукьянова распорядилась, чтобы духу его не было, ну и так далее.

— Кто они?

— Ребята из службы безопасности Йорубы.

— Ты кого-нибудь из них знаешь?

— Из этих, которые тебя приволокли, никого не знаю.

— Ладно. Что было дальше?

— Ну, что дальше? Вещи госпожи Лукьяновой забрали. Пушку твою, кстати, тоже забрали.

— Дай-ка мне телефон.

— Кому звонить хочешь? Ей? — Фазиль усмехнулся. — Не советую. Она тебя видеть и слышать не желает. Ты там устроил такой дебош, что теперь тебя, скорее всего, вообще уволят.

Дима все-таки попытался набрать номер Сони. Но аппарат пищал и упрямо выдавал надпись: «Ошибка сети».

— Слушай, ну давай запаску поставим, — сказал Фазиль, — доедем до города, оттуда в любом случае дозвониться легче.

Голова закружилась, снова началась рвота. Казалось, это никогда не кончится, сейчас вывалятся все внутренности. Но рвота прошла, полегчало. Трясясь от озноба и слабости, он влез в машину, опять принялся набирать номер Сони.

— Что ж ты такое там пил? — спросил Фазиль и протянул ему полотенце.

— Ничего я не пил. Они меня вырубили. Спасибо, что вообще не убили. Есть у тебя фонарик?

Дима только сейчас заметил, что левый манжет рубашки расстегнут, рукав закатан и неудобно давит у локтя. При свете фонарика он легко разглядел красную точку на вене локтевого сгиба и вспомнил, как пытался сопротивляться, выдергивал руку, шприц отлетел, покатился по полу. Мужской голос произнес:

— Полдозы всего влилось. Добавить, что ли?

Смутное лицо замаячило перед глазами, пальцы приподняли веко. У Димы хватило сил сообразить, что сейчас лучше не дергаться, замереть.

— Ладно, хватит с него, а то совсем копыта откинет, — сказало смутное лицо.

Как ни пытался он восстановить дальнейшие события, ничего не получалось, образовался глухой провал в памяти. Понять, что именно вкололи ему в вену, разумеется, невозможно. Фазиль сказал, что разило, как из винной бочки. Значит, спиртное в рот все-таки влили. То есть им нужна была достоверность. Они не хотели, чтобы даже Фазиль догадался, что все это спектакль.

Дима продолжал упорно и безнадежно нажимать кнопки на телефоне.

— Откуда ты знаешь, что она не желает меня видеть и слышать? — спросил он Фазиля.

— Так она сама сказала. Отвези, мол, этого придурка в город. Я спросил, куда именно отвезти, а она говорит, куда хочешь, это не мое дело. И пусть уматывает в Москву. Я говорю, как он умотает? Прогноз плохой, дня три будет погода нелетная. А она опять: не мое дело. Передай ему, как проспится, что он уволен.

— Подожди, ты видел ее? Она что, вышла вместе с этими, когда меня грузили в машину?

— Нет. Они меня с ней соединили по телефону.

— По какому телефону? Она свой оставила тут, у тебя.

— Ну, не знаю. Я их спросил, мол, куда именно тебя везти, в какую гостиницу. Они говорят, мы без понятия. Сейчас, говорят, соединяем с госпожой Лукьяновой. Один, вроде старший, набрал на своем мобильнике какой-то номер и передал мне трубку.

— Ты уверен, что говорил именно с Соней?

— Голос вроде бы ее. Хотя... Слышно было плохо, там музыка гремела.

— Фазиль, что ты замолчал?

— Мне только сейчас в голову пришло! Она бы наверняка сказала, чтобы я вез тебя к Рустамке. Понимаешь, как-то очень грубо она со мной поговорила. Я разозлился, я-то в чем виноват? На меня зачем орать?

— Она орала?

— Ну, вроде как из-за музыки. А ты что, думаешь, это вообще не она была?

Дима осторожно покрутил головой, размял плечи, снял неудобный смокинг, влажную от пота сорочку, открыл дверь, вылез из машины и принялся обтираться снегом до пояса.

Озноб прошел, кожа горела, сердце забилось быстрее, руки и ноги уже не дрожали. В голове почему-то прозвучала фраза: «Они могут только пугать и лгать».

Он больше не мучился вопросом, каким образом произошел диалог между ним и дворником Дассамом, если старик ни слова не знал по-русски. Он принял это как данность. Мало ли в жизни случается событий, которые трудно объяснить?

Снежная баня окончательно привела его в чувство. Он достал из багажника свою сумку, быстро переоделся в джинсы, фланелевую рубашку, свитер.

Когда поставили запаску, Фазиль сказал:

– Ну, вот, отлично. Через полчасика будешь у Рустамки в отеле, отоспишься, утром позвонишь Соне, все выяснишь.

– Нет, Фазиль. Мы сейчас поедем назад.

– Куда?

– Туда. Во дворец.

* * *

Москва, 1922

Михаил Владимирович не сразу понял, о чем толкует красивая светловолосая барышня, слишком она была возбуждена, слишком громко звучал ее голос в кафельных стенах приемного отделения.

– Я товарищ Бренер, учусь вместе с вашей Таней. Это безобразие, контрреволюция, они за это ответят!

Профессор сначала решил, что она нездорова. Щеки барышни пылали, зеленые глаза лихорадочно блестели.

– Хватать, тащить и так подло, украдкой! Но ничего, я найду на них управу!

– Сударыня, вы присядьте, успокойтесь, – сказал профессор и приложил ладонь к ее лбу, – жара нет у вас?

– Я никакая не сударыня и я совершенно здорова! Меня даже тиф не берет, даже вошь боится меня! – Она все-таки дала себя усадить и шубку скинула.

Теперь можно было спокойно поговорить с ней.

— Стало быть, вы учитесь с моей Таней. Как вас зовут?

— Я уже сказала, меня зовут товарищ Бренер.

— Да, я понял, очень приятно. А имя можно узнать?

Барышня уставилась на него, открыла рот, потом зачем-то пожала ему руку и произнесла:

— Большая честь говорить с вами, товарищ Свешников. Вы лечите самого Владимира Ильича. Это огромная честь для меня. Я тоже хочу стать врачом. — Она сдвинула темные тонкие брови и, помолчав, добавила: — Клянусь, они ответят за это!

Михаил Владимирович вдруг вспомнил, как Таня рассказывала о товарище Бренер, героине Гражданской войны, и даже мелькнуло в голове имя: Мария. Маня. Профессор облегченно вздохнул про себя, потому что беседовать с барышней, обращаясь к ней «товарищ Бренер», ему было сложно.

— Машенька, вас кто-то обидел?

— Ха! Пусть кто попробует! Вот что, надо сразу телефонировать Феликсу Эдмундовичу! Где тут у вас аппарат?

— Зачем, позвольте узнать?

— Чтобы прекратить безобразие!

— Маша, будьте любезны, объясните, что произошло? — попросил профессор, почти не надеясь получить внятный ответ, однако получил.

— Вашу Таню арестовали.

Он, конечно, испугался, но не слишком. Записал на бланке для рецептов: «ордер — Уншлихт, мандат — Иванов». Поблагодарил Маню, спокойно поднялся к себе в кабинет и позвонил Ленину.

Трубку взяла Фотиева, долго не хотела звать вождя к аппарату, пыталась выяснить, в чем дело. Наконец трубку взял Ленин. Выслушал, крикнул примерно так же, как кричала товарищ Бренер: «Безобразие!» — и пообещал разобраться.

Михаил Владимирович позвонил Бокию.

— Вы уверены, что барышня не ошиблась и ордер действительно подписан Уншлихтом? — спросил Глеб Иванович.

У профессора в солнечном сплетении образовался твердый ледяной комок. Он вспомнил, что Дзержинский ездит по Сибири, инспектирует железные дороги, добывает зерно для весеннего сева и на Лубянке сейчас главный этот самый Уншлихт. С ним у Бокия отношения скверные, он человек Сталина.

«Они нарочно это устроили, пока нет Дзержинского! — подумал профессор и тут же спросил себя: — Кто — они? Я что, подозреваю какой-то особенный заговор? Ерунда! Заговоров и интриг у них много, это их стихия, но при чем здесь моя Таня? Зачем она им?»

Бокий велел сидеть и ждать у аппарата, обещал перезвонить, как только станет что-либо известно.

Заглянула Лена Седых. Оказалось, что профессора ждут на вечерний обход. Он никак не мог уйти из кабинета, впрочем, хватило двух слов, чтобы Лена все поняла.

Комок в солнечном сплетении твердел, мешал дышать. Надо было срочно чем-то занять себя. Михаил Владимирович принялся наводить порядок в ящиках стола, но скоро обнаружил, что бессмысленно перебирает бумажки, и больно прищемил палец, задвигая ящик. Мысль о заговоре все никак не оставляла его, упрямо пульсировала в мозгу. Будь Дзержинский сейчас в Москве, хватило бы одного звонка. Конечно, Железный Феликс недавно грозил, намекал, но он бы не посмел арестовать дочь профессора Свешникова. Тем более прекрасно знает, арестовывать ее не за что.

Михаил Владимирович чувствовал пустоту и тщетность своих рассуждений. Не стоит сразу паниковать. Скорее всего, арест Тани бюрократическая ошибка, недоразумение.

Он попытался читать, раскрыл наугад первую попавшуюся книгу. Не сумел понять ни строчки, как будто текст был написан на каком-то незнакомом языке.

Просидев еще несколько минут неподвижно, профессор обнаружил, что молится про себя. Только на это он был сейчас способен.

Телефонный звонок заставил его вскочить. Он так резко схватил трубку, что едва не сшиб аппарат.

— У нас на Лубянке среди заключенных ее пока не нашли, — прозвучал в трубке мрачный голос Бокия. — Уншлихт на совещании, как только освободится, я свяжусь с ним.

— А Иванов? Иванова нашли?

— Успокойтесь. Отправляйтесь домой. Уже поступило распоряжение от Владимира Ильича. Всех, кого нужно, подняли на ноги. Я послал телеграмму Феликсу в Томск.

— Глеб Иванович, давайте я сам приеду к вам, на Лубянку, я не могу просто сидеть и ждать!

— Ни в коем случае! — резко выкрикнул Бокий и добавил, уже мягче: — Зачем вам приезжать? Вероятно, ее там нет. Впрочем, я проверю еще раз.

— Где же она?

— Михаил Владимирович, я бросил все свои дела и занимаюсь поисками. А вы, вместо того чтобы помогать мне, мешаете, отнимаете время. К вечеру все разъяснится. Отправляйтесь домой. Я позвоню.

— Так уже вечер. Подождите, Глеб Иванович, еще одну минуту. Когда вернется Федор?

Но Бокий положил трубку.

На ватных ногах профессор вышел из кабинета, спустился вниз, сел в автомобиль прямо в халате и, пока ехал, все время думал: «Вдруг Бокий позвонит домой, а там только няня и Мишенька? Они ничего не поймут, перепугаются».

В квартире было тихо. Никто не встретил Михаила Владимировича, только Марго прискакала, вскарабкалась к нему на плечо. Он сразу прошел в детскую. Миша лежал в кроватке, рядом сидела няня.

— Наплакался, спит, — сообщила она шепотом. — Таня обещала ему кукольный театр, а вот до сих пор нет ее.

— Где мама? — сквозь сон пробормотал Миша.

Михаил Владимирович наклонился, поцеловал его, обнаружил, что ребенок пылает. И без термометра было ясно: не меньше тридцати восьми.

— Дед, где мама? — всхлипнув, повторил Миша.

— Задержалась в университете. Ну-ка, открой рот, я горлышко посмотрю.

— Ничего не болит, хочу в кукольный театр, где мама?

Миша хныкал, не давал смотреть горло, отталкивал трубку фонендоскопа, крутился так, что невозможно было прощупать железки, и чуть не разбил термометр. Няня пыталась помочь, удержать его, заговорить. Марго уселась к нему на подушку, гладила по голове, бормотала что-то на своем обезьяньем языке. Но он ничего не хотел слышать, доводил до исступления себя, деда, няню, повторяя:

— Где мама?

Уговоры заняли минут сорок. Наконец удалось посмотреть горло, оно было распухшим и красным, с характерным сероватым налетом.

«Дифтерия», — прошуршал в голове профессора какой-то чужой ехидный шепоток.

Михаил Владимирович бросился к телефону, позвонил в больницу, попросил, чтобы кто-нибудь срочно привез ему противодифтерийную сыворотку. И тут же набрал номер Бокия, но того не было на месте.

Оставалось ждать, снимать шпателем и отсасывать через трубочку дифтеритные пленки, делать уксусные компрессы, чтобы немного сбить жар, врать, что маму задержали в университете, а потом попросили подежурить в госпитале, и слышать это бесконечное, мучительное:

— Где мама?

А Бокий все не звонил, и не звонили из больницы. Достать свежую сыворотку было трудно. К десяти вечера Миша уснул, но метался, всхлипывал, кашлял. Пришел Андрюша и тут же убежал, заявив, что сыворотку раздобудет сам, у одного приятеля есть знакомый барыга, и задорого можно купить любые лекарства.

Михаил Владимирович дал ему денег, и на вопрос, где Таня, ответил то же, что отвечал Мише: задержали, попросили отдежурить.

— Она прошлую ночь дежурила, как она выдержит? — спросил Андрюша.

— Ну, ты же ее знаешь, — Михаилу Владимировичу удалось изобразить улыбку, впрочем, довольно фальшивую.

В одиннадцать он решился позвонить Бокию домой. Трубку взяла Лена.

— Папа вернется сегодня очень поздно. Что-нибудь передать?

— Нет, спасибо.

В полночь явился Валя Редькин, принес сыворотку, рассказал, что с ним связалась Лена Седых.

— Представляете, даже в Солдатенковской сыворотка просроченная. Достал свежую каким-то чудом, через знакомого провизора. Сказал, что для вашего внука, так он даже денег не взял, вот еще передал шпатели, трубки и кучу каких-то снадобий.

Комок в солнечном сплетении слегка подтаял. При дифтерии главное ввести сыворотку вовремя. Миша немного похныкал от укола, но потом сразу уснул. Няня давно уж дремала в кресле у его кроватки. Михаил Владимирович поднял ее, отвел к ней в комнату, уложил, заверил, что теперь все будет хорошо. И услышал, как она пробормотала сквозь сон: «Где Таня?»

Валя ждал профессора в кухне. На примусе кипел чайник.

— Ордер действительно подписал Уншлихт, и это очень скверно. Ленин отдал устное распоряжение, ему пообещали разобраться, но предупредили, что обвинения весьма тяжкие. Глеб не звонит потому, что ему нечего сказать.

– Они нашли Таню?

– Да. Она на Лубянке, в специзоляторе. Фамилия ее следователя Мухин.

Профессор едва присел на табуретку и тут же вскочил:

– Я поеду к ней.

– Бесполезно. Вас не пустят. В специзоляторе сидят злейшие враги советской власти, ни свиданий, ни передач. Успокойтесь, послушайте. Формальных поводов арестовать Таню более чем достаточно. «Ледовый поход» сегодня считается самой опасной и сильной белогвардейской организацией. Муж Тани – один из лидеров.

– У нее нет никаких контактов с мужем, – простонал профессор, – они даже не переписываются.

– Она встречалась с Элизабет Рюген. Недавно она была в гостях на дне рождения своей сокурсницы Лидии Плотниковой. Отец этой девушки состоял в партии правых эсеров. Вся семья арестована.

– Ну и что? При чем здесь Таня?

– Совершенно ни при чем, – Валя встал, налил чаю, придвинул стакан профессору, – и дело вовсе не в Тане. Вас хотят убрать подальше от больного Ленина.

– Зачем?

– Причин много. Вы беспартийный, идеологически чуждый элемент, пробрались на самый верх. Вы его лечите, а им нужно совсем другое.

– Что же?

– Изолировать его, тихо свести на нет, а потом из него, мертвого, сделать идола. Вы мешаете им. Но тронуть вас они не смеют. Если вы помчитесь на Лубянку, будете рваться, требовать свидания, они обязательно устроят какую-нибудь мерзкую провокацию.

– Что же делать?

– Ждать. Ленин пока ограничился устным распоряжением, потому что в данный момент неплохо себя чувствует и ему не до вас. Но скоро вы ему понадобитесь. Вы скажете, что не возьметесь его лечить, пока ваша дочь в тюрьме. Ваши нервы расстроены, вы думаете только о дочери и в таком состоянии не можете выполнять свои врачебные обязанности.

В прихожей стукнула дверь. Вернулся Андрюша, всклокоченный, сердитый, и прямо с порога сообщил:

— Этот мерзавец пытался подсунуть мне все, что угодно, кроме сыворотки, уверял, будто дифтерия лечится йодом и ртутью, а сыворотка вовсе не нужна. На самом деле у него ее просто нет. Потом я был в трех аптеках. Нигде нет.

— Вымой руки и поешь. Все в порядке. Валя принес сыворотку, — сказал Михаил Владимирович, стараясь изо всех сил, чтобы не дрожал голос.

Спать он лег в детской, но не сомкнул глаз. У Миши температура поднялась до тридцати девяти, он метался, скидывал холодные компрессы, успокаивался только на руках. Михаил Владимирович пытался уложить его, но в кроватке он плакал, повторял осипшим слабым голоском:

— Где мама?

Пришлось взять его на руки и ходить по комнате, туда, сюда, из угла в угол, до рассвета.

* * *

Вуду-Шамбальск, 2007

Шли по анфиладам, коридорам, спускались вниз, поднимались вверх. Хот не отпускал Сонино плечо. Соня уже не пыталась вырваться. Иногда мимо проходили люди, прислуга и охрана. Все почтительно кланялись Хоту. Он не отвечал на приветствия, точно так же, как не отвечал на вопрос, который то и дело задавала ему Соня: «Куда вы меня ведете?»

Несколько минут назад у нее на глазах это существо убило человека. Но, возможно, убийство несчастного пятиборца Ника произошло раньше и называлось оно инициацией? То есть формально посвященный оставался живым, но ничего живого в нем не было. Химерный организм.

«Это всегда происходит добровольно. До последнего мгновения остается выбор, — думала Соня, — значит, инициация сродни суициду. Ну нет, господин Хот, не дождетесь».

Он тяжело, с присвистом, дышал. Когда проходили под яркими лампами, было видно, что лицо его потемнело еще больше и появился странный багровый оттенок. Соня уже не боялась смотреть на него, наоборот, разглядывала с любопытством, рискуя споткнуться на лестнице.

Они поднимались вверх, довольно медленно, с передышками. Парадная часть дворца кончилась. Позади остались статуи, хрусталь, ковры, мрамор. Лестница была узкая и крутая. Вероятно, запасной пожарный ход. Белые отштукатуренные стены, ярчайший галогеновый свет. Соня заметила, что Хот какой-то отечный, распухший, рыхлые рябые щеки трясутся. Багровый цвет напоминал сырое мясо. Раздулись и побагровели пальцы, сжимавшие ее плечо. Воспользовавшись короткой передышкой, Соня дернулась. Пальцы разжались, багровая кисть упала, повисла. И тут он произнес первые за долгое путешествие слова.

— Еще немного, и вы осчастливите Петра Борисовича. Он так ждет, бедняжка, так ждет, ножками сучит от нетерпения! Скажу вам по секрету, душу продать нельзя. Только подарить, бескорыстно, добровольно. Эта таинственная область — последний и единственный заповедник, где не работают товарно-денежные отношения.

Голос звучал совсем глухо, внутри что-то скрипело, булькало. Соня решила не отвечать на странную реплику, не вступать в диалог, просто наблюдать и ждать, что будет дальше. Страх окончательно исчез, осталось жгучее любопытство.

Генетический анализ образцов крови показал удивительные результаты. Анализатор сделал свой вывод, на мониторе несколько раз тревожно мигнуло слово «cancer». Умная машинка была права. Клетки по своим показателям являлись опухолевыми. В геноме содержалась поврежденная генетическая информация. Присутствовал ген теламеразы. Его еще называют «ферментом молодости». Считается, что если ввести в каждую клетку гены, отвечающие за его синтез, то можно сделать организм бессмертным. Но это лишь теория. В реальности с момента включения гена теламеразы человек обречен потому, что у него рак. Раковая клетка безумна, единственная ее цель — копировать себя до бесконечности.

Хот не болел раком. Весь его организм функционировал по принципу злокачественной опухоли. Происходила постоянная, бесконечная регенерация тканей. Это было управляемое безумие, на клеточном уровне.

Хзэ по-шамбальски рак. В древних степных мифах болезни — результат попыток злого божества Сонорха создать живую материю. Рак стал его шедевром. Из опухолевых клеток возникло отдельное, самостоятельное существо, внешне похожее на человека. Оно оказалось удобным орудием для добычи бесценной субстанции, излучения человеческого страдания, пищи, жизненно необходимой Сонорху и его воинству.

Соня читала об этом до того, как попала в степь и получила подарок от Хота в виде двух пробирок с образцами его интересной крови. Шамбальские мифы пересказывались в материалах экспедиции двадцать девятого года. Тогда она еще не могла понять, зачем профессор Свешников и доктор Агапкин так много занимались мифологией. В степь они отправились за паразитом. При чем тут злой Сонорх с его патологическим творчеством?

Взглянув вверх, Соня увидела последнюю, верхнюю площадку и закрытую дверь. Хот остановился, тяжело опустился на ступеньку и произнес сквозь сильную одышку:

— Мы почти пришли. Говорить будем здесь, потому что там вы окоченеете. Присаживайтесь. Надо отдохнуть.

Соня расправила платье и села подальше от Хота, вжавшись плечом в стальные прутья перил.

— Вам уже известно, Софи, что мой организм совершенен. В нем спрятаны ответы на важные вопросы. Регенерация тканей. Победа над смертельными болезнями. Вы же понимаете, никто лучше меня не знает, что такое рак. Софи, я многому могу научить вас. Я расшифрую вам текст генома. Вы сумеете манипулировать клеточной памятью так же легко, как лучшие мои ученики умели манипулировать сознанием толпы.

Соня сидела на холодной узкой ступеньке, поджав ноги, обняв колени. Голос Хота звучал все тверже, увереннней. Когда она решилась повернуть голову, взглянуть на него, увидела, что лицо уже не такое опухшее и багровое. Где-то вверху послышался гул, тихий отдаленный стрекот.

«Кажется, вертолет, — подумала Соня. — Мы добрались до крыши дворца, там должна быть вертолетная площадка».

— Лучшие мои ученики жаждали мирового господства. Вы жаждете знаний. Эта страсть глубже и тоньше всех прочих. С ней мне редко приходилось работать. К тому же до вас моими учениками были исключительно мужчины. Вы станете первой. Аналогов нет, разве что старушка Ева. Я не предлагаю вам яблоко, Софи, оно давно съедено, и огрызка не осталось. Я предлагаю вот что. Открытие лекарства от рака и Нобелевскую премию. Бесконечное, ни с чем не сравнимое наслаждение познанием. Крылатый змей раскроет вам свою тайну, вы поймете, как он действует и кого выбирает. Чтобы получить все это, вам не придется напяливать балахон, ложиться в гроб, произносить клятвы, принимать черное причастие. Ритуальный маскарад оставим экзальтированным профанам. Вам он вовсе не нужен. Просто назовите меня Учителем. И я им стану для вас.

Гул и стрекот звучали все громче, вертолет висел над крышей. Хот встал на ноги, вполне бодро, подал Соне руку. Соня осторожно поднялась, придерживая пышную юбку. Больше всего на свете ей хотелось помчаться вниз по лестнице, не оглядываясь. Но заговорил знакомый внутренний суфлер.

«Ты все равно не успокоишься, пока не узнаешь. Ты должна дойти до конца».

Железная дверь открылась. Волна ледяного ветра ударила в лицо, едва не сбила с ног. Затрепетал синий шелк платья, вздыбились волосы, брызнули слезы. Вертолет стоял посреди заснеженной площадки. Как только Соня и Хот оказались внутри, винт бешено завертелся, машина поднялась в воздух. Соня сняла туфли и вытряхнула набившийся в них снег. Пилот в элегантном кожаном шлеме обернулся, улыбнулся, оторвал на миг от штурвала руку и приветливо помахал. Соня узнала Йорубу.

ГЛАВА ДВАДЦАТЬ ВОСЬМАЯ

Москва, 1922

Поезд прибыл на Брестский вокзал рано утром. Еще не рассвело. На пустой мокрой платформе Федор увидел Бокия. Рядом стоял автомобиль.

Пока Федор ехал, в голове у него прокрутилось множество вариантов, как он спросит и что ответит Бокий. На ночь он вытаскивал письмо из кармана, прятал под подушку. Утром доставал, прятал в карман. Никто из соседей не беспокоил его, не пытался заговорить с ним, никакого Радека в поезде не было.

Он плохо спал, ему снились кошмары. Люди-куклы в балете Гурджиева. Мюнхенская пивная, похожая на дом умалишенных. Таня в тюремной камере. Массивная фигура Хота, отплясывающая на пустой, словно вымершей, берлинской улице. Опять Таня, во внутреннем дворе Лубянки. Рядом грузовик, у которого заводят мотор, чтобы заглушить стрельбу. Он закричал во сне так громко, что из соседнего купе стукнули в стенку.

Он почти не мог есть. Давясь, глотал борщ в ресторане, чтобы от голода не сводило живот. Курил до одурения. Смотрел в окно, и проплывающие пейзажи казались ему плоскими фанерными декорациями.

Особенно мучительно тянулись последние минуты, он стоял в тамбуре, одетый, готовый ко всему, лишь бы кончилась эта неопределенность. Он спрыгнул на платформу, и довольно было увидеть близко лицо Бокия, чтобы все стало ясно.

Впрочем, Глеб Иванович сначала сказал:

— Нет, с чего ты взял? — и даже скорчил нечто, похожее на улыбку, потрепал по плечу. — Все в порядке с твоей Таней, поехали, Ильич ждет.

Но Федор уперся. Пока грузили аптечные ящики в машину, твердил:

— Я знаю, она арестована, она на Лубянке, я поеду туда, к ней, все остальное потом!

Хорошо, что ему хватило ума не назвать еще и фамилию следователя. Бокий и так сильно напрягся, в глазах появился знакомый металлический блеск.

— Откуда у тебя эта информация?

— Я чувствую! — выпалил Федор. — Пока не увижу Таню, ничего не скажу вам и в Кремль не поеду! Делайте со мной, что хотите!

Бокий помолчал, хмуро кивнул:

— Садись в машину. Попробуем пробить стену. Ильич все равно еще спит.

По дороге он рассказал Федору, что Таня арестована по подозрению в связях с антисоветской белогвардейской организацией «Ледовый поход». Ильич несколько раз давал указания разобраться. Вот, они разбираются. Ильич ведь не может, как какой-нибудь самодержец, категорически приказать, чтобы ее освободили. Был бы Феликс в Москве, под его контролем расследование велось бы грамотно, Таня вчера еще вернулась бы домой.

Но Феликс в Сибири, всем заправляет Уншлихт. Одни и те же факты можно толковать по-разному, даже с юридической точки зрения.

— Как Михаил Владимирович? — спросил Федор.

— Ну, как ты думаешь? Плохо, конечно. К тому же у Миши дифтерия.

На Лубянке сразу поднялись в кабинет к Бокию, туда принесли ящики. Глеб Иванович позвонил по внутреннему телефону, и Федор услышал фамилию «Мухин».

Минут через десять этот Мухин материализовался в виде маленького, пухлого, румяного человечка. Весь он состоял из аккуратных окружностей. Фигура, лицо, нос, рот, все было круглым, мягоньким. Желтыми жидкими колечками вились волосы. Оловянными пуговками блестели глаза. Он улыбался, очень мило, с ямочками на розовых щеках, потирал ручки и говорил тихо, ласково, приятным тенором:

— Вот сюда, милости прошу, в кабинетик, тут будет удобно. Да вы присядьте, товарищ Агапкин, в ногах правды нет. Чайку не желаете? С дороги оно хорошо, чайку.

Федор от чая отказался, молча помотал головой, сел на стул. Мухин занял свое место за столом, зачем-то достал из ящика и натянул сатиновые синие нарукавники, поднял телефонную трубку, бодро, радостно произнес:

— Доброе утро, товарищ пятый. Мухин на проводе. Арестованную Данилову из сто семнадцатого приведите ко мне в сорок девятый.

Положив трубку, он уставился на Федора своими блестящими пуговками, любезно улыбнулся и сказал:

— Вот такая у нас, товарищ Агапкин, арифметика.

Федор поймал себя на том, что с момента материализации кругленького Мухина не произнес ни слова, как будто между ними существовал некий тайный молчаливый сговор. И сейчас они сидели молча. Мухин углубился в бумаги, разложенные на столе. Федор следил, как по розовой гладкой щечке ползет вялая комнатная муха, и ждал, когда же он почувствует, смахнет или хотя бы поморщится. Муха ползла, перебирала лапками, а следователь никак не реагировал.

В коридоре послышались шаги. Стук в дверь.

— Да-да, войдите, — произнес Мухин, не поднимая головы от бумаг.

Федор вскочил, бросился навстречу. Никто не остановил его, когда он обнял Таню, прямо на пороге, в дверном проеме.

— Идите, идите, товарищ пятый, — прозвучал елейный тенор, — обождите в коридоре, вызову, когда нужно будет.

Федор, не разжимая объятий, переместился вместе с Таней в центр комнаты. Дверь закрылась. Стало невозможно тихо. Под руками Федора были тонкие косточки, почти невесомое тело, губами он чувствовал странный, какой-то прозрачный холодок кожи, целовал висок, скулу, угол глаза, дрожащее веко, мокрые соленые ресницы.

— Феденька, не надо при нем, не надо.

Руки разжались. Он усадил Таню на стул, было больно смотреть на нее. Он повернулся к Мухину и спросил, не узнавая собственного голоса:

— Почему она так похудела? Вы что, не кормите заключенных?

— Обижаете, товарищ Агапкин, очень даже кормим, питание отменное, да вот Татьяна Михайловна изволит брезговать нашими кушаньями. — Мухин говорил и улыбался, муха уютно устроилась в ямочке на правой щеке.

— Федя, ты дома был? Что с Мишей? — спросила Таня.

— Нет. Я только с поезда. Наверное, все хорошо. С ним Михаил Владимирович, Андрюша, няня. Почему ты не ешь? У тебя опять начинается дистрофия.

— Не могу ничего проглотить. Все тухлое. Селедка ржавая, вода вонючая. Федя, ты точно знаешь, что Миша здоров?

Она сипела, ей трудно было говорить. Федор заметил на губах запекшуюся кровь, лиловые темные тени вокруг запавших глаз.

— Вы не даете ей спать, — сказал он Мухину, — и вот, на запястьях кровоподтеки. Ей что, руки связывали?

Мухин все так же улыбался, и муха в ямочке не шевелилась.

— Товарищ Агапкин, у нас тут не санаторий. Татьяна Михайловна и так уж в самых привилегированных условиях. Одиночный бокс. А не изволите ли в общую?

— Что? — Федор шагнул к столу.

Внутри сжалась до предела звенящая раскаленная пружина.

— Феденька, осторожно, — прошелестел у него за спиной испуганный Танин шепот.

— Тут вот как раз местечко освободилось в женской, по бандитизму, уголовницы, они, знаете, народ простой, бодрый, авось Татьяна Михайловна и взбодрится, — невозмутимо щебетал приятный тенор.

Федор боялся шевельнуться, он знал, любое движение приведет к одному результату: пружина распрямится, пальцы его превратятся в клешни, сомкнутся на пухлом белом горле Мухина.

«Интересно, улетит ли муха, когда он забьется в агонии?» — подумал Федор.

— Как скажете, так и будет, товарищ Агапкин. — Рука Мухина мягко легла на телефонную трубку. — Ваш выбор, вам решать.

— Пишите постановление, — хрипло произнес Федор и все-таки шевельнулся, протянул руку, сцепил пальцы на пухлом влажном запястье следователя, — пишите: гражданка Данилова Т.М. освобождается из-под стражи ввиду отсутствия состава преступления.

— Ну, вы руку-то, руку пустите, товарищ Агапкин, я левой писать не смогу. Да и Татьяне Михайловне надо покамест покинуть нас.

Федор почти разжал пальцы, но опять их стиснул.

— На минуточку, только на минуточку, — ласково пояснил Мухин, — в коридоре обождет Татьяна Михайловна, с ней товарищ пятый побудет.

Федор разжал пальцы, схватил трубку аппарата внутренней связи, набрал номер кабинета Бокия. Глеб Иванович ответил не сразу, и опять сжалась внутри пружина: вдруг нет его в кабинете?

— Да, Федя, я иду к вам, — прозвучал наконец его напряженный голос, — ты поймал меня в дверях.

— Не дайте им увести ее, стойте рядом, в коридоре, — быстро проговорил Федор по-французски.

Опытный конспиратор Бокий ничего не стал уточнять, не задал ни единого вопроса, ответил тоже по-французски:

— Понял. Буду через три минуты.

Пока Федор говорил, Мухин успел выскользнуть из-за стола, аккуратно, под локотки, вывести в коридор Таню. В дверном проеме мелькнула темная фигура пятого. Дверь закрылась, ключ повернулся в замке. Мухин подошел к Федору почти вплотную, и стало видно, как муха на щеке перебирает лапками.

— Письмо, пожалуйста, — произнес Мухин тоже по-французски.

— Сначала постановление, — по-русски потребовал Федор и легонько подтолкнул его к столу.

— Месье Агапкин, ну зачем эти формальности, мы свои люди, будьте любезны письмо, а постановление уж готово, вот, извольте взглянуть, э, нет, месье, пока только из моих рук. Ой, ой, не тяните вы так, порвете, бумага тонкая.

Муха наконец слетела с насиженного местечка, заметалась под потолком.

Все было настоящее. Бланк, печати. Подпись Мухина и, что самое удивительное, подпись Уншлихта. Федор быстро задрал свой джемпер, извлек письмо. Оловянные пуговки вспыхнули, пухлые пальцы потянулись к пожелтевшему листку почтовой бумаги. Обмен произошел мгновенно, письмо исчезло в кармане пышных галифе.

— Семь дней у вас, месье, начиная с сегодня, семь дней, потом окно закроется, — чуть слышно проворковал Мухин по-французски.

Федор сунул постановление в карман сорочки, туда, где прежде лежало письмо, и услышал громкий, настойчивый стук в дверь.

Следователь в два прыжка подскочил, повернул ключ.

— Почему вы заперлись, Мухин? Вот телеграмма от товарища Дзержинского. Читайте.

В кабинет вошел Бокий, с ним еще двое из спецотдела, шифровальщики. Федор выскочил в коридор. Таня стояла у двери, прислонившись к стене.

— Читать разучились? — послышался из кабинета сердитый голос Бокия. — Уши, надеюсь, не заложило? Слушайте: «Уншлихту. Что с дочерью проф. Свешникова? Разобраться срочно. Если только из-за доносов посадили, отпустить. Доносчиков надо сажать за клевету. Дзержинский».

— Так уж разобрались, товарищ Бокий, вот у товарища Агапкина постановленьице, лично в руки ему отдал, — светло заулыбался Мухин.

Таня стала медленно сползать вниз по стене. Федор подхватил ее, хотел взять на руки, но она прошептала:

— Дойду сама, теперь дойду, не бойся.

В кабинете Бокия ей дали горячего сладкого чаю. Вернулся Глеб Иванович.

— Машина ждет, отвезешь Таню домой и сразу назад, ко мне. Слушай, Федя, как тебе это удалось?

— Мне? — Федор удивленно вскинул брови. — Глеб Иванович, вы же сами зачитали телеграмму, там все ясно сказано.

— Ничего там не сказано. Очередная просьба разобраться, и только. Покажи-ка мне постановление.

Федор вытащил заветную бумажку. Бокий долго, хмуро ее разглядывал.

— Уншлихт подписал. Удивительно. Ничего не понимаю. Ладно, пойдемте, провожу вас. Ей надо скорее домой.

* * *

Вуду-Шамбальск, 2007

— Фазиль, если бы ты встретил этого Хзэ, ты бы что сделал? — спросил Дима.

— Я бы его не узнал.

— Ну, а вдруг ты бы увидел, что человек не отбрасывает тени?

— Мне он не явится, я ему на фиг не нужен, да и все равно ничего сделать нельзя, у него любая рана сразу заживает. Слушай, зачем я с тобой связался? Вот, мы уже приехали. Видишь, ворота заперты наглухо. Вышки. Думаешь, там в честь праздника нет никого? Они, между прочим, имеют право открывать огонь на поражение, если кто-то попытается незаконно проникнуть на территорию дворца.

— Сейчас я выйду и тихо перелезу. Можешь меня не ждать, уматывай, — сказал Дима и открыл дверь.

Вьюга утихла, но ветер был сильный. Фазиль погасил фары, заглушил мотор. Дима стоял возле машины, задрав голову, и смотрел в небо. От одной из плоских башен дворца отделилось темное пятно, нырнуло в облако, исчезло, опять появилось. Порыв ветра донес тихий стрекот. Выглянула луна, стало видно, что в облаках летит вертолет. Фазиль тоже вылез из машины, встал рядом, взглянул на вертолет и сказал:

— К развалинам полетели. Йоруба развлекается, решил покатать кого-то.

— Быстро в машину! — скомандовал Дима. — Разворачивайся, едем туда.

— Хочешь поймать Йорубу и пожаловаться ему на грубость сотрудников службы безопасности? — усмехнулся Фазиль.

— Нет! Я буду там ночевать!

— Неплохая идея, — Фазиль развернул машину, — я, пожалуй, тоже там останусь. В жилом корпусе есть пара комнат с койками. Душ горячий.

По пустой трассе на бешеной скорости домчались до зоны всего за час. Фазиль погудел перед воротами. Они не открылись.

– Интересные дела, – он вылез из машины, принялся колотить в калитку.

Дима тоже вылез, поднял голову, встретился взглядом с видеокамерой. Фазиль барабанил кулаками, бил ногой, подошел к машине, опять стал сигналить, изо всех сил. Он завелся.

– Вот придурок! Видит нас, сволочь! Если и дрых, так давно уж проснулся!

– Подумай, как-нибудь еще можно попасть внутрь? – тихо спросил Дима.

– Да хрен попадешь! Проволока под током, забор высоченный! Елки, ну в чем дело? – Он отошел на несколько шагов от забора, сложил ладони рупором и заорал во все горло: – Ха-амис!

Метрах в двух от земли вдруг открылось незаметное окошко, высунулась голова охранника.

– Не ори, Фазиль! – дальше он произнес короткий монолог по-шамбальски, и окошко захлопнулось.

Фазиль посмотрел на Диму так, словно впервые увидел.

– Слушай, он говорит, поступил приказ никого не пускать. То есть именно тебя не пускать. Это он уже по секрету уточнил, потому что давно меня знает. Поехали в город, пошли они все на...

– Я перелезу, я найду способ, можно попробовать со стороны котлована. Трос есть у тебя?

– Ты очумел?

– Фазиль, одолжи мне трос, лопату и езжай спокойно.

Несколько секунд Фазиль хмуро молчал, стоял, опустив голову, покусывал губу, потом взглянул на Диму исподлобья, махнул рукой.

– Ладно, уговорил. Поехали.

– Куда?

– Садись в машину, по дороге объясню.

Минут через тридцать джип остановился у бывшего конезавода, на краю поселка, возле «Товаров повседневного спроса». Фазиль увидел бежевый «Опель», тихо присвистнул:

– Это Рустамкин. Интересные дела. Ладно, берем фонарик и вперед.

* * *

Москва, 1922

Температура у Миши к вечеру взлетала до сорока. Он с трудом мог проглотить несколько ложек теплого питья. Сыворотка не помогала. Пленки в горле стали толстыми, плотными. Миша сипел, плохо дышал и уже ничего не говорил, кроме двух слов: где мама?

Никого из знакомых педиатров в Москве не осталось. Валя нашел какого-то старичка, специалиста по детским инфекционным болезням. Старичок вздыхал, качал головой. «Сами видите, состояние тяжелое, столько дней жар. Вы все делаете правильно, ничего другого против дифтерии наука пока не придумала. Удаляйте пленки, следите за дыханием. Дай бог, чтобы сердечко выдержало».

Температура упала до тридцати семи примерно через час после того, как рядом с Мишиной кроваткой появилась Таня. Михаил Владимирович то и дело заглядывал в детскую, словно хотел убедиться, что все это ему не приснилось. Целовал теплый, но уже не раскаленный лоб внука, гладил влажные, только что вымытые волосы дочери. Они оба спали крепко и спокойно.

После всех звонков, разговоров, обещаний «разобраться» профессору показалось невозможным чудом, когда утром на пороге возник Федор вместе с Таней, слабой, истощенной, но живой.

Федя ничего не объяснил, обещал прийти, как только освободится, вероятно поздно ночью, и сразу умчался.

Настал вечер. Пришел Андрюша. Таня и Миша проснулись. Профессор посмотрел горло, легко снял пленки. Ртутный столбик термометра впервые остановился на тридцати шести и шести. Миша вместе с Таней поел немного овсяной каши, Таня начала рассказывать, что свет горел круглые сутки, никаких обвинений не предъявили, сразу кинули в каменный мешок и держали там все время. Ни одного допроса, ничего, мертвая тишина, вонь, холод, ослепительный свет. Язык у нее заплетался, она опять уснула.

Михаил Владимирович сидел в кресле, в полутемной детской, прислушиваясь к дыханию внука и дочери, ждал Федора.

В час ночи раздался тихий звонок из прихожей. Профессор бросился открывать. На цыпочках прошли в кухню. Федя сел, вытянул ноги, закрыл глаза. Михаил Владимирович разжег примус, поставил чайник.

— Им надо бежать, — сказал Федя, — окно на финской границе. Вот тут план, мне передал его Павел Николаевич. Я уже сообщил Эрни. Их встретит Ося. Вы должны уговорить Таню. Времени в обрез. Всего семь суток, но теперь и того меньше. Отсчет пошел с сегодняшнего утра.

* * *

Вуду-Шамбальск, 2007

Вечеринка продолжалась. Вьюга утихла, в парке загрохотал салют. Кольт увел Елену Алексеевну в оранжерею. Стеклянные стены звенели от залпов, вспыхивали разноцветные огни, доносились восторженные крики гостей. Елена Алексеевна что-то рассказывала о церемониальном зале, который этой осенью ей удалось обнаружить внутри развалин.

— Это чудо, зал сохранился целиком. Потрясающая роспись, очень интересная акустическая система. Можно устраивать симфонические концерты. Боюсь,

Герман Ефремович все-таки осуществит свою идею, начнет пускать туда толпы туристов. Он уже без конца лазает туда с какими-то людьми.

Кольт почти не слушал, слишком занят был собственными мыслями.

Он устал. Столько пришлось улыбаться, что ныли челюсти. Он почти не пил, не ел ничего жирного, но мучила изжога. На самом деле никаких особенных мыслей не было, он просто пытался проанализировать свое душевное состояние, понять, почему не проходит мерзейшая внутренняя дрожь?

Обратная реакция, откат после бурного веселья? Досада, что Светик так отвратительно танцует? Это не новость, давно привык прятать глаза, когда любимое дитятко скачет по сцене как священная корова. Оскомина от кривляний Йорубы? Герман — типичный нарцисс, это тоже не новость, чего ж расстраиваться? Затею с ПОЧЦ еще не поздно спустить на тормозах. Ну, вбил в эту ПОЧЦ кое-какую деньгу, и что? Можно считать очередным пожертвованием на благотворительность. Борьба за общественную нравственность разве не благое дело? И вовсе не обязательно лезть в политическую помойку в обнимку с Йорубой.

«Тем более теперь не так уж сильно я от него завишу. Препарат искать не нужно, осталось потерпеть совсем немного, и мечта исполнится», — заключил Петр Борисович, вздрогнув от очередного залпа.

— Там все расчистили, сделали удобные спуски. Вы обязательно должны это увидеть, — оживленно говорила Орлик, — твердый кварцид. Похоже на машинную обработку на каком-то точном станке. Они использовали дисковые пилы с алмазными насадками. У пилы толщина режущей кромки около трех миллиметров, не больше. Можете себе представить? Это космические технологии.

— Потрясающе! — воскликнул Петр Борисович и опять нырнул в тяжелую муть своих размышлений.

«Что не так? Что? Мечта исполнится. Найду себе тихий райский остров. Белый песок, синяя вода, много зелени, маленькие нежные колибри, говорящие попугаи, жгучая роскошь морских закатов. Буду бездельничать, пока не надоест. Потом отправлюсь плавать на яхте, как давно хотел, не спеша, со вкусом, с долгими остановками в разных портах. Буду плавать, пока не надоест. Потом...»

Очередной залп не дал ему придумать, что он станет делать, когда наплавается, к тому же следовало как-то реагировать на увлеченный рассказ Орлик.

— Следы пилы и трубчатого сверла. Базальтовые блоки пола с идеально ровной поверхностью. Чтобы сотворить такое, пришлось бы вывозить в степь шлифовальные станки с электронным управлением. Прочность и точность инструментов значительно выше современных стандартов.

— Потрясающе! — Он вдруг смутился, заметил, что в пятый раз уже так восклицает, осторожно, одним пальцем, прикоснулся к темной шелковистой пряди, заправил за ушко.

Жест получался пошлейший, Кольт смутился еще больше, вдруг подумал: «Взять ее с собой на остров? У нее всегда отличное настроение, никакой тоски, постоянно занята своей археологией, станет там копать и мне рассказывать, отыщет следы цивилизации пятнадцатого тысячелетия до нашей эры».

— Петр Борисович, вьюга кончилась. Теперь можно ехать, — сказала Орлик.

— Куда? Мы же договорились, комната в гостевом доме для вас готова. — Он вдруг с удивлением обнаружил, что настроение у Елены Алексеевны вовсе не отличное.

Глаза усталые, тревожные, лицо осунулось, побледнело.

— Я не хочу здесь оставаться. Пожалуйста, давайте свяжемся с шофером, и я поеду домой.

— Домой?

— Я имею в виду, к раскопкам. Там тихо, мне там хорошо спится, а тут шуметь будут до утра.

Она говорила и вздрагивала от громких залпов, щурилась на яркие вспышки, нервно щелкала замком сумочки, наконец раскрыла, вытащила телефон. Сети, разумеется, не было.

— Спутниковый дома остался, — сказала она грустно и встала, — я хочу позвонить дочке, давно не слышала ее голоса, пожалуйста, отправьте меня домой. Вы меня привезли, я без машины.

Кольт тоже встал, взял ее под руку.

— Хорошо, я отвезу вас, только объясните, что с вами? Почему вам вдруг захотелось уехать?

— Не вдруг. Почти сразу. Я не могу есть жирафов. Возможно, это моя придурь. И еще не люблю развеселые празднества, не могу быть в толпе. Тоже, конечно, придурь. К тому же господин Хот...

— Что?

— Нет, ничего — Она передернула плечами, ускорила шаг.

«Отвезу и останусь с ней, — думал Петр Борисович, — потом возьму на остров. Интересно, как она отнесется к такому предложению? Она знает о препарате, но мы никогда напрямую не касались этой темы».

Он выбрал самый короткий путь к выходу, мимо бассейна. Через стеклянную стену было видно, как купаются в подогретой, насыщенной полезными солями воде веселые пьяные гости. И тут наконец Петр Борисович определил происхождение мерзейшей внутренней дрожи.

Перед началом праздника он отправился в бассейн немного поплавать, взбодриться и застал там господина Хота, в халате. Петр Борисович сразу прыгнул в воду. Хот посидел немного, потом скинул халат, подошел к краю бассейна. У него было обычное тело пожилого, крупного, неспортивного, любящего хорошо покушать мужчины. Разве что совершенно безволосое и кожа слишком красная, словно кипятком ошпаренная. Петр Борисович подумал, что Зигги пережарился в солярии.

Обычное мужское брюхо вздымалось над узкими плавками. Понятное дело, пиво, сардельки, свиные ножки. Брюхо напоминало половину огромного красного, туго надутого мяча. В середине, там, где у всех людей пупок, было совершенно гладкое место. Ни впадины, ни шрама. Ничего.

Через мгновение Хот прыгнул в воду. Петр Борисович тут же с невероятной скоростью поплыл к кафельному краю, выскочил из воды, как пробка. Помчался в душ, долго мылся, пытаясь объяснить себе, почему не мог ни секунды находиться в одной воде с существом, у которого нет пупка? Какая сила выкинула его вон из бассейна?

Разные бывают патологии, мало ли, может, когда-то удалили пупочную грыжу, а следа не осталось, потому что...

Но никакого разумного, утешительного объяснения так и не нашлось. В голове звучали слова симпатичного старика-садовника: «Хзэ был здесь... черт по-вашему».

* * *

Москва, 1922

— Ну, в общем, я бы все равно уехать никуда не смог, — сказал профессор, выслушав подробный рассказ Федора, — няню я не оставлю, а дорогу она, конечно, не выдержит. И с Маргошкой что делать?

Он был поразительно спокоен, даже весел. Он смеялся, слушая, как Гурджиев определил у Федора старый перелом, как старуха, подруга самой Елены Петровны, вещала о графе Сен-Жермене.

Федор описывал первую встречу с Эрни за обедом, когда Гурджиев пытался заставить его молчать и представил доктору итальянцем, заикой, своим учеником. У Михаила Владимировича выступили слезы от смеха.

Федору все это не казалось таким уж смешным. Прибежала Марго, профессор стал вместе с ней корчить рожицы, попросил изобразить оракула. Это был новый фокус. Марго встала на задние лапы, сморщилась, выпятила губу, сложила пальцы колечками у глаз и принялась пищать что-то. Профессор хохотал до упаду, Федор тоже не удержался от смеха, Марго правда в эту минуту напоминала товарища Гречко. Получив за представление сладкий сухарик, обезьянка уснула на плече у профессора. Он улыбался и поглаживал ее хвост.

– Что ты так смотришь, Федя? Да, я не рыдаю, не рву на себе волосы. Видишь ли, я сейчас совершенно счастлив. Миша выздоровел, Таня вернулась. Я мог потерять их обоих. Миша таял на глазах, я видел, что ему осталось немного. Ночами жар под сорок. Пленки забили дыхательные пути. А Таня? Сколько еще она протянула бы в тюрьме? Ты сделал для нас невозможное.

– Я это сделал для себя.

– Я знаю, Феденька.

На этом оба они замолчали, еще немного посидели молча и отправились спать.

Федор лег как обычно, в бывшей Володиной комнате. Спать осталось часа три, не больше.

Поезд на Петроград отправлялся уже сегодня, в одиннадцать вечера. Это был поезд ГПУ, то есть чистый, быстрый, гарантированный от неожиданных остановок и проверок. В одном из вагонов сотрудники спецотдела везли питерским коллегам фонографы, образцы шифров и прочую свою продукцию.

Федор не рассказал Михаилу Владимировичу, каким образом удалось ему вытащить Таню из тюрьмы, не заикнулся о письме Кобы, о свидании с господином Хотом. Чудесное освобождение он объяснил тем, что поставил условие: пока Таню ему не отдадут, не услышат ни слова о результатах поездки. Пусть хоть расстреливают. И Бокий засуетился, сразу, весьма кстати, пришла телеграмма от Дзержинского, вождь соблаговолил еще раз лично позвонить Уншлихту.

Отчасти это было правдой, но касалось уже не освобождения из тюрьмы, а возможности вывезти Таню, Мишу и Андрюшу.

Бокий, конечно, опешил, назвал его сумасшедшим наглецом, пригрозил немедленным арестом. Но Федор твердо стоял на своем. Назад пути не было. Он с самого начала понимал, что без Бокия ему не обойтись. Отправлять их одних невозможно. А как объяснить свою отлучку, дней на пять, не меньше? Как избежать по дороге приключений, о коих романтически намекал господин Хот?

Федор знал: в глубине души Глебу Ивановичу неприятно, неловко, что так получилось. Ленин лично гарантировал неприкосновенность семьи профессора Свешникова, и вот, оказывается, даже такая гарантия теперь ничего не значит!

– Из-за вас чуть не погиб ребенок. Таню вы сами видели. Хотите, чтобы Ильича лечили Семашко с Тюльпановым? Или приезжие немцы под чутким руководством Сталина? Они вылечат! Моя информация абсолютно подтверждает ваши смутные подозрения. Но ничего я вам не скажу!

Глеб Иванович сдался. Он не впервые помогал людям удирать из советского рая.

– Твое счастье, что груз сопровождает Слава Линицкий. Ну, вот и ты будешь сопровождать как сотрудник спецотдела. Документы сделаешь сам. Таня – твоя жена, Миша – сын. Андрюша – молодой сотрудник, шифровальщик. Завтра утром принесешь, подпишу.

Бокий проговорил это быстро, очень тихо, себе под нос, тут же закурил и повернулся к Федору:

– Ну, начинай, не молчи!

Они прогуливались по Александровскому саду. Там никто не мог их услышать. Информацию, касавшуюся Радека и Гурджиева, Федор выдал полностью. Рассказал о встрече с Осей, о чечетке в ночной пивной.

— Он вряд ли захочет вернуться. У него там все отлично.

— Жаль, жаль, ладно, давай дальше.

О том, как его затащили в машину, Федор умолчал. Подробно передал княжескую загадку о свинье в синагоге.

Бокий среагировал мгновенно:

— Значит, все-таки Коба?

Федор хитрил, недоговаривал, врал. Но главное он сообщил: Ленин обречен. Его место займет Сталин. О тех, кого доктор Крафт называл «нашими гостями», он не обмолвился ни словом.

У Глеба Ивановича в голове давно уж сложилась надежная незыблемая схема. Могущественный тайный орден с давних времен стремится уничтожить старый, несправедливый мир и построить новый, справедливый. Он имеет множество подразделений в виде масонских лож и прочих загадочных структур. Орден поддерживает партию большевиков и ею руководит.

О том, что Ильич — адепт ордена, следовало хранить гробовое молчание. Имя ордена нельзя было произносить вслух, даже под пыткой.

Объяснить Глебу Ивановичу, что все эти ордена, ложи, партии лишь зыбкие временные декорации, подсвеченные прожорливым пламенем адской бездны, Федор не пытался. Едва не задал вопрос: как переводится с латыни слово «ленио»? Но прикусил язык, пощадил Глеба Ивановича. Практического смысла это не имело, а делать еще больней не хотелось.

Он вдруг понял, что ездил в Германию не за информацией. За приговором. Все будет так, как решил орден. Решения ордена не обсуждаются, даже если они кажутся жестокими, в них скрыта глубокая мудрость и целесообразность, которую не постичь простым смертным.

— Не говори Ильичу, что он обречен. Радека пока вообще не касайся. Сведи разговор к лекарствам, которые передал доктор. О Кобе, разумеется, скажи. Вдруг Ильич сумеет повлиять и решение пересмотрят. У него есть свой канал, — Бокий запнулся, закашлялся, они уже подходили к двери ленинской квартиры.

Вождь встретил Федора теплыми объятьями, усадил пить чай. Он был в приподнятом настроении, слушал, склонив набок голову, щурился, почесывал переносицу. Гурджиева добродушно обозвал мошенником, похихикал по поводу свиньи. Когда часть рассказа, посвященная Кобе, закончилась, Ильич небрежно махнул рукой:

— Ну, это наши товарищи погорячились. Не дорос, не дорос еще. Груб, несдержан. Насчет единоличной диктатуры, извините за выражение, совсем пустяк. Аппарат уже стал гигантским, кое-где чрезмерным, а при таких условиях единоличная диктатура вообще невозможна.

— Владимир Ильич, я должен прямо сегодня отправить доктору Крафту телеграмму, — сказал Федор, — он просил сообщить, как я доехал и как вы себя чувствуете.

Это была фантастическая наглость, но другого способа срочно связаться с доктором Федор придумать не мог.

— Передай доктору от меня большущий привет и благодарность, — с улыбкой кивнул Ленин.

«Потом, наедине, я выложу ему все, без утайки, — думал Федор, свернувшись калачиком на узкой Володиной кровати, — цианистый калий, сифилис, текст письма. Я запомнил его, никогда не забуду. Расскажу о мюнхенской пивной, о «наших мальчиках». Сошлюсь на князя, будто это он их видел».

С этой мыслью он встретил утро.

Документы были готовы, оставалось получить у Бокия подпись и печать. Потом навестить вождя, прочитать ответ доктора Крафта.

— Я сказал Ильичу, что отправляю тебя в Питер, по делам отдела, — мрачно произнес Бокий. — Он крайне недоволен, тебя и так слишком долго не было. Михаил Владимирович должен явиться к нему завтра утром.

Телеграмму от доктора Ленин сам вручил Федору, в запечатанном виде, шутливо заметив:

— Я не читал, она ведь секретная.

Стол в кабинете был завален бумагами. Сверху лежала записка членам Политбюро, совсем свежая, чернила еще не просохли:

«Именно теперь и только теперь, когда в голодных местностях едят людей и на дорогах валяются сотни, если не тысячи трупов, мы можем (и поэтому должны) провести изъятие церковных ценностей с самой бешеной и беспощадной энергией и не останавливаясь подавлением какого угодно сопротивления.

Чем большее число представителей реакционного духовенства и реакционной буржуазии удастся нам по этому поводу расстрелять, тем лучше».

* * *

Вуду-Шамбальск, 2007

Вертолет приземлился метрах в ста от жилых корпусов, на гладкой, расчищенной от снега площадке. Там уже стояли две массивные фигуры в комбинезонах. Теннисисты, настройщики оборудования. Застыли, как статуи, широко расставив ноги. Не пригнулись, когда ударила волна ветра от бешено крутящегося винта, только ткань комбинезонов вибрировала, тряслась, как студень. В ярком свете прожектора Соня увидела, что и лица вибрируют, корчатся.

— Уберите Гудрун! — крикнула она Хоту.

Он не услышал, даже головы не повернул. Неизвестно откуда явился Чан, влез внутрь, волоча большой пластиковый мешок.

— Госпожа нужно одеться, госпожа продрог, бр-р, ветер холодный.

В мешке оказались высокие теплые сапоги, шуба из какого-то шелковистого легкого меха. Чан ловко обул Соню, накинул ей на плечи шубу.

— Уберите Гудрун, — повторила она.

Хот продолжал сидеть неподвижно. Лицо его тонуло в темноте, слепящий свет прожектора бил ему в затылок.

— Госпожа не беспокоить хозяин, важный момент, очень важный, соблюдать тишину, госпожа будет отдохнуть, хозяин не беспокоить, — ворковал Чан.

Йоруба успел выскочить из кабины, ждал Соню внизу у лесенки, задрав голову и протянув руки навстречу.

— Я не спущусь, пока не уберут Гудрун! — крикнула ему Соня.

Йоруба оскалил белые зубы, кивнул, повернулся и громко прокричал что-то по-шамбальски.

Через минуту на площадке осталась только одна фигура в комбинезоне. Чан повел Соню в лабораторный корпус, там было пусто, тихо. Соня хотела подняться наверх, но Чан остановил ее:

— Не сюда, госпожа, идем, идем, госпожа будет отдохнуть.

В углу нижнего холла была неприметная дверь, Чан открыл ее с помощью электронной карточки, повел Соню по узкому коридору, к лестнице.

— Я не пойду в хранилище, там душно, пусти руку!

— Хороший воздух, госпожа, теперь хороший воздух, не волнуйся, госпожа, хозяин скоро, хозяин не оставит госпожа.

Распахнулась толстенная стальная дверь, вспыхнул ярчайший свет. Обстановка в комнате-сейфе изменилась. Появились два больших кресла, обитых лиловым бархатом, изящный журнальный столик черного дерева со столешницей, инкрустированной каким-то синеватым камнем.

— Воды принеси мне, — сказала Соня, падая в кресло.

— Может быть, вина, фруктов? Все, что госпоже угодно, Чан сделает все для госпожи.

— Чан сделает все? Ну, так выведи меня отсюда, отвези домой, в Москву.

Чан согнул коленки, хлопнул себя по животу и принялся тонко хихикать:

— Какой смешной юмор, госпожа, очень смешной юмор.

Соня откинулась на мягкую бархатную спинку, вытянула ноги, закрыла глаза, пробормотала сквозь зубы:

— Пошел вон.

Рядом что-то стукнуло, звякнуло, прошуршало. Чан удалился, почти бесшумно закрыв тяжеленную дверь. Когда стало окончательно тихо, Соня открыла глаза, увидела на столике бутылку воды, высокий хрустальный стакан.

В хранилище было холодно, однако уже не так душно, Чан не соврал, они успели наладить нормальную вентиляцию. Три предмета, кресла и столик, выглядели довольно дико на фоне стальных и цинковых поверхностей.

«Все, кроме инициации, — вспомнила она слова Федора Федоровича, — ты не должна проходить ее ни в коем случае».

Разве это инициация? Лишь одно слово, не магическое заклинание, самое обычное слово. Что же тут плохого? Почему не назвать Учителем того, кто может научить вылечивать рак? Ведь правда, никто на свете не знает эту болезнь лучше, чем он.

Надо отдать ему должное, он даже не намекнул на то, что сам желает получить порцию препарата. Только пообещал, что Соня все узнает, поймет принцип действия. Конечно, зачем ему вливание? Он и так может жить вечно. В нем разгадка тайны жизни и смерти. Нормальная клетка обречена на гибель. Опухолевая клетка невероятно пластична, накапливает мутации, сохраняя жизнеспособность. Развитие злокачественной опухоли происходит в точном соответствии с теорией Дарвина. Естественный отбор клеток. Выживают сильнейшие.

В мертвой тишине стал слышен сухой шорох, словно где-то рядом ветер трепал бумагу. Но никакого ветра и никакой бумаги тут не было. Просто опять явился внутренний суфлер, шуршал вкрадчивый шепот в голове:

«Учитель, Учитель, только одно слово, ни клятв, ни балахонов, ничего страшного. Разве трудно, ради великой цели, ради спасения сотен тысяч жизней, произнести всего одно слово?»

— Отвяжись, — тихо прорычала Соня, — без тебя разберусь.

«Нобелевская премия по биологии за две тысячи двенадцатый год присуждается российскому ученому Софье Лукьяновой за величайшее открытие всех времен и народов! Лекарство от рака! Бурные аплодисменты, переходящие в овации. Зал встает и аплодирует стоя!»

— Заткнись, я сказала!

Суфлер послушно затих. Дверь открылась, вошел Хот.

Он был все в том же костюме, но кремовый сюртук и брюки почему-то стали тесны ему, туго обтягивали тело, в нескольких местах лопнули швы. На белой рубашке розовели пятна.

«Красным вином облился. Когда он успел?» — подумала Соня.

Лицо опять распухло, потемнело, углубились впадины на щеках. Подволакивая опухшие ноги, он доплелся до кресла, тяжело рухнул в него, посидел немного и только потом, очень медленно, повернул голову, посмотрел на Соню.

Белки глаз были кроваво-красными, словно полопалось множество мелких сосудов.

— Вы плохо чувствуете себя? — спросила Соня и невольно отвела взгляд.

На красном фоне радужка стала почти неразличима, исчезли зрачки, как будто под склерой внутри глазных яблок образовалась сплошная, кроваво-огненная субстанция.

«Что же его так раздуло? — подумала Соня. — Странный вопрос. Я беседую с опухолью».

— Господин Хот, что у вас с глазами? Вы меня видите?

— Да, Софи. Я вас вижу. Все в порядке. Расставшись с Максом, я временно лишился врача. Что делать? Иногда я нуждаюсь в медицинской помощи. Но ничего, пока обойдусь, — голос его звучал глухо, с внутренним скрипом и бульканьем.

— Зачем вы убили Макса?

Хот с трудом растянул губы, пытаясь изобразить улыбку. Не получилось.

— Макс украл дозу препарата и сбежал. Порядочные люди так не поступают. Но никто не собирался его убивать. Это был only accident.

Последние слова прозвучали далеким эхом, словно не Хот произнес их, а умирающий под снегом на московском перекрестке Макс. Соня смотрела вниз, чтобы не видеть кровавых глазниц, и заметила, как на распухшей голени Хота лопается брючный шов.

— Я должен держать при себе врача для диагностики, — продолжал Хот, — не всегда могу определить, какой орган требует починки. Мне некогда заниматься самодиагностикой.

— Сейчас что с вами происходит?

— Софи, мой организм имеет ряд особенностей. Скоро вы все узнаете. Пока вам нужно знать следующее. Во время сеанса связи я буду говорить на языке, вам неизвестном. Не пытайтесь понять, о чем речь. Просто слушайте. Когда я заговорю по-русски, слушайте особенно внимательно. Я произнесу три изречения, и на каждое вы должны отозваться: да, Учитель.

Голос звучал все так же глухо, но хрипы и бульканье исчезли. Пылающие глазницы были устремлены прямо на Соню, и она уже не могла отвести взгляд.

ГЛАВА ДВАДЦАТЬ ДЕВЯТАЯ

Москва – Петроград, 1922

Никто не говорил Тане, как страшно болел Миша. Все в один голос уверяли, что дифтерию он перенес легко, сыворотка помогла, ребенок сразу пошел на поправку, а похудел и осунулся потому, что очень скучал по маме.

Утром Михаил Владимирович послушал его, посмотрел горло. Пленок не было. Сердечко билось в хорошем ритме. Таня спала до полудня. Проснулась оттого, что рядом сидел папа.

— Танечка, пора вставать, надо хоть немного собраться.

— Куда собраться? — пробормотала она сонно, потянулась, открыла глаза.

— Сегодня вечером Федя отвезет вас в Питер. Поезд в одиннадцать. Останется только переправиться через Финский залив. Это совсем просто, ты же знаешь, граница сдвинулась, некоторые дачи на заливе оказались сразу в Финляндии. Павел вас встретит, доедете до Германии, первое время поживете у Эрни, в Берлине. Помнишь Эрни?

Он говорил и улыбался, гладил Таню по волосам. Она села на кровати, голова закружилась.

— Папа, я не понимаю, о чем ты?

— Вы поживете у Эрни, в апреле я приеду. Не перебивай меня, слушай. В апреле планируются официальные переговоры между Германией и Россией. Уже известно, что проходить они будут в Италии. Ленин поедет как глава правительства, я должен быть при нем. Там я исчезну и появлюсь в Берлине, у Эрни, где вы меня будете ждать. Павел все продумал и подготовил. Он меня заберет в Италии и переправит в Германию. Но вам троим уезжать нужно прямо сегодня. Так что вставай, умывайся, собирайся.

Она не могла говорить, ком застрял в горле, и никак не проходило мучительное головокружение. Михаил Владимирович помог ей встать, накинул на плечи халат, повел в ванную комнату, умыл, вытер ей лицо полотенцем, окунул щетку в банку с порошком.

— Зубы сама сумеешь почистить?

На кухне няня помешивала кашу в кастрюльке. Андрюша сидел за столом, на коленях у него Миша, на плече Маргоша.

— Проснулась наконец, — проворчала няня, — завтракать без тебя никто не хочет, в третий раз грею, вот подгорит, ты будешь виновата.

— Мама, я решил, я только медведя возьму и двух солдатиков, — сказал Миша, — дед приедет в Гиманию к нам и железную дорогу мне сразу купит.

Няня выключила примус, разложила по тарелкам кашу.

— Коли не помру до апреля, жить буду с Федей. Давай-ка ешь, Таня, тебя с ложечки покормить, как маленькую?

Миша засмеялся.

— Покорми, няня, покорми маму, как маленькую, ей нужно хорошо кушать, а то она совсем худющая.

Таня поднесла ложку ко рту, зубы стучали. Из-за слез она ничего не видела, но чувствовала, как внимательно смотрят на нее все, даже Маргошка, и заставила себя проглотить несколько ложек каши, потом выпить стакан сладкого чаю. После завтрака пришлось опять лечь. Ноги не держали, голова кружилась, и все время слезились глаза. Михаил Владимирович спокойно складывал в докторский саквояж ее и Мишины вещи. Чемоданов не было, Федя предупредил, что ехать придется совсем налегке, только самое необходимое, никаких узлов, корзин.

— Все купите там, у Павла есть деньги. Вот смотри, Федя привез чудесные джемперы, тебе и Мише. В них поедете. Ты сильно похудела. Как ты думаешь, эта юбка не будет тебе велика? Она теплая, шерстяная. То, что нужно для дороги. Ладно, поясок затянешь потуже.

Таня проваливалась в сон и опять попадала в каменный мешок. Голая ослепительная лампочка под потолком, холод, склизкий пол, окно кормушки, миска вонючей жижи, кружка тухлой воды. По стуку кормушки она пыталась определить время, понять, день или ночь. Свет не проникал снаружи, лампочка горела круглые сутки.

– Я приеду, там будет совсем тепло, на Унтер-ден-Линден липы зацветут, обязательно отправимся в Альпы, хотя бы на недельку. – Папин голос наплывал теплой волной, уносил Таню из каменного мешка.

Она думала, что вот сейчас уходят последние счастливые минуты, хотелось остановить их, замереть, и пусть ничего не меняется. Родная уютная комната, за стеной смех Миши, еще сиплый, слабенький после дифтерии, но такой веселый. Ворчание няни, строгий, рассудительный голос Андрюши. Открытый платяной шкаф, старый докторский саквояж на письменном столе, папина седая голова, подсвеченная мягким светом настольной лампы.

– Чулки три пары. Мыльница. Шаль нянина, конечно, пригодится. Что делать? Уже битком. Носочки шерстяные как-нибудь втисну.

В начале восьмого приехал Федор. Внизу ждал извозчик. Минуту молча посидели. Няня всех поцеловала, перекрестила, потом Михаил Владимирович. Маргошка у него на плече скорчила рожицу, помахала лапой. Он стоял и улыбался так спокойно, что не могло быть ни тени сомнения. Через пару месяцев он к ним обязательно приедет. Он ведь никогда их не обманывал.

Поезд оказался теплым и чистым, совершенно старорежимным. Мягкий вагон, два купе на четверых. Таня и Миша крепко спали всю дорогу, под стук колес.

В Питере прямо с вокзала на извозчике отправились в пригород, к заливу. Трое суток прожили на чьей-то даче. Таня смутно запомнила хозяйку, бывшую классную даму одной из петербургских женских гимназий. Глухое коричневое платье, прямая спина, остриженные седые волосы. Огонь в печи, вой ветра ночами.

Федя рассказывал о Германии, очень смешно, о мошеннике князе Нижерадзе, который ест кофейную гущу. Таня и Андрюша почти не разговаривали, только о пустяках, еде, погоде. Казалось, любое нечаянно оброненное слово может спугнуть состояние уверенности и надежды, что папа скоро приедет к ним в Германию.

Федор иногда, как бы между прочим, бросал реплики:

— Он будет читать лекции в Берлинском университете. Его ждут на кафедре мозговой хирургии в Марбурге.

Мишу более всего интересовало, на какой лодке они поплывут, если залив покрыт льдом. Ему нравилось в десятый раз слышать, что лодка называется буер, она не плавает, а скользит по льду на коньках.

На четвертую ночь Таня проснулась от сильного озноба. Зажгла свечку, стала рыться в саквояже. Папа обязательно должен был положить упаковку аспирина. Возможно, жара у нее нет, просто знобит от слабости, но все равно лучше принять.

На самом дне нашла жестянку из-под печенья. Кроме набора необходимых лекарств внутри лежало что-то еще, аккуратно завернутое в марлю. Две небольшие склянки темного стекла. Вакуумная упаковка. Цисты. Ей было точно известно, что это весь запас. Несколько мгновений она сидела на полу, зажмурившись, зажав рот ладонью, чтобы не закричать.

Скрипнули половицы, забрезжил свет под дверью, послышался шепот, дверь открылась. Появился незнакомый юноша. Таня подняла голову, в зыбком свете свечи увидела блестящие глаза, черные брови, белые зубы.

— А, я же говорил, она не спит. — Он шагнул в комнату. — Ты почему сидишь на полу?

Он поднял ее, обнял, от него пахло ледяным морем, ветром, снегом.

— Ося, Осечка, какой взрослый, красивый, — прошептала Таня.

Времени было в обрез. Менялись пограничные посты. Старый прогулочный буер ждал у маленького пирса, в нем сидел здоровенный пожилой финн и курил трубку. Дул холодный ветер, мела метель. Мишу, сонного, закутанного в тулуп, Федор вынес на руках. Передал в буер на руки Андрюше. Таня обняла Федора и застыла. Финн что-то кричал сквозь шум ветра, наконец Ося взял Таню за плечи, оторвал от Федора, тут же сам быстро обнял его.

– Не прощаюсь. Увидимся.

Вздулся парус, буер полетел по льду. Федор неподвижно стоял на краю пирса. Таня сквозь радужную пелену слез смотрела на Федора, пока он не скрылся из виду в снежной мгле.

* * *

Вуду-Шамбальск, 2007

Елена Алексеевна очень удивилась, когда увидела вертолет из окна корпуса. Так удивилась, что даже не обратила внимания на руку Петра Борисовича, нежно поглаживающую ее плечо.

– Смотрите, над котлованом свечение!

– Лена, успокойтесь, это вертолет Германа, и развалины его, пусть делает там, что хочет. И никакого свечения над котлованом я не вижу, тьма кромешная.

Несколько минут назад они вдвоем поднялись на четвертый этаж жилого корпуса. После роскоши дворца почти не обжитая комната Орлик показалась Петру Борисовичу удивительно милой, трогательной.

«Есть в этом нечто юное, студенческое, – подумал Кольт, снимая с Орлик скромную котиковую шубку. – Пожалуй, не поеду назад, к Йорубе. Останусь. Ради приличия спрошу, не найдется ли свободной комнаты, а дальше поглядим. Ей так идет это платье, серый шелк красиво оттеняет глаза».

Орлик вдруг погасила свет. Петр Борисович охнул про себя, возликовал, шагнул к ней. Но оказалось, что она желает получше рассмотреть свечение над котлованом.

– Что они там делают? Загадят все, поломают, тем более он пьян.

– Кто пьян?

— Герман Ефремович и гости, которых он притащил.

— Герман не пьет. Ну, что вы так разволновались? — Кольт придвинулся ближе, коснулся щекой ее щеки. — Лена, здесь хорошо, тихо, мы с вами наконец одни.

Орлик мягко отстранилась, посмотрела на него. В темноте ее глаза таинственно блестели.

— Простите, это слишком серьезно. — Она выскочила за дверь, побежала по коридору к лестнице.

Кольт в недоумении побрел следом, услышал где-то внизу стук и тревожный голос Орлик:

— Дассам, вы спите?

Спустившись на второй этаж, Петр Борисович нашел Орлик в крошечной комнате, где не было ничего, кроме узкой, аккуратно, по-солдатски заправленной койки, стола, стула и облезлого платяного шкафа.

— Дверь не заперта. Куда он делся? — испуганно прошептала Орлик.

— Кто?

— Старик, дворник. Идемте. Что у вас на ногах? Опять какая-то замшевая ерунда? Ладно, нет времени. Дассам, вероятно, уже отправился туда. Надо спешить. Старик один с этой кодлой вряд ли справится.

— Лена, подождите, вы можете объяснить, что происходит?

Но она уже умчалась наверх и через пару минут спустилась, принесла его куртку, свою шубку, фонарь.

— Герман Ефремович решил устроить оргию в церемониальном зале, — объясняла она, пока шли по расчищенной дороге к котловану, — этого нельзя допустить ни в коем случае. Судя по тому, что нет Дассама, они и череп туда притащили.

— Какая связь между этим вашим Дассамом и черепом? — сквозь одышку спросил Кольт.

Он едва поспевал за ней, она взяла его за руку, они почти бежали.

— Череп нашел Дассам, осенью он помогал мне на раскопках, он знает древний шамбальский алфавит, всю мифологию, он помог мне расшифровать глиняные таблички.

— Если он такой умный, почему работает дворником?

Она не ответила, помчалась еще быстрей. Прожектора над котлованом не горели. Когда приблизились, стало видно слабое голубоватое свечение откуда-то из глубины. Оно исчезало, появлялось, словно глубоко внизу летало множество светлячков.

— Пойдемте с той стороны. Почему они погасили прожектора? Что они творят?

Фонарь осветил провал и железную лестницу.

— Не волнуйтесь, спуск лучше, чем в прошлый раз, когда вы приезжали, — утешила его Елена Алексеевна, — подождите, я первая, вы за мной.

Петру Борисовичу казалось, лестница никогда не кончится. Они спускались все ниже. Кольт выругался про себя. Зачем, куда тебя понесло, старый идиот? Впрочем, он понимал, остановить Елену Алексеевну невозможно, а сказать: увольте, лезьте в вашу яму без меня, язык не поворачивался. Теперь уж поздно.

Петр Борисович был несказанно счастлив, когда почувствовал наконец под ногами твердую ровную поверхность, пусть даже на глубине метров пятнадцати, не меньше.

— Все, мы внутри. Это жилые комнаты, — сказала Орлик.

— Потрясающе, — пробормотал Петр Борисович.

— Слава богу, хотя бы музыку не врубили. Герман Ефремович обожает тяжелый рок, а для развалин такие вибрации гибель. Что там шипит? Вы слышите?

Петр Борисович ничего не слышал, кроме тишины.

— Точно, шипит, — волновалась Орлик, — они шашлыки, что ли, жарят? Жирафа доедают? Идите за мной, не бойтесь, тут безопасно, только, пожалуйста, быстрее.

Фонарный луч выхватывал фрагменты орнамента на стенах, обломки колонн, статуй. Впереди показался тусклый свет. Свернули, миновали сводчатый коридор, еще раз свернули. Свет стал ярче. Орлик замерла, погасила фонарь, взяла Петра Борисовича за руку.

— Тихо, не двигайтесь, прижмитесь к стене.

Они очутились в неглубокой темной нише, внизу был зал. Множество свечей стояло на полу, образуя ровный огромный овал. Внутри овала возвышалась цилиндрическая каменная колонна. И свечи, и колонна были черного цвета. От колонны шло голубоватое свечение, такое сильное, что не сразу удалось разглядеть хрустальный череп.

В зале находилось всего три человека. Господин Хот, Соня и Герман. Судя по расположению фигур, Герман играл здесь третьестепенную роль, стоял скромно в сторонке, хотя единственный из всех был одет в древний церемониальный наряд, тот самый, что напяливал в прошлый раз, когда привел Петра Борисовича в хранилище полюбоваться хрустальным черепом.

Широкий балахон до пола, лиловый бархат расшит какими-то черными завитушками вроде перевернутых скрипичных ключей. Петру Борисовичу это напоминало помпезный и неудобный домашний халат. На голове у Йорубы возвышалась рогатая черная шапка, тоже ужасно тяжелая и неудобная.

Главную роль конечно же играл господин Хот, он стоял на невысоком черном кубе, совсем близко у пылающего овала, одет был вполне цивильно, в том же светлом сюртуке и брюках.

Йоруба и Хот стояли спиной к нише, Соня — лицом, напротив Хота, по ту сторону овала, в коричневой шубе, в сапогах. По залу полз тихий звук, вроде змеиного шипения, сначала Петр Борисович даже не заметил его, увлеченный странным зрелищем, но звук нарастал, акустика в зале делала его оглушительным, заложило уши, как в самолете. Пальцы Орлик, сжимавшие его руку, ослабли и похолодели.

Шипение исходило от Хота, постепенно превращалось в отдельные непонятные слова.

– Омма не пад ме гумм... омма аввалукед швары пад...

«Надо уматывать, – решил Петр Борисович, – скорее прочь отсюда! Еще немного, и лопнут перепонки, Боже, какая боль!»

Только сейчас он заметил, что у ниши, в которой они с Орлик прячутся, нет ограждения. Шаг вперед, и полетишь кубарем с высоты трехэтажного дома на каменные плиты.

«Бред. Дурацкие игры. Однако какой чудовищный, омерзительный звук. Почему я не могу шевельнуться? Меня словно парализовало и ее, кажется, тоже», – в панике думал Петр Борисович.

И тут он почувствовал у самого уха теплое дыхание Орлик.

– Есть молитва на изгнание нечистого, только я не помню.

– Давайте уйдем скорее, – прошептал он в ответ.

– Не могу. Я почему-то ног не чувствую. Что они собираются с ней делать?

– С кем?

– С Соней. Смотрите, она как будто под гипнозом.

– По-моему, они просто дурью маются. Продолжение праздника. Очередное представление Йорубы, – прошептал Петр Борисович и даже попытался усмехнуться.

Соня медленно приблизилась к пылающему овалу. В свете свечей стало видно совершенно белое, как гипсовая маска, лицо, застывшие глаза. Хот продолжал шипеть, изрекать какие-то заклинания. Поднял правую руку, ладонью вниз, и произнес по-русски, без малейшего акцента:

– Ты отрекаешься от страны, в которой родилась и живешь, во имя благословенных мест, которых достигнешь, отринув этот нечистый мир, проклятый небесами.

— Клятва баварских иллюминатов, Адам Вейсгаупт, восемнадцатый век, — прошелестел рядом шепот Орлик.

Повисла мертвая тишина, шипение прекратилось. Соня стояла неподвижно. Хот застыл перед ней на постаменте, вытянув вперед правую руку. Прошло минуты три. Соня шевельнулась, вздрогнула, немного отступила назад, лицо ее исказилось, послышались тихие странные всхлипы.

И вдруг, непонятно откуда, возник новый голос, он говорил по-шамбальски, несколько раз отчетливо прозвучало слово «хзэ».

— Ты исчерпал себя, Хзэ, твоя эпоха кончилась, твое место на галактическом дне, — быстро, нервно зашептала Орлик на ухо Петру Борисовичу, — да, кажется это так переводится, хэтвеш, самый нижний слой ада в шамбальской мифологии.

Опять тишина. Свечи вспыхнули ярче, заговорил Хот, тоже по-шамбальски.

— Мой властелин, я нашел адепта, у меня есть идея, дай мне отсрочку, — перевела Елена Алексеевна.

— Хзэ, ты решил поторговаться со мной? Ты, кусок дерьма... Извините, очень грубое шамбальское ругательство. Твоя идея войны между мужчинами и женщинами... Еще ругательство, совсем нецензурное. Ну, в общем, имеется в виду, что это глупая, бессмысленная идея... У тебя нет адепта. Отправляйся в хэтвеш.

— Помните, как Йоруба впитывал космическую энергию черепа и общался с инопланетянами? — прошептал Петр Борисович. — Вот сейчас они занимаются примерно тем же. Дурацкие игры.

— Да, Учитель, да, Учитель, — повторял внутренний суфлер.

Собственных мыслей не осталось, только этот голос. Соня глядела в пылающие глазницы и ничего не видела, кроме огня. Следовало шагнуть в огонь, омыться огнем, очиститься от лжи, освободиться от пустых иллюзий, стать сильной и свободной. Внимательно выслушать первое изречение, произнесенное по-русски, дождаться паузы, сделать три шага вперед, ответить: да, Учитель. Второе изречение, шесть шагов к правому краю Великого ока. Да, Учитель. Третье изречение. От края еще шесть шагов. Встать слева от Учителя, ответить: да, Учитель.

Она не помнила, каким образом попала в церемониальный зал, что было за час, за день, за год до этого. Зачем помнить прошлое? В нем только грязь, ложь, скверна. Его больше нет. Есть прекрасное светлое будущее. Необозримый сияющий простор, торжество грядущих свершений.

— Ты отрекаешься от страны, в которой родилась и живешь, во имя благословенных мест, которых достигнешь, отринув этот нечистый мир, проклятый небесами.

«Вперед! К великой победе! Три шага вперед! Осторожно, не сбей подсвечник!» — скомандовал внутренний суфлер.

Сделать три шага оказалось необычайно тяжело. Ноги свело от холода. «Ты отрекаешься от страны» Какая разница, где творит ученый? Свободному творцу отечество не нужно. Что там дальше? «Ты отрекаешься от отца и матери» Но папа все равно умер, а мама в Австралии. Это пустая формальность. Просто слова, и все. Третье изречение никак не вспомнить. Мозги заледенели. Скорее к Великому оку, иначе превратишься в ледышку. Спасение в огне. Ничто не согреет и не наполнит энергией, кроме этого великолепного пламени. В нем простор сияющих свершений и грядущих вершин. Вперед, к великой победе. Победа учения Учителя — залог торжества вершин. Вот он, несокрушимый и необозримый, на постаменте с простертой вперед рукой, великий вождь грядущего простора. Не мраморный, не бронзовый, не бумажный на плакате. Настоящий вождь, вот он.

«Да, Учитель, да, Учитель!»

Внутренний суфлер так долго твердил одно и то же, что получался бессмысленный набор звуков, который Соня никак не могла повторить. Она закрыла глаза, пытаясь сосредоточиться. Сияющий, пылающий, необозримый исчез.

«Нобелевская премия за две тысячи двенадцатый год, — оперным басом пропел суфлер и, помолчав, жалобно пискнул: — Наше дело правое, мы победим!»

Соня открыла глаза, увидела на черном кубе расплывшуюся тушу. Рукав на локте простертой руки лопнул по шву, лопнули брюки, вместо лица багровая лепешка. Слепили из какой-то дряни, водрузили на постамент. Это было смешно, и Соня засмеялась.

Внутренний суфлер возмущенно квакнул, но его заглушил громкий голос откуда-то сверху. Соня не понимала ни слова. Голос говорил по-шамбальски. Багровый вождь и Учитель, не меняя позы, принялся отвечать, тоже по-шамбальски, и Соня заметила, что обращается он непосредственно к черепу.

«Ему кажется, будто череп вещает, — подумала Соня. — Кто-то залез наверх, спрятался и дурачит необозримого вождя. А он верит, верит. Голос как будто знакомый. Нет, не может быть! Господи, где я? Что происходит?»

Послышался глухой удар. Это Йоруба упал на пол, забился в судорогах. Вождь-учитель все еще стоял, простирал руку, но сюртук и брюки стремительно расползались на нем, из прорех лезло нечто красное, похожее на мясной фарш. Соне показалось, что каменная плита под ногами покосилась. Зал наполнился жутким воем.

Огромная бесформенная гадость медленно сползла с постамента и шлепнулась на пол. Соня едва не задохнулась от чудовищной вони. Багровое, рыхлое, влажное, смешанное с клочьями светлого выходного костюма, шевелилось и хлюпало на древних плитах. Языки свечей взметнулись вверх и погасли. Соня кинулась бежать, куда угодно, подальше от этого хлюпанья и вони.

– Соня!

Она не сразу поняла, кто ее зовет, потом увидела фонарный луч.

– Ты цела? Ничего не болит? – спросил Дима.

Сразу несколько лучей, топот, голоса.

– Ужас, какая вонь. Соня, как вы себя чувствуете? – это была Орлик.

– Фазиль пошел наверх, сейчас включит прожектор.

– Нужно спустить еще лестницы.

– Куда делся господин Хот? Объяснит мне кто-нибудь, что это за фокус?

Соня узнала голос Петра Борисовича. Наверху вспыхнул прожектор. В круге света лежала бесформенная масса, уже не такая огромная, она уменьшалась на глазах, темнела, но все еще воняла.

– Петр, ты спрашивал, где господин Хот? Вот он, полюбуйся.

Петр Борисович замер с открытым ртом, глядя на Федора Федоровича Агапкина в джинсах, куртке, разноцветной вязаной шапке. Рядом стоял еще один старик, совсем древний, в ушанке и ватнике.

– Что вы здесь топчетесь? Поднимайтесь наверх, вздуется пузырь, все рухнет, – произнес он, шамкая беззубым ртом, обошел черную массу, снял с колонны хрустальный череп и бережно завернул его в какую-то тряпицу.

– Соня, познакомься, – сказал Федор Федорович, – и ты, Петр, тоже познакомься. Перед вами господин Альфред Плут, автор картины «Мистериум тремендум», врач, творец алхимического золота и хрустального черепа, собственной персоной. Искал вечной молодости. Как видите, нашел. Уже четыреста лет обитает здесь, в степи, под именем Дассам. Соня, когда у твоего прапрадеда случился сердечный приступ, знаешь, что он сделал? Посадил его на белого коня, привязал и пустил галопом в степь. Это было в двадцать девятом году, пятое марта, как раз тут, у развалин.

– Зачем? – спросила Соня.

– Древний способ реанимации, – подал голос Дассам.

– Я отлучился из лагеря всего на несколько часов, – продолжал Федор Федорович, – когда вернулся, не нашел в юрте Михаила Владимировича, но заметил вдали всадника на белом коне.

– Он умирал, я пытался его спасти. Шамбалы так делают пять тысяч лет. Кони всегда возвращаются, с живыми всадниками или с мертвыми.

– Тот конь не вернулся, больше никто никогда не видел ни его, ни всадника.

– Шамбалы говорят, белый всадник ускакал в небо. Федя, ты знаешь, где он. А все ищешь, ищешь.

– Уже не ищу, Дассам. Скоро с ним увижусь. Соскучился. – Федор Федорович повернулся к Соне и спросил: – Зачем ты все время смотришь на черную гадость? Думаешь, если бы я не вмешался, у него могло получиться?

– Да.

– Нет, Сонечка. Ты засмеялась ему в лицо раньше, чем я вмешался. Ты справилась сама, без моей помощи.

Подошел Дима, взял Соню за плечи, развернул к себе, поцеловал, погладил по волосам.

– Плачешь? Перестань, нет никакого Хзэ, во всяком случае, здесь и сейчас его точно нет. Можно спокойно подниматься, мы спустили лестницы.

– Погодите, а что с Германом? Надо вызвать врача! – опомнился Петр Борисович.

– Вряд ли врач сумеет помочь. Пульс не прощупывается, зрачки на свет не реагируют.

Это произнес Зубов. Он сидел на корточках возле Йорубы.

– Может, на вертолете до больницы? Времени мало прошло, вдруг спасут? – сказала Орлик.

По нескольким лестницам стали вылезать наверх, оказалось, это совсем несложно. Вытащили Йорубу, погрузили в вертолет. Фазиль сел за штурвал, Рустам – с ним в кабину. Вертолет поднялся и полетел к городу, к лучшей больнице имени И.В. Сталина.

ГЛАВА ТРИДЦАТАЯ

Подмосковное имение Горки, январь 1924

– Все эти дни он чувствует себя чудесно. Вчера мы катались на санях. Знаете, можно отпраздновать маленький юбилей. Месяц без припадков, – возбужденно говорила Крупская, – идемте, я хочу, чтобы вы его посмотрели.

С тех пор как ЦК постановило «возложить на т. Сталина персональную ответственность за изоляцию Владимира Ильича как в отношении личных сношений с работниками, так и переписки», Михаил Владимирович и Федор приезжали в Горки редко, почти нелегально.

Ленина лечило сорок врачей. Немецким специалистам молодое советское государство платило гонорары по двадцать пять тысяч золотых червонцев каждому. Выплаты контролировал член Коллегии ОГПУ Глеб Иванович Бокий.

Врачи аккуратно фиксировали симптомы. Головные боли, онемение конечностей, судорожные припадки, паралич, потеря речи. Сначала официальным диагнозом объявили неврастению, связанную с переутомлением. Потом появилась формулировка «артериосклероз мозга». В общем, она была верна.

– Володя, смотри, кто пришел!

Ленин лежал в гостиной, за ширмой, на узкой койке у мертвого камина, над которым чернела крестообразная трещина лопнувшего зеркала.

– Вот, вот, наконец, батенька, где пропадали? – Ленин слабо сжал исхудавшими пальцами руку Михаила Владимировича.

Он мог говорить, двигаться.

— Сам встал сегодня, дошел до ванной комнаты, умылся, — похвасталась Крупская, — кофе выпил полчашки. А только что бульону, почти всю чашку.

— На санках вчера катались, морозище, ух! — гордо сообщал Ленин.

Речь восстановилась. Еще недавно он мог произносить лишь отдельные, бессвязные слова: «Вот-вот», «съезд-съезд», «Ллойд Джордж», «конференция» и неподвижно сидел в кресле. Надежда Константиновна учила его говорить, как младенца, часами вместе с ним повторяла слова, предложения, чтобы восстановить моторику пальцев, заставляла его плести корзины, сама плела и даже дарила кому-то.

Пока Михаил Владимирович осматривал вождя, Крупская стояла рядом, напряженно вглядываясь в лицо профессора. Она перестала доверять словам и пыталась читать по лицам.

— Пульс немного частит, — сказал Михаил Владимирович, — а в общем, все неплохо.

Вождь задремал. Крупская не отпустила профессора, повела к себе в комнату. Это была узкая келья, с походной койкой и письменным столом.

— Врачей, младшего персонала, охраны полон дом, — прошептала она и закрыла дверь, — он выкарабкается, я верю. Но всего этого ужаса могло не быть, если бы операцию делали вы. Он так просил вас, он предчувствовал. Именно после той операции, в апреле двадцать второго, ему стало хуже.

— Надежда Константиновна, я не берусь оперировать, когда точно знаю, что хирургическое вмешательство навредит, а не поможет.

— Вы не беретесь, а немец взялся! Вот результат.

Оперировал Ленина некто профессор Борхард. Он провел в Москве меньше суток и бесследно исчез. Остался маленький шов на шее вождя, да справка, полученная Глебом Ивановичем из советского посольства в

Германии, о том, что профессору Борхарду выплачен гонорар в размере двухсот двадцати тысяч немецких марок.

Операцию провели в Солдатенковской, ассистировал Тюльпанов. Извлечение пули явилось уважительной причиной, по которой Ленин не смог отправиться в Италию, в Рапалло, на переговоры с правительством Германии. Но главную роль, разумеется, играла сама пуля как вещественное доказательство на процессе против эсеров. Ее не забыли надрезать крестообразно, потому что идея с ядом кураре всем понравилась. Однако перепутали калибр, он не совпадал с калибром револьвера, который сначала потерялся, а потом был принесен на Лубянку бдительным рабочим Кузнецовым.

Процесс проходил открыто, широко освещался в прессе. По поводу кураре пригласили выступить эксперта. Профессор биологии Щербачев заявил, что яд кураре делается из чилибухи. Растет чилибуха только в Южной Америке, и яд умеют делать только местные туземцы. Свинцовую пулю пропитать ядом невозможно. Намазать тоже нельзя. Яд жидкий. Но если каким-то невероятным образом удалось бы поместить каплю кураре на поверхность или вовнутрь свинцовой пули, смерть от самого легкого ранения неизбежна. Кураре не разрушается под воздействием высоких температур.

Эксперта удалили из зала, но от идеи не отказались, очень уж красиво звучит: кураре!

Главных обвиняемых, Семенова и Пономареву, приговорили к смертной казни, но в связи с чистосердечным признанием в виде брошюры, опубликованной огромным тиражом на русском и немецком языках, помиловали и отправили отдыхать в Крым. Прочие обвиняемые были наказаны по всей строгости пролетарского правосудия.

В тот вечер, когда оперировали Ленина, Михаила Владимировича не было в больнице. Позже операционная сестра обмолвилась: «Владимир Ильич так мужественно перенес пункцию». «Все-таки делали пункцию?» — спросил профессор. Сестра побледнела и больше не сказала ни слова.

Тогда же, в апреле, Сталин занял пост генерального секретаря ЦК. В мае у Ленина случился удар. Паралич правой руки и ноги, временная потеря дара речи и способности писать.

Федор не стал ничего рассказывать Ленину. Вождь и так уж знал достаточно, чтобы предпринять решительные меры. Знал о сифилитической кампании. Знал о цианистом калии. Сталин действовал открыто, оставил документальное свидетельство в виде собственноручной записки в ЦК о том, что Ленин просит дать ему яду, с датой: 17 марта 1923 года. Что Ленин в это время лишился речи, было учтено. Сталин утверждал, будто просьбу вождя передала ему Крупская.

Она знала о записке, но молчала. Каталась по полу в истерике.

Впрочем, Ленин все-таки пытался кое-что предпринять. 19 октября 1923 после долгого паралича и безмолвия он вдруг встал, заговорил, потребовал срочно ехать в Москву. С ним отправились Крупская, Мария Ильинична и Михаил Владимирович, который оказался в тот день в Горках. По дороге вождь повторял, что готовит бомбу, разгромит Сталина политически. Оказавшись в своей кремлевской квартире, бросился в кабинет, стал рыться в ящиках письменного стола, кричать, что его обокрали, пропала важная вещь.

— Владимир Ильич, почему вы оставили важную вещь тут? — спросил профессор.

— Вы разве не помните, в каком состоянии меня отсюда увезли в последний раз? В параличе, на носилках! Что я мог взять с собой?

Он искал, бранился, перерыл все. Вещь не нашел. Захрипел, забился в конвульсиях. В Горки его опять увезли в параличе, на носилках. Что именно он искал, так никто и не узнал. Крупская попросила профессора забыть эту историю.

Во время коротких ремиссий он диктовал секретарям гневные письма, требовал избавить его от нашествия врачей, особенно немецких, требовал снять Сталина с поста генерального секретаря. ЦК аккуратно рассматривало каждое послание, принимало решения, выносило постановления. Врачей оставить. Ответственность за соблюдение режима по-прежнему возлагается на Сталина. «Совершенно очевидно, что предложение Ленина освободить Сталина от обязанностей генсека, высказанное в «Письме к съезду», демонстрирует полную несостоятельность Ленина не только как государственного деятеля, но и как личности в целом...»

Крупская приоткрыла дверь, выглянула в коридор:

– Пойдемте чаю выпьем, кажется, их нет никого. Не могу их видеть, не могу. Следят и ему доносят.

Кому «ему», было ясно без комментариев. За чаем она вдруг спросила:

– Как ваши дети? Внук?

– Спасибо. Здоровы.

Вряд ли ей было известно, что его семья давно уж сбежала из России.

Федор регулярно получал информацию от Эрни. Михаил Владимирович знал, что Таня учится в Берлинском университете. Миша пошел в школу. Андрюша поступил в Венскую академию художеств.

Возвращаться в пустую квартиру было невыносимо. Няня умерла в мае двадцать второго. Он сутками дежурил, обезьянку Марго, когда его долго не было дома, брали к себе Федор, Валя Редькин или Слава Линицкий, кто мог. Это спасло ей жизнь, потому что в октябре двадцать третьего, как раз после поездки Ленина в Москву, в квартире Михаила Владимировича провели глобальный обыск. Он в это время находился в больнице. Перерыли все. Вычистили лабораторию. Остались только приборы, ни склянки, ни коробочки. Забрали всех животных, включая двух крыс и одну морскую свинку, которые удачно перенесли вливание препарата.

— Пожалуй, я поеду, — сказал Михаил Владимирович, — уже без двадцати шесть.

— Зайдите к нему. Он дремлет, но огорчится, если узнает, что вы уехали, не попрощавшись.

Вождь лежал на высоких подушках, его била дрожь. Глаза широко открыты. Прикоснувшись к нему, профессор почувствовал страшный жар, не меньше сорока.

Градусник показал сорок два и три.

— Он так чудесно себя чувствовал! — крикнула Крупская и закрыла лицо руками.

Прибежали врачи. Камфора, морфий, компрессы, все уж было бесполезно. Пульс подскочил до ста тридцати, дыхание по типу Чейна—Стокса, грозный и безнадежный признак.

Среди многих лиц мелькнул Бухарин, он в это время жил во флигеле, отдыхал после воспаления легких. Золотое дитя, растолкав врачей, рыдая, кинулось к ногам вождя.

Агония была невероятно мучительной, с конвульсиями, криками, хрипами, кровавой рвотой. Но длилась недолго. Без десяти семь голова откинулась назад, лицо побелело, руки упали. Крупская остановила все часы в доме на 18.50 и принялась завешивать зеркала.

Дом наполнялся людьми. Михаил Владимирович бродил среди них тенью. Пора было уезжать. В прихожей натолкнулся на Марию Ильиничну.

— Надя просит, чтобы вы побыли немного, сейчас эти приедут.

Зачем оставаться, что тут теперь делать, профессор не понимал, но пальто и шапку снял.

Балкон в гостиной был распахнут, трепетали от ледяного ветра цветастые морозовские занавески. Вождь лежал на столе у балкона, уже обмытый, в костюме. Прямо с заседания, на электросанях, явилось Политбюро в полном составе, кроме Троцкого. Впереди шел

Сталин, за ним Каменев, Зиновьев и прочие. Молча сгрудились у стола. Было холодно, валил пар от многих дыханий. Все замерли, долго никто не решался что-либо сказать или сделать первым. Сталин решился. В тишине отчетливо прозвучали его слова:

— Да, да. Вот оно.

Он медленно обошел стол, встал удобно, приподнял голову вождя и запечатлел на мертвых губах крепкий, чудовищно долгий поцелуй.

Все зашевелились, принялись подходить по очереди. Михаил Владимирович выскользнул в прихожую, отыскал среди гор одежды свое пальто. Снег скрипел под ногами. Навстречу, по аллее, бежал Федя. Михаил Владимирович обнял его:

— Не ходи туда. Уже не за чем. Поедем отсюда скорее. Домой хочется.

ОГЛАВЛЕНИЕ

Литературно-художественное издание

Дашкова Полина Викторовна

НЕБО НАД БЕЗДНОЙ

ИСТОЧНИК СЧАСТЬЯ

Книга третья

Роман

Издано в авторской редакции

Зав. редакцией *Л.А. Захарова*
Технический редактор *Т.П. Тимошина*
Корректор *И.Н. Мокина*
Компьютерная верстка *Н.Н. Пуненковой*

ООО «Издательство Астрель»
129085, г. Москва, пр-д Ольминского, 3а

ООО «Издательство АСТ»
141100, Московская обл., г. Щелково, ул. Заречная, 96

Вся информация о книгах и авторах «Издательской группы АСТ»
на сайте: www.ast.ru

Заказ книг по почте:
123022, Москва, а/я 71, «Книга – почтой» или на сайте: shop.avanta.ru

По вопросам оптовой покупки книг «Издательской группы АСТ»
обращаться по адресу:
г. Москва, Звездный бульвар, д. 21, 7-й этаж
Тел.: (495) 615-01-01, 232-17-16

Отпечатано на ОАО «Нижполиграф»,
603006 Нижний Новгород, ул.Варварская, 32.